KB016253

갖지 못한 자들의 문학사

제국과 군중의 근대

호모 아토포스 라이브러리 02

갖지 못한 자들의 문학사

제국과 군중의 근대

요시다 유타카 지음

김문용 · 이은우
이종호 · 최빛나라
최은혜 옮김

최정옥 감수

호모 아토포스 라이브러리 발간사

고려대학교 민족문화연구원은 2022년 한국연구재단의 인문사회연구소지원사업에 선정되어 〈호모 아토포스의 인문학: 한국 문학/문화의 '이름 없는 자들'과 비정형 네트워크〉의 1단계 사업을 시작했습니다. '호모 아토포스'란 어떤 장소에도 고정될 수 없거나 정체를 헤아릴 수 없는 비장소성의 존재 및 상태를 의미합니다. 포스트 팬데믹, 기후위기, 국가 분쟁 등 현재 우리가 당면한 문제들은 더 이상 국지적인 차원에 한정되지 않습니다. 이러한 재난에 의해 '자리를 잃은 자'는 누구이며 어떻게 생겨나고 어떤 방식으로 살아가는가에 관한 고찰은 시대적 요청에 응답하는 일인 동시에 사회적 공통 의제를 제시하는 인문학 본연의 책무를 다하는 것이기도 합니다. 이에 본 연구팀은 '호모 아토포스'라는 개념을 창안하고, 이를 하나의 인식틀로 삼아 한국 문학/문화 연구의 패러다임 전환을 시도하고자 합니다.

무엇보다 1단계의 핵심 과제는 '호모 아토포스'의 개념화에 초점을 맞추되 인간/비인간, 젠더/섹슈얼리티, 장애/질병 등의 세부 주제와 연결하여 각종 경계를 넘나들며 변신과 변위를 거듭하는 존재들의 사례 분석에 집중하는 것입니다. 한국 문학/문화 속에 잠재되어 있는 호모 아토포스의 존재 양상을 포착하고, 시공간/국적/인종/종교/지역/성별 등 무수한 경계의 안팎을 성찰하게 하는 호모 아토포스의 중층적 수행성에 주목하여, 이들을 우리 사회의 빛과 그늘을 드러내는 역동적인 존재로 가시화하는 작업을 수행할 것입니다. 이러한 연구 성과물들은 학술서·번역서·인문 교양서 등으로 구성된 총서 〈호모 아토포스 라이브러리〉로 간행하여 학계와 사회에 널리 공유하고자 합니다. 이 총서를 접하는 많은 이들이 '호모 아토포스의 인문학'을 통해 우리 사회 속 '이름 없는 자들'의 자리와 몫에 대해 다시금 성찰해 볼 수 있길 희망합니다.

2024년 3월

연구책임자 이형대

한국어판 저자 서문

한국의 독자분들께

『갖지 못한 자들의 문학사』가 여러분의 손에 전달된 것이 무척 기쁩니다. 누군가가 한 권의 책을 집어 든다는 것은 하나의 기적과도 같습니다. 매년 수만 권의 책이 출판되지만, 많은 책들이 눈에 띄지 않고 도서관에 자리 잡지 못한 채 잊히기 때문입니다. 게다가 이 책이 번역서라는 점을 생각하면 매우 기묘한 감각에 사로잡히게 됩니다. 왜 그런지를 번역이라는 관점에서 설명하고 싶습니다.

우선 책이 집필된 과정을 말씀드리는 것으로부터 이야기를 시작하려 합니다. 저는 히토쓰바시 대학(一橋大學)의 언어사회연구과에서 이 책의 기반이 된 박사논문을 영어로 써서 제출했습니다. 2013년의 일인데, 이후 7-8년에 걸쳐 일본어로 번역하는 과정에서 대폭 고쳐 썼고 2021년에 이를 게츠요샤(月曜社)에서 출판했습니다. 그런 까닭에 이제는 더 이상 이 책의 본래 언어가 무엇이었는지 잘 모르겠습니다. 제가 직접 영어본을 썼다고 해도, 일본 독자가 읽을 수 있게 되기까지 몇 번이고 원고를 다듬고 퇴고해서 다시 쓸 필요가 있었기 때문입니다. 하지만 원문을 벗어나는 것이 허용된다는 점은 일반적인 번역과 달랐습니다. 이렇듯 기묘한 번역 작업이 이 책의 집필 과정 저변에 자리하고 있습니다.

다음으로, 이 책의 저술과 별도로 제 작업의 축으로 삼아 온 번역에 대한 이야기를 해보겠습니다. 평소 학술 논문이나 서평의 집필과 병행하는 번역은 작업의 큰 비중을 차지합니다. 제가 전문적으로 연구하는 카리브해 지역의 문학이나 사상에 대한 것이 주로 그 대상이 됩니다. 다른 이의 글을 번역하는 일은 논문 쓰기라는 끝없고 숨 막히는 작업으로부터 잠깐의 휴식을 줄 뿐만 아니라, 연구에 대한 태도를 객관화하고 자신과 언어의 거리를 조정하는 중요한 시간이 되어주기도 합니다. 그런 의미에서 글쓰기와 번역은 수레의 두 바퀴처럼 서로를 지탱하고 완성하는 관계에 있습니다.

동시에 번역 행위에는 다소 두려운 측면도 있습니다. 영어를 일본어로 번역하는 일을 지속하다 보니 일본어 글의 가독성뿐 아니라 문법적 '정확함'이나 '적확함'이 저 자신을 옭아맬 때가 있습니다. 번역이란 이질적인 것을 익숙한 것으로 길들이는 작업인데도, 때로 그 사실을 잊게 됩니다. 그런 의미에서 번역은 자기도 모르게 마음속에 언어의 재판관을 두는 것이기도 합니다(더욱이 다른 언어를 일본어로 번역할 때 식민 교육을 충실히 떠받치는 교사의 얼굴을 하게 되는 것도, 일본어의 역사적 배경과 더불어 잊어서는 안 될 일이지요). 그렇다면 앙투안 베르만(Antoine Berman)이나 발터 벤야민(Walter Benjamin) 등이 지적해 온 번역의 자국 중심주의를 어떻게 극복할 것인가? 아니 애초에 극복할 수는 있을까? 제 책이 번역되는 이번 경험은 뜻밖에도 저의 이러한 자만과 체념에 또 다른 길을 알려주었습니다. 그 길이란 바로, '나'(내가 쓴 글)는 언제든 번역되는 존재이며 항상 번역 가능성을 향해 열려 있다는 것입니다. 이는 아류 포스트모던 사상에서 '확고한 자기 따위는 없다'는 식으로 흔히 이야기되는 니힐리즘이나 무책임함이 아닙니다. 누군가에게는 과장되게 들릴지도 모르지만, 오히려 나 자신이 남에게 읽히고 비판받으며 해석되는 존재가 될 수 있다는 자유로움, 새로운 관계성을 가져올 가능성을 깨달은 것입니다.

마지막으로 이 책에서 가장 다루고 싶었던 것 중 하나가 '식민주의란 무엇인가'에 대한 철저한 고찰이었다는 점을 말씀드리고 싶습니다. 영미문학과에서 학부와 석사과정을 보냈기 때문에, 당시 저는 무의식적으로 영미 사상과 문학을 중심에 두고 사고하는 방식을 체득하고 있었습니다. 석사논문에서는 조지프 콘래드(Joseph Conrad)를 다뤘습니다. 그는 폴란드 출신으로 선원 생활을 하다가 삼십 대가 되어서야 그 자신의 세 번째 언어인 영어로 글을 쓰기 시작했고 영국으로 귀화한 특이한 이력을 가진 소설가입니다. 외국인으로서 철저하게 영어에 몰두하는 콘래드의 문체가 지닌 음악적 울림에 매료되었습니다. 석사논문에서 그의 초기 작품들을 다루면서 이른바 포스트콜로니얼 비평을 접하게 됐습니다. 에드워드 사이드(Edward Said), 호미 바바(Homi Bhabha) 등은 이전까지 철학적·미학적 관점에서 비판받던 콘래드의 작품에 식민지나 제국주의라는 시각을 도입함으로써 새로운 독해의 가능성을 열어주었습니다. 저는 군중을 중심에 둔다는 독자적인 관점을 가지면서도, 그들의 비평을 흉내 내 과거의 영미 중심적인 비평을 극복했다고 여겼습니다. 그러나 석사 학위를 받은 뒤 사이토 하지메(齋藤一)의 『제국 일본의 영문학(帝國日本の英文學)』(人文書院, 2006)을 읽고, 제2차 세계대전 이전의 일본 지식인들에게 서양을 비판하는 것이 일본 제국주의와의 동일시 및 한반도를 비롯한 아시아 국가들에 대한 침략의 정당화와 전혀 모순되지 않는 태도로 공존했던 사실을 알게 되었습니다. 역사적 맥락을 무시하고 사상적 번역 작업을 거치지 않은 채 포스트콜로니얼 비평을 수입함으로써, 과거 일본 지식인들이 아시아에 대해 취했던 식민주의적 태도를 저도 모르게 반복했다고 깨달은 것입니다.

이후 유학 시절 카리브해와 아프리카 작가들의 작품과 사상을 접하면서 그 배경을 알고 싶다는 열정에 사로잡혔고, 여전히 그 열정 속에서 살고 있습니다. 동시에 일본어로 제국주의/식민주의를 사유할 때는, 이른바 영국과 프랑스 등의 옛 제국에 대한 비판에서 시작된 포스트콜로니얼 비평만으로는 충분하지 않다고 생각하게 되었습니다. 물론 이러한 점들은 『제국 일본의 영문학』을 통해 깨달았지만, 실제로 이것이 내가 사는 세계에서의 현실적이며 절실한 문제라는 점은 박사과정에서 만난 친구들로부터 배웠습니다. 식민지 조선의 문학, 오키나와 근현대 문학, 재일조선인 문학을 진지하게 연구하는 이들이 다루는 작가와 시인, 비평을 함께 공부하면서 본래 제게는 없었던 언어를 조금씩이나마 말할 수 있게 되었습니다.

그 언어는 선행연구들을 비판함으로써 과거를 뛰어넘었다고 착각하거나, '이런 행위나 읽기는 식민주의적'이라고 규탄함으로써 마치 자신이 식민주의와 무관하다는 입장을 담보하려는 시도를 담아낸 것이 아닙니다(물론 문학 연구 분야뿐 아니라 연구의 탁월성을 겨루는 학술장에서는 선행연구를 현명하게 비판하는 방식이 요구됩니다만). 단기적 성과나 일시적 경쟁을 따르기보다는 좀 더 장기적으로 커다란 물음에 대해 고민하는 것이 필요하다고 생각했습니다. 영국과 프랑스 등에 의한 과거의 식민주의가 20세기에는 어떻게 미국을 중심으로 한 새로운 제국으로 이어졌는지, 나아가 동아시아에서 일본이 제국적 확장을 도모하면서 어떻게 서양의 사상을 번역했는지, 그 번역이 식민주의를 뒷받침하는 데 어떠한 힘을 가졌는지, 각 제국의 상호 연관성을 어떻게 발견할 것인지, 자국 중심성에 빠지지 않으면서 제국 간의 상호의존 관계를 어떻게 비판해야 하는지, 또 이러한 비판을 어떻게 현대의 문제로 연결시킬 수 있는지. 이러한 물음들은『갖지 못한 자들의 문학사』의 출간 후 뚜렷한 질문의 형태로 남았습니다.

지금까지 언급한 번역의 관점에서 말하자면, 이 책은 포스트콜로니얼 비평을 사상적으로 번역하는 작업이 불완전한 형태로 맺은 결실입니다. '불완전하다'라고 말하는 이유는, 앞선 질문들에 제가 충분히 답하지 않았다고 생각되고 또한 일본 식민주의를 정면으로 다루지 않았기 때문입니다. 여기에 제대로 응답하는 것이『갖지 못한 자들의 문학사』이후 제가 해야 할 일이 되겠지요.

마지막으로 도움 주신 분들께 감사의 마음을 전합니다. 먼저 2024년 1월 13일 동아대학교 젠더·어펙트 연구소에서 열린 심포지엄에 초대해주신 이지현 선생님, 논평을 맡아주신 부산대학교 최성희 선생님, 연구소장 권명아 선생님, 좋은 기회를 주셔서 감사합니다. 또한 제가 히토쓰바시 대학에 박사과정으로 입학한 2007년 이후 저와 친구가 되어주신 이진경 선생님, 신지영 선생님께도 감사드립니다. 신 선생님께는 유무형의 다양한 가르침을 받았습니다. 2013년 서울에 방문했을 때 저를 맞이해주신『역사비평』편집부의 선생님들과 고병권 선생님 감사합니다. 그리고 이 책을 번역하는 노동을 맡아주신 역자분들, 출판을 결정해주신 출판사에도 감사의 말씀을 드립니다. 고려대학교 민족문화연구원의 김문용 님, 이은우 님, 이종호 님, 최빛나라 님, 최은혜 님, 최정옥 님, 보고사 관계자분들 정말 감사합니다. 여러분의 노고 덕분에 이 책이 한국에서 빛을 볼 수 있었습니다.

책을 읽어 주시는 독자분들, 아마 제가 던진 질문들과는 다른 의문이나 비판의 지점들이 생기시리라 생각합니다. 가능하다면 어떤 형태로든 그것들을 전달해 주셨으면 하는 바람입니다. 책이 번역 출판된 것만으로 이미 한국의 독자분들과 새로운 관계를 맺었다고 할 수 있겠지만, 더 나아가 여러분이 전해주시는 비평과 비판이야말로 이 책의 가능성을 더욱 넓혀줄 것이기 때문입니다.

2024년 3월 10일

요시다 유타카

"민중은 힘을 가졌지만 귀가 먼 선장 같다."

플라톤

"군중, 19세기 문학가들에게
이보다 정당한 권리를 가지고 다가온 대상은 없었다."

발터 벤야민

"역사는 많은 사람들이 모이는 것에서 시작된다."

C. L. R. 제임스

차례

제2부 대중(혁명과 반제국주의)

제4부 민중(신식민주의)

일러두기

1. 인용에 대한 정보는 저자의 방식에 따라 저자명, 출판년도, 쪽수 순으로 적었다.
2. 인용문은 저자의 서술을 중심에 두고 번역하되, 한국어로 번역된 문헌이 있을 경우 미주로 출처를 밝히고 이에 따라 해당 부분을 옮겼다. 단, 수정이 필요한 곳에서는 일본어 원전과 인용한 원자료를 참조하여 의미를 훼손하지 않는 범위 내에서 문장과 내용을 다듬거나 다시 번역하였다.
3. 인용문 안의 [ ]는 원저자가 보충한 것이며, 인용 원문을 생략할 때는 (…)로 표기를 통일하였다.
4. 별도의 설명이 필요한 경우, 해당 부분이 본문에 있을 때는 미주를 통하여 적었고 각주에 있을 때는 [ ] 안에 '역자 주'라고 밝힌 뒤 이어 적었다.
5. 단편·논문은 「 」, 장편·단행본·잡지·신문은 『 』로 표기하였다.
6. 주석은 원전과 다르게 각주로 처리하였다.
7. 참고문헌의 구체적인 서지사항은 책의 마지막에 원전의 방식대로 기재하였다.

첫머리에

1. 왜 군중인가?

군중은 조용하고 순종적이라고 여겨진다. 개별적으로 행동하는 개인들로 구성된 쇼윈도를 바라보는 소비자, 대도시를 활보하는 산책자이다. 거리를 바쁘게 오가면서도 사람들과 마주치는 것을 능숙하게 피하고 어떤 장소에서 다른 어떤 장소로 이동한다. 군중에 대한 또 하나의 지배적인 이미지는 종종 일상생활에서 신문·텔레비전·라디오·인터넷 등을 통하여 옮겨진다. 이런 미디어에서 군중은 열정적이고 정치적으로 강한 주장을 가지며 진지하고 성실한 얼굴을 드러낸다. 행동하는 군중은 때로 폭도로서 폭력적으로 행동하고 구호를 내지르며 소란을 피워, 통제할 수 없는 파괴적 존재라고 간주되기도 한다. 게다가 감정적이어서, 즉 비이성적이고 변덕스러우며 히스테릭하여서 사회의 통합에 위협적이라는 꼬리표가 붙는다. 우리는 미리 결정된 감성 틀이 표상하는 군중 이미지에 익숙해졌으며, '그들'은 '우리'의 적이다, 혹은 '그들과 어울리지 마라'라는 엄명을 의심하지 않고 당연하게 여긴다. 그래서 우리의 사고는 앞서 말한 군중의 이미지를 당연한 사태로 내면화한다.

그러나 최근 소셜 미디어가 확산되면서 이전까지는 표상되지 않고 눈에 보이지 않는다고 여겨졌던 군중의 또 다른 얼굴을 쉬이 억누를 수 없게 된 것도 확실하다. 물론 그것만이 이유는 아니더라도 말이다. 2010년대 초반 스페인과 그리스를 위시한 EU 변방의 경제 위기와 튀니지·이집트로부터 예멘·모로코·시리아까지 번진 아랍의 봄, 위스콘신의 매디슨에서 뉴욕·로스앤젤레스까지 확산된 월스트리트 점거운동, 영국에서의 등록금 인상 반대 투쟁, 인도와 일본에서의 반핵운동 등, 이 각각의 특이한 사건들은 자본주의가 초래한 참담한 상황에 큰 물음표를 던졌다. 이 사건들이 '위험한 군중'이라는 오래된 이미지를 시대에 뒤떨어진 것으로 만들고, 또한 그때까지 거리의 군중에 대한 선입견을 키워왔던 감성·관념으로 수렴되지 않는 새로운 무언가의 등장을 예견한 것은 아닐까?[1] 서서히나마 바뀌고 있는 것은 다수의 사람을 한 묶음으로 상상하고 파악하는 사고와 감성의 양식이다. 즉, 자신이 거기에 속할지도 모른다는 가능성은 고려하지 않은 채, 한편으로는 이 집단을 기저로 삼아 도래할 사회를 이론적으로 사고하고, 다른 한편으로는 그들을 한데 묶어 부정하거나 비방하는 방식 말이다. 언뜻 봐서 상반되는 두 입장은 군중에게서 단일 의지를 찾아내는 경향을 공유한다. 그러나 바로 이러한 것이 변화하려 한다.

만약 현실에서 일어나는 사건에 대하여 언급하고 또한 그것에 영향을 받는 것, 나아가 이를 학술적인 연구와 결합시켜 생각하는 것이 현실의 사건에 지나치게 침식되는 태도라고 한다면 이 책 또한 그러한 비판을 면치 못할지도 모른다. 실제로 이 책의 독자는 이들 사건이 일으킨 반향을 아래의 논의에서 살펴볼 수 있을 것이다. 그러나 이 책에서는 현실 사건의 이론적 혹은 역사적인 의의를 염두에 두는 동시에, 군중·대중·사람들 등의 집합성이 특히 식민지기와 탈식민지기의

---

1 아랍의 봄에 대해서는 Hamid Dabashi(2012)를 참고하였다.

문학에서 어떻게 표상되어 왔는지에 대하여 역사적이면서 맥락을 중시하는 분석을 시도한다. 이러한 집합성에 대한 사고는 미디어 연구, 정치철학, 사회학 또는 역사학 등의 분야에서 심화되어 왔다. 물론, 그 가운데는 우리의 논의에 도움이 되는 것들이 있다. 이 책의 전반부에서는 19세기에서 20세기까지의 식민지, 특히 영국 식민지의 군중과 대중 표상을 다룬다. 후반부에서는 영국의 식민지였던 카리브해 지역 혹은 아프리카 일부 지역에서 식민자 측이 군중과 대중을 어떻게 바라보고 또한 어떻게 고쳐 썼는지를 논한다. 안토니오 네그리(Antonio Negri)와 마이클 하트(Michael Hardt)가 '다중(multitude)'이라는 용어를 알리기 훨씬 이전부터 군중·대중은 고정되거나 변하지 않는 시공간에 머무르는 존재가 아니었으며, 권력관계와 무관한 존재도 아니었다. 이 책의 논의에는 그러한 사실들이 함축된다. 군중·대중에 대한 표상은 현재에 이르기까지 비전이나 이미지 형성, 검열이나 기록 보존의 프로세스 등에서 투쟁의 장(場)이 되어 왔다. 그 투쟁의 장 안에는 대중의 집합적 존재가 지식인에 의하여 혹은 대중 스스로에 의하여 매개된 방식의 역사가 또한 기입되었다.

미디어에서 대중을 어떻게 포섭하고 포장하는지에 대한 문제는 이 책의 논의 맥락과 관련되지만, 아쉽게도 충분히 다루지는 못하였다. 이러한 문제는 여러 상황에서 중요한 검토 대상이 되어 왔다. 예를 들어 나치 독일, 즉 국가사회주의 시대의 전체주의 성립이나 제2차 세계대전 이전인 메이지 시기 일본의 신도(神道) 및 천황제 이데올로기 형성과도 깊이 관련된다. 권력이 대중의 지지를 받는다는 사실을 명백하게 제시하는 것은 항거하기 어려운 권력의 압도적 힘을 사람들에게 보여주는 데 가장 효과적이었다. 또한 집단 표상은 제2차 세계대전 이후 미국과 소련의 동서분할이 이루어지면서 냉전시대 내내 우방과적의 이미지를 만들어내는 데서 힘의 길항 문제와 지속적으로 연결되었다[2]. 그 밖에도 노예제도·민족학살·기근 등으로 야기되는 몰살에 대한 이미지가 중요하다. 이들은 본론에서 살펴볼 활기차고 일상적으로 이동하는 인간으로 구성된 대중과는 일견 대척점에 있다. 그러나 비서구세계의 지식인이나 작가들이 식민자가 초래한 죽음의 그림자를 의식하면서 새로운 민중 이미지를 만들어내야 했던 점을 생각하면, 몰살에 대한 이미지는 그러한 이미지 생성 작업을 암묵적으로 규정하는 것이기도 하다[3]. 이 책에서는 대중 관련 이미지의 주요 매체인 사진이나 영화를 분석하는 일도 제외한다[4]. 본론의 목표는 개인적인 기억이나 역사적 기록, 그리고 문학 텍스트에서 대중과 관련한 이미지가 어떻게 각인되고 어떻게 방향 설정되었는지 그 프로세스를 상세하게 분석하는 데 있다. 이러한 분석을 통하여 분명하게 확인할 수 있는 바는, 이미지의 고정화로 유지되어 온 '우리'와 '그들' 사이의 애매한 구분이

---

2 테오도르 아도르노(Theodor Adorno)의 『미니마 모랄리아(Minima Moralia)』(1951, 독일어판) 같은 제2차 세계대전 이후의 저작은 대중을 깊이 의심한다. 이러한 의심들은 종종 지식인의 독실한 초상과 대치되는데 그 배경에는 이러한 이유가 있다고 할 수 있다(Adorno 2006). 그 밖에 나치 독일과 대중에 대하여 モッセ(1994)를, 메이지 시기의 천황제와 대중에 대하여 Fujitani(1998)의 특히 제5장을 참조할 것.

3 엘리아스 카네티(Elias Canetti)는 군중과 관련한 드문 사상가이다. 그는 무수한 죽음에 의하여 살아남은 자의 삶이 빙의되는 양상을 고찰하였다[カネッティ 1971: 上 331-420)]. 이 책 제5장에서 다루는 래밍(Lamming), 제6장과 제7장에서 다루는 응구기(Ngũgĩ)와 김지하가 발견한 민중에는 이동이나 강제노동으로 목숨을 잃은 자들의 그림자가 드리워져 있다.

4 촉각적인 이미지로서의 군중을 논한 선구적 작업으로 港(1991)이 있다. 영화에 묘사된 군중에 대하여서 Tratner(2008)를 참조할 것. 또한 스티브 에드워즈(Steve Edwards)는 크리스 마르케(Chris Marker)와 앨런 세쿨라(Allan Sekula)의 사진 작품에 그려진 대중을 안쪽에서 바라본 이미지로서 검토한다(S. Edwards, 2009: 447-464). 바이마르 시기 독일이나, 동독의 사회주의 체제 하에서의 포스터를 대상으로 시각적인 대중 이미지를 분석한 논의로는 星乃(1998)가 있다. 특히 이 책의 제1장을 참조할 것.

더 이상은 불가능해질 것이라는 점이다. 그리고 바로 이 구분에 식민지기·반식민지기·탈식민지기·식민지 이후의 프로세스, 즉 각각의 특정한 역사성이 강하게 얽힌다는 사실도 확인할 수 있을 것이다.

아래에서는 우선 본론과 관련된 최근의 포스트콜로니얼 연구를 개관하고자 한다. 이어서 군중심리에 관한 연구를 역사화하는 작업이 왜 중요한지 그 이유를 해명하고, 이 분야와 식민주의 및 반식민주의를 논한 문헌 사이에 어떠한 관계가 놓여 있는지를 분석하겠다. 또한 최근 이루어진 군중 연구의 역사적·이론적 문제를 밝히도록 한다. 특히 군중을 둘러싼 용어 문제를 정리하여, 그 용어와 관련된 작가와 사상가를 이 책에서 다루는 이유가 무엇인지 설명하겠다. 마지막으로 이 책의 구성을 요약하고 각 장의 배경을 덧붙이고자 한다.

2. 문제의 소재 — '포스트콜로니얼' 혹은 '제3세계'?

'우리'와 '그들' 사이의 경계를 고정불변이라 여기지 않고, 여러 정치적이고 경제적인 이해관계가 중첩되는 장으로서 고쳐 물을 것. 이러한 논의를 시도하는 한 포스트콜로니얼 연구는 아직도 해야 할 일이 많다('우리'와 '그들' 사이의 경계선을 둘러싼 이론적인 물음에 관해서는 제2장의 서두에서 상세하게 검토한다). 1990년대 초 '포스트콜로니얼리티'나 '다문화주의'와 같은 용어들이 유통되기 시작하였을 무렵, 마사오 미요시(Masao Miyoshi)·엘라 쇼하트(Ella Shohat) 등의 비평가들은 이러한 용어가 "글로벌 정치 현실을 은폐하는 보다 강력한 알리바이"라고 문제를 제기하고, "그 정치적 의의를 파악하는 데 미흡하다"라고 비판하였다(Miyoshi 2010: 128; Shohat 1992: 100). 또한 앤 매클린톡(Anne

McClintock)은 포스트콜로니얼이라는 용어를 무비판적으로 사용하는 것은 "그 자체가 해체하려고 하는 '진보'라는 직선적 연속성의 형상에 홀려 있다"라고 지적하였다(McClintock 1992: 85, 87). 이러한 비판은 미국이 걸프전을 일으킨 가해자임을 목격하면서도, 그 정치적 사태와는 무관하게 문화적 차이에 찬사를 보냈던 국내 상황을 경계한 점에서 적절하였다고 할 수 있다. 또한 맥클린톡의 논의는 '포스트'라는 접두사가 함의하는 비역사화 효과에 대한 비판으로서 여전히 유효하다. 잔존하는 식민지기의 상처와 식민지 이후의 힘든 과정을 똑같은 시기에 똑같은 형태로 겪는 경우는 전 세계 어디에도 없다. 그것들은 비연속적이고 때로는 불균등한 상태로 공존하기 때문이다. 그렇기 때문에 사카이 나오키(酒井直樹)의 다음과 같은 지적은 주의 깊게 읽어야 한다.

> '포스트콜로니얼'이라는 단어는 현재 널리 쓰이는 것처럼 '식민지 체제 후'라는 '연대기적 질서에서 식민지 체제 뒤에 온다'의 의미로 사용하지 않아야 옳다. 여기서 '포스트'는 '포스트 팩텀(post factum)'으로, 그것은 '사후약방문'이라는 의미에서의 '교체 불가능한', 혹은 회복 불가능한 (irredeemable) 사태를 일컫는 '포스트'이다.
>
> (酒井 2007: 294)*1

이 책에서 '포스트콜로니얼'이라는 용어를 사용할 때 전제로 삼는 것은, 그것이 식민지기에 주변화된 일련의 문제가 형식적 독립 이후 가시화되는 시기를 가리킨다는 점이다. 그리고 사카이가 서술하였듯이 '포스트콜로니얼'한 현재에는 '회복 불가능한' 형태로 과거가 계속 새겨진다. 이 말은 우리가 이미 이러한 사태를 받아들였고 또한 이해하였음을 보여주는 이정표와 같다.

앞서 언급한 쇼하트 혹은 앞으로 소개할 아리프 딜릭(Arif Dirlik)의 논고 중에는 빗나간 비판도 존재한다. 하지만 그들이 전제로 삼은 사고방식이 알려주는 바는, 어떤 비평가들에게는 '제3세계'의 범주가 역사적으로 어떠한 현상이었는지를 검토하는 일과는 별개로, 집단적 저항의 등가물로서 간주된다는 것이다. 예컨대 딜릭은, 이 분야가 '전체성'을 이론화할 필요성에 얽매인 나머지, "지역적인 경험에 불과한 것을 전지구적으로 그려내는" 점을 비판한다. 그리고 그는 "포스트콜로니얼리티는 그 자체의 논리로써 지역적 투쟁을 넘어선 논리를 거의 허용하지 않는다. 왜냐하면 구조나 전체성에 대한 언급이 없고, 게다가 방향성도 결여되었기 때문"이라고 비판한다[5](Dirlik 1994: 345-346). 마찬가지로 닐 라자러스(Neil Lazarus)는 최근의 논고 「포스트콜로니얼 연구가 다루지 않은 것(What postcolonial theory doesn't say)」에서 유사한 비판을 이어간다. 라자러스는 포스트콜로니얼 연구가 '서양' 비판에 가치를 둔 나머지, 식민주의와 제국주의를 역사의 중심에 두어 자본주의에 대한 유물론적 비판을 추구하지 않는다는 사실을 논한다(Lazarus 2011). 그러나 자본주의에 대한 집단적 저항과 연대를 기억하고 그 실천을 계승한다는 것은, 예컨대 식민지의 경험이 제국과 그 중심을 어떻게 형성해 왔는지, 혹은 옛 종주국의 인간은 그 경험을 어떻게 망각하면서 기억해 왔는지를 비판적으로 검토하는 작업과 모

5 쇼하트는 '제3세계'라는 용어의 잠재적인 힘에 의하여 "다양한 사람들 사이의 협력을 위하여 (신)식민주의와 국내 인종주의라는 공통의 역사가 충분한 공통기반을 형성한다"라는 것을 이해하였다. 이러한 점에서 쇼하트는 데리다(Derrida)보다도 뉘앙스가 풍부한 논의를 전개한다. 그러나 쇼하트가 "만약 이러한 공통성을 믿거나 상상하지 않는다면 '제3세계'라는 단어는 폐기되어야 한다"라고 쓴 지점에서, 연대와 저항은 '제3세계'와 거의 같은 뜻이 된다(Shohat 1992: 111). '제3세계'라는 단어는 이 책의 제4장에서 상세하게 검토한다.

순되지 않는다(후자가 포스트콜로니얼 연구에서 그다지 많이 이루어졌다고도 할 수 없지만[6]). 그러므로 포스트콜로니얼 연구는 "전체성에 대한 지향이 매우 결여된다"라는 지적이나, '서양'에 지나친 가치를 둔다는 식의 비판은 반은 맞고 반은 틀리다. 바로 '서양' 속의 '비서양', '비서양' 속의 '서양', 이 각각의 중층성·공범성·상호규정성을 명확하게 하는 것, 그리고 비판적으로 지역에서 전체를 바라보는 것이 요구되기 때문이다.

그러나 미요시의 서술처럼, 1990년대 초 북미와 영국 중심의 영어권 학술계에서 '포스트콜로니얼'이라는 단어의 잦은 사용이 전지구적 지정학 현상에 대한 가림막으로 기능하였듯이, 단지 반신자유주의 내지 반지구화 혹은 반자본주의를 긴요한 물음으로 내세우는 것만으로는 연대의 조건을 규정하는 비연속적이고 불균등한 역사성을 등한시하게 된다[7]. 천광싱(陳光興)은 이 점에 대하여 다음과 같이 간결하게 경고한다. "신자유주의적 지구화에 대항하기 위하여 전지구적 탈식민화 운동과 탈제국화 운동이 먼저 이루어져야 한다. 만약 피식민자와 식민자가 제국주의와 식민주의 역사에 함께 착수하지 않는다면, 이른바 전지구적 다중 사이의 연대는 불가능하다"(Chen 2010: 16).

물론 이것을 달걀이 먼저인가, 닭이 먼저인가 식의 소모적인 논의로 보는 비판도 예상할 수 있다. 그러나 그러한 비판은 제국주의와 식민주의 문제를 단순한 순서의 문제나 사고의 게임으로 축소해버리는

6 빌 슈워츠(Bill Schwartz)는 최근 저작에서 식민주의의 경험이 어떻게 제2차 세계대전 후 영국 사회를 형성하고 재편성하였는지를 탐구한다(Schwartz 2011).

7 2016년 영국의 EU 탈퇴 선언이나 미국 대통령 선거 결과가 보여주듯이, 자본주의에 대하여 의문을 제기하지 않는 반지구화주의 혹은 반신자유주의는 경제적 고립주의와 배외주의로 귀결됨을 알 수 있다.

것이 된다. 여기서 묻고자 하는 바는 역사를 대하는 태도의 문제이다. 그 예상 가능한 비판들을 고려하면서 다시, 위 인용문의 논점을 이 책의 논의에 맞추어 바꿔 말하자면 다음과 같다. 즉 '우리'와 '그들' 사이의 경계선이 시대에 따른 지정학적·경제적인 이해관계에 의하여 끊임없이 재설정된다면, 제국의 중심에서 제국주의와 식민주의에 대하여 거듭 되묻는 시도가 여전히 필요하다는 것이다. 이 책은 그러한 시도의 일환으로서, 군중에 대한 어떤 고정적 관점이 식민지의 집합적 타자를 향한 시선과 통한다는 점 혹은 그것을 망각한다는 점을 비판의 출발로 삼고자 한다.

이 책은 아이티(생도맹그)·바베이도스·케냐·한국·인도네시아에 이르는 광범한 지역의 대중과 군중을 대상으로 한다. 이 표상은 시제적으로도 공간적으로도 별개로 존재할 뿐, 보편성이라는 기치 아래 통일되지 않는다. 문제는 일반화의 과정이다. 여기서 말하는 일반화란 정치적인 이해와 관심, 인종을 둘러싼 상황, 젠더화의 역학, 역사성이나 경제 상황 가운데, 어느 하나 혹은 몇 가지가 중첩된 관점을 바탕으로 연결고리를 찾아내려는 시도이다. 이 책에서 다루는 작가와 사상가는 이러한 시도를 통하여 자신에게 친숙한 사람들과 자신에게 친숙하지 않을지도 모르는 다른 지역의 사람들 사이에서 연속성이나 공통의 관심, 또는 그것과 유사한 상황을 찾고자 하였다. 그 때문에 군중이나 대중 같은 집단에 대하여 서술한다는 것은 자신과 타자 사이의 연결고리를 찾는, 그 자체로 반드시 성공이 보장되지 않는 시도이다.

보들레르(Baudelaire)나 콘래드(Conrad)가 시도한 식민지 군중에 대한 묘사는 단적으로 실패라 하여도 무방할 것이다. C. L. R. 제임스(C. L. R. James)가 대중을 역사의 주역으로 묘사하려 한 시도는 일종의 도박이라 할 수 있다. 왜냐하면 그는 아이티 혁명에 대한 묘사를 통하여 박애라는 프랑스적 개념을 공화국의 온정주의와 보편주의에서 이탈시켜 비판적으로 재위치시켰기 때문이다. 리처드 라이트(Richard Wright)가 반둥회의에서 반식민 운동을 전경화하려 한 시도는 새로운 대중의 등장을 예기하였다. 그러나 이는 냉전기의 사고와 젠더화된 인종 개념에 의하여 제한되었다. 조지 래밍은 구종주국과 새로운 독립국 쌍방을 향하여, 식민자와 피식민자가 함께 탈식민화를 위하여 어머니다움이라는 형상에 대하여 질문할 것을 촉구하였다.

이런 일반화의 가능성과 한계를 신중하게 독해할 때는 식민주의의 흔적이 새겨진 차이, 역사, 비연속적 경험 등을 평면화하지 않는 비평이 요구된다. 이를 위해서는 각 지역과 텍스트의 역사성을 진지하게 마주하는 자세가 중요한데, 그것이 어느 정도 실천 가능할지는 독자의 판단에 맡기고 싶다. 아래의 제4절에서 다시 언급하겠지만, 이 미묘한 차이들이 복잡하게 뒤얽힌 데에는 젠더화 작용이나 섹슈얼리티의 역학이 깊이 관련된다. 따라서 젠더화의 작용에 주목하면서 텍스트와 콘텍스트를 독해할 필요가 있다.

3. 어휘의 문제와 최근 연구

군중심리에 대한 초기의 논의를 재검토하는 일은 오늘날 한층 더 중요해졌다. 왜냐하면 거리의 군중을 통치하고 억압하려고 하는 자들에게 군중에 관한 초기 이론은 여전히 중요시되기 때문이다. 예컨대 귀스타브 르 봉(Gustave Le Bon)의 군중이론은 미군 내에서도 통용되고, “비밀 보고서나 군대의 심리를 다루는 논문 등에서 ‘군중’이라는 개념은 살아남았다”(Bendersky 2007: 281). 마찬가지로 ‘정밀 사회정체성 모델(Elaborated Social Identity Model of Crowd Behavior, ESIM)이라는 연구 이론은 2009년 4월의 G20 반대 운동이나 2010년 12월 9일 등록금 인상 반대 투쟁에 대한 런던 경찰의 탄압을 분석하면서, "경찰은 19세기 이론가 귀스타브 르 봉의 작업에서 유래한 군중심리에 대한 이론적 모델"이나 "군중은 본래 비이성적이고 늘 위험하다"라는 견해에 "의거할 수 있다"라고 지적하였다(Hoggett and Stott 2010: 224-225; "Tuition Fees" 2011). 르 봉의 군중심리 같은 오래된 모델이 대도시 중심에서 경찰에 의하여 혹은 전지구적 규모의 군사 통치 기구에 의하여 되살아나, 지역적·국제적 차원에서 대중을 폭력적으로 억압하는 데 사용되는 것이다.

이 책에서 사용하는 용어의 문제는 아직 해결되지 않았고 통일된 견해 또한 존재하지 않는다. 그럼에도 어느 정도 공통된 이해는 필요하다. 우선 군중은 개별 신체끼리 얼마간의 밀도와 통일성을 동반하여 모인 많은 사람들이라고 정의할 수 있다. 그러나 18세기까지의 영문학을 대상으로 군중을 논한 존 플로츠(John Plotz)에 따르면 군중(crowd)이라는 어휘를 정의하는 일은 쉽지 않다. 첫째, 군중이 동사와 명사 모두로 사용되기 때문이다. 둘째, 동사로 사용할 경우 "밀고 나아가다(push), 무리 지어 습격하다(mob), 폭동을 일으키다(riot), 군집하다(throng), 하나의 무리가 되다(group), 집단으로 공격하다(gang), 집합하다(mass)" 등의 동의어와 명확하게 구분되지 않기 때문이다(Plotz 2000: 6).

그렇지만 용어 정의의 어려움에도 불구하고 군중이라는 어휘에서 상정되는 이미지, 즉 부정적이고 경멸적인 측면에 대해서는 주목할 가치가 있다. 앞으로 이 책에서는 인간의 집합적 상태를 묘사할 때 의식적으로든 무의식적으로든 이와 같은 함의를 지니게 된다는 것을 나타내기 위하여 군중이라는 말을 사용하려 한다. 그리고 본문에서 군중 표상을 분석하는 경우, 번잡함을 피하기 위하여 인용임이 명확할 때를 제외하고는 기본적으로 문장부호를 사용하지 않는다.

이 책에서는 군중과 유사한 '대중'이나 '사람들' 등의 용어는 기본적으로 호환 가능한 것으로 사용한다. 다만 대중(the masses)은 군중보다 정치적으로 중립적인 집단을 나타내기 위하여 사용하는 경우가 많다. 그리고 사람들(people)은 보다 인간적인 것을 함의한다. 특히 국민국가라는 시스템에 등록됨과 동시에 주어지는 법이나 시민권 등 일련의 합법성에 의하여 주체화되는 범주라고 할 수 있다. 즉 권리 부여의 근거 내지 토대로서 법체계에 기입되는 집합적 존재이다. 영어의 'people'에는 민중이나 인민이라는 번역어가 주어지기도 한다(バディウほか 2015). 일본어로 민중을 언급할 때, 근대 국민국가의 형성과 관련하여 이 국가적인 틀만으로는 파악할 수 없는 상황, 즉 근대 이전의 집합적 기억이나 행위 등의 잔재를 동반하는 사람들의 상황을 함의하는 경우가 있다. 그것은 때로 정부에 대한 저항·봉기·폭동으로 발동한다. 또한 그것을 준비한 사람 스스로의 학습 과정도 포함한다. 각각의 학자가 생각한 민중이 서로 별개의 존재라 할지라도 이것은 야스마루 요시오(安丸良夫), 이로카와 다이키치(色川大吉) 등 민중사파 역사학자들에게서 영향받은 바가 크다[8](色川 1991; 安丸 1999).

---

8 이로카와 다이키치는 민중사를 다음과 같이 정의한다. "나에게 민중사란 그저 엘리트 이외의 민중을 연구하는 것이 아니다. 우리는 전쟁의 시대를 통하여, 그리고 패전 후의 혼란을 통하여 일본 민중에게 깊은 불신을 품게 되었다, 이에 일본 민중을 역사 변혁의 주체로서 그대로 긍정할 수는 없었던 것이다. 얼마나 오욕에 찬 상처투성이의 민중이었던가. 그 정신 구조 속에 있는 용서할 수 없는 것, 그 질척질척한 모순투성이의 끔찍한 것. 이것을 과학의 전면에 끌어내어 철저하게 분석하고 인식하며 그 출구를 찾지 않는 한, 우리가 저지른 전쟁에 대하여 반성하였다고 말할 수는 없다"(色川 1991: 314). 제2차 세계대전 중 천황제 아래에서 익찬체제(翼賛體制)에 빠져든 '민중'

또한 용어와 그 구분에 대한 최근의 논의 중에는 구시대의 편견을 반복한 경우도 있기 때문에 거기에 드러나는 사태에 대하여 면밀히 검토할 필요가 있다. 하트와 네그리가 정의하길, 사람들(people)은 "단일한 정체성"을 전제로 한다. 그리고 대중(the masses)은 "통일성이나 정체성으로 환원"할 수 없지만, "모든 차이는 대중 속에 숨겨져 감쪽같이 가라앉는다"라는 점에서 "냉담"하다. 한편 다중은 "내부적으로는 차이를 유지하면서 공동으로 소통하고 활동하려는 사회적 다양체"를 지향한다(Hardt and Negri 2005: xiv)*2. 그들은 다중으로서 새로운 집합적 통일체를 발명하려고 한다. 그러나 그 시도 자체가 군중이나 대중에 대하여 널리 퍼진 사고방식과 그 새로운 개념을 차이화하는 것에 기초하기 때문에 결국 기존 범주에 대한 통속적 선입견이 반복되고 만다.

> 이들 사회적 주체[대중, 폭도, 군중]는 스스로 행동할 수 없고 통솔되어야 한다는 의미에서 근본적으로 수동적이다. 군중이나 폭도, 혹은 하층민은 사회적 영향력-종종 두려울 정도로 파괴적인 영향력-을 가질 수 있지만, 자발적으로 행동하지 못한다. 그래서 그들은 외부에서 조작되기 매우 쉬운 것이다[9].
>
> (Hardt and Negri 2005: 100)*3

이처럼 낡은 개념을 통하여 군중과 대중을 다시 극복하려 한 움직임은 르 봉의 『군중심리(Psychologie des foules)』(1895, 영어번역 1896) 이

에 대한 반성적 태도와 분석적 시각이 이 민중사라는 말에 담겼다고 할 수 있다.

9 마이클 하트는 「다중 속에 잠기기(Bathing in the Multitude)」에서 비슷한 설명을 제시한다. 폭도는 물론 군중이나 대중과 함께 일을, 때로는 소름 끼치는 일을 할 수 있다. 그러나 그들은 통솔되어야 하고 자발적이고 자율적으로 행동할 수 없다는 의미에서 근본적으로 수동적이다(Jeffrey Schnapp and Matthew Tiews 2006: 39).

후 규범화되어 온 군중에 대한 편견을 가속화시킨다. 하트와 네그리가 군중과 대중 이상으로 혁신적이라고 여기는 다중 개념 자체에도 의문을 제기할 수 있다. 한 논자가 수사 의문문의 형태로 말한 것처럼 "군중이라는 형상은, 다중 이론이 갖는 **내재적** 모순을 다중과 군중 사이의 인위적이고 **외재적**인 대립으로 대체하기 위하여 몇 번이고 반복해서 지워져야 하는 것인가?"(Mazzarella 2010: 711). 확실히 군중과 관련된 이미지를 보다 혁신적인 것으로 재검토하기 위해서도 '다중'이라는 용어 사용은 이론적으로나 실천적으로나 유효할지도 모른다. 이 흐름에 부합하는 몇몇 입장은 군중 내부의 기존 관계성을 대체할 만한 회로를 제시한다는 점에서 다소 낙관적으로 보인다. 이들은 지도자와 그 밖에 여러 사람이라는 전통적 수직 관계 대신 수평적 관계를 찾음으로써 개인과 대중 사이의 대립을 피할 수 있다고 말한다. 혹은 '일대다 변증법'을 달성하는 방법이 될 수 있다고 주장한다(Brighenti 2010: 298; S. Edwards 2009: 451).

네그리와 하트는 대중이나 인민과 같은 범주의 정치적 의의를 집합적인 실체로 한정하였다. 그러나 다른 비평가들은 이러한 범주가 역사적으로 구축된 것이라 말한다. 즉, 용어의 수준에서 한쪽과 다른 쪽을 견줌으로써 각각의 용어가 가진 잠재적인 힘을 빼앗기게 된다는 것이다. 예를 들어, 혁명에서의 대중을 논하는 스테판 존슨(Stefan Jonsson)에 따르면 대중이나 사람들과 같은 용어를 프랑스 혁명기에는 다른 방식으로 사용하였지만, 이후에는 혼동하여 사용하기 시작하였다고 한다. 존슨이 논의하였듯이 두 용어는 상호의존적으로 의미가 형성되었다. 그리고 가장 이른 시기에 대중을 정의한 에드먼드 버크(Edmund Burke)는 대중을 정치가나 사회학자가 고려해야 할 대다수이자 사회적인 안전에 위협적이고 폭력적인 행위자로 간주하였다. 또한 에마뉘

엘 시에예스(Emmanuel Sieyes)는 『제3신분이란 무엇인가(Qu'est-ce que le Tiers-État?)』(1789)에서 사람들 내지 인민이라는 개념을 성직자나 귀족 등 특권계급과 대비시켰다. 존슨에 따르면, 시에예스는 인민을 "주권을 가진 통일된 행위체"이자 "수로만 파악할 수 있는 이질적인 요소로 이루어진 인구"라고 정의하였다(Jonsson 2006: 55). 사람들 혹은 인민은 대중일 수 있으나, 대중은 사람들이거나 인민일 수 없다. 왜냐하면 대중이라는 용어는 "혐오와 공포를 불러일으켰"기 때문이다. '대중'이라는 용어는 "공포의 원천으로 여겨졌던 자들을 배제하고 통제하는 데 도움이 되었다. 그것은 역설적이고도 모순적인 말이다. 대중으로서의 사람들은 정치적 질서를 위험에 빠뜨리지만, 동시에 그 질서 자체는 사람들의 이름으로 만들어지는 것이다"[10](Jonsson 2006: 58-59). 존슨은 이어서 주권은 어떤 사람들에게 보장되는 순간 정치적 대표제도 밖에 존재하는 사람들로부터 분리된다고 말하였다. 후자는 파괴적이라고 여겨지는 대중으로 바뀔 가능성이 있기 때문이다.

또한 버크와 시에예스의 정의를 인용한 존슨의 말에서도 알 수 있듯이, 대중과 사람들이라는 모순된 두 용어의 상호의존성을 뒷받침하는 것은 통치 대상으로서의 인구이다. 미셸 푸코(Michel Foucault)는 강의록 『안전, 영토, 인구(Sécurité, Territoire, Population)』에서 인구라는 개념의 탄생을 18세기에서 찾는다. "인구란 무엇인가, 어떻게 하면 사람을 늘릴 수 있는가 같은 문제가 제기되는 것은 오직 이 극적인 사망률과 관련해서일 뿐이다"(フーコー 2007: 83)[*4]. 중요한 점은 죽음의 이항

---

10 『제3신분이란 무엇인가』에서 인구 비율을 근거로 인민 대표제도에 대한 정당한 참여를 말한 부분은 다음의 예시를 참조할 것. "따라서 상위 두 신분의 특권자는 모두 20만 명이 채 되지 않는다. 이 숫자를 2500만 내지는 2600만 명이라는 숫자와 비교하여 당면한 문제를 생각하길 바란다"(シィエス 2011: 53).

대립(binary opposites)으로서 인구가 존재하였다는 사실이다. 죽음을 통계적으로 연속적으로 집계할 수 있게 되면서, 즉 인간의 신체를 단순히 많고 적음이 아니라 숫자로 파악할 수 있게 되면서 비로소 인구라는 범주가 등장한 것이다.

시에예스가 말한 인민이 푸코가 말한 인구, 즉 살아야 할 삶으로서의 범주 창출과 그 대척점에 있는 계량 가능한 죽음을 합친 것이라면, 버크가 말한 대중은 이 인구와 계량 가능한 죽음의 쌍으로 이루어진 틀 바깥에 있다. 그것은 범주 밖의 존재이고, 생사 판단으로 헤아려지지 않는 대다수이다. 민중사적인 사고에 따르면, 이 생사 판단으로 집계되지 않는 대중이라는 용어는 노동자라는 범주에 포함될 수 있다.

최근 포퓰리즘에 관한 비평에서는 인민이 주요한 행위체(agency)로 자리매김된다[11]. 사드리 키아리(Sadri Khiari)는 현대 프랑스에서 인민 개념이 어떠한 역사성을 띠는지 되물으면서, 그 사용이 좌파의 통일전선에서도 국민주의적 성격을 벗어나지 못함을 지적한다. 그리고 "근대적 의미에서의 인민 개념은 식민지배에 기인하는 '인종'의 사회적 생산과 긴밀히 연결된 모습으로 형성되었다"라고 서술한다(キアリ 2015: 129)[*5]. 키아리는 세속성(laïcité)의 강조가 좌파에게도 공적 담론이 되어, 현대의 이민자 및 식민지 출신의 후손을 지속적으로 외부에 위치시킴으로써 프랑스식 국민통합 프로세스의 배외주의에 힘을 실어준다고 말한다. 이 식민주의와 인민 개념의 깊은 관계성에 대해서는 이 책에서도 비판적으로 검토하고자 한다. 다만 식민지에서의 군중 이미지가 인민 개념의 형성에 선행한다는 것이 이 책의 기본적인 견해

---

11 バディウほか(2015) 및 ラクラウ(2018)를 참조할 것. 인민의 개념에 대해서는 마지막 장에서 다시 논의한다.

이다.

이상의 관점에서, 국민주의적 함의를 포함한 인민·대중보다도 군중이야말로 식민지와의 회로를 가진 범주가 아닌가 하는 물음을 문제의식의 출발점으로 삼고자 한다. 즉 버크와 르 봉이 대중·군중에 대하여 보인 경멸 혹은 그것을 바탕으로 사고되어 온 민중·다중이라는 혁신적이고 변혁적인 개념이, 식민자가 식민지에서 만난 이미지 혹은 제국의 네트워크를 통하여 식민지로부터 전달된 식민자에 의한 피식민자의 이미지, 즉 불안과 공포에 의하여 왜곡된 이미지와 불가분의 관계에 있는 것은 아닐까 하는 물음이다.

이 물음은 버크와 시에예스가 말하는 대중·인민 혹은 푸코가 말하는 인구가 특수하게 유럽적이며, 또한 서구의 지식으로 서구 내부의 현상을 기술하기 위한 것이라는 확신과 무관하지 않다. 역사적으로 볼 때 버크와 관련이 깊은 동인도회사, 시에예스와 동시대에 이루어진 아이티 혁명, 푸코가 관심을 가졌던 블랙파워 운동 등의 현실을 고려하지 않고 그 용어들이 성립한다고 보는 것은 부자연스럽다는 의미이다[12]. 대중·인민·인구 등의 집합성은 제국의 중심과 식민지의 순환을 통하여 성립됨에도 불구하고, 마치 제국의 중심 그 자체 속에서 자율적으로 개념화되고 기능할 수 있는 것으로 간주되어 왔다.

비평가들은 군중의 성원이 주로 남성임에도, 그 표상이 여성화되었다거나 영국 식민지에서는 오리엔탈리스트적인 이미지로 인식되어 왔다고 지적하였다(Kerr 2008: 53-65 및 이 책의 제1장 제2절 참조). 그러

---

12 버크와 동인도회사에 대해서는 Whelan(2012)을 참조할 것. 푸코와 블랙팬서당의 관계에 대해서는 Heiner(2007)에서 상세히 설명하였다. 뉴욕의 아티카(Attica) 형무소를 방문한 후 이루어진 푸코의 인터뷰는 Simon(1991)을 참조할 것. 시에예스가 말한 인권 정의(定義)의 인종주의적 측면에 대해서는 이 책의 제4장에서 다룬다.

나 몇몇 예외를 제외하면, 이러한 통찰이 진지하게 연구할 만한 것으로서 추구된 적은 없다[13]. 유럽과 북미의 대중·군중 표상, 역사 및 정치에 대한 논의는 비교적 많이 이루어진 편이지만, 식민지나 식민지로부터 형식적 독립을 이룬 지역에 대해서는 그러한 연구가 아직 부족하다. 그 대표적인 예로 2000년부터 스탠퍼드 대학(Stanford University) 인문학연구소에서 진행한 프로젝트를 들 수 있다. 이 프로젝트에는 다양한 분야에서 군중 관련 연구를 수행한 학자들이 함께 하였는데, 그 결실이 바로 『대중들(Crowds)』(2006)이다[*6]. 이 논문집의 편자인 제프리 T. 슈나프(Jeffrey T. Schnapp)와 매슈 튜스(Matthew Tiews)는 군중에 대한 연구사를 요약하여 다음의 네 시기로 분류하였다. 첫 번째는 "파리코뮌 이후의 어수선한 시기, 그리고 제3공화정의 산업 스트라이크나 리소르지멘도(risorgimento, 이탈리아 통일)기의 여러 봉기 시기"이다. 이때는 귀스타브 르 봉과 이폴리트 텐(Hippolyte Taine)이 집필 활동을 하던 시기이다. 두 번째는 윌리엄 트로터(William Trotter) 등이 활약한, 제1차 세계대전으로 촉발된 일련의 사색의 시기이다(Schnapp and Tiews 2006: 380 n.9). 세 번째는 군중에 대한 기존 연구의 두 전제를 뒤엎은 마르크스주의자, 특히 민중사파 역사학자들의 시기이다. 그 전제의 하나는 군중에 단일한 심리학적 핵심을 설정하는 것이 가능하다는 확신이다. 이 입장에 대해서는 조르주 르페브르(Georges Lefebvre), 조지 루데(George Rude), 에릭 홉스봄(Eric Hobsbawm), E. P. 톰슨(E. P. Thompson)이 문제를 제기하였다. 다른 하나는 통치하는 자들의 관점에서 군중을 지배하려는 의지인데, 이것은 '1960년대와 1970년대

13 1983년에 출판된 Guha의 책(1999[1983])은 식민지에서의 모멸적 군중 이미지를 재구성하고자 한 고전적 연구이다.

의 대중 시위'로부터 자극을 받은 미국의 사회심리학자들[닐 스멜서(Neil Smelser), 샘 라이트(Sam Wright) 등]에 의하여 면밀하게 검토되었다. 마지막 네 번째는 "르 봉과 그 동료들의 사상적·역사적인 문맥을 재구축하는 데 주력하여 일련의 연구 결과를 남긴, 세기전환기 군중이론가"들의 시기이다[14](Schnapp and Tiews 2006: xiii). 또 여기에는 열거하지 않았지만, 군중에 관한 다른 중요 연구로는 18세기와 19세기 영국 문학의 군중을 대상으로 한 것, 20세기 초 모더니즘기의 대중을 연구한 것, 사회학의 입장에서 본 군중의 계보학이 있다(Plotz 2000; Carey 1992; Tratner 1995; Borch 2012). 그러나 이상의 네 시기 중 어느 때에도 제국주의·식민주의 역사, 그리고 페미니즘의 역사에 대한 고려가 거론된 적은 없다. 이런 용어들이 간혹 사용되는 경우가 있더라도 그 언급은 "숨은 단서"에 머물 뿐, 식민지 역사라는 보다 넓은 맥락에는 대체로 무관심하였다[15](van Ginneken 1992: 100-129).

제3장 이후 자세히 논의하겠지만, 식민지에서 태어난 지식인·작가·역사가에게는 식민주의자의 언어에 의하여 왜곡된 이미지를 그대로 사용하지 않고, 그곳에서 살아가는 사람들의 언어 용법이나 역사를 근거로 기존의 이미지를 어떻게 바꿔 서술할 것인가 하는 문제가 주요 관심사였다. 그 쟁투의 한가운데서 군중·대중이라는 집합적 존재에

---

14 민중사파들의 대표적인 작업으로는 ルフェーブル(2007[1934]), Thompson(1966), Rudé(2005[1964]), ホブズボーム(2011[1969])의 연구가 있다. 네 번째 범주에는 로버트 나이(Robert Nye), 세르주 모스코비치(Serge Moscovici), 수재나 배로우스(Susanna Barrows), 야프 반 기네켄(Jaap van Ginneken)이 포함된다. 이 범주에 들어가는 연구는 제1장의 제1부를 논의하면서 참고한 것이 많다. 자세한 것은 제1장에서 논한다.

15 "숨은 단서(A missing link)"란 반 기네켄이 식민주의와 군중심리학 사이의 관계성과 관련하여 푸르니얼(Fournial)를 논한 장에서 사용한 말이다(van Ginneken 1992: 100-129).

미리 부여된 부정적인 이미지를 고쳐 쓰고, 그들을 역사의 무대에 당당한 배우로 내세우는 것이 특히 시급한 과제였다. 그러나 통치기구(경찰이나 군대)와 반(反)글로벌리즘을 옹호하는 지식인(네그리와 하트 등) 쌍방이 군중·대중·사람들 혹은 인민이라는 기존 용어에 의거하여 이미지를 만들어버렸기 때문에 모방적인 경합 관계가 조성되었음은 이미 확인한 대로이다. 그렇다면 더 이상 이론적으로 유용하지 않다거나 정치적으로 폐기되었다는 이유로 이들 용어를 내칠 것이 아니라, 오히려 식민지 역사의 맥락과 젠더화의 역학에 대하여 비판적 관점을 유지하면서 그것들을 몇 번이고 고쳐 읽어야 할 것이다[16].

4. 이 책의 방법

이 책은 「첫머리에」를 제외하고 총 7장으로 구성되며, 그동안 한 텍스트에서 더불어 논의된 적이 없는 문학 작품과 비평을 함께 다룬다. 그러나 개별 작가 간에는 다양한 비교 연구가 이루어져 왔다. 예를 들면 C. L. R. 제임스와 조지 래밍은 지역이나 역사성의 관점에서 종종 함께 논의되었다(Schwarz 2003). 응구기 와 티옹오와 콘래드는 이야기의 구조에 관한 영향 관계나 언어관이라는 측면에서 자주 비교 대상이 되어 왔다(Caminero-Santangelo 1998; Nakai 2000: 177-196). 리처드 라

16 물론 이것은 남성성을 단일한 것으로 간주하고 비판한다는 의미는 아니다. 주디스 버틀러(Judith Butler)가 일찍이 말하였듯이 적을 단일한 형태로 간주하는 시도는 다른 일련의 용어를 제시하는 대신 억압자의 전략을 무비판적으로 모방하는 당착적 담론이다. 그 전술이 페미니스트적 맥락과 반페미니스트적 맥락에서 동일하게 기능한다는 것은 식민지화의 행위가 환원 불가능할 정도로 남성주의적이지는 않음을 시사한다(Butler 2007[1990]: 18).

이트와 조지 래밍은 동시대에 인종에 대하여 질문을 던진 점이나 이야기 구조상의 공통점 때문에 비교 고찰되기도 한다(Joyce 2009; J. Lowe 2009, 2011). 그러나 언뜻 보기에 콘래드·제임스·라이트·래밍·응구기 사이에는 서구 출신이 아니라는 점, 일정 기간 동안 서구(영국이나 프랑스)에 거주지를 정해놓고 집필 활동을 하였다는 점을 제외하면 직접적인 관련성이 없는 듯하다[17].

다만 에드워드 사이드(Edward Said)의 『문화와 제국주의(Culture and Imperialism)』(1993)에서는 각각 별개로 다룬 것이기는 하지만, 라이트를 제외한 네 명의 작가 및 사상가가 모두 언급된다. 거기에서 식민자 측의 텍스트에 나타난 지식과 감성은 유럽 밖에서 나온 반식민주의적 사상이나 문학과 대위법적으로 경합하고 초월된다(Said 1993). 그렇다고 해서 단순히 군중에 관한 연구에서 그다지 조명되지 않는 영역, 즉 식민주의와 군중 사이의 연결을 가시화하는 데에만 이 작가들을 동시에 다루는 의미가 있는 것일까? 그렇지 않다. 본론에서 주요 작가나 사상가들의 텍스트를 함께 논하는 까닭은, 정신분석적인 관점과 교차하면서도 별개의 형태로 많은 사람을 획일적인 집단으로 심리화·실체화하는 경향과 관련되기 때문이다. 바꿔 말해, 그러한 경향을 때로는 긍정하기도 하고 때로는 그 경향에 저항하기도 하는 등, 어느 한쪽으로 치우치지 않는 양의적 진폭을 가진다. 이를테면 콘래드와 군중심리학, 제임스와 마르크스주의 사상, 라이트와 사회심리학, 래밍과 실존주의 철학, 응구기와 문화인류학 등, 각각의 작가와 특정 학문

---

17 사실 제임스·라이트·래밍·응구기는 각각 중요한 장면에서 콘래드의 작품이나 이름을 언급하지만, 여기서의 기획은 콘래드를 중심으로 이른바 포스트콜로니얼 문학의 계보를 만드는 작업과는 다르다. 이러한 작업은 이미 Nakai(2000)에서 면밀하게 이루어졌다.

내지 사상적 조류의 관계는 집합적 심성을 문학 텍스트의 통주저음으로 삼는 데 어떻게 성공하는가, 혹은 실패하는가를 보여주는 시금석이다. 그러나 많은 경우 군중은 단일한 집합으로 여겨져 양의성이 박탈된다. 두려운 낯섦(Unheimlich)을 찾기 위해서든, 저항의 맹아나 아직 달성되지 않은 반체제적 집합의 미래를 찾기 위해서든, 군중은 단일한 심리·경향·행동으로 파악될 수 있다고 간주된다. 스스로가 군중이나 대중으로 인식한 것을 심리화하려는 유혹에 굴복한 사람이 있는가 하면, 그들을 단일한 것으로 인식하기를 거부한 사람도 있다. 또한 제임스 같은 이론가는 자신을 닫힌 영역에 가두어 두려는 경계화에 저항하면서 그것을 초월하는 실체로서, 거의 전략적이라고 말해도 좋을 듯한 자세로 대중을 규정한다.

사실 군중을 심리화하는 과정이 억압적인 형태로 기능할 때, 그 작용을 비판하는 것은 그다지 어렵지 않다. 왜냐하면 사회가 안전이라는 명목으로 위험하다고 여겨지는 집단을 배제하거나 사회의 권역 밖으로 내칠 때, 거기서 단일한 심리를 발견하고 외부화하는 작업이 종종 행해지기 때문이다(그런 사태에 대한 비판이 필요 없다는 것이 아니라, 그럴 때마다 비판해야 한다는 의미이다). 더욱 곤란한 것은 대항 담론을 세울 때 단일한 심리를 발견하려는 경향을 어떻게 제쳐두느냐는 문제이다. 직접적이지는 않지만, 이에 간접적으로 답하는 방법으로 가야트리 스피박(Gayatri Spivak)의 유명한 논문 「서발턴은 말할 수 있는가(Can the subaltern speak?)」(1988)의 한 구절을 검토하여 보고자 한다[아래에서는 이후에 『포스트식민 이성 비판(The Post-Colonial Critic)』에 실린 판본을 토대로 논의한다]. 여기에서 스피박이 언급한 "순수한 의식의 형태"라는 말은 대중을 실체적 집합으로 내세우는 일의 함정에 대하여 알려준다. 스피박은 견고한 지각의 귀결로서 젠더 규범이 구축될 때의 비연속적인 네트워크를 자리매김하기 위하여 이 말을 사용한다. 스피박에 따르면 "순수한 의식"이 타자의 집단이나 "제3세계"의 억압받는 집단에서 식별될 때, 식민주의에 저항하는 남성 간의 유대가 식민화된 서발턴 내부에 있는 이질성을 평면화한다. 들뢰즈(Deleuze)와 푸코, "국제주의적" 마르크스주의자, 서발턴 연구 그룹, 이 세 가지 모두가 "순수한 의식의 형태가 있다는 확신에 따라 손을 잡는다"라고 한 것이다.

> 프랑스 논단에는 기호표현(시니피앙)의 재편성이 있다. '무의식' 내지는 '억압 아래 있는 주체'가 슬그머니 '의식의 순수한 형태'의 공간을 메운다. 정통 '국제주의적' 마르크스주의를 표방하는 지식인에게는, 제1세계에서든 제3세계에서든 의식의 순수한 형태가 이상주의적 입장의 기반으로 남아 있는데, 그것이 이의적(二義的) 문제로 치부되면 종종 인종주의나 성차별주의 같은 평가를 받게 된다. 서발턴 연구 그룹에서는 아직 인식되지 않은, 그 자체를 분절화하는 어휘에 따라 논의를 전개할 필요가 있다[18].
>
> (Spivak 1999: 273-74)*7

여기서 스피박의 논점은 "순수한 의식의 형태"가 마르크스주의를 비난하는 제1세계 지식인(푸코와 들뢰즈), 그리고 '제3세계의 국제주의적 마르크스주의 지식인[서벵골의 마르크스주의자 아지트 K. 차우드리(Ajit K. Choudhury)]'에 의하여 공모적인 형태로 시인되기 때문에 "서발턴 주체가 말소되는 여정에서 성적 차이의 흔적은 이중으로 말소된다"라

---

18 그럼에도 불구하고 스피박의 비판은 서발턴 연구 그룹과 유럽 및 국제주의적 마르크스주의자 사이의 지정학적 차이에 영향을 받는 의식의 규정에 관하여 미묘한 차이를 고려한다. 그는 전자의 시도를 "본질주의적 의식이라는 개념으로, **전략적**으로 고집한다"라고 한다(강조는 원문, Spivak 1988: 15).

는 것이다. 이것이 이중의 말소인 것은 "식민주의자의 역사 기술의 객체로서도 반란의 주체로서도 모두 젠더의 이데올로기적 구축이 남성적인 것을 지배적인 것인 채로 남겨두기" 때문이다(Spivak 1999: 274)*8. 스피박은 이어서 영국 식민성(植民省)과, 『리그베다(Rigveda)』나 『마하바라타(Mahabharata)』와 같은 고유 텍스트(와 그 해석) 사이의 역사적 공범 관계를 조명한다. 그 공범성 아래 사티(sati) 즉 과부 자살의 제도화와 탈제도화의 운명을 둘러싼 젠더 기호학이 영국령 인도에서 조직되는 양상을 자세히 분석한다. 이 특정 역사 사례를 둘러싼 이론화 작업을 통하여 스피박은 식민지적 상황의 집요한 잔재를 부연 가능한 형태로, 비판적으로 일반화한다. 즉 한편으로는 종속계급(서발턴)을 경멸적으로 단일체라고 간주하는 입장이 있고 다른 한편으로는 저항하는 교란적 통일체로 간주하는 입장이 있는데, 언뜻 대립적으로 보이는 '대중'에 대한 각각의 입장이 남성 우위의 규범을 뒷받침하는 데서 공범이 되는 사태를 현재의 비평 상황을 관통하는 것으로서 비판한다. 그리고 여기서는 서구의 '남성'(여기에는 '여성'도 포함될 수 있다)이 비서구의 '남성'으로부터 비서구의 '여성'을 구제하는 자로 나타난다.

따라서 군중과 대중에 관한 지각의 존재 방식과 앎의 형태가 미학적·정치적 담론에서 역사화되고 자리매김된다면, 그것들은 식민지의 그리고 식민지 이후의 사회에서 젠더 규범이 구조화되는 과정도 밝혀줄 것이다. 식민주의의 영향 아래에서 형성되어 온 지식·문화·문학이 식민지 이후의 문학이나 역사 기술에 이식되었고, 비판적으로 고쳐지긴 하였지만 전면적으로 폐기되지는 않았다면, 그 잔재는 형식적 독립 이후 혹은 식민지적 상황에서 C. L. R. 제임스나 조지 래밍이 각각 문제 삼았던 '영웅주의(Heroism)'나 '모국' 등의 젠더화된 개념을 통하여 살아남는다. 물론 그들은 이 문제권의 내부에서 글을 썼기 때문에,

스피박이 말하는 "순수한 의식 형태"의 형성에 많든 적든 공범적일 수밖에 없다.

주의할 점은 식민주의적 담론과 피식민지에서 나온 담론의 젠더화된 공범성을 비판적 독해의 '지렛대'로 전경화하는 것은 중요하지만, 그것들이 형태적으로 서로 유사함을 지적하는 것이 목적은 아니라는 사실이다. 응구기 같은 구식민지 출신 작가들은 자신의 어휘와 스타일로 이러한 문제를 계승하면서도 비판적으로 재편성해 왔다. 이러한 새로운 스타일 혹은 스타일의 끊임없는 발명은, 그 실패와 성공도 포함하여 현재적인 물음으로 다시 읽어내야 한다. 그러므로 이 책은 반체제적이고 집합적인 행위체를 개괄적으로 일반화하는 것이 아니라, 이러한 발명에 대한 시대적·정치적·사회적 혹은 내발적인 요청을 수용하면서 개별 작가와 사상가가 형태를 부여하고 마주하였던 대중·민중이란 무엇이었는지를 구체적으로 읽어내고자 한다.

일정 정도의 지침은 필요할 것이다. 이 책에서 분석 대상이 되는 군중·대중·민중·인민·사람들 등의 집합성은 무엇을 목표로 하는가? 정치적인 대의제도 속에서 일정한 자리를 차지하는 것인가? 혹은 의회제 민주주의의 틀 안에 갇히지 않는 어떤 것인가? 이 점에서 파라바시스(parabasis) 효과와의 공통점을 지적할 수 있다. 데리다의 아이러니를 정의하는 매브 롱(Maebh Long)에 따르면 파라바시스란 그리스 희극에서 코로스(choros)가 앞으로 나서서 관객에게 말을 거는 것이고, "아이러니한 파라바시스"란 "앞쪽으로 나섰다가 뒤쪽으로 물러가는 재귀적인 발걸음이며, 영역을 침범하면서 재귀적이지 않은 삐뚤어진 걸음"이다[19](Long 2014: 93). 이 정의 자체는 원래 폴 드 만(Paul de Man)의

19 여기서의 파라바시스에 대한 설명은 아래의 고찰과 부분적으로 중복된다. 吉田

『독서의 알레고리(Allegories of Reading)』 마지막 장에서 아이러니를 정의하면서 언급한 "알레고리(비유)의 영구한 파라바시스"에서 유래하였다(de Man 1979: 301)*9. 롱은 이것을 "서사의 일관성을 반복해서 중단하는 것"이라고 하였다(Long 2014: 93). 또 가야트리 스피박은 『포스트식민 이성 비판』에서 드 만의 알레고리 정의를 "달리 말하기"라고 한다.

> 알레고리에 대한 드 만의 탈구축적인 정의를 추천하는 바이다. 그 정의는 "달리 말하기(speaking otherwise)"라는 액티비즘을 고려하는 "아이러니"로 흘러들어가기 때문이다(이처럼 나는 항상 드 만을 비틀어서 이용한다). 그리고 거리를 끈질긴 개입['영구적인 파라바시스'를 스피박이 바꿔 말한 것]으로 변화시키는 것이 요점이라고 제기하고 싶다. 그 개입의 장에서, 응답 가능한 최소한의 정체성주의(identitarianism)에 의해 상정된, 자리매김할 수 없는 타성(他性)에 자리매김하는 allegorein(달리 말하기)의 행위체는 '달리(otherwise)'의 '다름(other)'에 위치한다고 간주된다.
>
> (Spivak 1999: 156)*10

남아프리카공화국 진실과 화해 위원회(TRC)를 사상사적 측면에서 연구하는 마크 샌더스(Mark Sanders)에 따르면, 드 만식의 알레고리에 대한 스피박의 재해석은 알레고리(allegorein)를 그리스어로 거슬러 올라가 '다른(allos)'과 '공개적으로 말하는 것(agoreuein)'으로 분할함으로써 탄생하였다(Sanders 2006: 17). 이 책에서는 파라바시스의 함의로, 롱의 수사학적 위상에서의 해석과 스피박의 개입적인 달리 읽기 모두

(2018b: 175-177)

를 염두에 둔다. "영역 침범적"으로 "삐뚤게" 걸으면서 "서사의 일관성을 반복하여 중단"하는 코로스. "끈질기게 개입하는" 것을 멈추지 않고 "자리매김할 수 없는 타성에 자리매김하는" 어법을 지향하는 예견적인 집단성. 주요 서사에 무례하게 끼어들어 중단시키는 목소리이며, 복수의 존재. 그렇다고 해서 반드시 내적으로 통일될 필요는 없으며 때로는 불완전하거나 미숙하기까지 하다. 이 책에서는 그러한 존재로서 군중을 파악한다.

이상과 같은 개념적 지침은 이 책의 시도, 즉 집합적 범주를 구체적인 역사 혹은 정치 배경과 분리하여 정의하지 않는 독해와 모순되지 않을 것이다. 달리 말하면 그것은 식민지와 그 이후라는 각각의 일반화할 수 없는 역사성과 맥락에 입각하여 군중·민중·대중 등을 표상=대행하는 과정을 묻는 시도이다. 이러한 과정이 어떻게 식민지적 지식과 그 지속 그리고 그 흐름에 저항하는 데 중요하였는지, 즉 각각 다른 어휘를 발명하는 것이 식민지와 제국으로부터의 이탈을 목표로 하는 사상·문학·운동에 얼마나 필수적이었는지를 밝히는 것이 주안점이다.

5. 이 책의 구성

이 책의 구성과 각 장의 배치에 대하여 간략하게 서술하고자 한다.

이 책은 총 4부로 구성된다. 제1부는 제1장과 제2장으로 제국주의 시대의 군중을 다룬다. 제2부는 제3장과 제4장으로 반제국주의 및 반식민주의 담론에서의 대중에 대하여 논한다. 제3부의 제5장과 제6장은 탈식민화 시대의 국민국가 형성 과정에서 국민과 인민이라는 범주가 어떻게 등장하게 되었는지에 초점을 맞춘다. 마지막으로 제4

부인 제7장에서는 신식민주의 시대의 민중 개념에 대하여 검토하고 특히 이 개념의 국제주의적 측면을 조명한다.

제1장과 제2장은 군중에 관한 담론이 식민지 담론과 공범적이면서도 종종 식민지를 비가시화해 온 프로세스에 초점을 맞춘다. 시기적으로는 19세기 중반부터 20세기 초반까지를 대상으로 한다. 제1장에서는 군중을 형상화한 19세기 유럽 문학에서 식민지의 물음이 주변화되는 사태가 근대의 또 다른 얼굴, 즉 식민지에서의 지배 그리고 자본주의적인 착취와 부의 축적에 수반되는 현상임을 논한다. 여기서는 군중에 대한 평가에 하나의 방향성을 제시한 19세기 중반의 문학 텍스트, 에드거 앨런 포(Edgar Allan Poe)의 소설과 샤를 보들레르(Charles Baudelaire)의 산문시 및 비평을 독해한다. 후반부에서는 귀스타브 르 봉의 『군중심리』(1895)를 다룬다. 그리고 군중 담론의 전형에 해당하는 『군중심리』를 시대적 맥락에서 그 의의를 개관한다. 또한 동시대 영국에서 활약한 작가들, 특히 조지프 콘래드의 초기 작품에 초점을 맞춘다.

제2장에서는 콘래드의 대표작, 특히 『로드 짐(Lord Jim)』과 『노스트로모(Nostromo)』를 다룬다. 우선 『로드 짐』에서 1인칭 복수 주어 '우리'가 이야기를 통제하는 집합적 개념으로서 반복 사용되는 프로세스에 주목한다. 그 사용 방식을 자세히 살펴봄으로써 식민지를 무대로 한 장면에서 '우리'와 인접하여 등장하는 군중을 얼마나 주변화하면서 통제하였는지를 논한다. 후반부에서는 정신분석의 핵심에 저항 개념에 대한 지속적인 관심이 자리한다는 것을 군중심리에 대한 논의와 연결하여 사고한다. 여기서는 『노스트로모』를 독해하면서 프로이트(Freud)의 「집단심리학과 자아분석(Massenpsychologie und Ich-Analyse)」(1921)을 함께 다루고, 프로이트와 르 봉의 군중론을 비교한다. 나아가 이야기

속 군중을 향한 시선이 어떻게 군중을 분석·독해·심리화하며, 그 프로세스에서 벗어나는지를 검토한다.

제3장부터 제5장까지는 1930년대 중반부터 1960년경에 이르는 반식민 운동의 형성기부터 형식적인 식민지 독립까지의 시기를 다룬다. 특히 카리브해 지역과 아프리카계 미국인 작가, 특히 C. L. R. 제임스·리처드 라이트·조지 래밍에 초점을 맞춘다. 이 세 사람은 각기 교우 관계를 맺었으며 작품에서도 서로 언급하는 사이였다. 이 시기 이들 식민지 지식인은 제국주의 시대에 피식민자를 향한 식민자의 시선에서 형성된 군중의 표상을 대중·사람들·인민으로 재편성하였다.

제3장에서는 제임스의 대표작 『블랙 자코뱅(The Black Jacobins)』(1938)에 초점을 맞춘다. 이 작품은 18세기 후반부터 19세기 초반까지 프랑스 혁명에 강하게 영향을 받으면서도, 처음으로 흑인이 주체가 되어 독립을 달성한 생도맹그의 아이티 혁명을 주제로 한다. 이 『블랙 자코뱅』을 통해서는 카리브해역의 역사 기술과 그 젠더화에 대하여 질문하게 될 것이다. 이어서 『노스트로모』에 관한 논의에서 규명되지 않았던 문제, 즉 지도자의 이상적인 상으로서 전제된 영웅적 측면과 남성성을 묻는다. 이때 『블랙 자코뱅』에서 '형제애' 혹은 '박애'라는 용어가 어떻게 미묘한 뉘앙스를 수반하여 사용되는지에 주목한다. 또한 그 용어 사용법을 희곡판 「블랙 자코뱅」(1967)의 사용 방식과 비교한다.

제3장이 유럽(특히 프랑스)과 카리브해 지역의 연결을 다룬다면, 제4장에서는 1955년 반둥회의가 열린 동남아시아로 무대를 이동한다. 여기서는 그 이듬해에 출판된 작가 리처드 라이트의 반둥회의에 대한 참가기이자 보고서인 『색의 장막(The Color Curtain)』을 다룬다. 이 회의는 그 자체로 탈식민화의 상징으로 간주되기도 한다. 이 장에서는

우선 비유럽 세계를 독해하는 단어로서, '제3세계'를 사상적·역사적 인 맥락에서 재검토한다. 다음으로 라이트가 식민지 지도자나 새로운 독립국 사람들, 그리고 정보제공자가 지닌 서양에 대한 관점을 검증할 때, 집합적 심성을 심리학적 어휘로 규정하는 경향에 주목한다. 분석 결과, 사람들을 향한 작가의 왜곡된 시선이 어떠한 효과를 야기하며 냉전기 수사학과는 어떻게 관련을 맺게 되는지를 논한다.

제5장에서는 식민주의의 뿌리 깊은 역사를 어떻게 풀어나갈 것인가에 대하여 질문을 던진다. 그것은 언어나 심리적 영역에 새겨지기 때문에 종종 피식민자 자신도 알아차리지 못하는 경우가 많다. 이러한 곤란과 마주하면서, 이 장에서는 정동(情動)이라는 개념에 초점을 맞추어 최근의 비평과 이 장의 관계에 대하여 개관한다. 이어서 바베이도스 출신의 작가 조지 래밍의 작품을 다룬다. 그의 첫 소설『내 피부의 성에서(In the Castle of My Skin)』(1953)를 대상으로 수치심이라는 정동의 배치에 주목함으로써 수치심이 어떠한 집합성을 밝히며 그것이 작중에서 어떻게 암시되는지를 분석한다. 한편, 이 새로운 집합성은 '모국'이라는 젠더화된 종주국의 이미지로 맺어진 종주국과의 유대를 비판적으로 조명하게 된다. 작가는 이 이미지를 비판적으로 명명함으로써 식민자와 피식민자 사이의 심리적 상호의존성에 대하여 지속적인 비판을 시작한다. 이 모국 개념에 대한 비판에 이어서, 후반부에서는 비평집『망명의 즐거움(The Pleasures of Exile)』(1960)에 제시된 셰익스피어(Shakespeare)의『템페스트(The Tempest)』해석을 시도한다.

제6장과 제7장에서는 케냐 작가 응구기 와 티옹오의 작품을 다룬다. 그리고 케냐에서 반식민 투쟁을 담당하였던 집단 '마우마우(Mau Mau)'가 작품에서 어떻게 기억되고 공통의 역사로 다루어지는지에 주목한다. 래밍이 대도시와 식민지 사이의 관계를 비판적으로 사고하면서

종주국과 식민지 각각의 젠더화된 이미지를 상대화하고 재조직하려 했다면, 응구기의 작품군에서는 이러한 이미지들이 지역적·집단적 저항을 통하여 다른 질문을 낳는 것으로 간주된다.

제6장에서는 『한 톨의 밀알(A Grain of Wheat)』(1967)을 통하여, 이 식민지 해방투쟁의 이야기에서 구약성서 모세의 에피소드가 케냐의 반식민 투쟁에 힘쓴 키쿠유(Kikuyu) 사람들의 민족신화와 접합됨을 확인한다. 그리고 성서의 이야기가 어떻게 환멸과 배반의 이야기로 읽히게 되는지를 논한다. 그 실마리로서 프로이트 최후기의 텍스트 가운데 하나인 『인간 모세와 유일신교(Der Mann Moses und die monotheistische Religion)』(1938)를 함께 읽는다. 이를 통하여 프로이트와 마찬가지로 응구기의 작품에서도 메시아적인 담론이 해방의 약속으로서 집단적 이야기의 기저에 존재함을 확인할 수 있을 것이다. 또한 훗날 케냐 초대 대통령이 되는 조모 케냐타(Jomo Kenyatta)가 쓴 키쿠유 사회에 관한 인류학적 연구서 『케냐산을 마주보며(Facing Mount Kenya)』(1938)가 끼친 영향과 그 문제점에 대해서도 지적한다.

제7장은 반둥회의 이후 국제적인 연대의 주요 사례로 응구기와 한국 시인 김지하 사이의 문학적·사상적 영향 관계에 초점을 맞춘다. 우선 신식민지 상황이란 어떤 것을 가리키는지를 개관한 후, 케냐와 한국의 신식민주의의 전개를 각각 상술한다. 응구기는 영국에 의한 식민지화 이후에, 김지하는 제국 일본에 의한 식민지화와 미군 점령 이후에 신식민주의라고 하는 상황을 공유하였다. 그것들이 어느 정도 겹치고 또 어긋나는지를 살펴보기 위하여 응구기의 『십자가 위의 악마(Devil on the Cross)』(1982)와 김지하의 「오적(五賊)」·「비어(蜚語)」 등 대표적인 시 작품들을 비교 검토한다. 또한 이러한 역사성을 배경으로 응구기가 김지하에게서 발견한 공통의 기반이 무엇인지에 초점

을 맞춘다. 이들 작가의 경우, 그 공통성이 지식인과 '대중' 사이의 간극을 메우기 위한 다양한 실험과 시도를 가능하게 하였다. 특히 두 사람은 모두 풍자라는 구비문학적 수법을 통하여 민중적 저항 수단을 마련하였다.

마지막 종장에서는 이 책 전체를 되돌아보면서 그 논의들과 접합할 수 있는 문제로서 포퓰리즘에 관한 최근 연구 사례를 함께 검토한다. 끝으로 앞으로의 전망에 대해서도 언급하고자 한다.

제1부

군중
(제국주의)

제1장. 사람들이 모이는 것은 왜 위험한가?

- 포, 보들레르, 콘래드의 작품에 나타나는 도시와 식민지 군중

1. 첫머리에

사람들의 반란과 간접 통치의 발명

1957년 알베르 멤미(Albert Memmi)는 식민자가 피식민자를 지각하는 방식을 다음과 같이 기록한다. "복수라는 징후야말로 피식민자가 비인격화되는 징표다. (…) 피식민자는 개개인이라는 틀로 성격이 부여되는 것이 결코 아니다. 그는 '그들은 이렇다'라거나 '그들은 같다'라는 식으로 익명의 집합성에 묻히게 될 운명인 것이다"(Memmi 1967: 85). 멤미가 지적한 식민지 군중에 대한 획일적인 인식은 대략 30년 후에 서발턴 연구 그룹에 의해 부분적으로 정정된다. 이 그룹은 영국 식민지 관리들이 공적 문서나 기록에서 종속계급(서발턴)을 그릴 때 '불화'나 '소요', '반란'이나 '폭동' 등 모멸적이고 비인격화를 함축하는 용어를 사용하였다는 점에 착안하여 이러한 종속계급의 존재, 특히 그들의 살아있는 역사성을 가시화하는 것에 몰두하여 왔다(Guha 1988: 45-86). 서발턴 연구 그룹이 저술한 일련의 논고는 식민지에서의 개별 인간이 저항하지 않으면 비실체적이고 존재하지 않는 것으로 간주되는 경향이 있음을 알려준다.

실제로 영국에서 인종에 대한 논의는 1857년 인도 동인도회사에

대한 반란(이른바 '세포이 항쟁'), 1865년 자메이카의 모란트베이 반란 등 영국 식민지에서 반란과 폭동이 연달아 일어났을 때 처음으로 심각한 영향을 받았다. 그리고 이 사건들은 "[영국] 사람들의 인종에 대한 지각을 극적으로 변화시켜 영구한 인종적 우월성이라는, 지극히 솔직하고 새로운 주장"을 가져왔다[1](Young 1995: 92).

세포이 항쟁에서부터 모란트베이 반란에 이르기까지 영국 식민 통치 기법에 중요한 변화가 생겼다. 정치학자 마흐무드 맘다니(Mahmood Mamdani)에 따르면 이 변화란 바로 간접 통치다. 간접 통치는 헨리 메인 경(Sir Henry Maine)이 고안하였고, 인도를 비롯하여 말레이의 여러 국가, 네덜란드령 인도네시아, 그리고 20세기 초 아프리카 여러 지역에서도 사용된다. 그는 그것을 단적으로 "원주민 통치를 원주민 권력자"에 의한 권한으로 보았다. 그리고 다양한 "원주민 부족"을 별도의 "자치구"에 귀속하는 것으로 간주하면서 "인종" 및 "부족"이라는 범주를 만들어 냈다. 또한 그렇게 함으로써 시간에 따라 변화하지 않는 문화와 전통을 갖춘 "원주민"을 고안하였다(Mamdani 2012: 3, 7-8). 맘다니는 직접 통치와 간접 통치의 차이를 다음과 같이 설명한다.

> 만약 직접 통치가 목표로 한 바가 문명화의 사명을 통하여 엘리트 집단을 동화하는 것이었다면 간접 통치의 야심이란 전 인구의 주체성을 다시 만드는 데 있었다. 피식민자의 현재, 과거, 그리고 미래 각각을 원주민이라는 틀에 끼워 넣어서 형성하려 시도하였다. 현재는 인구조사에 의한 일련의 정체성 형성을 통하여, 과거는 새로운 역사 기술이라는 구동력을 통하

1 영국 식민주의자로서의 주체 형성을 둘러싼 논의가 모란트베이 반란과 세포이 항쟁에 이르기까지 얼마나 복잡한 형태로 이루어져 왔는지에 대해서는 캐서린 홀(Catherine Hall)의 저작을 참조할 것(C. Hall 2002).

여, 미래는 법적이며 행정적인 기도(企圖)를 통하여 이루어졌던 것이다.
(Mamdani 2012: 45)

여기에서 맘다니는 푸코의 통치성 논의를 의식한다. 푸코의 논의 대부분이 어디까지나 유럽, 특히 프랑스에서 이루어진 인구 통치기법의 세련됨을 설명하는 데 할애된다. 반면 맘다니의 논의에서 중요한 것은, 이와 같은 통치기법이 식민지에서 세련되게 이루어질 때 그것이 사람들의 반란에 대한 반응으로 일어났다고 하는 역사성이다[2].

이처럼 사람들을 좁은 공간에 가두고 한정된 땅에 묶어둔다는 방법이 통치기법으로 고안된 배경에는 예측할 수 없는 범위나 장소에 피통치자의 신체가 넘쳐나는 것에 대한 통치자의 두려움이 있었다. 그러므로 집단으로서의 피식민자와 관련하여 '더러움'이나 '오염'에 대한 공포의 수사가 반복적으로 환기된다. 더글러스 커(Douglas Kerr)는 유럽 밖의 군중, 혹은 그가 "동양의 군중"이라고 부르는 것을 발견한 목격자들의 말에서 "숫자로 압도당하는 경험"을 볼 수 있다고 논한다. 그것은 공포와 유혹이라는 양의적 감정부터 증오 등의 극단적 반응까지 동반하는데, 식민자는 역설적으로 자신의 권위가 무대와 같은 허구 공간에 의하여 성립하였음을 깨닫는다. 게다가 이러한 일련의 경험은 19세기 전반의 토머스 드 퀸시(Thomas de Quincey), 에드먼드 버크

---

2 통치성 논의는 フーコー(2007), Dean(2009)[1999], ウォルターズ(2016)를 참조. 식민지 통치성의 기반이 되는 논의에 대해서는 D. Scott(1995)가 상세히 서술하였다. 더 발전적으로는 인도의 국가형성 과정과 식민지 통치성에 대하여 논한 Goswami(2004) 및 전후 오키나와 미군 점령기 "비(非)류큐인"의 관리에 대하여 논한 土井(2017)의 연구가 시사하는 바는 매우 크다. 고스와미에 대하여 알려 주신 도이 토모요시(土井智義) 씨, 딘에 대하여 알려주신 모리 케이스케(森啓輔) 씨에게 감사를 표한다. 간접 통치에 대한 보다 포괄적인 분석은 Mantena(2010)를 참조할 것.

(Edmund Burke)로부터 19세기 후반의 러디어드 키플링(Rudyard Kipling), 그리고 프레더릭 루가드(Frederick Lugard) 등에 이르기까지 군중에 대한 이론에서 적게 언급된 문인이나 정치가의 글에서 발견할 수 있다(Kerr 2008: 53-65). 커의 서술에서 가장 설득력 있는 것은 그들이 묘사하는 동양의 군중이 "식민주의의 가장 절박한 불안의 초점"이라는 점이다[3](Kerr 2008: 56).

군중은 종주국 인간에게 식민지 반란의 공포나 불안의 대상이었다는 것이 이 장 전반부의 배경이다. 또한 후반부의 초점은 '문명의 교두보'로 침입해 오는 식민지 군중을 무화하는 시도에 관한 것이다. 이러한 시도는 식민지 군중을 둘러싼 경험을 대도시에서의 경험과 혼동하지 않도록 하기 위하여 집요하게 반복적으로 행해져 왔다. 앞서 인용한 멤미의 문장이 알려주는 것은 피식민화된 사람들에 대한 획일적인 인식이 제거된 것이 아니라 1950년대 중반 멤미의 시대에도 당면한 질문이었다는 것이다. 반둥회의가 있었던 해 프랑스어로 출판된 『슬픈 열대(Tristes Tropiques)』에서는 인류학자 클로드 레비스트로스(Claude Levi-Strauss)가 인도의 군중과 맞닥뜨려 그것에 홀리는 모습이 그려진다. 레비스트로스의 전제는 도시 공간은 위생 관리에 따라 병이나 오물로부터 분리되어야 하는데, 비서양에서는 이 관리 대상이 군중과 등가라는 것이었다.

> 인도의 대도시들은 일종의 빈민굴이다. 한데 우리가 불명예라고 여겨 부끄러워하는 일이나 나병처럼 꺼리는 일들이 인도에서는 종국적인 사회

3 도시의 영미문학에 한정하여 논한 연구로는, 본론과 문제의식은 어긋나지만 植田(2001)가 많은 것을 시사한다.

> 현상으로 나타나는, 즉 인간들의 밀집-생활 조건의 차이를 무시한 '밀집' 그 자체가 존재 이유인 밀집-에서 오는 (단순한) 도시 생활의 (자연스러운) 현상에 불과할 따름이다. 추잡성·무질서·혼란·혼잡·폐허·판잣집·진흙탕·오물·체액·똥·오줌·고름·분비물·땀, 도시생활이 그것들에 대한 조직적인 방어수단이 될 수 있다고 우리가 생각하는 모든 것, 우리가 싫어하는 모든 것, 우리가 비싼 대가를 치르고서라도 회피하려고 하는 모든 것, 인간의 공동생활에서 생기는 모든 부산물, 이 모든 것들이 인도에서는 한없이 널려 있다.
>
> (レヴィ=ストロース 2001: 221)*11

레비스트로스에게 비서양의 군중은 예기치 않은 섬뜩한 재림이기 때문에 도시 공간에 깊이 뿌리를 내린 세련된 감성에 위협이 된다. 그것은 대상을 객관화하는 능력을 가진 인류학자에게도 전염성이 있기 때문에 멀리하여야 하는 것이다. 식민지는 당시 그 일부가 독립하여 있었다고는 하지만 서양의 도시 생활이 주변화하여 온 것이 전경화되는 장소였다. 군중은 이처럼 '문명'과 대극에 있다는 이유로 혐오당한다. 혹은 그 반대로, 이 장에서 확인하는 바와 같이 근대의 중심에 위치한 것이라고 상찬된다. 군중에 관한 이 이중의 지각 형태는 서서히 용해되고 혼동되지만, 그 결과 문화제국주의가 연명하기 위한 유용한 차이로 살아남는 것이다. 역시 맘다니의 말처럼 "간접 통치 아래에서는 (…) 차이를 어떻게 관리하고 정의하는가 하는 것이 통치의 핵심"이기 때문이다(Mamdani 2012: 2).

이 장의 물음

그렇다면 19세기 중반 식민지에서 중요한 반란이 일어나 '인종'이나 '원주민' 등의 범주가 만들어지고 19세기 후반 식민자의 반응이 획일적으로 되기까지 무슨 일이 있었을까? 특히 동시대 유럽에서 군중에 대한 반응이 '불안'으로 획일화되기 직전의 작가나 시인들은 어떻게 군중과 격투를 벌였을까?

이 장에서는 19세기 중반의 문학 텍스트를 선택적으로 독해함으로써 군중을 자족적이고 동어 반복적인 형태(예를 들어 '군중은 위험하다. 왜냐하면 군중이기 때문이다'와 같은 발상)로 지각하는 것이 식민지 군중에게 일어났던 사건과 일정한 거리를 둔 형태로 준비되었음을 보여줄 것이다. 그리고 포(Poe)의 단편 「군중 속의 사람(The Man of the Crowd)」이나 보들레르(Baudelaire)의 산문시 「군중(Les Foules)」 등의 작품에서 예외적인 형태로 존재하였던 군중에 대한 시선이 19세기 후반까지는 닫혀있었음을 논한다.

2. 대도시 군중 — 포, 「군중 속의 사람」에서의 객관성과 과학

도시에서 군중이 탄생하고 가시적인 존재로 부각된 현상 자체는 자본주의의 침투력과 분리할 수 없다. 지방이나 주변 지역에 살던 사람들이 대도시로 와서 노동을 할 수밖에 없었기 때문이다. 1840년대까지 런던의 인구는 약 200만 명에 달하였다[4]. 이 시기의 정책 입안자들은 군중과 그 외부 사이에 매우 애매한 형태로 경계선을 그어 과잉된 인체의 응집, 즉 군중을 비가시 영역에 가두고 몰아내려 하였다. 다른

---

4 런던의 인구는 1939년이 가장 많았지만, 인구증가율은 19세기 마지막 20년이 가장 높았다. 통계는 다음 사이트 참고(〈http://www.londononline.co.uk/factfile/historical/〉 2012.3.1. 접속).

한편으로 학자와 예술가가 군중의 성질을 탐구하였는데 그것은 포괄적이지도 않고 체계화되지도 않았다. 군중에 대한 지식은 '부랑자'나 '비행자', 한센병 환자 및 그 밖에 사회적으로 '열등하다'고 여겨지는 자들을 거리에서 보이지 않게 하는 데 기여하였다. 이것에 관해서는 그들을 집 안으로, 혹은 미셸 푸코(Michel Foucault)가 말하였던 "악의 발생원"으로 밀어 넣는 것을 목적으로 한 의학이나 공중보건학과 같은 학문 분야가 앞서 있었다. 푸코는 18세기까지 감옥과 같은 감금 상태를 통하여 침투하는 것으로 여겨졌던 전염병에 대한 공포가 발생하는 상황을 그려낸다.

> 수용시설에서 퍼져나가 이윽고 도시를 위협하려는 몹시 불가사의한 병을 '누구나' 두려워한다. 감옥 열병(熱病)이 이야기되기도 하고, 유죄선고를 받은 사람들의 호송 수레, 쇠사슬로 줄줄이 묶여 도시를 지나가는 사람들이 병의 원인을 흘린다고도 하며, 괴혈병(壞血病)의 전염이 상상되기도 할 뿐만 아니라, 병으로 인해 탁해진 공기가 주거구역을 오염시킬 것이라고 추측되기도 한다. 그리고 중세에 퍼졌던 커다란 공포의 이미지가 새롭게 대두되면서, 격렬한 공포의 은유를 통해 제2의 공황(恐慌)을 폭발시킨다.
>
> (フーコー 1975: 379)*12

푸코는 나아가 광기를 가두려는 담론이 빈곤의 과잉에 따라 범죄자를 감금하려는 담론과 합류하였음을 지적한다(フーコー 1975: 424-425).

포의 문학 텍스트는 푸코가 대략적으로 일반화하고 있는 도시 군중의 거시적인 역사성이나 프랑스의 독자적인 정책과 정확히 합치하지는 않는다. 그러나 군중에 대한 미시적이고 특이한 시점을 제시하여

준다. 포의 텍스트가 예외적인 까닭은 19세기 중반 시점에서 '독성'이나 '감염력'이라는, 이후 군중에 대하여 전형화되는 관점을 부정할 수 있는 것을 가졌기 때문이다. 나아가 이후 범죄학에 선행하여 의학이 전제하였던 사상 경향을 공유하면서도 여전히 체계화되지 않은 잡다한 지적 배경이 기입되었다는 점에서, 잉여가 많은 텍스트이기도 하다. 즉 포의 「군중 속의 사람」은 군중을 독해하려는 열렬한 경향이 아직 조직화되지 않았으며 또한 그것이 과학으로 확립되지도 않았던 맹아적 시기를 보여준다[5]. 이 맥락에서 여기서의 독해는, 「군중 속의 사람」을 도시 경험의 미학이라고 하는 주장이나 미국의 전형적인 리버럴 민주주의로 전유하는 읽기와는 다르다(Brand 1991: 92-93; Esteve 2003: 46-47). 그보다도 이 단편을 초기 범죄학과 결부하여 고찰하는 최근의 독해에 좀 더 가깝다. 토셍 차오추티(Thosaeng Chaochuti)는 범죄학의 시조인 체사레 롬브로조가 범죄자와 비범죄자라는 이항대립을 확립한 한편, 포의 이야기는 "법을 준수하는 자아와 범죄자로서의 타자 사이의 이항대립적 구분을 비판한다"라고 논한다(Chaochuti 2008: 32-33). 이 논의는 어떻게 포의 이야기가 범죄학의 여러 전제를 무너뜨리는지를 강조하는 데 유용하지만, 1840년에 쓰인 이야기를 19세기 말의 지식과 관련시킨다는 점에서 다소 비역사적이다. 그러므로 이 절에서는 후대 이론가들이 군중을 분석할 때 상정한 객관성을 포의 이야기가 어떻게 탈신화화하였는지를 문제로 삼는다. 이러한 포

5 나중에 군중심리가 보급된 것은 체사레 롬브로조(Cesare Lombroso)나 스키피오 시겔레(Scipio Sighele) 등의 이탈리아 학자들이 19세기 후반 개시한 학문인 범죄학의 제도화와 거의 같은 시기였다. 롬브로조와 시겔레의 범죄학은 리소르지멘토(Risorgimento)라 불리는 이탈리아 통일 운동 후반기에 노동 운동을 포함해 반란을 진압하기 위하여 사용되었다. 롬브로조와 시겔레 이론의 정치적 맥락에 대해서는 van Ginneken(1992: 52-99)을 참조할 것.

의 성과는 이야기가 형상화될 당시 엄청나게 활발했던 노동 운동을 등한시한 것과 비교됨으로써 또 다른 면모를 보여줄 것이다.

단편소설 「군중 속의 사람」은 시각의 탁월성을 무대화하는 행동으로 시작한다. 거기에는 서술자가 범죄자를 추적할 때 어떤 일반화된 인식론적인 지적 환경이 규범화된다. 가까스로 병을 회복하는 중인 남자가 커피숍에서 황혼 무렵 서둘러 걸어가는 군중의 몸짓을 독해하고 분류한다. 이야기는 서술자가 "그것은 읽히기를 거부한다(er lässt sich nicht lesen)"라는 구절을 해석하는 것으로부터 시작된다. 그가 서술하기를, 그것은 "어떤 독일 책"으로부터 인용한 구절이다. 이 인용 후에 서술자는 '그', '그것' 등을 가리키는 독일어 단수형의 대명사 "er"를 '비밀'로 치환하여 "정체를 밝히기를 거부하는 비밀들이 있는 법이다"라고 이어 간다[6]. 서술자는 첫 단락을 "모든 범죄는 본질을 드러내지 않은 상태로 남는다"라는 구절로 끝낸다(MC, 229)[*13]. 만약 기호나 '비밀'이 독해되어 '말해지는' 것을 거절한다면, 여기서 '읽는' 것의 기저인 시각이야말로 서술자가 군중을 탐색하기 위한 유일한 신체적인 매개가 된다. 독일어에서 영어로 번역되면서 시각의 탁월성이 의심할 수 없는 것으로 전제된다기보다 무대화된다. 다른 한편으로 이후에 확인하겠지만 앞의 엄명이 미치는 범위 내에서, 서술자가 군중과 해후할 때 그의 시각에 객관성이라는 자격을 부여하는 것은 고양된 감각이라고도 할 수 있는 일종의 착란상태(delirium)이다.

---

6 Poe(2006: 229). 이하에서는 쪽수는 본문에 괄호로 묶어 병기하고, 단편소설의 제목은 MC로 축약하여 표기한다. 작품 제목에 대해서는 創元推理文庫 판(版) 번역에 따른다. '군중', '군집' 등 표기 차이에 대해서는 전자가 비교적 모멸적인 함의를 수반하는 경우가 많고, 후자는 중립적인 입장에서 사용되는 경우가 많다. 전자의 경향에 비판적 시각을 지니고 있음에도 불구하고 본론에서는 '군중'을 사용하기로 한다.

서술자는 시야에 들어온 어마어마한 신체들이 야기한 착란상태를 경험하는 순간에 눈앞의 군중을 음미하기 시작하며 "소용돌이치는 바다를 연상시키는 인간 두상의 움직임이 너무나 신기했고, 그 상쾌감에 흠뻑 빠져들었다"라고 서술한다(MC, 230)*14. 미셸 푸코가 『임상의학의 탄생(Naissance de la Clinique)』(1963)에서 17세기부터 18세기 후반에 이르는 의학의 변용을 고려하면서 논의하였듯이 시각의 탁월성은 과학적 객관성 형성의 기반이 되었고, "진리에 대한 근원적인 권리를 행사함"으로써 초기 의학 담론에 과학으로서의 자격을 부여한 것이다(フーコー 2011: 28). 포의 이야기는 애초부터 객관적 진실을 전제로 하지 않고 어떻게 이러한 진실성이 생겨날 수 있는지, 그 과정을 기록한다. 군중의 관찰자는 "진리에 대한 근원적인 권리"를 상정할 때마다 착란상태에 휩쓸린다. 그 때문에 관찰자에게 상정된 객관성은 구축된 것으로 간주될 수 있다.

그런데 착란상태가 왜 객관성이 정립되는 과정을 준비하거나 또는 그 과정과 공존하는 것일까? 줄리아 크리스테바(Julia Kristeva)는 정신분석적 의미의 착란상태가 "객관적 현실"과 대립하는 것으로 상정되어 왔음을 지적한다. 그러나 크리스테바는 대상을 통찰하는 주체가 "결여"나 "'타자'의 욕망"으로 기초 지워져 있으므로 그 객관성이란 "이론상의 가설에 지나지 않는다"라고 주장한다. 크리스테바는 주체가 착란상태에 취약한 것에 관하여 다음과 같이 서술한다. "착란에 특유한 치환과 변형이 욕망에 의해 유별되므로 그 치환과 변형은 인식에의 열정, 즉 인식하고자 하는 주체의 종속과 무관하지 않게 된다"[7]

---

7 엘리아스 카네티(Elias Canetti)는 착란상태가 촉각적·시각적인 지각을 변용시킨다는 것, 그리고 이것이 사람이 어떻게 군중을 지각하는가를 묘사할 때 근원적임을 지적한다(カネッティ 1971: 下, 127-143).

(クリステヴァ 1994: 78-80)[*15].

포의 다른 단편소설 「소용돌이 속으로의 추락(A Descent into the Maelstorm)」(1841)은 다른 비평가도 동의하듯이 군중 경험을 알레고리화하는데, 이 이야기는 '앎(知)의 욕망' 조건으로서 착란상태가 동반하는 순간을 기록한다(今村 1996: 89). 노인이 소용돌이(maelstrom)에 추락해버린 경험을 말할 때 처음에는 "너무나 산란해서 주변을 제대로 관찰할 수가 없었다"라고 하였지만, 이어서 우러나는 고양된 감각이 자기 시각의 확실함을 보증하는 것으로 나타난다. "기묘한 호기심을 가지고 바라보기 시작했습니다. 내가 착란상태에 사로잡혀 있었던 게 틀림없어요. 그 물체들이 아래쪽 물거품을 향해 떨어지는 속도를 비교, 추측하는 데 **재미까지 느꼈**으니까요"(강조는 인용자, Poe 2006: 33, 34)[*16]. 포의 작품에서는 객관성에 모양이 갖춰지는 것이 착란 때문임을 보여준다.

착란상태를 경유하면서 서술자는 시선의 힘에 따라 군중을 독해할 수 있다고 고무되지만 이 독해를 향한 강한 충동은 군중을 성적 내지는 인종적인 차이에 따라 분류하는 행위를 동반한다. 「군중 속의 사람」 전반부에서 서술자는 군중 속 사람들의 행동에 따라 이러저러한 특징을 독해한다. 그는 군중을 그 몸짓, 겉모습, 복장에 따라 바라보고 판단하며 분류하는 것이다. 첫째 부류는 상류계급의 남자들, 비교적 부유한 "젊은 신사들"이다(MC, 230)[*17]. 두 번째 부류는 "소매치기"나 "도박꾼", "멋쟁이 남자"나 "군인" 등 초라한 꼴을 하지는 않았지만 천한 직업을 가진 자들이다(MC, 231)[*18]. 마지막으로 사회의 가장 저변에 처한 계층으로 분류되는 "유태인 행상", "진짜 거지들" 그리고 "다양한 연령층과 각양각색의 밤거리의 여인들" 등 비교적 하층계급에 속하는 사람들이다(MC, 232)[*19]. "한창때의 여성다움으로 더할 나위 없이

아름답"기는 하지만 "내면은 오물로 가득 차 있다"라는 표현에서부터 "넝마 조각을 걸친 한센병 환자", 늙은 여자, 젊은 매춘부, "술주정뱅이" 등의 표현에 이르기까지 경멸적인 말투와 함께 여성들이 이 최후의 범주에 포함된다. 다음에 확인하겠지만 이는 보들레르가 군중을 여성화할 때 드러나는 공공연한 여성혐오(misogyny)를 엿볼 수 있게 한다. 다만 포에 의한 여성의 표상은 크리스테바가 착란상태에 관하여 첨언하는 사태와 일치하지 않는다. 크리스테바에 의하면 착란상태는 구조적으로 "부성 기능을 배제"하기 위하여 이어서 일어나는 모성적인 것의 우월이 "대상성에 관한 다른 어떤 고찰도 배제해 버리기" 때문이다(クリステヴァ 1994: 81)*20. 포의 경우는 크리스테바 논의의 전제가 되는 부성적인 것, 모성적인 것이라는 구분을 의문시하면서도 그 객관성의 성립을 무대화함으로써 독해를 향한 충동이 일종의 남성적인 시선이 될 수 있음을 역설적으로 보여준다.

이야기의 후반부에서는 서술자의 입장에서 객관성의 말소라는 사태를 제시한다. 군중을 보고 분류한 후에 그는 시선의 권력으로 충전되어 눈앞의 사태에 초연한 태도로 기록에 임하는 역사가처럼 행동한다. 그는 "그런 일별을 통해서도 사람들의 얼굴에 오랜 세월에 걸쳐 아로새겨진 역사를 잘 읽을 수 있었다"라고 말한다(MC, 233)*21. 잠시 후 그는 일시적인 변덕이나 충동으로 도시를 떠돌아다니는 남자의 뒤를 쫓아다니기 시작하고, "그는 단 한 번도 내가 자신의 뒤를 따르고 있다는 것을 알아차리지 못했다"(MC, 235)*22. 이처럼 자신이 추적하는 자에게는 절대로 들키지 않을 것이라고 막무가내로 믿어버린다. 이어서 남자를 대면하고 이렇게 자신의 생각을 말한다.

"이 노인은", 나는 마침내 말했다. "지능이 뛰어난 흉악범 같은 사람이다. 그는 혼자이기를 거부한다. 그는 군중 속의 사람이다. 그를 쫓아가 보았자 소용없는 일이다. 그에 대해서나 그의 행위에 대해서 알 수 있는 사실은 더 이상 없다. 이 세상에서 가장 사악한 마음은 『호르툴루스 아니마에(Hortulus Animae)』(라틴어 및 독일어로 쓰인 기도서이자 '혼령의 작은 정원'이라는 뜻. 16세기 전반에 유행한 것으로 다수의 목판화가 들어있는 본을 포함하여 많은 판본이 존재한다)보다도 더 모호한 책이다. 그리고 '그것은 읽히기를 거부한다(er lässt sich nicht lesen).'는 사실이야말로 아마도 신이 내려 주시는 가장 거대한 자비 중 하나라고 봐야 할 것이다."

(MC, 237)*23

서술자는 "혼자이기를 거부"한 사람이 그가 뒤쫓은 남자인 동시에 서술자 본인이기도 한 사실을 인정하지 않는다. 「군중 속의 사람」은 객관성의 신화를 전도시키기 때문에 비록 외부인으로서의 자격이 서술자와 군중 사이의 위치 관계에서 보증되는 것 같아도, 이 서술자 역시 군중의 한 사람일 가능성을 부정하지 않는다. 그리고 이 가능성이야말로 「군중 속의 사람」의 서술자 및 이야기 자체가 인정하지 않으려는 것이다[8].

더욱이 사회적으로 멸시되는 자들에게 "지능이 뛰어난 흉악범 같은 사람"이라는 기존 앎의 틀을 적용하여, 그들이 거기에 포함되어야 한다고 본다. 말하자면 범죄자를 특정하는 몸짓 자체가 오히려 범죄를

8 많은 연구자들이 「군중 속의 사람」의 서술자와 그가 추적하는 남자 사이에 부인된 유사성을 지적한다. 제프리 웨인스톡(Jeffrey Weinstock)은 「군중 속의 사람」은 서술자를 구속하는 내면의 비밀이 밖으로 드러나는 사태를 나타낸다고 말한다(Weinstock 2006: 55). Brand(1991: 85); Auerbach(1989: 30-33)도 참조할 것.

만들어내는 것이나 다름없음을 뜻하지 않게 노정시킨다. 달리 말하면 "그것은 읽히기를 거부한다"라는, 이야기를 시작함과 동시에 종결시키는 이 구절이 제기하는 바는 군중이나 군중 속의 사람을 에워싸려는 시도가 실패하였기 때문에 그 원인을 구명해야 한다는 것이 아니다. 바로 군중의 관찰자가 군중의 한 사람과 확실히 거리를 둔다는 '합리적인' 추론이 불가능하다는 것이다[9]. 왜냐하면 이야기의 첫 행 앞에 붙은 에피그래프는 17세기 프랑스의 모랄리스트 라 브뤼예르(La Bruyère)의 구절, "혼자일 수 없는 이 엄청난 불행(Ce grand malheur, de ne pouvoir être seul)"에서 따왔기 때문이다(MC, 229).

그럼에도 이 이야기에서 범죄로 여겨지는 것의 내막은 일단 다른 사회적 맥락 위에서 재고해야 할 것이다. 엥겔스(Engels)의 『영국 노동계급의 상황(Die Lage der arbeitenden Klasse in England)』(독일어 초판은 1845)에 따르면 포가 이 텍스트를 출판한 1840년에는 '범죄' 행위가 끊임없이 행하여졌다. 이 '범죄' 행위는 "반항의 제1단계, 즉 범죄를 통한 개개인의 직접적인 반항 단계"의 유일한 수단이었다(エンゲルス 1990: 下 193). 영국 노동자 계급의 상황은 당시 역사상 최악의 하나라고 해도 좋은 상태였다. 대도시는 넘쳐날 정도의 사람들로 가득 찼고, 임금과 식비에 대하여 증가하는 불만은 노동자들을 수시로 반란과 항의로 몰아넣었다. 역사가 E. P. 톰슨(E. P. Thompson)은 이 사건의 배경을 간결하게 요약하면서 주목할 만한 폭동을 열거하는데, 가장

---

9 에스티브(Esteve)도 서술자가 "사실 노인의 도플갱어, 즉 군중 속의, 그리고 군중 속 익명의 인물이 되고 있다"라고 지적한다(Esteve 2003: 42). 그러나 에스티브의 결론에 동의하기 어렵다. 언뜻 건전한 것처럼 보이는 화자의 관찰안(觀察眼)은 상상 속 충격적 경험에 의한 것이라기보다 위에서 논의했듯 착란상태에 의하여 무대화된 것이기 때문이다.

유명한 것은 1811년부터 1813년까지의 러다이트 운동을 위시한 다양한 반란이다. "18세기와 19세기 초는 빵 가격, 도로세 및 각종 통행세, 물품세, '불법구출', 스트라이크, 새로운 기계류, 인클로우저, 강제징병단 및 여타 갖가지 불만거리들로 인해 야기된 폭동으로 점철되어 있었다. 특정한 불만사항들에 대한 직접행동은 한데 합쳐져 한편으로 '폭도'의 대규모 정치적 봉기들로 확대되었다"(Thompson 1966: 62)[*24].

반대로 칼 마르크스(Karl Marx)는 러다이트 운동을 평가하면서 낙관적인 입장을 취하지 않는다. 마르크스는 기계를 폭력으로 파괴하는 것이 노동자의 비참한 상황에 얽힌 불만이 방아쇠가 되었기 때문에 단기적인 정치 시야에 기초한다고 생각한다. 그것은 역으로 권력의 자리에 있는 자들에게 보복의 충분한 이유를 제공하는 셈이라는 것이다[10]. 프리드리히 엥겔스는 포의 라 브뤼예르 인용을 다른 방향으로 돌리고 다음의 유명한 구절에서 과밀 상태의 런던을 그려낸다.

> 붐비는 거리에서 스쳐 지나가는, 모든 계급과 계층에 속하는 수많은 이들은 모두 똑같은 자질과 능력, 행복해지려는 똑같은 동기를 가진 인간이 아니던가? (…) 그런데도 그들은 마치 서로 아무런 공통점도 없다는 듯이, 아무런 관계도 없다는 듯이 스쳐 지나간다. 그들이 암묵적으로 동의하는 것이 딱 하나 있다면, 반대편 인파의 걸음을 늦추지 않기 위하여 서로에게 눈길 한 번 주지 않으면서 보도에서 한쪽으로만 쭉 걸어간다는

---

10 "19세기의 첫 15년 동안, 특히 증기 직조기의 사용이 확산됨에 따라 영국의 매뉴팩처(manufacture) 지역에서 대규모로 기계 파괴 운동이 확산되었다. 러다이트 운동으로 불리는 이 운동은 (…) 반자코뱅 정부에 극히 반동적인 탄압책을 취할 구실을 주었다. 노동자가 기계류를 그 자본제적 사용으로부터 구별하고 그들의 공격을 물질적 생산수단 자체로 돌리는 것이 아니라, 그 사회적 착취 형태로 돌리는 것을 배우는 데는 더 많은 시간과 경험이 필요하였다"(マルクス 2005b: 88).

것이다.

(エンゲルス 1990: 上 62)*25

그러나 엥겔스가 단순히 이러한 상황에 개탄하는 것만은 아니다. 과잉 인구와 빈곤의 원인을 신중하게 분석하고, 톰슨이 명기했던 것처럼 대중적 규모에서 일어나는 저항의 중요성을 서술한다. 포의 작품은 공중위생의 언어나 범죄학, 초기 사회관리의 사고방식으로는 군중의 포위가 불가능하다는 메타의식 때문에, 결과적으로 과밀한 상황에서 생활하는 사람들을 지속적으로 예속하는 것이 불가능함을 시사한다. 그럼에도 엥겔스는 도시에서의 부단한 인구 증가가 노동자의 획득이나 해외 시장의 정복을 둘러싼 경쟁을 원인으로 한다는 것, 사람들의 원자화가 이러한 자본의 축적에 의하여 강요된 노동자 간의 경쟁에서 유래한다는 것을 알았다(エンゲルス 1990: 上 163-164). 그에 비해 포의 단편은 이러한 사태의 어느 쪽도 시사하지 않고, 대도시가 자본의 중심이며 그 자체가 인구 과잉의 유일한 원인이라는 관점에 사로잡혔다.

그렇다면 포는 왜 엥겔스나 톰슨과 달리 군중 현상의 원인에 대한 고찰을 「군중 속의 사람」에 포함시키지 않았을까? 이는 오직 그의 정치적 보수주의에서 기인한 것일까? 미셸 푸코는 『말과 사물(Les mots et les choses)』의 「인간과 인간의 분신들(L'homme et ses doubles)」이라는 장에서 자아에 포개어 한층 더 그 자신을 포위하며 타자의 그림자를 가시적인 영역에서 덮어 감추는 인간들에 대한 담론을 전개한다. 푸코는 19세기경 "근대의 사고는 인간에게 '타자'가 인간과 '동일자'가 될 것임에 틀림없는 방향으로 전진해" 왔다고 주장하였다(フーコー 1974: 39). 인문과학이나 미학 분야에서 분신이라는 수사의 고조에 보조를 맞추려는 듯, 군중에 대한 포의 작품은 수많은 분신과의 만남을

통해서 야기되는 착란상태, 혹은 작자가 언급하였듯 "참으로 재미있는 신기한 감정"이 초래하는 심리학적인 폐색 상황의 발견이라는 이른 경험을 담아낸다.

군중의 얼굴에서 지각된 "동일한 것"의 증식이라는 사태는, 분신에 대한 포의 또 다른 작품인 「윌리엄 윌슨(William Wilson)」(1839)에 교묘히 표현된다. 특히 서술자 윌리엄 윌슨이 작품의 제목이기도 한 자신의 가명이 "관례에 따라 옛날 옛적부터 오합지졸 대중의 공동 소유물로 존재해 온 듯한 아주 흔한 이름들 중의 하나였다"라고 말하는 장면에 주목할 필요가 있다(Poe 2006: 172)[*26]. 투명한 자기 증식이라고 할 수 있는 이러한 사태는 마치 사면이 거울 벽으로 둘러싸인 방에 단 한 사람이 놓인 것처럼 타자에 대한 감각의 소멸에 이르게 될 것이며, 타자의 존재나 타자에 대한 기억으로부터 상처받지 않을 수 있는 동일성의 형성을 주위로부터 지탱받게 된다. 그런 건망증은 타자에 의해 유지되고, 영속되는 자아라는 감각에 대한 망각으로 이어진다. 말하자면, 여기에서 우의화(寓意化)된 것은 동시대 식민지 사업에 의해 규정된 현재를 의식하기는커녕 그 현실의 망각조차 상기할 수 없는 자아의 존재방식이다[11].

당시의 지배적인 이데올로기에 스스로 굴복하는 듯한 포의 군중과 인간에 대한 자기애적인 분절화(와 탈분절화의 맹아)를 계승한 보들레르의 근대 정의는 그 핵심에 군중 경험을 기입한다. 이 때문에 보들레

---

11 『말과 사물』의 마지막 장에서 미셸 푸코가 19세기에 등장한 인문과학의 최종 형태로 인류학과 정신분석을 꼽으면서도 식민지와 제국주의를 언급하지 않는 것에 대하여, 스피박(Spivak)은 「서발턴은 말할 수 있는가(Can the Subaltern Speak)」에서 비판한다(スピヴァク 1998). 호미 바바(Homi Bhabha)는 이러한 한계를 비판하기보다 더 확장하는 관점으로 대치하여야 한다고 서술한다(Bhabha 1992: 64).

르는 근대적 자아가 그 자체의 역사성을 상기하는 것의 불가능성, 식민주의와 동시대를 살아간다는 감각을 상기하는 것의 불가능성을 기록한다.

다음 절은 군중이 근대를 구성하는 경험의 기원에 위치하였음을 검증한다. 또한 벤야민이 논의하였듯이 기억에 얽힌 보들레르의 경험에서 군중은 빼놓을 수 없는 요소라는 점을 확인하고자 한다.

3. 보들레르의 식민지에 대한 상상력과 군중의 여성화

포가 군중에 대한 이야기를 한 지 약 20년 후, 보들레르는 에세이 「근대 생활의 화가(Le peintre de la vie moderne)」(1863)에서 근대라는 범주에는 군중 속에 있다는 쾌락적인 경험이 수반된다고 규정하며 그것을 암암리에 남성에 한정된 특권으로 간주하였다. 여기서 근대라는 개념은 남성이 관객으로서의 자격을 갖는다는 이유로 여성과 군중을 스펙터클의 대상으로 동시에 종속시킨다. 여성화된 군중이라는 문채(文彩)는 보들레르 이후 반복해서 강화된다. 예컨대 앤 맥클린톡(Anne McClintock)은 "도시의 감당할 수 없는 군중이 모두 남성이라는 사실에도 불구하고" 군중이 여성화되어 왔음을 지적한다[12](McClintock 1995: 119). 이러한 사태는 이 시인에게 비유가 아니라 실제 현상이었다. 보들레르는 산책자(flâneur) 혹은 고독한 남성과 여성화된 군중 사이에 에로티시즘이 통한다는 것을 긍정적으로 표현한다[13]. 포의 이야

12 Barrows(1981: 43); Schnapp and Tiews(2006: 4); Borcha(2009: 273)도 참조할 것.

13 프랑수아즈 멜처(Françoise Meltzer)는 보들레르가 사용한 분신의 수사를 복잡화한

기 속에서 런던 거리를 활보하는 군중으로부터 발견된 분신(double)은 이제 파리의 시인들이 자신의 욕망을 투영하기 위한 매개물이 될 것이다. 이 절에서 확인하겠지만 그 군중은 꼭 도시가 아니라 식민지에 사는 존재일 수도 있다.

포스트콜로니얼 비평 이후에는 「백조(Le Cygne)」나 「말라바르 여인에게(A une Malabaraise)」와 같은 서정시나 「아름다운 도로테(La belle Dorothée)」 등의 산문시가 논란의 대상이었다[14]. 그렇지만 시인의 이국 취미와 식민지에 대한 상상력이 군중에 대한 시의 독해에서 언급된 적은 없었다. 보들레르는 자신을 군중에 몰입시키는 것에 대하여 한편으로는 귀족적인 견지에서 모멸의 시선을 던지지만, 다른 한편으로 그 덧없는 유동성에 몸을 담금으로써 쾌락을 찾는다는 상반된 관점을 제시한다. 이는 정반대의 경향을 조정하여 '근대'를 특징짓는 시인의 '이중 시야'에 의한 것이라고 할 수 있다. 그런 가운데 보들레르의 산문 작품에 드러나는 군중 경험은 이성애주의적 규범과 여성혐오를 기반에 둔, 식민지에 대한 상상력과 재생산의 역할을 관련시킨다.

보들레르는 군중에 대한 매니페스토라고 할 수 있는 「근대 생활의 화가」에서 화가 콩스탕탱 기스(Constantin Guys)의 예술과 삶을 해석한다. 거기에서 그는 포의 「군중 속의 사람」을 언급한다. "당신들은 당대의

다. 그리고 그의 시학에서 여성과 군중 사이의 대칭성을 발견한다(Meltzer 2011: 88).

14 크리스토퍼 밀러(Cristofer Miller)는 보들레르의 이국 취미의 상상력을 아르튀르 드 고비노(Arthur de Gobineau)의 인종주의적 사상과 연관시킨다(C. Miller 1985: 87-93). 가야트리 스피박의 「백조」 독해에 따르면, 남성으로 표상되는 백조가 발화의 권력을 부여받는 반면 "흑인 여자"는 "침묵"한다. 스피박은 이러한 비대칭적 발화 할당은 "시의 미래를 맡은 '다른 많은 사람들'을 풀어낼 목적에 그녀를 종속"시킨다고 논한다(Spivak 1999: 153). 비교문학자 프랑수아즈 리오네(Françoise Lionnet)는 시인이 젊었을 때 모리셔스나 레위니옹 섬에 일시적으로 체류하였다는 구체적인 역사적 배경에 대하여 주의 깊게 논한다(Lionnet 1998: 65).

가장 강력한 붓으로 쓰인 「군중 속의 사람」이라는 제목의 그림(정말 이것은 한 장의 그림이다!)을 기억하는가?"(ボードレール 1999: 160) 보들레르는 기스의 재치가 근대의 정의를 체현한다는 점에서 포의 재능과 접속할 수 있다고 본다. 그들은 영원과 순간 각각의 아름다움을 동시에 축약할 뿐만 아니라, 시인이 경구적 엄명에서 말하였듯 인간의 이중성이 숙명적으로 예술의 이중성으로 귀결됨을 보여주는 데 성공하였기 때문이다(ボードレール 1999: 54). 따라서 시인은 이 두 예술가를 예찬한다. 그들이 군중 속에 뒤섞인다는 감각의 과정을 표상하고, 또 이 과정을 회화적으로 구체화하는 이중의 과정을 동시에 달성하였다는 것이다. 화가 기스를 언급하면서 시인은 군중에 대하여 이렇게 말한다.

> 군중은 그의 영토다. 새에게는 공기가, 물고기에는 물이 그러하듯이. 그의 열정과 그의 업무, 그것은 군중과 결합하는 일이다. 완벽한 거리 산책자에게는, 열정적인 관찰자에게는, 다수 속에, 굽이침 속에, 움직임 속에, 사라지기 쉬운 것과 무한한 것 속에 거처를 정하는 일이 끝 모를 즐거움이다. (…) 관찰자는 도처에서 자신의 암행을 누리는 왕자이다. 삶의 애호가는 세계를 자신의 가족으로 삼는다. 이는 아름다운 성(즉 여성)의 애호가가 우연히 발견한, 찾아낼 수 있는, 찾아낼 수 없는 온갖 미인들로 가족을 이루는 것과 같고, 그림 애호가가 화폭에 그려진 꿈에 홀린 사회에서 살아가는 것과 같다. 그래서 보편적인 삶을 사랑하는 사람은 전류가 거대한 축전지 속으로 들어가듯이 군중 속으로 들어간다. 이 사람을 또한 상대 군중만큼 거대한 거울에 비유할 수도 있다.
>
> (강조는 원문, ボードレール 1999: 163-164)*27

여기서 산책자의 형상에 겹겹이 중첩되는 비유는 그 자체로 많은 것을 말해준다. 산책자로서의 예술가에게, 포가 그러하듯 군중은 더 이상 도시의 어두컴컴한 곳에 거처를 정하지 않는다. 다만 이는, 포의 작품에서 서술자가 군중을 해부하고 분류하는 가운데 스스로가 군중의 한 사람이기도 하다는 점을 끝내 승인할 수 없었던 것과는 다르다. 보들레르는 거울이라는 형상을 이용함으로써 군중의 다수성이 예술가의 내면과 등가이며 그 자체로 의식을 가질 수 있다고 여긴다. 그러나 "화폭에 그려진 꿈에 홀린 사회"라는 표현이 시사하는 바와 같이 군중의 광경과 예술가 내면 간의 교환 가능성은 환영(Fantasmagorie)일 수도 있다. 나아가 기스를 언급하는 문맥에서 앞서 인용한 구절이 적혔던 점을 고려하면, 그 "그림" 자체에 군중이 묘사되었을지도 모른다. 이렇듯 "그림(tableau) 애호가"가 군중을 그린 그림 속에 산다는 연상을 제시한다는 점에서, 거울의 형상은 거듭 이중화되어 거울 맞추기의 환영을 드러낸다. 즉 여기서 드러나는 현기증은 포가 군중을 객관적으로 바라볼 때 소실점으로 규정된 착란상태나 다름없지만, 억압되지 않고 향유된다. 이어서 언뜻 보기에 성(性)의 재생산에 대한 말은, 가족이라는 규범을 무제한으로 증식시킬 수 있는 행위체를 애인이라고 빗댄다는 점에서 남근주의적 어조를 무너뜨리지는 않더라도 도착적이다. 다만 "세계를 자신의 가족으로 여긴다"라는 표현에는 확장주의적·팽창주의적 영토 개념이 잠재한다고 할 수 있다.

즉 군중은 자기도취적인 분신의 다른 이름이라기보다 생식이라는 목적을 위하여 용감하게 여성을 찾아 나서는 광대한 황무지 같은 몸이 된다. 군중에 대한 화가 기스의 미적인 탐구 내지 모험에서 보들레르가 "그가 찾는 그 무언가를 근대라고 명명하는 것을 허락해 주셨으면 한다"라고 선언하였듯이, "근대"는 전형적이라고 간주된다(강조는 생략, ボードレール 1999: 168)*28.

군중은 더 이상 예술가가 자신의 작품을 만들어 내고 자기의 역사적 상상력을 시험하기 위한 배경이 아니다. 오히려 발터 벤야민(Walter Benjamin)이 서술하였듯 "그의 창작에 숨은 형상으로서 각인되었다". 벤야민의 독해는 시인의 직접적인 군중 경험이 아니라 기억의 영역에 축적된 군중에 대한 내구성 있는 경험에 초점을 맞춘다. 프로이트의 「쾌락 원칙을 넘어서(Jenseits des Lustprinzips)」에서 도식화된 기억흔적(Erinnerungsspur)과 의식의 대비, 나아가 "의지적 추억"과 프루스트적인 "무의지적 기억(mémoire involontaire)"의 대비를 통하여 벤야민이 보여주려는 것은, 보들레르의 삶과 작품에서 고립된 직접적인 경험(Erlebnis)이 어떻게 집합적이고 내구성 있는 기억(Erfahrung)으로 변용되는가 하는 점이다(フロイト 2006b; ベンヤミン 1995: 426-427)[*29]. 벤야민은 마치 군중을 만난다는 충격 경험이 의식에 떠오르지 않고 "기억흔적"으로 변화하는 것처럼 뚜렷이 나타나지는 않지만 시인의 상상력에 얽히고설킨 채로 있는 비가시적인 군중의 존재를 읽어낸다. "이 군중의 존재를 보들레르는 결코 잊은 적이 없다. 이 군중은 그의 작품 어느 것에도 모델로 사용되고 있지 않지만 그의 창작에 숨은 형상으로 각인되어 있다"(ベンヤミン 1995: 435)[*30].

에세이를 마무리하면서 벤야민은 시인의 일기에서 군중에 대한 시각의 중요한 변화를 간파한다. 자기 작품에 깊숙이 얽힌 존재인 군중과 격투하는 대신에, 보들레르는 군중에 대한 피로감을 토로하는 것이다. 벤야민에 따르면 이 부분은 시인의 인생과 작품의 변천에서 결정적인 순간을 담아낸다. 벤야민은 "자신의 인생을 형성해 온 모든 경험들 중에서 보들레르는 군중들의 팔꿈치에 떠밀리는 것을 가장 결정적이고 유일무이한 경험으로 강조"한다면서 다음과 같이 이어 말한다. "보들레르는 군중에 맞선다. 비바람에 맞서 나아가는 사람의 무기력한 분노

에 기대서. 그것이 바로 보들레르가 어떤 경험(Erfahrung)의 무게를 부여하고 있는 체험(Erlebnis)의 모습이다"[15](ベンヤミン 1995: 479)*31.

벤야민은 군중과 격투하는 시인이라는 영웅적 이미지를 암묵적으로 당연시하는데, 그러나 여기에서 그는 보들레르가 자신의 성적 에너지를 과시하듯이 군중 속에 있다는 기쁨을 성교와 결부시키는 것을 고려하지 않는다[16]. 「근대 생활의 화가」 발표 9년 후 보들레르가 죽기 직전에 쓰인 산문시 「군중(La foule)」은 군중 경험이 도시에 사는 사람들에게만 한정되지 않고 식민지에 거주하는 사람들에게 더 잘 알려졌음을 보여준다. 식민지라는 이국땅에는 정결이라는 도덕관념이 지배적인 듯하지만 군중과 어울리는 사람, 보들레르의 표현에 따르면 "군중과 쉽사리 결합하는 사람"이 아는 "열렬한 즐거움" 이상의 무언가가 존재한다는 것이다.

> 식민지의 창설자들, 민중의 목자, 세계의 끝까지 파견된 전도 신부들은 필경 이 신비로운 도취 가운데 어떤 것을 경험하고 있다. 그리고 자신들의 재능이 만들어 놓은 광대한 가족 속에서, 그토록 파란 많은 자신들의 운명과 그토록 순결한 자신들의 삶을 가엾게 여기는 자들을 그들은 때때로 비웃을 것이 틀림없다.
>
> (ボードレール 1957: 41)*32

15 Erfahrung과 Erlebnis의 구별을 명확하게 하는 데는 영역본의 다음 부분을 참고하였다. Benjamin(2003: 343, 345 n11).

16 벤야민은 보들레르의 시 「지나가는 여인에게(A une passante)」에 대한 논의에서 "고독한 사람을 덮칠 수 있는 성적 충격에 더 가깝다"라고 간략하게 언급한다(ベンヤミン 1995: 441) 그러나 이 모티프는 벤야민의 논의에서는 주변적인 것에 머문다.

벤야민이 말하는 것처럼 만약 군중 경험이 시인의 무의식에 침잠하였다고 한다면, 보들레르는 군중에 관한 내구성 있는 경험에서 군중 속에 있다는 즐거움의 고조를 통하여 식민지라는 상상의 공간을 대도시와 빈틈없이 이어붙이는 법을 찾아냈다고 할 수 있다. 보들레르가 잠정적으로 명명한 근대에 대한 탐구는 1860년경 대도시 군중 속의 즐거움 한복판에서 이루어졌는데, 1869년 식민지에서도 역시 군중이 쾌락이 되리라고 군중에 대하여 혼동하였던 것이다.

이상에서 검토하였듯 19세기 중반 대도시에서의 군중 경험은 미묘한 그늘을 수반하면서 다양하였다. 그러나 그것을 의학이나 초기 범죄학, 공중위생이나 도시계획 등 학문적 지식의 중층적인 영향과 분리하는 것은 불가능하였다. 당시 대도시에서 인간이 군중에 관하여 품는 편견은 이상하지 않았으며, 군중의 태도나 행동을 제한하고 분석하고 심리화하기 위한 체계적인 지식은 19세기 말까지 존재하지 않았다.

그 이전의 엥겔스나 포 그리고 보들레르 등에 의한 양의적인 반응은, 발터 벤야민이 보들레르에 관한 에세이에서 망라적이고 직감적으로 천착한 것처럼 대도시의 군중이 은근히 위험하지만 아직 충분히 탐색되지 않고 알려지지도 않은 영역으로 간주되었다는 사실을 보여준다. 이 필자들이 이미 왕성하게 집필하였던 19세기 중반 대도시에서의 군중 경험은 식민지에서의 군중 경험과 동시대적이었지만 공간적으로 분리되었다. 그 거리야말로 그들의 지리적 상상력을 독자적이며 자족적으로 만들었던 것이다.

4. 식민지의 군중 — 르 봉의 『군중심리』에서 콘래드의 『어둠의 심연』으로

포나 보들레르가 식민지와 도시 군중들 사이의 경계선을 일시적으로라도 교란하는 맹아를 가졌다면, 세기말 유럽의 도시공간에서 '우리'와 '그들', 지배하는 자와 지배받는 자, 시민사회와 폭력적인 군중이라는 분할은 이미 유지될 수 없었다(van Ginneken 1992: 234-235). 그에 대항하듯이 이폴리트 텐(Hippolyte Tain), 귀스타브 르 봉(Gustave Le Bon), 가브리엘 타르드(Gabriel Tarde) 등 19세기 말 사상가들의 유사과학적 담론에서 군중은 "미개의" "여성적인" "빈약한" "비이성적인" 등 남성중심적이고 제국주의적인 규범을 바탕으로 분류되었다[17]. 이러한 수사를 분석하여 보면, 식민지에서 군중에 대한 공포가 대도시에서의 군중에 대한 반응과 상호영향 관계에 있음을 알 수 있다. 더욱이 "여성적"인 군중에 의하여 오염되었다는 심리적인 공포나 불안은 살아남고 식민지라는 사실은 잊혔다.

그 때문에 식민지 군중에 관한 확실한 이야기는 대도시 독자에게 쉽게 전달하는 것이 불가능하였다. 이러한 문맥에서 조지프 콘래드(Joseph Conrad)의 여러 작품은 식민지와 대도시 사이의 영향에 대한

---

17 맥클리랜드(McClelland)는 '우리'와 '그들' 사이의 경계 짓기를 식민주의와 그에 대한 반발이 아니라 계급투쟁이라는 관점에서 포착한다. "만약 '우리' 즉 중산계급, 문해자, 국회의원, 투표자, 교육받은 자, 신뢰할 수 있는 자, 지배계급, 엘리트 계급이 '그들' 즉 노동자 계급, 소작인 계급, 분쟁을 일으키는 자, 하층민, 대중, 떼, 너무 많은 자들, 거기에 있는 그들 전부를, 그들이 획일적인 군중이고 잠재적인 폭도인 반면 우리는 그렇지 않다는 이유로 멸시할 수 없다면, 우리 또한 이제까지 우리가 '그들'로부터 지켜냈다고 생각해 왔던 질서와 문화, 진보에 대한 위험의 일부이다. 우리도 일정한 환경에서는 위협적인 존재가 될 수 있는 것이다"(McClelland 1989: 11). '우리'와 '그들' 사이의 경계에 대해서는 다음 장에서 상세히 검토한다.

불안을 기입하는데, 이 전달 자체의 곤란함 때문에 군중은 애매한 존재로 형상화된다. 그것은 계급사회에서 '우리'와 '그들'의 경계가 용해되려는 곳에서 생겨나는 불안이다. 그리고 '문명'과 '야만'을 가치판단 없이 단순 구분하는 심성에 대한 의구심이라 할 것이다.

식민지에서 목격된 광경은 대도시 생활을 구가하는 자들에게 주변적이고 이국적인 것에 머물지 않으면 안 된다. 이에 콘래드 작품의 의도는 그 광경에, 식민지 경험 자체는 아니더라도 불안이라는 정동적인 힘을 위치시키는 데 있다[18]. 전에는 '안전하게' 설정되었던 군중과 그 외부의 경계가 유지 불가능하게 됨에 따라 그것들을 봉쇄하려는 반동적인 힘이 점점 정교하고 복잡해진다. 예를 들면 콘래드의 기술은 주체와 객체 같은 이항대립을 허물지 않는다. 물론 콘래드 자신은 예술에 대한 의지라는 점에서 보들레르적인 예술가상을 지향한다. 에드워드 사이드(Edward Said)의 말처럼, 어떤 시기 콘래드는 "자기 자신임과 동시에 다른 누군가이기도 한 역능 즉 예술가의 이중성이라는 보들레르의 사고"에 매우 접근하였던 것이다(Said 1966: 124). 한편 그가 도시의 감성에 도입하는 것은 더글러스 카의 논의처럼 "수로 압도되었다"라는 불안이고, 또 푸코가 도식화하고 포가 부분적으로 소멸시키는 데 성공한, 객관적 진실에 기초를 부여하는 매체로서의 시선 권력이다.

지금부터는 우선 세기말 군중에 관한 개념을 정리하고, 그것이 특히

---

18 정동에 대해서는 제5장에서 상세히 논하는데, '불안'이라는 정동에 관해서는 시안 응아이(Sianne Ngai)를 참조할 것(Ngai 2005: 209-247). 또 여기서는 다루지 않지만 콘래드의 단편소설 「카레인-기억에 관하여(Karain, A Memory)」는 바로 식민지 경험이 대도시에 전달되는 것이 얼마나 어려운가를 알레고리로 멋지게 묘사한 작품이다. 상세한 분석은 크리스토퍼 고길트(Christopher GoGwilt)를 참조할 것(GoGwilt 1995: 43-63).

르 봉에 의해 보급되었음을 논한다. 그리고 그 감성이 어떻게 동시대 영국의 작가들에게도 공유되고 이식되었는지를 살피겠다. 다음으로 조지프 콘래드의 초기 작품의 유명한 장면들을 독해하면서 식민지 군중에 관한 콘래드의 해석이 포나 보들레르에 의해 미리 제기된 문제를 어떻게 수정하고 응답하며 고쳐 썼는지를 확인하고자 한다.

르 봉, 『군중심리』의 영향

귀스타브 르 봉의 『군중심리(Psychologie des foules)』(1895)는 프랑스뿐 아니라 다양한 지역으로도 널리 보급된 책이다. 17개의 언어로 번역되었고, 프랑스에서는 제2차 세계대전 무렵까지 매년 중판을 거듭하였다(Barrows 1981: 168; van Ginneken 1992: 179). 르 봉의 책은 드레퓌스 사건이 시작된 때와 같은 시기에 출간되었지만, 작가 자신은 강경한 반(反)드레퓌스파이며 반유대주의적 입장에 서 있었다(Barrows 1981: 197). 다만 가브리엘 타르드나 에밀 졸라(Emile Zola)처럼 정치적 태도를 공표하지는 않았고, 드레퓌스 사건에 대해서도 마찬가지였다. 그는 자신의 이론을 추상적 개념이나 사고로 제시하는 데 그쳤고, 동시대의 다른 사회 상황에 대한 깊이 있는 언급을 삼갔다[19]. 르 봉의 『군중심리』는 생전에 학술적 평가를 받지 못하였는데 그 중요성은 오직 통속성과 후속 세대 정치가나 작가에게 미쳤던 영향에서 찾을 수 있다. 베니토 무솔리니(Benito Mussolini), 아돌프 히틀러(Adolf Hitler), 요제프 괴벨스(Joseph Goebbels) 등 전체주의적 체제를 이끌었던 정치가들에게 영향을

---

19 기네켄(Ginneken)은 르 봉의 주장과 그의 책에 대한 후대의 광범위한 수요를 불러일으킨, 블랑제주의와 ('페르디낭드 레셉스의 영고성쇠'와 관련된) 파나마 사건 그리고 노동자 파업 등 1890년대 초 프랑스 국내 사건과 국제적 사건을 상세하게 관련지어 설명한다(van Ginneken 1992: 149-171).

미쳤다고 알려져 있다(Barrows 1981: 188, 179). 다른 한편으로는 프랭클린 델라노 루스벨트(Franklin Delano Roosevelt), 샤를 드골(Charles de Gaulle), 지스카르 데스탱(Giscard d'Estaing), 시오니즘 운동의 창시자 테오도르 헤르츨(Theodor Herzl)을 포함한 자유주의권 정치가들에게도 읽혔다(Brighenti 2010: 293). 더불어 조지 기싱(George Gissing), 조지프 콘래드 등 동시대 작가, 지그문트 프로이트(Sigmund Freud), 테오도르 아도르노(Theodor Adorno) 같은 후속 비평가들도 그 영향 아래 있었다(McKean 2011: 31; Adorno 2001). 르 봉은 이어서 출판한 『사회주의의 심리학(Psychologie du socialisme)』(1894)에서 어떻게 사회주의의 영향력이 '민족적 성격'에 따라 전파되는지에 대하여 진단하고 논구하였다. 예컨대 르 봉은 독일과 영국에는 사회주의가 확산될 기회가 적지만 프랑스와 같은 라틴계 민족이 점유한 국가에서는 지도자와 대중이 퇴폐하였기 때문에 충분히 확산될 수 있었다고 말한다(van Ginneken 1992: 179). 이처럼 그의 주장은 전체주의에서 자유주의에 이르는 정치적 지도자들에게 인구 통치의 구실을 주었을 뿐만 아니라, 그들의 반(反)사회주의적 자세를 강화하기도 하였다.

그렇다면 르 봉의 책이 가진 사상적 배경이나 특징은 무엇일까? 이를테면 저자가 군중을 "비이성적", "무의식적", "미개한" 등으로 분류한다는 점에서 동시대의 의학, 허버트 스펜서류의 사회 다윈주의, 골상학, 범죄인류학, 이폴리트 텐의 감각론 등 19세기 지적 조류의 영향을 받았다는 것을 알아차릴 수 있다[20]. 르 봉의 전기 작가 로버트 나이(Robert Nye)는 바로 이런 점을 비판한다. 그리고 르 봉의 관심사

---

20 기네켄은 르 봉의 군중론에 영향을 미친 것으로 "정신병리학의 파리학파와 살페트리에르·낸시 논쟁" 두 가지를 꼽는다(van Ginneken 1992: 138-149; Nye 1975: 33, 25).

를 요약하여 "1880년대 유전적 심리학에 관한 르 봉의 계통적 서술에서 주요 대상은 범죄자, 여성, 민족주의적 형제애의 인도주의적 창도자들이다"라고 분석한다(Nye 1975: 49). 이 명제는 약간의 수정을 거쳐 『군중심리』에서도 이어진다. 르 봉은 격세유전적(atavistic) 성질이 군중을 비이성적으로 만든다고 주장한다. 왜냐하면 사람은 군중의 일부가 됨으로써 "문명의 계단을 여러 칸 내려가게 되고" 군중은 사물을 과장하는 경향이 있기 때문이라는 것이다. "이 악질적인 감정[군중의 과장벽]은 원시인의 진짜 본능"이다(ル·ボン 1993: 35, 61). 르 봉은 군중과 여성을 모멸적 관점에서 동일시한다. "군중이란 어디에서든 여성적인 것이다"(ル·ボン 1993: 44).

르 봉과 동시대 사람인 텐, 가브리엘 타르드, 스키피오 시겔레 등은 이러한 일그러진 이미지를 공유하지만, 르 봉의 통속성은 다른 이론가들이 파고들지 않은 다음 네 가지에 있다. 첫째는 사회에 보급하는 기술이다. 다른 말로 하자면, 르 봉은 자신의 생각을 독자에게 간결하고 경구적인 문체를 활용하여 전달하는 데 능숙하였다. 예컨대 "바야흐로 다가올 시대는 '군중의 시대'라고 불러야만 할 것이다"라고 말하였다(ル·ボン 1993: 15; Barrows 1981: 170; van Ginneken 1992: 172; Nye 1975: 52). 둘째, 서로 다른 사회 집단을 '군중'이라는 호칭으로 평면화·일원화하는 능력이다. 이는 "종파나 당파, 카스트나 계급" 등 "균질적인" 군중이 아니라 "(익명으로) 거리에 있거나 (익명이 아닌) 집회에 있는" 자들과 같이 "이질적인 요소로 이루어진" 군중을 분석하겠다고 한 르 봉 자신의 의도에도 불구하고 발휘되었다. 동시대 이론가들과 변별되는 세 번째 특징은, 군중 지도자의 역할에 비상하게 무게를 둔다는 것이다(Barrows 1981: 172).

넷째, 그다지 강조되지는 않지만 식민주의적이고 군사주의적인 도

그마에 대하여 은근히 '유용성'을 가진다는 점이다. 1880년대 후반에 프랑스령 알제리와 영국령 인도를 여행한 르 봉은 『군중심리』 이전에 그가 그곳에서 만난 '원주민'에 대한 기술을 남긴다. 그렇지만 그러한 기술은 노골적인 편견으로 가득 차 있었기 때문에 당시 프랑스 학술계에서 받아들여지지 않았다(Nye 1975: 78). 그러나 제국주의자와 반제국주의자는 서로의 주장을 정당화하기 위하여 각자 르 봉을 언급하게 되었다. "인종주의자와 제국주의자는 자신들이 지닌 문명화의 사명에 대한 '증좌'로 그가 쓴 것을 이용하였다. 제국주의를 비판하는 자들은 프랑스의 동화주의적 식민지 정책의 '우둔함'을 정당화하는 것이 가능하였다"[21](Barrows 1981: 187). 이른바 '잡혼(雜婚)'을 인정하지 않았던 르 봉의 입장은 '피의 순수성'이라는 허구의 신화에 기반하였기 때문에 제국주의를 정당화하기 위하여 사용되었다. 동시에 반제국주의자들도 르 봉 사상의 위태로운 부분을 간과하면서 프랑스 식민주의를 비판하기 위하여 그것을 사용하는 경향이 있었다.

마지막으로 이 책과 관련한 맥락에서 르 봉이 중요한 이유는 그의 사상이 심리학과 인종주의의 교집합에 위치하기 때문이다. 지금까지 언급한 네 가지 특징, 즉 경구적 문체, 평판화 기법, 지도자 역할 강조, 군사 제국주의와의 접점, 이 모두가 군중의 온갖 이질적인 특징과 사회적인 현상으로서의 특이성을 심리학적 차원으로 환원하는 것으로

21 이는 부분적으로 르 봉의 인종 이론이 "동화주의적 식민주의"를 비판하기 위하여 사용되었다는 것, 그리고 그에게 혼혈이 주요한 위험이었던 까닭이 그로 인해 후손들에게 인종적 방향성이 상실되기 때문이었음을 보여준다. 기네켄은 르 봉이 1902년의 『교육심리학(Psychologie de l'éducation)』에서 "교육은 사실을 기억하는 데 집중하는 것이 아니라 오히려 강건한 자세를 기르는 것이라고 주장"한 것이 군사관계 지도관과 교원들에게 받아들여졌고, 그 공헌으로 제1차 세계대전 이후 프랑스 정부 등에 의해서 칭찬받은 사실을 지적한다(van Ginneken 1992: 180).

이어진다. 이 점에 관해서는 다음 절과 다음 장에서 콘래드에 대하여 자세히 논할 때 다시 언급하겠지만, 포의 「군중 속의 사람」이 우의화하던 것과 같이 군중을 관찰하는 관점의 객관성이라는 신화를 담보하는 데로 이어졌다고 할 수 있다.

이는 과학적 인종주의 혹은 생물학적 인종주의와 관련이 있다. 과학적 인종주의의 입장을 취하는 자들의 논점은 현재의 관점에서 보면 전혀 과학적이지 않음에도 불구하고, 군중심리를 관찰하는 자와 마찬가지로 스스로가 과학적이고 객관적일 수 있다는 허구에 의거하였다. 심리학과 인종주의의 관련성을 연구하는 그레이엄 리처즈(Graham Richards)는 르 봉을 우생학의 시조로 불리는 프랜시스 골턴(Francis Galton)과 생물학적 인종주의의 보급에 기여한 허버트 스펜서(Herbert Spencer)의 계보에 위치시킨다. 그 이유로 들 수 있는 것이 르 봉의 인종 개념이다. 이 인종 개념에는 '우월한 인종'과 '열등한 인종'이라는 쉽게 무너지지 않는 이항대립이 전제된다. 르 봉에게서 인종을 결정하는 것은 생리학적 차원이든 심리학적 차원이든 무엇보다 유전에 의한다고 간주되며, 환경 요인은 부차적으로 여겨진다(Richards 2012: 29-30). 이처럼 심리학적 영역에서 군중을 포착하려는 대담한 시도는 인종주의와 떼려야 뗄 수 없는 관계였다. 제4장에서 사회심리학과 국제관계론의 접점에 대해서 다룰 때 다시 논하겠지만, 이러한 경향은 통치이성의 새로운 전개에도 불가결한 요소가 될 것이다.

5. 슬럼과 식민지를 연결하다 — 런던의 군중들

만약 군중의 형성에 복수가 아닌 하나의 핵을 정위하는 것이 르 봉을 포함한 '군중심리학자'의 공통된 경향이었다면, 식민지 경험에 대하여 공공연하게 글을 쓰지 않은 19세기 후반의 영국 작가들 역시 군중에 대한 모멸을 다른 방식으로 공유하였다. 르 봉에게 퇴행, 여성성, 격세유전이라는 단어가 단정적 어조로 군중을 낙인화하는 도구였다면, 영국에서는 완전한 거부와 비인간화가 대체적인 반응이었다. 마르크스주의 이론가 프레드릭 제임슨(Fredric Jameson)은 이 경향을 요약하면서 역사화한다. 그는 군중에 대한 이러한 관점의 기저가 되는 것이 르상티망(ressentiment)에 대한 "진단에 도움이 되는 이중 기준"이라고 말한다. 거기에서 사람은 "갖지 못한 자가 가진 자에 대하여 느끼는 파괴적 질투"를 이해할 수 있다는 것이다. 동시에 "이러한 '부자연스러운' 무질서에 대하여 본질적으로 만족하는 인민대중을 선동하는 자들이 있는데, 이들의 행동과 품행도 설명할 수 있다"라고 본다(Jameson 1981: 201-202). 제임슨이 니체(Nietzsche)를 경유하여 쥘 미슐레(Jules Michelet), 텐, 기싱의 글에서 발견한 르상티망 이론은 '자기 언급적'이므로, 반혁명적 감정으로 작용할 수 있을지도 모른다. 한편 제임슨이 정의한 틀과는 달리 토마스 하디(Thomas Hardy)나 기싱 같은 작가들은, 인클로저에 의해 배제되었던 자들에게 상류계급이 부여한 이미지를 부활시켜 재사용하고 있다는 점에서 또한 자기 언급적이다(Hill 1991: 181-204). 1879년 하디는 군중과 대중을 괴물 같은 이미지로 파악하였다. "비늘 같은 외투에서 소리가 스며 나오고, 몸의 모든 구멍에 눈이 달린 생물"(다음 인용문 참조. R. Williams 1973: 216). 혹은 조지 기싱은 대중의 퇴화를 무대화하여 고도 공업화 시대의 개인주의와 "이 역겹고 저열한 대중"을 대치하였다(R. Williams 1973: 222).

그러나 이러한 19세기 후반의 군중에 대한 이미지는 단순히 과거 용어의 재사용이라기보다 '본국'과 '외지'처럼 비연속적으로 접속된

식민지라는 영역의 산물이기도 하다. 그리고 식민지라는 공간이 '본국'에 중첩되면서도 실제 식민지와는 별개의 것으로 인식·상상되어온 방식이기도 하다. 런던의 경우 국내 식민지는 동런던에 있었다. '슬럼 소설'을 쓴 기싱과 그 밖의 덜 유명한 작가들은 "본국에서의 식민지화의 비인간화 효과"를 설파하였다(McKean 2011: 50). 같은 장소에 대해서, 완강한 식민주의자였던 세실 로즈(Cecil Rhodes)는 노동자 계급 사람들의 처참한 상황을 목격하고 그들의 생명을 구하기 위하여 식민지를 확장하여야 할 필요성을 느꼈다. 레닌(Lenin)은 어떤 저널리스트의 정보에 의거하여 로즈가 1895년에 언급하였다고 전해지는 말을 소개한다. "그것은 나의 지론이지만, 제국은 위장의 문제이다. 만약 내전을 원하지 않는다면 제국주의자가 되어야 한다"(レーニン 2006: 156). 로버트 영(Robert Young)은 이 구절을 인용하며 "바로 저 미개인들에게 문명화의 사명은 문명 내부의 항쟁을 해결하기 위하여 고안된 것이다"라고 지적한다(Young 1995: 36).

식민지와 대도시를 서로 연결하는 심리적 환경에 대하여 앤 맥클린톡은 다음과 같이 요약한다. "식민지 담론은 체계적으로 전개되었는데, 이는 도시 공간을 측량하고 지리적 권력으로 포섭하기 위한 것이었다". 또한 "슬럼과 식민지 사이의 아날로지(비유)는 그것이 제국의 발견을 통괄하는 형상인 것처럼 끊임없이 환기되었다"(McClintock 1995: 120). 식민주의자가 유럽 밖에서 발견하고 적용하여 왔던 풍경·이미지·수사는, 사회개량주의 사상을 가진 자나 유미주의자들의 서술과 발언을 통하여 동런던 도시 슬럼의 노동자 계급을 해독하는 과정에서 다시금 발견되었다.

6. 콘래드 초기 소설에 나타나는 군중

콘래드의 초기 소설에는 군중에 대한 경멸이 일반화된 형태로 나타난다. 단편 「청춘(Youth)」과 중편 『어둠의 심연(Heart of Darkness)』에서 서술자 말로(Marlow)는 아프리카와 동남아시아의 군중과 마주친다. 그때 콘래드의 텍스트는 식민지와 대도시 사이의 경계가 강화되면서도 동시에 흐릿해지는 사태가 발생하는 장소로 군중을 알레고리화한다. 「청춘」과 같은 초기 작품들에서는 동양의 군중에 대한 분열된 시각이 지배적이지만, 그것은 보들레르와 포가 가졌던 매혹과 증오라는 이중 시각의 변주이기도 하다. 서술자이자 주인공인 말로는 태국의 해안가에 표류하여 눈을 떴을 때 군중의 눈길이 자신들과 다른 선원들을 향하였다는 것을 깨달았다고 말한다. 말로는 이들을 정적이고 비역사적인 회화적 실체로 간주하는데, 그렇게 함으로써 '동양'이라는 개념은 추상화·전경화된다. 동남아시아인들로 이루어진 대중이 서술자의 기억 속에서 고정된 상으로 변화하는 점과 궤를 같이하듯 동양이라는 개념은 실체적인 것으로 사고된다. 그때 말로는 오만한 자나 부당 이득을 취하는 자를 벌하는 여신 '네메시스(Nemesis)'를 언급한다. 그가 자신을 향한 시선을 마주할 수 있었던 것은 어떤 의미에서 이 사람들에게 다가올 저항의 전조를 억압하였기 때문이다. 다음 인용문에는 이러한 사실이 뚜렷하게 새겨져 있다.

> 그리고 그때 비로소 나는 동양인이라는 것을 보았어. 실은 동양인이 나를 보고 있었던 것이지만 말이야. 부두 끝에서 끝까지 사람이 과일이 주렁주렁 달리듯이 늘어서 있었어. 갈색 얼굴, 청동색 얼굴, 황색 얼굴, 검은 눈, 그 반짝임, 무리를 이룬 동양인의 색깔을 보았지. 그런데 이 사람

들은 하나같이 입을 꼭 다문 채, 숨도 쉬지 않고 몸도 움직이지 않고 조용히 바라보고 있었어. (…) 이것이 바로 그 옛날 항해자들이 동경했던 동양이었지. 태곳적 그대로의 신비에 가득 찬, 화려하면서도 음울하고 생기에 넘치며 언제나 변함없는, 위험과 기대에 가득 찬 동양. 그리고 이 사람들이 그곳의 주민인 거야.

(Conrad 1946a: 40-41)*33

여기서는 포와 보들레르의 텍스트에 널리 퍼져 있던 미학화 경향이 식민지 무대로 위치를 바꾼다. 유일한 차이점은 포의 서술자가 자신은 보는 존재이지 보이는 존재가 아니라고 강력하게 믿었던 반면, 콘래드의 서술자에게는 군중들로부터 되돌려진 시선이 강고한 덩어리가 되어 지리적·정치적 '동양'이라는 개념을 실체화하는 데 사용되었다는 것이다. 이러한 개념화 작업은 보들레르가 암시하였던 식민지에서의 인종 간 결혼이라는 현실을 은폐할 뿐만 아니라 식민지라는 지리적 공간에서 오는 위협을 구상한다. 즉 "갈색 피부의 사람들이 사는 나라를 나는 보았던 거야. 거기에서는 복수의 여신 네메시스가 몰래 잠복해 있다가, 지혜와 지식의 힘을 과시하는 많은 정복 민족을 추격하여 사로잡아 버리지". 동시에 시각을 불변의 기억의 영역에서 영원히 몰아냄으로써 그러한 위협에 대한 방파제로 삼는다. "그러나 나에게 있어서 동양은 저 청춘 시절의 꿈속에 모두 들어 있어"(Conrad 1946a: 41-42)*34.

콘래드는 아시아 군중의 말을 빼앗아서 대도시 독자의 심미안에 부합하도록 그들을 바꾼다. 이러한 사태는 「청춘」의 속편이라 할 수 있는 『어둠의 심연』에서도 변함이 없다. 포, 보들레르, 그리고 콘래드의 「청춘」에는 군중을 향한 양의적인 정동이 공통적으로 드러나는데,

이 작품에서는 '두려운 낯섦'이라고 일컬어지는 정동이 그 형태를 바꾸어 관통한다. 서술자이자 주인공인 말로는 영국인과 프랑스인 부모 아래에서 독일식 이름을 가진 남자 커츠(Kurtz)를 구하기 위하여 콩고강을 거슬러 아프리카의 '심연'으로 향한다. 그의 행동은 동료를 '구출'한다는 전형적인 제국 내러티브를 모방한다. 그러나 말로가 결국 구출에 실패할 뿐 아니라 커츠의 광기에 휩싸여 제국 귀환 이후에도 그 기억에 사로잡힌다는 점에서, 『어둠의 심연』은 제국 내러티브의 전형을 따르면서도 그러한 주류에 대한 비평이 되기도 한다.

그렇다고 이 소설이 제국주의에 대하여 비판한다고 하기에는 문제가 있다. 징후적인 여성혐오와 인종차별이 이야기 자체의 인상을 만들어 가기 때문이다. 거기서는 '두려운 낯섦'과 '흉측함'이라고 하는 부정적인 정동이 각각 여성적인 것 혹은 '미개함'과 유착하면서 비연속적으로 접속된다.

예를 들어 대기실에서 회사 경영자를 기다리던 말로는 검은 옷을 입고 뜨개질하는 두 여성을 보고 "섬뜩한 기분"에 사로잡힌다. "그녀가 괴기스럽고도 숙명처럼 여겨졌다네. 나는 종종 아프리카 그 먼 곳에서 이들을, 어둠의 문을 지키고 서서 관을 덮을 따뜻한 보를 짜듯 검은 양모 실로 뜨개질하던 두 여성을, 사람들을 미지의 세계로 인도하던 한 여성과 세상사를 오래 겪은 무심한 눈길로 쾌활하고 아둔한 얼굴들을 뜯어보던 또 다른 여성을 생각하곤 했다네"(Conrad 1946a: 57)[*35]. 섬뜩한 여성성의 형상은 아프리카 군중으로 옮겨 간다. 그곳에서 군중은 신체가 온전한 개인들이 아니라 단편화된 무리의 상태로 나타난다.

> 무거운 잎사귀들 아래로 골풀 울타리, 뾰족한 초가지붕들, 터져 나오는 함성, 휘두르는 검은 팔다리들, 손뼉 치는 무수한 손들, 쿵쿵거리며 구르는

발들, 흔들리는 몸통들, 휘둥그레진 눈알들이 언뜻 보였다네.

(Conrad 1946a: 96)*36

서술자에게 이처럼 단편화된 신체들은 군중이 환기하는 공포와 같은 의미이다. 여기서는 르 봉의 격세유전설과 포의 「군중 속의 사람」에서 범죄화되었던 군중이 합류하여 넘쳐흐르고, 대도시에 존재하는 눈에 띄지 않는 공간에 갇힌 '광기'가 폭발하며, 이름도 없는 아프리카 사람들 무리를 투영하는 장소가 발견된다.

사악하고 불가사의한 이 광란의 가장자리를 따라 증기선은 천천히 힘들게 나아갔지. 이 선사 시대의 인간이 우리를 저주하고 있었는지, 우리에게 기도하고 있었는지, 우리를 환영하고 있었는지-누가 알 수 있겠는가? 우리는 주위 환경을 전혀 이해할 수 없었고, 정상인이 정신병원에서 일어난 격렬한 폭동을 대할 때 그렇듯, 궁금해 하면서도 내심 겁에 질린 채 유령처럼. (…) 그들은 소리소리 지르고, 펄쩍펄쩍 뛰고, 빙빙 돌며 무시무시한 인상을 썼는데, 우리를 전율하게 만든 것은 바로 그들도-자네들과 똑같은-인간이라는 생각, 즉 이 야성적이고도 격렬한 소란이 우리와 아무 관련 없진 않다는 생각이었네. 흉측했네[22].

(Conrad 1946a: 96)*37

아프리카인의 '흉측함'에 대한 서술자의 언급은 여행의 시작점에서

22 잘 알려져 있듯, 특히 이 구절을 둘러싸고 콘래드의 인종주의를 통렬하게 비판한 치누아 아체베(Chinua Achebe)의 에세이 「아프리카의 이미지(An Image of Africa)」는 『어둠의 심연』의 독해에 결정적인 영향을 끼쳤다. 콘래드 연구자들의 아체베 에세이 비판을 둘러싼 정치성은 中井(2007: 43-48)을 참조.

여성적인 것과 섬뜩한 것을 등호로 연결하는 태도에 의하여 준비되었다고 할 수 있다. 그리고 "그들"(아프리카인)과 "우리"(문명인) 사이의 "섬뜩한 관대함에 대한 반응이 가장 희미한 흔적"(Conrad 1946a: 96)으로서 태곳적부터 존재하였을 "익숙함"으로 여겨지는 것을 인정함으로써, 단편적인 몸으로만 나타나는 아프리카 군중에 대한 공포를 일시적으로나마 망각할 수 있었다.

입구로서의 여성성, 선사 시대의 인간을 발견하는 장소로서의 아프리카. 이 여정에 동기를 부여하는 것은 익명의 서술자 '나'를 포함한 네 명의 남성 청자이며, 또한 말로가 커츠를 구한다는 모티프라는 점에서 일관되고 강고하게 잠재하는 남성끼리의 유대이다. 남성 간 유대가 앞선 두 가지 계기를 '흉측함', '섬뜩함'으로 말하게끔 한다면, 이 둘을 이어주는 것은 무엇일까?

프로이트는 「두려운 낯섦(Das Unheimliche)」(1919)에서 미지한 세계로의 진입을 성적 차이와 그 특유의 편견으로 나타낸다. 두려운 낯섦에 대한 프로이트의 해석은 한 남성 환자의 분석 과정에서 등장한다. 그는 몇몇 문학 텍스트를 발췌하여 인용한 뒤, 그러한 분석이 "우리가 두려운 낯섦의 감정에 부여하였던 개념의 적확성을 입증해 줄 가장 좋은 예가 될 것이다"라고 서술한다.

> 신경증 환자들은 여자의 성기가 그들에게는 왠지 이상하게 두려운 것으로 느껴진다고 종종 호소하곤 한다. 그러나 이때 두려운 낯섦의 감정[unheimlich]은 여자의 성기가 인간이 태어난 옛 고향[Heimat]으로의 입구를, 다시 말해 우리 모두가 태초에 한 번은 머물렀던 장소로의 입구를 상기시키기 때문에 생긴다.
>
> (フロイト 2006a: 41)*38

가야트리 스피박은 이 텍스트를 『어둠의 심연』과 함께 독해하면서 두려운 낯섦에 대한 이 형상의 위치를 전환시킨다. 친숙한 공간의 이화작용은 "여자의 성기로 들어가는 입구일 필요는 없다. 식민주의, 탈식민주의, 탈식민주의성은 '타자'로 간주된 사람들을 특정한 거래의 대상으로 삼는 것이었다. 말하자면 그것은 전제로 삼아온 공통의 인간성이 이화되는 것이었다"(Spivak 2003: 77)*39.

스피박처럼 식민지의 역사를 풀이하는 작업은 다음과 같은 문제를 제기한다. 즉 프로이트나 콘래드에게서 확인할 수 있듯 유럽의 문화를 대상으로 하든 비유럽의 문화에 대치하든 인간의 근원적인 공통성을 발견하려는 탐구적인 행위 속에서 명확한 여성혐오와 인간이라는 범주의 계층화가 불가분한 것으로 유착되었으며, 그러한 유착이 자명하게 여겨졌다는 것이다.

달리 말하면 말로가 회사 경영자 사무실의 문 앞에서 감각적으로 느끼고 아프리카에서 "흉측한 것"으로 다시금 도래하는 "두려운 낯섦"은, 노예제에서 시작하여 그 현대적인 형태에 이르기까지 "문명화의 사명"을 담당하는 자들 간의 공범적 관계에 의하여 인간이 비인간화되어 온 역사성을 형상화한다. 이러한 탐구의 시도는 여성혐오와 결부될 필요도 없고 인종주의를 수반할 필요도 없다.

7. 맺으며

인간의 몸이 불법적으로 거래되었고 거래되고 있다는 사실이 망각된다면, 그 망각이라는 기법은 「청춘」과 『어둠의 심연』에서 각각 다르게 분절화되었다. 육체를 지닌 인간 존재를 현재에서 과거로 추방하고

매혹과 혐오라는 대척적인 정동으로 가득 채우려는 불완전한 기획으로 말이다. 「청춘」에서 동남아시아 군중은 "남의 눈을 꺼리는 네메시스"로 명명되었고, 이 군중은 바로 서술자가 만들어낸 동양과 서양 사이의 분할을 소거할 수 있는 행위체로 변용된다. 그러나 말을 빼앗긴 군중은 동시에 매혹으로 가득하고 오염 없는 기억의 대상, 즉 "내 청춘의 저 상(像)"에 어쩔 수 없이 머무르게 된다. 『어둠의 심연』의 서술자 역시 아프리카의 군중이 "선사 시대의" 무대에 있다고 말하는 한편, 그들의 모습에서 "정신병원에서의 광신적인 폭동"을 상기하는 등 태고와 현대 사이의 시간성과 공간성을 혼란시켜 가면서 그들을 현재 미만의 시제에 남겨두려고 한다[23]. 확실히 에드워드 사이드가 말한 것처럼 콘래드는 유럽 제국주의의 "비범한 증언자"이다(サイード 2005: 95). 그러한 의미에서 그는 식민지의 군중이 식민자를 감당할 수 없는 순간, 포섭할 수 없는 순간을 기록하였다. 그러나 이 포섭 불가능한 힘은 작가의 문학적인 기법에 따라 역사적 현재에 앞서든 뒤서든 어느 쪽인가에 위치 지어짐으로써 약화된다.

다음 장에서는 『로드 짐(Lord Jim)』과 『노스트로모(Nostromo)』 등 콘래드의 대표작에 나타나는 군중을 상세히 분석한다. 주요 초점은 이 작품들에서 사용하는 일인칭 복수 '우리'의 아이러니로 가득 찬 기능에 있고, 그 역할이 어떻게 발화 주체와 여러 주체의 윤곽을 왜곡하는가 하는 데 있다. 만약 각 소설의 이야기가 주체나 주체성을 조직할 때 그 주체성의 외연이 얼마나 애매한가를 검토해 보면, 주체화 프로세스와 점차 병치되고 대비되는 것은 특히 『노스트로모』의 경우

---

23 요하네스 페이비언(Johannes Fabian)은 인류학적인 타자를 과거의 시제에 남겨두는 것으로 대문자 '인간'의 윤곽이 형성되어 왔음을 논한다(Fabian 2000).

종교·자본·젠더 등 일련의 가치들이다. 그때 군중은 규범적 군중 담론 또는 '우리'라는 공동체의 목소리와 어떤 관계에 놓일 수 있을까. 두 소설이 군중 측에서 본 저항을 어느 정도 허용하는지를 검토해 보면 이들이 매우 양의적임을 알 수 있다.

제2장. 군중과 공동체, 그리고 불가능한 저항

- 조지프 콘래드, 『로드 짐』과 『노스트로모』

1. 첫머리에

조지프 콘래드(Joseph Conrad)는 혁명의 환영에 휩싸여 있었기 때문에 자신이 '애국자'임을 필사적으로 증명하려고 하였다. 그러나 그가 어느 나라, 어느 지역에 충성을 맹세하는지 일관되지 않았다. 자서전 『개인적 기록(A Personal Record)』(1910)에 깔려 있는 것은 반권위적 열기와 민족적 공동체 사이의 간극을 메우려는 분투의 흔적이다. 작가는 여기에서 부성적인 것에 대한 헌신을 무대화하고 있다. 그는 1919년에 쓴 이 책의 '작가 메모'에서 자신에게 "혁명가의 아들"이라는 딱지를 붙인 비평가들에게 분개를 드러낸다(Conrad 1946c: vii). 비평가들의 코멘트에 이유가 없는 것은 아니다. 지금의 우크라이나에 해당하는 지역의 지주계급이었음에도 불구하고, 콘래드의 아버지 아폴로 코제뇨프스키(Apollo Korzeniowski)는 "봉기의 가장 열성적인 지원자 중 한 명"이었으며, 폴란드의 제정 지배에 대항해서 일어난 1855년 봄 바르샤바 농민봉기에 "폴란드의 신사계급"이 응답할 것을 요청하였다. 그러나 이들 신사계급은 "우크라이나의 '폭도'에 대한 불신과 경멸 때문에 모든 주요한 사회적 변화에 조심스러웠다"(Najder 2007: 8-9). 앞의 비판에 반론하면서, 콘래드는 크라쿠프에서 있었던 아버지의 장례식에 대한 기억을 상기한다. 바로 그때, 혁명적인 것과 민족주의적 내지 애국주의적인 것 사이의 경계가 모호해진다. "모자를 벗은 노동자 무리, 대학의 젊은이들, 창가에 서 있는 여자들, 거리에 선 남학생들"은 "이끌리는 감정에 충실하였다는 자신의 명성을 각자의 마음속에" 품고 있는 자들이었다(Conrad 1946c: vii). 이 애매함은 대중이 아버지의 계보에 애착을 가지고 있었다는 사실을 무대화함으로써 초래된다. 아버지의 정치적인 영웅주의는 애매하게나마 가치를 부여받고 있지만, 그의 죽음에 충실하고 순종적인 대중이라는 각색이 이루어짐으로써 콘래드에게서는 혁명적인 것과 민족주의적인 것의 차이가 일시적으로 해소된다[1].

이 자서전의 또 다른 특징은 대영제국 및 영어라는 언어에 대한 작가의 충성을 드러낸다는 맥락에서, 역시 부계적 계보를 작성하고 있다는 점이다[2]. 이미 프랑스어에 능통하였던 작가는 세 번째로 습득한 언어인 영어로 창작을 하고 있었다. 그 배경에 대해, 1908년 여름 로버트 린드(Robert Lynd)는 서평에서 "언어에 대한 내셔널리즘"이 결

---

1 『개인적 기록』의 '작가 메모'보다 4년 전에 쓰인 에세이 「폴란드 재방문(Poland revisited)」(1915)에도 이와 비슷한 장면이 달리 서술되고 있다. 아버지의 장례식에 참석하였던 대중들이 "사나이[아폴로 코제뇨프스키]에 대한 열렬한 충성심을", 나아가 "저 군중이 느끼고 이해할 수 있었던" 그의 성취에 "경의를" 바쳤음에 틀림없다고 서술자가 담담하게 말할 때, 서술자이자 작가인 콘래드는 "자신을 습격해오는 신비롭고 집요한 그림자들"을 목격할 수 있었다(Conrad 1949: 169-170). 즉 본문에서 인용한 장면은 이 "그림자들", 다시 말해 콘래드가 부성적인 이야기를 시작하는 과정에서 만난 망령들을 억압함으로써 이루어진다는 해석이 일단은 가능할 것이다. 콘래드가 "모호함"을 문학적 기법으로 사용하고 있다는 것은 앨런 화이트(Allon White)가 이미 지적한 바 있다(Allon White 1981).

2 크리스토퍼 고그윌트(Christopher GoGwilt)와 안드레아 화이트(Andrea White)는 각각 대영제국과 폴란드 사이를 조정하는 콘래드의 몸짓에는 "유산상속에 대한 픽션" 내지 "연속성과 상속이라는 수사 기법"이 수반된다고 지적한다(GoGwilt 1995: 147-150; Andrea White 2005: 246).

여되어 있다고 강하게 비판하였다[3]. 콘래드는 린드를 "내 실체를 철저히 파헤친" 인물로 기억한다(Conrad 1946c: 110).

이 씁쓸한 기억은 그에게 또 다른 장면을 떠오르게 한다. 그가 대영제국 상선의 선원으로 복무하는 동안 애국심 결여로 비난을 받았던 장면이다. 그 장면에서 작가는 선원 면허 시험을 치를 때로 다시 기억을 거슬러 올라간다. 시험 도중에 그는 자신을 시험관으로 동일시한다. 이 시험관은 벵골만 주변에서 근무한 적이 있었다. 1857년은 "[세포이]항쟁"의 해였다. 시험관은 "매우 뜻밖에도 자신의 존재에 대한 통찰을 일깨웠다. 내가 발을 들여놓게 된 저 바다 생활이 줄곧 이어져 온 것 같은 감각을 내 안에 일깨워준 것이다". 이 통찰을 통해 "나는 입양된 것처럼 느꼈다. 마치 그가 조상이었던 것처럼 그의 경험은 내 것이기도 하였다"[4](Conrad 1946c: 118).

작가의 입장에서는 원래 영어에 대해 "애국자적" 충성을 보이는 것이 매우 중요하였지만, 초점이 조금씩 비껴가면서 계속 부계적 계보를 만들어낸다. 중요한 것은 이 계보 작성이 세포이 항쟁에서의 군중 이미지를 순화된 것으로 보여줄 수도 있었다는 점이다[5]. 물론 작가

---

3 서평은 다음 글이 초출이다. The Daily News, 10 August 1908(Najder 2007: 390).

4 나카이 아사코(中井亞佐子)는 콘래드가 무대화하고 있는 복수의 작가상이 반(反)고백, 즉 루소의 고백조 문체를 향한 비판의 귀결임을 시사하면서, 『개인적 기록』을 "유럽적, 혹은 서양적 자아의 양의성과 모순"에 대한 탐구로 독해한다. 나카이에 따르면 콘래드에 의한 양의적 작가상 구축 과정은 20세기 중반 이후 자서전에 대한 비평 경향, 즉 순수하게 유럽적 자아를 구축하려는 암묵적 경향과 대조된다(Nakai 2005: 25-27, 32).

5 이미 서장에서 언급하였듯이 '군중(crowd)'이라는 단어(프랑스어로 foule, 독일어로 Massen)는 때때로 특정 집단을 비하하기 위해 사용되기도 한다. 그러나 이 장에서는 '대중'이나 '인민'을 동일하게 포함하는 개념으로서 비판적으로 사용하는 것 외에는 부정적인 색채를 띠지 않고 사용한다. 콘래드는 '대중', '인민', '공중', '군집' 등 근사한 개념과의 의미론적 차이를 스스로 의식하였기 때문에, 필요한 경우에만 원어를

아버지의 장례식에 참석하는 대중의 정지된 이미지에 비하면 이 이미지는 직접적으로 허구화되기보다는 희미하게 느껴질 뿐이지만 말이다.

이 장의 물음

『로드 짐(Lord Jim)』과 『노스트로모(Nostromo)』 등 식민지를 그린 콘래드의 소설에서 애국주의, 민족주의, 혁명과 같은 일련의 문제들은 명시적으로 연관되지 않았고, 따라서 눈에 띄게 연결되어 보이지도 않는다. 『개인적 기록』과는 달리, 소설 작품 속 군중은 1인칭 복수 대명사 "우리"의 사용이라는 언어 실천에 따라 상상으로 작성되는 공감적 공동체로도 쉽게 억누를 수 없다. 이 언어 실천은 이 장에서 검토 대상이 되는 두 작품에서 반복적인 수사로 출현한다. 유럽 식민지에서 무대화되는 이 대명사의 복잡한 사용은, 동시에 여러 공동체를 언어 영역에 출현시켜 군중의 물질적 존재를 예리하게 감지하게 한다.

연구자들은 『로드 짐』에서 반복하여 사용되는 구절, "그는 우리의 일원이었다"가 행위 수행적으로 젠더, 계급, 인종적 정체성을 균질화하고 식민지 주체와 대비해 백인 남성 유럽인을 규범화하는 배타적 공동체를 만들어내고 있다고 논한다[6]. 또한 『노스트로모』에서는 주인

덧붙이기로 한다. 프랑스어, 독일어, 영어 간의 번역에서 발생할 수 있는 차이를 고려하면서도 '군중'이라는 용어를 일관되게 사용한다. 예를 들어, 어떤 사람의 '군중에 대한 견해'는 군중에 대한 어떤 이론가의 관점이고, '군중 담론'은 소설에 나타난 군중에 대한 지배적인 관점이다.

6 로버트 햄슨(Robert Hampson)은 이 구절에서 "계급, 젠더, '인종'"에 관한 이데올로기의 등장을 보고 있다(Hampson 2000: 142). 반대로 크리스토퍼 고그윌트에 의한 탈구축적 독해는 이 구절이 "사회적, 민족적, 인종적 차이의 한계에 대치시켜 만들어냄으로써 상정할 수 있는 공통의 동일성을 계속해서 위태롭게 한다"라고 시사한다(GoGwilt 1995: 92). 이브 코조프스키 세지윅(Eve Kosofsky Sedgwick)의 영향을 받아 "우리의 일원"을 "남성 간 유대"의 통제 규범으로 간주하는 독해에 대해서는 이하를 참조할 것. Mongia(1992: 176) 및 Roberts(2000: 58-65).

공 이름의 이탈리아어 의미에 담긴 "우리의"라는 소유 대명사가 아이러니컬하게도 정치적 대표성의 실패를 시사한다고 한다[7]. 이러한 비평을 고려하면서, 우선 군중이 군중에 관한 주요 담론 바깥으로 일탈하는 정도가 얼마큼 차이 나는지 이 두 소설 작품을 비교하여 논하고 싶다. 다음으로, 그럼에도 불구하고 이 양자가 영웅주의의 잔여를 유지하고 있다는 사실이 중요하게 다루어질 것이다. 마지막으로 그 이유로서 영웅주의가, 식민지 군중과 여러 공동체를 만드는 언어 실천 사이의 긴장 관계를 통해 유지된다는 점을 지적한다[8].

2. "우리"의 반복과 아이러니

이론적으로, 『로드 짐』의 비평가들은 "우리"의 사용에서 포용적이고 배타적인 경향을 발견해 왔다. 그러나 배타성은 그 주어를 사용함으로써 젠더, 문화, 그리고 계급의 균질성이 전제되어 버린다는 사실에만 있는 것이 아니다. S. P. 모한티(S. P. Mohanty) 같은 비평가는 "우리"가 공통성이라는 지표, 혹은 공통의 전문용어나 은어를 보유하고 있다는 지표라고 논한다. 특히 "양쪽 주장이 팽팽히 맞서서 우리가 부득이 결론을 내야 할 때, 그래서 상대주의야말로 실현 가능성 있는

---

7 GoGwilt(1995: 257 n10); Parry(1983: 102). 이하도 참조할 것. Fleischman(1967: 172).

8 테리 콜리츠(Terry Collits)는 『노스트로모』가 서사시적 스타일로 언급되지 않는다는 점에서, 그리고 "그 영웅들이 더 이상 신체적 위업으로써 두드러지는 일이 없기" 때문에 그것을 "반영웅적" 소설로 간주한다(Collits 2005: 158). 『노스트로모』에 대한 이하의 독해는 콜리츠와 다르지만 영웅주의의 쇠락과 궤를 같이한다는 주장에는 동의한다.

철학적 선택지가 될 때" 1인칭 복수가 사용된다(Mohanty 1989: 5). 인식론상의 타자에 직면하면 억압과 대행=표상이 서로를 지탱하는 지적인 작업이 되는 것이다. 동시에 1인칭 복수의 사용은 학문적 앎의 영역에 관해 편향된 상정이나 전제를 폭로하기도 한다. 예를 들어 다른 문화, 신념, 의식, 친족 구조 등을 조직적이고 일관성 있는 앎의 체계로 연구하는 인류학 등에서 그러하다[9](Mohanty 1989: 4).

자넷 라이온(Janet Lyon) 같은 비평가에게 프랑스 혁명기의 매니페스토 속 명시적 집합 대명사는, 주변적 행위자들이 보편적인 공리에 비추어 불평불만을 주장하는 대항적 발화의 표현 매체로 여겨진다. 라이온에 의하면, 자신들의 권리를 이전까지 인식하지 못하였던 목소리는 엄청난 수에 이르는데, 그들이 "우리"라는 주어를 사용해 보편성을 주장하는 것은 동시에 "언어적 계약을 통해 잠정적 구성원으로서 함께 뭉칠" 수 있는 "맹아적 관중"으로 범주화됨을 함의한다(Lyon 1999: 23). 또 라이온에 따르면, "우리"는 무한하고 격해지기 쉬운 대중의 환기적 힘과 공명하며, 사회적 위계를 무너뜨리는 것은 기독교적 "우리"의 세속화된 형태라고 한다(Lyon 1999: 26).

그러나 디나 알카심(Dina Al-Kassim)은 "위화감의 표명은 언제나 규범이나 중심으로 돌려지기 때문에 정치적 도발을 통해 포용력이 큰 진정한 보편성으로 되돌아간다"라고 비판한다(Al-Kassim 2010: 41). 말하자면 라이온의 논의에 함의되어 있는 실체화 경향이나 목적론적 태도는 보편적인 것에 대한 충동을 보완한다. 하버마스(Harbermas)의 공공권 모델에 의거하자면, 그것이 힘을 기른 부르주아 시민사회와

---

9 모한티는 상대주의적 관점을 비판적으로 검토하면서 인류학적 지식의 주체와 연구대상 사이의 인식론적 불균형에 관하여 논쟁한 어니스트 겔너(Ernest Gellner)와 탈랄 아사드(Talal Asad)의 사례를 언급하였다(Mohanty 1989: 6-12).

계몽주의 사상 쌍방에 침투하는 확장주의적 경향과 종교적 정동을 허용하기 때문이다.

식민지에서의 "우리"

콘래드 소설에서 사용하는 집합적 대명사는 대개의 경우 라이온이 이론화하고 있는 위화감 표명을 위한 발화 주체 모델보다 모한티의 그것과 더 맞닿아 있다. 보다 정확하게 말하면, 콘래드 작품의 "우리"는 아이러니의 집요한 힘을 갖추고 있어서 억압과 대행=표상이 동시에 진행하는 운동에서 기능하는 것이다. 『로드 짐』에 나타나는 "우리"의 기능을 언급하면서 호미 바바(Homi Bhabha)는 "'그는 우리 중 한 명이었다'라는 구절이 양의적이고 강박적으로 반복되면서 서양문명과 식민지 긴장 상태에 놓인 문화공동체 개념 사이에 존재하는 취약한 여백을 보여준다"라고 지적한다. 바바는 그 이유로 "짐은 쫓겨날 위기에 처하거나 추방자로 여겨질 때, 즉 명백하게 '우리 중 하나가 아닐 때' 구출된다"라는 사실을 덧붙였다(Bhabha 1994: 174). 다르게 말하면, 바바가 여기에서 지적하는 "우리"의 양의성은 다음과 같이 바꾸어 말할 수 있다. 한편으로, 콘래드가 1인칭 복수를 사용하는 데에는 제국 주변에 있는 자들의 구제와 유기를 반복함으로써 제국 자체의 동일성을 온전하게 유지하는 자기 소생적 운동을 내재화하는 기능이 있다. 다른 한편, 정치적 대표성이라는 관점에서 본 "우리"라는 주어는 이 범주 자체의 동일성 유지와 (재)구조화를 행위 수행적으로 행하기 때문에 대행=표상의 실패도 유용한 차이로 체화하는 아이러니컬한 운동의 징후로 볼 수 있다.

그러나 바바가 주의를 기울이지 않은 것은 이 반복적인 구절의 다른 측면, 비록 이 구절이 대표하지는 않지만, 즉 그것이 억압하고 있는 부분이다. 식민지를 다룬 콘래드 소설에서는 라이온이 이론화하는 바와 같이, "우리"라는 대명사의 아이러니컬한 사용이 정치적 주체가 저항적인 발화를 제시하는 계기를 항상 방해하는 것이다. 뒤에서 확인하겠지만, 실제로 『노스트로모』에서 "우리"의 사용은 『로드 짐』의 그것에 비해 강박적이지도 반복적이지도 않다. 그러나 만일 억압받는 자라는 표현이 옳지 않다면 진지한 주목조차 받지 못하였을 그들에게 저항할 기회가 있었다 하더라도, 콘래드의 소설에서 영웅적인 남성 주체가 사람들을 이끌고 집합적인 행위체를 구성하는 것은 허용되지 않는다. 이하의 논의에서는 『로드 짐』에서 이루어지는 군중의 억압과 소거를 1인칭 복수의 언어적인 행위 수행성을 따르는 과정으로 묘사한다. 그 다음 절에서는 『노스트로모』에서의 군중에 대한 담론을 재구성하여 제시한다. 마지막 절은 『로드 짐』의 경우와는 달리 명확하게 구별할 수 있는 변칙적 군중을 검토하고 그것이 군중에 대한 담론의 어디에 위치할 수 있는지를 논한다.

3. 군중과 『로드 짐』

작품 배경 — 영국의 말레이시아 통치와 네덜란드의 인도네시아 통치

『로드 짐』의 무대는 1880년대 후반의 동남아시아, 현재 인도네시아 및 말레이시아 주변이다. 18세기까지는 네덜란드 동인도회사가 독점적으로 지배하였으나, 19세기 전반에 토머스 스탬퍼드 래플스(Thomas Stamford Raffles) 등 식민자가 영국의 동인도회사와 함께 지배를 위한 발판을 확립하였다. 래플스는 네덜란드 동인도회사의 독점을 무너뜨리고 원주민 "본래의" 교역 양식인 "자유무역"을 부활시키려고 시도하였다(Krishnan 2007: 60). 19세기 중반에는 사라왁(Sarawak, 현 보르네오섬 북부에 있는 말레이시아의 주)의 왕이 된 제임스 브룩(James Brooke) 등이 대영제국의 판도를 확장하였다. 1874년 팡코르 조약 이후 대영제국은 본격적으로 말레이시아 통치에 나섰다. 그리고 20세기 전반, 현재 말레이시아의 페낭, 말라카 그리고 싱가포르 등을 직할 식민지로 삼았다.

이때 영국의 통치로 말미암아 이중의 효과가 발생하였다. "문명화"와 "원주민화"가 그것이다. 우선 이민 생활을 하던 무슬림들이 말레이인으로 인정받아 "문명화"하였다. 네덜란드령 동인도에서 아라비아반도에 걸쳐 거주하는 아랍인이 말레이어와 관습을 익힘으로써 "말레이화"할 수 있었던 것이다. 한편으로 무슬림계 말레이인과 마찬가지로 이전까지 말레이인이었던 비(非)무슬림계 사람들이 이번에는 "원주민"으로 간주되었다. 이후 항일전쟁(抗日戰爭)에서 중심적인 역할을 하였던 공산당계 말레이 인민군을 진압하기 위해 영국군이 그들에게 부여한 정보원 역할이 이 "원주민화"를 고착화하였던 것이다(Mamdani 2012: 31-33).

한편 네덜란드 동인도 회사도 자바섬과 술라웨시섬 등을 비롯한 몇 군데 교역 중계점을 핵으로 하여, "점(點)"으로 지배하고 있었다. 그러나 1873년 아체 전쟁에 의해 수마트라섬 북부 아체 왕국을 제압한 후, 보르네오섬 남부와 수마트라섬 남부로 영역을 확장하여 "면(面)"으로의 지배로 이행하였다. 19세기 후반부터 20세기 전반에 걸쳐 이들 제압된 왕국의 사람들이 내륙으로 거점을 옮긴 후에도 지배에 대한 저항은 그치지 않았다. 1940년대 전반 제국 일본의 침략 시기에도 저항은 계속되었다.

그 때문에 네덜란드 동인도회사는 원주민의 반란을 진압하기 위해 수많은 군사행동에 나서게 된다. 이 반란과 궤를 같이하여 새로운 식민 통치 기법이 고안되었다. 이는 제1장 첫머리에서 언급한 간접통치와 관련된다. 네덜란드 동인도회사의 경우 우선 지배 강화를 위해 현지의 법과는 다른 법체계를 마련함으로써 "범죄" 단속을 강화하였다. 그러나 일련의 법은 유럽인에게 적용되는 것과는 달리 용의자의 인권이 충분히 보장되지 않았다(Tagliacozzo 2009: 161-168). 또 하나는 무슬림에 대한 사고방식이다. 종교적 무슬림과 정치적 무슬림을 분리하여 생각하려는 것이다. 전자는 바꿀 수 없으므로 관용을 가지고 대하자고 하였지만, 후자에게는 "모든 이데올로기적 이슬람 정치 운동에 대해 가차 없는 탄압"을 주장하였다(Mamdani 2012: 39).

『로드 짐』 개요

『로드 짐』에는 바타비아(현재의 자카르타)를 축으로 네덜란드령 인도네시아를 통치하던 네덜란드와 영국의 중첩된 이해관계가 역사적 배경으로 아로새겨져 있다. 예를 들면, 작품 전반부에서 주인공 짐이 일등 항해사로 근무하던 배가 사고를 당하는데, 그때 그가 승객들을 어떻게 다루는가 하는 문제와 그 문제를 둘러싼 논란이 주제가 된다. 이 승객들은 작중에서 이슬람교도 "순례자들"로 묘사된다. 이는 당시 인도네시아에서 메카로 순례를 떠나는 무슬림의 이동이 말레이시아 및 그 인근 지역에 걸쳐 제국 사이의 인구 관리와 통치의 그물망을 꿰매는 데 빈번히 활용되던 사실을 배경으로 한다(Tagliacozzo 2009: 170-173). 앞서 서술한 것처럼 19세기 후반에는 영국이 네덜란드를 위시한 다른 유럽 국가들에 앞서 이 지역의 지배를 강화하였는데, 그 과정에서 '문명화' 즉 대영제국 판도 아래 통치의 대상이 되었다.

작품은 전반부와 후반부로 나누어진다. 전반부는 이 지역을 전전하던 짐(Jim)이 선원으로서 책임을 진 입장에 있으면서도 승객(앞에 언급한 순례자들)을 돌보지 않고 자기 목숨을 앞세웠다는 사실이 법정에서 가려진다. 짐이 법정에서 유죄로 판결되는데, 그곳에서 만난 말로(Marlow)가 이 작품의 주요한 화자이다. 결국 말로의 이야기가 재판 이후 의지할 데 없이 거처를 전전하는 짐을 "우리 중의 한 명"으로 부각시킨다.

후반에서는 짐이 파투산에서 원주민사회에 파고 들어가 지도자로 존경받는 것으로 만회를 도모한다. 말로의 상담 상대인 스타인(Stein)은 딸이 말라카 출신 포르투갈인 코닐리어스(Cornelius)와 결혼하자, 네덜란드 식민지에서 장사를 하던 사위를 자신이 경영하는 무역회사의 지배인으로 임명하였다. 한편 짐은 원주민 여성 주얼(Jewel)과 결혼한다. 그리고 자리를 비운 사이에 그는 코닐리어스와 신사 브라운(Brown) 등 유럽인들의 간계에 빠지고, 파투산은 함락되고 만다. 결국 원주민의 우두머리 도라민(Doramin) 등에 의해 배신자라고 지목되어 총살된다.

『로드 짐』과 군중

『로드 짐』에서 군중에 대한 언급은 다음과 같이 다섯 가지로 분류하는 것이 가능하다. 첫째, 동남아시아 연안의 선원들. 둘째, 짐의 배에 탑승한 아랍인 순례자들. 셋째, 규율 없는 선원들. 넷째, 짐의 본거지이자 동남아시아의 가공 장소 파투산에서 본 대도시 군중. 다섯째, 짐이 파투산에서 거느리게 되는 원주민들. 중요한 것은 뒤쪽 세 가지에서 군중은 시각적으로도 신체적으로도 실재하는 것으로 제시되지는 않는다는 점이다. 서술자 말로의 이야기, 그리고 말로가 청자와 주고받는 대화에서 가끔 언급되어 간접적으로 드러날 뿐이다. 이야기 전체를 통합하는 것은 처음에는 익명의 서술자이지만, 다음에는 중심 화자이자 등장인물 가운데 한 사람이기도 한 말로이기 때문이다. 반대로 앞쪽 두 가지 범주는 익명의 서술자에 의해 언급된다. 이것들은 주인공의 운명이 펼쳐질 무대를 준비하는 것으로서 시각적으로 상술된다. 짐은 파트나호의 일등 항해사임에도 불구하고 800명의 아랍인을 돌보지 않고 "날아가 버린다". 이 "날아가 버림"이 의식적이고 의도적인 행위였는가 아닌가가 법정에서 초점이 된다. 그는 법정에 청중으로 참가한 말로와 만난다. 앞쪽 두 종류의 군중과 뒤쪽 세 종류 군중의 경우를 비교할 때, 이야기의 조건에서 차이는 이렇다고 할 수 있다. "우리 중의 한 명"이라는 말로의 표현이 반복적으로 쓰임에 따라, 그 반복으로 억압할 수 없는 것이 각양의 굴절과 굴곡·왜곡으로 부각된다. "우리"에 의해 경계 내부로 감싸지는 것은 이러저러한 발화 상황에 따라 변화한다. 그때 무엇이 "우리"와 대비되는가를 살펴보면 "우리"가 배제하는 것이 분명해진다.

인종화를 매개하는 군중

우선은 각각의 군중에 대해 알아보겠다. 첫 번째 군중은 연안의 선원들이다. 이들의 존재는 짐이 어느 사고로 인한 부상에서 회복하는 중에 "고향으로 돌아가겠다는 생각"을 버리는 계기가 된다. 이들은 "백인으로서의 특권"을 즐기면서도, "중국인과 아랍인, 혼혈인" 등 누구의 밑에서 일하든 개의치 않는다. 그리고 잠깐의 노동만을 원하고 수고로움을 싫어하여 열대지역에서 나태하게 평안한 생활을 하고, 중국·일본·태국 등지에서 편하게 지낸다는 사람들의 소문과 "운수대통한 경우"에 대해 오랜 시간 잡담을 한다*[40]. 익명의 서술자는 짐의 내면 깊숙이 들어가지는 않지만 그들을 바라봄으로써 짐에게 생긴 변화를 다음과 같이 적고 있다.

> 짐이 보기에, 이렇게 잡담을 나누는 이들은 처음엔 선원이라기보다는 같은 수의 그림자보다 못한 허깨비 같았다. 하지만 계속 지켜보면서, 그 사람들이 위험하고 어려운 일을 거의 하지 않으면서도 그토록 잘 산다는 걸 알게 되자 그들에게 매혹되기 시작했다. 시간이 흐르자 처음에 느낀 경멸과 다른 감정이 천천히 생겨났다. 그리고 돌연 짐은 고국으로 돌아가야 한다는 생각을 버리고 파트나호의 일등 항해사 자리를 얻었다[10*41].

짐에게 선원 군중은 "경멸"의 대상에서 아주 약간의 심리적 애착을 인정할 수 있는 사람들로 변화한다. 짐은 자신과 이 선원들 사이의 공통점을 감지한다. 즉 인종적으로 연결되어 있을 뿐만 아니라 자신들이 경멸하는 자들 밑에서 일하고 있기 때문이다.

이후 법정 장면에서 말로는 범죄 혐의 때문에 고난을 겪고 있는 청년 짐을 관찰하고 그에게서 비슷한 유대를 발견한다. 말로는 이렇게 말한다. "소년티 나는 파란 눈, 젊은 얼굴, 떡 벌어진 어깨, (…) 그 친구의 외모는 바라보기만 해도 내 동정심을 불러일으켰어. (…) 그는 올바른 인간이었고, 우리 중 한 명이었어"(LJ, 78)[*42]. 서술자 말로는 짐을 받아들이면서 그가 무죄라고 주장하고 비난을 물리친다. 그는 다음과 같이 짐의 결백을 호소한다. "자신을 그자들과 혼동하지 말아 달라 했어. 자신은 그자들과 같은 부류가 아니라 완전히 다른 부류라면서"(LJ, 79-80)[*43]. 서술자는 "우리"를 "그자들"과 대치시키는 이분법적 수사법을 통해 승객인 순례자들을 구출하지 않고 자신을 먼저

---

10 Conrad(1946b: 13). 이하 이 책의 인용은 LJ로 축약하고, 괄호 안에 쪽수를 병기한다.

구하였기에 범죄적이라고 여기는 자들과 짐을 분리한다. 이 순례자들은 결과적으로 프랑스군 함대의 구원을 받게 된다.

반대로 제2의 군중인 무슬림 순례자들은 마치 자연 풍경의 일부인 것처럼 완전히 길들여져 개성을 상실한 존재로 그려진다. 무엇보다 도입부에서 파트나호에 승선하는 순례자들의 모습이 배 전체를 구석구석까지 채워가는 물처럼 묘사될 때 그 "화물"의 임박한 운명이 이미 경고되고 있다.

> 순례자들은 낙원에 대한 믿음과 희망의 재촉을 받으며, 맨발을 쿵쿵거리거나 질질 끌면서 세 개의 건널 판자를 통해 줄지어 배에 탔고, 그 누구도 말하거나 속삭이지 않았으며, 뒤돌아보는 일도 없었다. 그리고 갑판에 도착해 건널 판자의 난간이 끝나자마자 갑판 위 사방으로 흩어졌다. 그들은 이물과 고물 쪽으로 흘러갔고, 하품을 하듯 입을 쩍 벌리고 있는 뚜껑문 아래로 넘쳐흘러 내려갔으며, 배의 안쪽 구석구석을 가득 채웠다. 마치 저수지를 채우는 물 같았고, 틈새마다 금간 곳마다 흘러드는 물 같았고, 그릇 가장자리까지 고르게 조용히 차오르는 물 같았다.
>
> (LJ, 14)*44

계속해서 풍경으로 그리는 것과는 또 다른 형태로, 한 걸음 거리를 두고 순례자의 행동과 동기가 그려진다. 그러나 이러한 부수적인 설명은, 특히 "가슴에 품은 소망 하나로"라든가 "오직 한 가지 생각의 부름에 따라"라는 수식에 이르면 종교적인 '광신자'의 이미지와 쉽게 교환 가능한 스테레오 타입을 생각나게 한다. 파트나호에 승선한 순례자들은 "갖은 고생을 하고, 낯선 광경들을 보고, 처음 겪는 무서운 상황들에 처하였지만 가슴에 품은 소망 하나로 모든 것을 견뎌"낸 자들로 그려진다. 이어서 익명의 서술자는 이렇게 말한다. "오직 한 가지 생각의 부름에 따라, 그들은 살던 숲과 개간지와 통치자들의 보호와 번영과 빈곤과 젊은 시절에 살던 환경과 조상의 무덤을 두고 떠나왔다." 한 덩어리로 객체화되는 순례자들은 이어서 그들이 믿고 있다고 여겨지는 인종적 계층에 순응하는 형태로 분류된다. "이 짐승들 좀 봐"라는 독일 선장의 인종차별적인 말은 다른 언어, 즉 영어로 말해졌기 때문에 그들은 이해할 수 없다(LJ, 15)*45. 더불어 순례자들은 종교에 대한 충성을 제외하고는 판단 능력이 부족한 존재로, "백인들의 지식과 용기를 믿고" 있는 사람들로 묘사된다(LJ, 17-18)*46.

다시 말해, 수호자인 짐을 포함한 '세속적'이고 '자립적'인 서양인에게 '종교적'인 비서구 대중이 의존한다는 구도가 전경화된다[이 종교적 관념에 홀린 대중이라는 이미지는 제4장에서 검토하는 리처드 라이트(Richard Wright)의 반동론에서도 반복된다]. 다만 앞서 서술한 것과 같이 네덜란드 동인도회사의 식민 통치 사고방식에 비추어 보자면, 이들 무슬림 대중은 종교적인 한 적대적이지는 않은 존재이다.

제국의 내러티브를 장식하는 군중

제3의 군중은 처음과 두 번째 부류보다도 눈에 잘 띄지 않는다. 말로의 이야기를 통해 간접적으로 전달되어서 알아차리기 어렵기 때문이다. 보다 정확하게는 말로가 파트나호 선원이자 법정에서 짐을 위해 증언하기로 되어 있던 브라이얼리(Brierly)와 대화하면서 언급한 선원들이다. 이때 무슬림 순례자는 서술자가 간주하는 군중의 경계, 그보다 더 바깥에 놓인다. 브라이얼리의 말에서, 이 사람들에 대한 비인간화는 이미 주어진 것으로 파악된다. 그가 보기에는 이 선원들이 선원의 자격을 뒷받침해 온 존엄이나 양식(良識) 같은 이상을 이미 상실해

버린 것이다.

> "그러고도 자네가 바다의 사나이라 할 수 있어?" 브라이얼리가 화를 내며 말하더군. 나는 내가 바다의 사나이라고 자처할 것이며 실제로도 그렇길 바란다고 했어. 브라이얼리는 내 말을 듣더니 그 큰 팔로 내 개별적인 인격을 박탈하고 나를 군중과 한 무리로 취급하겠다는 듯한 몸짓을 했어. 브라이얼리는 "최악의 문제는 자네들 모두 존엄성이 무엇인지 전혀 모른다는 거야. 자네들은 마땅히 지켜야 할 본분에 대해 별로 생각이 없어"라고 말했어.
>
> (LJ, 67)*47

브라이얼리는 이곳에서 군중이라 명명된 선원끼리는 승무원 상호에 대한 책임과 신뢰로 간신히 연결되어 있다고 생각한다. 그러나 신뢰를 잃은 이후, 그들을 연결하는 것은 이제 "그런 류의 양식(良識)을 가리키는 이름뿐"이다. 그의 이상에 부응하지 못하는 이 선원 무리와 비교해 순례자는 "낡은 넝마 짐짝"*48에 지나지 않는다(LJ, 67).

그리고 짐은 법정에서 증언하지 못하였지만 그 이후 말로에게 사건 당시의 기억을 떠올리며 위기 한복판에서 느꼈던 바를 이야기하였다. 말로는 짐의 고백 속에 담긴 세밀한 심리를 다시 말한다. 결국 배가 가라앉을 것이라 깨닫기 전까지 짐이 위태로웠던 상황을 독자에게 전하면서, 서술자는 승객들을 가리키는 호칭을 인간 집단에서 비인간적 집합으로 재구축한다. 먼저 말로가 말하는 것은 "이 모든 사람이 저 이상한 소리를 수상쩍게 여길 정도로 유식하진 않다는 걸 알아차렸다"라는 것이다(LJ, 85)*49. 같은 실체가 다시 다음 글에서 언급되자 "사람들"이라는 지칭은 "군집(multitude)"으로 변화한다. 게다가 말로는 계속해서 "철로 만들어진 배나 하얀 얼굴의 사람들, 모든 광경과 모든 소리, 배 위의 모든 것이 무식하고 경건한 군집에게는 신기하면서 믿음직하고 영원히 불가사의하게 여겨졌다"라고 말한다(LJ, 85-86)[*50]. 다음으로 서술자 말로가 혼란과 패닉, 거기에 주인공이 공포에 직면해 필요하였을 용기 등의 요소를 시사하면서 짐의 심리로 헤치고 들어가는데, 이때 그는 청자를 "우리"로 분류한다("이 자리에 모인 우리 가운데 그런 상황을 (…) 한 번이라도 보거나 직접 경험해 보지 않은 사람이 과연 있을까?"[*51]). 그리고 이 이야기를 나누는 동료들과 마찬가지로 "군중의 우둔한 포악함"이라는 "상상하기 어려운 힘"에 대치하는 존재로 주인공 짐을 자리매김한다(LJ, 88)[*52]. 말로의 다시 말하기에서 무슬림 순례자는 마치 언외로 브라이얼리의 선입견과 보조를 맞추듯 점차 비인간화된다. 그리고 이 비인간화의 과정은 1인칭 복수 "우리"의 등장과 거의 같은 때에 이루어진다.

지금까지 검토한 군중과 소설 후반부에 등장하는 군중을 비교함에 있어 주의해야 할 것은 말로의 언어에서 군중이 포착될 때 그 감수(感受)의 방식이 과장되고 추상화되어 있다는 것이다. 예를 들어 항해사 자격을 박탈당한 후 짐은 다양한 곳에서 허드렛일을 하지만, 특별히 결정적인 이유도 없이 일을 그만둬버린다. 말로는 짐이 그러한 때에 만났던 사람들을 포괄적으로 일반화하여 군중이라고 칭한다. 그리고 그는 또한 짐을 애매한 존재로 낙인찍는 자들이, 이제 짐에게 이끌리게 될 것이라고 추상적인 형식으로 암시한다(LJ, 93). 지도자로서 짐이 갖는 자격, 그리고 짐과 군중 사이의 경계는 누구도 허물지 못하는 말로의 서술 관점에 거의 전적으로 의존한다.

짐과 군중을 나누는 선은 이야기가 후반의 파투산 에피소드로 넘어가기 전에 다시 그어진다. 과거에 혁명가였지만 현재는 은퇴해 나비

수집가가 된 스타인이 말로에게 짐은 도대체 무엇이냐고 묻는다. 말로에게 짐의 존재는 "먼지구름에 가려지듯 군중에 가려 흐릿해졌기" 때문에 "믿기 어려웠"지만 "짐의 소멸할 수 없는 실체는 거역할 수 없는 힘과 확신을 지니고" 그에게 다가온다(LJ, 216)*53. 이 접근과 이탈이라는 이중의 움직임은 군중에 대한 추상적 관념과 1인칭 복수 사이의 경계를 다시 그을 때 열쇠가 된다. 이 경계 긋기의 과정이 이후 서술자에 의한 "구제"라는 수사를 제어하게 된다.

구제 수사의 안과 밖

구출과 관련한 수사는 짐이 원주민들의 공동체 파투산에 받아들여져 약혼자 주얼과 함께 원주민 지도자가 되는 과정에서 중첩된다. 여기에 서술자 말로가 한창 개입하는 중에 네 번째 군중이 등장한다. 말로가 독자를 향해 이야기하는 방식의 플롯은 짐과 주얼의 관계를 소개할 때 제시되는데, 여기서 여성은 원주민 남성과 백인 사이에서 교환되는 물건으로 간주된다. 그리고 이 교환이 이루어지는 시공간은 신화적인 과거로까지 거슬러 올라가는 것 같은 확산을 동반한다. 여기서 남성과 여성의 관계성은 과거 게일 루빈(Gayle Rubin)이 도식화하였던 것, 즉 여성을 교환하여 성립되는 남성들 간의 유대와 거의 동일한데, 이때 남성들은 입장의 차이와 관계없이 공범이 된다(Rubin 1975). 짐은 그녀를 "보석처럼 귀하다는 의미에서 주얼(Jewel)"이라고 이름 붙였다(LJ, 277)*54. 그리고 말로는 "그곳의 작은 원주민 궁전 사람들"에게서 "파투산의 어떤 정체불명의 백인이 값을 매길 수 없을 정도로 귀중한 보석을 손에 넣었다는" 것에 대해 듣게 된다. 서술자가 "정보를 제공해 준 사람 대부분"에게서 입수한 또 다른 이야기는, 그 보석은 "예전에 수카다나(Succadana)의 술탄이 가지고 있던 그 유명한 보석이 그 나라에 여러 차례 전쟁과 엄청난 재앙을 불러 왔다는 것처럼" "그 보석이 아마도 불행을 가져올" 것으로 변용되고 만다. 현재형으로 말해지는 짐과 주얼에 관한 이러한 소문에 "엄청나게 큰 에메랄드에 대한 소문"의 시간축이 병치되어 "백인들이 말레이 제도에 처음 도착했을 때부터 있어 왔던 오래된 것"으로 뒤바뀐다(LJ, 280)[*55].

그리고 말로가 파투산에 찾아옴으로써 짐을 앗아가는 것은 아닌지 주얼이 의심을 품자 서술자는 그녀를 달래며 말한다. "'군집(multitudes)'이 그 광대한 미지의 세상을 채우고 있지만, 그 가운데 그 누구도 짐이 살아 있는 동안 그 어떤 신호도 부름도 보내는 일은 없을 거라고 장담했다"(LJ, 318)[*56]. 대도시 사람들을 가리키는 '군집'이라는 용어와 같은 사용법은 짐이 파투산에 남겠다는 결심을 언급하고 자신과 말로의 관계를 강조할 때의 서술자의 언어에서 다시 찾을 수 있다. 짐은 울적한 목소리로 고백한다. "저는 저 사람들의 믿음에 매달려야만 안전하다고 느낄 수 있고, (…) 접촉을 계속할 수 있습니다. (…) 아마도 제가 다시는 보지 못할 사람들과 말이죠. 예를 들면 선장님과요." 그러는 동안 말로는 "그냥 평범한 군중에 속하는 나를 그 낙오자가 그렇게 특별히 생각해 주는 것에 고마움과 애정을 느꼈다"라고 말한다(LJ, 334)[*57].

말로가 짐과 주얼의 대화에서 사용하는 '군집'과 같은 용어는 백인이 원주민 여성을, 그리고 그 공동체를 구한다는 구제의 수사를 짐작하게 하는 도구로 사용된다. 이는 일견 "여성들을 구제한다는 위장"과 함께 배치되는데, 결과적으로 "남성들은 (…) 자신들의 유대와 제국의 사명을 촉진하는 작업에 임한다"라는 것이다(Mongia 1993: 145). 즉, 명백한 형태로 "우리"라고 하는 1인칭 복수의 주어는 사용하지 않았지만, "군집"이라는 말이 서술자 말로와 짐의 주위에 배치됨으로써 결과적으로 배타적이고 동성사회적인(homosocial) 유대를 이 두 사람

사이에 가져오는 것이다.

종교화되는 군중

『로드 짐』 후반부에서는 짐과 주얼의 로맨스에 초점이 맞춰진다. 여기서는 파투산에서 벌어진 '영웅'과 '악역' 사이의 항쟁에 등장하는 인물들, 요컨대 짐을 지도자로 신뢰하고 짐과 함께 싸우는 원주민들과 그의 적들, 즉 주얼의 계부인 코닐리어스와 짐의 지위를 빼앗으려는 신사 브라운 등 유럽계 유랑자들 양쪽이 구제라는 수사 밖에 계속 놓이게 된다. 참고로 이 유랑자들은 앤 로라 스톨러(Ann Laura Stoler)가 "빈곤층의 유럽인"이라고 부른 사람들이다[11].

다섯 번째, 최후의 군중인 원주민은 "인간적인 자"와 "비인간적인 자", "비종교적인 자"와 "종교적인 자"(이 표현은 아랍인 순례에 적용되는 것인데, 짐과 원주민의 유대를 단절시키기 위해서도 사용된다) 등, "우리"와 "그들"로 이루어진 일련의 이항대립으로 언급된다. 지도자로서의 자격이라는 관점에서 말로는 짐의 친구이자 짐을 신뢰하는 원주민 수장 도라민의 아들인 데인 워리스(Dain Waris)와 짐을 비교한다. 짐이 부재한 사이에 신사 브라운이 침공하여 파투산이 위기에 빠지자, 말로는 사람들을 선도하는 워리스의 능력을 인정하지 않는다. 서술자에 따르면, "비록 애정과 신임과 찬양의 대상이긴 했지만, 짐이 '우리' 중의

---

11 스톨러의 논의가 함의하는 바는 유럽인이라는 정체성에도 불구하고 그들이 잡혼, 복지, 일, 사회 상승의 가능성이라는 관점에서 "인종화"되어 있으므로, "소설이나 단편소설, 게다가 지역의 연극집단에 의해 상연된 극작"을 통해서 그들의 존재를 아는 대도시의 독자·관중은 "동정과 혐오 사이를 순식간에 오가는 감정의 진폭"을 품었다는 것이다. 그들은 임박한 폭동의 선도자로도 상상되었다. "자격이 있되 삐뚤어진, 그리고 더 '의식적인', 막연하게 유럽인에 지나지 않는 하층민에게 선도되어 반격할지도 모르는 제국의 신민에 대하여 경제적, 성적, 정치적인 공포를 안고 있는" 사람도 있었던 것이다(Stoler 2009: 145).

한 사람인 데 반해 그 청년[데인 워리스]은 여전히 '그들' 중 한 사람에 불과했다". "더구나 그 백인은 그 자체로 곤경에 처한 상황에서도 믿을 수 있는 난공불락의 존재임에 반해, 데인 워리스는 살해될 수도 있는 사람이었다". 마을의 수장들도 자신의 의견에 동의할 것이라고 생각한 말로는 "마치 부재중인 백인의 거처에 가면 지혜와 용기를 찾을 수 있으리라 기대하는 듯이, 그 사람들은 짐의 요새에 모여 긴급 상황에 대해 논의하기로 했어"라고 말한다(LJ, 361)[*58].

코닐리어스와 신사 브라운의 간계로 인해 짐이 쫓겨난 후, 주인공 짐이 죽음이 임박하였음을 암시하는 장면에서 원주민 사이의 비이성이 종교적인 이미지로 전경화한다. "비명이 섞인 애도가 가끔 끊어질 때면 두 명의 늙은이가 노래하듯 쿠란을 영창하는 소리만이 들렸다"(LJ, 412)[*59]. 이어서 자신의 신뢰를 저버린 짐을 도라민이 총살할 때, 그 배경으로 군중이 등장한다.

> 도라민이 손을 들자마자 짐의 뒤에서 좌우로 갈라졌던 군중은 총성이 난 뒤 앞으로 거칠게 몰려나왔어. 그 사람들 말에 따르면, 그 백인은 좌우로 모든 사람의 얼굴을 향해 자부심 가득한 꿋꿋한 눈길을 보냈다고 해. 그러고 난 뒤, 그 백인은 손을 입술에 댄 뒤 앞으로 쓰러져 죽었어.
>
> (LJ, 416)[*60]

"짐은 우리 중 한 사람이야"(LJ, 416)[*61] – 대개의 경우 과거형이 사용되는 것에 비해 이번에는 현재형이 사용되는데 – 라는 말로의 한 구절로 짐의 종말이 고해지면서, 『로드 짐』의 군중은 비인간적인 실체로서 종교적이고 비이성적이며 외적인 요인에 쉽게 영향을 받는 자들로 그려진다.

『로드 짐』의 군중은 감지하기가 쉽지 않고, 1인칭 복수가 기초를 이루는 '시민사회'의 구성과 인접해 있지만 결코 혼동될 수 없다. 왜냐하면 지금까지 검토한 세 번째에서 다섯 번째의 군중이 첫 번째와 두 번째 군중의 변주라는 데서 알 수 있듯이, 이 대비야말로 인종주의가 발생하는 장소이기 때문이다. 원래 산업자본주의가 전면화되고 제국주의에 의해 사물과 사람의 이동이 강제적으로 유동화되던 시대에, 사람과 사람을 연결시키는 것은 피부색이나 인종이라는 아무런 근거도 없는 픽션에 불과하였다. 그때 "우리"라는 수사는 강박적으로 반복될 뿐이어서, 거기에 "우리"가 무엇인가 하는 반성적 물음은 필연적으로 빠져 있다. 왜냐하면 이 물음이 발생할 때는 "우리"가 인종주의에 기초한 구축물임이 드러날 뿐만 아니라 또 하나의 우리, 즉 피식민자에 의한 자율적 자기통치를 저지하는 실체임이 밝혀지기 때문이다. 즉 『로드 짐』에서 "우리"의 반복과 대비되는 군중이라는 형상은, "우리"가 언제든지 군중으로 해체될 수 있다는 예감과 다름없다. 나아가 제국주의가 아무런 근거도 없는 인종이라는 픽션을 필요로 한다는 증언이기도 하다.

물론 "백인들"은 이 군중에 의해 근원적인 부분에서 영향을 받지도 변용되지도 않지만, 이 절에서 검토하였듯이 개개인을 연결하는 '유대'는 그 외부에 상상으로 그리고 실체적으로 구성된 군중에 의해 간신히 유지되는 것이다.

반란의 진압을 민족지로 읽다

정치적 배경을 생각할 때, 짐의 죽음을 애도하는 행위가 아이러니컬한 모습일지라도 거기에는 제임스 브룩(James Brooke)을 위시한 대영제국의 "위대한" 식민자에 대한 향수가 담겨 있다(GoGgwilt 1995: 76).

그리고 그것은 영국 이외의 제국주의, 특히 네덜란드에 대한 강렬한 차이 의식을 반영한다.

더 중요한 것은 이 장면에서부터 시작하는, 영국인 이주자에 대한 원주민의 이반(離反)이다. 앞에서 말한 것처럼 19세기 후반 현지 사회에 대한 네덜란드 동인도회사의 지배 강화와 침략에 대해서는 저항 운동이 끊이지 않았다. 이는 네덜란드령과 경계를 접하는 영국령에 관해서도 마찬가지였다. 예를 들면 19세기 후반 맷 살레(Mat Salleh)의 반란이 유명하다. 맷 살레의 반란이란 1894년부터 1905년에 걸쳐 보르네오섬 북부에서 일어난, 대영제국의 식민에 대한 일련의 저항 운동이다(Tagliacozzo 2009: 166; Tregonning 1956).

이러한 저항 운동은 결과적으로 탄압되고 말았는데, 이 탄압에 중요한 역할을 행한 인물이 당시 보르네오 북부 지역의 총독을 지내던 휴 클리포드(Hugh Clifford)이다. 클리포드는 작가이자 정치인이었다. 그는 1890년대 후반부터 콘래드와 서로 비평을 주고받는 등 친교를 유지하였다. 그는 민속학자로서 "참여 관찰"에 해당하는 문서를 남기기도 하였는데, 그의 소설 작품은 예술적인 세련보다 기록의 정확성에 무게를 싣고 있었다(Nakai 2000: 57-58). 그러나 동시에 감성이 서양인과는 분명히 다른 "원주민"에 대한 혐오를 담는 경우도 있다. 예를 들면 무루트(Murut) 사람들에 관해 서술하면서 "이 무루트 사람들은 내가 만난 사람들 중에서 가장 저속한 부류의 인간에 속한다"라고 말하였다[12](Tregonning 1956: 32). 이 절의 앞부분에서 언급한 용어를 사용하자면, 그는 비무슬림계 말레이인의 "원주민화"를 촉진하는 이

12 클리포드를 포함한 영국인들의 말레이제도 사람들에 대한 좀 더 포괄적인 이미지 형성과 편견의 고착에 대해서는 아래를 참조할 것. Alatas(2010[1977]: 43-51).

데올로기에 기여하였다고 할 수 있을 것이다.

물론 콘래드가 클리포드의 영향을 그대로 받아들였다고 말하는 것은 아니다. 그러나 클리포드가 없었다면 "『로드 짐』이나 『어둠의 심연(Heart of Darkness)』과 같은 작품은 쓰일 수 없었다"라는 것 또한 확실하다(Nakai 2000: 56). 그런 의미에서 브룩 등에 대한 향수와 반란 진압의 기억이 교차되는 것이 『로드 짐』이다.

결국 영국의 통치에 저항이 일던 시대에 『로드 짐』의 창작은, 짐과 같은 "순진한" 마음을 가진 "선량한" 영국인을 "우리의 일원"으로 묘사함으로써 19세기 후반부터 20세기 전반에 걸쳐 이 지역에서 대영제국이 네덜란드와 경합하면서 통치를 강화·확장하였음을 승인하였다는 의미를 가진다. 그러한 문맥에서 보자면 이 작품 후반에서 묘사되는 군중이란 반란 기억의 억압할 수 없는 잔여이기도 하다.

여기까지 검토해 온 것처럼 『로드 짐』의 도입과 결말을 수식하는 군중이 무슬림과 등가라는 것은 통치성의 관점에서도 특별한 중요성을 가진다. 첫머리의 "순례자" 장면과 비교할 때 특히 앞에서 인용한 최후의 장면에서 중요한 것은, "종교적인" 무슬림과 "정치적인" 무슬림을 변별하여 후자를 탄압한다는 네덜란드 식민통치의 수법이 가진 근본적인 모순이 분명해진다는 사실이다. 통치하는 쪽에서 보자면 이 양자를 변별하는 것이 최종적으로는 불가능하기 때문이다. 게다가 영국 식민통치의 "문명화"와 "원주민화", 즉 무슬림의 말레이화, 비무슬림의 원주민화라고 하는 것도 지극히 자의적일 뿐임이 이해될 것이다. 이야기에서는 "순례자"들이 결과적으로 구제받는다고 할 수 있지만 영국 식민통치가 무슬림에 관용적이었다는 의미는 결코 아니기 때문이다.

이 책의 제4장에서 검토하겠지만, 이와 같은 네덜란드와 영국 식민

통치의 경합적이고 공범적인 관계는 리처드 라이트가 『로드 짐』의 무대와 같은 동남아시아의 다른 장소 반둥에서 목격하고 예견하게 되는 탈식민화 주체의 양상으로 귀결된다. 미리 말하자면, 라이트가 자신을 서양인으로 위치시키면서 서양의 외부로 내세우는 것도 무슬림들이다. 그러한 의미에서 서양적 남성 주체의 불안과 오리엔탈리즘 사이의 불가피한 관계에 관한 알레고리로서 『로드 짐』을 읽을 수도 있을 것이다.

4. 군중, 콘래드, 그리고 프로이트 — 『노스트로모』에 대해서

미국·스페인 전쟁과 새로운 제국의 등장

1900년에 발표된 『로드 짐』이 대영제국의 쇠퇴를 드러내는 동시에 전형적인 제국 내러티브의 잔재를 기록함으로써 제국주의를 긍정하였다면, 그 4년 후인 1904년 출간된 『노스트로모』는 미국이라는 새로운 제국의 등장이 대영제국과 같은 옛 제국과 공범적이고 협력적인 관계를 유지하면서 어떤 통치 형태를 취할 것인가에 대한 알레고리를 보여준다. 주지하듯 1898년의 미국·스페인 전쟁으로 미국은 스페인으로부터 괌과 푸에르토리코를 할양받고, 쿠바와 필리핀의 독립을 지원한다는 표면상의 이유로 그들을 지배하였다. 그중 쿠바와 필리핀의 독립파를 지원하는 것은 유럽의 제국주의 스페인의 지배에서 벗어난다는 의미에서 반(反)제국주의적인 측면도 있었다. 그러나 실제로 미국의 판도는 직접적인 식민 지배나 주민 이주 방식과는 다른 형태로 강화되었다.

당시 작가 마크 트웨인(Mark Twain)은 반제국주의 연맹의 일원이었다. 그는 제25대 미국 대통령 윌리엄 맥킨리(William McKinley)를 선거에서 지지하면서도 미국·스페인 전쟁을 비판하였다. 그 배경에는 미국·스페인 전쟁 이후의 미국·필리핀 전쟁(1899-1902)이 있었다. 전술하였듯이 미국·스페인 전쟁에서 미국은 필리핀을 지지하여 스페인에 승리하였지만, 필리핀의 독립을 그대로 허용하지 않았다. 필리핀과의 전쟁을 거쳐, 군사적으로 지배하고 물질적 이익을 독점한다는 전제로 독립을 허락하였던 것이다.

참고로 환태평양 지역과 유라시아 지역 일부에서도 구제국과 신제국의 공범 관계가 있었다. 1905년 가쓰라·태프트 밀약에서 일본은 필리핀에 대한 미국의 이권에 간섭하지 않을 것을 약속하고, 미국은 일본의 한반도 식민화를 승인하였다. 또한 동아시아 및 태평양에 대한 일본의 패권이 일·영 동맹 이후 영국과의 협력적 관계를 통해서 성립되었다. 같은 해 포츠머스 조약 이후 러시아로부터 할양받은 동청철도(東淸鐵道)를 기반으로 남만주철도주식회사가 설립되었는데, 런던에서 모집된 외채가 없었으면 그 자본금을 조달하는 것이 불가능하였다(小林 2015: 15). 1920년, 제1차 세계대전 후 독일령의 처리를 두고 승전국들이 이탈리아의 산레모에 모였다(산레모 회의). 이 회의에서 일본이 남양제도, 즉 "(마리아나, 캐롤라인, 마셜 등 주요 군도로 구성된) 미크로네시아"를 위임통치령으로 차지하는 한편, 영국은 오스만 제국의 일부(현 팔레스타인을 포함한 지역)를 통치하는 것이 결정되었다(白杵 2013: 396). 이러한 사례에서 알 수 있듯, 필리핀과의 전쟁으로 미국이 확보한 제1차 세계대전 이후의 세계 질서는 미국과 일본, 영국과 일본과 같은 신구제국 사이의 공범 관계로 이루어졌다는 점을 상기할 필요가 있다.

마크 트웨인은 미국과 필리핀의 전쟁이 한창이던 1901년 발표한

「어둠 속에 앉아 있는 사람들에게(To Person Sitting in Darkness)」라는 논고에서 미국의 필리핀 점령뿐 아니라 보어 전쟁을 일으켜 남아프리카 정착을 추진한 영국, 1900년 의화단 사건으로 파괴된 자산의 수십 배에 달하는 배상을 중국에 요구한 독일을 예로 들면서, 이 세 가지 사태를 "문명의 은혜"라는 용어로 격렬한 아이러니를 담아 비판하였다. 에세이의 제목이기도 한 "어둠 속에 앉아 있는 사람들"은 이러한 '문명'의 기만을 알면서도 제국주의의 횡포를 견디는 아시아·아프리카 사람들을 일컫는다. 미국·스페인 전쟁 이후 "어둠 속에 앉아 있는 사람들"은 깨닫기 시작한다. "이 일에는 뭔가 대단히 흥미로운 점이 있다. 흥미롭고 설명하기 어려운 점이 있다. 두 개의 미국이 있음에 틀림없다는 것이다. 하나는 붙잡힌 자를 자유롭게 하는 미국이다. 또 다른 하나는 잡혀있던 사람들의 새로운 자유를 빼앗고 아무런 이유 없이 시비를 걸며 그 땅을 빼앗기 위해 당사자를 죽이는 미국이다"(Twain 1992: 33-34).

해방이라는 명목 아래 수탈을 행하는 양면성은 유럽 제국주의에서 드물지 않다. 그러나 미국·스페인 전쟁을 계기로 미국의 제국주의는 독립을 지원하면서 자국에 종속적인 동맹국을 세우는 과정, 즉 트웨인의 말을 빌리자면 "이익 있는 재건 프로그램"(Twain 1992: 38)을 자본주의의 톱니바퀴에 끼워 넣는다는 점에서 새로운 것이다. 단적으로 말해, 20세기 미국의 기조가 될 식민지 없는 제국의 확장, 혹은 반제국주의적인 외형을 유지한 제국주의의 원형이 여기에서 모습을 나타내게 되었다.

콘래드는 유럽 제국주의를 지지하였기 때문에 트웨인과는 다른 입장에서 미국·스페인 전쟁 중 미국의 역할에 비판적이었다. 콘래드가 연재하던 『블랙우드 매거진(Blackwood's Magazine)』은 영국이 스페인을 지지해야 한다는 논리를 펼쳤고, 그도 이에 동의하였다(Conrad 1986: 81). 작가의 이러한 보수적인 정치적 입장에도 불구하고 『노스트로모』는 도래할 시대의 반제국주의적인 외형을 유지한 제국주의의 실상을 능가하는 비전을 제시한 것은 아니더라도, 그 한계에 매우 가깝게 다가갈 수 있었다는 점이 흥미롭다.

『노스트로모』의 개요와 비평

『노스트로모』의 대부분은 남미에 위치한 코스타구아나(Costaguana)라는 상상의 공화국이 무대이다. 이야기는 중심인물인 노스트로모가 공화파인 리비에라(Ribiera) 대통령을 민주파의 습격으로부터 구하는 장면에서 시작한다. 이 장면은 이야기의 시간축으로 말하면 후반부에 위치하는데, 노스트로모를 고용한 미첼(Mitchell) 선장의 회고적 관점에서 서술된다. 이 플래시포워드(Flashfoward)를 사이에 두고 소설 전반부에서는 은 수출 경유지인 술라코의 역사가 이야기된다. 또한 공화파 사람들, 즉 아벨야노스(Avellanos) 가문, 찰스 굴드(Charles Gould)와 에밀리아 굴드(Emilia Gould) 부부, 그리고 비올라(Viola) 가문의 현재와 과거가 이야기된다. 비올라 가문은 노스트로모와 같은 이탈리아계 일가이기 때문에 노스트로모는 비올라 가문과 가까운 관계에 있다.

거대 기업이자 국민국가인 코스타구아나의 경제구조는 외국 세력에 의해 뒷받침된다. 샌프란시스코의 거대 기업 소유자인 홀로이드(Holroyd)는 공화국에 투자하고, 영국인 존 스미스(John Smith) 경은 공화국 오지에 철도 건설을 시도하고 있다. 이야기는 페드로(Pedro)와 페드리토 몬테로(Pedrito Montero) 형제가 민주파로서 반란을 주도하면서부터 극적으로 움직이기 시작하는데, 그것은 그들이 공화파에 속해 있으면서도 이익을 얻지 못한다는 이유에서였다. 그들은 은을 약탈하고 리비에라의 지위를 빼앗으려고 한다. 유럽에서 교육을 받았지만 부평초 같은 젊은이 마틴 드쿠(Martin Decoud)는 이 위기에 자극받아 노스트로모와 함께 술라코를 코스타구아나의 한 지역에서 "옥시덴탈 공화국(The Occidental Republic)"으로 독립시키려고 계획한다. 마치 홀로이드, 존 스미스, 굴드가 은의 수수께끼 같은 힘에 홀린 것처럼 노스트로모 또한 은의 최면적인 힘, 혹은 사이드(Said)가 말하는 "상품 페티시즘"의 저항하기 힘든 힘에서 벗어나지 못한다(Said 2000: 280). 노스트로모는 술라코 해안에서 떨어진 한 섬에 은괴를 숨기라는 명령을 받지만 그것을 바다에 빠뜨렸다고 하고서 자신의 것으로 취한다. 이 소설의 '정치적 리얼리즘'은 독립을 희구하는 비서구 세계에서 반식민 운동이 많든 적든, 지배자든 피지배자든 동등하게 경제적 욕망에 의해 동기부여 된다는 것을 허구가 아닌 당연한 사태로 받아들이게 된다.

비평가들이 지적해 온 것은 『노스트로모』가 그 정치적 통찰과 소설적 기법이라는 점에서 전례 없는 성취인 반면, 그 기저를 이루는 정치적 비전은 제국주의에 대한 모호한 태도와 비서구에 대한 왜곡된 시각에 의해 한정된다는 것이었다. 예를 들어 에드워드 사이드는 작가가 자신의 사후에 이루어진 비서구 국가의 탈식민화를 예견할 수 없었기 때문에 『노스트로모』의 정치적 시야가 유럽 중심주의적이었다고 지적한다. 그는 "콘래드가 볼 수 있었던 것은 서양이 지배하는 세계뿐이었고, 바꿔 말하면 서양에 대한 모든 저항이 서구의 악의적인 힘을 확인하는 데 불과한 그런 세계였다"라고 말한다. 그리고 "콘래드가 볼 수 없었던 것은 이 잔혹한 동어 반복의 바깥쪽에 있는 삶이다"라고 이어서 말한다(Said 2000: 277). 또한 케냐 작가 응구기 와 티옹오(Ngũgĩ wa Thiong'o)는 같은 작품의 서사 기술을 긍정적으로 평가하면서도

"제국주의에 대한 그의 양면성은 자유주의 휴머니스트의 균형 잡기 정도에 지나지 않는다"라고 비판한다(Ngũgĩ 1986b: 76)*62.

오랜 세월 콘래드를 읽어온 이 비평가들은 작가의 비전에 내재한 한계를 『노스트로모』에서 보고 있다. 즉 작가가 쓰고 있는 피식민자의 저항은 작가 자신이나 다름없는 그 정치적 시야에 의해 이미 실패할 운명이었던 것이다.

이러한 비평에 대해 직접적으로 응답하지는 않지만, 니콜라스 비서(Nikolaos Visser)는 『노스트로모』에서 정치적 비전의 한계를 다시 읽고 군중의 표상에 복수의 이데올로기적 입장이 상정됨을 지적한다. 비서에 따르면 소설에서 식민지와 자본의 경영에 대한 분리주의적 저항집단으로 자리매김하는 몬테로 형제나 그들이 이끄는 군중과 관련한 묘사는 모멸과 인종주의로 오염되었음에도 불구하고, 콘래드는 "질서를 요구하는 저 인물과 제도(찰스 굴드나 공화주의자들), 즉 혁명을 가로채려는 자들에게 누구보다 강력한 아이러니를 발휘하고 있다". 비서는 또한 "첫째 이러한 힘(아이러니에 대한 차이)이 술라코에 가져온 혁명적 상황에 대해, 그리고 둘째 경제적·정치적 억압에 대한 혁명 투쟁의 정당성에 대해 피하기 어려운 인식을" 인정함으로써 텍스트가 콘래드의 비전이 지닌 한계를 초월한다고 주장한다(Visser 1990: 9). 그러나 비서의 논의는 군중에 대한 작가 인식의 복잡함을 고려하지 않고, 또 무엇이 그러한 표상을 가능하게 하는가에 대한 고찰을 생략한 채 표상 자체에 대한 분석으로 일관한다. 마찬가지로 그의 논의에서는 민주파와 공화파 어느 쪽에도 포함되지 않는 자들을 고려할 수 없다.

이하에서는 군중에 대한 작가의 관점과 『노스트로모』 속 군중 관련 주요 담론에 포함되지 않은 군중 사이에 어떠한 연속성이 있는지 검토한다. 우선 지도자와 군중의 관계에 대해, 르 봉(Le Bon)과 같은 이론가와 콘래드가 어떠한 관점을 취하였는지 그 차이를 검토한다. 다음으로 프로이트(Freud)의 군중론이라고 할 수 있는 「집단심리학과 자아분석(Massenpychologie und Ich-Analyse)」(1992)과 콘래드의 군중관 사이의 차이점 및 공통점을 검토함으로써 정신분석적 관점과 군중심리 분석의 관점을 비교한다. 마지막으로 『노스트로모』 속 군중 담론을 상세하게 분석한다.

군중과 지도자

콘래드의 전기 작가 중 한 명인 즈지스와프 나이더(Zdzisław Najder)는 콘래드 작품에서 "무질서하고 파괴적인 오합지중(烏合之衆)에 대한 공포가 빈번하게 나타나는" 이유를 크게 두 가지로 추측한다. 첫째는 그가 텐(Taine)이나 르 봉과 같은 동시대 저술가들의 책을 읽었다는 사실이다. 둘째는 "후일 『나르시스호의 검둥이(The Nigger of the 'Narcissus')』(1897)에서 경멸을 담아 묘사하게 되는 도시지역과 항만지역에서 폭도와 마주하였던 경험"이다. 나이더는 후자와 관련하여 선원들 사이의 "업무에 관한 규율 저하"나 노동조합 운동을 비롯한 사회주의 사상의 영향에 대한 반감을 제기한다(Najder 2007: 106). 그러나 군중에 대한 작가 개인의 혐오감이 당시 선원들 사이에 침투한 사회주의 운동에 대한 불쾌감에서 비롯되었을 수 있다고 가정함으로써, 나이더의 독해는 콘래드가 실제로는 군중을 자신의 작품에 없어서는 안 될 요소 중 하나로 자리매김하려 하였다는 사실을 조명할 수 없었다. 이는 본인의 증언과 전기적 사실 양면에서 뒷받침될 수 있다. 첫째, 군중과 개인 사이의 역학에 대해서는 후일 작가 스스로가 회고하였듯이 일관된 관심이 있었다. 콘래드는 『나르시스호의 검둥이』에

후일 추가된 미국판 서문 「미국의 독자들에게(To My Readers in America)」(1914)에서 지도자는 아니지만 작중에서 일정한 역할을 하는 제임스 웨이트(James Wait)라는 흑인 수병을 언급하며 그의 중심적인 부정성이 대중 운동 역학의 핵심에 있다고 평가하였다. “그러나 이 책에서 그(제임스 웨이트)는 별다른 인물이 아니고 (…) 선상 집단심리의 단순한 중심이자 행동의 요체”라고 말하였다[13](Conrad 1979: 168). 나아가 이러한 집단심리와 그 중심점의 관계가 『노스트로모』의 서문 「작가의 말(Author's Note)」에서는 대중과 지도자의 관계성 및 민중과 그 대표자의 관계성으로 변용된다. 콘래드에게는 “계급적 관습과 온갖 뻔한 사고방식에서 가능한 한 자유로운 민중 속의 사람이 필요하였다”. 더욱이 콘래드는 노스트로모라는 인물에게 부여된 예외성에도 불구하고 그에게는 사람들을 이끌 의지가 결여되었다고 간주한다. “그러나 노스트로모는 개인적인 승부 속에서 지도자가 되려고 하지 않는다. 그는 자신이 대중의 위로 높여지는 것을 원하지 않는다. 그는 민중 속에서 힘을 느끼는 것에 만족한다”[14]. 군중과 지도자 사이의 비대칭성은 집요하게 주어지는 것으로 간주되는 경향이 있는데, 여기서는 작가가 제시하는 노스트로모라는 존재의 두 측면(선도하려는 의지의 결여와 예외성) 때문에 그 비대칭성이 무너지려고 한다. 다음 장에서 자세히 언급하겠지만, 1950년대 이후 카리브해 지역의 정치 지도자들에 대해 세계적인 역사가 리처드 드레이튼(Richard Drayton)

---

13 게다가 콘래드는 스티븐 크레인(Stephen Crane)의 『붉은 무공 훈장(The Red Badge of Courage)』을 ‘대중심리’에 대한 이야기라고 해석하고, 자신도 비슷한 이야기를 예전에 썼다며 『나르시스호의 검둥이』를 연결해 언급하였다(Conrad 1926: 95).

14 Conrad(1947: xliv). 이하 이 책에서의 인용은 괄호로 묶어서 N으로 표기하고 쪽수를 적는다.

은 결과적으로 그들이 "영웅"이 된 것은 선천적인 미덕이 있었기 때문이 아니라 오히려 상황적 요인에 기인한다고 설명한다. 콘래드는 이런 사태와 호응하는 지도자의 수동성을 이 주인공에게서 찾는다.

이러한 비평을 고려할 때 콘래드의 군중관은 적어도 그가 이폴리트 텐이나 르 봉의 군중에 대한 책을 읽었다는 전기적 사실의 직접적인 반영은 아닌 것으로 보인다(Zein 2007: 106). 분명 르 봉과 콘래드는 공통점이 있다. 『노스트로모』에는 군중혐오적인 시점이 지배적이며 지도자와 군중의 연관성 측면에서 종종 르 봉의 군중관을 따른다. 이 점에서 작가의 군중관은 「작가의 말」에서 전개하였던 주인공의 지도자성에 대한 특이한 기술에도 불구하고 르 봉의 군중관에 근접한다. 그러나 군중과 지도자의 관계에 대한 르 봉의 정의에서는 콘래드에서 볼 수 있는 대중과 민중, 지도자와 대표자 각각의 차이 등에 대한 배려는 찾아볼 수 없다.

르 봉은 프랑스 혁명을 추진한 군중이나 사회주의의 주체로 예기된 군중을 비판한다. 그리고 군중의 구성과 지도자의 존재를 불가분의 것으로 간주하여 다음과 같이 군중을 정의한다. "인간이 조직하는 군중의 경우 지도자는 중요한 역할을 한다. 지도자의 의지를 중심으로 군중의 의견이 형성되고 하나가 된다. 군중은 주인 없이는 아무것도 하지 못하는 노예 무리와 다를 바 없다"(ル·ボン 1993: 151)[*63].

주의할 것은 르 봉이 지도자와 군중의 관계를 주인과 노예의 관계에 비유한다는 점에 있다. 예를 들면 대립하는 두 의식의 운동을 주인과 노예의 관계로 정의한 헤겔(Hegel)은 양자를 성립시키는 것이 죽음을 건 쌍방 간의 상극이라고 주장하였다. 헤겔에 따르면, "두 자기의식의 관계는 생사를 건 투쟁을 통해 자기와 타자의 존재를 실증하는 것으로 정의된다"(ヘーゲル 1998: 132). 헤겔의 경우 두 개의 의식이 서로 경쟁

해서 복잡한 변증법적 궤적을 거침으로써 불행한 의식과 이성으로 통일된다. 그러나 르 봉에게 있어서 지도자와 군중의 관계는 그러한 통합을 거치지 않는다. 즉, 르 봉에게 군중 내 개개인의 의지는 지도자에 대한 단순한 '의견'으로서 종속적이고 비대칭적일 뿐이므로 군중이나 그 내부의 개인이 자율성을 획득하는 계기가 존재하지 않는다.

프로이트의 '저항'

르 봉을 읽고 군중론을 다듬은 프로이트의 「집단심리학과 자아분석」(1921)을 여기에 대비해 보면, 결국 프로이트의 군중관과 콘래드의 군중관의 관계는 그것들이 르 봉의 군중관과 어떤 차이가 있는가를 통해서 잘 드러난다[15]. 그 차이는 무엇보다도 군중 속 개개인의 의지를 인정하느냐 여부에 달려있다. 확실히 프로이트는 지도자의 존재를 군중의 필수 요건으로 간주한다는 점에서 르 봉과 같은 입장이라고 할 수 있다. 다만 프로이트가 르 봉과 분명히 다른 점은 「집단심리학과 자아분석」의 두 군데에서, 특히 자신의 이론을 통해서는 설명할 수 없는 가능성에 대하여 보충할 때 나타난다. 여기에서 그는 개인의 의지가 지도자를 상대로 드러내는 저항의 가능성에 대하여 언급한다. 우선 르 봉을 비롯한 군중론 논자들은 군중 속의 개인과 지도자 간의 관계를 가능하게 하는 요소로 "암시"를 상정하는데, 프로이트는 그러

---

15 프로이트가 현대 군중의 대표적인 예로 논하는 교회나 군대가 군중이라기보다 집단에 가깝다는 점, 그리고 영역자인 스트레이치(Strachey)의 영향 때문에 이 논문의 표제에 있는 독일어 "Massen"에는 "집단"이라는 역어가 정착되었는데, 본론의 취지에 맞게 그리고 원어를 존중하여 프로이트가 논하는 대상을 "군중"이라고 명명한다. 덧붙이자면, 짐 언더우드(Jim Underwood)에 의한 새로운 영역 펭귄판(2004)은 표제 "Massenpychologie und Ich-Analyse"를 "Mass Psychology and Analysis of 'I'"로 원어에 가깝게 옮겼다(Freud 2004).

한 서술이 지닌 애매함에 불만을 표하면서 그것을 "사랑에 빠짐"과 "최면"으로 분류한다[16](フロイト 2006c: 180-188)*64. 이어서 프로이트는 "최면"을 성적 지향성이 결여된 사랑으로 정의하는 자신의 리비도 이론을 통해서도 왜 많은 사람들이 "최면"에 걸리는지를 충분히 설명할 수 없다고 서술한다. 그 전형적인 사례로 드는 것이 "최면술사의 암시에 완전히 따르는 경우에도 최면에 걸린 사람의 도덕적 양심은 암시에 저항할 수 있다"라는 점이다. 그리고 이렇게 계속 서술한다. "그러나 이것은 흔히 이루어지는 최면에서는 어떤 인식-지금 일어나고 있는 일은 교묘한 책략에 불과하며, 인생에 훨씬 더 중요한 다른 상황을 허위로 복제했을 뿐이라는 인식-이 그대로 보존되기 때문일 것이다"(フロイト 2006c: 187)*65. 그러므로 저항은 도덕성의 문제 계열에서 요청되는 것인데, 거기에서 최면을 받은 사람은 "진실이 아닌" 위장된 상태를 폭로해야 하지만, 그 도덕성은 분석가에게 절대로 손이 닿을 수 없는 범위에 있다.

프로이트는 두 번째 보충 서술을 하면서 현대 군중의 전형적인 예를 군대나 교회에서 찾을 수 있으며, 그 원형은 부성적 원리가 핵심으로 자리하고 있는 원초적 무리에서 찾을 수 있다고 본다. 또한 그는 이 현대 군중에 원초적 무리의 기억이 남아 있는 한, 지도자에게 완전히 종속되지 않는 대항적 힘이 개개인 속에 생겨날 수 있음을 시사한다.

---

16 덧붙여 말하면, 장 폴 사르트르(Jean-Paul Sartre)의 "대상-우리"와 "주관-우리"에 대한 정의 중 특히 전자는 객체와 주체 사이의 분할에서 사르트르가 부여하는 정치적·사회학적 함의를 별도로 하면, 그 상당 부분이 프로이트의 집단심리 도식에서 유래한다. 사르트르는 전자에서 자기성의 포기와 피억압적 성질을, 후자에서는 자기성과 억압적 성질을 보고 있다(サルトル 2007: 508-511). 사르트르에 따르면 "'우리'라는 말을 하는 사람은, 그때 군집 속에서 사랑의 근원적인 기도(企圖)를 되찾는다. 그러나 그것은 이미 자기 자신의 책임이 아니다. (…) 각자는 지도자의 시선에 의한 '용구(用具)-군중' 속에 빠져버리기를 요구한다"(サルトル 2007: 512-513).

프로이트에 따르면 최면을 거는 지도자는 군중 개개인을 종속시킬 뿐만 아니라 그들 속에 "잠들어 있는 오랜 유산 가운데 일부" 즉, 압도적 힘으로 종속을 강요하는 원초적 아버지(原父)에 대한 공포를 환기한다. 그러나 프로이트가 여기에 덧붙이는 것은, 원초적 무리의 고대적 형태 및 그 원초적 아버지로서의 지도자가 현대 집단 및 그 지도자와 공약 불가능한 관계에 있다는 점이다. 그럼에도 정적(靜的)·인공적인 현대 군중을 통치하는 지도자들에 대한 저항의 기회를 종속상태에 놓인 자들에게 환기한다는 점에서, 이러한 오래된 기억들-정신분석적으로는 허구라 하더라도-은 유지되어야 한다. "최면은 이런 오래된 인상들을 속임수로 되살리는 교묘한 책략에 불과하다는 인식이 뒤에 남아" 있는 한, "최면에 의한 의지의 무력화가 가져오는 너무 심각한 결과에 대해서는 저항을 일으킬 수 있다"(フロイト 2006c: 202)[*66]. 프로이트는 최면 상태에 있는 자의 복종을 강화하지도 않고, 나아가 그 상태를 무너뜨릴 수 있는 가능성을 위해 저 과거로의 회귀를 여기에 기입한다. 달리 말하면 지도자가 군중 속 개개인을 종속시키는 권능의 강대함에도 불구하고 한 사람 한 사람이 자신의 기억에 충실하다면 지도자에 대한 저항의 가능성도 동시에 생긴다는 것이다.

원래 저항이라는 용어가 군중과 지도자의 관계를 이론화하는 틀을 이룰 뿐 아니라 정신분석의 발명에도 핵심적인 역할을 하였다는 점을 상기해 보아도 좋다. 자크 데리다(Jacques Derrida)와 라플랑슈(Laplanche)·퐁탈리스(Pontalis)가 각각 지적하였듯이, 암시와 최면법에 대한 환자의 저항을 정당한 권리로 인정하는 것, 그리고 그 위에서 환자의 저항을 극복하고자 하는 것이 프로이트와 요제프 브로이어(Josef Breuer)의 공저 『히스테리 연구(Studien uber Hysterie)』(1895)에서 최면법 대신 분석기법의 중심에 놓이게 되었다. 라플랑슈·퐁탈

리스는 저항의 개념이 "정신분석의 출현에 결정적인 역할을 했다고 할 수 있다"라고 서술한다(ラプランシュ・ポンタリス 1977: 328). 그리고 데리다에 따르면 "정신분석이라는 것이 최면 암시에 대한 저항의 분석에서 비롯되었다는 점도 고려해야 한다"라는 것이다(デリダ 2007: 37-38). 프로이트는 지도자와 군중 속 개인의 관계를 설명하는 데에도 이 원칙을 유지한다. 확실히 프로이트의 작업에서 저항 개념은 다양하게 변화한다[17]. 그럼에도 프로이트는 환자가 내보이는 저항으로 인해 분석가에게 설명할 수 없는 부분이 남는다는 생각을 일관하였다.

그렇다면 반대로 분석 주체는 저항의(개념의) 복수성 내지 설명 불가능성으로 인해 변화하는 것이 없을까? 데리다는 "분석에 대한 저항이라는 개념이 비우유적(非偶有的) 내지 비우연적인 여러 이유로 통일될 수 없다"라는 사실에 주의를 촉구하면서, 저항이 규정 불가능한 한 분석가의 고정적 입장이라는 것은 존재하지 않는다고 서술한다. 즉 "저항이 **단일**하지 않으면, **단수 정관사가 붙은** 정신분석-여기에서는 그것을 이론적 규범의 시스템으로서 혹은 제도적 실천의 현장으로서 이해해 주시기 바란다-도 없는 것이다"[18](デリダ 2007: 44, 강조는 원문).

데리다는 저항의 복수성을 중시함으로써 분석 주체의 변형에 초점을 맞춘다. 이 데리다의 작업을 고려해 보면, 프로이트가 「집단심리학과 자아분석」에서 시사하는 군중의 "저항"-그 근거가 도덕적 양심으

---

17 프로이트는 「억압, 증상 그리고 불안(Hemmung, Symptom und Angst)」(1926)의 보주(補注)에서 무의식, 억압, 전이, 이드, 초자아라는 다섯 위상에서의 저항을 열거한다(フロイト 2010: 87-88). 또한 프로이트의 저항 개념 변천에 대해서는 재클린 로즈(Jacqueline Rose)의 『최후의 저항(The Last Resistance)』을 참조(Rose 2007: 17-38).

18 "**단수 정관사가 붙은** 정신분석"이라는 부분은 영어나 일본어로는 번역 불가능한 단수 정관사를 사용하여 "la psychanalyse"라고 [프랑스판 원문에는] 표기되어 있다. 이와 관련하여 영어판 역자의 해설도 참조할 것(Derrida 1998: 120 n.6).

로부터 원초적 무리의 부성(父性)에 대한 기억으로 요동하고 단일한 형태로 규정되지 않는 저항-은 단순히 지도자의 유일성(唯一性)에만 질문을 제기하는 것이 아니다. 프로이트 자신이 "집단 형성의 불가사의하고 강제적인 특징"이라고까지 표현한 지도자와 군중의 관계를 이론화하는 분석주체=분석가 프로이트의 앎의 방식 그 자체에 대해서도 질문을 제기한다고 할 수 있다(フロイト 2006c: 202)*67.

5.『노스트로모』의 군중 담론

그러면 콘래드는『노스트로모』에서 어떻게 집단 내 개인의 의지를 인지할까? 이것을 밝히기 위해 다음에서는 첫째,『노스트로모』의 군중 담론 즉 소설 내에 지배적인, 군중의 몸짓이나 심리에 의미를 부여하고 설명하려는 분석가적 시선을 밝힌다. 둘째, 여기에 집단 내 개인 의지의 각성, 특히 노스트로모가 블랑코파(the Blanco party, 공화파의 별칭) 사람들에게 이용당하였음을 깨닫고 변화하는 과정을 대비시킨다. 셋째, 마지막으로 노스트로모의 변화 후에 형성되는 군중, 즉 저 군중 담론에서는 포착될 수 없는 군중에 주목하려고 한다.

우선 콘래드와 프로이트 사이에는 차이가 있다. 콘래드의 경우 군중을 통합하고 지도하는 인물과 그 외 등장인물의 행동이나 사고를 지배하는 중심적인 관념이 단지 심적인 영역에서 복수화될 뿐 아니라, 종교·문화·젠더 등에 의해 중층적으로 결정되는 것으로 분절화되었다고 할 수 있다. 반면에 프로이트는 지도자나 지도 관념을 탈분절화하고 그 허구적 측면을 견지할 때, 정신분석적인 허구 내지는 형제적 유대에 개재하는 부권성에 대한 저항의 기억에 의거한다. 그런데 콘래드에게 이런 지배적인 관념의 중층성은 그것이 종교적 담론과 자본주의 담론의 교차점에 위치한다는 점에서 유래한다. 이 종교와 자본경제의 상호의존 관계는 사이드나 프레드릭 제임슨(Fredric Jameson)에 의해 지적된 바 있다. 사이드는 "찰스 굴드가 광산의 탄생과 진보에 헌신하는 모습은 상규를 벗어나 있지만 기독교 역사에 대한 의도적인 유비라고 생각한다"라고 하면서, 양자의 역사적 발전에서 유사점을 찾아낸다(Said 1985: 390 n. 22). 그리고 제임슨은 "종교는 생산양식의 상부구조적 투영"이라 하고, 『로드 짐』에도 공통적인 종교와 자본경제의 페티시즘적인 상호의존관계를 마르크스적 용어로 설명한다(Jameson 1981: 252). 콘래드의 작품에서는 프로이트와는 다르게 군중을 선도하는 관념이 환영으로서 한 덩어리로 재통합된다. 이 두 사람이 지적하는 것처럼 『노스트로모』에서는 광산의 은과 기독교의 신에 대한 신앙이 교차함에 따라 어느 쪽이든 한쪽만으로는 지도적 관념으로 성립되는 것이 거의 불가능하였다.

동시에, 『노스트로모』의 지도적 관념은 다른 지도자군에서부터 소설의 이야기 레벨에 이르기까지 공통적인 군중관을 결정해 준다. 그 양상은 한결같지 않지만, 한편에서 가치의 계층화와 다른 한편에서 정치적으로 대표하는 것(표리일체적으로 대표하지는 않는 것), 이 두 가지가 복잡하게 짝을 이룬다. 구체적으로는 공화파 인물들에게서 군중 담론은 야만이 아니라 문명이고, 여성이 아니라 남성이며, 종교가 아니라 신이라는, 미리 우열이 결정된 이항의 가치 계열을 축으로 조직된다. 소설의 이야기는 한편에서 자본, 남성성, 시민권 등의 이념에 적합한 카테고리를 "억압받는 사람들"로 대표하고, 다른 한편에서 "우리"라고 하는 공동체 개념을 전경화한다. 그렇게 함으로써 "억압받는 사람들"로 대표되지 않고, 또 "우리"에도 포함되지 않는 자들이 배타적으로 대중 내지 군중으로 지명되고 분석의 대상이 된다. 바꿔 말하면, 소설의 분석가적 시점은 군중 담론과 마찬가지로 지도적 관념에 의해 담보되는 것만은 아니다. 애매하지만 결코 무시할 수 없는 "우리"라는 주어가 사용됨에 따라 때때로 그 주체성의 소재가 감지되는 것이다. 그렇더라도 1인칭 복수의 사용 빈도가 『로드 짐』에서만큼 집요하지는 않다.

종교와 자본의 교차

이 군중에 대한 담론은 무엇보다도 찰스 굴드, 조르지오 비올라, 그리고 군중의 심리를 가치 있게 전달하는 서술자의 목소리를 통해 드러난다. 특히 굴드와 비올라의 군중관은 "억압받는 민중"의 목소리를 대표하는 것과 표리일체를 이룬다. 굴드에게 자본과 종교는 교환 가능한 것으로 나타나는데, 그는 술라코에서 사람들의 목소리를 대표하려 하고 자신이 부계 혈통의 일부로 물려받은 하느님의 말씀을 해석함으로써 돈벌이를 정당화하고자 한다. 그는 아내 에밀리아에게 예전에 자기 아버지 굴드가 편지에 썼던 다음 말을 기억하고 있는지 묻는다. "하느님은 진노하신 눈으로 이 나라를 바라보셨다. 그렇지 않았더라면 어느 대륙보다도 아름다운 이곳을 뒤덮은 음모와 유혈 사태, 범죄의 무서운 어둠을 뚫고 갈라진 틈으로 희망의 빛을 내려 주셨을 것이다"(N, 84-83)[*68]. 그는 또, "그러나 나는 물질적 이익을 절대로 믿기로 했소. 물질적 이익이 일단 확고한 기반을 다져야만 그런 것들이 뿌리내릴 수 있는 환경이 만들어질 거요"라고 자신의 논리를 전개한다. 이러한 논리는 단지 자본의 논리를 "정당화"하는 수준을 넘어선다. 굴드가 계속해서 다음과 같이 말하기 때문이다. "돈벌이를 하는 것이 정당화될 거요. 돈벌이에 필요한 안정을 억압받는 민중들과 공유해야 하기 때문에 정당화되는 거지. 더 나은 정의는 그 후에 찾아올 거요. 그것이 한 가닥 희망이지"(N, 84)[*69]. 아버지의 편지에 쓰인 "하느님"이라는 단어는 아들 굴드의 해석을 통해 "물질적 이익"이라는 이념으로 해석되고 대체된다. 그 이념에 따른 논리에 의해 돈벌이가 정당화되고, 그 정당화를 위해 "억압받는 민중"이라는 범주가 요청된다. 거꾸로 보자면, 이음새 없는 논리가 만들어낸 "억압받는 민중"이라는 범주는 굴드에게 자기고유화의 대상에 지나지 않는다.

다음으로, 비올라의 언설에서는 자본의 논리가 후퇴하고 신이라는 관념이 전경화한다. 이 때문에 비올라의 종교관 및 성차에 대한 인식에 우열의 이항화(二項化)가 초래된다. 이 이항화는 군중에 대한 담론에 나타나는 이항화와도 상호규정적으로 연결된다. 첫째, 비올라는 "엄격한 공화주의자들이 흔히 그렇듯이 대중에 대한 멸시로 가득 차 있다"라고 묘사된다. 둘째, 신에 대한 충성심에 의해 대중이 "민중" 혹은 "가난하고 고통받고 억압받는 이들"과 같은 범주의 사람들과 구별될 때, 동시에 성차는 이 차이화의 일부로서 비대칭적으로 구조화된다. 예컨대 서술자는 "그는 성직자를 싫어하였고 교회에 절대로 발을 들여놓지 않으려 하였지만, 신을 믿었다. 폭군에게 저항하라는 선언문은 신과 자유의 이름으로 호소하지 않았던가? '남자는 하느님을 찾고 여자는 종교를 찾는 거야.' 그는 가끔 이렇게 중얼거렸다"라고 하면서 조르지오 비올라의 내면으로 들어간다(N, 29-30). 여기에서 성차에 의한 기독교의 이항화를 확인할 수 있다. 다시 말해 신과 프로테스탄티즘적인 것(성경에 대한 충성)의 남성화, 그리고 종교 일반과 가톨리시즘적인 것(우상숭배 등)의 여성화가 드러나는 것이다(애초에 이 두 가지를 명확하게 분리할 수 있는가라는 의문도 마땅히 있어야 할 것이다. 이는 다양한 집합성을 단순하게 분류하는 비올라의 행위에 대한 근본적인 의문이

되기도 할 것이다). 또한 서술자는 "장군의 얼굴을 한번 보기만 해도, 그의 성스럽고 강한 신념과 이 세상의 가난하고 고통받고 억압받는 이들에 대한 크나큰 연민을 느낄 수 있었다"라고 말한다(N, 31)[*70]. 이때 조르지오의 규범에 부합하는 대표성 있는 범주가 지목된다. 즉, 남성적 원리와 시민적 이념에 의해 "억압받는 이들"과 "민중"만이 대표 가능한 것으로 간주되고, 그 범주에 해당하지 않는 대중 및 군중은 도외시된다. 이처럼 서술자의 목소리는 자신이 그려내는 인물들에게 상정되는 가치와 보조를 맞추며 다양한 집합을 분류해 낸다.

익명의 "우리"

세 번째로, 서술자의 목소리가 때때로 "우리"라는 1인칭 복수의 주어에서 나타날 때 굴드와 비올라에게서 감지되는 군중 담론을 뒷받침하는 형태로 그 언설 주체의 소재가 지시된다. 확실히 이 앎의 기능이 발현함으로써 "우리"라는 주어가 사용되는 경우 반드시 군중의 심리 분석과 직접적인 관계에 있는 것은 아니다. 또한 그 부수적 현상으로서의 가치 이항화도 굴드나 비올라의 경우만큼 명확하게 나타나지는 않는다. 그러나 "우리"라고 하는 주어가 도입됨으로써 담론적 지식이 일반화라는 형태로 기능하기 때문에 "그들"에 해당하는 카테고리가 배타적으로 형성된다. 아래의 세 가지 사례를 들 수 있다.

첫째, "우리"는 찰스 굴드의 심정에 초점을 맞추면서 일반화할 때 사용된다. 아래의 두 경우 모두 당돌하게 1인칭 복수형이 사용된다. 예를 들어 굴드가 홀로이드와 만나 산토메(San Tome) 광산 개발에 의기투합하였던 장면을 회상하면서, 익명의 서술자는 "우리는 행동할 때만 운명을 장악하였다는 느낌을 얻는다"라고 말한다(N, 66)[*71]. 혹은 마틴 드쿠의 냉소적 태도와 굴드의 고지식한 태도를 비교하면서 "우리 모두 그렇듯 그[굴드]에게도 자기 양심과의 타협은 실패를 가정할 때 더 추하게 보였다"라고 할 때 서술자가 "우리"로 등장한다(N, 364)*72. 이 발언들은 소설 내 지배적 담론을 굴드와 가까운 위치에서 "우리"라는 틀을 통해 논의하는 것이다.

둘째, "우리"라는 주체는 '미개인'과의 대비를 통해 군중을 분석하고 의미를 부여하는 시점으로 나타난다. 우선 군중의 심리를 통찰하기 위한 전제로 "미개"라는 범주가 도입된다. 서술자에 따르면 "아마도 미개한 인간들이 오늘날의 후손들보다 신의가 없어서가 아니라, 그들의 목적에 더 매진하였고 어떤 가식도 없이 성공을 도덕의 유일한 기준으로 삼았기 때문이었다"라는 식으로 "그들"이 일반화된다(N, 386)*73. 서술자는 또한 "우리는 달라졌다. 지능을 사용해도 경이감이나 존경심을 느끼지 않았다"라고 하면서 "그러나 내란에 휩싸인 무지하고 야만적인 평원 거주자들은 종종 적을 사로잡아서, 이를테면 자기들 손에 넘겨준 지도자를 자발적으로 따랐다. 페드로 몬테로는 적이 안전하다고 느끼도록 속여 넘기는 재주가 있었다"라고 말한다(N, 386)*74. "무지하고 야만적인 평원 거주자들"과 그 지도자 페드로 몬테로가 함께 "미개"라는 범주로 포착될 때 "우리"라는 주체가 드러난다. 그리고 "우리"와 "미개"라는 카테고리가 서로 배제하는 형태로 경계지어진 결과, 후자를 강화하는 듯이 지도자를 따르는 군중이라는 군중론의 클리셰가 요청된다.

마지막으로 이 군중의 심리를 분석하는 계기가 이번에는, 노스트로모를 통해 부상하는 대중을 가톨릭적 담론 내부로 포획하기 위한 발판으로 작용한다. 노스트로모는 테레사 비올라의 죽음 직전 그녀의 간청을 거절하고 사제를 데려오지 않은 것에 대한 후회를, "하느님이 그녀의 영혼을 받아주시기를!"이라는 말로 메운다. 그리고 서술자는 "대중의 반교회적 자유사상에 공감하였지만 피상적인 습관의 힘으로, 하지만 깊이 박힌 신실함으로, 상투적인 기도문을 사용하였다"라고 언급한다(N, 420)*75. 그렇게 함으로써 노스트로모를 "대중 심리"의 편에 위치시킨다. 심지어 화자는 노스트로모의 이 상황을 일반화하여, "대중의 심리는 무신론을 품지 못한다. 그래서 그들의 무력한 힘은 사기꾼의 간계에 빠져들고 숭고한 운명의 환상에 고무된 지도자의 무자비한 열정에 말려든다"라고 말한다(N, 420)*76. 그렇게 해서 대중의 심리는 지도자를 따르는 르 봉의 군중이라는 이미지에 가까워진다. 마지막으로 노스트로모는 사제를 혐오하면서도 "어깨를 무겁게 짓누르는 신성 모독의 죄의식"을 짊어지게 된다(N, 420)*77. 결과적으로 '반(反)성직자'가 종교적이라는, 그 자체로 매우 가톨리시즘적인 역설에 갇히게 된다. 이 장면에서는 앞의 예처럼 서술자가 스스로를 "우리"라고 지칭하고 그 주체를 명확하게 보여주지는 않지만, 대중 심리에 대한 고찰을 통해 군중을 분석하는 주체로 자신을 드러낸다. 즉, 노스트로모도 "무지하고 야만적인 평원 거주자들"도 이야기의 주체를 형성하는 과정에서 함께 배제될 뿐만 아니라, 여기서는 모두 분석과 앎의 대상인 것이다. 그 결과 노스트로모는 이 시점에서 "대중"의 한 사람이 되었다고 할 수 있다.

6. "우리"와 군중

앞서 바바를 언급하면서 서술하였듯이, 콘래드 작품의 가장 분명한 정치적 함의 중 하나는 1인칭 복수의 주어에 의해 전경화된다. 이와 더불어 군중에 관한 지배적인 담론에서 대행=표상되지 않는 집합적 주체는 대항적 발화의 계기를 빼앗긴다. 더욱이 앞서 서술하였듯이 주인공의 이름이 이탈리아어로 1인칭 복수 소유격을 함의한다는 사실은 소설이 당연시하는 실패에 대해 아이러니컬하게 말해준다. 노스트로모의 고용주인 영국인, 특히 미첼이 "nostromo"라는 말을 본래의 '갑판장'이라는 뜻이 아니라 '우리의 사람'을 의미하는 "nostr'uomo"로 '오독'하는 것은 소설의 전개에서 중요하다(이 장의 각주6을 참조). 게다가 이 오류 때문에 이 작품은 "'술라코 거리의 모든 유럽인들'이 노스트로모를 '우리의 사람'으로 잘못 표상하는 방법을 결정하는 장황한 프로세스를 예기한다"(Gogwilt 1995: 196). 즉, 미첼의 이러한 오독은 대표하는 주체로서의 유럽인들이 노스트로모를 잘못 대표하는 과정의 시작이기도 하다. 그러나 동시에 노스트로모가 대표하는 무명의 사람들과 코스타구아나 공화국의 주민, 항만·광산 노동자, 술라코 거리의 원주민도 "정치적인 대표 행위를 할 수 없다"라는 것이다 (Gogwilt 1995: 206). 즉, 본론의 문맥으로 끌어들이면 주인공 노스트로모의 이름은 유럽인과 그 외 사람들 모두에게 노스트로모를 통한 정치적 대표 행위를 하지 못하는 것을 상징한다. 뿐만 아니라 군중 담론의 표현으로서의 "우리"의 대행=표상 기능, 바꿔 말하면 "억압받는 사람들"을 대표하면서 '군중'을 대표할 수 없는 것에 대한 날카로운 아이러니를 담고 있는 것이다.

그럼에도 정치적으로 대표되지 않는 시점(視點)에서 "우리"라는 자율적 목소리를 통해 일시적으로 코스타구아나에서의 노동력의 기원을 목격하게 된다. 이들 군중에게도 그 내부에 공동성을 인정하는 시점이 존재한다. 제1부 8장 첫머리에 몬테로파와 리비에라파의 정치적 대립에 이용되기 이전 노동자의 유래가 역사적 배경과 함께 서술된다. 소설 전체를 통틀어 유일하게 인정할 수 있는 익명의 1인칭 이야기는 자본이

유입된 이후 노동 상황의 변화를 아래와 같이 독자에게 보고한다.

> "철로가 부설되기 전에 사업상의 이유나 호기심 때문에 술라코에 가 본 적이 있는 사람이라면 산토메 광산이 그 외진 지역 사람들의 생활에 얼마나 확고한 영향을 미쳤는지를 기억할 것이다. 그 당시의 외적 풍경이 그 이후만큼 달라진 것은 아니었다. 내가 들은 바로는, 그 이후로 콘스티투시온가를 따라 전차가 달리고, 시골 멀리 외국 상인들과 부자들이 현대식 교외 저택을 지은 린콘과 다른 마을들까지 길이 이어지고, 항구 옆에 커다란 철도 화물 터미널이 생기면서 엄청난 변화가 생겼다고 한다. 부두 쪽으로 창고들이 길게 줄지어 늘어섰고 그 나름대로 꽤 심각하고 조직화된 노동 분쟁도 일어났다고 한다."
>
> (N, 95)*78

그리고 서술자는 주인공이 충분히 길들일 수 없는 힘에 대한 묘사를 계속한다. "사실 항구의 부두 노동자들은 제각기 다른 수호성인을 모시는 다양한 부류의 하층민으로 구성된 동업자 조직이라서 다루기가 어려웠다. 그들은 정기적으로(투우 시합이 있는 날마다) 파업을 하였고, 그것은 노스트로모가 한창 위세를 떨치던 시절에도 효과적으로 다루기 어려운 고충이었다"(N, 95)*79. "우리"가 목격하는 것은 군중 담론으로 대표되지 않고 그 바깥에서 항거하는 군중이라 할 수 있다. 이러한 역할을 담당하는 1인칭 및 1인칭 복수의 주어는 이후 소멸한다. 그럼에도 이 시점은 "물질적 이해"나 "신" 등의 지도적 관념에 따르지 않는 별개의 군중이 군중 담론의 경계에 존재할 수 있음을 기억함으로써 군중 담론의 "우리"로 대표되는 자기 동일성에 대한 지향을 상대화한다. 뿐만 아니라 이 같은 지향 속에는 앎의 존재방식에 대한 저항이 흔적으로 기록되어 있음을 보여주기도 한다.

여기서는 간단히 언급하는 것에 그치지만, 그것은 노동쟁의가 『노스트로모』의 무대인 라틴아메리카뿐만 아니라 카리브해 지역이나 아프리카에서도 피식민지가 종주국으로부터 자치를 획득해 나가는 데 중요한 계기가 되기 때문이다(이 문제는 제3장과 제6장에서 상세히 논한다).

7. "뻔뻔스러운" 사람들 — 흔적으로서의 군중

지금까지 논한 바와 같이 노스트로모의 변화를 기술하고 그를 대중심리로 포착하려고 한 서술자의 목소리에 의해, 일찍이 대표자였던 인간이 군중의 한 사람으로 변화할 수 있음이 역설적으로 드러난다. 그러나 이 가능성을 실현하지 못하고 노스트로모는 죽는다. 그럼에도 이 가능성은 노스트로모의 죽음 전후로 시사되는 노동자들의 꿈틀거림으로 그 흔적을 남긴다. 즉 소설의 분석가적 주체인 '우리'로는 대표되지 않는 군중이 떠오르는 것이다.

이하의 예는 군중 담론으로 대표되지 않는 또 하나의 군중을 복수의 존재로, 복수의 시점에서 제시한다. 예컨대 노스트로모가 숨을 거둔 뒤 그가 수용된 병원으로 "가난한 사람 중에서도 가장 가난한 자들"이 모여든다. "한밤중을 배회하는 무리들, 가난한 사람 중에서도 가장 가난한 자들이 응급 병원 문 주위에 모여 텅 빈 거리의 달빛을 받으며 속삭인다"(N, 562)[*80]. 그리고 거의 동시에 광산에서 노동문제가 제기된다. 빈사 상태의 노스트로모에게 달려간 의사 모니검(Monygham)은 굴드네 하인 바실리오(Basilio)에게 굴드의 거처를 묻는데, 이에 바실리오는 산토메 광산으로 굴드가 떠났다며 그 이유를 덧붙인다. "노동자들이 분쟁을 일으킬 염려가 있는 모양입니다. 상식도 없고 체면도 없는 뻔뻔스러운 인간들, 게다가 게을러요, 선생님. 게으르다고요"(N, 555)[*81]. 그러나 에밀리아 굴드의 시점에서 이 군중은 "무수한 생명"으로 비친다. 그녀에게는 "산토메 광산이 (…) 어떤 폭군보다도 무정하며, 최악의 정부보다도 잔인하고 독재적이었다". 여기에 "그 위대함을 확장하는 과정에서 무수한 생명을 짓밟는 광경을 그려 보았다"라고 서술자가 덧붙인다(N, 521)[*82]. 여기서는 군중의 꿈틀거림이 노스트로모와 그 아래에 모여든 최하층 빈자들이나 광산노동자들과는 다른 형태로 감지되면서도 서로 공명하는 모습을 발견할 수 있다. 이 묘사들은 또 하나의 군중이 지도자의 입장과는 일정한 거리를 두면서 자발적으로 저항할 가능성이, 『로드 짐』의 결말에서 주인공에게 모여든 사람들과는 또 다른 형태로 암시되는 것은 아닐까?

왜냐하면 『노스트로모』 집필 무렵에 쓰인 편지나 에세이에서 우리는 현전(現前)하는 군중이 아니라 비(非)현전의 군중에 대한 작가의 기대를 읽을 수 있기 때문이다. 먼저 콘래드는 한 편지에서 자신의 소설 기법에 대한 질문에 응답할 때 자신의 독자상(讀者像)을 잠재적인 다수성 "군집"으로 제시하고 사적인 예술 행위와는 대조적인 존재로 상정된 "공중" 혹은 정치적 함의가 담긴 "군중"과 구별한다. 다음은 1903년 1월 28일에 H. B. 매리어트 왓슨(H. B. Marriott Watson)에게 보낸 편지에서 인용한 것이다.

> 군중은 절대로 절멸하지 않기 때문에 아마도 정치적 원동력으로 흥미로울 것이다. 확실히 그것은 도래할 미래의 광막한 불확실성 때문에 사람의 마음을 움직인다. 그러나 그 목소리가 외침일 수밖에 없는 위대한 군집(multitude)과는 연대감이 없다. 한편으로 그 구성원인 목소리 없는 개개

> 인은 우리 공통의 운명 그 자체에 아무런 확실한 것은 없더라도 그것을 아는 마음에 바로 호소할 수 있고, 실제로 그렇다.
>
> (Conrad 1988: 13)

이어서 "그러므로 예술가의 고독한 사고의 내실은 절멸하지 않는 공중에게 나누어 줄 수 없다. (…) 생활을 위해 쓰고 불사(不死)의 군집(multitude)에게 읽히기를 바라며 글을 쓸 때도, 사람은 자신을 위해 쓰는 것이다"라고 서술한다(Conrad 1988: 13). 먼저 콘래드는 정치적인 군중을 "그 미래의 불확실성" 때문에, 결국 그 잠재적 가능성 때문에 긍정적으로 평가하면서도, 그들의 큰 목소리가 소리 없는 개인을 매몰해 버리기 때문에 기피한다. 다른 한편, 그는 아직 보지 못한 독자인 "불사의 군집"을 기대감을 갖고 맞이한다. 이 언뜻 보기에 지극히 착종되어 있는 듯한 "군중"과 "군집"의 대비에서, 현전하는 군중에 대한 부인과 비현전의 도래할 군집에 대한 기대를 읽기란 그리 어렵지 않다.

『노스트로모』를 집필하는 동안에 쓴 회상록 『바다의 거울(The Mirror of the Sea)』에서 콘래드는 기억이 환기되는 방식을 묘사하면서 군중을 기억의 비유로 사용하였다. 콘래드에게 "과거의 사건"은 "친밀한 군중처럼 우리가 어두운 해안을 향해서 서둘러 가는 것을 슬프게 바라보는" 것으로 비춰진다(Conrad 1946d: 156). 이처럼 기억의 다발을 "친밀한 군중"에 견주는 행위는 역시 비현전 군중에 대한 긍정적인 표현으로 볼 수 있을 것이다.

8. 맺으며

제2차 쿠바 독립 전쟁에서 미군 통치로

미국·스페인 전쟁 7년 전인 1891년, 쿠바 혁명가인 호세 마르티(Jose Marti)는 뉴욕에 체류하면서 쿠바혁명당을 세우고 다가올 독립을 위해 활동하였다. 마르티는 앵글로아메리카의 제국주의에 대해 늘 경계를 게을리하지 않았다. 유명한 논고 「우리 아메리카(Nuestra America)」에서 언급한 '아메리카'란 '스페인계 아메리카' 즉 라틴아메리카이고, 북미는 포함하지 않는다. 여기서 마르티는 정치적·경제적으로 합중국에 잡아먹히지 않기 위해서는 어떻게 해야 좋을까, 이에 대한 생각을 말한다. 마르티는 기본적으로 흑인을 포함하여 쿠바를 구성하는 다양한 사람들을 배려할 것, 헌법이나 각종의 법제를 단순히 수입하는 것이 아니라 현지에 부합하도록 할 것, 그리고 이를 위해 민중적이고 자생적인 요소를 도입하는 것 등의 필요성을 주장하였다(Foner 1977: 25).

> 불필요한 증오에 불타 서적이 칼에 대항하고 이성이 수도승의 촛대에 대항하고 도시가 지방에 대항하는, 열정적이기도 하고 그렇지 않기도 한 다수의 국민에 대항하는 말 많은 도시계급들만의 난감한 제국. 우리는 이런 것에 지친 나머지 부지불식간에 사랑을 추구하기 시작한다. 국민들이 일어나 서로 인사를 나눈다. "우리는 어떤 사람인 거지?" 이렇게 묻고 답하기 시작한다.
>
> (マルティ 2005: 340)

여기서 마르티가 무대화하는 것은 수백 년에 걸친 스페인의 식민 지배 때문에 분단된 중남미 카리브 사람들, 특히 쿠바와 푸에르토리코 사람들이 자신들 안에서 "우리"라고 하는 집합적인 주체성을 발견하는 장면이다. 마르티는 실제로는 위와 같은 장면을 다 지켜보지 못하고 1895년 제2차 쿠바 독립 전쟁이 한창일 때 생을 마감하였다. 미국·스페인 전쟁에 의해 형식적 독립을 이룬 쿠바는 1901년 플래트(Platt)의 수정안을 받아들이고 미국에 의한 군정 시대로 들어서게 된다[19].

불가능한 저항

『노스트로모』의 작품 세계에서 "옥시덴탈 공화국"의 독립은 여기서 다룬 20세기 초의 쿠바나 이 장의 제4절에서 서술한 미국·필리핀 전쟁 후의 필리핀을 위시하여 동시대에 모습을 드러냈던 새로운 지배 형태로서의 독립과 궤를 같이한다. 콘래드가 『로드 짐』 및 『노스트로모』에서 징후적인 형태로 제시해 온 바는 이런 20세기 후반기 세계의 모습을 주조하는 또 하나의 "우리", 즉 자율적이고 반성적인 사고를 나의 것으로 하는 "우리"의 가능성을 엿보게 하면서도 무력한 상태 그대로 머물러 있게 하는 것이었다. 그러한 의미에서 콘래드에게 저항이란 불가능한 상태 그대로 멈춰서는 것이고 미래로 순연되는 것이다.

『노스트로모』 그리고 『로드 짐』에서는 주인공이 실패하고 죽음으

---

19 플래트 수정안은 미국·스페인 전쟁 후, 미국이 단독으로 쿠바 정치에 간섭할 권리를 확보하고 쿠바는 미국 해군기지를 위해 강제로 토지를 제공할 것을 결정하였다. 지금까지 쿠바 국내에 미군의 관타나모 기지가 존재하는 것은 이 조항에서 유래한다. 플래트 수정안에 대해서는 다음을 참조할 것. Zinn(1980: 302-305).
앞에서 말하였듯이 『노스트로모』가 유럽 제국주의를 넘어선 새로운 제국의 알레고리라는 것은 제2차 쿠바 독립 전쟁으로부터 미국·스페인 전쟁, 미국·필리핀 전쟁을 거쳐 쿠바 및 필리핀의 새로운 통치 방식을 보면 분명해진다. 콜롬비아의 작가 후안 가브리엘 바스케스(Juan Gabriel Vasquez)는 『코스타구아나 비사(祕史)(The Secret History of Costaguana)』에서 콘래드가 묘사하는 옥시덴탈 공화국의 독립이 콜롬비아로부터 파나마의 독립(1903)을 배경으로 한다는 판단 아래 콘래드가 "억압"한 또 하나의 라틴아메리카 역사를 그려낸다(バスケス, 2016).

로 결말을 맞이하지만, 그런 이야기는 동시에 군중이나 대중의 꿈틀거림으로 채워진다. 마치 그들의 영웅의 죽음을 증언하고 경의를 표하는 것처럼 불길한 징조를 드러낸다. 역설적으로 예고되는 것은 주인공이 부재한 가운데서도 인위적으로 기획된 공동체에 대한 기대이다. 즉 『노스트로모』의 경우는 코스타구아나 공화국에서 떨어져 나와 독립하는 "옥시덴탈 공화국"에 대한 기대, 『로드 짐』에서는 축소되어 가는 제국과 약체화하는 선원들의 공동체에 대한 기대가 드러난다. 한편으로 공동체가 부재하게 되면서 그 기대는 짐이나 노스트로모 등 사라진 영웅에 대한 충성과 애도에 의한 기억화 작업과 결부된다. 다른 한편으로 이것들은 추상적인 이야기 공간에 의해 비연속적인 형태로 바꿔 말해짐으로써 현존 공동체와의 연속성이 담보된다. 그것은 다시 민족주의와 혁명 사이의 구별(『노스트로모』)을, 그리고 외부자에 의한 애국주의와 제국의 긍지 사이의 구별(『로드 짐』)을 각각 불명료하게 하는 공간이고, 소설 내지 이야기라는 공간의 별명이기도 하다. 이 이야기들에서는 이런 구분들이 명료하게 나누어지지 않고 애매한 상태 그대로 균형이 유지된다.

콘래드의 소설에서는 이름을 부여받지 못한 사람들의 역할이 결코 작지 않다. 『로드 짐』에서 이런 사람들은 거의 늘 서술자와 주인공의 의식에 현존하고, 어떻게 1인칭 복수의 사용(과 오용)의 계기가 되며 그 사용법을 수정하는가 하는 문제에 영향을 미친다. 콘래드와 동시대의 군중론자, 특히 르 봉에 있어서는 군중 내부로부터의 시점이 고려되지 않고, 군중을 두려워하고 이용하는 쪽에서 의미를 부여하고 분석하는 시점밖에 존재하지 않는다. 그러나 『노스트로모』의 군중은 등장인물이나 주인공의 이해관계에 동기를 부여하는 거의 모든 과정에서 다른 방식으로 구조화되었다. 더 중요한 점은 지배적이고 억압적인 시점에 한정되지 않는 다른 형태의 군중이 이 작품에 흔적으로 기입되었다는 것이다. 군중에 주목할 때 응구기나 사이드가 말하는 콘래드의 한계는 다음과 같이 바꿔 말할 수 있다. 콘래드는 저항적인 군중을 지배적인 담론과 다른 자율성을 동반하는 존재로 현실화할 수 없었다. 다만 노스트로모가 죽기 전후에 또 하나의 군중이 생성된다. 즉 콘래드의 군중관에는 작가의 정치적 시야에 포섭되지 않는, 일견 자발적인 목소리를 완전히 수탈당한 것처럼 생각되는 '이민자'나 '원주민'의 꿈틀거림이 저항의 조짐으로 기입된 것이다.

만약 대항적인 집합성의 도래를 긍정적인 것으로 인정한다고 하더라도, 그것은 프로이트의 「집단심리학과 자아 분석」에서 저항이 남성끼리의 규범에 기반을 둔 것처럼, 남성끼리의 형제애가 개재된 규범("거친 형제애적 관계")에 의해 동기부여 된다. 그리고 죽은 지도자에 대한 기억에 의해서만 간신히 저항의 가능성이 담보될 수 있다는 사실은, 명료한 형태는 아니더라도 영웅주의의 잔재를 보여준다고 할 수 있다. 이렇게 젠더화된 경계 획정에 대해서는 다음 장의 검토 대상인 반식민 이야기에서 계속 논한다. C. L. R. 제임스(C. L. R. James)가 생도맹그에서의 혁명적인 이야기를 다시 말하는 부분에서, 투생 루베르튀르(Toussaint Louverture)의 영웅적인 비전을 어떻게 비판적으로 서술하며 그것의 어떤 면을 고집하고 또 일탈하고 있는지 묻게 될 것이다.

제2부

대중
(혁명과 반제국주의)

제3장. 역사 기술, 그리고 아이티 혁명에서의 우애 문제

-C. L. R. 제임스, 『블랙 자코뱅』

1. 첫머리에

누가 역사를 쓰는가?

1950년대 후반 무렵, 아이티 지식인에게 C. L. R. 제임스(C. L. R. James)는 카리브해 지역의 지식인이 아니라 영국의 역사가로 기억되었다. 제5장에서 자세히 다룰 바베이도스 출신 작가 조지 래밍(George Lamming)은 1957년 서머셋 몸상(The Somerset Maugham Awards)을 받았고, 그 결과 카리브해의 섬과 아프리카에 체류하는 것이 허락되었다. 그는 아이티에 머무는 동안, 아이티의 부두교에 대하여 조사 중이던 무용가 겸 영화제작자, 그리고 인류학자이기도 한 마야 데렌(Maya Deren)의 소개로 샬롯 프레수아(Charlotte Pressoir)를 비롯한 아이티의 시인들과 대화할 수 있었다[1]. 프레수아와의 대화는 래밍이 『망명의 즐거움(The Pleasures of Exile)』(1960)에 『블랙 자코뱅(The Black Jacobins)』의 요약과 관련된 장을 포함한 배경을 알게 해준다(Lamming 1960: 118-150).

---

1 1953년 출간된 마야 데렌의 『신들의 기수: 아이티의 살아있는 신들(Divine Horsemen: The Living Gods of Haiti)』은 아이티의 부두교와 의식에 대한 학술적인 책으로 수년간의 조사 끝에 쓰였다(Deren 1983[1953]).

> 내가 그들이 『블랙 자코뱅』을 읽었는지 묻자 프레수아는 답하였다. "물론입니다. 우리의 바이블이니까요." 나는 "그래, 제임스가 그 이야기를 들으면 매우 기뻐할 거요. 그에게 알려주겠소."라고 말하였다. 그러자 프레수아는 "그 사람을 알고 있습니까?"라고 물었다. 내가 "그럼요, 알고말고요."라고 답하자, 프레수아는 "고맙습니다. 우리가 그를 얼마나 존경하고 있는지 전해주세요. 우리는 그가 백인인데도 어떻게 사람들의 마음을 사로잡을 수 있었는지 항상 궁금했습니다."라고 대답하였다. 이에 나는 "잠깐만요, 제임스는 백인이 아니에요."라고 정정하였다. 그 후 잠시 당황스러운 시간이 흐르고 나는 이어 말하였다. "아니오. 그는 단지 바다 건너에서 온 사람일 뿐이오."
>
> (D. Scott 2002: 163-164)

이 대화는 1960년대 초반까지 『블랙 자코뱅』이 걸어온 길의 일단을 보여준다. 또한 식민주의의 잔재를 다시 그리려는 시도에서 카리브해 지역의 작가들이 인식론, 역사 기술, 그리고 동시대 역사 등을 마주하면서 동시에 젠더와 섹슈얼리티의 문제를 제시하는 일의 어려움을 암시한다. 래밍에게 식민주의는 이 영향 아래 살고 있는 사람들로 하여금, 아이티 혁명에 대하여 쓴 책의 저자가 백인이자 남성이라고 믿게 만들 정도로 뿌리 깊은 것이었다(물론 후자는 래밍에게도, 아마 프레수아에게도 별 문제가 되지 않겠지만). 그 역사가는 해당 지역에 익숙하지 않은 존재임에 틀림없다. 그러한 선입견을 품을 정도로 식민주의의 영향은 마음속 깊은 곳까지 침투하였기 때문에 낮게 평가할 수 없다. 래밍은 "그 유럽적인 임무가 이룬 것은 지금까지 제임스가 우리 일원일지도 모른다고, 또 이 지역에서 왔을지도 모른다고 한 번도 생각해 본 적이 없던 예민한 사람들의 마음을 편안하게 만들었다"라고 말하였다(D. Scott 2002: 164).

카리브해 지역의 '영웅적' 기억

래밍은 아이티 혁명에 대한 기억이 오랫동안 유지하여 온 비연속성을 연속성으로 변환하기 위하여, "우리의 일원"이라는 표현으로 친밀한 영역을 암시한다[2]. 말하자면 제임스와 래밍의 세대를 초월한 우정은 혁명에 대한 잊힌 기억을 계승함으로써 이어진다. 반면, 앞서 살펴본 래밍의 고찰은 피부색이나 지역이라는 관점에서, 작가에 대한 물음 그리고 역사의 주체를 쓰는 일에 대한 물음을 다른 방향으로 돌리고 있다.

이러한 또 하나의 '우리'를 저항적 집합성으로 규정할 때 전제되는 보편주의적 사고에 대해서도 최근 비판이 있다는 점을 상기해야 할 것이다. 예컨대 폴 길로이(Paul Gilroy)는 인종주의를 비판적으로 극복하는 데 있어, 마틴 루터 킹 주니어(Martin Luther King Jr)의 기독교 정신이나 프란츠 파농(Frantz Fanon)의 실존주의 및 정신분석보다 더 확실한 공통의 기반을 찾아야 한다고 주장하였다. 그리고 "박애(형제애)"에 대하여 비판적으로 사고해야 한다는 필요성을 강조하며 다음과 같이 말하였다. "더 이상 박애라는 이념으로 자유와 평등이라는 고귀한 꿈을 타협하거나 모욕할 필요는 없다. 편집적으로 젠더화를 거부하는 휴머니즘은 남녀 사이의 평등이나 다양한 성 사이의 동등

---

2 크리스찬 혹스버그(Christian Høgsbjerg)는 일찍이 1820년대 아이티 혁명에 대한 희곡이 미국 흑인을 대상으로 윌리엄 헨리 브라운(William Henry Brown) 선원에 의하여 집필되고 연출되었다고 서술하였다. 또한 알퐁스 드 라마르틴(Alphonse de Lamartine)도 1850년대에 투생 뤼베르튀르(Toussaint Louverture)을 중심인물로 하는 시극(詩劇)을 썼다고 하는데, 제임스는 후자를 의식하고 있었던 것 같다(Høgsbjerg 2013: 3, 7-8).

관계를 지향하는 것과 통할 수 없다"(Gilroy 2000: 16). 또 다른 맥락에서 자크 데리다(Jacques Derrida)는 젠더화된 우애 개념의 기반에 의문을 제기하고 있다. 데리다에 의하면 "우애"가 "박애"와 차별화될 수 있는 것은, "이 민주주의가 (…) 어떤 **평등**에 대한 해석을, **형제애**의 남근 로고스 중심주의적 도식으로부터 벗어나게 함으로써 해방시키는 점"에 있다(강조는 원문, デリダ 2003: 63). 즉 "박애"에 대해서는 온정주의적 뉘앙스가 강하지만 "박애"도 "우애"도 모두 남성중심주의적 함의가 있다. 다만, 데리다의 지적처럼 "우애"에 대해서는 이 함의에서 벗어나는 부분이 존재한다[3].

래밍처럼 카리브해 지역 아이티 혁명의 역사를 '우리'의 것으로 하려는 시도는, 사실상 "형제애"의 관계를 회복하려는 행위를 동반한다. 예를 들어 카리브해 지역의 역사에서 잊힌 걸작 『블랙 자코뱅』과 그 "영웅" 투생 루베르튀르를 중심으로 한 아이티 혁명의 역사가 재조명된 것은, 해당 지역에서 반식민지 운동이 축적되어 정치적·경제적 자치를 형식적으로나마 실현하려 했던 시기와 맞닿아 있다. 데릭 월컷(Derek Walcott)의 희곡 『앙리 크리스토프(Henri Christophe)』(1949)는 투생과 데살린(Dessalines) 사후 아이티의 황제가 된 앙리 크리스토프(Henry Christophe)에 초점을 맞추고 있다. 그리고 래밍의 『망명의 즐거움』(1960)에서는 『블랙 자코뱅』 요약과 재조명이 시도되었고, 에메 세제르(Aime Cesaire)의 투생 연구서 『투생 루베르튀르: 프랑스 혁명과 식민지의 문제(Toussaint Louverture: La Révolution française et le problème colonial)』(1960)와 희곡 『크리스토프 왕의 비극(La Tragédie

3 이하 본론에서는 fraternity 및 brotherhood를 "박애" 혹은 "형제애", friendship을 "우애" 혹은 "우정"이라고 구분하여 번역한다. 또한 프랑스 혁명기에는 우애에 사회주의적 함의도 있었다(フュレ/オズーフ 2000: 208-226).

du Roi Christophe)』(1964), 에두아르 글리상(Edouard Glissant)의 희곡 『무슈 투생(Monsieur Toussaint)』(1961) 등도 이 시기에 출판되었다 (Jones 1999). 이 흐름은 제임스가 1963년 재판에 붙인 부록, 그리고 희곡판 『투생 루베르튀르』(1936)의 다른 버전에 기초한 재연이자 수정본인 「블랙 자코뱅」(1967)에 의하여 일시적으로 종지부를 찍게 된다(James 1989c: 391-418). 출판 시기만 보더라도 아이티 혁명의 역사를 다시 쓰는 작업은 옛 영국령 카리브해 지역과 아프리카 여러 지역의 독립, 그리고 쿠바 혁명의 영향을 반영하고 있음을 알 수 있다. 그러나 카리브해 지역의 여성 필자는 부재하였다(Edmondson 1999: 106). 한편, 아이티에 관한 인류학적 연구나 에세이는 대부분 조라 닐 허스턴(Zora Neale Hurston)을 비롯한 아프리카계 미국인들에 의하여 이루어졌다(Hurston 2004; Dayan 1995).

작품의 개요

『블랙 자코뱅』에는 4개의 판본이 존재한다. 먼저, 1936년 발표된 희곡판은 현재 『투생 루베르튀르』라는 이름으로 출판된다(James 2013 [1936]). 다음으로 1938년에 출판된 역사서판 『블랙 자코뱅』이 있는데, 같은 역사서판을 수정하여 다듬은 뒤 부록으로 「투생 루베르튀르로부터 카스트로까지(From Toussaint L'Ouverture to Fidel Castro)」(James 1989c)를 덧붙여 재발간한 것도 있다(James 1989b [1963]). 마지막으로, 처음의 희곡판을 대폭 수정하여 1967년 초연한 「블랙 자코뱅」이 있다. 아래에서는 현재 가장 많이 읽히고 있는 세 번째 역사서판을 중심으로 논하면서 네 번째 희곡판과 비교 분석하고자 한다.

역사서판 『블랙 자코뱅』은 1789년 프랑스 혁명의 발발부터 1791년 아이티 혁명이 시작되어 1804년 아이티가 독립에 이르기까지의 시기를 그린다. 작품의 주인공은 아이티 혁명의 중심이 된 지도자 투생 루베르튀르이다. 동시에 제임스의 필치는 아프리카에서 노예로 끌려온 이름 없는 사람들에게 투생과 같거나 그 이상의 비중을 둔다. 이 역사서판은 도입부와 부록을 제외하고 13장으로 이루어진다. 제임스의 역사 기술은 한편으로 민중사적이다. 작품의 초반부인 제1장과 제2장은 마르크스주의적 경제 상황 및 정치 상황을 분석한다. 이 부분에서는 특히 프랑스에 있어 중요한 플랜테이션 식민지였던 생도맹그에서 소유물로서의 노예가 어떤 경제적 기반을 형성하고 있었는가라는 전제를 시작으로, 생도맹그의 대농장주들이 경영하였던 사탕수수 플랜테이션과 노예제도의 관계성을 비판적으로 기술한다.

한편 이 책은 단순한 역사서 이상으로 연극적으로 이야기된다는 점이 특이하다(이 책이 본래 연극을 목적으로 쓰였다는 점은 거듭 강조되어야 할 것이다). 예컨대 제4장부터 제6장까지는 1789년 프랑스 혁명의 인권선언에서 촉발되어 부크만(Boukman)을 비롯한 지도자들의 주도로 생도맹그에서 노예 봉기가 일어나고 파리 민중들의 지지를 얻어 투생이 혁명에 참여하기까지의 과정을 그려냈는데, 이때 이야기로서의 역사를 기술함으로써 세계사가 다시 쓰이는 모습이 눈앞에서 일어나는 것처럼 드라마틱하다. 이어서 제7장에서 제9장까지는 공화국 프랑스가 생도맹그에서 힘을 가지고 있던 물라토들을 어떻게 억누르고, 백인 대농장주의 재집권을 위하여 어떻게 고심하였는지 이야기한다. 제10장부터 제11장까지는 노예 해방을 달성한 생도맹그에서, 투생이 권력을 잡고 1801년에 노예 해방을 선언하기까지의 이야기가 그려진다. 이후 투생은 점차 민중으로부터 버림받는다. 제12장에서 제13장까지는 프랑스 혁명 이후 권력을 잡은 나폴레옹(Napoleon)이 1802년 노예제도를 부활시켜 투생을 체포할 때까지를 서술한다. 그리고 투생의 뒤를 이은 데살린이 독립전쟁에서 프랑스와 영국을 이기고 독립을 달성한다. 확실히 아이티 혁명은 세계사의 중요한 순간으로 이야기된다. 그러나 비평가 데이비드 스콧(David Scott)이 논하였듯, 투생을 중심으로 한 노예 해방의 이야기로 본다면 이는 비극이라 할 수 있다.

반식민주의와 남성성의 형성

이처럼 『블랙 자코뱅』은 투생 루베르튀르를 정점으로 한 지도자들의 아이티 혁명 달성이라는 극적인 영웅 이야기이며, 또한 그렇게 읽혀 왔다. 앞서 서술하였듯, 아이티 혁명을 둘러싼 역사 기술의 담당자가 젠더화되어 온 데에는 분명 이유가 있다. 종주국의 시선에서 보아 온 역사를 어떻게 고쳐 쓸 것인가 하는 반식민주의적 역사 기술이 시도되는 가운데 작가상(像)이 형성되어 왔기 때문이다. 이 작가상은 1960년대에 정점에 달한 카리브해 지역의 국민주의 담론 형성에 영향을 미쳤다. 다른 측면에서 보면 반식민지기에 부권사회가 강화된 과정은, 그것이 반식민주의적이라는 이유로 묵인되어 왔다. 따라서 남성성(masculinity)이 표명되고 지속되는 과정은 문화적인 것, 국민적인 것, 법적인 것 혹은 역사기술 지식에 관한 것을 막론하고 카리브해 지역의 광대한 사회적 영역에 대한 인식으로 짜여 있다[4]. 그렇다고 하더라도

---

4 카리브해 지역의 문화와 남성성의 교착(交錯)에 대해서는 린덴 루이스(Linden Lewis)가 영화와 대중음악, 그리고 닭싸움이나 크리켓 등의 스포츠를 대상으로 논하고 있다. 루이스에 따르면 "젠더적 불평등을 그들[카리브해 지역의 국민주의자]은 마찬가지로 인식하되, 유럽의 지배 못지않게 비난받을 만한 지배 형태로 취급하는 것이 아니라, 그것을 강화하고 재생산한 것이다"(Lewis 2003: 103). 1960년대 국민국가 형성기의 남성성을 검증하면서 커델라 포브스(Curdella Forbes)는 다음과 같이 논의한다. "도상(圖像) 차원에서 네이션을 남성성으로 표상하는 것은 역설적이게도 영국이 식민지에서 제국적인 자기동일성을 전개하면서 보인 다양한 측면의 행동들을 재상연한 것이다"(Forbes 2005: 32). 국가와 법의 결합에서 점하는 페미니즘의 위치에 대하여 논하

이 이데올로기의 형성에는 1833년 영국령 식민지에서 노예제도가 폐지된 이후 지배적이었던 젠더 규범이 배후에 있음을 잊지 말아야 할 것이다. 반노예활동가, 성직자, 관료, 영국 성직자들은 "기존에 노예였던 사람들이 가정생활을 영위할 때 서양의 중산층 가족을 모범으로 삼아야 한다는 믿음을 공유하였기" 때문이다(Brereton 1999: 102). 즉 노예 해방 이후 식민지 독립에 이르기까지 카리브해 지역의 남성성은 종주국의 가족 규범에 기반하여 형성되었다.

런던에서 학생들을 가르치고 있는 카리브해 바베이도스 태생의 역사가 리처드 드레이튼(Richard Drayton)은 역사 기술의 측면에서 식민지기에 형성된 남성성에 대하여 비판적으로 서술하면서 다음과 같이 지적한다. 드레이튼에 따르면 카리브해 지역의 역사 기술에서 무비판적으로 남성성, 특히 영웅주의(heroism)가 기본적인 조건으로 간주되어 왔다. 왜냐하면 휘그(Whig)적 역사관과 그가 말하는 식민주의적 역사관이, 실제로는 "'노예제도와 식민주의에서 벗어났다'라는 우리가 가장 좋아하는 이야기와 많은 수사를 공유"하고 있다는 점에서, 대영제국의 확장주의적 역사를 반영하고 강화하여 왔기 때문이다. 드레이튼에 따르면 1960년대 초반 형식적 독립 이후 카리브해 지역의 여러 국가는 "위대한 남성들", 즉 트리니다드 토바고의 초대 수상 에릭 윌리엄스(Eric Williams), 바베이도스의 초대 수상 그랜틀리 애덤스(Grantley Adams), 자메이카의 수상 노먼 맨리(Norman Manley) 등을 공식 역사로서 성문화하였다(Drayton 2011: 360).

면서 트레이시 로빈슨(Tracy Robinson)과 패트리샤 모하메드(Patricia Mohammed)는 각각, 가부장제가 사법적 권력을 매개로 하여 국가에 의한 페미니즘의 제도화 내지 자기고유화로 연명하였다고 논의한다(Robinson 2007: 127; Mohammed 200: 117).

물론 식민주의적 역사관과 반식민주의적 역사관이 이성애주의적 남성성을 “지렛대”로 삼아 상호의존하는 사태는 분명 존재하지만, 극단적으로 일반화하는 일은 피해야 한다. 각 지역에서 양자가 얼마나 공범적일 수 있느냐에는 개별 역사성과 다양한 조건이 있기 때문이다. 드레이튼이 지적하는 역사 기술과 남성성의 문제에 비춰볼 때, 제임스의 역사관은 손쉽게 “진보적”인 이야기에 순응하지 않는다. 아이티 혁명의 중심인물인 투생의 영웅주의를 강조할 때, 그것은 어떤 의미에서 남성성, 지식인 그리고 정치적인 것이 등호로 연결되는 사태를 강화해 왔다고 할 수 있다. 그런데 남성성이 형성될 때, 그 구성요소는 “사회적으로 구축되고 역사적으로 우발적인 가부장제의 성질”에 근거해서 결합되었다. 그러므로 그 구축 프로세스를 절대적이고 고정적인 것으로서가 아니라 역사적으로 구축되고 다분히 우발적인 측면을 포함하는 것으로 상대화할 필요가 있다(Francis 2003: 118). 본론의 문맥으로 말하면 이러한 목표는 다음과 같이 바꾸어 말할 수 있다. 즉 『블랙 자코뱅』에서 비연속적이고 지속적으로 전경화되고 있는 남성성을 독해하고 풀어낼 때, 유럽의 식민지 담론과 반식민지 담론의 상호의존성을 염두에 두면서도 식민주의에 의하여 제도화된 반식민주의 내부의 가부장제를 어떻게 비판할 수 있었는지를 주의 깊게 살펴보자는 것이다.

이 장의 물음

이 장의 구성은 다음과 같다. 우선 제임스의 역사 기술의 주요하지만 주변적인 흐름을 『블랙 자코뱅』의 영웅주의에 대한 뒷받침으로 묘사한다[5]. 다음으로 투생의 남성성에 대한 제임스의 기술을 노예제도가 합법이었던 아이티 혁명 시대의 역사적 문맥에 위치 짓는다. 그리고 『블랙 자코뱅』의 희곡판을 이 역사서판과 대조하여 독해한다.

이 장의 물음은 이렇게 말해 볼 수 있을 것이다. 자유·평등·박애 개념이 아이티 혁명의 역사 기술에 자주 등장하는 것은 프랑스 혁명에 자극받은 이상 어떤 의미에서 당연하다고 할 수도 있지만, 제임스의 기술에서 자유 그리고 평등 이상으로 우애에 대한 물음이 전경화되는 까닭은 무엇일까? 미리 결론을 말하면, 역사서로서의 『블랙 자코뱅』에 등장하는 우애 개념은, 제임스가 일관되게 수행하는 주요한 역사 기술에서 때로는 그에 반하여 비연속적인 순간으로 전경화되고 배제된다.

2. 카리브해 지역의 역사 기술과 민중, 그리고 저자의 물음

C. L. R. 제임스와 대중

C. L. R. 제임스에게는 수필가, 크리켓 기자, 트로츠키주의자, 역사가, 소설가, 문예비평가 등 다양한 얼굴이 있다. 1932년 제임스는 크리켓 기자로 쿠바의 트리니다드에서 영국으로 건너갔다. 그 전인 1929

---

5 『블랙 자코뱅』 이후 근래의 아이티 혁명사 연구들 가운데 대표적인 것으로는 Blackburn(1988), Fick(1990), Trouillot(1995), Dubois(2004), Nesbitt(2008), Buck-Morss(2009) 등이 있다. 모두 제임스의 저서 출판 이후 새로운 자료를 실마리로 삼거나 참조하여 쇄신한 연구이다. 로빈 블랙번(Robin Blackburn)이나 캐롤린 픽(Carolyn Fick)의 작업이 민중사적 시점에서 '아래로부터의 역사'를 통하여 아이티 혁명을 자리매김하는 시도라면, 최근의 닉 네즈빗(Nick Nesbitt)이나 수전 벅모스(Susan Buck-Morss)는 '보편사(普遍史)'를 작성하는 데 아이티 혁명이 얼마나 기여하였는지에 대하여 따져 묻는다.
또한 제임스의 『블랙 자코뱅』에 특화된 연구로는 다음을 참조. D. Scott(2004); Forsdick and Høgsbjerg(2017).

년에서 1931년 무렵 그는 『캡틴 치프리아니의 생애: 서인도제도에서의 영국 통치에 대하여(The Life of Captain Cipriani: An Account of British Government in the West Indies)』(1932)를 집필하였다. 이 책은 제1차 세계대전에 영국군 영국령 서인도제도 연대의 장교로 참전하여 군 상부의 인종 차별에 저항해서 이름을 알린 아서 치프리아니(Arthur Cipriani)의 전기다. 치프리아니는 제대한 뒤 1923년 트리니다드 노동자연맹의 지도자로 취임하여 영국 직할 식민지 트리니다드에서 자치권 획득을 위해 활동하였다. 그러나 이 책은 그대로 출판되지 못하였다. 대폭 수정 및 삭제를 거쳐, 1933년에서야 정치 팸플릿 『서인도제도의 자치를 향하여(The Case for West-Indian Self Government)』라는 제목으로 버지니아 울프(Virginia Woolf)와 레너드 울프(Leonard Woolf)가 설립한 호가스(Hogarth) 출판사를 통하여 출판될 수 있었다. 레너드의 요청에 따라 전기적인 부분을 삭제하고 정치적인 주장만을 뽑아서 출간된 것이었다(Brereton 2014: 1-2). 이후, 1936년에 세커 앤드 워버그(Secker & Warburg) 출판사에서 장편소설 『민티 골목(Minty Alley)』을 출판하였다.

영국 공산당 내에서 활동하던 반식민주의 활동가 중 상당수는 당시 소련의 행태에 환멸을 느끼고 있었다. 1933년 아돌프 히틀러(Adolf Hitler)가 정권을 획득하면서 소련은 반파시즘 인민전선 건설을 위하여 영국, 프랑스 등의 제국주의 진영과 손을 잡았으며, 1935년 무솔리니의 에티오피아 침공에 국제연맹이 뚜렷한 비판을 내놓지 않았을 때 소련 또한 이탈리아를 지원하였던 것이다(Høgsbjerg, 2017: 11). 이미 트로츠키주의자로 활동하던 제임스는 이 활동가들을 끌어들여 독자적으로 움직였다. 1935년 제임스는 자신과 같은 지역 출신인 조지 패드모어(George Padmore), 아프리카의 지도자가 될 조모 케냐타

(Jomo Kenyatta), 콰메 은크루마(Kwame Nkrumah) 등과 함께 아비시니아 국제 아프리카 친선협회(IAFA)를 결성한다. IAFA는 국제 아프리카 사업국(IASB)으로 발전적 해소를 거치며 범아프리카주의 운동을 견인한 집단으로 활동한다(Buhle 1988: 55-56). 이 장에서 논의할 『블랙 자코뱅』은 1938년 세커 앤드 워버그 출판사에서 출간되었다.

그리고 1939년부터는 활동 기반을 미국으로 옮겨 이론과 실천을 겸한 전위적 집단인 존슨 포레스트 텐던시(Johnson Forest Tendency)를 결성한다. 트로츠키(Trotsky)의 전 비서였으며 제임스를 위하여 레닌(Lenin)의 텍스트를 번역하기도 하였던 우크라이나 출신의 라야 두나예프스카야(Raya Dunayevskaya), 마르크스와 엥겔스의 독일어 텍스트를 영어로 번역하였던 그레이스 리 보그스(Grace Lee Boggs)와 함께 제임스는 트로츠키 이후를 내다보는 정치 활동을 펼쳤다. 반공 정책이 강화된 1949년부터 1952년까지 제임스는 고립된 채 심문을 받고 뉴욕의 엘리스섬에 있는 수용소에 약 6개월간 수감된다. 미국에서 추방된 후 1950년 후반에는 훗날 트리니다드 토바고의 초대 총리가 되는 에릭 윌리엄스의 정치 참모로 활동하였으며, 윌리엄스가 투자한 잡지 『더 네이션(The Nation)』의 편집 주간을 맡았다. 이후 1960년대 아프리카 국가들의 독립 무렵, 가나를 비롯한 여러 나라로 강연 여행을 떠났고, 1970년대에는 미국 대학에서 교편을 잡는 등 왕성하게 활동하였다.

이렇듯 제임스의 저술과 활동의 범위는 매우 광범위하다. 포스트콜로니얼리즘와 트로츠키 이후의 마르크스주의, 그리고 카리브해 지역의 문학과 정치에 지대한 영향을 미치고 있어 결코 하나의 학문 분야에 머물러 있지 않다.

이론적인 면에서 제임스의 특이성은 '대중'이라는 집합적인 존재를 규정하는 작업에서 찾을 수 있다. 어떤 인터뷰에서 제임스는 이를 인정하며 "역사는 많은 사람들이 모이는 것에서 시작된다"라고 말하였다(Abelove 1983: 266). 그래서 대중에 대한 제임스의 시선은 "너무 획일적이고 이상화되어 있다"라는 비판을 받기도 하고, 이와 반대로 자유를 추구하는 "보편성의 실천"이라고 긍정적인 평가를 받기도 한다(San Juan Jr 1996: 33; P. Miller 2001: 1090). 그렇다면 제임스가 말하는 대중이란 순전히 이론적인 범주일까? 물론 그렇지 않다. 그것은 특정한 역사성에서 나온 개념이다. 그 배경의 일단을 여기서 그려본다면 다음 세 가지가 될 것이다. 카리브해 지역의 노동 운동, 러시아 혁명의 영향, 그리고 반제국주의의 기억을 발굴한 아이티 혁명이 바로 그것이다.

카리브해 지역의 노동 운동

1930년대 중반 영국령 카리브해 지역 전역에서 노동 쟁의가 일어났다. 1934년에는 영국령 온두라스(현재의 벨리즈)·트리니다드·영국령 가이아나에서, 1938년에는 자메이카에서, 1939년에는 안티구아와 가이아나에서 일련의 파업이 발생하였다. 그 밖에 세인트키츠·세인트빈센트·세인트루시아·바베이도스·바하마 제도 등에서도 역시 파업이 벌어졌다. 사실 19세기 후반 그리고 제1차 세계대전부터 그 이후까지, 파업을 비롯한 투쟁은 종종 존재하였다. 그러나 이 정도로 여러 지역에 걸쳐 대규모적인 투쟁이 일어난 것은 처음이었다(Bolland 1995: 2).

어떻게 이런 일이 가능하였을까? 다양한 요인을 생각할 수 있는데, 주로 다음의 세 가지를 들 수 있다. 첫째는 1929년의 세계대공황이다. 담배와 설탕, 석유를 비롯한 단일 생산품의 수출에 의존하던 카리브해 지역의 섬들은 상품 가격의 폭락으로 경제 위기를 겪었다. 두 번째는 인구 이동이다. 노동력으로서 남미의 여러 나라로 이동하였던 사람들은 이주처에서의 일자리 부족으로 귀향하였다. 그리고 지방에서 도시로 이주하는 현상이 각지에서 일어나 인구 집중 및 고용 부족이 발생하였다. 세 번째는 대도시 지역에서 일어난 지적 운동의 영향이다. 미국 등지로 돈을 벌러 간 노동자들은 마커스 가비(Marcus Garvey)를 위시한 인종 차별 철폐 운동을 보고 들었고, 노동조합에 참여하면서 마르크스주의적 사고를 익혔다. 이러한 경험을 안고 각 지역으로 돌아간 노동자들은 인종 의식에 대한 각성과 보다 나은 생활 수준에 대한 희구를 사람들에게 촉구하였다(Hart 1995: viii).

영국은 동인도회사의 지배 지역을 제외한다는 한정적 조건 아래, 1807년 노예무역을 폐지하였다. 1833년에는 대영제국 전 영역에서 노예제도를 폐지하였다. 그러나 경제적 기반이었던 토지 소유 제도는 20세기에 들어서도 거의 변하지 않았다. 이 제도가 유지됨에 따라 많은 주민은 노예 신분이 아니더라도 저임금에 복지 없이 일하는 것이 일상적이었다. 이러한 경제 구조가 처음 변화할 조짐을 보인 것이 1930년대 노동 운동의 성과였다고 할 수 있다.

영국은 실태 조사를 위하여 다양한 분야의 학자를 동원해 1938년 원인규명위원회 모인 커미션(Moyne Commission)을 설립하였다. 이듬해에는 조사 문서 모인 리포트(Moyne Report)를 작성하였으나 추축국에 유리하지 않도록 1945년까지 비공개하였다. 그러한 중에 선거권과 독립의 권리가 부정됐지만 정당의 결사는 허가되었다. 자메이카의 알렉산더 부스타만테(Alexander Bustamante)와 노먼 맨리, 바베이도스의 그랜틀리 애덤스(Grantley Adams), 안티구아의 베레 버드(Vere Bird) 등 각 지역을 지도자로서 이끌어가게 될 인물들은 이 시기에 두각을 나타내고 있었다(Bolland 1995: 3).

통상적이었다면 이들의 운동은 섬과 섬 사이에서 단절되어 버렸을 것이다. 그러나 이 시기에는 지역을 넘나들며 활동한 사람들이 많았기 때문에 운동이 단절되지 않았다는 사실이 특기할 만하다. 바베이도스의 클레멘트 페인(Clement Payne), 세인트빈센트의 엘마 프랑수아(Elma Francois), 가이아나의 우리아 버틀러(Uriah Butler)는 모두 트리니다드에서 활약하였다(Bolland 1995: 4). 앞서 언급하였듯이, 제임스는 『캡틴 치프리아니의 생애』와 『흑인 반란의 역사(History of negro revolt)』(1938) 같은 저작물을 통하여 식민 통치에 대하여 의문을 제기하고 지역 자치를 위하여 활동한 아서 치프리아니 등에게 관심을 쏟게 된다. 동시에 조지 패드모어와의 재회나 IASB에서의 활동을 통하여 카리브해 지역에서 일어난 동시대 노동 운동의 영향을 흡수하면서 집필해나가게 된다(Høgsbjerg 2011).

트로츠키 『러시아 혁명사』의 충격

이러한 역사적 변동의 시기를 살았던 제임스가 자율적 대중 운동을 역사 기술의 중심에 두는 것은 당연한 일이었다고 할 수 있다. 다만 제임스는 이미 1932년에 영국으로 건너갔기 때문에 이러한 파업들을 직접 목격하지는 않았다. 그가 정치에 눈을 뜬 것은 영국으로 건너간 이후부터였다. 제임스는 랭커셔 넬슨에서 크리켓 기자로 지내면서 이 땅의 사람들이 일으킨 파업을 목격하고 크게 감명받았다. 1932년, "이 북국(北國)의 노동자 계급 사람들이 보여준 경이로운 정신에 (…) 등줄기가 서늘해지는 것 같은 느낌이다"라고 트리니다드 신문에 쓰기도 하였다(James 2003: 124).

제임스는 영국의 노동자 계급, 카리브해 지역의 국경을 넘나드는 노동 운동, 아프리카 국가들의 독립을 위하여 초석을 마련한 사람들이 주체가 되는 역사를 목격하였다. 그는 이것을 사람들이 스스로 일으킨 세계사의 지각변동으로 기술하였는데, 이때 레온 트로츠키의 『러시아

혁명사(The History of the Russian Revolution)』[1990, 막스 이스트먼(Max Eastman)의 영역본 출판은 1932-1933]가 가장 중요한 참조축이 되었다. 트로츠키는 "역사적 사건에 대중이 직접 개입하는 것, 이것이야말로 혁명의 가장 명확한 특징이다"라고 간주한다. 그리고 그는 "정당과 지도자의 역할을 이해하려면, 먼저 대중이 어떤 정치적 과정을 겪는지를 연구해야만 한다"라고 서술하면서, 대중의 역할과 당 및 지도자의 존재를 상호 관련된 것으로 보았다(トロツキー 2000: 42, 44)*83.

이러한 사고방식을 접하면서 제임스는 대중을 축으로 하는 운동이 혁명의 계기로 직접 연결되어 있음을 역사화하는 작업에 비로소 착수하게 된다. 1937년에 출판된 『세계 혁명 1917-1936: 코민테른의 대두와 몰락(World Revolution, 1917-1936: The Rise and Fall of the Communist International)』은 트로츠키주의자들의 사관에 의한 코민테른(공산주의 인터내셔널)의 역사이며, 스탈린주의를 비판하는 책이기도 하다. 트로츠키는 러시아 혁명 자체의 달성은 옹호하면서도 소련이 타락한 노동자 국가이며, 관료화되어버렸다고 비판한다. 제임스에게 스탈린은 소련의 공산주의를 일국적 전유물로 만든 인물이었지만, 트로츠키는 국제적 공산주의를 구현한 인물이라는 점에서 옹호해야 할 존재였다(Høgsbjerg 2017: 28-29). 여기서도 역사를 만드는 존재로서 지도자 및 당과 동등하거나 혹은 그 이상으로 중요한 것이 대중이라는 트로츠키의 기본적인 태도는 답습되고 있다. 이듬해 1938년에 출판된 『블랙 자코뱅』 집필 당시 제임스의 역사관에는 트로츠키의 영향이 짙게 남아 있었다.

그렇지만 제임스만의 역사 감각도 이미 존재하였다. 특히 당의 역할에 대하여 제임스는 점차 트로츠키와 다른 생각을 갖게 된다(James 1984: 33-64; Worcester 1996: 31, 40). 트로츠키에게서 관료화라는 측면은 비판해야 하면서도 소련에 의한 생산수단의 점유는 사회주의적일 수 있었다. 하지만 제임스는 소련이 국가자본주의적이라고 점차 생각하게 되었다(Høgsbjerg 2017: 28-29). 또한 영국 독립노동당(ILP) 내부에서 트로츠키주의 분파로서 활동하고 있던 제임스는 점차 트로츠키와는 활동 방침을 달리하게 된다. 이처럼 구체적인 활동을 바탕으로 제임스는 대중이 "역사를 움직이는" 존재이며 "조직된 당, 운동, 관료조직과는 **다소 거리가 있는**" 것으로 구상하게 되었다고 스튜어트 홀(Stuart Hall)은 지적하였다(강조는 원문, S. Hall 1998: 26).

『블랙 자코뱅』 집필

물론 이렇듯 특이한 대중 개념은 특이한 지도자를 그려내는 일과 확실히 불가분하였다. 흑인이 혁명적 존재로 인지되지 않았던 시대에 『블랙 자코뱅』의 투생 루베르튀르와 같은 존재를 "역사적 영웅으로 그려낸다"라는 필연성이 있었기 때문이다(D. Scott 2004: 242). 1936년 희곡판 『투생 루베르튀르』는 『블랙 자코뱅』의 원형인데, 거기서는 주역인 투생이 더 부각된다.

이에 비하여 1938년에 출판된 『블랙 자코뱅』에서 제임스는 이러한 지도자상(像)을 충분히 그려내면서도 동시에 대중을 역사의 중심이자 혁명의 원동력으로 간주한다. 여기서 말하는 대중은 제임스에게는, 예컨대 프랑스 혁명에서 중요한 역사가인 조르주 르페브르(Georges Lefebvre)나 쥘 미슐레(Jules Michelet) 등이 혁명의 중심으로 간주한 "민중"에 일견 가까운 존재인 듯하다. 흥미롭게도 1963년에 『블랙 자코뱅』을 수정 보완하여 재간행한 이후 제임스는 아이티 혁명에 대한 박사논문을 집필하던 대학원생과 교류하고 있었다. 그는 이때에도 역시 "우리의 주된 관심사는 대중 운동이 되어야 한다"라고 강조하였다[6]. 제임스에 따르면 아이티 혁명이 비유럽 세계의 사람들, 특히 카리브해 지역 및 아프리카 사람이 근대로 진입하는 과정인 한, 대중은 유럽에서 혁명을 담당하였던 민중과 근접하면서도 다르다(James 1982[1977]: 105-106). 즉 이 대중은 사회 주변에 위치하여 평소에는 눈에 잘 띄지 않지만 자본주의적·제국주의적 사회구조에 양보하는 일 없이, 중요한 역사적 국면에서 자율적으로 스스로를 조직하고 자기 자신들의 역사를 다시 만든다. 그러한 집합성은 다른 지역이나 경계를 초월하는 정치적 구성체인 것이다.

진보주의적 역사 기술과 그 중단

지금까지 살펴보았듯이 제임스에게 대중이라는 존재는 카리브해 지역의 노동 운동과 러시아 혁명에 대한 성찰, 그리고 아이티 혁명에 대한 역사적 고찰이라는 특정한 역사성을 바탕으로 구축되었다. 이때 대중에 관하여 쓰기 위해서는 『블랙 자코뱅』의 투생 루베르튀르처럼 대중을 이끄는 지도자 혹은 지식인을 묘사하는 것이 필수적이었다. 대중과 지도자 사이의 긴장 관계와 드라마를 그리는 것이 제임스의 역사 기술에서 한 축을 구성한다면, 또한 이 기술이 선형적이며 진보적인 역사와 역사적 현재에 얽매이지 않는 비선형적 역사성의 변증법적 관계에 기반하고 있다면, 그의 역사 기술은 얼마나 젠더화된 것일까? 달리 말해 부권주의로의 강화가 아닌 형태로, 혹은 지배적인 이성애주의를 강화하지 않는 형태로, 반식민주의의 역사나 혁명의 과정을 서술하는 것이 얼마나 가능할까?

6 1974년 8월 제임스가 캐롤린 픽에게 보낸 편지(Fick 2017: 65). 참고로 이 박사논문은 1990년에 출판(Fick 1990)되었다.

제임스가 이러한 시도에 어느 정도 성공하였는지, 혹은 실패하였는지에 대해서는 이 장의 남은 부분에서 답을 찾고자 한다. 우선 역사상의 인물들이 처한 예외적인 상황과 진보적 역사 기술에 지배되지 않는 그러한 계기가 주요 역사 기술과의 사이에서 초래하는 긴장 관계에 주목해야 할 것이다.

『블랙 자코뱅』에서 제임스의 역사 기술이 선형적이고 단순하다고 지적하는 비평가들도 있다. 사이드는 제임스가 "선형적인 용어로 정치와 역사의 중심을 이루는 패턴을 그린다"라고 서술하였다(Said 1993: 253; Buhle 1988: 59). 수전 벅모스는 이에 동의하며 『블랙 자코뱅』이 듀보이스(Du Bois)의 『블랙 리컨스트럭션(Black Reconstruction)』(1935)과 공유하는 '역사적 해석'에 대해 "흑인 학자들은 일반적으로 유럽 담론의 단계론을 받아들여 왔다"라고 언급하였다(Buck-Morss 2009: 58 n.106). 스튜어트 홀은 이러한 선형적 연속성이 "역사적 작품이나 전경화되는 정치적 사건들"을 "일종의 이음새 없는 그물망"의 일부로 봉합하는 가운데, 중단과 불균형 또한 강조된다고 주의 깊게 말하였다(S. Hall 1998: 20-21).

백여 년 전 생도맹그의 식민지 상황과 인종주의가 서인도제도의 현재, 그리고 아프리카 대륙의 미래와 연결될 때, 제임스는 자신이 행하는 선형적인 역사 기술을 거부하는 예외적인 순간을 허용한다. 제임스의 역사 기술에서 나타나는 선형적 연속성에 묻혔던 이 예외적 서술은, 비시간적 순간으로 편입됨으로써 식민지 상황과 인종주의의 폐해를 바로잡고 정당 정치에 저항하는 대중을 옹호한다. 그렇다면 비연속적 시간성에도 불구하고 제임스의 역사 기술에서 중심적인 역할을 하는 이 이야기는 어떻게 영웅주의를 승인하는 것일까?

『블랙 자코뱅』에 대한 1971년도 강의에서 제임스가 강조하는 것은 자신의 역사 기술을 초월하는 비연속적 계기이다. 그것은 요하네스 파비앙(Johannes Fabian)이 지적한, 타자를 과거의 시간에 머물게 하는 식민자적·인류학적 담론을 역으로 치환하는 역사성을 창출한다고 할 수 있다(Fabian 2000[1983]). "그것[『블랙 자코뱅』]이 쓰인 것은 사람들로 하여금 아프리카의 혁명에 대하여 생각하게 하고, 아프리카에서 일어나야 할 일에 대하여 마음의 준비를 시키기 위해서였다"(James 1989a; 2000: 73). 여기서 제임스가 『블랙 자코뱅』을 읽었다고 말한 "사람들"에는 조모 케냐타나 콰메 은크루마 등이 포함되는데, 이들은 각각 케냐와 가나의 초대 대통령이었다(Munro and Sander 1972: 35). 또한 『블랙 자코뱅』의 결론 부분에 서술된 투생의 위업은, 아직 등장하지 않은 아프리카 지도자들의 업적과 중첩된다. "혁명이 없었다면, 이 위대한 남자와 그의 재능 있는 동포들은 노예로 자신의 삶을 살았을 것이다. (…) 바로 현재[1938] 재능 있는 많은 아프리카 사람들이 그렇게 하고 있듯이"[7]. 또 다른 곳에서 저자는 G. 러브웨이(G. Loveway)로 대표되는 로디지아(현 잠비아, 짐바브웨) 흑인들에게서 미래 아프리카인의 자율성과 함께 "투생 루베르튀르의 마음에 타오르던 불길"을 다시 발견한다(BJ, 376).

『블랙 자코뱅』에서 제임스가 작가로서의 견해를 가장 잘 보여주는 부분은 인종주의에 관련된다. 제임스에 따르면, "정치에서 인종 문제는 계급 문제에 비해 부차적 문제이며, 제국주의를 인종 문제 차원에서 고려한다는 것은 참담한 오류로 귀결된다. 그러나 인종 문제 요인을 단지 우발적인 것으로 치부한다면 이 문제를 근본적인 문제로 삼는

---

7 James(1989b: 265). 이하 『블랙 자코뱅』 역사서판(James 1989b)의 인용은 괄호 안에 BJ와 쪽수를 함께 적고, 「블랙 자코뱅」 희곡판(James 1992a)의 인용은 괄호 안에 BJP와 쪽수를 함께 적는다.

것에 비교할 때 그 중대성의 차이만 있을 뿐 오류이긴 마찬가지다"[8](BJ, 283)[*84]. 제임스는 실제로 카리브해 섬과 아프리카 대륙의 대중을 자신이 이야기하고 있는 생도맹그 사람들의 역사적 조건과 연결하는 듯한 구절을 삽입한다. 피부색의 미묘한 차이는 18세기 후반의 착취 체제와 인종적 대립을 악화시켰는데, "이런 차별은 오늘날[1961] 서인도제도에서 여전히 그 영향력을 행사하고 있다"(BJ, 43)[*85].

역사적 현재를 기술할 때 현재와 미래 시제를 의식하면서 쓰는 것은 제임스가 역사를 쓸 때 지침이 되었다. 그것은 현재의 문제의식으로 과거를 보는 것이 아니다. 따라서 시대착오적이라기보다는 문학을 연구할 때 시간을 의식하는 방식과 거의 동일하다. 제임스는 훗날 뉴욕의 엘리스섬에서 수감 중일 때 미국의 문호 허먼 멜빌(Herman Melville)에 대한 특이한 연구서를 저술하는데, 거기서 "1952년의 사회문제를 1851년의 사회문제에 대입할 때 (…) 문학과 사회를 이해하는 것은 불가능하다"라고 언급한다(James 2001[1953]: 53). 오히려 "[『모비딕』의 주인공 에이허브(Ahab)와 같은] 새로운 개성이 정말로 탄생한다면, 작가가 진심으로 관찰하고 창조하는 힘이 실로 위대하다면, 미래 세대의 사람들은 작가 자신과는 다른 방식으로 그 형상을 바라보고 인식할 수 있을 것이다"(James 2001[1953]: 69). 러브웨이, 케냐타, 은크루마, 그리고 에이허브(내지는 멜빌). 문학사에 새로움을 새기는 자, 혹은 혁명에 대한 역사 기술에 혁신적인 계기를 마련한 자, 이들은 모두 남성이다. 제임스는 이들 남성과 함께 그려내는 선형적 연속성을 가진 역사에서, 비시간적 공간의 창시자로서 자신을 그들과 동일선상에 놓게 된다.

---

8 응구기(Ngũgĩ)는 이 구절을 인용하면서 여기에서 언급되는 것을 "분명히 경제적이고 정치적인 문제는 종종 인종의 탈을 쓰고 온다"라며 보다 넓은 맥락으로 해석한다(Ngũgĩ 2009b: 110). 불레(Buhle) 또한 이 구절을 인용하고 있다(Buhle 1988: 61).

빅토리아 시대 지식인 제임스

『블랙 자코뱅』에서 젠더화된 작가상(像) 문제를 생각할 때 역사 기술과 영웅주의 사이의 관계성에 대해 질문을 던질 필요가 있다. 그러나 이 둘 사이의 연결은 그다지 자명하지 않다. 확실히 제임스는 빅토리아 시대적인 엄격한 규범에 따라 교육을 받고 자기를 형성해 왔다. 가장 유명한 에피소드 중 하나가 자서전 「경계를 넘어(Beyond a Boundary)」(1963)에 서술되어 있다. 제임스가 열 살이 될 때까지 새커리(Thackeray)의 『허영의 시장(Vanity Fair)』(1844)을 평균적으로 석 달에 한 번은 통독하였다는 것이다[9](James 1994: 17).

이렇게 제임스는 자기 단련을 스스로에게 강요하였지만 이 사실이 작가가 형성한 남성다움이나 남성성이, 그 자신이 인정한 역사 인물의 그것과 동일시되었음을 의미하지는 않는다. 그러나 만일 제임스의 역사 기술에서 지배적인 직선적·진보적 시간에 비연속성이나 비시간적인 계기가 내포되어 있음에도 불구하고, 투생의 영웅주의가 강조되고 있다면 이 일을 어떻게 생각하면 좋을까?

여기서 제임스의 가장 초기 작업이 훗날 '막사 마당(barrack yard) 장르'로 불리는 소설을 쓴 데서 시작되었다는 사실을 고려할 필요가 있다. 막사(barrack)란 농원주가 소작 농민에게 주었던 슬럼가 같은 주거지이다. 이 장르의 특징은 노동자 중에서도 하층민들의 소통에 초점을 맞추면서 생생한 대화와 농담을 늘어놓고 있다는 데 있다. 예를 들어 단편소설 「승리(Triumph)」(1929)에서는 트리니다드 여성들이 주인공으로 등장하는데 이들은 남성 존재와 비교해 모종의 우월성을

9 제임스의 빅토리아 시대적인 사고법에 대해서는 Høgsbjerg(2014: 17-37)를 참조할 것.

지닌 것처럼 그려진다. 이 작품에서 마미츠(Mamitz)와 셀레스틴(Celestine) 사이의 갈등은 다른 여성인 일레네(Irene)의 질투를 초월하고, 그들은 결과적으로 마미츠의 애인인 푸줏간 니콜라스(Nicholas)의 재산을 차지하게 된다(James 1977). 또한 유일한 장편소설 『민티 골목』(1936)에서는 사건을 목격하는 관찰자로 헤인즈(Haynes)라는 인물이 등장하는데, 그는 남성이고 서점에 다니며 독서를 좋아하는 청년으로 그려진다. 그러나 그가 임시로 거처하게 되는 민티 골목의 공동 주택에서는 막사 마당의 대화나 소문 가운데 질투극과 애정·증오가 뒤섞인 충돌을 여성들이 주도한다(James 1975 [1936]).

그러므로 헤이즐 커비(Hazel Carby)에 의한 다음과 같은 정식화는 어느 정도 설득력이 있어 보인다. "제임스의 소설 세계에서 계급에 기초한 구분은 젠더화되어 있다. 대중은 여성화되어 있고 지식인 혹은 중산계급의 주인공은 남성적이다. 제임스가 소설을 포기하고 혁명적인 정치나 혁명적인 영웅들에 대하여 쓰기 시작하였을 때 그는 여성들에 대하여 쓰는 것도 포기하였다"(Carby 1998: 125). 즉 1930년대 후반, 소설에서 역사로 초점이 이동하면서 혁명에 대한 이야기는 남성 주인공의 가시성과 여성들의 비가시성을 동반한 것이다.

커비가 도식화한 제임스의 초점 변화는 충분히 고려할 만하다. 그러나 『블랙 자코뱅』에서 남성성이 어떻게 구축되었는지에 대해서는 보다 포괄적인 분석이 필요하다. 왜냐하면 제임스의 글은 특히 흑인법전(Code Noir)을 둘러싼 문제를 역사적 문맥에서 분석하고 있기 때문이다. 이 프랑스 법률은 해방노예의 결혼에서 피부색에 따라 주어지는 자격 혹은 신체에 대한 자격을 계속 구속함으로써 남성성과 여성성의 구축을 복잡하게 굴절시켰다. 때문에 이에 대한 문제를 반영하고 있는 제임스의 작품 역시 보다 포괄적으로 논의되어야 할 필요가 있는 것이다. 여기서 중요한 것은 이 책에서 오직 주변적인 존재로만 묘사되는 백인, 그리고 유색인 여성들이다. 1930년대 후반, 『블랙 자코뱅』의 개정판이 출간된 1960년대 초반, 그리고 희곡 개정판이 집필된 1960년대 후반. 각각의 시대에 카리브·아프리카의 탈식민화 과정을 목격하였던 제임스가, 이러한 여성들을 고려하면서 얼마나 미묘한 뉘앙스를 동반하여 박애 및 우애의 개념을 재고하였는지도 아직 논의가 충분히 되었다고 보기 어렵다.

그러므로 아래에서는 제임스의 '영웅적' 이야기에서 이러한 특이한 측면을 독해한다. 특히 프랑스 혁명과 아이티 혁명 사이의 중층적 규정 관계에 의하여 성문화된 시민권이 어떻게 젠더화되고 승인되는지에 대해 주요한 이야기를 먼저 확인하고자 한다. 그런 다음 그 이야기와 관련되지만 거기서 봉인되고 기각되는 일탈에 대해서도 주목한다.

3. 『블랙 자코뱅』(1938) — 젠더, 법, 텍스트

프로이트(Freud)의 「어떤 아이가 매를 맞고 있어요(Kind wird geschlagen)」(1919)를 경유하여 "백인종 남자가 황인종 남자에게서 황인종 여자를 구해 주고 있다"라는 유명한 구절을 구상한 가야트리 스피박(Gayatri Spivak)이 확인한 것은 "남성적이고 제국주의적인 이데올로기 형성"이 "확고한 '제3세계 여성'상"을 만들어내고 있다는 점이다. 그 예로 대영제국과 영국령 인도 사이의 역사적인 공범 관계를 다루고 있다(Spivak 1999: 283-284). 스피박에 의하면 과부 희생(sati)을 금지한 1829년의 영국 법률은 『리그베다(Rigveda)』·『다르마샤슈트라(Dharmaśāstra)』 같은 텍스트와 다음과 같은 점에서 공모적이다. 즉 식민지 권력이 현지의 "야만적 습관"(과부 희생)을 금지하는 구제 행위를 보이자 식민지 체제 자체는 문제되지 않고 이러한 특정한 사태만 규탄받았다. 결과적으로 피식민지 텍스트에 그려진 여성의 종속적인 역할이 강화되었다. 식민지에서의 젠더 기호학은 그렇게 성문화되어 왔다(Spivak 1999: 285-286). 스피박이 제시한 영국령 인도의 사례는 식민지 담론에서 젠더화된 계층성이 구축되는 과정이 인종적 위계성이라는 이데올로기 형성 과정과 분리될 수 없음을 보여준다. 즉 식민화에 의한 법의 체계화와 자생적 문학 텍스트의 결합은, 이 계층성이 고정화되는 프로세스를 보여줌으로써 그것을 특수화하는 동시에 일반화하고 있다.

이 절에서는 스피박이 제시하는 도식을 "지렛대"로 삼아, 투생이 살아있는 동안에는 목격하지 못하였던 아이티 역사의 부권적 이데올로기 구축과 프랑스 식민지 담론 사이의 상호의존적 관계를 확인한다. 그런 다음 거기에 투생의(그리고 제임스의) 영웅주의를 위치시킨다. 이는 투생의 남성성에 관한 제임스의 서술을 상대화하기 위해서만은 아니다. 그 이상으로 투생의 남성적 자기동일화가 드러나는 주요 내러티브를 우선 확인하고, 그 바깥쪽에서 흘러넘치는 예외적인 것을 소묘하기 위해서이기도 하다.

프랑스 혁명에서 아이티 혁명으로

18세기 후반부터 19세기 전반의 아이티 사례는 물론 영국령 인도의 사례와 다르다. 그것은 1791년에 산발적으로 일어난 반란들이 기선을 잡아가는 과정이었고, 1804년 독립에서 정점에 달하는 해방 과정이었을 뿐만 아니라 새로운 주권국가의 창설 과정이기도 하였다. 여기서는 간단히 시계열만 확인해 두고 싶다. 아이티의 상황은 프랑스 혁명의 진행 상황과 나란히 진전되었기 때문이다.

우선 프랑스 혁명이다. 1789년 5월 삼부회에서 분규가 일어났으며, 6월에는 제3신분 의원들이 국민회의 성립을 선언하였고 8월 26일에 '인권선언'이 채택되었다. 1791년 10월에 개최된 입법의회에서는 지롱드파(Gironde)와 푀양파(Feuillant)가 대립하였다. 다음해 1792년에는 오스트리아에 선전포고하였다. 의회에서는 국왕의 권한을 정지하고 국민공회 소집을 결정하였다. 그해 9월에는 왕정 폐지와 공화정 수립이 선언되었다. 의회 내의 지롱드파와 산악파(Montagnards)에 존재하던 대립 관계는 1793년 루이 16세의 처형을 계기로 로베스피에르(Robespierre), 당통(Danton) 등 산악파의 우위로 기울게 된다. 로베스피에르의 공포정치는 1794년 3월부터 7월까지 짧은 기간에 끝이 나고, 혁명 정부는 해체되기에 이른다. 1799년 11월 9일, 브뤼메르 18일의 쿠데타에 의하여 나폴레옹이 실권을 잡고 프랑스 혁명이 끝났음을 고하게 된다(浜 2003: 70-72). 나폴레옹은 1802년에 노예제를 부활시켰다.

아이티에서는 애초에 독립보다도 노예 신분으로부터의 자유가 목표였다. 흑인 노예들은 노예제도 유지를 목표로 하는 백인 농장주(planter)에 대하여 적의를 품고 있었다. 농장주들이 적국인 영국과 손을 잡으려 하자, 흑인들은 왕당파의 프랑스를 지지하였다. 1791년 8월 22일 아이티에서 노예 봉기가 시작되었다. 투생이 봉기에 참가한 것은 그해 9월 이후로 알려져 있다. 1792년 4월 노예 봉기로부터 약 1년 후, 레제펠리시테 송토나(Leger-Felicite Sonthonax) 등 정부 대표단이 생도맹그에 도착하였다. 1793년 프랑스는 오스트리아뿐만 아니라 영국, 스페인과도 전쟁을 개시하였다. 생도맹그의 동쪽, 스페인령 생도맹그에도 스페인군이 공격해 왔다. 나중에 아이티 혁명의 리더가 될 투생 루베르튀르는 이때 스페인군에 가담하여 아이티 북부를 점령

하였다. 루이 16세의 처형 소식을 접한 식민자 프랑스인 중에는 영국인과 손을 잡거나, 미국이나 영국령 자메이카로 도망치는 사람이 나타났다.

여기서 "식민지 상실의 위기"에 처한 송토나 등 대표단은 스페인군 및 영국군과 싸우게 하기 위하여 흑인 노예를 프랑스군에 편입하는 것을 고려하였다. 그 대가가 노예 해방이었다. 1793년 8월에 송토나는 노예 해방을 선언하였다. 그러나 이는 송토나의 권한을 넘어서는 행위였다. 그 때문에 프랑스 의회의 승인을 얻기 위하여 선거를 실시하고 대표단을 파견하였다. 1794년 2월 4일 로베스피에르가 독재로 나아가기 직전에, 혁명정부는 국민공회에서 흑인 노예의 폐지를 결의하였다(浜 2003: 106-108).

투생이 프랑스군에 가담한 것은 1794년 5월이었다. 송토나의 노예 해방 선언을 듣고 본국도 그 방향으로 향하고 있음을 알았기 때문이다. 또한 스페인령 생도맹그에 점령되어 있었던 북부를 탈환하는 등의 공을 세웠기 때문에, 1796년 3월에는 생도맹그 총독 에티엔 라보(Etienne Laveaux)로부터 총독보좌관으로 임명되었다. 그 다음해인 1797년에는 송토나로부터 총사령관으로 임명되었다. 그리고 1801년에는 노예제도 폐지를 선언하였다(浜 2003: 132-137).

아버지 이름의 계승 — 흑인법전에서 아이티 독립으로

상술한 전개는 생도맹그의 종주국인 프랑스의 부르주아 혁명이 노예 해방이라는 새로운 계기를 거치면서, 아이티 혁명이 프랑스를 비롯한 여러 제국으로부터의 이탈을 촉발하는 계기가 되었음을 보여준다. 그것은 아이티라는 새로운 국가가 창설되는 계기가 되었다. 그렇다면 혁명 서사의 가부장주의적인 담론은 어디에 기원을 두고 있는 것일까?

이 담론은 프랑스에서 제도화된 식민지 관련 법, 그리고 독립된 아이티가 정통이라고 인정하는 텍스트에 의하여 중층적으로 결정된다. 한편으로 종주국 프랑스는 법적인 측면에서 인종과 가족에 대한 규범을 생도맹그에 강요하였다. 그 대표적인 것이 흑인법전이다. 루이 14세 때인 1685년 제정된 흑인법전은 흑인 노예의 노동시간, 식사, 주거, 복장, 형벌, 그리고 해방의 규칙 등을 규정한 일련의 법률을 일컫는다(Dubois 2004: 30). 즉, 노예의 사회적 지위는 사람이 아니라 '물건'이라고 규정되었다. 역사가 마틴 로스(Martin Ros)는 이 법을 다음과 같이 요약한다. "노예 소유주를 위한 안내서이며 식민지 주민들에게 언제든지 자신의 노예 소유물을 처분할 수 있는 권리를 부여하고 집회 금지나 도망친 노예에 대한 처벌 등을 명령하였다"(Ros 1994: 17).

여기서 중요한 것은 결혼을 둘러싼 규칙과 인종의 관계이다. 결혼은 노예와 노예가 하든, 노예와 백인이 하든, 주인의 허락이 필요하였다. 프랑스의 역사가이자 정치철학자인 루이스 사라몰린스(Louis Sala-Molins)에 따르면 "흑인법전에서 선언된 것처럼 노예는 주인의 동의 없이 결혼할 수 없었다"(Sala-Molins 2006: 13). 그러나 백인과 결혼한 노예의 자녀가 노예 아닌 자유인이 되는 것도 흑인법전에 의해 규정되어 있었다(BJ, 37). 이는 생도맹그의 백인 정착민들이 현지 여성과 내연 관계를 맺는 사례가 끊이지 않았던 상황에 대한 대응책이기도 하였다. 이처럼 자유 신분인 노예 자손의 증가는 백인 정착민과 노예의 관계뿐만 아니라 정착민과 해방노예 사이의 혼인 관계가 늘어난 사실에 말미암는다. 해방노예란 노동을 통하여 축적한 재산으로 자신의 신분을 사들여 자유로운 존재가 된 전(前) 노예를 말한다. 해방노예는 노예를 소유할 수도 있고, 토지를 소유할 수도 있었다. 경우에 따라서는 백인 정착민보다 교양과 재력이 있는 해방노예 여성이 프랑스 남성과 결혼하기도 하였다(Dubois 2004: 60-61). 처음에 백인과 결혼한 노예의 자녀나 해방노예는 백인으로 등록되어 있었다. 그러나 1760년대에 이르러 그 수가 증가하면서 힘이 강해지자, 이를 제한하기 위하여 물라토(혼혈)라는 범주로 인종화하였다(Dubois 2004: 61). 이처럼 혼인 관계와 연결된 인종 범주의 애매함은 아이티 혁명 이전까지 오랫동안 계속되었다.

아이티 혁명 이후에도 이 결혼과 인종 범주의 자의성을 둘러싼 변화는 계속되었다. 여기에는 두 가지 요소가 얽혀 있다. 하나는 어떤 사람들을 아이티 국민으로 인정할 것인가 하는 논의이고, 또 다른 하나는 아이티라는 국가 명칭에 관한 것이다.

우선 중요한 것은 혁명이 끝난 1804년까지 흑인법전의 부활을 막겠다는 공화국의 보증이 이루어지지 않아, 이 법전이 다시 지위를 획득할지도 모른다는 불안감이 존재하였다는 점이다. 실제로 나폴레옹은 1802년 노예제 폐지를 철회하게 된다(BJ, 340). 결과적으로 이 상황은 1805년 아이티 헌법이 "모든 아이티 시민을 '흑인'이라고 정의하고, 표현형[육안으로 볼 수 있는 생물학적 형질]을 의미하는 식민지적 용어 사용을 금지"함으로써 일단락되었다. 아이티 시민의 자격을 흑인으로 규정한 정의는 나중에 데살린의 죽음과 함께 삭제되었다(Geggus 2002: 209). 이에 반발하여 아이티 국가의 헌법을 공포한 데살린은 독일인, 폴란드인, 그리고 유색인종 남성과 결혼한 여성을 제외한 백인의 거주를 금지하였다(Dayan 1995: 24; Buck-Moss 2009: 75). 독일인과 폴란드인이 거주할 수 있었던 것은, 나폴레옹이 파견한 폴란드인 부대 일부가 전투를 거부하고 생도맹그 군대로 전향하였기 때문이었다. 또한 독일인 정착민들은 아이티 혁명 이전부터 생도맹그 북서부 일부에 거주한 사람들이었다(Dubois 2004: 300).

다음으로 주목해야 할 것은 1804년 데살린이 황제로 즉위하면서 국가를 명명하는 행위로서 문학적 계기가 나타났다는 점이다. 이는 이미 세상을 떠난 자들의 이름을 짓는 것, 죽은 자의 영혼을 소환하는 것, 그로 인하여 아버지의 이름을 현전시키는 것이었다. 그러한 작명은 미국 이남 아메리카 선주민들의 어휘에 대한 자기고유화 행위였는데, 이것이 사법적인 것과 협조하여 행해짐에 따라 결국 새로운 국가의 가부장제적 통치를 승인하는 결과를 낳게 되었다. 제임스의 1967년판 희곡 「블랙 자코뱅」에서 데살린 또한 "프랑스인이 이곳에 오기 전에 카리브해 사람들이 국가에 부여한 이름"을 자신의 것으로 삼았다고 말한다(BJP, 108).

아이티 혁명을 연구하는 역사학자 데이비드 패트릭 게거스(David Patrick Geggus)는 "아이티 혁명과 동시대를 살았던 사람들이 시와 산문으로 흑인 노예를 묘사하면서 수세기 전에 죽은 (미국 이남의) 아메리카 선주민들의 원한을 풀어주기 위하여 적절한 역사 감각을 보여주었다"라고 말하였다. 그리고 다음과 같이 덧붙였다.

> 이전에 노예였던 지도자들이 유럽인들로부터 되찾은 땅에 선주민이 붙인 이름 '아이티'를 되돌려줌으로써 유사관계를 강조하기로 선택하였다는 사실은 중요하다. 이렇게 유럽 식민주의와의 단절을 강조함으로써 그들은 자신들의 새로운 국가에 아메리카인이라는 정체성을 부여하고, 오랫동안 이 세상에서 사라졌던 [미국 이남의] 아메리카 선주민들과의 연대를 표명하였다. 바로 이때, 그들은 선주민 아버지의 이름을 물려받게 되었다.
>
> (Geggus 2002: vii)

독립선언서는 식민지법에 나타난, 신분과 결혼을 둘러싼 노예들의 자격에 대해 기존의 상황을 뒤집었다. 아이티라는 국가 창설의 계기는 학살당한 (미국 이남의) 아메리카 선주민들의 부재 혹은 부재에 대한 기억이라는 원(原)텍스트 위에 흑인법전을 고쳐 씀으로써 결정되었다. 이후에 논의될 내용의 결론을 미리 말하자면, 투생의 영웅주의와 그에 수반되는 주요 내러티브에서 시도된 일탈은, 새로운 국가 아이티가 제도화한 또 다른 남성중심적 계보라는 틀을 지향하였다. 제임스의 직선적 역사 기술에 비시간적 계기가 내포되어 있다면, 이 틀과 일탈의 관련성을 어떻게 바라볼 것인가 하는 점이 논의의 핵심이 된다.

영웅주의, 혹은 계몽주의를 뛰어넘는 근대?

이상에서 아이티 혁명 전후로 계속된 혼인과 인종 범주의 연결, 그리고 국가 창설에서의 작명 경위를 살펴보았다. 이제 남은 문제는 제임스가 투생 루베르튀르의 영웅주의가 어떻게 형성되었다고 보았는지, 『블랙 자코뱅』을 통하여 확인하는 일이다. 단적으로 말하면 영웅주의가 전경화될 때 그 서사는 투생의 자기 규율, 그리고 독자에서 작가로의 변화라는 스스로 이룩한 교육으로 보완된다. 후자와 관련하여 벨린다 에드먼슨(Belinda Edmondson)은 "읽고 쓰는 능력과 혁명적인 행동은 분명 관련되어 있다"라고 지적한다. 에드먼슨은 다소 냉소적으로 다음과 같이 논한다. "투생을 제임스적 혁명의 저자로 다시 형상화한다는 것은 (…) 카리브해 지역의 서사에서 작가의 혁명 참여라는 특권화된 관계성의 은유이다. 즉, (남성) 작가는 픽션을 통하여 혁명의 '저자'가 된다"(Edmondson 1999: 106). 물론 읽고 쓰는 능력만이 혁명 서사의 효과를 높이는 것은 아니다. 그러나 한편으로 혁명 내러티브에 대한 여성의 편입과 배제, 그리고 독자에서 작자로의 성숙이 상호 지탱할 수 있도록 제임스는 혁명을 쓰면서 남성성의 이미지를 구축한다. 이때 중요한 점은 그 이미지 구축 과정이 투생의 기사도 정신에 입각한 행위에 대한 서술과 모순되지 않는다는 사실이다.

투생의 읽고 쓰는 능력은 그가 권좌에 오르고 혁명이 성공하는 과정과 궤를 같이하면서 계속 심화된다. 아이티 혁명의 또 다른 원동력이기도 하였던 데살린은 읽고 쓸 수 없는 인물이었다. 그러나 최종적으로 자신의 이름은 쓸 수 있게 된다(BJ, 256). 이와 비교할 때, 제임스가 투생의 읽고 쓰는 능력을 일관되게 강조한 점은 특이하다. 또한 제임스는 원래 호텔의 웨이터였으나 미래에 아이티의 대통령이 되는 앙리 크리스토프를 투생과 비교하기도 한다. 투생은 아프리카인 노예의 장남으로 태어났지만, 사제 피에르 바티스트(Pierre Baptiste)로부터 프랑스 가톨릭식 교육을 받을 수 있도록 특별히 허락받았다(BJ, 19-20). 45세 무렵, 투생은 다소 늦게 혁명에 참여하게 된다. 투생은 그때 이미 카이사르(Caesar)의 『갈리아 전기(Commentarii de Bello Gallico)』와 기욤 레날(Guillaume Raynal)의 저작에 열성적으로 몰두하는 독자였다(BJ, 91). 제임스가 다가올 혁명의 전 단계로, 그리고 결정적인 단계로 반복해 언급하는 것은 레날이 드니 디드로(Denis Diderot)와 함께 쓴 저작 『동인도제도와 서인도제도의 유럽인들의 정치제도와 상업 활동에 관한 철학적, 정치적 역사(Histoire philosophique et politique des établissements et du commerce des Européens dans les deux Indes)』(1770), 즉 『두 인도의 역사(Histoire des deux Indes)』가 수행한 역할이다. 제임스는 특히 투생이 이 책의 한 구절을 읽는 장면을 강조한다. 레날의 책에는 이런 부분이 있다(이하는 1780년 간행된 제3판에서 인용).

이 위인, 괴로움 많고, 억압받고, 학대받는 아이들에게 자연이 내려준 그 사람은 어디에. 그 사람은 어디에. 그 사람은 나타날 것이다. 결코 의심하지 않을 것이다. 그 사람은 모습을 드러내어 거룩한 자유의 깃발을 꽂을 것이다. 고귀한 그 신호는 같은 불행에 시달리는 사람들을 규합할 것이다. 격류를 넘는 속도로, 그들은 도처에서 씻어내기 힘든 흔적을 없앨 것이다. 스페인인·포르투갈인·영국인·프랑스인·네덜란드인, 그들의 폭군들은 검과 불과 독의 먹이가 될 것이다. 미국의 대지는 오랫동안 기다렸다는 듯, 피를 게걸스럽게 삼킬 것이다. 그리고 3세기 이래 산더미처럼 쌓여온 불행한 자들의 해골은 이제 일어나 기쁨에 몸을 떨 것이다. 구세계는 신세계에 갈채를 보낼 것이다.

인류의 제 권리를 재건한 영웅들은 도처에서 축복받고, 그 영광을 위해 기념비가 세워질 것이다. 그때 『흑인법전』은 소멸될 것이다. 그리고 만약 승리자들이 보복을 생각한다면 그들이 만드는 『백인법전』은 공포스러운 것이 될 터이다[10].

제임스는 투생을 주인공으로 하는 아이티 혁명의 영웅적 서사가 이 순간을 발단으로 한다고 간주한다. 그러나 훗날 비평가들은 이것이 아이티 혁명의 전체상에서 결정적 장면인지 아닌지, 공통된 의견을 가지고 있지 않다. 투생이 레날의 저작을 고집하였다는 것은 근거가 없는 일화이기 때문이다[11]. 그렇지만 제임스의 입장에서는 "투생이

10 Guillaume Thomas Raynal, *Histoire philosophique et politique des établissement et du commerce des Européens dans les Deux Indes*(3rd ed., Geneva, 1780), t6, pp.221-222. 번역은 하마 다다오(浜忠雄)에 의한 것(浜 2003: 66).

11 레날의 글이 투생에게 미친 영향을 어떻게 평가할 것인가에 대해서는 의견이 양분되어 있다. 긍정파로는 닉 네즈빗, 데이비드 스콧이 있다. 네즈빗은 읽고 쓰는 능력의 진전을 투생의 계몽주의 사상에 대한 결정적 개입의 계기로 파악하고 있다(Nesbitt 2008:

이 구절을 몇 번이고 몇 번이고 읽었다"라는 점이 중요하다(BJ, 25).

참고로 이 일화는 1936년 희곡판 『투생 루베르튀르』에서도 강조되고 있다. 데살린이나 전 노예 부크만과 함께 백인의 피를 마시며 '맹세'를 하는 장면에서 투생은 주저한다(James 2013: 56). 그런가 하면 각자 반란을 이끈 전 노예 부크만과 장프랑수아(Jean-Francois)가 투생에게 승진을 약속하였지만, 그는 두 사람의 말을 믿지 못한 채 레날의 책을 마주한다(James 2013: 69-70). 신체를 매개로 한 동지적 유대보다 문자문화에 믿음을 둔다는 점에서, 제임스는 처음부터 투생을 지극히 근대적인 인간으로 묘사한다.

제임스의 판단으로는 레날의 구절에 보이는 용감함과 영웅주의에 대한 호소가, 투생이 대중 선도의 동기를 얻는 데 도움이 되었다. 그런 의미에서 이 장면은 투생이 계몽주의와 어떻게 마주하였는지, 그리고 얼마나 초월하였는지를 보여주기도 한다(Dubois 2017: 90). 또한 지금까지 강조되었던, '읽는다'라는 경험에 '쓴다'라는 경험이 대치된다. 제임스는 이렇게 서술한다. "사실 투생은 말년이 다 되도록 프랑스어

58-60). 스콧에 따르면 "계몽된 감성과 근대주의자로서의 정치적 욕망을 가진 제임스는 투생을 형성하는 데 기여 때문에 『블랙 자코뱅』의 전체 구조와 서사 전개에 있어 가장 결정적인 계기 중 하나"이다(D. Scott 2004: 98). 그러나 "디드로가 『정치철학사』(『두 인도의 역사』)에 실질적인 영향을 미쳤다고 주장되어 왔지만, 제임스가 레날과 디드로의 관계에 대해 알고 있던 부분은 없다"(D. Scott 2004: 246 n.3). 실제로 제임스는 디드로와 백과전서파를 비판하고 있는데, 그 이유는 "이 저자들은 환자를 초췌하게 만드는 질병에 대해 독설을 퍼붓는 의사와 비슷하다"는 것이었다(BJ, 24). 부정파의 대표는 미셸 롤프 트루요(Michel Rolph Trouillot)이다(Trouillot 1995: 85). 그는 다음과 같이 주장한다. "루베르튀르가 1791년 레날을 읽고 미래 역사상에서 자신의 역할을 확신하였는지는 증명되지 않았다. 이는 과녁을 벗어난 논쟁이다"(Trouillot 1995: 170n. 22). 투생에게 끼친 레날의 영향을 다르게 분석하는 논의는 Blackburn(1988: 243)을 참조. 이외에도 로랑 뒤부아(Laurent Dubois)는 루이스 사라몰린스 등 레날 저작의 영향에 관한 다른 논의들을 정리하고 있다(Dubois 2017: 89-90).

를 거의 구사하지 못한 사람이었다. 게다가 프랑스어를 글로 표현할 때 세 단어 이상 넘어가면 철자법과 문법이 엉망이 됐다"(BJ, 104)[*86]. 그러나 투생이 당시 생도맹그의 총독이었던 프랑스군 장교 에두빌(Hedouville)에게 편지를 보내 아이티의 군사령관직을 사임하겠다는 의사를 표명하는 장면에 대해서는 다음과 같이 말한다. 여기서 제임스는 투생의 언변이 성숙한 속도에 놀라는 듯 보인다. "이 편지는 6년 전, 즉 그의 나이 마흔다섯이 되기 전에는 일자무식의 노예로 일하며 단 한 장의 편지도 받아본 적 없고, 더군다나 써본 적도 없던 사람이 작성한 놀랍도록 훌륭한 수많은 편지 가운데서 단 한 번의 경우를 제외하면 가장 눈부신 것이다"(BJ, 216)[*87].

투생의 자기 통치와 식민지 젠더 이데올로기

읽고 쓰는 능력에 대한 믿음을 비롯한 투생의 계몽주의는 그의 기사도적 태도로 보완된다. 이는 아래에서 살펴볼 바와 같이, 희곡판에서는 다른 형태로 서술된다. 이러한 측면을 강조하는 것은 제임스의 역사 서술에서 중요한 위치를 차지한다. 그 이유는 해방노예가 백인 여성을 폭행할지도 모른다는 식민자의 망상에서 비롯된 '강간신화'에 대한 반증을 부분적으로 제시한다는 점에 있다. 제임스에 따르면 나폴레옹은 "제국자로서, 원주민은 마땅히 여성에 대하여 경의를 지녀야 한다고 생각했다". 그런 까닭으로 제임스가 이어서 서술하였듯 "나폴레옹은 흑인과 '몸을 섞은' 백인 여성은 사회적 지위를 막론하고 모두 유럽으로 송환하라고 명령했다"(BJ, 293). 여기서 나폴레옹의 강박적인 '프로스페로(Prospero) 콤플렉스'를 지적하는 것은 어렵지 않지만, 동시에 가해자 원주민 남성, 피해자 백인 여성, 조정자이자 구제자인 백인 남성이라는 허구적 도식의 전제로 인하여 간과되는 점 또한 많다[12].

제임스 자신이 어디까지 의식적이었는지 여부와는 별개로, 이러한 백인(남성) 측의 예상된 반응에 대치될 수 있는 것은, 투생이 성적 욕망을 자제함에 있어 동기이자 전제로 삼고 있는 19세기적 기사도의 규범이다. 예를 들어 투생의 젊은 시절에 대해서는 이렇게 서술한다. "투생은 청년이 되어서 한때 여자들의 꽁무니를 쫓아다닌 적도 있었다. 하지만 그 후에는 한 여자에게 정착해야 한다는 결심을 하고, 당시 생도맹그 사회의 모든 계층에서, 특히 노예 계층에서 광범위하게 번져있던 후처 제도를 거부하고 이미 아들 하나를 둔 여자와 결혼했다"(BJ, 92)*88. 투생은 이러한 가족 규범에 스스로 정착하였다. 이와 대비되는 것은 "더 나은 부류의 신부(神父)들"과 "식민지 총독" 같은 식민자들이 흑인 여성과의 내연 관계에 몰두할 때 드러나는 호색이다(BJ, 32, 37)*89. 제임스에 따르면, 권력의 정점에 있을 때도 투생은 백인 여성에 대하여 기사도적인 태도를 유지하였고, 장성들에게 "고위직에서 저지르는 공공연한 문란은 공공의 도덕성에 심각한 영향을 끼친다"라고 훈계하였다(BJ, 259)*90.

제임스에게 있어 투생의 자기 통치 능력은 이성애주의적 규범 속에서 남성이 자신의 성적 욕망을 억제하는 것, 그리고 읽고 쓰는 능력 일반을 향상시키는 것을 동시에 성취함을 의미하였다. 좀 더 넓은 시각에서 보면 제임스가 말하는 투생의 기사도적 태도는 『흑인법전』에서 인종 간 결혼을 금지하거나 장려함으로써 제도화한 젠더 이데올로

---

12 나폴레옹의 이 명령에 관하여 수전 벅모스가 이해하는 바는 "이러한 두려움은 단지 심리적 망상이 아니라, 경제적으로 강력하고 정치적 통제에서 벗어난 여성이 성적 행위자로서 갖는 실제적이고 경계를 교란하는 잠재력에 뿌리를 두고 있는데", 그 교란하는 힘에 있어서 물라토 여성의 역할이 중요하다는 것이다(Buck-Morss 2009: 113-114).

기를 암묵적으로 비판하는 것만은 아니다. 이 비판 자체는 빅토리아 시대적 이성애주의 규범에 의해서도 뒷받침되고 있다. 하지만 『블랙 자코뱅』에서의 읽고 쓰는 능력과 섹슈얼리티라고 하는 상호 관련된 구성요소가 희곡판에서는 다르게 이야기된다.

4. 희곡판 「블랙 자코뱅」(1967)

희곡판 『투생 루베르튀르』는 지금까지 검토해 온 역사서판 『블랙 자코뱅』보다 먼저 쓰였기에, 역사서판에 선행하는 판본이라고도 할 수 있다. 그런 의미에서 이 역사책은 그 자체로 연극적인 구조를 지닌다. 희곡은 역사서판이 출판되기 2년 전인 1936년에 집필되어 런던 웨스트민스터(Westminster) 극장에서 공연되었다. 투생 역은 폴 로브슨(Paul Robeson)이 맡았다. 이 희곡에는 두 개의 판본이 존재한다. 하나는 두 번 출판되었고, 다른 하나는 뉴욕시 할렘 숌버그 흑인문화 연구센터(The Schomburg Center for Research in Black Culture)에 소장되어 있다(Rosengarten 2008: 220-221). 이 절에서는 출판이 완료된 전자 중에서도, 1967년에 나이지리아 이바단 대학(University of Ibadan)에서 상연하기 위하여 제임스가 수정한 판본을 다룬다[13](이하 1967년 판을

---

13 연구자 사이에서도 1936년 판에 비하여 『C. L. R. 제임스 선집(The C. L. R. James Reader)』(1992)에 수록된 희곡(1967)의 집필에 제임스가 얼마나 관여하였는지에 대해서는 의견이 다르다. 프랑크 로젠가르텐(Frank Rosengarten)은 이 1967년 판에 대하여 "제임스가 쓰지 않았고 익명의 인물이 역사서판 『블랙 자코뱅』을 극장용으로 번안한 것"이라는 의견에 동의한다(Rosengarten 2008: 255 n.2). 스콧 맥레미(Scott McLemee)와 셀윈 커드조(Selwyn Cudjoe)도 이와 비슷한 의견을 제시한다(Mclemee and Le Blanc 1994: 234 n.9; Cudjoe 1992: 127). 그러나 로젠가르텐과 맥레미는 1967년 판이 역사서판과 얼마나 다른지에 대해서는 제대로 논의하지 않았다. 또한

희곡판이라고 한다).

레이첼 더글러스(Rachel Douglas)는 역사서판이 재간행된 1963년 이후, 제임스가 그 판본을 다시 수정할 계획을 가지고 있었는데, 그러한 계획이 희곡판에서 어느 정도 달성되었다고 주장한다. 더글러스에 따르면, 첫째는 1960년대 이후 영향력을 키워 온 민중사파 연구(조지 루드, 에릭 홉스봄, E. P. 톰슨 등)의 영향이 인정되기 때문이고, 둘째로는 제임스가 1940년대에 미국에서 이끌었던 존슨 포레스트 텐던시가 수행한 전위당 비판과 아래로부터의 조직론 등이 희곡판에 반영되었기 때문이다. 제임스는 1971년에 이미 "아래로부터의 역사"를 강조한 수정 작업을 계획하고 있었다(James 2000: 99-112). 즉 그 계획의 일부가 희곡판에서 투생을 비롯한 혁명가들에게 말없는 군중을 대립시킴으로써 실현되고 있다는 것이다(Douglas 2017: 279, 294 n.19). 또 다른

커드조가 말한 대로 희곡에 대한 제임스의 공헌이 "최소"였다고 하더라도 제임스가 1967년 판에 동의하지 않았다고 볼 수 없다. 이에 대하여 『C. L. R. 제임스 선집』의 편자인 안나 그림쇼(Anna Grimshaw)는 이 책에 수록된 판이 1938년에 쓰였다고 보고 있다.

한편 오랫동안 분실된 것으로 여겨졌던 1936년 판이 크리스찬 혹스버그의 손에 의하여 편집되어 2013년 듀크 대학교(Duke University) 출판국에서 출간되었다. 혹스버그에 따르면, 1967년 판에는 『C. L. R. 제임스 선집』에 수록되어 있는 것과 다른 판도 존재하고, 1936년 판과도 차이가 있는 판의 존재가 확인되고 있다고 한다(Høgsbjerg 2013: 43). 또한 2017년 발간된 『블랙 자코뱅 읽기(The Black Jacobins Reader)』 서문에서 크리스찬 혹스버그와 찰스 포스딕(Charles Forsdick)은 1967년 판이 제임스가 직접 수정한 것이라고 밝혔다(Forsdick and Hegsbjerg 2017: 29-30). 이에 따라 이 책에서 희곡판을 논의할 때는 『C. L. R. 제임스 선집』에 수록된 1967년 판을 제임스의 작품으로 간주한다.

이 희곡에 대한 비평으로, 본론에서 언급한 것 이외에 중요한 것은 中井(2018) 및 上野(1997)가 있다. 나카이(中井)는 제임스가 그린 대중의 모호성에 대하여 논하였다. 우에노(上野)는 마라(Marat)의 대사 중 "우애"에 대한 질문이 희곡판 「블랙 자코뱅」의 사상적 핵심이라고 지적하고 있다(上野 1997: 45). 이 두 사람이 이미 제시한 질문을 이어받아, 본론에서는 우애 개념의 이성애주의적 패러다임에 대한 의문과 군중의 비평적 위치 간 관계성에 대하여 논한다.

연구자는 1967년 희곡판에서 "이 대중의 정치적 자율성에 대한 희구"는 "희극(喜劇)이라는 형태를 통해서" 추구되고 있다고 서술한다(Chetty 2014: 71).

이하에서는 이러한 비평을 고려하면서 1967년 희곡판에서 군중을 강조하는 방식에 주목한다. 그리고 물라토 여성을 비롯하여 혁명의 중요 장면에서 여성들이 어떻게 묘사되고 있는지를 검토하고, 그들이 박애 개념의 형성에서 축을 이루고 있음을 보여준다. 그리고 역사서판과 비교할 때, 군중의 자율적 태도와 여성의 묘사가 동시대 카리브해 지역의 자치 획득을 향한 움직임, 그리고 미군 지배로부터의 이탈이라는 지역 운동과 평행한다는 점을 논한다.

작품의 개요

백인 노예주 블렛(Bullet)의 아내인 블렛 부인, 그리고 그녀의 하녀이자 물라토인 마리잔느(Marie-Jeanne)는 역사서에는 등장하지 않는 창작된 인물들이다. 이들은 각각 투생과 데살린의 여인으로 등장한다. 무엇보다도 그들의 중요성은 총 3막으로 구성된 이 희곡이 여성들의 방에서 시작된다는 설정에서 드러난다. 제1막 제1장은 블렛 부인의 방에서, 제2막 제1장은 마리잔느의 침실에서 시작된다(BJP, 71, 85). 희곡에 등장하는 여러 정사 장면에는 모차르트(Mozart)의 오페라 〈돈 조반니(Don Giovanni)〉 아리아가 흐른다. 처음에는 투생과 블렛 부인, 마리잔느와 블렛의 관계가 이야기되고 다음으로 마리잔느와 에두아르(Edouard) 및 데살린의 관계가 이어진다(BJP, 71-72, 87). 그리고 데살린과 마리잔느의 대화가 중심이 된다(BJP, 103). 마지막에 모차르트의 음악은 부두교의 드럼 소리로 대체된다. 이러한 음악의 변화는 제1막 제1장의 마지막에서 데살린이 후에 마리잔느의 하녀로 등장하게 될 셀레스틴(Celestine)과 드럼에 맞추어 춤추었던 장면을 관객에게 상기시킨다(BJP, 78).

이처럼 희곡판은 여성들의 피부색, 그리고 여성들에 대한 남성들의 유대감을 통해서 생도맹그가 공화국 프랑스에 대하여 가지는 충성과 반역의 정도를 강조하는 방식으로 각색되었다. 이를 통하여 희곡판은 그것이 개작된 1967년 당시의 정치적·문화적 가치관을 반영하고 있다. 트리니다드 토바고가 영국 식민 권력으로부터 공식적으로 분리되어 카리브해 지역의 문화적 규범에 대한 긍정을 이끌었던 시대가 이 희곡이 다시 쓰인 시기와 겹치기 때문이다.

1950-1960년대 카리브해 지역의 탈식민화와 미군 기지

트리니다드에서는 1950년대 중반 이후 차과라마스의 미군 기지 반환을 둘러싸고 대중이 직접 참여하는 가운데 반식민지 운동이 고조되었다. 이를 주도한 사람은 초대 수상인 에릭 윌리엄스였다. 동시에 다양한 여성들도 간접적으로 이 운동에 참여하였다. 이는 『블랙 자코뱅』 희곡판에서 마리잔느라는 인물에게 중요한 위치가 부여된 사실과 관련이 있다. 예를 들어 제임스의 아내 셀마 제임스(Selma James)는 제임스와 함께하였던 잡지 『더 네이션』의 편집을 통하여 트리니다드 탈식민화 운동을 적극적으로 뒷받침하고 있었다. 윌리엄스는 미국에서 추방된 제임스를 다시 불러들여 잡지 편집 주간에 앉혔다(Palmer 2006: 76-137).

카리브해 지역의 미군 지배와 관련해서는 1898년 미국·스페인 전쟁으로 거슬러 올라가 살펴볼 필요가 있다. 앞 장에서 언급하였듯이 미국은 괌과 푸에르토리코를 획득하여 쿠바와 필리핀의 독립을 지원하면서 사실상 보호국으로 삼았다. 1914년에는 레닌이 민족자결론을 발표하였고, 그 뒤를 따라 1918년에는 제28대 미국 대통령 우드로 윌슨(Woodrow Wilson)이 소수민족의 자치를 인정하는 14개조를 발표하였다.

윌슨의 민족자결론에 대해서는 최근 재평가하는 움직임이 있다. 하나는 윌슨의 사상 자체에는 여러 한계가 있지만, 이집트·인도·중국(5·4운동)·한반도(3·1운동)가 식민 지배에 대한 해방 운동을 일으키는 데에 영감을 주었다는 점에서 14개조 자체에 적극적 의의를 부여할 필요가 있다는 입장이다(Manela 2007). 다른 하나는 아돔 게타츄(Adom Getachew)처럼 윌슨의 민족자결론을 비판적으로 검토하는 입장이다. 게타츄에 따르면 윌슨과 남아공의 얀 스뮈츠(Jan Smuts)를 비롯한 정치인들은 이전부터 있어 온 인종주의적 위계 제도와 기존의 제국 질서를 제1차 세계대전 이후에도 유지하면서 식민지를 위임통치령으로 국제 질서에 편입하려 하였다. 이를 위하여 국제연맹을 이용하였는데 거기에는 반혁명적 사상이 자리하고 있었다(Getachew 2019: 37-70).

중요한 점은 윌슨의 14개조 자체에 이러한 이율배반적 측면이 있었다는 것 이상으로 그 이면에 스스로를 저버리는 정책이 펼쳐지고 있었다는 사실이다. 14개조 발표 3년 전인 1915년, 미 해병대는 아이티를 침공하였다. 미군은 공식적으로 1934년까지 약 20년간 점령을 지속하였다. 아이티 혁명을 통하여 데살린은 외국인이 토지를 소유할 수 없게 만들었지만, 미군이 아이티를 점령하면서 이 법은 변경되었다. 이는 미국에 있어 그들이 이룬 중요한 성과 중 하나였다. 또한 이 시기에 체결된 협정에 따라, 미국은 점령기에 떠넘겼던 부채를 "(씨티뱅크 등을 보유한) 오늘날의 씨티그룹으로 알려진 내셔널 씨티뱅크 오브 뉴욕(City Bank of New York)이" 회수하기 전까지 아이티의 경제와 외교를 지배하였다[14](Dalleo 2014: 42). 이러한 정치적·사법적 배경은 뒤발리에(Duvalier) 정권의 공포정치를 뒷받침한 것으로 잊혀서는 안 된다(D. Nicholls 1996: 142-152).

이 점령 정책의 확대에 결정적 계기가 된 것이 제2차 세계대전 중이던 1941년, 영국 수상 윈스턴 처칠(Winston Churchill)과 제32대 미국 대통령 프랭클린 루스벨트(Franklin Roosevelt)가 맺은 밀약이다. 처칠은 전투기를 공여받는 대신 안티구아·자메이카·트리니다드 같은 영국령 카리브해 섬들과 가이아나·버뮤다 제도 등 또 다른 영국령 지역에 미 해군 기지 건설을 허용하고 99년간 사용할 권리를 루스벨트에게 약속하였다. 이 협정을 결정하는 데 현지 주민들의 동의는 전혀 고려되지 않았다. 트리니다드에서는 차과라마스에 해군 기지가 건설되었다. 자메이카·트리니다드·바베이도스 등을 중심으로 서인도 연방이 영국으로부터의 독립 가능성을 모색하던 1950년대 중반, 그 준비 조직의 수도가 차과라마스로 결정되었다. 연방으로서의 독립은 자메이카가 단독으로 독립하기로 선택하면서 그 가능성이 사라졌지만, 이후 윌리엄스는 앞선 밀약의 부당성을 모든 수단을 동원해 호소하였다[15].

미군 기지 반대 운동이 대중 운동으로 부상한 시기부터, 카리브해 지역 출신 작가들은 노동력 공급처로서의 미군이라는 모티브를 자주 거론하였다. 예를 들어 트리니다드 출신 작가 사무엘 셀본(Samuel Selvon)의 『빛나는 태양(A Brighter Sun)』(1952)에서는 기지의 존재에 농락당하는 사람들이 중심적인 존재로 등장한다(Selvon 1985[1952]).

---

14 라파엘 달레오(Raphael Dalleo)는 제임스가 『블랙 자코뱅』을 집필하게 된 계기로 1915년부터 1934년에 걸친 미국의 아이티 군사지배가 있었을 것이라 추측한다 (Dalleo 2014).

15 루스벨트와 처칠의 밀약, 그리고 카리브해 지역의 독립 협상 과정의 세부 사항을 비롯하여 미국이 어떻게 카리브해 지역 영국령 섬들의 '독립'에 은밀한 영향력을 가질 수 있었는지에 대해서는 Fraser(1994)를 참조할 것.

이미 1959년에 바베이도스 출신 작가 폴 마샬(Paule Marshall)은 주인공의 연인이 전쟁 중에 한국에 갔던 경험에 대해 이야기하는 장면을 그리고 있다(Marshall 2010: 210). 또한 트리니다드 작가 메를 호지(Merle Hodge)는 1970년 출간된 대표작 중, 미군 기지에서 일하는 인물들을 언급하고 있다(Hodge 1970: 7). 이에 대한 자세한 내용은 본론에서 간단히 언급하는 정도에 그칠 것이다. 그러나 제임스의 『블랙 자코뱅』 이후 영어권 카리브해 지역의 작가나 사상가가 픽션을 통해 보다 자율적인 집합성을 구상할 때, 영국과 미국의 공범성에 대하여 그리고 앞으로 독립할 섬들과 이들 국가 간의 공범성에 대하여 어떠한 방식으로 질문할 것인가 하는 점은, 정도의 차이가 있기는 하나 매우 중요한 과제였다고 할 수 있다. 영국에서 미국으로 넘어간 식민 통치 프로세스의 일환인 미군 기지 및 미군 통치, 그것으로부터의 이탈을 어떻게 자신들의 사상 속에 비판적으로 자리매김할 수 있는가 하는 물음을 빠뜨릴 수 없었던 것이다.

혁명가들과 대치하는 군중

제임스는 미군 기지 문제를 희곡판에서는 강조하지 않았지만, 신식민주의 문제는 이전부터 매우 중시해 왔다. 특히 희곡판과 역사서판을 비교할 때 분명한 것은 독립 이전부터 형식적 식민주의의 종식에 이르기까지 우애에 관한 물음이 변화하고 있다는 점이다. 이러한 변화는 위의 구종주국과 새로운 제국의 관계성 속에서 구식민지가 어떻게 자리매김하고 있는가라는 점과 연동되어 있다. 특히 투생이나 데살린을 비롯한 영웅에 대한 비판적 시각이 두드러진다. 그 비판의 역할을 담당하는 것이 군중이다.

더불어 중요한 것은, 우애에 관한 물음을 둘러싼 변화가 물라토 여성 행위자의 가시화와 비가시화를 통해서 일어난다는 점이다. 희곡판에서 투생과 블렛 부인 사이의 정사는 인민이 주도하는 반란 세력에 대한 배신으로 표상된다. 즉 자유·평등·박애라는 세 개의 공화국적 가치관에 대한 투생의 충성과 어긋나는 행위이다. 첫 번째 개입은 대중에 의한 것으로, 결정적이긴 하지만 무언의 저항으로 나타난다. 막이 열리기 전 지문의 지시에 따르면 군중은 연극의 주요 배우는 아니더라도 "강력하게" 존재해야 한다. "군중은 거의 말을 하지 않지만, 그들의 존재는 모든 결정적 장면에서 강력하게 느껴진다. 이것이 극의 핵심으로, 그들의 대사는 쓰여서는 안 된다. 인상 깊게 느껴져야 하며, 다운스테이지의 연기에서 필수적인 것으로 보일 필요가 있다"(BJP, 68).

제1막 제1장은 "플랜테이션과 많은 노예의 소유주인" 블렛 부부의 거실에서부터 시작된다. 자기 주위로 다수의 노예를 거느린 채 침입한 데살린은 노예에 의한 혁명이 시작되었음을 그들에게 알리고, 물라토 하녀 마리잔느에게 관심을 보인다. 투생이 블렛 부인에게 이끌려 무대로 나와 혁명에 참가할 의지를 고하고, 당황해하며 그녀의 손에 키스를 하고 잠시 자리를 뜨려는 순간, 지문이 대중의 반응을 개입시킨다. "이때 노예들 사이에서 엄청난 동요가 일어난다"(BJP, 73). 이 "동요"를 통해서 투생의 행동에 대한 동의·부정·질투 혹은 조소 중 무엇을 의도하였는가와 무관하게, 프랑스적 가치관과 노예 소유자인 백인을 옹호하는 투생의 집착에 대하여 아이러니를 동반한 거리감이 만들어진다. 투생은 이후 노예 소유자 백인이 노예를 보유할 권리를 승인한다. 당연히 이 결단은 해방노예들이나 투생의 양자이자 조카인 모이즈(Moyes)와 데살린 등의 반발을 불러일으킨다. 그 점을 고려하면 이 장면은 투생의 결단력 부족을 미리 보여주었다고 할 수 있다. 더글라스가 논하듯, 1967년 희곡판에서는 군중으로 제시되는 해방노예들의 입장을 대표하는 모이즈의 역할이 강조되었다(Douglas 2017: 284-287).

투생과 블렛 부인의 정사는 공공연한 비밀로 여겨지는데 이는 식민지 권력과의 유착을 끊지 못하는 투생의 결단력 부족을 상징한다. 모이즈는 군법회의에서 사형을 선고받은 이후 이를 비언어적으로 비판한다. "식민주의와 노예제도의 모든 상징으로부터 스스로를 분리할 때까지([둥근괄호 안은 지문, 이하 같음] 그는 잘 보이는 한쪽 눈으로 위협하듯 블렛 부인을 물끄러미 바라본다) 그리고 참된 독립을 할 때까지, 그대는 불가능한 박애를 꿈꾸는 한낱 늙은이에 지나지 않아(음침하고 거의 소리 나지 않는 웃음)"(BJP, 96). 박애 개념에 대한 투생의 배반적 관계를 상정하면서 모이즈와 군중은 모두 그 가치에 대한 투생의 집착을 비판한다. 역사서판에서는 대중이 역사를 어떻게 만들어 가는지, 그리고 투생이 그 드라마의 주역으로서 어떻게 주역의 자리에 올라서고 또 몰락해 가는지에 중점을 두었다. 그에 비하여 희곡판에서는 대중이 실제로 투생을 극복하는 데까지 나아가고 있다는 점에서 큰 차이가 있다고 하겠다.

남성끼리의 유대를 교란하는 물라토 여성

투생과 블렛 부인의 관계를 박애라고 보는 것에 대한 암묵적 비판을 감안할 때, 데살린과 마리잔느의 관계는 이 개념으로부터의 명백한 일탈을 나타낸다. 정치적 교섭의 증인으로서 마리잔느는 데살린에게 읽고 쓰는 것을 가르칠 때 주도권을 쥘 뿐만 아니라, 식민주의자 유럽인은 물론 혁명가 남자들에 대해서도 노예제도와 예속 상황의 종언을 들이댄다. 제2막 제1장에는 마리잔느와 프랑스군 장군 에두빌이 침대에 함께 있는 장면이 그려진다. 에두빌은 투생의 권세에 동조하는 해방노예와 백인 농장주를 적으로 간주하고, 그들에게 적대하는 물라토들을 지지한다. 투생을 권좌에서 몰아내려는 장군의 의도를 알게 된 마리잔느는 에두빌이 떠난 뒤 투생에게 편지를 쓴다. 데살린이 등장하여 자신의 아내가 되어 달라고 간청하지만 그녀는 완강히 거부한다. "나는 내가 되고 싶은 사람이 되고 싶어요. 데살린 장군 당신은 나를 소유하지 못해요. 아무도 나를 소유할 수 없어요. 노예제도는 끝났어요"(BJP, 87). 마리잔느는 자신의 하녀 셀레스틴에게 편지를 읽게 함으로써 데살린의 고백을 이끌어 낸다. "나는 읽는 것을 배우려고 했어. 하지만 배울 수가 없었어. 안 갈거면, 있잖아… 마리, 내게 뭔가 좀 해 줘". 이에 그녀는 라신(Racine)을 읽어주겠다고 대답하는데, 그녀가 책을 집어 드는 몸짓은 두 사람의 정사가 시작됨을 암시한다(BJP, 88-89). 마리잔느는 에두빌과 관계를 가짐으로써 혁명의 성패를 쥔 존재가 된다. 그뿐만 아니라 데살린에게 읽고 쓰기를 가르침으로써 혁명가가 혁명가로 되는 과정을 만들어 내고 있는 것이다.

세자르의 말을 빌리자면, 마리잔느는 몇 개의 혀를 가지고 말함으로써 혁명 내부의 주종관계도 부정하고자 한다. 제3막에서 데살린은 투생에 대항해서 마리잔느가 자신과 함께 싸우기로 결의하고 "매일 밤 모닥불 옆에서 [자신을 위해] 낭독해 준다"라고 말한다(BJP, 100). 제3막 제1장이 되면, 마리잔느는 데살린의 투생 암살 계획을 알아차린다. 그리고 블렛 씨와 관계를 갖고 있었을 때 자신이 "노예 사이의 모든 움직임이나 반란 모의에 대한 정보를 제공하고 있었던 스파이였다"라는 점을 데살린에게 상기시킨다. 마리잔느는 다음에 살해당할 사람은 데살린이며, 그렇다면 자신은 "다시 가정의 노예"가 되고 말 것이라고 불길하게 경고한다. 이에 데살린은 "이 여자야 말조심해"라고 말하지만, 마리잔느는 "나는 입 다물지 않을 거야. 내게는 그것밖에 남지 않았으니까"라고 그에게 반박한다(BJP, 104). 그러나 그녀는 최종적으로는 본의 아니게 데살린과 그 계획에 따른다. 즉 혁명 무대에서의 적대관계 및 박애(형제애), 즉 남자끼리의 유대는 프랑스인 에두빌, 데살린, 투생 각각의 사이에서 물라토 여성의 존재 없이는 이제 성립 불가능하게 된다. 여기서 읽고 쓰기를 혁명가에게 가르쳐 형제애의 기반을 다진 물라토 여성은 마리잔느이다. 그녀는 노예제도의 종언과 함께 자율적인 여성성의 개시도 선언한 것이다.

박애 개념에 대한 다른 위화감은 투생 부하들의 목소리에서 살펴볼 수 있다. 제1막 제2장은 프랑스 혁명가들로부터 이름을 딴 새로운 해방노예들, 즉 오를레앙(Orleans), 마라, 막스(Max)가 등장하여 프랑스인 식민지 관료의 방에서 투생의 방으로 가구를 옮기는 장면으로 시작된다. 그들은 이미 그 자리를 떠난 주인의 소유물을 옮기고 있지만, 이전에 자신들을 통치하던 사회적 계층성의 전복을 승인하였을 터인, 프랑스적 가치관의 의미를 여전히 이해하지 못하고 있다. 다른 사람들은 '박애'가 의미하는 바를 애매한 채로 받아들이지만, 오를레앙은 만족하지 못한다. 보다 엄밀하게 말하면 그는 그 개념이 명확하게 정의되지 않은 것 같다고 생각한다. 이에 다른 사람들을 찾아가 묻는다.

오를레앙　모두 자유, 평등, 박애라고 말해. 알겠어, 자유란 주인을 살해할 때의 일이잖아. 평등은 그가 죽어 다시는 우리가 패배하지 않을 거라는 거지. 그런데 박애 (간격을 두고) 박애는 뭐야? (막스는 발판에 발을 올려놓고 귀를 기울인다)

마라　박애라, 그거야 간단하지. 자유, 평등… 박애!

오를레앙　그래, 알아. 근데 박애가 뭐야?

마라	바보구나. 다들 박애가 뭔지 알아. 자유, 평등 그리고 박애. (막스는 진저리가 나서 발판을 들고 떠난다.)
오를레앙	그래 마라, 뭐야? 다들 그 말을 하는데 누구도 그게 뭔지 말을 안 해.

(BJP, 75)

여기에는 박애라는 개념에 대한 날카로운 아이러니가 있다. 특히 그것은 투생의 블렛 부인과의 관계나 그에 의한 모이즈의 처형으로 대표되는 바와 같이, 박애라는 프랑스적 개념이 완전히 효력을 상실하였다는 점을 깨닫지 못함에도 불구하고, 그것을 믿는 쪽으로 나아간다[16].

이어서 무대에는 당시 스페인군과 싸우고 있었던 투생, 모이즈, 데살린이 등장한다. 모이즈는 프랑스가 인권선언 하에 인간의 평등을 선언하였다는 소식을 전하면서 이렇게 말한다. "생도맹그의 전 노예인 벨레(Bellay) (올려다보며), 흑인인데 (다시 읽는다) 프랑스에 가서, 생도맹그를 대표하여 국민의회를 방문했습니다. 의회 의장이 그를 환영하고 박애의 키스를 했습니다. 프랑스 의회 의장이 생도맹그 흑인 노예에게 박애의 입맞춤을 해준 것입니다"(BJP, 76). 즉 박애에 대한 아이러니는 노예 해방 선언 이후의 자유에 관한 전망이 어떻게 박애라는 개념과 협상함으로써 성립되었는지를 보여준다(Stephens 2005: 213-222).

희곡판에서는 투생, 데살린 그리고 오를레앙과 같은 혁명가의 이름을 사칭한 남자들이 열은 그림자 같은 존재로만 등장하는 위의 장면에

---

16 이 장면에서 마라의 대사에 나타난 '박애'의 아이러니에 대해서는 다음을 참조. Chetty(2014: 78-79).

서, 박애의 개념 자체는 아이러니하게 제시된다. 이와 같이 박애 개념이 의문시되면서 프랑스 혁명과 아이티 혁명 사이의 이데올로기적 비연속성과 정치적인 동시대성이라는 이중구속이 가시화된다. 즉 생도맹그의 혁명가들에게 있어서, 박애를 노골적으로 거부하는 것은 스스로의 자유를 뒤흔드는 일이 될 수도 있었다. 그것이 다른 두 개념인 자유·평등과 분리되어 있지 않았기 때문이다. 다른 한편 그 개념을 완전히 승인해 주는 것은 프랑스 공화국의 식민권력에, 그리고 프랑스 대중으로부터의 박애주의적·온정주의적 연대의 호소에 따르는 것이나 다름없었다. 희곡판에서 이 이중구속을 마주하는 사람은 역시 물라토 여성 마리잔느이다[17]. 그러나 아래에서 논의하듯이, 역사서판에서는 물라토 여성의 교란적인 역할이 상당한 정도로 약화된다.

5. 박애에 대한 질문

역사서판 『블랙 자코뱅』은 박애 개념의 내용을 다르게 묻고 있다. 역사적 사실에 대한 서술이 투생의 개인적 심리에 대한 이야기로 넘어가면서, 이전까지 자유·평등과 신중하게 구분되었던 박애의 의미와 그 개념의 사용 방식이 흔들린다. 이 개념이 흑인 노예, 물라토, 그리고 백인 토지 소유주들에게 언제 어떻게 침투하느냐에 따라 그 윤곽과 의미가 달라진다. 다음으로, 다른 인종적·사회적 범주의 사람들이 공화국에 대해 추구하는 정치적·경제적 이해관계에 따라 또 다른 변화를 겪게 된다.

---

17 수전 벅모스는 물라토 여성의 교란적 역할을 강조한다(Buck-Morss 2009: 113-114).

다음 논의에서 먼저 확인하고자 하는 것은 역사서판에서 박애가 자유나 평등이라는 다른 개념들과 어떻게 대비되는지이다. 특히 자유와 평등만 긍정적으로 사용되고 박애가 사용되지 않을 때 어떤 효과가 있는지 주목하고자 한다. 이렇게 박애 개념이 변화함에 따라 제임스는 인권이라는 보편적 규범을 기입하는데, 그 과정에서 물라토 여성은 배제된다. 따라서 단순히 여성 행위자가 배제되는 것뿐만 아니라, 어떤 실체화가 수반되는지에 대해서도 논의한다.

프랑스 혁명의 '인권선언'에서 노예 봉기로

파리 국민회의에서 식민지 문제가 한창 논의될 무렵, 공화국에서 탄생한 자유·평등·박애라는 규범이 겸비하였던 포괄적 영향력은 카리브해 섬에도 퍼져 있었다. "이미 혁명 소식을 접한 노예들은 자기 나름대로의 상상을 통하여 혁명을 해석하고 있었다. 사실 매우 부정확한 해석이기는 하지만 흑인들은 자유·평등·박애라는 혁명의 본질만은 파악하고 있었던 셈이다. 1789년이 저물기 전 과들루프와 마르티니크에서 소요가 발생했다"(BJ, 81)[*91]. 그러나 "박애"라는 용어의 사용법은 생도맹그의 흑인 노예와 대중에게서 나온 것이 아니라 백인 및 물라토들이 먼저 입에 올린 것임을 명기해야 한다. 데살린, 크리스토프, 그리고 투생과 같은 혁명 주역들의 침묵은 이 소식이 포르토프랭스에 전해졌던 때의 생생한 상황과 비교할 수 있다. 제임스는 "이 사건들은 모두 1791년 3월에 발생했으며, 실제로는 그 이전부터 이와 비슷한 사건들이 이미 벌어지고 있었다"라고 제3장 「프랑스 의회와 노예(Parliament and Property)」의 마지막 단락을 시작한다. 그리고 이어서 아래와 같이 서술한다. "프랑스 군인들은 포르토프랭스에 상륙하자마자 모든 물라토와 흑인에게 **박애의 포옹**을 선사했고, 프랑스 의회가 이미 모든 사람들은 자유롭고 평등하다고 선언했다는 사실을 말해주었다"(강조는 인용자, BJ, 83)[*92]. 프랑스 혁명의 물결이 생도맹그의 보수파에까지 미치자, 그들은 박애 혹은 형제애라는 개념을 자기고유화하고 물라토의 반란을 잠재워 휴전협정에 서명하기 위한 수단으로 이용한 것이었다. 생도맹그의 애국자들은 다음과 같이 말한다. "우리는 진정으로 여러분의 권리를 인정해드리고자 합니다. 그리고 백인 시민을 마땅히 친구와 형제로 인정해주고, 여러분이 이들과 손잡기를 바랍니다. 위기의 한가운데 있는 식민지를 위하여, 우리가 처한 고통에 신속한 도움을 주시기를 요청하고자 합니다"(BJ, 98)[*93].

그런데 앞서 설명하였듯이 봉기에 가담한 흑인 노예뿐만 아니라 투생 또한 왕당파였다. 그러므로 지도자 내면에 있는 정치적 모순을 이야기하는 지점에 이르러, 제임스는 박애를 프랑스 공화국의 세 가지 이상에서 분리한다. "그는 국왕군 대장이라는 지위가 주는 신망을 이용하면서도 프랑스 혁명의 모토인 '자유와 평등'의 이름으로 흑인들에게 호소했다. 그런데 혁명에게 왕권은 불구대천의 원수였다. 혁명도, 왕권도 자신의 목적에 도움이 되지 않는다. 그렇다면 이 둘 다 이용하자는 것이 그의 속셈이었던 것이다"(BJ, 126)[*94]. 다른 두 개념, 즉 자유와 평등이 해방노예의 기치가 된 것은 투생이 세 가지 규범적 개념에서 박애를 분리한 이후였다. 노예 소유주인 물라토들은 노예제도가 계속되기를 바라며 영국인들을 환영하였다. 그들에 대하여 제임스는 "자유와 평등보다 자신들의 노예를 더 선호하는 입장이었다"라고 말한다(BJ, 135)[*95]. 박애 개념을 철저히 자신의 것으로 여기지 않는다는 사실은 "노예 소유주들"과 흑인 노예, 혹은 프랑스인 편을 드는 반혁명 세력에 대해서도 정치적 행위자가 되겠다는 의미였다. 제임스에 따르면 영국과 경제적인 거래를 유지하기 위하여 "공화국에서 이들에게 제공해야 했던 것은 오직 자유와 평등뿐"이었기 때문에, 노예 소유주는 "고비 때마다 공화국을 배반했다"(BJ, 146)*96. 반면 투생이 이끌었던 자들은 대부분 흑인 해방노예였다. 그들은 "프랑스 공화국의 자유와 평등"에 의하여 용기를 얻었고, 그것들은 "군대의 사기를 드높"였다(BJ, 147)*97. 나아가 "파리 대중이 보인 온건함과 오랜 기간의 인내력"에 의하여 지롱드파는 1792년부터 1795년 사이에 국민공회에서 철저하게 쫓겨났다. 이에 따라 박애라는 용어는 백인들[여기서는 대도시 지역의 극좌(極左)] 사이에서도 공통의 재산으로서 중요시되었다. "그들[좌파 백인들]은 아이티 노예들에게 **형제애**를 느꼈다. 그리고 예전의 노예 소유주들이 반혁명 지지 세력이라는 것을 알고는 마치 프랑스 사람들이 채찍의 고통을 당했던 듯이 노예소유주를 증오했다"(강조는 인용자, BJ, 139)*98. 즉 "박애"라는 말은 과거에 반란 진압을 위하여 사용되었기 때문에 투생을 비롯한 해방노예들에게 기피되었던 것이다. 한편 자유와 평등만을 강조하는 것은 공화국의 규범을 접목하고 자기고유화함으로써, 자신이 종주국의 앞잡이가 아니라는 사실을 모든 정치 세력에 호소하는 데에 효과적이었다. 그러나 결국 "박애"는 파리의 극좌에서도 사용됨으로써 기존 인종적 장벽의 붕괴를 알리게 된다. 다만, 이 말이 가진 확장주의적 울림은 아래에서 논하듯이 다시 한번 문제가 된다.

국민공회의 박애주의와 제국적 '인종' 이념에 대한 포섭

마찬가지로, 대도시에서 형제애를 확산시키는 움직임은 인권을 규범화하는 것이다. 역사서판 『블랙 자코뱅』에서 제임스는, 사법과 법률에 관한 상세한 논의 대부분을 파리에서 일어난 일에 초점을 맞추고 있다. 1792년 송토나는 프랑스 정부 대표단의 한 사람으로서 노예 반란 진압을 위하여 생도맹그에 파견되었다. 그러나 반란을 목격한 송토나는 프랑스 혁명 이후 인정받은 물라토 및 해방노예에 대하여 자유와 평등을 선언한다. 당시 파리에서는 백인 중심의 노예 폐지론자 단체인 '흑인의 벗 협회(Société des amis des Noirs)'가 활약하고 있었는데, 그 역시 협회의 일원이었다. 1793년 말에는 '흑인의 벗' 회원 대다수가 체포되어 해산하고 말았지만, 같은 시기인 1793년 가을 송토나는 생도맹그에서 특정 노예 집단에게 자유를 주었다. 이에 따라 1794년 초 국민공회에서 노예제도가 다시금 논란의 도마 위에 오르게 되었다(Blackburn 1988: 224-225). 이 역사적 순간을 강조하면서, 제임스는 법령위원회 위원장 라크루아(Lacroix)와 피에르조셉 캉봉(Pierre-Joseph Cambon)을 포함한 프랑스 의원들의 온정주의적 발언과 생도맹그에서 파견한 세 명의 대표단에 대한 묘사를 대치시키고 있다. 이는 희곡판에서 모이즈가 언급하였던 흑인 해방노예 벨레, 물라토 여성 밀(Mills)의 무언의 몸짓, 그리고 백인 남성 뒤페(Dufay) 등에 대한 묘사였다(BJ, 139). 의장이 "피부색에 의한 계급사회"의 포기를 선언하고 세 명의 대표단을 의사당으로 초청하자 라크루아는 "의장이 이들의 입장을 박애의 포옹으로 맞이해야 한다"라고 요구하였다. 제임스는 이 발언이 청중들로부터 뜨거운 반응을 불러일으켰다고 서술한다. "이 제안은 박수갈채로 받아들여졌다. 세 명의 생도맹그 대표들이 의장에게 다가가 박애의 입맞춤을 받는 동안 회의장은 다시 박수소리가 울려퍼졌다"(BJ, 140)[*99]. 캉봉은 대표단 멤버들에게서 터져나오는 기쁨과 눈물을 기술하는데, 특히 물라토 여성 밀에 대하여 다음과 같이 서술을 이어간다.

> "의회 개회 때마다 매번 참석하는 한 유색인 여성 시민이 우리가 그녀의 형제들에게 자유를 부여하는 광경을 보고는 그만 기쁨을 주체하지 못하고

기절하고 말았습니다(박수가 나왔다). 이 사실을 의사록에 기록하고, 또 이 여성 시민을 본회의석에 입회시킴으로써 적어도 시민으로서의 그녀의 덕성을 인정해 줄 것을 저는 요청하는 바입니다." 이 제의가 처리되어 이 여인은 계단식 회의석의 맨 앞줄로 걸어가 의장석 옆에 자리를 잡고 앉았다. 또 한 차례 환호가 터져 나오는 가운데 이 여인은 눈물을 훔쳤다[18].

(BJ, 140-141)*100

페미니스트 역사학자 조앤 스콧(Joan Scott)은 『블랙 자코뱅』에서 위에 서술한 캉봉의 대사와 지문을 인용하며 이 장면이 "박애적 포섭의 순간이며 흑인 남성이 시민권과 동등한 신분으로 진입하는 표식으로 흑인 여성을 이용하고 있다"라고 해석한다. 스콧은 아마도 의도치 않게 여성의 존재를 '물라토'가 아닌 '흑인'으로 수정하고 있어 피부색의 미묘한 차이로 인하여 발생하는 생도맹그 내 인종주의의 그라데이션에 대하여 그녀가 무지하였다고 독해할 수도 있다. 그러나 스콧의 해석이 규명하고자 하는 바는 다음과 같다. 보편성에 대한 호소는 한편으로 페미니즘의 복잡한 역사에서 성적 차이라는 패러독스를 해소하지만, 다른 한편으로는 지역마다 사회적·경제적 계층성을 구축해 온 인종의 그라데이션이라는 난제와 마주하는 계기를 호도한다. 스콧은 보편적 시민권이 그런 것으로서 구성된다고 말한다. 그가 계속해서 서술하듯, "남성과 여성의 차이는 남자들 사이의 피부색과 인종 차이

---

18 로빈 블랙번은 이 장면을 다르게 묘사하고 있다. 그는 물라토 여성의 몸짓과 프랑스인으로부터의 "우애에 찬 포옹"을 언급하지 않는다. 블랙번은 뒤페의 연설이 떠나갈 듯한 갈채를 받았음을 강조하며 여기에 제임스가 그리지 않은 또 다른 장면, 즉 노예제도의 폐지를 축복하는 당통(Danton)의 애국주의적인 연설에 대한 묘사를 더하고 있다(Blackburn 1988: 224-225).

를 소거하는 데 도움이 된다. 추상적인 개인의 보편성은 이렇게 해서 공통의 남성성으로 확립된다"(J. Scott 1996: 9).

스콧의 비판적 언급처럼, 역사서판에서 행해진 "박애적 포섭"의 무대화가 물라토 여성 행위자를 배제하고 '인간'이라는 보편적 규범에 부합하는 형태로 흑인 남성 행위자를 강화하는 역할을 한다면, 보편적 규범으로서 '공통의 남성성'이 (다시) 만들어지고 그것이 승인된다. 그렇다면 역사서판과 희곡판의 차이는 미묘하지만 명확해진다. 역사서판에서 박애에 대한 질문은 희곡판에서만큼 뚜렷하게 부각되지는 않는데, 희곡판에서는 질문의 형태가 박애주의를 받아들일 것인가 거부할 것인가라는 선택으로 바뀐다. 오히려 그것이 전경화되는 순간을 주의 깊게 살핌으로써 이해할 수 있는 것은, 박애라는 개념의 형성에 있어 물라토 여성의 포섭과 배제는 본래적이고 구성적인 움직임으로 각인되어 있다는 것이다.

투생과 라보의 '우애'

앞서 언급하였듯이 제임스는 자율적 대중이 역사의 무대로 뛰어오르는 것을 적극적으로 평가하였다. 역사서판 『블랙 자코뱅』에서도 투생과 대중의 관계가 여러 번 강조된다. 흥미롭게도 양자는, 남성성과 젠더화에 관한 물음이 복잡해지면서 제임스의 영웅 이야기로부터 일탈하는 장면에서 조화를 이룬다. 왜냐하면 제임스는 이 조화를 강조할 때, 생도맹그 송토나 시대의 사령관이었고 마침내 생도맹그의 총독이 되는 라보와 투생 사이의 우애관계라는 연출을 덧붙였기 때문이다. 제임스에 따르면, 1795년부터 1796년까지 투생은 모든 계급과 인종의 사람들로부터 상찬을 받고 있었다. "흑인, 백인, 물라토, 노동자, 농장 소유자를 가릴 것 없이 모두들 질서와 평화를 유지하도록 자신들을 보살펴준 이 '관대한 지도자'를 축복하고 있었다"(BJ, 158)[*101]. 라보는 한때 투생의 적이었다(BJ, 123)[*102]. 그러나 그는 투생에게 "한평생의 유일무이한 친구"(BJ, 251)[*103]라고 해도 될 정도의 존재로 변화하였다. 제임스의 이야기와 비교할 때, 이 두 사람 간의 친밀함은 『블랙 자코뱅』 이후에 성행하였던 아이티 혁명에 관한 연구에서는 그다지 강조되지 않았다(Geggus 2002: 21). 그런데 제임스의 이야기에서는 투생과 백인 대중 및 흑인 해방노예 간의 유대는 이 두 사람이 서로 사랑하는 가운데, 가장 강해진다. 그런 의미에서 박애라는 공화국 이념과는 또 다른 형태로 우애의 물음이 초점화된다. 그것은 "공화주의자였던" 물라토들과는 적대적인 사랑이었는데, 이 물라토들이 "투생과 라보 간의 친밀한 관계, 흑인 대중에 대한 라보의 관심, 그리고 흑인들 내에서의 라보의 인기란 측면에서 투생을 바라보며 자신들의 위협 요소로 여겼던 것"이기 때문이다(BJ, 165-166)[*104]. 제임스는 두 사람 간에 주고받은 편지를 길게 인용한다. 이때 투생이 지닌 지도자로서의 지위 및 권력은, 그가 신뢰하였다고 여겨지는 백인에 대한 열정으로 보완되었다.

> 출신은 판이하게 다르지만 혁명에 이끌린 두 남자 사이에는 강한 개인적 우애가 자라났다. 라보는 상냥하고 고결했으며 흑인해방에 헌신적이었다. 한편 지독히도 의심이 많고 매우 내성적인 성격인데도 투생은 라보만은 절대적으로 신뢰했으며, 그 외에 다른 사람은 피부가 검거나 하얗든 아니면 갈색이든 간에 절대로 믿지 않았다. 그에 대한 라보의 감정도 같았다. 라보가 투생에게 보낸, 현재까지 남아 있는 편지의 겉봉에는 "가장 절친한 친구, 투생에게"라고 쓰여 있다. 군사, 정치 및 그 밖의 문제들을 언급하는 가운데 갑자기 서로에 대해 강한 애정을 표한 대목이 나온다. "중요한 일이 있습니다. 송로버섯을 조금 보냅니다. 당신의 건강을 기원하고, 가슴

가득히 당신을 생각하는 사람이 보내는 것이니 받아주시면 고맙겠습니다. 저의 장교들도 모두 당신에 대한 존경과 충성을 맹세합니다".

"추신: 장군, 당신을 보고 싶은 마음이 점점 커져만 갑니다. 우리는 이 같은 기쁨을 언제까지 누리지 못해야 하는 겁니까?"

(BJ, 160-161)*105

투생이 라보에게 보낸 다른 편지는, 또한 독특한 열정으로 가득 차 있다. "당신이 제게 말한 이 모든 유쾌한 일들에 대하여 어떻게 감사의 마음을 전해야 할지, 더군다나 당신처럼 저를 사랑해 주는 훌륭한 아버지를 두게 되어 제게 얼마나 큰 기쁨인지 전할 길이 없습니다. 당신의 아들은 진실한 친구이며, 죽을 때까지 그가 당신을 보필할 것을 잊지 말아 주시기 바랍니다"(BJ, 161)*106. 흑인 대중의 전폭적인 지지를 받았던 이 친밀한 관계는 "영국인 주변에서 서성"이며 "공화주의자였던" 물라토들에게 적대적 감정을 불러일으켰다. 이 적대적 감정에 둘러싸여 투생과 라보 사이의 우애적인 애정이 정점에 이르게 된다. 그럼으로써 역사서판에서 지금까지 지배적이었던 박애에 대한 부정성 내지 박애의 기각이라는 사태가 해체됨과 동시에, 그 개념이 개인적이고 친밀한 영역에서 현현한다. 라보는 투생을 총독 보좌관으로 임명하고, 제임스의 영웅담에서 투생은 "검은 스파르타쿠스, 자신의 인종이 당한 폭정을 복수해 줄 인물로 레이날 신부가 예언했던 바로 그 흑인"으로 다시 자리매김된다(BJ, 171)*107. 그때 부자관계로 분절화된 그들의 우애는 투생과 공화국 사이의 가장 조화로운 관계성 지표로서의 박애 내지는 형제애와 교환 가능해진다.

이 남성끼리의 사랑은 그것이 자유·평등·박애가 일체가 된 개념의 온정주의적·확장주의적 모티프를 지배적이지 않은 것처럼 보이게 한다는 점에서 결정적으로 중요하다. 그런데 그뿐만이 아니다. 투생이 자신들의 독재적 권력을 강화함에 따라, 이 우애는 그 자체가 박애인 것처럼 드러나며 다음과 같은 두 가지 위상으로 기능한다. 한편으로 이후 혁명의 과정을 완수하는 데 중요한 '권력'과 이념의 원천으로서 모성적 신체를 포섭하도록 촉구한다. 다른 한편으로 1804년 독립으로 투생이 편지에서 "모국"이라고 불렀던 것처럼, 더 이상 공화국과의 유대는 친밀하지 않게 된다(BJ, 149, 170). 이 역설로 찬 이미지 형성의 프로세스는 예컨대 다음과 같이 우애에서의 여성적인 것이 "**이중적 배제**"를 겪는 상황을 설명하는 데리다의 말을 통하여 적절히 조명될 수 있을 것이다.

> 하나는 여성과 여성 간 우애의 배제이고, 다른 하나는 남성과 여성 간 우애의 배제이다. 이 철학의 패러다임에서 여성적인 것이 이중적 배제를 겪음으로써 남성 동성애라는 본질적이고, 본질적으로 숭고한 형상이 우애에 부여된다.
>
> (デリダ 2003: 130)

혁명으로 시작된 투생의 자신감을 서술하면서, 제임스는 다음과 같이 말한다. "노예로 태어나 노예의 지도자가 된 그에게 자유·평등·박애의 구체적인 실현은 여러 구상의 **모태**(womb)이며 힘의 원천이었는데, 그것은 좁은 환경에서 넘쳐 흘러나와 전 세계를 휘감게 되었다"(강조는 인용자, BJ, 265)[*108]. 그때까지는 이루어지지 않았던 형태로, 공화국적 규범 세 가지가 갖추어지면서 '박애'의 승인에 이르는 것으로, 제임스는 남성끼리의 유대를 긍정한다. 다만 데리다가 생각하는 것보다 동성사회적(homosocial) 유대와 동성애적(homoerotic) 관계성의 구별은 쉽지 않다(Sedgwick 1985: 1-20). 이 장면에 한해서 말하자면, 박애라는 개념이 암시하는 확장주의적 경향에 대한 비판보다는 투생이 공화국과 동일화됨을 확인하고 있는 셈이라고 할 수 있을 것이다.

1803년 투생은 이후 노예제도를 부활시킨 나폴레옹에게 붙잡혀 프랑스의 외딴 시골에 감금되어 객사한다. 데살린이 아이티 독립을 선언하기 1년 전의 일이었다.

6. 맺으며

지금까지 살펴봤듯 C. L. R. 제임스의 『블랙 자코뱅』은 진보주의적 역사 기술이 지배적인 텍스트로 이해되어 왔다. 또한 투생 루베르튀르를 비롯한 영웅들뿐만 아니라 반식민주의의 혁명적 주체가 되어야 할 대중이라는 새로운 집합성을 축으로 하는 이야기로 독해되었다. 따라서 제임스가 소설에서 그려온 여성의 존재는 비가시화되는 것으로 여겨졌다. 그러나 그러한 역사 기술 속에는 비연속적인 계기가 내재되어 있다. 그것은 현대에도 통용되는 계급과 인종주의의 중층적 관계에 대한 고찰을 포함한다.

더욱이 노예 봉기 이후 생도맹그에서 자기 통치를 확립하는 과정 중 인종적 장벽을 넘어선 남성들 간의 우애, 종주국 프랑스의 보편적 인종 개념과 유색인종 여성성의 교섭 등 젠더 이데올로기와 인종 개념의 상호 연관성을 묻고 있다. 또한 1967년 희곡판과 함께 검토해보면, 주류 영웅담과 이를 뒷받침하는 박애주의 개념을 비판적으로 읽을 수 있는 복잡한 굴절이 더해져 있음을 알 수 있다. 희곡판에서는 박애 개념의 모호함을 비판하고 물라토 여성 행위자를 강조하고 있기 때문이다. 반면 역사서판에서는 공화국 인권 개념의 근간이 되는 박애주의로 인하여 그 행위자가 비가시화될 뿐만 아니라, 투생과 라보의 우정처럼 보편주의적 박애주의 개념에 포섭되지 않는 관계도 존재한다.

결과적으로 봉합되기는 하였지만, 제임스의 박애 개념에 대한 불만은 그 개념에 대한 불분명한 긍정에서도, 『블랙 자코뱅』의 역사서판과 희곡판 모두에서도, 그리고 박애주의적 담론에서 여성을 포용하고 배제하는 과정에서도 분명하게 드러난다. 그러나 1963년판 『블랙 자코뱅』에 실린 부록 「투생 루베르튀르에서 카스트로까지」에서는 쿠바 혁명의 열광과 보조를 맞추는 듯한 진보적 역사 기술에서 일탈과 혼란이 제거된다. 제임스는 투생에 대해서는 거의 언급하지 않고 목적론적 탈식민화의 역사를 이야기한다. 즉 마커스 가비·조지 패드모어·에메 세제르·아서 치프리아니 등 영웅적인 인물들의 성취가 카리브해 근대의 중심적인 위치에 먼저 놓이게 된다. 그 성취는 빅터 레이드(Victor Reid)·조지 래밍·V. S. 나이폴(V. S. Naipaul)·윌슨 해리스(Wilson Harris) 등 가까운 시기에 활동하였던 남성 작가들에 의해 계승되어 정점에 이르렀다고 할 수 있다. 이 글에서 제임스는 일관되게 카리브해 지역의 "국가적 자기 정체성 탐구"와 "특수성"을 강조한다(James 1989c: 391, 394 등). 이 역사적인 전환점에서 '대중'이라는 용어의 양의적이며 느슨한 사용은 영웅주의, 민족, 남성성의 권력 강화로 조화롭게 통합될 수 있음을 증명한다. 제임스는 가이아나 작가 윌슨 해리스의 『공작새의 궁전(The Palace of the Peacock)』(1960)을 인용하며 이렇게 썼다. "춤, 연주되는 악기의 혁신, 세계 어느 곳에도 뒤지지 않는 대중 민요를 부르는 데서, 많은 민중은 민족적 자기 정체성을 탐구하는 것이 아니라 그것을 표현한다"(James 1989c: 417). 쿠바 혁명의 영향을 받은 당시의 제임스에게 카리브 지역을 포괄하는 진보적 이야기를 만들어야 하는 역사적 필연성이 있었다는 사실은 충분히 이해될 수 있다. 동시대 정치 상황을 고려하더라도 그러하다. 서인도제도 연방이라는 범카리브해의 꿈이 1962년 자메이카 단독 독립이라는 선택으로 무산된 후, 제임스에게 이러한 시도는 더욱 중요하였을 것이다. 그러나 역사적 인물들이 남성으로만 점철되어 있다는 점, 그리고 그 서사가 『블랙 자코뱅』의 비연속적 역사 기술과 한 발짝 떨어진 곳에서 이루어지고 있다는 점은 심각한 귀결을 초래할 것이다.

그러나 박애에 대한 질문은 1960년대 이후 제임스의 텍스트에서 다르게 강조된다. 예를 들어, 「은크루마의 흥망성쇠(The Rise and Fall of the Nkrumah)」(1966)라는 에세이에서 제임스는 가나 초대 대통령 은크루마의 업적을 적극적으로 평가한다. 이때 제임스는 자유와 평등의 가치는 인정하지만, 박애에 대하여 긍정적으로 말하는 것을 주저한다. "그는 가나 헌법에서 가나 정부가 자신의 주권을 아프리카 연합 정부에 위임한다고 적었다. 그러나 그 이상으로, 아프리카인이 자유·평등·**박애(형제애)가 아니라** 훌륭한 연설과 극적인 행동으로써 존경을 얻기 위하여 투쟁하는 인간이라는 것을 전 세계에 알렸다"(강조는 인용자, James 1992b: 357). 또한 제임스는 1977년 출간된 『은크루마와 가나 혁명(Nkrumah and the Ghana Revolution)』에서 은크루마가 다음과 같이 말하며 식민자들과 거리를 둘 것을 경고하였다고 기록한다. "은크루마가 처음 권력을 잡고 [식민자들과의] '친목은 필요 없다'라고 장관들에게 공개적으로 말하면서 '제국주의자들이 강경책으로 이루지 못한 것을 칵테일 파티를 통하여 이루려고 한다'라고 한 부분은, 애국적인 정치인들 사이에서 이미 잘 알려진 사실을 인정한 것에 불과하였다"(James 1982[1977]: 138). 박애라는 개념은 역사적으로 큰 영향을 미쳤고, 제임스가 투생의 생애와 아이티 혁명을 희곡으로 만들 때 중요한 요소로 작용하였다. 그러나 이러한 서술은 지역적 통합이 구상되는 가운데 박애라고 하는 개념이 특히 온정주의적인 함의 때문에 점점 더 중요성을 잃어가고 있다는 점을 시사한다.

또한 제임스는 생의 마지막 몇 년 동안 박애에 관한 질문을 다르게 생각하였던 것으로 보인다. 특히 토니 모리슨(Toni Morrison)·앨리스 워커(Alice Walker)·엔토자케 샹게(Ntozake Shange) 등의 여성 작가들에 대한 글은 "여성 간 우애의 의의"를 강조하고 있다는 점에서 이전의 글로부터 눈에 띄게 도약한다(James 1992c: 413). 누군가는 여성들 간의 우애에 대한 이러한 긍정을 제임스의 전기적 에피소드에서 벗어난 일탈로 여길 것이다. 연구자들이 최근 몇 년 동안 밝혀낸 바와 같이 제임스는 세 번 결혼을 하였고, 다른 많은 여성들과의 사이에서 결코 평판이 좋지 않은 과거를 지니고 있었으며, 그 좋지 않은 관계에 대한 내적 혼란과 성찰을 '편집'하려고 노력한 흔적을 보이기 때문이다. 예컨대 제임스는 미국에 머물렀던 1930년대 후반부터 1950년대 초반까지, 결혼 생활과 성생활에 초점을 맞추면서 도덕적으로 정당하고 청렴한 정치인으로 자신을 포장하려 하였다. 물론 그것이 체류 연장 신청을 위하여 필요한 작업이었다는 점은 고려해야 할 것이다(C. Johnson 2011: 195, 187). 또 다른 연구자는 미완성 자서전인 『여성과의 성 경험에 대하여(My Experiences with Women and Sex)』에서 제임스가 말년에 여성들과의 관계에 대하여 망설이며 내적으로 성찰하는 모습을 보인다고 독해하였다. 더불어 "그가 그토록 자랑스러워하였던 식민지 교육과 급진적 경험은, 여성과 진정으로 인간적인 삶을 살아가는 여러 가지 복잡성에 대하여 단 하나도 가르쳐 주지 못하였다는 것을 솔직하게 인정하였다"라고 평가한다(Kamugisha 2011: 92). 제임스는 확실히 여성들 간의 우애를 혁명의 역사 기술에 새겨 넣지 못하였다. 하지만

이 장에서 논의한 바와 같이, 박애를 둘러싼 제임스의 혼란과 일탈은 적어도 남성들 간의 동성애적 결속과 많은 부분을 공유하는 박애를 무비판적으로 긍정하는 것에 대한 불편함을 증명한다. 그것이 더 넓은 이데올로기적 차원이든, 더 개인적인 차원이든 상관없이 말이다.

다음 장에서 던지는 박애에 대한 질문은 1950년대 중반 인종 간 연대의 장에서 재조명되며, 다시 틀을 갖추게 된다. 당시 리처드 라이트(Richard Wright)는 유럽, 그리고 인도네시아에서 전 세계적으로 탈식민화되어 가는 다양한 민족들의 연대를 목격하였다. 주목해야 할 것은 라이트가 막 등장한 반둥의 정신을 서양과 동양의 구분이라는 이분법적 선입견으로 파악하려 하였다는 점이다. '제3세계'는 아직 그 자체로 명명되지는 않았지만, 이미 냉전이라는 무대에 의하여 미리 규정된 기묘한 상황에 휩싸여 있었다.

제4장. 반둥, 미완의 탈식민화 프로젝트

- 리처드 라이트, 『색의 장막』

1. 첫머리에

'반둥 프로젝트'의 쇠퇴?

오늘날 G8 반대 운동과 학술 활동, 지역적 차원의 풀뿌리 저항 등 세계화에 반대하는 국제적 규모의 흐름이 존재한다. 그럼에도 불구하고 소련의 붕괴 이후 급속히 가속화된 신자유주의가 불러온 양극화로 인하여 적어도 이론적 관점에서는 세계화라는 규범이 깨질 가능성은 적어 보인다. 최근 직면한 이러한 곤경을 타개하기 위한 대안적 전망을 제시할 필요성 때문에 주로 문화 연구를 통해서 1955년 인도네시아 반둥에서 개최된 아시아·아프리카 회의(통칭 반둥회의, 이하 반둥회의로 기술한다)의 재검토가 이루어져 왔다. 회의 개최 50주년 기념으로 2005년에 출판된 잡지 『인터아시아 문화 연구(Inter-Asia Cultural Studies)』 특집호는 여러 논고를 통하여 이 회의에 대한 특집을 구성하였다. 조희연과 천광싱(陳光興)의 서문은 이 역사적 사건의 영향을 "반둥의 복수성"으로 요약하며, 제3세계주의의 재검토가 신자유주의를 극복할 미래를 제시하는 데 기여할 것이라고 서술한다(Cho and Chen 2005: 474). 마찬가지로 포스트콜로니얼 연구는 반둥의 상징적 의의와 더불어 발전하여 왔다. 로버트 영(Robert Young)은 "반둥은 다양한 방식으로 역사 서술적 언급을 넘어 이데올로기적·정치적 입장으로서의 '포스트콜로니얼적인 것'의 생산이 시작되는 지표가 되어 왔다"라고 말하였다(Young 2001: 191). 반둥을 통하여 얻은 것은 다른 논자가 기술한 바와 같이 "제3세계의 연대라는 공개적 기회를 통해 제시되는 정치적 가능성에 대한 **감정이었다**"(강조는 원문, Lee 2009: 87). 이 정의를 따르듯, 카리브해 지역의 문학 및 사상을 연구하는 데이비드 스콧(David Scott)은 포스트콜로니얼 비평의 잠재적 힘이 활기를 잃기 시작한 1990년대 초반 '반둥 프로젝트'의 쇠퇴를 한탄한다. "서양 권력의 '초극'이 실제로 무엇을 의미하는지 더 이상 명확하지 않게" 되어버렸기 때문이다(D. Scott 1999: 4). 그러나 앞에서 서술하였듯이 포스트콜로니얼 비평의 반둥에 대한 관심은 서양을 초극하는 것에 대한 물음에서 신자유주의적 세계화와는 다른 사고 양식을 엮어가는 방향으로 이행되어 왔다(이 책 「첫머리에」를 참조할 것).

그렇다고 해도 이 책의 주요 관심은 세계화를 대신할 새로운 것을 반둥에 대한 다양한 입장의 견해와 에피소드를 모아 이론화하려는 데 있지 않다. '반둥 정신'을 낭만적으로 추구하거나 그것이 어떻게 국제적이고 집합적인 행동과 다양한 유형의 활동을 조명하여 왔는지를 밝히려는 것도 아니다. 또한 반둥의 상징적 의미와 비견할 만한 또 다른 역사적·지역적 맥락을 대치하려고 하지도 않는다.

전 세계는 신자유주의적 자본주의의 헤게모니와 9·11 이후 더욱 후안무치해지는 미국 주도의 군사 패권이라는 사태에 직면하였다. 따라서 여기서는 반둥의 영향력과 의의를 재평가해야 하는 필요성을 고려하면서도 '반둥'을 학술 용어의 하나로 가치를 부여하기 위해 추가 검토가 필요하다는 점을 논의하고 싶다. 특히 지정학적 이해에 대한 관심, 인종주의에 대한 투쟁, 젠더나 섹슈얼리티를 통해 이루어지는 정체성의 계층화라는 관점을 놓치지 않은 채, 현재에도 지속적으로 반둥의 영향을 받는 문화 연구나 포스트콜로니얼 연구와 같은 학문 분야의 기원이 반둥에 있다는 것을 다시 검증할 필요가 있다. 실제로 식민주의와 인종주의에 대한 비판은 회의 마지막 날 선언한 〈최종 의정서(Final Communiqué of the Asian-African conference of Bandung)〉 문구의 맨 처음에 실려 있으며 오늘날에도 그 가치는 사라지지 않았다("Final communiqué" 2009: 97, 99).

그러나 반둥을 재평가할 때 젠더화라는 관점을 등한시하는 사태는 중대한 결과를 초래할 것이다. 반둥회의라는 이 역사적 사건을 언급하여 온 포스트콜로니얼 연구나 문화 연구는 이 관점을 그다지 주시하지 않았다. 인도사 연구자 안토이네트 버튼(Antoinette Burton)이 서술하였듯이 최근 반둥회의의 재검토에서 결여되고 시급히 필요한 것은 "아프리카·아시아 연대가 왜, 어떻게 공통의 박애주의를 통해 규범화되는지, 또 그 문화가 어떻게, 어떤 조건 하에서 (…) 남성주의적·이성애주의적 이상으로 기초를 이루는지 이해할 수 있게 하는 해석의 틀"이다[1](Burton 2010: 357).

이는 한 장으로 소화하기에 너무도 큰 과제이다. 그럼에도 리처드 라이트(Richard Wright)의 반둥회의 견문기이자 여행기인 『색의 장막: 반둥회의 보고서(The Color Curtain: A Report on the Bandung Conference)』(1956)를 검토함으로써 반둥에 관한 논의의 틀을 재평가하자는 버튼의 제안에 어느 정도 응하여 보겠다.

---

1 구종주국인 일본의 참여가 이후 아시아 정치 경제 질서에 미친 영향에 대해서는 都丸(2011), 宮城(2001)을 참조할 것.

작품의 개요

『색의 장막』은 「서문(Foreword)」과 「후기(About The Author)」를 제외하고 전체 5장으로 구성된다. 제1장 「반둥: 좌우를 넘어(Bandung: Beyond Left and Right)」는 반둥에 이르기까지의 고찰을 다뤘는데, 라이트가 유럽에 체류하는 동안 아시아계 사람들 또는 아시아계·유럽계 양쪽을 부모로 둔 사람들과 인터뷰한 기록에 대한 고찰이 수록되었다. 이 장은 가장 길고 전체의 절반가량을 차지한다. 여기에서 라이트는 자신이 아프리카계 미국인이라는 사실로 인하여 아시아와 아프리카 사람들의 어려움을 다른 사람들에 비할 때 더 쉽게 이해할 수 있을 것이라고 서술한다.

다음 제2장 「반둥의 인종과 종교(Race and Religion at Bandung)」에서는 반둥회의의 하이라이트인 인도네시아 수카르노(Sukarno) 대통령의 연설을 비롯하여 이집트 가말 압델 나세르(Gamal Abdel Nasser), 필리핀의 카를로스 로물로(Carlos Romulo) 등 중요 인물의 연설문을 부분적으로 인용하고 고찰한다. 제3장 「반둥에서의 공산주의(Communism at Bandung)」에서는 중국 저우언라이(周恩來)가 회의에서 수행한 역할을 서술하고 그의 연설문을 독해한다. 제4장 「반둥에서의 인종적 수치심(Racial Shame at Bandung)」에서는 라이트가 반둥회의장에서 만난 백인 미국 여성 기자와 나눈 대화가 축을 이룬다. 전체에 대하여 정리하는 제5장 「반둥에서의 서양 세계(The Western World at Bandung)」에서는 서양이 반둥 이후 아시아에서 수행해야 할 역할에 대하여 살펴본다.

이 장의 물음

이처럼 『색의 장막』은 아프리카계 미국인 작가에 의한 반둥의 보고서라는 체재를 취한다. 앞으로 논의하겠지만 여기에는 몇 가지 문제점이 있다. 그 문제의 핵심은 라이트 자신이 아프리카계 미국인이라는 사실, 그리고 반둥이라는 현상을 이해할 때 그 사실이 어떻게 이용되는지에 있다.

단적으로 말하면 『색의 장막』은 미국에서의 인종주의가 번역 불가능하다고 전제한다. 이 전제는 이중의 관심에 의하여 뒷받침된다. 우선 그가 '아시아적' 정신을 이해할 때, 감정적 차원에 큰 가치를 둔다는 점이다. 둘째 라이트의 언어가 냉전기 특유의 말투에 대한 불안과 불만을 나타내면서도 그것들과 조화 내지 타협해버린다는 점이다. 이처럼 『색의 장막』은 각각의 이해 관심과 얽혀 있다. 한편으로 라이트는 공산주의와 단절한 이후 범아프리카주의(Pan-Africanism) 지식인들과 교류를 돈독히 하며 반식민주의 및 반인종주의 활동에 관계하였고, 동시에 반공주의 프로파간다와도 관련을 가지게 되었다[2]. 다른 한편으로 이 책에서 그는 미국의 인종주의에 대한 경험과 그 역사성을 특수화하면서 아프리카나 아시아 신흥국에서의 반식민주의적·반인종주의적 계기와 그 사이의 간극을 메우려고 노력한다. 그런데 그럴수록 점점 성적 차이에 기반을 둔 이항대립적 사고가 양쪽 모두에 할당된다. 확실히 라이트는 '인종'을 공통의 토대로 두고 심리학의 영역을 보편화함으로써 반둥이라는 새로운 시도에 다가가려고 한다. 그럼에도 불구하고 이 시도는 냉전의 지정학적 지도 작성법과 일치하게 되어 인종이라는 규범을 특수화한다. 이러한 이해 관심과 귀결이 야기하는 총체

---

2 라이트는 파리에 체류하면서 1954년과 1956년 두 차례에 걸쳐, 자신의 여권을 갱신할 때 미국 당국에 공산주의자의 이름을 팔았다(Schwarz 2016: 41). 게다가 듀보이스(Du Bois)는 반둥회의 이듬해 파리에서 개최된 '흑인 작가 및 예술가 회의'에 초청받았으나 여권이 발급되지 않았다. 이 일에 대해서는 주최자의 한 사람인 라이트 스스로가 적극적으로 움직였을 가능성이 있다고 지적된다(Campbell 1995: 190-193).

적인 효과는 작가에 대한 학문적인 평가에 영향을 미쳤을 뿐만 아니라, 학문 분야의 형성에 대한 보다 일반적인 물음을 던졌다. 즉 아직 등장하지 않은 집합성의 가치를 적극적으로나 소극적으로 평가하는 것이 어떻게 동시대 지정학적 관심의 큰 영향 아래 있는가에 대한 물음, 그리고 이러한 평가가 문학 연구와 지역 연구, 학제적 문화 연구나 포스트콜로니얼 연구 등의 학술적 분야의 무의식을 어떻게 뒷받침하고 있는가에 대한 물음이 바로 그것이다[3].

이하의 절에서는 반둥회의의 역사적 맥락을 정리하고 작가가 참조하는 유색의 미국 시민이라는 사례를 검토한다. 미국 및 미국의 유색인들이 회의에 정식으로 초대받지 않았기 때문이다. 하지만 『색의 장막』에서 작가가 그들의 부재에 대하여 '인종'이라는 말을 사용한 의도와 반둥회의에서의 정치가 연설을 분석하면서 사용한 이 말의 함의에는 분명히 차이가 있는데, 이 차이가 무엇을 의미하는지에 대해서도 논의하고자 한다. 또한 『색의 장막』 독해를 둘러싼 문제들, 특히 '제3세계'라는 용어의 역사와 사용법에 관련된 일련의 문제를 소묘한다. 나아가 라이트의 다른 몇 가지 논고를 통하여 아프리카계 미국인의 이론적인 위치를 개관하면서 심리학의 영역이 1950년대 라이트에게 거의 보편화되었음을 확인한다. 이 책에서 라이트가 행한 조사나 반둥회의에 대한 지속적 비판은 심리학적 영역을 우위에 둠으로써 반공산주의적 선전과의 공범 관계나 반둥회의에서의 다양한 주장과 여러 방면에서 차이를 보인다. 그럼에도 불구하고 라이트의 담론은 '인종'의 젠더화를 함께 행하였다는 점에서 반둥의 담론과 가까워졌다.

---

3 예컨대 라이트에 관한 압둘 잔모하메드(Abdul JanMohamed)의 연구서에는 『색의 장막』에 대한 논의가 전혀 포함되지 않았다(JanMohamed 2005).

2. '제3세계'로서의 반둥?

반둥회의란 무엇인가

반둥회의는 1955년 4월 18일부터 24일까지 개최되었다. 여기에 모인 지도자들은 29개국 대표단의 다양한 의견에도 불구하고 식민주의와 인종주의를 거부하는 데 동의하였다. 이 흐름은 분명하게 진행 중인 탈식민화의 물결을 반영하였다. 특히 과거 영국, 네덜란드, 일본의 식민지는 부분적으로 해방되었지만, 카리브해 지역의 여러 섬인 트리니다드, 자메이카, 바베이도스를 비롯한 영국령 식민지의 해방은 1960년 이후에나 이루어졌다. 영국의 사하라 이남 아프리카 영토에서는 가나가 1957년에 가장 먼저 독립하였다. 사하라 이남 프랑스 식민지의 독립은, 1958년 기니를 제외하면 1960년 아프리카의 해 이후에 이루어졌다. 대표단은 새로운 주도권을 쥔 소련과 미국으로 양극화된 세계, 즉 공산주의와 자본주의로 양극화된 세계에서 두드러지는 존재의 출현을 보여주었다. 29개 참가국 중 제1세계에 가까운 국가로는 파키스탄, 필리핀, 태국, 일본, 터키, 이라크, 이란, 요르단, 사우디아라비아가 있다. 다른 중립 국가인 버마, 실론(현 스리랑카), 인도, 인도네시아에 파키스탄이 합류하여 이른바 콜롬보 세력을 형성하였다. 이들은 1년 전 두 차례의 예비회의를 1차는 스리랑카 콜롬보에서, 2차는 인도네시아 보고르에서 개최하였다. 인도의 자와할랄 네루(Javaharlal Nehru)가 다가오는 회의에 중국이 참여할 것을 강력히 주장하자, 그 의견이 받아들여졌다. 반둥의 내용에 대해서는 파키스탄의 무함마드 알리(Mohammad Ali), 인도의 네루, 버마의 우누(U Nu), 실론의 존 코텔라왈라(John Kotelawala), 인도네시아의 알리 사스트로아미조요(Ali Sastroamijoyo)의 협력 관계에 의하여 사전 협의가 이루어졌다. 황금해

안(가나)도 회의에 참여하였다. 나중에 카이로에서 일련의 회의를 조직하는 이집트의 압델 나세르의 존재는 중요하였다. 북한과 남한은 한국전쟁을 치른 후였기 때문에 초대받지 못하였다. 이스라엘도 초대받지 못하였는데, 주최 측이 아랍 국가들의 적대감을 예상하였기 때문이다[4].

반둥은 1900년 런던에서 열린 제1차 범아프리카회의, 1911년 런던에서 열린 세계인종회의, 1927년 브뤼셀에서 열린 반제국주의연맹회의 [제2장 제4절에서 언급한 마크 트웨인(Mark Twain)이 속하였던 회의와는 다르다. 이 회의는 코민테른이 주도한 회의], 그리고 1945년 영국 맨체스터에서 열린 제5차 범아프리카회의와 같은 선행 회의들의 성과에 대한 정점으로 자리매김할 수 있다(Bonakdarian 2005; Pennybacker 2005; Petersson 2014). 그러나 반둥이 이전 회의와 다른 것은, 주요 개최지가 더 이상 유럽의 주요 도시가 아니라는 점과 그 상징적 영향력이 정치 지도자·문학가 주도의 후속 회의에서 널리 퍼졌다는 점에 있다. 1961년 유고슬라비아 베오그라드에서 티토(Tito)에 의해 최초로 개최된 비동맹 운동, 1964년 이집트 카이로에서 나세르에 의해 개최된 제2차 회의, 1966년 하바나에서 개최된 3대륙회의 등이 그것이다(Lee 2009: 83-84).

그뿐만 아니라 문화적 계기를 우선시하는 태도와 인종주의·식민주의에 대한 비판에 자극을 받아, 라이트 외에도 카리브해와 아프리카의 프랑스 식민지 출신을 중심으로 한 저명한 문학가·시인·사상가들이 모여 '흑인 작가 및 예술가 회의'를 열었다. 제1차 회의는 1956년 파리에서, 제2차 회의는 1959년 로마에서 열렸으며 모두 성공적으로 개최

4 다른 나라들로는 북베트남, 레바논, 남베트남, 네팔, 라오스, 리비아, 에티오피아, 캄보디아, 아프가니스탄, 시리아, 수단, 예멘, 그리고 중앙아프리카 연합이 있다. 제3세계 페미니스트 운동에서 카이로의 중요성은 Prashad(2007: 51-61)를 참조.

되었다[5]. 또한 1956년 수에즈 사태 이후 이집트의 나세르주의, 1962년 알제리 지역의 독립은 반식민주의 세력의 수도를 탈중심화하도록 촉진한 지표라고 할 수 있다(Westad 2005: 106). 여기에 가나의 수도 아크라에서 열린 1958년 전아프리카 인민회의까지 더하면 반둥의 여파는 정점을 찍었다[6].

반둥회의와 미국의 공통항, 인종주의

이렇듯 반둥은 역사적으로 볼 때 탈식민 운동의 핵심이라고 할 수 있는 역할을 수행하였다. 그런데 당시 가장 충격적이었던 것은 미국과 소련이 부재하였다는 사실이다. 1955년은 냉전의 긴장이 가장 고조된 시기 중 하나였다. 윈스턴 처칠(Winston Churchill)이 1946년 연설에서 '철의 장막'이라는 표현을 사용하였고 이듬해에는 미국 언론인 월터

---

5 1956년 파리 소르본 대학에서 열린 제1회 흑인 작가 및 예술가 회의의 총체적 동기는 식민화로 인해 공통의 문화를 빼앗긴 사람들의 관점에서 문화를 통해 반둥의 영향을 받아들이는 데 있었다. 잡지 『프레장스 아프리켄(Présence Africaine)』의 편집자이자 주최자인 알리운 디옵(Alioune Diop)은 이 회의가 "제2의 반둥"이라고 말하였다. 또한 회의에 참석한 작가 제임스 볼드윈(James Baldwin)의 보고에 따르면, 디옵은 다음과 같이 주장하였다. "정치적 주권을 박탈당한 사람들이 스스로를 위해 과거의 이미지를 재창조하는 것은 거의 불가능하다고 생각하지만, 이 영구적으로 지속되는 재창조 과정은 문화의 내실을 정의하지는 않더라도 그 문화에 생명을 불어넣는 데 절대적으로 필요하다"(Baldwin 1961: 26). 레오폴 세다르 상고르(Leopold Sedar Senghor)는 '반둥의 정신'이, 수세기에 걸쳐 유럽에 종속되었음에도 불구하고 아프리카와 아시아 문화의 인내를 의미한다고 주장한다(Baldwin 1961: 31). 에메 세제르(Aime Cesaire) 역시 회의의 문화적 측면을 강조하며 다음과 같이 말한다. "역사적인 반둥회의는 단순한 정치적인 사건이 아니었다. 반둥회의는 마찬가지로 일급 문화적 사건이었다. 이 회의는 정의와 존엄성에 굶주린 여러 민족의 평화적 봉기였을 뿐만 아니라, 식민주의가 가장 먼저 빼앗아 간 것을 요구했기 때문이다. 그것은 바로 문화이다"(セゼール 2001[1956]: 145-146). 이 회의에서 라이트와 래밍(Lamming)의 보고에 대한 비판적 검토는 필자의 논문(吉田 2018a)을 참조.

6 이 회의에 대한 목격담과 1945년 맨체스터에서 열린 제5차 범아프리카회의 관계는 Shepperson and Drake(1987)를 참조.

리프먼(Walter Lippmann)이 '냉전'이라는 말을 퍼트렸다. 동아시아에서는 1948년 4월 한반도 남쪽에 위치한 제주도에서 공산주의자로 간주된 섬 주민들이 학살되는 4·3사건이 발생하였다. 1950년 6월 한국전쟁이 발발하고 9월에는 미국도 참전하였다. 또한 1954년부터 1955년까지 아시아태평양 지역의 대만 해협에서 군사적 긴장이 일자, 미국 언론은 공산주의의 영향이 아시아 국가들에 침투할지도 모른다는 공포를 퍼트렸다[7](제1차 대만 해협 위기).

이러한 일들의 한 귀결이 유색인종이 미국의 국경을 자유롭게 넘을 수 없도록 제한한 것이다. 폴 로브슨(Paul Robeson)처럼 공산주의자로 의심받은 사람들은 미국 국무부의 여권 발급 거부로 인하여 국경을 넘나들 수 있는 권리를 박탈당하였다(Robeson 1978: 398-400). 가야트리 스피박(Gayatri Spivak)은 반둥이 지닌 오늘날의 의의를 되새기면서 로브슨이 반둥에 보낸 서신에 대하여 다음과 같이 말한다. "1955년 포스트콜로니얼한 노력이라고 모든 사람에게 환영받은 반둥이 재발명되어, 지구화의 문제에 대면하라는 요청으로 오늘날 다시 환영받는 중이다(당시에 폴 로브슨은 "나는 여러 해 전에 런던에서 처음으로 식민주의에 반대하며 자유를 외치는 운동의 일부가 되었는데, 거기서 알고 지냈던 오랜 친구들이 반둥에도 있더라"라고 썼다)"(Spivak 2008: 12)[*109]. 로브슨의 서신

---

7 라이트는 중화인민공화국이 진먼·마쭈섬(金門·馬祖島)을 '공격'할 것이라 우려한 미국 정치인과 해군 장교의 발언을, 1955년 4월 7일과 13일자 『맨체스터 가디언(The Manchester Guardian)』지에서 인용하였다(Wright 2008a: 501-502). 이하 『색의 장막』에서 인용한 내용은 CC로 줄여서 표기하고 쪽수를 괄호로 묶기로 한다.
4·3사건에 대해서는 문학가의 작품이 가장 유력한 증언 중 하나이다. 특히 현기영의 『순이 삼촌』을 참조할 것(玄 2001). 또한 대만에서 1947년 2월 28일 이후 발생한 장제스(蔣介石)를 비롯한 국민당이 자행한 백색테러, 이른바 2·28사건에 대해서는 란보저우(藍博洲)의 『황마차의 노래(幌馬車之歌)』에서 상세히 다루어진다(藍 2006).

은 그가 간략하게 언급한 케냐나 남아프리카공화국처럼 여전히 폭력적 탄압과 인종 격리와 같은 식민 정책이 공공연히 시행되던 지역의 미래와 공명하였다. 또한 회의에 참석하였던 29개국 대표단이 상상하지 못한 방식으로 다른 지역 사람들, 특히 "미국과 카리브해 섬의 흑인"에게까지 반둥의 여운을 확산시켰다.

> 미국과 카리브해 섬의 흑인에게, 반둥회의가 "특별한 관심을 끄는 문제로 (…) 인종차별주의와 식민주의를 생각하기 위해 소집되었다"라는 소식은 좋은 조짐, 매우 좋은 조짐이었다. 흑인들의 전형적인 감정은 대표적인 주간지에서 다음과 같이 표현되었다. "흑인 미국인은 반둥의 미래에 관심을 가져야 한다. 우리가 치러왔던 3백 년 이상의 투쟁 과정과 확실히 관계가 있기 때문이다."
>
> (Robeson 1978: 400)

또 다른 사례로 뉴욕시의회 의원이었던 애덤 클레이턴 파월(Adam Clayton Powell)의 경우를 들 수 있다. 그는 라이트처럼 비공식적인 형태로 회의에 참여하였지만, 정부로부터 어떠한 자금 지원도 받지 못하였다. 라이트는 반둥에서 파월을 만났는데, 피부색과 관련하여 그가 "흑인임에도 불구하고 (…) 실제로는 백인이며, 자신이 아는 많은 백인보다도 피부색으로 보자면 훨씬 하얗다"라고 말한 바 있다. 그리고 파월이 반둥에 온 동기에 대해 "그것[반둥회의]은 자신의 인종과 관련이 있고, 또한 민족에 대해 새로운 낭만주의적 감각을 일깨웠거나 다시 불러일으켰다"라고 간략하게 요약하였다. 라이트는 파월의 '감정'을 심리적 용어로 바꾸어 "인종에 대한 **감정**, 미국 백인이 그들의 마음속 깊은 곳에 불러일으킨 인종적 도덕규범에 얽힌 감정"이라고 바꾸어 말하였다(강조는 원문, CC, 574). 이후 『피츠버그 쿠리어(Pittsburgh Courier)』에 발표된 반둥에 대한 보고 중 파월의 요점은, 이미 자신이 알고 있는 "인종"에 대한 개념을 바꾸지 않고 거기에서 더 이상 공통의 토대를 찾지 않으려 하였다는 것이다. 이는 다음에서 논의하겠지만 『색의 장막』에서 라이트가 제기한 주장과 공명한다고 할 수 있다. "만약 우리가 공산주의와의 전쟁뿐만 아니라 질병, 굶주림, 문맹, 그리고 식민주의 등 동양의 오랜 문제를 바탕으로 대담하고 새로운 외교 정책을 시작한다면, 이 자리에서부터 아시아·아프리카는 우리의 친구가 될 수 있을 것이다"[8]. 미국 외교 정책과의 동일시를 차치하더라도, 파월이 여기서 사용하는 수사는 제1장에서 인용한 바와 같이 인도의 대중을 묘사했던 레비스트로스(Levi-Strauss)의 문체를 떠오르게 한다.

"인종"의 의미가 반둥의 주역이 아니었던 자들에게도 확대되어 사용된 정도를 측정하려면 로브슨과 파월 외에도 더 많은 사례를 축적하여야 할 것이다. 그러나 이들 사례만을 통해서도 "동양"과 "서양" 사이의 이론적 분할이 피식민자와 식민자, 공산주의와 자본주의(혹은 민주주의) 사이의 분할과 궤를 같이한다는 점을 확인할 수 있다. 또한 이 다양한 분할이 복잡하게 얽힌 담론의 형성 과정에서 "인종"이라는 용어는 그때그때 다른 가치를 부여받는다. 역설적이게도 라이트가 파월에 대한 인상을 서술할 때 사용한 "인종"이라는 용어는, 위의 여러 이항대립 중 후자의 항에 라이트 자신을 동일시하는 기준이 된다. 또한 식민주의의 역사성으로 인하여 인종주의의 다양한 의미와 일상적 실천이 미국과 다르게 발현되는 아시아와 아프리카 등지에서도 "인

---

8 Adam Clayton Powell Jr., "Afro-Asian Meet Puts U.S. on the Spot", *Pittsburgh Courier*, April 30, 1955. Mullen(2004: 66)에 인용됨.

종"이라는 용어는 인종을 은폐하고 포섭하는 강력한 기준이 되는 것으로 보인다. 확실히 파월은 "동양"이라는 오래된 이미지를 강화하고 그것이 공산주의에 오염되지 않도록 자신들이 지켜야 한다는 태도를 취한다. 한편 로브슨은 "백인"과 "유색인들" 사이의 대립을 통하여 "인종"을 분절화하는데, 전자의 틀을 승인하면서도 그 교란을 노렸다고 할 수 있다(Robeson 1978: 400). 또한 로브슨은 식민주의에 대한 성찰이 공산주의와 떳떳하지 못한 연결고리가 있다고 의심받는 경향에 대해서도 말하였다. 앞으로 자세히 살펴보겠지만 라이트의 『색의 장막』에서와 마찬가지로 로브슨과 파월에게 "인종"이라는 용어는 미국의 인종주의가 아시아와 아프리카의 더 넓은 범주와 단절되는지, 아니면 연결되는지를 가늠할 수 있는 지표이다.

반둥회의를 둘러싼 세 가지 질문

이동의 자유와 제한이라는 대조적인 조건, 즉 예측 불가능성이나 자의성에 의해 장악된 국경 관리가 로브슨의 예에서처럼 식민주의와 인종주의의 특수하고도 다양한 역사성에 주목하는 지적 작업을 계속 속박한다면, 반둥의 영향력이 그린 궤적은 분명 비연속적일 것이다. 그러나 앞서 확인하였듯이 눈에 보이는 상징적 영향력 이상으로 확장이 일어났다. 반둥에 대한 인식적·담론적 틀의 일반화는 이러한 작업을 확장하는 데 얼마나 필수적이며 유용할까? 또한 일반화를 실행할 때 동시대의 정치적인 영향으로부터 얼마나 자유로울 수 있을까?

이 작업이 처한 곤경을 살피기 위해서는 '제3세계'라는 용어의 사용이 왜 반둥의 평가와 얽혀 있는지를 검토하여야 한다. 반둥이 언제, 어떻게 '제3세계'의 다양한 의의와 결부되거나 그것으로부터 망각되어 왔는가, 그 과정을 밝히는 것은 공공연히 혹은 은연중에 시대의 정치적·사회적 사건과 얽혀 온 포스트콜로니얼 연구 같은 이론적 분야의 등장 조건을 되묻는 작업으로 이어지기 때문이다. 이 일반화 가능성의 외연을 획정하기 위해서는 적어도 아래의 세 가지 측면을 검토할 필요가 있다.

'제3세계'와 반둥

첫째, 반둥이 종종 '제3세계'와 등호로 묶일 때의 문제이다. 이때 문제는 경제발전이 불가결하다고 상정하는 데 있다. 또 다른 문제는 유색 '인간'이 공통분모가 되지만 인종화되고 젠더화되는 사태다. 프랑스의 알제리 지배에 저항하였던 알프레드 소비(Alfred Sauvy)가 1952년에 '제3세계'라는 말을 만들어 낸 것은, 시기적으로 다소 앞서지만 반둥회의와 거의 동시대의 일이었다(Sauvy 1952). 그러나 1960년대 초까지 '제3세계'라는 용어는 적어도 영국이나 프랑스 학술계에서는 경제적 관심과 분리할 수 없었다[9]. 구종주국과의 관계를 끊지 않고 자본주의나 사회주의 체제와의 관계를 일정 정도 유지하면서 어떻게 '제3세계'가 발전을 이룰 것인지에 대한 해결책을 찾는 일은 이미 매우 중요한 과제였기 때문이다. 반둥은 반식민적 정신과 경제발전의 필요성이 공존하는 경향을 가속화하여 종종 양쪽 모두를 취소시키거나 촉진시키는 데 성공하기도 하였다("Final communiqué" 2009: 95-96). 반둥 이후 경제라는 관점에서 사미르 아민(Samir Amin)은, 반둥에 모였

9 '발전'을 기치로 하여 '제3세계'라는 용어는 프랑스어권과 영어권의 학술계에 1960년대 전반기에 도입되었다. 하나는 조르주 발랑디에(Georges Balandier)가 편집하여 1961년에 출판한 *Le "Tiers-Monde": Sous-développement et développement*. Paris: Les Presses Universitaires de France이고, 다른 하나는 피터 워슬리(Peter Worsley)가 쓴 1964년 책 *The Third World*, University of Chicago Press이다. Prashad(2007: 284 n.11)를 보라.

던 정치지도자들이 각각의 독립국가들이 구종주국과 공유하던 생산 체제를 바꾸지 않고 많든 적든 경제발전을 택하였다고 지적한다. 아민이 주장하듯이 탈식민화는, 탄자니아를 제외한 대부분의 국가들에서 주권을 회복하였지만 한편으로는 "상호의존 속의 독립"을, 다른 한편으로는 "자본가 없는 자본주의"와 같은 틀 안에서 경제발전을 이루기 위하여 본래 시스템의 근원적인 구조를 보존한 것이다(Herrera 2005: 555, 549).

소비의 '제3세계'라는 개념이 지닌 또 다른 문제는 개념의 배경에 있는 보편성에 대한 호소가 억압된 역사를 비가시적인 것으로 만든다는 점이다. 소비의 개념 자체는 귀족적 가치관에 대항하여 "인권"을 정의하는 데 공헌한 정치적 팸플릿인 에마뉘엘 시에예스(Emmanuel Sieyes)의 『제3신분이란 무엇인가(Qu'est-ce que le tiers état?)』(1789)에서 따왔다. 그런데 "인간"이라는 말을 정의할 때, 시에예스는 사회적인 노동시스템을 설명하는 단계에 이르러 "아프리카인"이 "주인", 즉 "백인종"을 섬기게 되는 인종적 계층성을 전제한다(Sewall Jr. 1994: 155). 물론 당시 귀족계급과 성직자 이외에 그 존재가 전혀 중요시되지 않았던 인민을 국민의 주요 구성원으로 정의한 것 자체는 중요하다. 다만 시에예스는 국민을 정치적 대표제도에서의 주요한 범주로 정의하면서, "여성"이나 "주인에게 종속된 모든 사람"이나 "귀화하지 않은 외국인" 등이 선거인으로서도 피선거인으로서도 자격이 없다고 명확하게 서술한다(シィエス 2022: 41)*110. 즉 프랑스 시민이라는 규범은, 그 규범이 형성될 때 인종과 젠더의 중첩이 어떻게 은폐되었는지와 무관하지 않다.

앞장에서 인용한 조앤 스콧(Joan Scott)의 1794년 국민공회의 노예해방선언 장면 분석을 상기하여도 좋을 것이다. 생도맹그 대표단 세 사람 중 유일한 여성 물라토가 다른 두 사람에 의하여 대표되는 것의 효과에 대하여, 스콧은 "남성과 여성의 차이가 남자들 사이의 피부색과 인종 차이를 소거하는 데 도움이 된다. 추상적인 개인의 보편성은 이렇게 해서 공통의 남성성으로 확립된다"라고 서술하였다(Scott 1996: 8-9; Edwards 2003: 130). "박애적" 남성끼리의 유대를 통하여 인종을 조명하면, 젠더화 효과는 잘 보이지 않게 된다. 소비가 참조하였던 시에예스처럼 프랑스 시민이라는 범주 내부에서의 평등을 실현하려고 하면, 인종이 은폐된다. 그러나 반둥과 '제3세계' 양쪽에서 경제발전을 최우선으로 하는 사태를 뒷받침하는 진보적 이야기는 (그 자체는 의심할 여지없이 필연이었지만) 20세기 전반의 블랙 인터내셔널리즘(Black Internationalism)을 연구하는 브렌트 헤이즈 에드워즈(Brent Hayes Edwards)가 스콧을 변주하며 서술하였듯이, "반드시 인종과 젠더가 별개의 범주로 사고되지 않는 변화무쌍하고 변하기 쉬운 기반"을 보이지 않게 만들기 십상이다(B. Edwards 2003: 131).

반둥과 '저항'

둘째, 경제발전을 우선시하는 총체적 효과는 '저항'이라는 용어를 기반으로 미국과 반둥의 지도자들 사이에 있었던 모종의 공범 관계와도 관련된다. 그것은 라이트가 자주 언급하는 "역(逆)인종주의" 때문이 아니다(CC, 574). 그보다는 정치적인 술수에 기인한다. 반둥의 지도자들은 종종 미국과 소련 중 어느 쪽에, 혹은 양쪽 모두에 양보할 필요가 있었다. 동시에 이들은 반둥이 제2차 세계대전 이후 제국 권력에 대한 저항의 의미를 띠게 됨에 따라 '제3세계'라는 특이성과도 관련을 맺게 되었다.

예컨대 주최국인 인도네시아에서는 자카르타 주재 미국 대사였던 압둘 가니(Abdul Ghani) 박사가 매일같이 "미국에 대한 공포를 제거하거나 중화시키려는 노력을 기울였다". 그는 회의 개막일인 4월 18일이 "식민주의에 대한 투쟁에서 미국 국민들의 역사적인 날"인 1775년 4월 18일과 일치한다는 사실을 알게 되고, 그 연관성을 수카르노 대통령에게 전하였다. 이에 수카르노는 개회사에서 "미국 독립전쟁"을 "역사상 최초로 성공한 반식민 전쟁"이라고 언급하였다(Chakrabarty 2010: 52-53).

인도의 경우도 상황은 크게 다르지 않았다. 비평가 아이자즈 아마드(Aijaz Ahmad)는, 이 지도자들이 과거 피식민 국가의 모든 국민을 대표한다고 여겨졌지만 실제로는 민중 운동의 전부를 대표하지 못하였다고 말한다. 아마드는 반둥 시절의 자와할랄 네루가 미국과 소련을 모두 신경 써야만 하였고, 국민회의파가 공산당과 표를 나눠야 하는 것에 대한 계산도 해야 하였다는 사실을 그 예로 제시한다. 아마드는 반둥에 대하여 다음과 같이 결론을 내린다. "따라서 그것은 일정하게 일반화된 제3세계주의적인 국민주의에서 직접적으로 도출된 논리적 행보가 아니었다. 네루에게 그것은 내부와 외부, 양쪽으로부터의 특정한 충동에 의해 협공당하였다"(Ahmad 2008[1992]: 303). 반둥이 내포한 의미의 일부는 (아시아·아프리카 식민지의 주요 보유자였던) 구세계의 유럽에 대한 저항을 공개적으로 드러내는 데 있었다. 또한 당시 등장하던 지정학적 구도에서 어떠한 정치적 책략에도 양보하지 않는 특정한 방식으로 (그러나 실제로는 미·소 양측으로부터 정치경제적 원조를 끌어내거나 협조를 요청받으면서) 냉전체제에 참여하겠다는 의지를 보여주는 데 있기도 하였다.

'제3세계'의 등장과 오리엔탈리즘

세 번째이자 마지막 물음은 '제3세계'라는 용어가 1970년대 이후 어떻게 사용되었는지에 관한 것이다. 이 용어를 일반화하는 데에는 다음과 같은 한계와 가능성이 있었다. 우선 한계는, '제3세계'라는 용어를 비판하기 위해서든 정당화하기 위해서든 무비판적으로 사용하여서 미국과 소련 이외의 세계를 일방적으로 묶어 버린다면, 앞서 살핀 것 같은 정치적 책략이나 경제적 의존관계가 보이지 않게 된다는 점이다. 동시에 제3세계 내부의 차이를 형식적으로만 파악할 수 있고, 내부적인 협동 관계에 대해서도 등한시하게 된다. "언제 한번 중국인에게 말해보세요". 한나 아렌트(Hannah Arendt)는 1970년 인터뷰에서 신좌파 일부에 침투하였다고 그녀가 줄곧 간주한 단선적인 지각 방식을 언급하며 대답하였다.

> 중국인을 붙잡고서 "당신은 아프리카에 사는 반투(Bantu)족과 정확히 동일한 세계에 속하는 사람"이라고 말해보세요. 장담컨대 당신은 평생 본 중에 가장 경악하는 반응을 보게 될 거예요. 제3세계가 존재한다고 말하는 데서 명확한 정치적 이익을 얻는 유일한 사람들이라면 물론 가장 낮은 단계에 있는 사람들-즉 아프리카에 사는 흑인들-이에요. 그들의 경우라면 이해하기 쉬워요. 하지만 나머지 경우에는 전부 헛소리일 뿐이에요.
>
> (Arendt 1972: 210)*111

아렌트의 발언은 다소 시대착오적이다. 또한 '제3세계'라는 말을 19세기적 사고에서 전형적인 '인종적 단계'라는 도식과 부합하는 형태로 축소하는 한, 인종차별적이다. '제3세계'에 대한 아렌트의 평가절하가 '발전'이라는 기치 아래 행하여졌다고 하여도 "아프리카 흑인"

과 "중국인" 사이에 기술적 협력 관계를 맺어준 것이 바로 반둥의 공헌이었다는 사실을 고려하지 않은 바였다(Monson 2010). 그 반대의 가능성은, 반둥회의나 '제3세계'의 두드러진 존재감과 비교하여 볼 때 오리엔탈리즘이라는 담론이 어떤 지각변동을 겪었는지에 대한 평가와 관련이 있다. 에드워드 사이드(Edward Said)는 오리엔탈리즘 담론을 굴절시키는 계기로 반둥을 위치 지으며, 사건으로서의 반둥과 "새로운 제3세계"의 등장 사이의 등가관계를 중시한다.

> 제국의 지배와 제국주의에 대한 반응은 1920년에 시작되어 제3세계를 끝에서 끝까지 뒤덮었으나, 그것은 변증법적인 것이었다. 1955년 반둥회의 무렵에는 이미 동양 전역이 서양의 제국지배로부터 정치적인 독립을 획득하였으나, 미국과 소련이라고 하는 제국주의적 세력의 새로운 포진에 직면하였다. 오리엔탈리즘은 이 새로운 제3세계 속에서는 더 이상 '스스로의' 동양을 인식할 수 없고, 이제 정치적으로 무장한 도전적인 동양과 대면하게 되었다.
>
> (Said 1978: 104)*112

실제로 사이드는 오리엔탈리스트적 담론의 굴곡에 기여하였을, '제1'과 '제2' 그리고 '제3' 세계 사이의 경제적·정치적 공모관계나 양보를 그다지 명확하게 고려하지는 않았다. 그러나 일견 포괄적인 일반화에도 불구하고 사이드가 제시한 틀은 『색의 장막』을 독해하는 데 중요한 의미를 갖는다. 왜냐하면 라이트의 보고는 전체적으로는 아니더라도 "제국주의적 세력의 새로운 포진" 이후 오리엔탈리스트적 담론의 재편에 의하여 훼손되었기 때문이다. 사이드에 따르면 당시 오리엔탈리즘에는 두 가지 선택지가 있었다. 하나는 제3세계를 완전히 무시하는 것, 나머지는 "새로운 것에 낡은 방식을 적용하는 것"이다. 사이드는 이어서 말한다. "그러나 동양은 불변이라고 확신하고 있는 오리엔탈리스트의 입장에서 보게 되면 새로운 것은 새로우나 오해로 가득 차 있는 '탈-동양인(dis-Orientals)'에 의해 드러난 구사태일 뿐이다"(Said 1978: 104).

라이트는 단적으로 말해서 오리엔탈리스트는 아니었지만, 비서구에 대하여 앞서 검토한 세 가지 문제점-경제발전의 필연성 및 그러한 진보적 내러티브가 은폐하는 인종과 젠더의 상호규정성, 유럽에 대한 '저항'이라는 공통항을 미국의 제국적 패권과의 협상에서 어떻게 자리매김할 것인가 하는 문제, 그리고 제3세계를 향한 오리엔탈리즘 담론의 지속-을 각각 아우르는 방식으로 마주하였다. 다만 그의 보고는 지금까지 살펴본 것처럼 제3세계와 반둥을 둘러싼 문제권 내부에서 쓰였지만, 위와 같은 단면만 가지고는 독해하기 어렵다. 한편 라이트는 "새로운 것"을 집단화하기 위하여 "종교"라는 용어를 지속적으로 사용하며, 그렇게 함으로써 다르게 재배치된 오리엔탈리스트적 담론 전략에 참여한다. 사이드의 표현으로는, "새로우나 오해로 가득 차 있는 탈-동양인", 즉 현지인 엘리트 또는 토착 정보원(native informant)을 통하여 "새로운 것" 속에서 "낡은 것"을 발견하였다. 다른 한편으로 로브슨과 파월이 주목하였던 즉 '인종'의 가치는 라이트에게도 큰 도박이었고, 그는 종종 그것을 새로운 오리엔탈리즘적 담론과 협상하게 하였다. 아렌트가 사용하는 '제3세계'와 마찬가지로, 인종이라는 말은 반둥에서의 집합성을 무분별하게 묶어내는 수단이 되었다. 앞으로 살펴보겠지만, 라이트에게서 발견되는 국민주의와 국제주의 사이의 긴장 관계는 그가 공산주의로부터 도피한 이후 고조된다. 그때 이 긴장 관계와 한 발짝 거리를 둔 곳에서 인종이라는 말은 미국의 인종주의와 대비되며 이론적 개념으로 사용된다.

3. 리처드 라이트의 민족주의와 탈민족주의적 투쟁

민족주의적 공산주의에서 반공주의, 그리고 반식민주의로

리처드 라이트의 『색의 장막』(1956)은 은크루마(Nkrumah)가 통치하는 가나를 취재한 『블랙 파워(Black Power)』(1954), 스페인 여행기 『이교의 스페인(Pagan Spain)』(1957) 등에 비하여 정치적인 색채가 강하다. 최근에는 라이트의 반공주의를 당연한 것으로 간주하고 검토할 필요가 없다는 견해가 피력되었다(Hakutani 2001: 70). 심지어 라이트를 포스트콜로니얼 연구의 선구자로 규정하는 연구도 있다(Smith 2001: 114-115; Singh 2008[1994]: 628). 다른 한편 빌 뮬렌(Bill Mullen)은 라이트의 반공적 수사가 "외부에 있는 것의 한계"를 핵심으로 한다고 정리하면서, 이를 동양과 서양 모두의 아웃사이더라는 저자의 자기규정이 작동하지 않게 되는 계기라고 보았다. 뮬렌에 의하면, 라이트가 냉전기의 전형적인 수사를 사용하는 것은 "오리엔탈리스트적 반공주의와 반공주의적 오리엔탈리즘의 생산"이라고 일컬을 수 있는 동시대적 담론에 해당한다. 그 예로 미국의 대표적인 노동조합인 미국노동총동맹(AFL)과 산업별조합회의(CIO)의 연계 합병으로 미국에서 유색인들의 헤게모니가 주변화된 것을 들 수 있다(Mullen 2004: 46, 67). 마찬가지로 바바카르 음바예(Babacar M'Baye)는 이렇게 말하였다. "제3세계의 이해에 대한 옹호는 아프리카와 아시아 전통에 대한 선입견에 의해서, 또 제3세계의 미신을 불필요한 가설로 거론하며 서양적 근대화와 합리성의 과도한 강조에 의해서 종종 엉망이 된다"(M'Baye

2009: 35).

음바예와 뮬렌의 독해는 각각 라이트가 전개한 사유의 반동적 계기를 파악한다. 여기서 더 검토하여야 할 것은, 아프리카계 미국인을 풍부한 뉘앙스로 담아낸 라이트의 해석이 왜 반둥과 인도네시아에 대한 보고에서는 유효하게 기능하지 않았는가 하는 점이다. 다음에서 살펴보겠지만 라이트는 심리학을 보편적 가치로 이용함으로써 텍스트에 흩어져 있는 개인적인 에피소드나 만남에 대한 독해를 미국 인종주의의 물음에 접목하려 하였다. 그러나 이러한 시도에도 불구하고 인종과 식민주의에 대한 보다 광범위한 문제에 접속하는 데 실패하였다. 또한 심리학의 사용법이 반둥에서 주장된 공적인 원칙, 그 이후에 보급된 '제3세계'에 대한 주요 담론과 궤를 같이한다는 점도 지적하여야 할 것이다. 이러한 공범 관계가 빚어낸 결과 중 하나가 젠더화 작용에 대한 간과인데, 이는 라이트의 비평은 물론이고 반둥에 대한 대부분의 비평에도 해당된다. 앞서도 지적하였듯이 여기에 공통되는 것은 "인종 간의 형제애라는 이상"으로, 충분한 검토 없이 널리 퍼져 있는 낭만주의적 이미지이다(Burton 2010: 361).

그러나 1950년대 라이트의 정치참여라는 관점에서 볼 때 뮬렌의 지적처럼 텍스트가 냉전기 수사학으로 가득 차 있다는 사실을 제외하고 『색의 장막』의 정치적 중층결정이 어떻게 드러나는지를 찾기란 쉽지 않다. 그가 반공주의 선전에 휘말리는 정도는, 그것이 『색의 장막』의 저변에 지속적으로 깔려 있음에도 불구하고 시기에 따라 다르게 나타나기 때문이다. 자전적 소설 『흑인 소년(Black Boy)』(1945)은 본래 그 첫 부분이 '이 달의 책 클럽(Book of the Month Club)'의 추천을 받아 『미국의 굶주림(American Hunger)』이라는 제목으로 출간되었다. 이 작품은 라이트가 공산당에 입당한 시기 및 당과 언쟁이 있었던 시기를 기록한다(Wright 2006[1945]: 315-384). 소설 제2부에 설명된 1944년 탈당에 대한 자세한 내용은 『애틀랜틱 먼슬리(The Atlantic Monthly)』지에 「나는 공산주의자가 되려고 했다(I Tried to Be a Communist)」라는 제목으로 출간되었다. 이 기사는 논집 『실패한 신(The God That Failed)』(1994)에서 하나의 장으로 수록되어 미국 정부에 의하여 유럽 전역에 배부되었다[10](Saunders 2000: 65-66). 라이트는 작가로서의 자유를 위하여 공산주의를 떠났지만, 같은 이유로 매카시즘의 빨갱이 사냥을 피하여 파리에서 망명 생활을 하게 된다. 1946년에는 주미 프랑스 대사관에서 문화 담당관으로 근무하던 클로드 레비스트로스의 권유로 이듬해 파리로 이주하였다(Schwarz 2016: 32). 그렇지만 CIA의 심리전, 더욱이 공산주의나 좌파에 반대하는 캠페인에 관여한 사실로 인하여 그가 '진정한' 반공주의자라는 오명을 쓰는 일은 없었다. 시드니 훅(Sidney Hook)에 의하면, 반공 진영에서는 라이트와 당의 연결을 의심스럽게 생각하였다. "그가 스탈린주의와 단절한 것은 '정치적인 이유라기보다는 개인적인 이유'였으며, 그러므로 그가 '그 진정한 의미를 이해하지 못하였기' 때문이다"(Saunders 2000: 69; Hook 1949).

동시에 라이트는 1940년대 중반 이후 산발적으로 반식민주의 및 반인종주의 운동에 관여하면서 장 폴 사르트르(Jean-Paul Sartre), 콰메 은크루마, C. L. R. 제임스, 트리니다드 출신 혁명가 조지 패드모어(George Padmore) 등과 교류하였고 프란츠 파농(Frantz Fanon)과도 편지를 주고받았다. 특히 그와 패드모어와의 교우관계는 오랜 기간 지속

---

10 이 논집의 다른 저자에는 아서 케슬러(Authur Koestler), 앙드레 지드(Andre Gide), 스티븐 스펜더(Stephen Spender)가 있다.

되었는데, 라이트는 패드모어의 『범아프리카주의인가? 공산주의인가?(Pan-Africanism or Communism?)』(1955)의 「서언」을 썼다(Wright 1956: xxi-xxiv). 인도네시아와 스페인 여행을 하였을 뿐만 아니라 그는 가나로 떠나 1956년 파리 소르본 대학에서 열린 제1차 흑인 작가 및 예술가 회의를 조직해 보고하였다. 가나 여행을 통해 라이트는 은크루마의 가나에 대한 증언인 『블랙 파워(Black Power)』(1954)라는 결실을 맺었다. 세인트 클레어 드레이크(Saint Clair Drake)에 따르면, 이 책은 "은크루마를 제외하고 '나'[드레이크]가 가나에서 대화한 모든 이들로부터 (…) 한결같이 부정적인 반응"을 불러일으켰다(Shepperson and Drake 1987: 57). 파리회의에서의 보고는 『프레장스 아프리켄』지의 특집호에 수록된 후 가필 수정을 통하여 에세이집 『백인이여, 들어라!(White Man, Listen!)』(1957)의 제2장에 「전통과 산업화: 아시아·아프리카에 있어서 비극적인 엘리트의 곤경의 역사적 의미에 대하여(Tradition and industrialization: The historic meaning of the plight of the tragic elite in Asia and Africa)」라는 제목으로 실리게 된다. 이와 같이 라이트는 미국의 흑인 해방 투쟁에 대한 관심을 지속하기 위하여 식민지 해방 투쟁에도 정치적으로 참여하고자 하였다(Gilroy 1993: 154-155). 폴 길로이(Pual Gilroy)가 언급했듯이 이러한 그의 궤적은 "라이트의 사유에서 매우 복잡한 부분으로, 몇몇 비평가가 시사한 것처럼 마르크스주의자로서의 훈련이 지속적으로 영향력을 미쳤다는 근거, 흑인 미국인의 삶이 착취당하거나 억압된 인간 일반의 투쟁에 대한 상징이 된다는 근거라고 할 수 없다". 길로이는 이 시기 라이트의 형이상학적이고 정치적인 관심을 "아프리카계 미국인의 특수성에 관한 주장의 전부는 아니더라도 어떤 부분을 공공적으로 거부하면서 풍부한 뉘앙스를 가진, 세련된 근대에 대한 이론"과 연결시킨다. 길로

이는 라이트가 반식민주의적 정치로 향하는 궤적을 섬세하게 논의한다. 그런데 좀 더 정확하게 말하자면, 미국적인 것을 대리하는 보편성 주장은 단순히 아프리카계 미국인의 특수성에 대한 거부에서 비롯되었다기보다 그의 사유에서 아프리카계 미국인에 대한 오랜 관심이 방향을 전환하여 구성된 것이다.

민족주의와 공산주의로의 경도

라이트의 소설과 비평적 에세이에는 그가 흑인이라는 존재의 삶을 얼마나 철저하게 생각하였는지에 대한 미묘한 변화가 드러난다. 이를 통하여 라이트가 커리어의 시작부터 백인이 지배하는 미국 사회에 사는 흑인의 폐쇄 상태를 정치적·사회적 투쟁의 국제적 무대로 열기 위해 분투하여 왔음을 알 수 있다.

초기에 이 분투는 마르크스주의·사회주의로부터 지그문트 프로이트(Sigmund Freud)와 윌리엄 제임스(William James)의 절충이라고도 할 수 있는 심리학에 이르기까지 비연속적인 이론적 관심으로 채색되었다. 공산당 당원이었던 1937년에 쓴 유명한 에세이 「흑인문학을 위한 청사진(Blueprint for Negro Literature)」은, 지금까지 불행히 감수하여야 했던 "흑인문학"과 "흑인 독자" 사이의 간극을 극복하기 위한 원리를 선언하였다. 라이트는, "흑인문학"은 흑인이 쓸 수 있다는 사실에 의해서만 받아들여졌고 백인에게 흑인의 곤경을 호소하기 위하여 백인 독자를 향해서만 쓰였다고 주장하였다. 그에 따르면 흑인의 문화 상황은 교회나 구전 예술, 민간 전승 등으로 격리된 채 평가 대상이 되어 왔다. 물론 그때까지 흑인문화를 기른 그 제도들의 가치는 기각되어서는 안 되지만, 도래할 흑인문학에 의하여 수정되어야 하였다. 이를 실현하기 위해서 라이트는 흑인 작가들이 "민족주의(nationalism)"를 받아들여야 한다고 주장한다. 여기서 "민족주의"가 함의하는 바는 미국이라는 좁은 영역에 한정되지 않는 인종 의식인 것이다.

> 그들[흑인 작가]은 민족주의라는 개념을 받아들여야 한다. 그것을 초월하기 위해 그들은 그것을 **자신의 것으로 삼아야 하고 이해해야 하기** 때문이다. 게다가 흑인 작가의 민족주의 정신이란 가능한 한 가장 높은 사회적 의식의 꼭대기까지 나아간 민족주의인 것이다. 그것은 자신의 유래나 한계를 알고, 자신의 입장이 지닌 여러 위험성을 알아차리고, 자신의 궁극적 목적이 자본주의 미국이라는 틀 안에서는 실현 불가능하다는 점을 아는 그러한 민족주의이다. 그것이 존재하는 이유는, 스스로를 자신의 것으로 삼는다는 단순한 사실 때문이며 근대 사회에서 사람들이 상호 의존하고 있다는 사실을 의식하기 때문이다.
>
> (강조는 원문, Wright 1978: 42)

라이트는 여기서 마르크스·레닌주의적인 목적론, 정확히는 이오시프 스탈린(Iosif Stalin)의 『마르크스주의와 민족·식민지 문제(Marxism and the National Question)』(1912)를 흉내 낸다. 어느 시기의 라이트는 스탈린의 사고방식에 확실히 공명하였는데, 예컨대 『흑인 소년』의 제2부는 그 책과의 만남을 다음과 같이 기록한다. "스탈린의 책은 얼마나 다양한 소수민족을 통일할 수 있는가에 관해 보여주었는데, 나는 이것이 길거리를 헤매고 패배한 사람들을 보는 새로운 방법을 밝힌, 정치적으로 가장 섬세한 책이라고 생각하였다"(Wright 2006[1945]: 335). 이 인용에서 라이트는 표현상으로 민족주의를 표방하였지만, 그가 지나치게 민족주의적 본질에 구속되었다고 보기는 어렵다. 이 "민족주의"는 "흑인 작가"가 극복하여야 할 것으로, 어느 정도 전략적으로 규정되기 때문이다(물론 이 전략이 본질적인 것으로 미끄러질 위험은 항상 있지만). 그것이 목적으로 삼는 바는 국가권력의 전복이 아니라 "정치적인 프로그램이나 국민국가를 창설한다는 궁극적인 목적을 결여한 문화적 민족주의"이다(Dawahare 1999: 464 n.1). 그러나 회의주의를 놓지 않는 라이트에게는 마르크스주의를 옹호할 때에도 그것이 "근대"를 이해하기 위한 이론으로 유용하였다. "'주의'를 믿는 것은 순진한 사람들뿐이라고 그들[흑인 작가]은 생각할지도 모른다. 또 하나의 헌신(commitment)이 또 다른 환멸을 의미할 뿐이라고 그들은 어느 정도 정당화하는 듯하다. 그러나 근대 사회의 의미와 구조 그리고 방향에 관한 이론을 가지지 않는 자는, 자신이 이해할 수도 통제할 수도 없는 세계에서 길거리를 헤매는 희생자이다"(Wright 1978: 45).

공산주의에 대한 회의, 심리학의 발견

이러한 전략적 민족주의와 이론적 회의주의 사이의 긴장은 『흑인 소년』(1945)의 제2부 「미국의 굶주림」에서 미국적 가치와 공산주의적 방식의 연대 모두에 대한 노골적인 거부로 응축되어 제시된다. 당내 분열에 지쳐 갈 곳 없는 주인공은 미래에 대한 생각에 빠져든다.

> 그래, 도시 생활에서 무엇을 얻었을까? 남부에서의 생활에서 무엇을 얻었나? 미국 생활에서 무엇을 얻었나? 내가 가진 것은 언어뿐, 어떻게 인간다운 삶을 살아야 하는지에 대해 내 나라는 아무런 모범을 보여주지 않았다. 애매한 지식을 손에 쥐고 있는 것에 불과하다는 사실을 알면서도 나는 천천히 바닥을 걸었다. 지금까지 살아오며 나는 늘 새로운 삶의 방식에 대한 굶주림으로 가득 차 있었다. (…)
>
> 나는 연필을 꺼내 한 장의 종이 위에 올려놓았는데, 너무 많은 생각을

> 하다 보니 말을 잇지 못하고 말았다. 나는 밤낮으로 내가 무슨 말을 해야 할지 알 때까지 기다릴 것이다. 지금은 겸손하게도 광활한 연대와 같은 자랑스러운 꿈을 꾸지 않지만, 나는 나 자신과 저 바깥의 세계, 너무 멀리 떨어져 있고 파악할 수 없어 현실적이지 않은 것처럼 보이는 저 세계와 연결되는 다리를 만들고 싶었다.
>
> (Wright 2006[1945]: 383-384)

여기서 라이트는 미국적이지 않은 것, "광활한 연대와 같은 자랑스러운 꿈"이 아닌 것에 대한 평생의 추구를 긍정한다. 그러나 에세이집 『실패한 신』(1949)에 수록된 판본과 비교하면 이 인용문의 첫 단락이 상당히 수정되었음을 알 수 있다. 예를 들어, 앞의 인용문에서 간신히 읽을 수 있는 반미 감정은 다음과 같이 더 약화되었다. "나는 혼자, 이제 혼자 서둘러 집으로 돌아가는 길에 나 스스로에게 이렇게 타일렀다. 광활하게 펼쳐진 위대한 아메리카 대륙에서 인간의 마음이야말로 가장 알려지지 않은 원초적 요소이며, 인간적인 삶을 사는 방법이야말로 가장 탐구되지 않은 존재의 목표라고 할 수 있다"(Wright 1949: 166). 하지만 두 판본의 공통점은, 미국의 가치관과 인종적 규범으로부터의 도피 속에서도 아프리카계 미국인에 대한 관심이 그 심리적 차원의 탐구 속에서 지속된다는 점이다.

폴 길로이는 라이트를 아프리카계 미국인의 특수주의와 인종적 본질주의로부터 되찾으려고 시도하면서 "심리학의 중요성에 대한 라이트의 깨달음이 변증법적 유물론에서 벗어난 이후 가속화되었다"라는 점에 주목한다(Gilroy 1993: 170). 실제로 라이트는 아프리카계 미국인의 보편적인 것과 특수한 것을 모두 검토하며, 미국 흑인의 '개성'에 대하여 뉘앙스가 풍부하고 환원적이지 않은 방식으로 논의한다. 시카고 사우스사이드에 거주하는 아프리카계 미국인에 대한 사회학적·인류학적 연구인 세인트 클레어 드레이크, 호레이스 R. 케이턴(Horace R. Cayton)의 『블랙 메트로폴리스(Black Metropolis)』(1945)의 「서문」에서 라이트는 그들의 말투, 신체적 조건, 언어 사용, 그리고 심리적 억압에 대하여 언급한다.

> 왜 미국 흑인의 개성이 서인도제도 흑인의 개성보다 심리적 상처가 더 큰 것일까? 그리고 영국과 미국 흑인 사이의 이러한 심리학적 특이성은 어떤 형태로든 두 앵글로색슨 제국주의에 대한 서로 다른 관계성에서 비롯된 것일까?[11]
>
> (Wright 1945: xxx)

이처럼 라이트는 미국 흑인의 특수성에 주목하면서도 보편적인 인종 문제에 대해서 고찰한다. 예를 들어, 몇 년 전 라이트는 『미국의 아들(Native Son)』(1940)의 배경을 주인공의 이름을 딴 논고 「어떻게 '비거'는 태어났는가?(How 'Bigger' was born)」에서 설명하였다. 그는 여기서 작가가 남부와 시카고에서 만난 『미국의 아들』의 주인공 비거 토마스(Bigger Thomas)형 인간, 고리키(Gorky)와 레닌(Lenin)이 런던으로 망명하는 동안 영국 문명을 향한 부러움의 눈빛, 그리고 라이트가 신문에서 읽은 나치 독일에 사는 사람들에 대한 일상적인 에피소드, 이 세 가지에서 동시에 발견할 수 있는 공통점이 "깊은 소외감"이라고 말한다. 그는 이 공통의 기준을 "인종적·민족적 경계에 관계없이 존재

---

11 심리학에 대한 라이트의 생각은 부분적으로 그가 이 「서문」에서 인용한 윌리엄 제임스에 의한 것임을 알 수 있다(Wright 1945: xxxii).

하는 개성의 형태"라고도 바꾸어 표현하였다(Wright 1991: 863, 865).

그로부터 15년 후, 라이트는 경계 없이 존재하는 갖지 못한 자들의 지표라고 생각하는 것을 니체(Nietzsche)를 경유하여 "개구리의 시선"으로 재공식화한다(Wright 1956: xxx; Wright 2008b: 656-658). 아프리카계 미국인의 심리적 위치가 다른 지정학적 상황에 처한 사람들과 대치될 때, 라이트에게 비교의 참조축은 더 이상 피부색에 국한되지 않는다. 그에게 가장 중요한 것은 공통의 심리학적 상황을 초래한 정치성, 역사성, 동시대성이었다. 그러나 그 상황의 중심으로 상정된 아프리카계 미국인은 대체할 수 없는 존재였다.

4. 냉전의 틀에서 본 심리학과 종교 — 『색의 장막』

『색의 장막』은 아프리카계 미국인의 고충을 식민주의 혹은 사회적·경제적 억압 아래 살아온 사람들의 고충과 교섭하게 한다는 점에서 새롭다. 지금부터는 우선 아시아 지역 출신의 서구화된 사람들을 대상으로 한 인터뷰를 분석하고자 한다. 그 이후 비자이 프라샤드(Vijay Prashad)가 "반둥회의에서 가장 유명한 선언"이라고도 칭하였던 수카르노 대통령의 연설에 대하여 라이트가 해석한 내용을 다룬다(Prashad 2007: 34). 마지막으로 회의에 참석한 아프리카계 미국인들에 대하여 라이트가 논의한 내용을 분석하겠다.

'감정'의 심리학

첫 장 「반둥: 좌우를 넘어」는 전체 분량의 절반가량을 차지한다. 라이트는 유럽을 주요 무대로 회의에 대한 기대와 프랑스인·스페인인 친구의 반응, 여기에 소설가와 시인을 포함한 인도네시아 지식인과의 만남을 기록한다[12]. 또 역사적인 회의에 대한 두려움과 따뜻한 환영 등의 다양한 반응을 신문에서 인용한다. 라이트는 인도네시아 여행을 앞두고 자신의 원칙을 다음과 같이 소묘한다. "이것은 뭔가 새로운 것, 좌파와 우파를 초월한 것이다"라고. 저자는 신문에서 읽은 회의의 목적과 의의에 대해 인정하고, 이어서 다음과 같이 말한다. "역사라는 관점에서 보면 이 국가들은, **인종**과 **종교**라는 모호하지만 위세 있는 강력한 힘을 대표한다"(강조는 원문, CC, 439). 전례 없던 사건을 마주하기 위하여 라이트는 마치 개인적인 심리학으로 환원할 수 있는 것처럼 "아시아적 개성"이나 "근본적으로 아시아적인 태도"를 "아는 것"이 필요하다고 생각한다. 기묘하게도 그의 선입견에 의한 생각("**인종**과 **종교**")에 대한 확고한 신념과 아직 탐구되지 않은 심리적인 것("아시아적 개성")을 밝힐 필요성에 대한 어렴풋한 감각이 별개이면서도 공존한다. "그런데 어떻게 29개국이 한자리에 모이는 것을 보고하게 된 거야?"라고 반둥회의를 보고하게 된 동기에 대하여 물은 아내에게 라이트는 대답한다.

> 모르겠어. 하지만 내 인생이 그들이 무슨 말을 하고 무엇을 하려는지에 대해 하나의 단서를 준 것 같아. 나는 미국의 흑인이야. 그런 인간으로서 나는 인종의식이라는 무거운 짐을 지고 있지. 이들도 마찬가지야. 젊었을

---

12 라이트의 저서에 대한 인도네시아의 반응은 Roberts and Foulcher(2016)가 정리한 바 있다. 이들에 따르면 프라무댜 아난타 투르(Pramoedya Ananta Toer)를 비롯한 동시대 인도네시아 작가와 지식인들로부터 라이트의 작품은 경의에 찬 평가를 받았다. 그러나 라이트의 반둥 보고서에 대해서는 상당히 부정적인 의견이 많았다고 한다 (Roberts and Foulcher 2016: 23).

> 때는 일반 노동자로 일했고, 계급의식이 있었지. 이 사람들도 그랬었고. 나는 감리교와 안식일 재림파 교회에서 자랐고, 어린 시절 종교를 바라보기도 하고 관찰하기도 했었어. 이 사람들도 종교적이야. 나는 12년 동안 공산당 당원이었고, 저항에 대한 정치나 심리에 대해서는 얼마쯤은 알고 있어. 이들은 이런 정치를 일상으로 살아온 거야. 이런 감정들이 나의 방법이야. 그건 감정이지만 나는 그것들을 감정으로 의식하고 있지. 이 사람들이 무엇을 생각하고 느끼고 그것이 왜 그런지를 찾는 시도로서 이 감정을 이용하고 싶어.
>
> (CC, 440, 441)

이미 알고 있는 바에 대한 선입견과 낯선 아시아인들에 대한 심리가 불안정하게 공존하는 상태를 가능하게 하는 것은, 자신의 동일성인 "미국의 흑인"을 확장하여 해석하는 행위이다. 그리고 그 행위는 감정이라는 어색한 표현으로 흘러든다. "미국의 흑인"이라는 삶의 조건을 바탕으로 그 경험에서 유래한 '감정'을 방법으로 간주함에 따라, 반둥에 모인 여러 나라 사람들의 '인종'·'종교'·'계급'·'정치'가 다양하게 중첩된 사이를 라이트가 틈입할 수 있는 것이다. 그러나 한 가지 심각한 귀결은 아시아인들에 대하여 갖는 '하나'라는 견고한 이미지, 즉 '대중'이라는 점이다. 여러 뉘앙스를 배제한 이러한 전개 방식은 세속과 비세속의 차이나 사회적 계층화의 그라데이션에 주의를 요하지 않는다(CC, 471-472). 또 하나는, '유색'이라고 하는 공통분모의 사용법에 대한 것이다. 라이트는 다양한 요소가 중첩되는 지역과 역사에 존재하는 특유의 복잡성을 알면서도 이 공통항에 따라 이들이 서로 연결될 수 있다고 생각한다. 확실히 피부색이라는 공통점은 라이트가 "어떤 백인 서양인도 자신의 것이라고 할 수 없는 요소"라고 호언하듯이, 후대 정보제공자와의 대화에서 교육받은 자들이나 고위 관료들로부터 의견이나 정보를 끌어내기 위한 완충재로서 효과적이다(CC, 448).

관찰자로서의 라이트의 고정적인 태도는 그의 선입견에 찬 생각이 깨지지 않고 어떻게 강화되는가를 보면 분명하다. 회의를 보고하기 전, 조사의 일환으로 그는 정보제공자들에게 80가지 질문 사항에 답하도록 하였다. 이 질문은 라이트가 고안한 것이 아니라 사회심리학자 오토 클라인버그(Otto Kleinberg)가 사전에 준비하였다(Fabre 1993: 422). 라이트는 파리와 마드리드 인터뷰에서 얻은 이 질문들에 대한 답을 해석하고 마드리드로 향하는 열차 안에서 "과거 아시아에 산 적이 있는 아시아 태생의 유럽인(Asian-born European who had once lived in Asia)"에 대한 인터뷰 메모를 다시 읽는다. 한 연구자에 따르면 그들은 "단순히 정보제공자로서, 인격을 가지지 않는 그릇으로 취급"되었으며 "특유의 목소리가 결여된 대변자"이다(Reilly 1986: 512). 그럼에도 라이트의 심리학적 차원의 사용법을 밝히기 위하여 어떻게 "특유의 목소리"를 표상하는지 따져볼 필요가 있다.

심리화와 집단화

라이트의 정신분석적 독해는 심리화와 집단화로 구성된다[13]. 그것은 한편으로는 자신을 "미국인 흑인"이라기보다는 "서양"의 일원으로

13 『색의 장막』 출판 6개월 뒤, 라이트는 옥타브 마노니(Octave Mannoni)의 저서 『식민지배의 심리학(Psychologie de la colonisation)』의 영역본에 대한 서평 「정복의 신경증(Neuroses of Conquest)」(*The Nation*, No.183, 20 October, 1956, 330-331)을 발표하였다. 이 서평은 제목이 변경되어 단행본에 수록되었다(Fabre 1990: 223-225). 파브르(Fabre)는 라이트에 대한 마노니의 영향에 대하여 언급하는데, 특히 1956년에 파리에서 개최된 제1회 흑인 작가 및 예술가 회의에서의 보고에 그것이 나타난다고 한다(Fabre 1993: 433-434). 마노니에 대해서는 이 책의 제5장에서 상세히 논한다.

자리매김하고, 다른 한편으로는 "인종"을 "인종적 열등성"의 동의어로 번역하는 것으로 이어진다. "인격을 가지지 않는 그릇"은, 진부하지만 작자의 취미에 맞는 정신분석 모델 속으로 그들의 발언을 적용시킴으로써 산출되었다. 그 분석 모델은 이 정보제공자들의 정치적 견해 속에 오이디푸스 콤플렉스적 도식과 억압 가설을 도입함으로써 성립한다. 그러는 한편 그는 "비이성적", "어린애 같은", "토속적 사고방식"이나 성질을 갖춘 아시아 대중이라는 추상화된 상투적인 개념을 부활시킨다 (이러한 점들은 세 번째 정보제공자에 대한 분석 후반부에서 강조된다).

최초의 정보제공자는 인도네시아에서 태어나 네덜란드에서 교육받은 남성 기자이고, 작가에 의해 "나의 모르모트"라고 불리는 존재이다. 그러나 그는 반둥에 대해 열광적이지 않기 때문에 라이트를 실망시킨다(CC, 499). 하지만 라이트는 "내가 마주하게 될 '순수한' 아시아적 개성을 측정하고 비교하고 판단하기" 위하여, 그리고 "아시아의 감정이라는 풍경에 대한 나의 조사에서 부정적이라는 것 외에는 그의 사례를 사용하지 않을 것이다"라고 말하며 자신을 납득시킨다(CC, 453). 두 번째 인터뷰 상대는 아일랜드인으로 가톨릭계 어머니와 인도인이자 이슬람교도인 아버지에게서 태어난 여성 기자인데, 라이트는 그녀 안에서 "아시아적·유럽적 가치의 혼합, 즉 유라시아적 정신의 심리학적 풍경"을 찾으려고 한다(CC, 455). 라이트는 그녀의 사례를 아버지 콤플렉스로 분석하는데, 그 이유는 그녀가 말레이시아에 대한 어떠한 외정 간섭도 거부하기 때문이다. "그녀는 자신의 아버지가 되고 싶은 것이다. 강하게 억압된 남성적 욕동(欲動)이 있지만 그녀의 표면적 태도는 여성적인 것이다"(CC, 462). 라이트는 "미국 흑인만큼이나 피부색에 신경을 많이 쓴다"라고 하면서 다섯 가지 사례 중 그녀의 인종적 의식만을 아프리카계 미국인의 개성과 비교한다(CC, 463).

세 번째 인터뷰 상대는 라이트가 "대개의 서양인보다도 서양적"이라고 부르는 유럽 태생의 인도네시아인이다. "제시된 질문 하나하나가 심리학적인 반응(생리적인 반응이라고 해도 좋을 것이다!)을 불러일으켰다. 순간적인 미소, 근육의 긴장, 먼 곳을 바라보는 시선, 게다가 많은 문화의 지혜를 가로지르며 머뭇거리는 말"(CC, 464). 그는 이 정보제공자를 "강인한 정신에 기초한 실제적 사고법"을 이유로, "내가 말한 모든 아시아인 중에서도 단연 비현실적인 인간"이라고 판단한다(CC, 470). 이 인터뷰에서 두드러지는 것은, 작자가 정보제공자의 답변을 평가한 뒤에 설사 서양의 제국주의가 그 영향력이 지리멸렬하기 때문에 실패하였다고 해도 "미래 아시아 대중"은 자신에게 적합한 지도자를 발견하지 못할 것이라고 예측하였다는 점이다. 라이트에 따르면 "대신에 수백만 개의 토속적 사고방식을 가진 대중은 그들의 곤경에 대한 무책임한 해석에 사로잡혀" 있고, "구제자(救濟者)적인 남성들의 지도"로는 이들 대중의 "행복"을 충족시키지 못할 것이다(CC, 471). 아시아인들은 그들을 단일하게 보려는 라이트의 지각에 의하여 "대중"으로 집단화된다(이것은 앞 장에서 검토한 바와 같이, C. L. R. 제임스가 동일한 "대중"이라는 말에 담은 의미나 가치와 비교하면 큰 차이임을 알 수 있다).

분석 용어로서의 "인종"과 "종교"

세 번째와 네 번째 정보제공자를 만나게 되면서, 대중 심리와 종교의 역할에 대한 라이트의 관심은 "'순수한' 아시아적 개성"에 대한 강박관념을 넘어선다. 여기서 종교는 '이슬람'과 같은 의미인데, 라이트는 이슬람교가 공산주의에 의하여 축출될 것이라고 믿었다. 네 번째 대상자는 "뼛속까지 인도네시아인인 20대 남성"으로, 라이트에게는 "보다 전형적이고 기본적인 아시아인"으로 여겨진다(CC, 472). 라이트는 대담자의 "심리적인 것"에 집착하기보다 네덜란드인과 일본인에 의해 식민화되었던 시대에 그가 살아온 이야기에 더 관심을 기울인다. 그러나 라이트는 그가 자신을 적대함을 느낀다. 그것은 주로 그의 종교 때문이었지만("알라가 절대적인 독재자로 그를 지배하고 있었다") 또한 그가 서구적 가치를 거부한 데도 그 이유가 있었다. "**그는 서양이 어리석고 서양이 자신의 적이라고 가르칠 수 있을 만큼 충분히 가르침을 받았다고 말하고 싶었던 것이다!**"(강조는 원문, CC, 477, 478).

다섯 번째이자 마지막 정보제공자는 "파키스탄 출신의 젊은 기자"였고, 라이트는 그의 눈빛이 "동양과 서양의 가장 깊은 골을 드러내는 것 같았다"라고 말하였다(CC, 483). 라이트가 동의하는 것은, 인종과 종교 모두 아시아적 자기 동일성을 상호의존적으로 강화하는 기호화된 표현이며 그 자신도 그것에 반쯤은 사로잡혔다는 점이다. 이때 그 주장의 내용보다 주장이 어떻게 드러났는가 하는 지점이 특징적이다. 즉 기자의 의견에 대한 라이트의 비판적 태도에도 불구하고, 파키스탄 대중이라는 관점에서 서술된 인종과 종교에 대한 응답의 논지가 이들 대중에 대한 라이트의 시각으로 흘러 들어간다. 라이트는 먼저 인종에 대한 이 기자의 의견을 바꿔서 말한다. "서양은 동양인에게 수치심을 느끼게 하였다. 그리고 이 수치심은 매우 광범위하게 퍼져 있는 열등감과 다르지 않은데, 이는 『어머니 인도(Mother India)』와 같은 책에서 찾아볼 수 있다"[14](CC, 480). 라이트는 이어 산업화에 대한 기자의 견해를 기록하면서 다음과 같이 말하였다. "내가 우리의 문화에서 가장 중요하게 여기는 것은 대중을 위한 종교입니다. 만약 그렇게 산업화되지 않았더라도, 사람들을 위한 종교가 있는 것입니다"(CC, 480). 라이트는 이

---

14 『어머니 인도』에 대해서는 제5장 제3절 참조.

종교관을 "그의 가장 흥미로운 태도"라고 해석하면서, 파키스탄 기자가 스스로를 위해서가 아니라 "**대중이 신앙하기를 원한다**"라고 덧붙였다. 라이트의 의견은 지도적 관념에 스스로 헌신하는 아시아적 정신에 대한 대중심리학으로 일반화되었다. 그리고 그는 다음과 같이 이론화하였다. "대부분의 아시아적 신념의 근저에 있는 것은 강력한 지도자에 대한, 권위에 대한, 거룩한 '머리'에 대한 굶주림이며, 모든 시선이 인도에 최종 승인을 얻기 위해 돌아서는 것이다"(CC, 486). 앞서 제2장에서 살펴본 프로이트의 『집단심리학과 자아분석(Massenpsychologie und Ich-Analyse)』의 표현을 빌리자면, 여기서 종교는 "아시아 대중"의 자아 이상과 동등한 것으로 규정된다.

따라서 한때 종속의 표식이었던 인종이 이제는 강력한 지도적 관념인 종교로 대체되었다고 하여도 동서양의 분단은 변하지 않는다. 라이트가 보기에 아시아인들은 서구의 개인주의에 대한 방파제로서 스스로를 보호하기 위하여 물신숭배를 할 필요가 있었기 때문이다. 라이트는 다섯 명의 인터뷰 대상자의 이야기에 대한 자신의 해석을 요약하여 말한다.

> '인종'은 더 이상 어떤 사람들과 그 생리적 차이에 대한 비과학적이고 단순한 호칭이 아니라 종속의 수단, 수치심의 표시, 한 사람의 피부색에 의해 즉각적으로 증명되고 몸을 태우는 구체적인 사실이다. (…) 더 이상 종교는 수 세기 동안 정교하게 다듬어지고 의식이나 제사로 구현된 섬세한 관계성이 아니라 자신의 인간성에 대한 증명이다. 그것은 자신의 자존심을 위해, 자존심의 저울추에 균형을 맞추기 위해 (설령 그것을 믿지 않더라도!) 열정적으로 지키고 붙잡는 것이다.
>
> (CC, 487)

"인종"과 "종교"가 서로 약간 떨어져 있고, 그 틈새 사이를 "수치심"이 차지하는 듯한 배치이다. 수치심이라는 정동의 문제계는 다음 장에서 래밍과 관련하여 자세히 논의하겠지만, 여기서는 당분간 심리화라는 과정과 틀에서 흘러나온 잔여이자 식민화된 정신의 지표라고 할 수 있는 정동으로 이해하여야 할 것이다. 이와 동일한 수치심이라는 정동은 『색의 장막』의 후반부에서 라이트가 미국의 인종주의를 식민주의와 노예제라는 더 큰 틀에 위치시키려고 시도할 때 다시 표면화된다. 위 인용문에서 더욱 눈에 띄는 것은, 이전 인터뷰에서 인종에 대한 성찰이 거의 부재하였던 반면 라이트의 표현인 "아시아적 개성"이 형성되는 계기로 인종 개념 자체의 가치가 높아졌다는 점이다.

마드리드에서 자카르타로 향하는 비행기에서 접하는 유색인종에 대한 다음의 묘사는 지금까지의 분석과 마찬가지로 저자의 초점이 종교에 한정된다. 팔레스타인 난민들의 사진을 본 후, 라이트는 그 사진을 건네준 기자를 "종교적"이라고 표현한다. "이 남자는 종교적이다. 내가 서양의 무미건조하고 인간미 없는 추상적인 세계를 떠날 때가 되자마자 종교를 만나게 되다니, 이 얼마나 이상한 일인가"(CC, 489). 카라치에서 라이트는 "덥수룩한 검은 턱수염을 기르고 옥스퍼드식 억양으로" 말하고 "검은 비단으로 된 터번"을 쓴 시크교도를 만나 이렇게 판단한다. "나는 아시아를 둘러보고 종교의 표시나 상징을 만날 때마다 침묵을 지킨다. (…) 조직화된 투쟁성이라는 점까지 인간 개성의 모든 비이성적 힘을 동원하는 남자들을 마주할 때, 사람은 아무 말도 할 수 없게 된다. …… 만약 서양 남자들이 정치적 동물이라면, 동양 남자들은 종교적 동물이라는 것을 금방 알게 되었다 ……"(CC, 491).

오토 클라인버그와 사회심리학

그렇다면 라이트의 극단적 단순화는 어디에서 유래한 것일까? 앞서 설명하였듯이 정보제공자에 대한 질문 사항은 라이트 자신이 아니라 사회심리학자 오토 클라인버그에 의하여 이미 준비된 것이었다. 이에 관련한 내용은 라이트가 쓴 『백인이여, 들어라!』 서두 중 클라인버그에게 남긴 감사의 말에 언급된다(Wright 2008b[1957]: 636). 또한 라이트는 파리에서 클라인버그와 자주 만나기도 하였다(Fabre 1990: 88).

클라인버그는 프란츠 보아스(Franz Boas) 밑에서 박사학위를 받았으며 마거릿 미드(Margaret Mead), 루스 베네딕트(Ruth Benedict) 같은 보아스파 인류학자들과 동시기에 활약하였다. 이 학파의 공로는 인종에 우열이란 없으며, 문화적 차이는 생물학적이거나 본래적인 것이 아니라는 입장을 내놓은 점에 있다. 이들은 그 차이가 주로 환경에 좌우되는 것이라고 주장하면서 당시 팽배하였던 생물학적 인종주의와 거리를 두었다. 클라인버그는 미국 흑인의 교육 환경을 통계적으로 조사함으로써 백인과 흑인의 인종적 요인이 지성의 우열에 영향을 미친다는 고정관념을 비판하고 환경적·경제적 요인에 초점을 맞추었다(Klineberg 1935).

클라인버그는 자유주의자로서의 입장을 취하여 왔다. 그는 출생지에 따라 이민을 제한하여야 한다거나 인종 간 결혼을 금지해야 한다는 주장에 비판적이었다. 또한 섹슈얼리티와 관련하여서도, 가족주의적 이성애주의를 규범적이라고 보는 입장이나 동성애를 일탈로 보는 입장에 비판을 가하였다(Meyerowitz 2010: 1070-1071).

이러한 업적에도 불구하고 리처드 라이트가 1956년 당시 클라인버그의 사회심리학을 제3세계 정보제공자를 독해하는 틀로 이용한 데에는 다음과 같은 문제가 있다. 미드나 그녀와 동시대에 활동한 말리노프스키(Malinowski) 등 문화인류학자의 타자 연구는 연구 대상에 대한 극단적인 인종차별과 맞닿아 있다고 지적받아 왔다. 또한 베네딕트의 일본 연구 등 인류학자들이 수행한 '국민성' 연구가 점령 정책과 공범 관계에 놓인다는 비판적 검토도 이미 축적되었다. 이렇듯 문화상대주의는 생물학적 인종주의에 비판을 가하면서도 주류 입장에 대한 현상 유지적 동일화를 요구하였다(Meyerowitz 2010: 1063-1069, 1084). 그러한 입장은 대상 집단의 특정한 심리적 경향을 파악하고 이를 서구적 규범과 비교하여 과도하게 일반화하는 방식으로 뒷받침되었다.

이러한 현상은 클라인버그의 사회심리학에서 인종적 범주의 심리화·집단화로 나타난다. 특히 그가 집단심리에 대하여 논한 부분에 주목할 필요가 있다. 이 책 제1장에서는 르 봉(Le Bon)의 군중론을 언급하였는데, 이때 군중심리론과 생물학적 인종주의의 접점을 중요하게 다루었다. 클라인버그는 생물학적 인종주의와는 거리를 두었지만, 르 봉의 20세기적 전개로서 중요한 의미를 지닌다.

클라인버그는 자신의 초기 저작인 『사회심리학(Social Psychology)』(1940)에서 르 봉을 언급하였다. 그러나 훗날 국제관계를 논한 저작에서는 오히려 나치 독일의 대중심리를 분석한 에리히 프롬(Erich Fromm)의 저작이나 아도르노(Adorno) 등이 쓴 『권위주의적 인격(Authoritarian Personality)』을 언급하였다. 거기서 클라인버그는 지도자와 대중의 관계에 대해 다음과 같이 말하였다. "상대적인 중요도는 때·장소·사태에 따라 다를 수 있지만, 지도자 및 엘리트와 일반 대중의 태도·가치는 서로 침투하여 있다. 모든 것은 동시에 서로 영향을 미치는 체계로 생각하여야 한다"(クラインバーグ 1967: 91). 군중이 지도자 없이 아무것도 할 수 없는 집단이라고 비판한 르 봉에 비하여, 클라인버그는 지도자와 민중의 상호적 역동성을 보다 객관적으로 분석한

다. 그러나 클라인버그는 개인 행동과 집단 행동의 차이를 설명하는 단계에서는 르 봉의 주장에 기대기도 하였다(Klineberg 1954[1940]: 449-451). 르 봉의 『군중심리(Psychologie des foules)』 1964년판 서문을 집필한 데서도 알 수 있듯이 클라인버그는 결코 르 봉을 경시하지 않았다(Klineberg 1983: v-vi).

민족주의를 논하는 단계에 이르러 클라인버그의 논리는 지극히 상대주의적이 된다. 즉 앞서 언급한 집단의 역동성은 인종의 형태를 취할 때, 억압자나 피억압자 모두 비판받아야 한다는 것이다. 흑인 인종차별에 대한 저항 운동이 민권 운동으로 더 넓은 기반을 확보하게 되자, 백인은 흑인 우대 정책을 비판하기 위하여 '역인종차별'이라는 말을 사용하기 시작하였다. 클라인버그는 이 말이 생겨난 데에 대하여 긍정적인 입장을 취한다. 그리고 다음과 같이 말한다.

> 나는 단지 그것이 '흰색'이든 '검은색'이든 '갈색'이든 '노란색'이든, 피부색으로 국민과 개인의 가치를 판단하는 철학은 어떤 것이라도 부적절하고 비현실적이라는 의견을 밝히고 싶다. 백인우월주의가 서서히, 그러나 확실하게 쇠퇴하고 있는 것처럼 보인다. 그런데 이와 같은 질병이 다른 형태로 부활하거나 보완 내지 대체된다는 것은 비극적이라고밖에 할 수 없다.
>
> (クラインバーグ 1967: 32)

이 글은 반둥회의 이후인 1964년에 작성되었다. 세계적으로 탈식민화가 진행되고 베트남 침략이 거세지고 있는 가운데, 미국 내에서는 겨우 흑인의 권리 획득이 가시화되던 때라는 점은 강조할 만하다. 주의해야 할 것은 위와 같은 상대주의적 입장이 생물학적 인종주의에 대한 거부로 등장하였다는 점이다. 클라인버그는 라이트와 마찬가지로, '민족'을 마치 그 자체로 비판적인 단어이자 퇴출되어야 할 실체인 것처럼 언급하였다. '민족'이라는 단어가 지나친 일반화를 위한 장치로 사용된 것이다.

이상에서 살펴본 것처럼 정보제공자에 대한 라이트의 조사·분석이 단순화된 것은 클라인버그식 사회심리학을 적용한 결과, 집단심리의 독해 틀과 문화상대주의적 입장이 혼합되었기 때문이라고 볼 수 있다.

리처드 라이트, 수카르노를 '읽다'

물론 라이트에게 심리적인 것의 위상은 비판적 사고의 근거이기도 하였음을 잊어서는 안 된다. 심리학과 정신분석을 통해 식민지 문제와 미국 흑인의 위치를 해명하려는 시도에 관심을 보여왔기 때문이다.

라이트는 뉴욕 할렘에 정신과를 설립하려고 노력한 의사 프레드릭 웨덤(Fredric Wertham)과 친분이 있었다. 웨덤이 설립한 라파르그 병원(Lafargue Clinic)은 1946년부터 1958년까지 할렘에 있었다. 라이트와 랠프 엘리슨(Ralph Ellison) 등 흑인 작가들은 제2차 세계대전 이후 특히 정신의료 분야에서 여전히 인종적 편견이 짙고, 흑인 정신질환의 원인을 개인적 요인으로 돌리는 경향이 주류였던 것에 불만을 품어 왔다. 그런 흐름에 의문을 제기하면서 웨덤을 위시한 라파르그 병원진들은 인종차별을 중심으로 한 사회적 요인을 충분히 고려하여 환자의 면담과 치료 과정에 그룹 워크를 도입하였다. 그들의 시도는 매우 진보적이었다(Stewart 2013).

또한 라이트는 『색의 장막』 출판과 같은 해인 1956년 마노니의 『식민지배의 심리학』 서평을 쓴 이후, 식민지의 식민자와 피식민자의 심리적 상호의존관계에 대한 분석을 미국 흑인의 입장 분석에 응용하고

자 하였다(Gilroy 1993: 170). 실제로 라이트가 이 서평을 발표한 것은 제1회 흑인 작가 및 예술가 회의 바로 한 달 뒤였다(Wright 1990: 223-225).

그럼에도 식민지 사회를 심리적인 것으로 왜소화하여 이해하려는 경향은 라이트가 제3세계에 대하여 가지는 견해의 무시할 수 없는 중요한 국면이다. 라이트는 회의에서 아시아 지도자들의 발언을 해석하는 도구로서도 인종과 종교라는 한 쌍의 분석 용어를 포기하지 않는데, 이는 수치심이라는 주제를 분석적으로 다룰 수 있는 회로를 닫아버리고 만다. 이 논점에 대한 집요한 고집은 라이트가 인도네시아 초대 대통령 수카르노가 작성한 연설문에 논평을 덧붙여 인용할 때 강화된다. 라이트가 논평을 덧붙인 연설문과 본래의 연설문을 비교하면, 발언 내용의 순서가 바뀌어 있을 뿐만 아니라 중요한 내용이 변경되었음을 확인할 수 있다. 결과적으로 식민주의의 문제는 수카르노의 연설에서는 중심이 되지만, 라이트의 서술에서는 인종과 종교의 문제에 의하여 가려진다. 라이트는 아래와 같이 논평을 덧붙여 수카르노의 연설을 다시 썼다.

> "우리 아시아와 아프리카의 국민은 14억 명에 달하며 전 세계 인구의 절반이 훨씬 넘는데, 우리는 평화를 위해 내가 '**여러 국민의 도덕적 폭력**' 이라고 부르는 바를 결집할 수 있습니다(…)."
>
> 그리고 이 도덕적 폭력은 어디에서 유래하는가? 수카르노는 자신이 무엇에 대해 호소하고 있는지 알고 있었다. 왜냐하면 그는 이렇게 말하였기 때문이다.
>
> "종교는 전 세계 중 이 지역에서 유독 압도적으로 중요합니다. 아마도 세계의 다른 지역보다 이곳은 그 이상으로 종교적입니다. (…) 우리들 나

라는 여러 종교의 탄생지인 것입니다."

이 다양한 사람들을 무엇이 연결하고 있는가? 수카르노는 말하였다. "우리 대부분이 공통의 경험, 즉 식민지 경험과 관련이 있습니다."

수카르노는 인종과 종교에 호소하였다. 그것들은 그가 호소할 수 있는 눈앞의 남성들의 삶에서 유일한 현실이었던 것이다.

(강조는 원문, CC, 541)

위의 두 번째 단락에서는 두 가지 심각한 수정이 이루어졌는데, 그것은 라이트의 지금까지의 이론을 증명할 뿐만 아니라 종교에 대한 수카르노의 공격적이고 거만한 태도를 강조하는 것으로 이어진다. 우선 라이트가 원문에서 대문자와 이탤릭체를 이용하여 강조하는 "**도덕적 폭력**"이라는 구절은 사실 결정적인 수정이 보태진 결과이다. 즉, 이것은 강조 없는 "도덕적인 목소리(moral voice)"라는 서술이었는데 "Moral Violence"로 변경되었다(Selected documents 1955: 3). 둘째, 계속되는 라이트의 인용은 여기서 읽을 수 있는 것과는 정반대의 의도를 갖는 문장이 잘라 붙여져 원래와는 전혀 다른 글이 되었다. 수카르노의 원본에서는 비역사적 소견을 자랑스럽게 이야기한 것이 아니라 이슬람교·힌두교·가톨릭·개신교, 여기에 여러 전통 종교를 포함한 무수한 종교가 서로 관용하는 국가의 구축을 호소하였다. 라이트가 인용한 부분은 이러한 조화를 이루는 데 성공한 미래와 견주어 볼 때, 듣는 이들로 하여금 바람직하지 않은 상황을 상상하게 하려는 의도가 반영되었다. "만약 우리가 조화와 평화 속에서 생활하는 데 성공하였다면, 그것이 자유와 독립, 그리고 인간의 행복을 위해 미치는 영향은 세계 전체를 위해 큰 것이 될 터입니다. 실패가 의미하는 것은 동양에서 출현한 듯 보이는 이해라는 빛-**여기서 일찍이 태어난 모든**

위대한 종교가 그 빛을 바라보는데-이 냉랭한 구름에 다시금 가려졌다는 점입니다. 그러면 인간은 그 따뜻한 빛의 은혜를 받을 기회를 얻을 수 없습니다"(강조는 인용자, Selected documents 1955: 3). 요컨대 종교적인 사람들에게 호소함으로써 계속되는 폭력에 대한 충동을 자극한다고 말하려는 것은 결코 아니다.

CIA의 냉전 문화 외교와 아프리카계 미국인

그렇다고 이것들을 조작이나 변조라고 단정하기는 너무 성급하다. 왜 이런 기묘한 해석이 생겨났을까? 그 이유로, 코넬 대학에서 동남아시아 정치를 가르쳤던 조지 맥터넌 카힌(George McTurnan Kahin)이 쓴 『아시아·아프리카 회의(The Asian-African Conference, Bandung, Indonesia, April 1955)』(1956)라는 반둥에 대한 보고서를 라이트가 참조하였을 가능성을 들 수 있다. 이 보고서의 보유(補遺)에 수카르노의 연설이 수록되었는데, 여기서 라이트가 인용한 어투 그 자체를 찾아볼 수 있다(Kahin, 1956: 46, 49). 『색의 장막』과 카힌의 보고서 사이의 유사점에는, 두 텍스트 사이에 있는 또 다른 일치점을 생각하더라도 단순한 우연이라고 할 수 없는 부분이 존재한다. 첫째로 라이트가 카힌의 보고서에 의거하였다는 사실은 "그의 연설 세 번째 단락에는"이라는 부자연스러운 표현을 통하여도 확인할 수 있는데, 이는 그가 자신의 책을 집필하면서 반둥에 대한 보고서를 다시 읽고 베꼈다는 사실을 알게 한다(CC, 539). 실제로 그가 인용한 단락은 "우리는 오늘 여러 가지를 희생하고 여기에 모인 것을 나는 인정합니다"라는 문장으로 시작한다. 그것은 카힌의 보고서 바로 세 번째 단락에 있는 문장이다(Kahin, 1956: 39). 한편 유엔에 제출된 성명인 반둥의 공식 보고서에서는 동일한 문장이 두 번째 단락에 들어 있다(Selected documents 1955:

1). 둘째로 공식보고서에서는 수카르노가 "140만"으로 대략적으로 헤아렸던 사람들의 수가, 라이트와 카힌의 보고서에서는 천 배인 "14억"으로 기재되었다(Selected documents 1955: 1). 이같이 사람 수를 많게 과장함으로써, 이 책의 제1장에서 강조하였듯이 다수에 압도되는 공포라는 19세기 유럽 지식인이 아시아 대중을 목도하였을 때의 전형적인 반응을 반복한다.

또 다른 가능성으로는 내용의 결정적인 변경이 책을 편집하는 과정에서 일어났다는 점을 들 수 있다. 『색의 장막』의 일부는 우선 『프뢰브(Preuves)』, 『인카운터(Encounter)』, 『콰데르노스(Cuadernos)』, 『데어 모나트(Der Monat)』 등의 잡지에 발표되었다. 이 잡지들은 모두 문화자유회의(Congress for Cultural Freedom, CCF)의 출자를 받았고 반공이데올로기 선전에 기여하였다[15](Rowly 2001: 468). CCF는 라이트의 인도네시아 여행비용을 부담하였고 "CIA에게 간접적으로 지배받았다"(Fabre 1985: 186; Rowley 2001: 452). 다만 이 회의에 의한 검열을 라이트가 인정하였다는 가능성과 모순되는 증언도 있다. 『색의 장막』 1994년 판 「후기」에서, 암리칫 싱(Amritijit Singh)은 증거를 제시하지 않고 그 가능성을 부정한다. "그는 [문화자유]회의와 국무부 및 CIA의 관련성에 대해서 어렴풋이 알고 있었기 때문에, 사전 약속에 의해서 이 원조가 어떤 형태로든 작가로서 기자로서 그의 발언의 자유를 해치지 않음을 확인하였다"[16](Singh 1994: 616).

---

15 이 잡지들이 문화자유회의로부터 어떻게 지원을 받아 전 세계 반공이데올로기 선전에 공헌하였는지는 다음을 참조. Scott-Smith and Lerg(2017).

16 미셸 파브르는 싱의 설명과는 다소 모순된 해석을 제시한다. "[문화자유]회의와 결부된 위대한 인물의 대부분은, 당시는 이것[CIA와의 결부]에 대해서는 눈치채지 못하였다"라는 것이다. 파브르가 "위대한 인물"로 꼽은 사람은 레오폴 상고르, 라인홀드 니버(Reinhold Niebuhr), 윌리엄 포크너(William Faulkner), 앙드레 말로(Andre

확실히 이 보고서를 쓰기 이전부터 그가 파리로 거처를 옮겼던 이유 중 하나는, 비미활동위원회(Committee on Un-American Activities, HUAC)의 공청회에서 조사를 받는 것에 대한 우려 때문이었다. 매카시 상원의원을 위하여 일하는 국무부 수사원과 파리에서 접촉한 뒤, 라이트는 친구인 작가 체스터 하임즈(Chester Himes)에게 "다시는 증언할 생각이 없다. 공산주의자와의 관계에 대해서 해야 할 말은 모두 적어 버렸으니"라고 말하였다[17]. 1960년 라이트는 CIA의 심리전에 자신이 관여한 일을 이미 후회하였다. 그러므로 공산주의와 단절한 후, 그는 한 편지에서 고백하였다. "공산주의에 대한 나의 태도는 변함이 없지만, 공산주의와 격투하는 사람들에 대한 나의 입장은 변했다". 그는 계속 반공주의 프로파간다와 손을 잡기는 하였지만 서양세계로부터의 그에 대한 비판이 끊이지 않자 "서양세계는 공산주의자보다도 유색인들을 증오할 것인지 아니면 유색인들보다도 공산주의자를 증오할 것인지에 대해 결정해야 한다"라고 말하였다(Fabre 1993: 517).

그러나 라이트의 전기 작가인 헤이즐 롤리(Hanzel Rowley)의 증언은, 싱이 제기한 근거가 불확실한 결론을 수정할 가능성을 제기한다. 그것은 작가 자신도 출판사도 아닌 제3자가 서적 편집에 중심적 역할을 담당하였을 가능성이다. 『색의 장막』의 출판에 대해서 롤리가 서술하였듯이 "미국 정부를 위하여 (…) CCF의 편집자들이 라이트의 견해를 제시하는 방법을 주의 깊게 조정하였던 것이다"(Rowley 2001: 468).

Malraux), 오든(Auden), 한나 아렌트, 존 스트레이치(John Strachey), 존 더스 패서스(John Dos Passos), 리처드 크로스먼(Richard Crossman) 등이다(Fabre 1993: 416-417).

17 Chester Himes, *The Quality of Hurt*(Garden City, New York: Doubleday, 1972), 198-199. Ward and Butler(2008: 253-254)에서 인용.

그렇다면 작가에게는 반둥에 대해서 쓴 원고를 완전히 통제할 권한이 없었을 가능성도 충분히 고려하여 볼 수 있다. 라이트의 인도네시아 기행에 관한 문서를 번역·편집하여 출판한 연구자들은 『색의 장막』이 "주요한 아프리카계 미국인 작가의 반둥회의 여행이, CIA 출자에 의한 문화자유회의의 문화 외교 강화를 위한 수단으로 등장한 순간"이라고 논의한다(Roberts and Foulcher 2016: 18).

보다 폭넓은 관점에서 볼 때 수카르노의 연설에 대한 라이트의 수정은 그가 이전부터 심리학적 차원을 중시하였던 성향의 직접적인 귀결인데, 이는 수사적인 차원에서 공산주의에 대한 방파제가 되었다[18]. 그뿐만 아니다. 네 번째와 다섯 번째 정보제공자의 답변을 분석하면서 그가 "종교"라고 부르던 것이 종교 일반이 아니라 이슬람교를 의미하였음을 상기하자면, 이 장면은 "이슬람"과 "공산주의"가 거의 교환 가능하게 되는 계기를 가리킨다. 즉 앞서 언급하였던 "오리엔탈리스트적 반공주의와 반공주의적 오리엔탈리즘의 생산"이라는 빌 뮬렌의 논점이 여기서는 적절하다. 왜냐하면 라이트가 다음과 같이 결론 내리기 때문이다. 필리핀 대표인 카를로스 로물로(Carlos Romulo)가 서술하였듯이 서양의 이성적·세속적 사고와 감정이 "충분히 의연하고 확고하기 때문에 편협하고 이기적인 정치적 동기 **없이** 개입한다는, 서양이 자부하는 도의적인 권리를 정당화할 수 있다"라는 것이다(강조는 원문, CC, 607). 여기에 더 부가하자면, 동맹국과의 "협력"으로 이루어진 베

18 마노니 책에 대한 라이트의 서평에서 이 조작의 흔적을 볼 수 있다. 그는 이 기사를 시작하면서 아시아와 아프리카에서의 전례 없는 규모의 종교적 "폭력"을 강조한다. "아시아와 아프리카의 백인 지배 흐름이 잠잠해지자, 시야에 들어온 것은 피폐해진 문화의 행렬이고 통솔을 상실한 사회이며, 수 세기 동안 알려진 것보다도 **더욱 공격적인 종교**가 몸부림치면서 밀어닥치는 모습이다"(강조는 인용자, Fabre 1990: 223).

트남, 한반도, 이란, 영국령 기아나, 그 외 동시대 미국의 개입이 라이트의 지정학적 지도 작성에 완전히 비가시화되었다는 점이다. 그는 앞의 인용에 이어 다음과 같이 서술한다.

> 서양의 태도나 관습에 의해 환기된 인종 의식은 조금씩 자위적 종교 감정과 섞여 왔다. 여기 반둥에서는 둘이 합쳐져서 하나가 되어 버렸다. **그것은 인종적·종교적인 자기동일화 시스템이고, 이제 국가의 경계를 뛰어넘어 서로 용해되고 혼합하는 감정적 민족주의(국민주의)로 나타나고 있다.**
> (강조는 인용자, CC, 542)

여기서는 비서구의 국민주의를 제국주의의 역사성을 돌이켜보지 않고 동등하게 무효화하는 입장이 표명된다. 라이트는 인종과 종교라는 심리화를 촉진하는 용어를 사용함으로써 이 비분석적 태도를 정당화한다. 이처럼 반식민주의의 문맥에서 민족주의가 이론적·실천적 근거 중 하나였던 시대에 민족주의를 비판하거나 폐기하는 입장은, 문화상대주의적 입장을 취하는 클라인버그 등의 사회심리학자에 의해서도 공유되었다. 더욱이 국민주의를 보편적인 것으로 정위하면서도 그 정치적 효과를 모두 부정적인 것으로 평가절하하는 행위는, 반둥에서의 시도가 국제주의로 관철됨에도 불구하고 그 상징적인 의미를 국민주의로 축소하는 것으로 이어졌다[19].

---

19 이처럼 라이트가 국민주의를 페티시화하는 양상은 그가 참조한 카힌의 제자, 베네딕트 앤더슨(Benedict Anderson)의 내셔널리즘론을 떠올리게 한다. 그런 의미에서 라이트의 서술은 앤더슨의 유형화가 국민주의 기저에 있는 국제주의를 소거한다는 사실을 상기시킨다. 민족주의의 기저에 있는 국제주의에 대해서는 酒井直樹(2011) 참조.

5. 젠더, 인종주의 그리고 냉전기의 지도 그리기

인종과 수치심의 지정학

정보제공자와의 인터뷰를 통해 부상하였던 수치심이라는 주제는 일단 마무리된 듯 보이지만, 제4장 「반둥의 인종적 수치심」에서 다시 등장한다. 이 장은 어느 미국 기자와 라이트의 우연한 만남을 둘러싼 에피소드가 중심을 이룬다. 이 백인 여성 기자는 회의 기간 중 어느 날 라이트의 방을 방문하였다. 그 기자는 룸메이트인 “흑인 여자애”, 즉 아프리카계 미국인 기자의 섬뜩한 행동에 대하여 자신의 감정을 어떻게도 할 수 없었다고 말하였다. 말인즉슨 룸메이트가 어떤 종류의 부두교적 행위를 실천하는 게 아닌가 하는 의심을 지울 수 없었다는 것이다. 그는 잠을 자는 동안 촛불의 푸른빛과 이상한 냄새를 눈치챘음에도 불구하고 그것이 무엇 때문인지 알 수 없었다. 그러자 라이트는 룸메이트의 가방을 뒤져보았는지 물었고, 이에 그는 “스터노(sterno)라는 표시가 있는 (…) 빈 깡통”, 곱슬머리 고데기를 데우기 위한 휴대용 난로를 발견하였다고 답하였다(CC, 579). 이어서 그는 룸메이트의 피부색이 샤워를 한 후 밝아진 것을 기억한다고 덧붙였다. 룸메이트가 왜 몰래 머리카락을 곧게 펴고 피부색을 밝게 하려고 하였는지에 대한 결정적인 이유를 이해하지 못하는 백인 기자에게 라이트는 인종적 열등감이라는 수치심에 대하여 설명한다. “흑인은 검다는 것을 부끄러워하도록 강요받아 왔어. 피부색이 짙은 인도인도 마찬가지지. 백인들이 그들을 그렇게 느끼도록 강요해 온 거야. 미국 흑인은 검고, 그들은 백인의 나라에 살고 있어. 그들이 보는 거의 모든 영상과 이미지는 온통 하얗고 말이야”. 라이트는 이 인종주의에 대한 주제를 반둥과 연결한다. “그 여성은 매일 심리적으로 자살하는 거야. (…) 29개국이 이곳 반둥에 모여 인종차별주의와 식민주의에 대해 논의하는 것은 바로 그런 이유에서라고 할 수 있어. 백인들이 이 사람들에게 심어준 열등감이 그들의 영혼을 부식시키고 …… 게다가 그들은 노골적으로 인정하지는 않지만 그것을 증오하지"(CC, 581). 이에 그 여성은 물었다.

> "하지만 내가 무엇을 할 수 있을까요?"
>
> "아무것도"라고 답했다. "이것은 당신이나 나보다 훨씬 더 큰 문제야. 당신의 아버지와 당신 아버지의 아버지가 이 사악한 짓을 시작했어. 이제 그것은 우리와 함께 살고 있어. 무엇보다도 그것을 그냥 이해하려고 노력하는 것이 중요해. 그리고 부두교에 대한 그 헛소리는 모두 깨끗이 잊어버리는 거야."
>
> 앞을 응시하던 그 여자는 눈물을 쏟았다.
>
> "부끄럽군요." 그녀는 중얼거렸다.
>
> "전 세계가 부끄러워해야 해"라고 나는 그녀에게 말하였다.
>
> (CC, 581)

인종주의의 희생자인 룸메이트가 느꼈을 수치심이 가해자의 후손인 백인 미국 기자에게 전이되었다는 점에서 이 만남은 결정적이다. 요컨대, 수치심은 그가 방관자가 아니라 수 세기에 걸친 잔혹 행위의 증언자가 되는 계기가 된다. 이브 던바(Eve Dunbar)는 이 에피소드에서 라이트의 아프리카계 미국인에 대한 고찰을 비판한다. 던바에 따르면 "그는 그들의 관심을 과거 시제로 제한함으로써 지역화하였으며, 그럼으로써 미국의 인종차별에 대한 아프리카계 미국인(그리고 진보적 백인)이 행하는 저항의 효과를 무디게 한다"(Dunbar 2008: 117). 그러나 던바가 미국의 예외적인 상태를 언급할 때 – "미국의 인종주의는 너무 특수해서 국제적인 공적 장에서는 탐구할 수 없다. 아마도 반둥의 참가자들에게는 그럴 것이다" – 그 주장은 라이트의 고찰에 근접한다. 두 사람 모두 미국 인종주의의 특수성이 국제적인 틀에 미국 여성이라는 형상을 배치하여 강조될 수 있다는 점에 동의하기 때문이다. 말하자면 이 텍스트에서 반공주의와 반인종주의 사이의 균형은 다음과 같이 결정된다. 첫째, 미국 인종주의의 외연을 백인 여성과 흑인 여성들에게 두는 것이다. 다음으로 라이트가 말하는 방식을 빌리자면 인종주의와 식민주의의 심리적 효과를 위하여, '미국' 혹은 '미국 인종주의'의 여성화된 경계 획정을 종교적·인종적 아시아 사람들의 종교적·인종적 의식(이것이 "집단화되어 있기 때문에 비이성적이고 공격적이다" 혹은 그 반대의 경우도 진리라고 하는 원환을 이루는 틀이다)과 맞부딪히게 하는 것이다. 즉 라이트는 미국과 다른 지역 사이의 인종주의의 경계에서 전자를 여성화하고 후자를 남성화한다고 할 수 있다.

허구로서의 정치적 문서 혹은 조작

위의 수치심과 여성성을 둘러싼 논란의 단초가 된 사건으로 다시 돌아가 보고자 한다. 연구자 로버츠(Roberts)와 파울처(Foulcher)는 위에서 언급된 "스터노" 사건과 관련하여 적어도 세 가지 버전이 있다고 말한다. 첫 번째는 라이트가 『색의 장막』 출판 이전에 쓴 개인적인 편지이다. 거기에서는 흑인 여성을 "시카고에서 온 아프리카계 미국인"이라고 언급하였다. 그리고 인종적 수치심을 둘러싼 대화가 이 여성과의 사이에서 오간 것으로 되어 있다. 두 번째는 『색의 장막』 버전이다. 여기에서는 "시카고에서 온 아프리카계 미국인"이 "보스턴에서 온 흑인 소녀"로 변경된다. 그리고 등장인물이 한 명 더 늘어나면서 인종적 수치심을 둘러싼 대화는 이 흑인 "소녀"가 아니라 "키 큰 백인 여성" 기자와 나눈 것으로 바뀐다. 세 번째는 이 장면의 모델이 된 에셀 페인(Ethel Payne)의 증언이다. 페인의 회상에 따르면, 그가 라이트에게 스터노가 떨어졌다고 상담하자 나중에 구하여 오겠다고 약속하였고, 이후 라이트는 새벽 3시에 페인의 방문을 두드렸다. 두 사람은 머리카락을 손질하기 위하여 알코올에 불을 붙이고 그 위에 빗을 달구었다(Roberts and Foulcher 2016: 25-26).

여기서 분명한 것은 라이트가 자신의 경험을 문서로 출판할 때 상당히 손질하였음은 물론이고 사실의 세부 사항까지 조작하였다는 사실이다. 그 결과 흑인 "여성"은 "소녀"로 바뀌고 존재하지 않던 백인 여성이 대화 상대로 등장하여, 눈물이 흐를 정도로 극적인 연출이 완성되었다. 남자가 설명하고 여자가 듣는 이 연출은 온정주의(paternalism)라고도 할 수 있을 것이다.

물론 에피소드의 원래 소재가 어떻게 지금의 형태로 변경되었는지와 현재의 형태가 어떤 정치적 효과를 갖는지는 분리해서 생각하여야 한다. 그러나 이 두 가지가 어느 정도 겹치는 것도 사실이다. 이미 언급하였듯이 수치심이라는 정동을 매개로 인종화와 젠더화의 효과가 중첩되면서 국제관계의 규범화와 예외화 사이의 경계가 재구성되기 때문이다.

미국 내 인종주의의 특수화와 일치하는 이 인종 장벽(color line)의 젠더화는, 소설 『아웃사이더(The Outsider)』에 제시된 전체주의 사회에 대한 또 다른 젠더화된 분석과도 거리가 멀다. 『아웃사이더』는 『색의 장막』보다 3년 먼저 출간된 라이트의 세 번째 장편소설이다. 이 소설의 주인공 크로스 데이먼(Cross Damon)은 작가와 가까운 입장에서 이야기한다. 여기서 그는 예언적 형태로 공산주의적·파시즘적 사회와 자본주의적 사회 사이에서 기능하는 모방적 적대 관계를 폭로한다. 그는 이 두 사회가 "관능성"의 영역을 길들이기 위하여, 이를 통해서 대중의 의식을 달래고 지배하기 위하여 문화적 도구를 사용한다는 점이 비슷하다고 말한다. 친구 에바(Eva)와 질(Gil)을 통하여 공산당에 헌신하는 사람들의 태도를 배우면서 데이먼은 다음과 같이 생각한다. "이 권력이 수행하는 관능성의 조직화는" "다른 형태이긴 하지만, 이른바 자본주의적인 부르주아 세계에도 퍼져 있다. 그것은 어디에나 있다. 정부에도, 종교에도, 이름 붙일 만한 가치가 있는 모든 예술에도 있다"(Wright 2008c[1953]: 270). 이 소설에서 보인 라이트의 통찰력과 비교하였을 때, 『색의 장막』은 스탈린주의 하의 소련에 대한 실망이 매카시즘 하의 검열·감시에 대한 타협을 정당화할 수 있다는 것을 암시한다. 이 관계성은 젠더화된 지정학과 상동적이다. 이데올로기적·지리적 경계를 넘어 존재한다고 여겨지는 대중은 남성화되고, 이 대중을 단번에 매료시키는 유혹적 힘은 "관능성"이라는 이름과 함께 은연중 여성적인 것으로 상정된다.

한편 수치심은 미국 내에 해당하는 영역-아시아와 아프리카 대표단 중 라이트와 예의 백인 여기자 사이에 공유된 영역-에서 경계화를 촉진하기보다는 냉전기에 지배적이었던 공포의 수사로 대체된다. 라이트는 『색의 장막』 마지막 부분에서 아시아 및 아프리카 사람들을 대상으로 한 "저우언라이의 지도", 즉 공산주의의 기획을 경계한다.

> 서양 세계가 반둥의 기적적 단결이라는 도전에 솔직하고 이기적으로 직면하지 못한다면, 저우언라이의 지도와 끝없는 세속적 희생이라는 그의 괄목할 만한 이론 아래, 자신의 곤경에서 벗어나려는 아시아·아프리카의 시도를 마주하게 될 것이다.
>
> (CC, 608)

수치심의 정동은 윤리적인 것과 정치적인 것을 함께 놓지 않은 채 사고할 수 있는 가능성을 불러일으켰을 것이다. 그러나 그 가능성은 공산주의의 러시아와 중국, 그리고 그들과 대립하는 서양이라는 이항 대립적 틀에 가려지게 된다.

6. 맺으며

인종 장벽의 재편성과 반공주의의 복잡화

앞서 논의한 바와 같이 리처드 라이트의 『색의 장막』은 지금까지 평가되어 온 것보다 상당히 문제적인 텍스트임이 분명하다. 물론 라이트가 CIA를 비롯한 첩보기관과 관련 있었다는 점은 이미 지적되었다. 다만 반둥의 정당한 보고서로서, 그리고 '포스트콜로니얼' 텍스트로서 여겨져 온 이 작품이 어떻게 제3세계주의에 접근하였고 그 접근을 왜곡된 관점으로 떨어트렸는지에 대해서는 세심하게 검토되지 않았다.

이 장에서는 우선 포스트콜로니얼 연구에서 반둥회의가 차지하는 위치를 검토하고, 제3세계주의와 반둥회의의 사상적 유효성을 개진한 후 라이트 자신의 사상적 변화를 살폈다. 그러면서 라이트가 제3세계 대중을 '감정'의 심리학이라는 측면에서 이론적으로 파악하려 하였다는 점을 지적하였다. 이때 라이트는 "인종"과 "종교"라는 용어를 상호의존적 이데올로기로 추출하여 제3세계의 대중이 그 허위의식을 맹신하였음을 어떻게든 증명하려 하였다. 다만 그 설명 자체에 내재하는 어긋남이 예기치 않게 노출되었다. 예를 들어 라이트는 『색의 장막』 집필 시 카힌의 보고서를 참조하였으리라 추측되는데, 그것의 의도적인 오류까지 작품에 그대로 반영하였다. 또 반둥에서 작가가 만난 미국인 여성 기자와의 대화를 과장하여 그려냄으로써 수치심이라는 문제계를 여성 특유의 것으로 고착화시켰다. 결과적으로 라이트는 스스로 거리 두려고 한 냉전 이데올로기에 가담한 것이다.

달리 말하면, 이 텍스트는 인종을 초월한 연대에 대한 기대를 나타내면서도 그것에 회의적이다. 그리고 공간을 젠더화하여 은유로 사용함으로써 인종주의를 어떤 국민이나 지역의 특유한 것으로 간주한다. 라이트는 인종주의 일반에 대한 자신의 이해와 미국에서의 인종주의 사이의 긴장 관계를 국제적 규모에서 사고하기를 대담하게 시도하면서도 결과적으로 그렇게 하기를 거부하는 것이다.

라이트의 『색의 장막』에 대한 이상의 논의는 작가의 의도를 넘어 냉전 붕괴 이후 일극화된 세계에서 발생할 지구 규모의 문화적·군사적 재편성을 예고하였다. 이런 맥락에서 반둥의 "그 후" 귀결에 대한 스피박의 성찰은 정곡을 찌른다. 그는 "반둥회의(1955)는 당초의 시도와 달리 그에 수반되어야 할 정도의 지적 노력을 하지 않았다"라고 말하였다. 스피박에 따르면 "문화의 범위에서 막 시작된 제3세계를 육성하기 위해 사용된 어구는 아마도 구세계 질서 내부의 저항에서 비롯된 입장, 즉 반제국주의 혹은 민족주의에 속하였을 것이다". 그녀는 이어 문화 연구에서의 어휘 빈곤을 한탄한다. 동시에 그람시(Gramsci)를 참조하면서 문명화 사명의 의도에 따른 형태로(미국의 흑인사상가 W. E. B. 듀보이스가 20세기 초 예언한 것과는 별개로) 인종 장벽이 재편성될 것이라고 경고한다.

> 이 신세계 질서에서 그 공백을 메우기 위해 도래한 어휘는 다음과 같은 것을 분명하게 드러낸다. 문화 영역은 다시 한 번 국민 횡단적인 문해력을

> 갖춘 행위자를 만드는 데 도움이 되지 않는다. 이러한 어휘들이 대표적이다. 민족적 기원, 하위민족주의(subnationalism), 민족주의(nationalism), 문화적 자생주의 또는 상대주의, 종교, 그리고 북반구에서 유행하는 급진적인 표현인 혼종성, 포스트민족주의(postnationalism) 등이다. (…) 그람시는 아프리카계 미국인 투쟁의 풍부한 역사에 대한 세부적인 인식은 없었지만, 미국의 확장주의가 아프리카계 미국인을 이용하여 아프리카 시장을 정복하고 미국 문명의 확장을 이룰 것이라고 제시한 그의 가설은 다소 부정확하였다(남아프리카 공화국의 경우와 미국의 군사적 침략 시 아프리카계 미국인을 이용하는 방식은 그람시가 옳다는 것을 증명하는 것처럼 보인다).
>
> (Spivak 1999: 375-376)

여기서 지적되는 첫 번째 계기는 반둥 대표단과 참가자들의 행동과 외관, 다섯 명의 인터뷰 대상, 그리고 수카르노 연설을 둘러싼 라이트의 "종교"라는 단어 사용과 관련된다. 이 단어의 특이한 용법은 "신세계 질서"에서 학술 분야의 유행에 앞장섰을 뿐만 아니라 과거 피식민지와 구종주국 간의 공범적 관계 구축을 정당화하기 때문이다. 그리고 탈식민기에 "정신적인 것"이 갖는 가치를 격상한 데 대한 정당화를 무서우리 만큼 미리 경고하고 동시에 뒷받침한다. 서발턴 연구의 대표적 논객 파르타 차테르지(Partha Chatterjee)는 식민화 이후의 국민주의가 근대화의 두 얼굴과 함께 직조되었다고 지적한다. "필요한 것은 근대 서양 문명의 물질적인 기술을 장려하는 한편, 정신적인 국민 문화의 정수를 눈에 띄게 보존하고 강화하는 것이었다"[20]. 여기서 말하는

---

20 Partha Chatterjee, "The Nationalist Resolution the of Women's Question." occasional paper 94(Calcutta: Center for Studies in Social Sciences, 1987). Spivak(1999: 61)에서 인용.

"정신적인" 것에는 라이트가 말하는 "종교"와 공유되는 부분도 있지만, 그것만으로는 보이지 않는 나머지도 포함된다.

두 번째 계기는 역시 라이트의 "인종"이라는 용어의 사용법과 관련된다. 보다 구체적으로는 글로벌 언어로서의 영어에 대한 평가이다. 단적으로 글로벌 언어로서 영어를 자축하면서 차이를 배우는 것의 존중은, 기존의 인종 개념이나 그 고착화에 따른 차별과 전혀 마주하지 않는다. 이 책의 마지막 장에서 라이트는 말한다. "반둥에 있는 동안 영어가 그 길고 빛나는 역사에서 가장 혹독한 시련 가운데 하나를 통과하는 중이라고 생각하였다". 그의 대담한 주장은 영어의 미래를 예측하는 것에 예민하여 보인다. 그는 이어 "영어가 지구 공통의 지배적 언어가 되어갈 뿐만 아니라 곧 모국어가 영어인 사람들보다 더 많은 사람들이 영어를 사용하게 될 것은 자명하다"라고 말한다(CC, 592). 비평가 디페시 차크라바르티(Dipesh Chakrabarty)는 「반둥의 유산(Legacies of Bandung)」에서 이 입장을 정당화하고, 『색의 장막』의 구절을 인용하면서 이를 이 책 제6장과 제7장에서 논의하는 응구기 와 티옹오(Ngũgĩ wa Thiong'o)의 평론집 『정신의 탈식민화(Decolonising the Mind)』에 견준다. 그러나 이러한 비교는 세계시민적 지식의 훈련이라는 특권을 권장하려 행해지는 것에 지나지 않는다. 그럼에도 불구하고 그는 오히려 낙관적으로, 이러한 지식을 다시 배우는 것이 "교류"를 위해 필요한 "차이에 대한 관심"의 범례라고 말한다. 차크라바르티의 논의는 문학 연구와 같은 학문 분야에 대한 글로벌한 백래시(backlash)에 맞서 인문학을 옹호한다는 점에서 적절하다고 할 수 있다. 다만 영어에 관해 "전달 행위를 위한 수단으로서의, 그리고 차이의 보고(寶庫)로서의 언어"라는 호의적인 평가에 이르면 문제는 간단치 않게 된다(Chakrabarty 2010: 62). 차크라바르티는 전달 행위와 차이에 대한 배려에 주목한 나머지 “인종”, “종교”와 같이 라이트의 텍스트에 징후적으로 공존하는 다른 문제적인 개념을 불문에 부친다. 더불어 이들 개념이 제3세계에 대한 지각을 왜곡하고 때로는 반공주의적 제국 편성과 손을 잡으면서 씨름한다는 점까지는 생각하지 않는다.

다음 장에서는 다시 카리브해 지역으로 돌아간다. 반둥과 동시대에 조지 래밍은 정동의 영역을 전경화시킴으로써 식민주의 언어를 고쳐 쓰려고 하였다. 래밍의 기획은, 라이트의 언어에서 부분적으로 보이다 말다 하였던 식민주의적 시선으로부터 비롯된 ‘대중’과 다른 집합성을 구상하였다. 그러나 두 사람은 서로가 쓴 작품을 존경하였다. 라이트가 반둥의 새로움을 바라보면서 초점을 맞춘 심적·심리학적 영역은 때때로 젠더화된 규범을 염두에 두면서도, 동시에 래밍이 해명하기 위하여 분투한 식민지적 심성에 대한 섬세한 독해에서 방향을 전환하여 교섭하게 될 것이다.

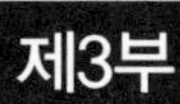

제3부

인민/국민
(탈식민화)

제5장. 식민주의와 정동, 그리고 심리적 삶의 행방

- 조지 래밍의 『내 피부의 성에서』와 『망명의 즐거움』에서 수치심의 위치

1. 첫머리에

조지 래밍(George Lamming)은 구 영국령 카리브해 섬 바베이도스에서 태어났다. 그는 1940년대 후반에 바베이도스의 문예평론가 프랭크 콜리모어(Frank Collymore) 등이 창간한 문예 잡지 『빔(BIM)』에 시 작품을 발표하였고, 1950년 무렵에는 트리니다드 출신의 작가 사무엘 셀본(Samuel Selvon)과 함께 영국으로 건너가 소설가의 길을 걸었다. 비평집 『망명의 즐거움(The Pleasures of Exile)』에서 직접 언급하였듯이, 그는 런던 현대미술관(ICA) 낭독회에서 시를 발표하고 작가 스티븐 스펜더(Stephen Spender) 등과 교류하면서 출판의 계기를 마련하였다. 래밍은 1950년대부터 1970년대 전반에 걸쳐 소설 작품을 중심으로 발표하였으며, 1970년대에는 바베이도스 노동조합과 함께 극작에도 참여하였다. 이후에는 쿠바의 카리페스타(CARIFESTA) 문학상 부문과 카사 데 라스 아메리카스상(Casa de las Americas Prize) 영어권 카리브 문학 소설 부문의 심사를 맡는 등 범카리브적인 문화적·정치적 네트워크를 구축하고자 지속적으로 노력하였다[1].

---

1 이안 먼로(Ian Munro)는 『내 피부의 성에서(In the Castle of My Skin)』 이전에 래밍이

작품의 개요

『내 피부의 성에서』의 개요는 다음과 같다. 서술자이자 주인공인 소년 G에게는 아버지가 없다. 기본적으로 어머니와 둘이 생활한다. 첫 장면에서는 물의 이미지를 축으로 소년의 성장과 섬의 명운이 교차되면서, 불안하지만 희망찬 출발이 그려진다. 그러나 소설의 지배적인 서사는 여러 소년들의 시점에서 서술된다. 소년들은 영국과 그 국기 및 국가 그리고 빅토리아 여왕을 찬양하도록 교육받는다. 익명으로 시작되어 점차 드러나는 트럼퍼(Trumper), 밥(Bob), 보이 블루(Boy Blue) 등의 면면은, 소설 중반 해변에서의 대화로 대표되듯이 작품이 제시하는 사고의 핵심을 이룬다. 그리고 사람들의 집합적 의식도 또 다른 중요한 주역이다. 밥의 어머니, G의 어머니, 미스터 포스터(Foster), 미스 포스터, 제화공, 세이버리(Savory) 등 각각의 인물이 나누는 잡담들이 이야기의 집합적 의식을 구성한다. 사람들에게 백인 혹은 그로 대표되는 종주국의 권력은 따라야만 하는 것으로 내면화된다. 동시에 그 권력은 이 잡담에 의해 상대화된다. 집합적 의식의 기저에는 노인인 아버지와 어머니가 위치한다. 두 사람은 거의 은둔 상태의 생활을 하면서도 마을의 가장 오래된 사건을 기억하는 이야기꾼이다. 특히 아버지는 파나마 운하 건설로 한밑천을 벌기도 하였다는 점에서 소설의 시대 배경인 1930년대 후반의 전형적 인물이라고 할 수 있다.

쓴 시나 단편 작품에 관해서 상세하게 논의한다(Munro 1976). 또한 T. S. 엘리엇(T. S. Eliot) 등 제국의 중심에서 활약했던 작가들이 옛 식민지 출신의 작가들을 어떻게 소개하고 아카데미즘이나 출판사를 통해 판매해나갔는지에 관해서는 피터 캘리니(Peter Kalliney)를 참조(Kalliney 2013). 초기 래밍의 생애에 관해서는 가장 간결하고 상세한 산드라 푸쳇 파켓(Sandra Pouchet Paquet)의 작업을 참조(Paquet 1993).

작품 중 슬라임(Slime) 씨라는 인물은 간접적으로 그려지지만, 이상한 존재감을 발한다. 그는 교장의 아내와 불륜관계로 보이고 다른 이유로 교직을 사임하였지만, 소위 성인교육의 길로 나섬으로써 정치의 세계에도 진출한다. 사람들에게 토지 소유를 강력히 권하고 이를 위해 페니 은행이나 우애협회와 같은 상조 조직을 설립해 가입을 독려함으로써 자립에 대한 희구를 끌어낸다. 그는 또한 항만 조합 파업을 조직하고 마침내 바베이도스에서의 폭동도 이끌게 된다.

작품의 클라이맥스인 폭동 장면 이후로는 소년 G가 고등학교에 진학하면서 마침내 섬을 떠나는 과정과 사람들이 슬라임 씨에게 배신당해 토지를 내놓아야 하는 안타까운 장면이 번갈아 서술된다. 작품 끝부분에서는 식탁을 사이에 둔 어머니와 주인공 간의 긴 대화, 그리고 미국에서 귀환한 트럼퍼와의 재회 장면이 그려지고 G의 새로운 출발을 암시하며 이야기는 마무리된다[2].

이 장의 물음

래밍의 작업은 셰익스피어(Shakespeare)『템페스트(The Tempest)』의 칼리반(Caliban)을 카리브해 지역 피식민자의 모습으로 재구성한 선구적인 것이라고 종종 평가된다[3]. 다만 최근 비평에서는 작가 래밍

---

2 이상의「작품의 개요」는『내 피부의 성에서』일본어 번역본에 수록된 역자 해제의 일부를 변경하여 재수록하였다(吉田 2019: 465-467).

3 쿠바의 문학평론가 로베르토 페르난데스 레타마르(Roberto Fernandez Retamar)는 옥타브 마노니(Octave Mannoni)의『식민 지배의 심리학(Psychologie de la colonisation)』(1950)이 피식민자를『템페스트』의 칼리반에 비유한 최초의 책이라고 말한다(Retamar 1989: 12). 피터 흄(Peter Hulme)과 롭 닉슨(Rob Nixon)의 논고도 참조할 것(Hulme 1993, 2000; Nixon 1987). 또한 래밍이『망명의 즐거움』에서 시도하였던『템페스트』해석을 후일 소설로 창작한 1971년『나무딸기 속의 물(Water with berries)』이 있지만, 이 장에서는『망명의 즐거움』에 대해서만 논의한다.

을 칼리반, 즉 반식민주의를 담당하는 남성적 주체와 동일시하는 암묵적 전제를 쇄신하려는 움직임이 보인다[4].

이러한 평가를 바탕으로, 이 장에서는 남성성을 전경화한 반식민주의 담론의 상징이라 할 수 있는 칼리반으로부터 오히려 멀어져 간 래밍에 주목한다. 이때 식민지 담론의 분석을 통해, 형식적 식민지의 종식 이후에도 남아있는 심리적인 곤란을 마주할 때 발생하는, 특히 수치심을 초점으로 한 정동의 논리라는 분석축을 래밍이 구축하였음을 논한다. 전반부에서는 1956년의 에세이 「흑인 작가와 그 세계(The Negro writer and his world)」와 첫 소설인 『내 피부의 성에서』를 주요 대상으로 삼는다.

이 장의 또 다른 논점은 수치심이라는 정동이 1950년대-1960년대 탈식민화 시대에 특히 모성적인 것과의 연결을 불문한 채 다시 이야기되는 상황을 되묻는 데 있다. 그동안 수치심의 정동과 여성성이 근접해 있음은 지적되었지만, 그것이 탈식민기의 지배적 담론을 반추하게 하는 것으로서는 아직 충분히 사유되지 않았다[5]. 따라서 후반부에서는 1960년 비평집 『망명의 즐거움』에 실린 『템페스트』 독해에서 래밍이 식민자와 피식민자 양쪽에 부재하는 어머니에 초점을 맞추고, 수치심·여성성·탈식민화의 연쇄에 대해 질문하고 있음을 논할 것이다. 다음 절에서는 래밍의 텍스트에 대한 구체적 논의에 들어가기 전에, 우선 본론의 구조를 살피고 정동에 관한 최근의 비평들을 개괄한다.

---

4 이하를 참조할 것. Goldberg(2003: 37), 風呂本(2009: 154), Ellis(2015: 62-94).

5 에리카 존슨(Erica Johnson)은 "수치심의 간(間)주체적 성질"에 주목한다(E. Johnson 2013: 89). 또한 남아프리카공화국 작가 조이 위컴(Zoe Wicomb)의 에세이는 식민지적 상황에 대한 공범성을 형식적 평등 실현 이후 여성성과 신체에 집중되는 수치심을 매개로 사고한다(Wicomb 1998).

2. 정동의 비평성과 수치심의 위치

래밍은 비평가 데이비드 스콧(David Scott)과의 인터뷰에서 소설과 강연의 문체 차이를 설명한다. 다음은 소설 작품에서 '감정'으로부터 '사고'로 이행하는 움직임을 스스로 해석하는 장면이다. "그러나 [강연의] 장치, 그 구조 자체는 정신으로 하여금 듣고 있음을 **느끼게 하려는 데**에 있다. 이와 달리 소설은 정신이 아니라 직접적으로 감정의 영역을 표적으로 삼는 방식을 통해, 그 감정을 **사고하게 하는** 장치를 동반하여 구상된다"(보충과 강조는 모두 원문, Scott 2002: 196).

하지만 이러한 래밍의 태도는 후대의 작가와 평론가들에게 호의적으로 받아들여지지 않았고, 비판되기도 하였다. 비판은 다음과 같이 요약될 수 있다. 래밍의 문체에는 그가 옹호하고자 하는 농민 혹은 민중과, 작가를 포함한 지식인층 사이에 불균등한 분할이 전제되었다는 것이다. 또한 그러한 전제에서 문학 언어에 대한 특권 의식이 엿보이는 것은 아닌지 의문을 제기하기도 한다[6].

여기서는 이러한 의문에 직접 답하기보다는, (구)식민지 출신 작가 및 지식인들이 자신의 출신을 반성적으로 사고하고 집단적인 것 혹은 민중적인 것과 재회하여 접근할 때 어떤 정동이 요청되는지에 주목하고자 한다. 예컨대, C. L. R. 제임스(C. L. R. James)를 비롯한 비평가들은 래밍이 쓴 글에 등장하는 책임이라는 단어를 자주 사용하여 그를 평가한다(James 1989c: 414). 또 다른 비평가들은 책임 개념을 죄책감과

6 예를 들어, 작가 자마이카 킨케이드(Jameica Kincaid)는 래밍의 문체를 "19세기적인 부권주의의 언어"라고 표현하였다(Kincaid 1996: 142). 그 외 벨린다 에드먼드(Belinda Edmondson), 시모에스 다 실바(Simoes da Silva)를 참조할 것(Edmondson 1999: 60; Simoes da Silva 2000: 7).

결부해서 생각하기도 한다(Nanton 2007: 58). 말하자면 지식인과 민중적인 것을 긍정적으로 연결하면서 책임이라는 단어를 사용할 때, 죄책감이라는 정동이 함축되는 것이 분명하다. 그렇다면 차라리 작가가 "감정을 **사고하게 한다**"라고 할 때, 죄책감을 포함한 정동에 어떻게 접근하고 그 양면성을 마주하려 하였는지를 물어야 하지 않을까? 또한 래밍을 논하는 케냐의 작가 응구기 와 티옹오(Ngũgĩ wa Thiong'o)가 말하는 것처럼 "시민", "국민", "인민" 등 근대적 주권 개념을 전제로 한 집합성으로 분절화하지 않고, 스스로를 통치하는 새로운 집합성을 구축하기 위한 행위와 그 정동의 논리가 어떻게 관련되는지를 상세히 검토할 필요가 있다(Ngũgĩ 2009a: 164-169).

정동의 비평성

시안 응아이(Sianne Ngai)의 논의를 비롯한 정동에 관한 최근 이론은 문학 텍스트 및 영상 작품을 정독할 때 그 성취가 드러난다. 응아이는 I. A. 리처즈(I. A. Richards)나 T. S. 엘리엇 등의 신비평과 주의 깊게 대화하면서 멜빌(Melville) 등의 텍스트를 훌륭하게 독해하였다. 그러나 신비평이 동시대 냉전의 현실로부터 회피하였던 것과 마찬가지로, 그는 사회적·역사적 맥락을 조심스럽게 분리해 버리고 말았다[7](Ngai 2005: 1-39).

이러한 회피는 정동 일반이 제국주의의 역사성과 연계한 방식을

---

7 조나단 플래틀리(Jonathan Flatley)는 프로이트(Freud)와 벤야민(Benjamin) 등을 정치하게 읽어내는데, 정동에 대한 그의 정의에는 지극히 확장주의적인 울림이 있다. "정동은 그 자체로 특유의 체계적 논리에 따라 작동한다는 의미에서 환원 불가능하다. 정동은 사람이 세계 내에 존재하는 방식을 변용시켜 무엇이 사람에게 중요한지 결정한다. 정동은 대상을 필요로 하는데, 대상에 고착되거나 혹은 대상 속에서 발생하는 순간에 사람의 존재를 사람의 주체성 외부로 데려간다"(Flatley 2008: 19).

부인함으로써 이루어진다. 이와 관련해서 가야트리 스피박(Gayatri Spivak)은 핵심을 꿰뚫는 비판적 관점을 제시하였다. 토착 정보원(native informant)은 원래 민족지에서 유래한 말이지만 스피박은 대문자 "인간" 개념과 짝을 지어 생각함으로써 이 단어에 새로운 효과를 부여하였다. 즉 그 대문자 "인간" 개념의 외연이 구성되는 과정에서 한편으로는 토착 정보원으로부터 정동을 충당하고, 다른 한편으로는 그 부재(혹은 이 "인간"에게 유용한 형태의 존재)를 구조적으로 편입해 왔다는 것이다. 그리고 "정동의 거부야말로 문명화 사명을 활기 있게 성공적으로 방어하는 데 봉사했으며 현재도 그렇다"(Spivak 1999: 5)[*113]라고 말한다. 토착 정보원이란 "인간"이 그 자체이기 위해서 필요하면서도, "인간"이라고 하는 이름이 성립하는 데 있어서는 배제된다. 단적으로 말하면, 이 포섭과 배제의 구조를 뒷받침하는 것이 정동이라 할 수 있다.

수치심을 정동 일반의 하위 개념으로 본다면 형식적인 식민지 종식 이후, 특히 1990년대 이후 "화해" 정치를 비판적으로 사유할 때, 정동 중에서도 수치심은 특권적 위치를 부여받아 왔다[8]. 사라 아메드(Sara Ahmed)는 호주가 원주민에게 가해 온 역사를 국민의 서사로 재통합할 때, 수치심은 전경화되고 죄는 기각된다고 주장하였다. 동시에 2001년 남아프리카공화국 더반에서 열린 반인종주의·반식민주의 세계포럼에서 쟁점이 되었던, 유럽이 노예제도·식민주의 역사를 어떻게 받아들였는가(혹은 받아들이지 않았는가) 하는 문제와 연결시켰다(Ahmed

8 "화해"의 정치성에 대해서는 자크 데리다(Jacques Derrida) 「세기와 용서(Le siecle et le pardon)」를 참조(デリダ 200: 89-91). 식민주의 폭력·홀로코스트·아파르트헤이트 등 국민 차원에서 국민 간의 위상으로 "화해"를 연출하는 정치 어휘가 종교적 언어, 보다 구체적으로는 '아브라함의 언어'로, 즉 아버지와 아들의 남성 간 유대를 강화하는 용어로 이루어졌음을 비판적으로 논하고 있다.

2004: 101-121). 정신분석과 영문학을 중심으로 한 작업에 몰두하면서도 남아프리카 진실화해위원회의 기록과 관련된 문학을 거울삼아 팔레스타인·이스라엘 문제를 사고한 재클린 로즈(Jacqueline Rose)는 2003년 출간한 논문집의 서문에서 수치심이라는 문제계와 다시 만났다(Rose 2004: 1-14).

우카이 사토시(鵜飼哲)와 사카이 나오키(酒井直樹)는 일본군 '위안부' 문제에서 파생된 여러 문제를 역사적·사상적으로 다루었다. 우카이는 루스 베네딕트(Ruth Benedict)를 비롯한 미군 점령기의 학문적 지식으로 거슬러 올라가 수치심을 계보학적으로 사고하였다(鵜飼 1999: 346-371; 2002: 38-70). 사카이는 전후 일본의 자폐성을 극복하기 위한 하나의 방편으로 일본군 '위안부' 문제를 마주하는 일을 "수치심의 사회성"이라고 명명하였다(酒井直樹 2015: 52-53). 여기서 주목할 점은 수치심이 식민지의 기억, 그리고 제국주의에 대한 공범적 역사성을 스스로 상기시켜 분절화와 탈분절화의 계기가 되는 정동으로서 자리매김해 왔다는 사실이다.

그렇다고 해서 수치심에 대한 사고가 보편적인 위치를 부여받지 못하였다는 것을 의미하지는 않는다. 오히려 수치심은 주체와 비주체, 정신과 육체 등 서양 철학에서 지배적인 이항대립의 경계에서, 그것에 비판적 시선을 던지는 '실체'로 평가되어 왔다. 예를 들어 조르조 아감벤(Giorgio Agamben)은 프리모 레비(Primo Levi)의 저작에서 주제화된 수치심을 독해할 때, 레비나스(Levinas)나 하이데거(Heidegger)를 경유해 "주체화와 탈주체화, 자기 상실과 자기 소유, 예속과 군림의 절대적인 동반 아래에 태어나는 것", 즉 이 "이중 운동"의 "잔여물"이 수치심이라고 규정하였다(アガンベン 2001: 144, 150).

또한 질 들뢰즈(Gilles Deleuze)는 윌리엄 제임스(William James)가 T.

E. 로렌스(T. E. Lawrence)에 대해 저술한 『심리학의 원리(The principles of psychology)』(1890)로 거슬러 올라가, 정신과 신체(육체)의 가운데에서 작동하는 "비판적 실체"로 정동을 위치시켰다. 들뢰즈는 정동이 "단순한 육체상의 결과가 아니라 육체 위로 불쑥 나와 육체를 심판하는 진정한 비판적 실체"라고 말하였다(ドゥルーズ 2010: 253). 이때 상정되고 있는 것이 바로 수치심이다.

그럼에도 역시 레비의 『가라앉은 자와 구조된 자(I sommersi e i salvati)』에서 화자가 나치에 공범적이었던 자신의 과거를 되돌아볼 때 수치심이 초점화되는 점이나, T. E. 로렌스가 아랍인에 대한 영국의 배신을 잘 알면서도 『지혜의 일곱 기둥(Seven Pillars of Wisdom)』에서 그 배신에 빠져드는 상황과 수치심의 현전을 분리할 수 없었다는 점을 고려하면, 아감벤이나 들뢰즈가 말하는 수치심은 앞서 언급한 공범성을 분절화하는 수치심으로 계보화 할 수 있다.

이러한 논의를 근거로 정동을 주목하는 이유는, 특히 1950년대 냉전 초기부터 1960년대 탈식민기까지 중요한 정치적 국면에서 심리학이나 사회심리학이 활용되어 왔기 때문이다. 구체적으로는 제4장 제3절에서 언급했듯이, 리처드 라이트(Richard Wright)가 문화상대주의적이고 자유주의적 입장을 취한 사회심리학자 오토 클라인버그(Otto Klineberg) 등과 함께 제3세계 대중을 독해하는 작업을 수행한 사실을 상기해볼 수 있다. 냉전 초기에 심리학은 '적'의 수를 읽고 대처 방식을 마련하는 과정에서 점령이나 침략을 뒷받침하는 학문으로 이용되었다. 이후 심리학은 싱크탱크나 첩보기관을 비롯한 준정부기관뿐만 아니라 사회심리학이나 국제관계론이 제3세계에 대해 취하는 태도에까지 영향을 미쳤다[9]. 이러한 지식의 독해 틀에서 누락되어 버렸지만, 그 지식의 틀 자체를 다시 비판적으로 파악할 수 있도록 하는 것이 바로 정동이다.

아래에서는 조지 래밍의 저서를 「흑인 작가와 그 세계」, 『내 피부의 성에서』, 『망명의 즐거움』 순으로 다루고자 한다. 또한 정동과 집합성, 식민지적 상황에 대한 질문이 어떻게 중첩되고 나아가 변용을 이루는지를 래밍의 저작을 통해 검토하고자 한다.

3. 수치심, 죄책감, 책임—「흑인 작가와 그 세계」

1955년 반둥회의 개최 다음 해, 잡지 『프레장스 아프리켄(Présence Africaine)』의 주최로 제1회 흑인 작가 및 예술가 회의가 파리 소르본 대학에서 개최되었다. 그 중심에는 에메 세제르(Aime Cesaire), 레오폴 세다르 상고르(Leopold Sedar Senghor), 알리운 디옵(Alioune Diop), 리처드 라이트, 프란츠 파농(Frantz Fanon)을 비롯한 영국과 프랑스의 식민지였던 카리브·아프리카 출신 작가와 지식인, 그리고 미국 출신 흑인 작가들이 있었다[10]. 래밍은 회의 셋째 날 단상에 올라 「흑인 작가

9 제2차 세계대전 말기 미국의 대일심리전에는 심리학뿐만 아니라 인류학, 사회학 등 인문사회과학을 비롯한 학문적 지식이 대규모로 동원되었다. 이러한 학문 지식은 동아시아를 분할하는 시금석이었다는 점에서뿐만 아니라 훗날 루스 베네딕트가 죄의 사회와 수치의 사회라는 도식을 낳게 된 맥락으로서도 중요하다(道場 2005: 67-97). 또한 전쟁과 외교에 싱크탱크가 본격적으로 적용된 전형적인 예로, 한국전쟁 시기 거제도 감옥에 수용되었던 조선민주주의인민공화국과 중화인민공화국 포로들의 심리를 분석해 공산주의와 전투 의욕의 관련성에 대해 조사한 일을 들 수 있다(Robin 2003: 144-161).

10 회의에서 이루어진 발표에 대해서는 볼드윈(Baldwin)과 얀(Jahn)의 논고를 참조할 것(Baldwin 1961; Jahn 1957). 또 발표문 중 대표적인 것은 일본어로도 확인할 수 있다. 파농 「인종주의와 문화(Racism and Culture)」, 세제르 「문화와 식민 지배(Culture and Colonization)」, 라이트 「전통과 공업화(Tradition and Industrialization)」 참조(ファノン 2008[1998]; セゼール 2011[1956]; Wright 2008b[1957]: 699- 728). 덧붙

와 그 세계」를 발표하였다.

개요는 다음과 같다. 전반부 첫머리에는 사르트르(Sartre)의 『존재와 무(L'Être et le néant)』 가운데 수치심에 관한 논의를 연상시키는 자기와 타자에 대한 철학적 고찰이 놓인다. 이어서 이를 전개하기 위한 구체적인 예시로 『내 피부의 성에서』 등 자신의 소설 작품을 인용하였다. 에세이 후반부에는 작가에게 책임이란 무엇인지를 제시한다. 수치심은 이러한 논쟁 전반의 단서가 된다는 점에서 특히 중요하다[11].

우선 자신과 자신 그 자체를 승인하는 행위 사이의 불일치가 문제화되는 부분에 주목하고 싶다. 여기서는 시선이 문제가 된다. 래밍에 따르면 흑인 작가는 "이른바 흑인이라는 인간 범주에서 자신과 대면해야" 한다. 다만 그 범주가 바로 그가 소유하지 않은 원리에 의해 규정된 것임을 깨닫지 못하는 한, 흑인 작가는 그 원리를 지배하는 자와 감정의 차원에서 공범적이다. 왜냐하면 작가는 "마지못해 공모 관계의 일부가 되는데, 그 관계야말로 타자가 서로를 위해 만들어 낸 조건을 통해 그를 동일화시키기" 때문이다.

여서 회의 3일차(1956년 9월 21일)에 무대에 올라 발표한 래밍의 원고는 나중에 발표한 것(1958년 판)과는 차이가 있는데, 여기에서는 1958년 판을 사용한다. 또, 이 장에서 「흑인 작가와 그 세계」를 분석한 부분에 대해서는 이미 발표한 졸고(吉田 2018a)와 중복되는 점에 대하여 양해를 구한다.

11 「흑인 작가와 그 세계」가 "식민지적 상황의 분석"이라는 점이나 헤겔의 주인과 노예의 변증법을 연상시키는 "승인의 변증법"이라는 점은 지금까지도 지적된다(Gikandi 1992: 93; D. Scott 2002: 123). 다만 종종 인용되는, 수치심에 대한 첫머리 부분은 래밍이 이론화를 시도하는 현상학적인 자기 발현과 관련한 논의의 중심에 놓임에도 불구하고 그간 거의 주목받지 못하였다. 예를 들어 데이비드 메이시(David Macey)는 래밍을 파농과 대비하면서 인용하지만, 이 수치에 대한 부분은 분석하지 않았다(Macey 2002: 37). 유일하게 리처드 클라크(Richard Clarke)만이 이 서두의 구절이 사르트르의 『존재와 무』를 연상시킨다는 것을 지적하였다(Clarke 2008: 47-48).

> 그를 인간으로서, 그러나 인간임에도 불구하고, 붙잡아 가두는 시선 …… 그로 인해 그는 놀람과 수치심 속에서 자기 자신과 대면한다. 그는 약간의 수치심을 느낀다. 이것이나 저것이 되고 싶지 않다는 식의 노골적인 감각이 아니라 좀 더 몸에 울리는 감각으로서의 수치이며, 그것은 자신이 보여지고 있다고 느끼는 모든 의식과 마주하는 자로서의 수치이다.
>
> (Lamming 1958: 109)

여기에는 사르트르의 수치심에 대한 논의가 직접적인 영향을 끼친 것으로 보인다. 사르트르는 다음과 같이 두 가지로 수치심을 정의한다. 첫째, 실존주의적 수치심으로, 반성적 사고의 단서가 되는 경우이다. "나는 내가 그것으로 **있는** 것에 대해 부끄러움을 느낀다"(강조는 원문, 이하 같음. サルトル 2007: 18)*114. 둘째, 그것은 타인이 "필요불가결한 매개자"로서 현상학적으로 드러남으로써 빚어지는 수치심이다. "나는 타자에 대해 **드러나 있는** 나에 대해 부끄러워하는 것이다"(サルトル 2007: 19)*115. 특히 자신이 타인을 경유하지 않으면 자신 그 자체와의 관계를 확인할 수 없다는 것에서부터 수치심이 발생한다는 두 번째 논점은 래밍의 입론과 공유된다[12].

그러나 분명히 양자 사이에는 엄연한 차이가 있다. 우선 래밍의 경우 사르트르처럼 흑인 작가가 자신을 바라볼 때 즉자적 자신이 존재하기 때문에 스스로를 부끄러워하는 것이 아니다. 그렇다기보다는, 자신이

---

12 래밍은 이후의 인터뷰에서 "사르트르가 제기한 몇몇 문제는 실제로 식민지 인간의 경험과 분리될 수 없다"라며 사르트르로부터의 영향을 일반적인 위상에서 인정하고 있다(Tarrieu 1988: 22). 나아가 수치심과 죄가 식민지 사회에서 어떻게 기능하는지에 대해 기술한다(Tarrieu 1988: 21). 래밍 자신은 결코 죄의식의 사회적 중요성을 경시하지 않지만, 여기서는 그가 식민지 사회에서의 수치심의 양상에 어떻게 대처해 왔는지에 초점을 맞춘다.

아닌 타자가 변증법적 절차를 거쳐 전체성을 획득하기 위해 '니그로'(=흑인)라는 틀을 만들고, 그 타자의 시선에 의해서만 스스로를 반성적으로 바라보는 방법을 획득할 수 있기 때문이다. 더욱이 이 즉자성을 뛰어넘어 대타적일 수밖에 없는 자신의 존재와 흑인 작가로서의 자신 사이에 해소 불가능할 정도의 격차가 존재한다는 점에서 수치심이 드러나는 것이다.

물론 이상에서의 논의대로라면 수치심은 자아와 자아이상의 갈등에서 비롯되고 죄는 자아와 초자아의 갈등에서 나온다는 정신분석 모델의 변주로 이해하는 것도 가능하다. 다만, 공범성을 자각하지 못하는 것, 그리고 공범성을 자각한 후에 느끼는 무력감과 같이 수치심을 사상화할 때 공범성이라는 질문을 도입한 것이야말로 래밍이 수치심을 드러내는 방식의 특이점이다.

다음으로 래밍은 언어와 이름 짓기에 대해 논하는데 여기서도 수치심이 문제가 된다. 언어라는 관점에서 보았을 때 래밍에 따르면, '니그로'라는 범주에서 전제가 되는 이항대립은 "사물의 이름 짓기와 그것에 대한 지식 사이의 오래되고 영구적으로 보이는 논쟁"에 의해 만들어진다. 래밍이 이 도식을 재고할 때 야기되는 것은 인간과 사물 사이에 발생하는 명명(命名) 행위의 가운데 있는 감정의 차원이다. "그것은 언어의 유해한 힘 중 하나로서, 특히 언어의 이름과 관련된 측면이다. 이는 우리를 수치스럽게 만드는 그들의 힘을 빼앗을 수 있게 해준다"(Lamming 1958: 109). 사물과 이름이 일치할 때 어떤 전체성을 수반한다면, 그 이전의 명명 행위를 통해서 인간과 '사물' 사이에 수치심을 도입하였다고 말할 수 있을 것이다.

지금부터는 정신분석의 흐름 속에서 탈식민화 심리를 분석한 옥타브 마노니와 프란츠 파농의 논의를 참조하고자 한다. 그럼으로써 래밍의 논의가 가진 특이함이 드러날 것이다.

1950년에 출판된 『식민 지배의 심리학』에서 마노니는 의존을 핵심어로 상정하여, 식민자와 피식민자의 심리를 단순한 이항대립으로서가 아니라 상호적인 관계로서 분석하였다. 마노니에 따르면, 유럽인은 잠재적으로 의존 콤플렉스가 있지만 평소에는 억제되기 때문에 겉으로 드러나지 않는다. 열등 콤플렉스의 피해자인 유럽인은 의존이라는 객관적 위치를 열등성의 증거로 간주한다. 반대로 마다가스카르인들은 자신들 사이에서 상호 의존적 유대가 어떤 형태로든 위협을 받을 때 열등감을 느낀다(Mannoni 1990[1950]: 40). 그러나 연구자 란자나 카나(Ranjana Khanna)가 지적하였듯 마노니 특유의 "환유적 전이에 의한 오류"에 주의가 필요하다. 즉, 마다가스카르인이 식민화를 바랐던 것은 의존 콤플렉스가 있기 때문이라고 하는데, 이럴 때 피식민자의 심리적 설명이 종속의 이유가 되고 만다(Khanna 2003: 154).

문제는 무엇이 의존을 뒷받침하느냐를 설명할 때 식민자가 부모이고 피식민자가 자녀라는 고정관념이 정신분석을 통해 강화된다는 점이다. 마노니에 따르면 마다가스카르인 사이의 의존을 뒷받침하는 것은 죽은 자와 그 이미지에 대한 숭배다. 반대로 유럽인들에게 자아가 초자아나 자아이상과 대립을 일으키는 지속적인 과정이야말로 도덕과 이성의 원천이다. 그리고 권위에서 도망쳐 다른 권위로 피난처를 구할 때는 죄의식 또는 괴로울 정도의 절망이 수반되는데, 이 도주야말로 문명을 발전시켜 온 것이었다(Mannoni 1990[1950]: 49-60). 여기서 마노니는 피식민자가 식민자로부터 자립하는 과정을 분석하면서 아들러(Adler)의 제자였던 프리츠 퀸켈(Fritz Künkel)의 논의를 참조한다. 퀸켈에 의하면, 아이가 열등감에 시달리는 것은 가장 가까운 사람(대부분의 경우 부모)이 아이를 배신한 결과이다(Manoni 1990[1950]: 63). 마노니는 이 "배신"을 "방기"라고 바꾸어 말하며, 자립에 대한 욕망이 투영된 결과로서 "배신"이나 "포기"를 사후적으로 경험하는 것이지, 그 반대는 아니라고 주장한다. 그리고 자립에 대한 욕망에 대해서는 "무의식적으로 죄의식을 느끼고 있다"라고 말한다(Mannoni 1990[1950]: 69). 마다가스카르의 독립 운동을 분석하면서 서술하였다는 배경을 감안하면, 마노니의 이론에서는 피식민자의 독립 실패를 소급적으로 규정된 죄의식을 통해 심리학적으로 정당화하는 셈이다. 달리 말하면, 마노니의 입론은 죄의식과 식민지 관계에 가족 모델을 적용시켜 고찰하기 때문에 식민지의 물음을 독립인가 아닌가라는 선택으로 축소하는 경향이 있다.

한편 『검은 피부, 하얀 가면(Peau noire, masques blancs)』의 파농은 식민지 사회에서 피식민자의 주체 형성에 필수적인 것으로 죄의식을 포착한다. 파농에 따르면 식민자의 죄의식과 책임은 동시에 피식민자 측으로 이양된다. 파농은 제2차 세계대전 중 활동하였던 세네갈 연대의 저격병을 예시로 든다. 이들은 유색인종으로 이루어진 프랑스군으로, 피식민자의 반란을 진압하는 선봉을 맡았다. 파농은 이것을 프랑스인, 유대인, 흑인, 세네갈인 사이에서 일어난 "인종에 따른 죄책감 배분"이라고 부른다(ファノン 1998[1951]: 125)*116. 다른 한편으로 식민지에서의 인종주의를 "반유대주의"와 같은 "다른 인종주의들"과도 연계시키면서 유대인에 대한 연대를 나타낼 때 칼 야스퍼스(Karl Jaspers)의 "형이상학적 죄책감"을 인용해 "아주 작은 나의 행위도 인류에 개입하는 책임을 진다"라고 말한다(ファノン 1998[1951]: 300, 원주9)*117. 파농은 백인으로부터 이양된 책임과 죄의식의 연계를, 사르트르의 '앙가주망(engagement)'을 연상시키는 회로를 통해 반인종주의적·반식민주의적일 수 있는 주체성 회복을 위한 토대로 읽어낸다.

그리고 파농은 『대지의 저주받은 사람들(Les damnes de la terre)』에서는 죄의식을 더욱 상대화하면서 지배에 균열을 가할 수 있는 가능성

을 담보하는 심리적 부분으로 재규정한다. "게다가 이주민이 지배하는 세계와 접촉하면서 원주민은 늘 일종의 죄의식을 느낀다. 그러나 그는 그 죄의식을 인정하지 않는다. 그것은 죄의식이라기보다 일종의 저주이고, 다모클레스의 칼(Sword of Damocles)이다. 마음속 깊은 곳에서 원주민은 어떤 죄도 인정하지 않는다. 그는 비록 억압을 당할지언정 길들여지지는 않는다"(ファノン 1996[1961]: 53)*118. 호미 바바(Homi Bhabha)는 파농을 정동의 관점에서 다시 읽고 죄의식을 지배자의 권위를 탈체내화하는 과정의 기점으로 본다. 즉, 파농이 서술하는 죄의식은 "[다모클레스의 칼이라는] 부권적 메타포의 상징적 편성에 당당히 저항하는" 것으로, 이 남근적인 칼의 형상에 표시된 식민지 사회의 상징 체계에서 지배자를 탈체내화하는 과정을 보여주는 "정동적인 언어"로 평가한다(Bhabha 1992: 65, 56). 바바 또한 파농이 제시하는 죄의식이 정동으로서 차지하는 위상을 『대지의 저주받은 사람들』의 영문 신판에 덧붙인 서문에서 논한다. 파농은 "심리-정동적 영역"을 "주체적이지도 객체적이지도 않지만, 사회적·심적 매개 작용의 장"이라고 정의한다(Bhabha 2004: xix). 그리고 역시 다모클레스의 칼을 언급하면서, 그것이 공중에 매달린 것은 "거절된 죄가 수치인 것처럼 느껴지는 장소이다"라고 말한다(Bhabha 2004: xxxix). 바바의 논지는 정동이 기능하는 장과 심리를 명확히 구분하지 않는다는 점에서 모호하게 보인다. 그러나 피식민자의 죄의식이 수치심으로 변화하는 것을 비판적으로 그려낸다는 점에서 래밍에 가까운 파농의 상(像)을 제시한다.

여기서 다시 책임과 정동의 연관성으로 되돌아 가보자. 래밍은 책임에 대한 사고를 전개하면서 결코 죄의식을 경시하지 않았다. 오히려 죄의식이 수치심과 마찬가지로 복잡하고 중요한 정동이라는 점을 충분히 인식하였다(Tarieu 1988: 21). 다만 적극적인 행동으로 스스로 밖으로 나가는 것이 어렵거나 넘어져 일어나지 못하는 것이 수치에 대한 간헐적이고 지속적인 초점화를 통해 이루어진다는 점이 래밍이 작가로서 갖는 가장 큰 특징 중 하나라고 할 수 있다.

4. 제국과 예속을 비추는 수치심 — 『내 피부의 성에서』

그렇다면 래밍의 첫 소설 작품인 『내 피부의 성에서』 중, 수치심은 어떻게 기능하고 있을까? 우선은 소설의 서두 부분의 주인공 소년 G의 독백을 보자. 작품은 G가 아홉 번째 생일을 맞아 주변 사람들에게 축복받는 장면으로 시작한다. 그 축복 장면은 비의 계절이고 비는 생명을 베풀어 주는 것인데, 소설의 무대가 되는 바베이도스 특유의 홍수와 겹쳐 물에 얽힌 이미지는 양의적이다.

주인공 G는 어머니가 수치심에 대해 말한 것의 의미를 알아내려고 한다. 다만 그 말의 맥락이나 왜 그런 것을 언급하는지 등과 같은 이유는 그가 알 수 없다. "어머니는 수치스러운 일이라고 하였다. 그것이 그녀를 불쾌하게 하는 원흉인 것처럼. 그리고 몇 년이 지난 후에도 나는 그녀가 말하려고 한 바를 확인하고자 하였다"[13]. 이어 그는 "도대체 뭐가 수치스러운 것일까"라고 스스로에게 묻는다. 다만 수치심을 매개로 하여 혹은 수치심 그 자체에 대한 고찰을 매개로 하여, 그는 사람들이 자신들은 사실 어디에서 왔는지 그 역사적 배경에 대해 무관심하다는 점을 깨닫는다. 그것은 그에게서 노예제도라는 역사와의 만남이자 바로 자기 출생의 비밀에 대한 기억을 끄집어내려는 행위로 이어진다.

---

13 Lamming(1953: 11), 이하 이 책에서의 인용은 CS라고 약칭하고, 이어서 쪽수를 적는다.

> 나는 무엇을 기억하고 있었던 것일까? 아버지는 '나'라는 관념을 낳은 아버지였을 뿐이고, 실제로는 어머니의 책임만을 남겨놓아 그녀가 진짜 아버지 역할을 한 것이었다. 그리고 그 이전 나의 기억은 새하얗게 지워졌다. 그것은 살아남는다는 결말보다도 구멍을 뚫고 배를 가라앉히기로 선택한 선원들처럼 적하(積荷) 가득한 에피소드를 실은 채 가라앉았다.
> (CS, 11)

여기에는 한 비평가가 지적하였듯이 노예무역에 사용된 중간 항로에 대한 언급이 있다(Nair 1996: 82). 그와 동시에 우선은 기억의 공백 상태를 인식하는 것이 필요하였음을 알 수 있다. 잃어버린 아버지에 대한 동경은, 소설 중반에서 G를 포함한 소년들이 식민지 권력으로 대표되는 부성적인 것과는 다른 남성 원리에 지배되는 공동체를 세우리라는 점을 예기한 것이다. 또한 아버지적인 것이 망각이라는 기호로 묶인 노예제도에 대한 기억과 짝을 이루듯, 어머니적인 것과 수치심이 연동한다는 사실이 중요하다.

남성성의 희구와 수치심의 기피

뒤에서 좀 더 상세히 서술하겠지만, 이 남성성에 대한 지향은 수치심과 모성의 연결을 함께 거부해야 한다고 설정한 이 소설의 이데올로기와 공범적이다. 하지만 중요한 점은 이 수치심과 모성성을 연계하는 노예제도의 기억이 주인공이 사는 마을에서 상기된다는 것이다. 예컨대 서술자는 교육받은 사람들의 언어가 "그들이 모국의 문화라고 부르는 것"과 분리할 수 없다고 말한다(CS, 27). 그때 한편으로는 소설의 플롯이나 여러 에피소드를 통해 식민자의 심성을 규정하여 그것을 백일하에 드러내는 작업이 행해지고, 다른 한편으로는 주인공을 초점으로 한 이야기를 통해 그의 어머니가 말한 수치심의 의미가 탐구된다. 이 두 위상은 몇 가지 중요한 장면에서 교차한다. 그것들이 교차하는 상황은, 실제로는 기호 내용이 상이한 “어머니”나 “모국”과 같은 기호 표현이 환유적으로 연쇄한다는 이야기의 특질에 의존한다. 다른 장면에서는 한 소년이 주일 학교 선생님인 자신의 어머니가 말해주었다면서 노예제도를 수치심과 연관해서 이렇게 언급한다.

> 죄수일 때는 자유롭지 않아. 그러나 노예인 것과는 다르지. 만약 동시에 제국과 정원의 노예라면 자유롭게 양쪽에 귀속될 수 있어. 그리고 그것들에 대해 충분히 생각하지 않은 것에 대해 자유롭게 수치심을 느낄 수 있지. 그런 생각을 하면 할수록 점점 수치스러워져. 그리고 그것들을 생각하지 않으면 생각하지 않을수록 점점 수치스러워져. 우리 엄마는 주일 학교 선생님인데, 그 일을 잘 설명해 주셨어. 우리가 할 수 있는 건 아무것도 없어, 그러나 우리 예속된 처지에 만족하렴, 그렇게 말했어. 엄마는 그렇게 불렀어. 노예라고 하지 않고, 예속된 처지라고.
>
> (CS, 71-72)

어머니가 말한 것을 친구 앞에서 재현하여 말하는 소년의 이야기를 듣고, 다른 소년들은 그녀가 권위 있는 사람이라는 점은 인정하지만 “조금 무섭다”라고 느낀다(CS, 72). 식민지 교육을 받은 사람들의 말이든 이 소년의 어머니가 하는 말이든 그것은 권위적인 언어로 여겨진다. 여기서 모성적인 것으로부터의 도피로서 소년들의 남성성에 대한 희구가 다시 감지된다고 할 수 있겠다.

이 모성성으로부터의 도피와 남성성에 대한 희구는 소설 중반 50쪽 가까이 이어지는 제6장 중 소년들이 해변에서 사변적인 대화를 나누는 장면에서 볼 수 있다. 래밍이 에세이 「흑인 작가와 그 세계」에서 서술하였듯이 언어 그 자체와 수치심이라는 정동이 양립하는 일 없이, 서로 배타적인 관계성에 있다는 테제가 여기서는 형태를 바꿔 전개된다. 주인공의 동료 가운데 한 명이자 나중에 중요한 역할을 하게 되는 트럼퍼는 "머리가 이상해져 버린다"라는 표현으로 소년들의 한정된 어휘를 이용해 중요한 것을 말하려고 한다. 달리 말하면 주위의 모두가 서로에 대해 항상 알고 무엇을 생각하는지도 아는 공동체에 뿌리를 둔 공재적(共在的) 행동 사고 양식에서, 개인과 다른 개인이 완전히 무관계하고 무관심하게 행동하는 근대적 개인의 행동 사고 양식으로 이행한 것에 대한 위화감이다. 그리고 그 이행에 순응하지 못하는 사람들을 "괴짜"라고 단적으로 명명하는데, 그것은 누락된 존재에 대한 시선을 함의한다고 말할 수도 있다.

근대를 등지고 보는 것

그 "괴짜"의 사례로 이야기된 것은 다음 두 가지다. 먼저 결혼제도에서 도피한, 마을 주민 중 한 명인 존(John)의 에피소드가 소개된다. 그는 애인이 있지만 다른 사람을 좋아하게 되고, 그 사람과 같은 날 같은 시간에 각자 결혼식을 치르게 된다. 그러나 그는 결혼식 당일 어디에도 모습을 드러내지 않고 결국 무덤 주변의 나무 위에 숨어 내려오지 않았다(CS, 122-125). 다음으로 보츠(Botts)와 밤비나(Bambina)라는 두 여성과 사이좋게 살다가 어느 순간부터 미쳐버린 밤비(Bambi)라는 남자에 대한 에피소드를 들려준다. 그는 어느 백인 여성 인류학자의 권유로 결혼을 하게 되지만, 이후 갑자기 변하여 알코올 중독과 가정 폭력에 빠져들게 된다(CS, 134-141).

요컨대 이러한 에피소드를 단순히 "별난" 사람들에 대한 이야기로 이해하는 것은 근대인으로서의 자신을 의심하지 않는 것이라고 바꿔 말할 수 있다. 만약 근대인이 사고나 감정에 대한 언어의 우월성을 의심하지 않는 존재의 다른 이름이라면, 트럼퍼에게 이 에피소드들은 그러한 전제의 부조리에 대한 초조함의 표명이자 이의제기를 나타낸다. "무언가가 머릿속에서 펑, 펑 하고 터지면 그걸 통제할 수 없게 되는 거야. 그래, 사람은 아주 고독해져 버리지. 그건 정말 수치스러운 일이잖아"(CS, 143). 근대인이라는 의심을 가장 예리하게 감지하는 이 모습이야말로 전형적인 근대인이라는 증거인데, 그 상태가 또한 수치심을 매개로 해서 자리 잡게 된다.

그 후, 동료인 보이 블루는 게를 잡으려다 파도에 휩쓸려 익사할 뻔하였지만 어부에게 구출된다. 트럼퍼와 G, 보이 블루 세 사람은 이 어부에게 자신을 동일화하고, "그는 우리의 일원이다, 딱 우리 일원과 같았다"라고 말한다. 사이먼 기칸디(Simon Gikandi)가 말하였듯이, 이 부분을 "자기발생적인, 즉 식민자로부터 유래하지 않은 종류의 권력과 권위를 투영한다"라고 읽을 수도 있다(Gikandi 1992: 81). 또한 다음은 G가 트럼퍼의 초조함을 이어받듯이 말하는 장면이다.

> 우리는 수치스럽지 않았다. 교육받은 사람들처럼 적절한 말이 있었다면 아마 우리는 더 잘하였을 것이다. 하지만 우리에게는 없었다. 우리는 어떤 것이 다른 것과 비슷하다고 말해야 하였고, 우리가 무슨 말을 해도 우리가 느끼는 모든 것을 전달할 수는 없었다.
>
> (CS, 153)

여기에서는 언어를 더 이상 필요로 하지 않는 사태가 "우리"의 이상으로 암시된다. 이로부터, 잃어버린 기원으로의 회귀에 대한 바람이라고 할 수 있는 "노스탤지어적 울림"을 읽어내는 것은 어렵지 않다(Simoes da Silva 2000: 59). 또한 어부에게 "완전한 타자로서의 성인 남성성"이 투영되어 있다는 산드라 파케(Sandra Paquet)의 말에서 알 수 있듯이, 이 구절에서는 인종적으로나 젠더적으로 본질주의적인 공간이 식민자의 권위적이고 부성적인 언어를 대신하는 또 다른 부성적인 공동성으로 만들어진다. 더욱이 여기서 "느끼는 것", 즉 오염되지 않은 순수함으로 감정을 보증하는 일은 그것이 언어와 긴장 관계에 있기 때문이라고 할 수 있다.

수치심의 양의성과 역사성

소설 후반부의 중요한 에피소드 중 하나로, 주인공 G가 노동 운동의 고조와 퇴조를 단편적으로 목격하는 장면이 있다. 과거 교사였던 슬라임 씨라는 인물은 소설 전반부에서 항만 노동자와 고용자를 매개하면서 노동 운동을 이끄는 존재로 언급된다(CS, 94-95). 그런데 소설 후반부인 제9장 중 노동자들이 고용자들을 몰아붙이는 중요한 장면에서, 그는 노동자가 아닌 고용자를 옹호하면서 이 운동에 제동을 건다(CS, 207-208). 제3장 제2절에서 서술한 1930년대 후반 카리브해 지역에서 있었던 노동 운동 고조의 한 귀결이 이 장면의 배경에 있다.

여기서 중요한 것은 지금까지 언급한 소설의 부분 부분에서 수치심이라는 정동이 부정적 뉘앙스를 풍기면서도 집합적인 과거 탐구의 매개체로 사용된다는 점이다. 한편 수치심은 신식민주의적 상황을 초래하는 매개로도 사용된다.

그 장면은 소유라는 근대적 개념의 도입으로 토지를 상실하고, 그에 따라 존엄성도 상실하는 상황을 수치심을 통해 역설적으로 그려낸다. 부성적인 것이 부재한 이 소설에서 유일하게 부성적인 역할을 담당하는 인물은 "아버지"라고 불리는 노인이다. 그와 그의 아내 "어머니"는 연령 미상의 노부부로, 마을에서 벌어지는 사건의 추이를 지켜본다. 즉, 그들은 마을 상황을 오래도록 지켜본 목격자로서 반(半)신화적인 위치를 부여받는다. 그 아버지는 슬라임 씨에게 들은 말을 토대로 다음과 같이 언급한다.

> 말하자면, 땅이 지탱할 수 있고 법이 유지할 수 있는 것보다 더 많은 사람들이 이 섬에 살고 있어.
>
> 100마일 남짓한 작은 땅덩어리에 이렇게 많은 사람들이 산다니, 하늘을 찌를 정도로 수치스럽다고, 그는 그렇게 말했어. 그 정도 땅에 20만 명이나 되는 사람들을 계속 살게 하는 건, 그의 말에 따르자면 수치야.
>
> (CS, 86)

특히 카리브해 지역의 역사를 고려할 때, 슬라임 씨가 신식민주의적 지도자의 상징으로서 중요한 이유는 무엇일까? 그는 사람들이 토지를 양도하도록 추진하였지만, 사실은 바로 그 사람들의 토지를 자본으로 영유하기 위해 은행과 손을 잡고 있었다. 물론 사람들에게는 비밀이었다. 이런 점에서 슬라임 씨는 소설의 무대인 바베이도스뿐 아니라 여타 카리브해 지역의 역사에서 사람들을 괴롭혀 온 지도자의 배신에 관한 형상, 그 자체였다(Andaiye 2011). 결국 노인 아버지를 포함해 사람들은 땅을 잃고 만다. 그 수탈을 예견하는 것이 앞에서 언급한 장면이다. 여기서 수치심이라는 정동은 그 자체로 근대 진입이라는 프로세스의 희생자를 낳은 역사, 그리고 사람들로부터 땅과 존엄을 빼앗아 온 역사를 의도치 않게 증언한다.

소설의 말미에서, 미국을 거쳐 일시 귀국한 친구 트럼퍼는 그곳에서 본 것을 G에게 이야기한다. 트럼퍼는 폴 로브슨(Paul Robeson)의 노래, 「출애굽기」를 본뜬 「내 백성을 떠나게 하소서(Let my people go)」를 언급한다.

> "마음에 든다." 나는 말했다. "정말, 정말 아름다워."
>
> "목소리 알아?" 트럼퍼가 물었다. 이제 그는 매우 진지했다.
>
> 들어본 적이 있는지 없는지 기억하려고 해봤지만. 알 수 없었다.
>
> "폴 로브슨이야." 그는 말했다.
>
> "위대한 내 백성 중 한 사람이지."
>
> "무슨 백성이라고?" 나는 물었다. 조금 당황스러웠다.
>
> "'내 백성' 말이야." 트럼퍼가 말했다. 그의 목소리에는 힘이 담겨 있었다. 그러다 표정이 부드러워지면서 미소 지었다. 나의 무지에 대해 웃는 것인지, 아니면 상자와 목소리, 무엇보다도 폴 로브슨에 대한 만족감으로 웃는 것인지 알 수 없었다.
>
> "네 백성은 누구를 말하는 거야?" 나는 물었다. 왠지 심한 농담처럼 여겨졌기 때문이다.
>
> "흑인종 말이야." 트럼퍼는 말했다. 그의 얼굴에서 미소가 사라지고 태도는 다시 무거워졌다. 나는 술을 다 마시고 나서 그를 보았다. 그는 나의 당황스러움을 알고 있었다. 트럼퍼가 말한 백성이라는 표현에서 오는 당혹감이 생생했다. 처음에는 그가 마을의 일을 말하는 줄 알았다. 이 연결고리는 뭔가 더 큰 것이었다. 그걸 이해하고 싶다는 생각이 들었다. 그는 잔을 들이킨 후 테이블에 놓았다.
>
> "미국에 가기 전까지는 몰랐지." 그는 말했다.
>
> (CS, 294-295)

트럼퍼가 그 노래를 부르자, 주인공은 이렇게 말한다. "이 새로운 실체는 다른 것이다. 인종. 사람들"(CS, 296). 앞서 언급한 제6장 중 바닷가에서의 사변적 대화에서는 언어와 수치심이 상호 배타적인 것으로 서술되었다-즉, 교육으로 길러진 언어에 의해 수치심이 억압된다고 상정하였다. 반면, 이 장면에서는 "내 백성"이라는 말에 이미 수치심이라는 정동과는 별개의, 그러나 그 역사성을 계승하는 형태의 존재 방식이 예견된다. 게다가 다가올 집합성에 대한 예감 또한 잠재한다.

5. "모국"이라는 물음—『망명의 즐거움』의 『템페스트』 독해

『내 피부의 성에서』는 모성적인 것을 특히 수치심이라는 정동과 결합하였을 때 기피해야 할 것으로 제시하였다. 그 이면에는 "모국"이라는 용어에 대한 일관되고 비판적인 시각에서 알 수 있듯이, 종주국으로부터의 이탈이라는 뜻도 담겨 있음을 앞에서 확인하였다. 한편 앞으로 검토하겠지만, 『망명의 즐거움』에서 모성적인 것은 보다 복잡한 뉘앙스로 상상된다. 그 이유로는 래밍이 최초의 작품을 썼던 1953년부터 비평집 『망명의 즐거움』이 출판된 1960년 사이 탈식민화의 세계적 흐름이 크게 변동되었던 것을 꼽을 수 있다.

이 절에서는 먼저, 탈식민기 모국 이미지의 계보에 대해 구체적인 예시를 바탕으로 개관한다. 다음으로 제2절과 제3절에서 검토한 수치심 및 모성적인 것에 대한 시선이 『망명의 즐거움』과 기타 에세이에서 어떠한 변화를 보이는지를 중심으로 검토한다. 마지막으로, 『망명의 즐거움』의 제7장 「괴물, 어린이, 노예(A Monster A Child A Slave)」에서 셰익스피어의 『템페스트』를 독해하는 것에 초점을 맞춘다.

여성성과 국가의 결합

참고로 세 번째 작품 『성숙과 무구에 대하여(Of Age and Innocence)』(1958) 및 네 번째 작품 『모험의 계절(Season of Adventure)』(1960)은 모두 독립 이후 카리브해에 위치한 가상의 섬이자 구 영국령 식민지인 샌크리스토발섬(San Cristobal)을 무대로 하여 탈식민화에 따른 혼란과 독립 이후의 어려움을 정면으로 마주한 작품이다. 다만 이 장과 관련하여 래밍의 문학적 계보를 생각하였을 때 중요한 것은 독립에 따른 모국의 이미지 변화를 그가 어떻게 형상화하려 했는지이다. 특히 『모험의 계절』은 래밍의 작품 중 최초로 주인공이 여성이다. 이 주인공 폴라(Fola)의 자기 탐구 이야기는 자신의 저주받은 과거를 수치스러워하며 기피하고 그로부터 이탈하는 것으로 그려진다. 한편, 폴라의 궤적은 샌크리스토발섬의 어려움과 중첩된다. 여성성과 국가, 그리고 수치심과의 갈등이라는 문제계는 한 작품만으로 끝나지 않고 계속해서 탐구된다.

수치심이라는 정동을 주시하지 않더라도, 여성성과 국가는 식민 담론과 반식민 담론의 결절점이었다. 영국령 식민지에 제한적이지만 부분적 자치가 인정되던 1920년대의 영국령 인도에서 쓰인 『어머니 인도(Mother India)』(1927)라는 책이 그 계보에서 한 가지 대표적인 존재방식을 예견한다. 미국 언론인이자 저자인 캐서린 메이요(Katherine Mayo)는 본래 영국의 제국주의를 긍정하고 인도의 자치를 부정하기 위한 목적으로 이 책을 집필하였다(Sinha 2000: 33). 이와 같이 온정주의적 제국주의가 지배적인 상황에서, 서구화된 여성도 아니고 계급이나 카스트가 낮은 여성도 아닌, 과거로부터 연원하는 “아리아인 여성”

이라는 형상이 흔들리지 않는 규범으로서 민족 문화의 기초로 세워졌다(Sinha 2000: 30). 그에 반해 이 책이 가져온 영향에 대한 반론으로 "인도 민족주의와 여성 운동의 연계"가 거론되었다(Sinha 2000: 55).

모성성과 반식민 투쟁의 연동 관계는 1963년에 쓰인 응구기 와 티옹오의 소설 『한 톨의 밀알(A Grain Wheat)』에도 반영된다. 다음은 케냐에서 반식민 투쟁을 벌이는 마우마우(Mau Mau)의 투사 키히카(Kihika)가 토지와 국가와 모성을 연결하여 저항의 수사로 삼는 장면이다(마우마우 및 응구기에 대해서는 제6장에서 상술한다). "왜 간디(Gandhi)가 성공했는지 알겠어? 민중들이 자신의 부모를 포기하고 그들 모두의 어머니인 인도를 위해 봉사하도록 만들었기 때문이야. 우리에게는 케냐가 우리의 어머니야"(Ngũgĩ 1986a: 89)[*119]. 여기서는 식민지 담론에서 국가를 모성적인 것으로 보는 시각이 다른 맥락으로 사용되어 반식민주의의 수사학적 기능을 수행함을 확인할 수 있다.

국민주의의 젠더 규범과 수치심

그렇다면 지금까지 검토한 수치심은 『망명의 즐거움』에서 어떤 위치를 부여받는 것일까? 단적으로 말해 수치심 자체에 대한 고찰은 존재하지 않는다. 하지만 그 이상으로 중요한 것이 「흑인 작가와 그 세계」를 검토할 때도 확인한 공범성이라는 논점이다. 서두에서 제시된 것은 식민자와 피식민자라는 단순한 대립구조가 아니다.

첫째로 식민자와 피식민자 **각각의 후손**이 어떻게 식민주의의 역사 망각에 공범적일 수 있는가라는 물음. 그리고 둘째로 그 공범성을 어떻게 하면 서로 인식할 수 있는가라는 물음. 이 이중의 물음을 제시하기 위해 래밍은 서술자를 이용한다. 그 서술자는 가공의 법정에서 스스로를 칼리반(Caliban)과 프로스페로(Prospero) 쌍방의 후손이라고

자인하는 자를 소환해 심문한다. 서술자에 따르면 그 후손은 식민주의의 죄에 대해 무죄라고 증언할지도 모르지만, 그것이야말로 그 후손의 죄에 대한 고백에 다름없다.

> 증언자로서 또는 공범자로서 죄에 연루된다면 순진무구하기란 불가능하다. 순진무구하다는 것, 그것은 영원한 죽음을 의미한다. 그리고 그 재판/시련은 살아 있는 것만 받아들인다. 혹자는 시체일지도 모른다. 하지만 그 증언은 시체로서의 증언이고, 그자는 다시 와서 용서받을 수 없는 변명을 하러 온 것이다. "여러분 저는 몰랐어요! 몰랐던 것입니다." 몰랐다고 고백하는 것, 그것은 노예의 기본적인 특질이다. 깨달음은 자유를 얻기 위한 최소한의 조건이다.
>
> (Lamming 1960: 11-12)

여기서는 수치심보다도 죄가 전경화된다. 죄책감이라는 단어는 사용되지 않았지만, 식민자와 피식민자 각각의 후손은 능동적인지 수동적인지 구별 없이 식민주의에 기반을 둔 기획에 참여하여 그것을 암묵적으로 뒷받침해 왔다는 죄에서 벗어날 수 없다(다만 식민자와 피식민자의 후손을 완전히 동등한 지평에 두지 않았다는 것은 덧붙여 둘 필요가 있다). 그러기 위해서는 우선 과거에 대한 공범성을 "깨닫는 것", 즉 그 공범성을 인식하는 것이 "최소한의 조건"이라고 한다.

그렇다면 수치심은 어디로 가버린 것인가? 또 하나의 사례로 이 비평집에 수록되지는 않았지만, 1966년에 쓰인 중요한 에세이 「카리브 문학: 아프리카의 검은 바위(Caribbean Literature: The Black Rock of Africa)」를 살펴보겠다. 이 에세이 전반부에서 래밍은 베라 벨(Vera Bell)이라는 자메이카 여성 시인의 작품을 거론하면서 식민주의의 공범성을 어떻게 승인하는가라는 맥락에서 수치심에 대한 논의를 전개한다. 래밍이 여기서 다루는 시 「경매에 부쳐진 선조(Ancestor on the Auction Block)」는 노예의 후손인 듯한 여성이 초점 인물이자 화자이다. 화자에게 시계열적 구속을 초월한 상상력을 부여하면서 그녀가 노예로서 매매되는 선조의 눈을 들여다보는 것을 상상할 때 어떠한 정경이 떠오르는지를 이 시는 들춰낸다.

래밍이 인용한 시의 한 구절은 다음과 같다. "나는 사슬에 묶인 당신의 다리를 본다/ 당신의 원시적인 검은 얼굴을/ 나는 당신의 치욕을 본다/ 그리고 얼굴을 돌린다/ 수치스러워하면서"(Lamming 1992: 110). 이 시의 화자와 그 선조 사이에는 수치심이 전경화된다. 다만 래밍은 "진정한 수치심을 구성하는 것은 그녀가 피해자이기도 한 죄의 공범자로서, 자신의 역할을 인식하는 것이다"라고 서술한다(Lamming 1992: 111). 래밍에 따르면 노예의 후손이라고 자신을 상상하는 화자 겸 초점 인물이 자신이 피해자였을 뿐만 아니라, 피해자이자 가해자였다는 인식으로 전환하는 순간에 수치심이 필연적으로 자리 잡는다.

앞서 『망명의 즐거움』에서의 인용과 이 벨의 시에 대한 고찰을 비교해 보면 식민주의에 대한 공범성이라는 문제계는 바로 죄나 수치심과 같은 정동을 통해서 핵심적인 과제로 부각됨을 알 수 있다. 다만 앞의 프로스페로와 칼리반의 후손, 즉 반드시 남성은 아니더라도 이 두 남성성의 유산을 계승하는 자의 경우는 죄가 중요하며, 벨의 시에서는 여성성이 중요한 행위자가 되면서 수치심이 초점화된다. 그렇게 이 정동들은 성적 차이를 기준으로 배분되는 듯하다.

물론 성적 차이를 기준으로 한 인격화에 혼란이 없는 것은 아니다. 예컨대 작가가 종주국을 여성화할 때, 종주국을 "모국"으로 간주하는 것은 "신화"에 불과하다고 비판한다. 이어 식민지 교육을 받은 자들은, 모두 "모유"를 먹듯이 종주국으로부터 "양분"을 받았다고 서술한다(Lamming 1960: 26). 반면 나이지리아처럼 작가가 국영 라디오 방송국에 참여하여 민중과 유대를 가지는 사회와 비교할 때, 서인도제도의 사회와 같이 식민지화된 장소를 래밍은 "거세된 남성"으로 간주하고 그 전체성을 회복해야 한다고 서술한다(Lamming 1960: 49). 이때 과거의 피식민지는 남성성으로 표시된다.

이 성적 차이와 정동의 결부를 둘러싼 혼란이 보다 첨예화되는 것은 다음 장면이다. 「서인도제도의 사람들: 1965년부터의 시점(The West Indian people)」이라는 강연의 한 부분에서, 수치심의 정동은 독립이라는 형식적 식민주의의 종언 이후 표출된 분노와 폭력에 닿아있다. "나는 사람들의 마음을 불태우는 심적인 수치심에 대해서 말한 바 있습니다. 그 사람들의 삶은 비굴한 추종의 역사, 그리고 정신의 명백한 종속과 다름없습니다. 이 수치심은 다이너마이트를 은닉합니다. 그리고 그 폭발 가능성을 과소평가하는 것은 현명하지 않을 것입니다"(Lamming 1992: 260). 여기서 전제되는 바는, 카리브 사회에서 특권적 지위를 차지해 온 소수 백인의 지위가 독립 후에는 그 특권에 대한 보장이 전혀 없음에도 불구하고, 이전과 변함없이 특권적이라는 상황에 대한 불만이다. 즉 그동안 점유되어 온 경제적·정치적 특권이 형식적인 탈식민화에 의해서 분배되지 않은 것에 대한 불만은 수치심이라는 정동으로 그 형태가 부여되었다. 중요한 것은 "다이너마이트"라는 비유로 말미암아 남성성에 대한 경쟁이 벌어진다는 점이다.

물론 "비굴한 추종의 역사, 그리고 정신의 명백한 종속"은 집단적인 여성화 과정으로 파악 가능하다. 그렇다면 래밍이 서술한 "심적인 수치심"이란 바로 여성성에 부여된 형상이라고 할 수 있다. 앞서 언급하였듯이 집단적이고 내셔널한 위상에서의 모국 담론에 대한 비판은 남성성의 회복에 대한 희구로 나타난다. 즉 다음과 같이 말할 수 있을 것이다. 성별 차이를 기준으로 남성성에는 죄가, 여성성에는 수치심이 분배된다는 규범이 존재한다. 다른 한편으로 수치심에 머무는 것은 이 규범을 강화할 뿐만 아니라 남성성에 대한 지향으로 이어진다. 그리하여 수치심에 따르는 것을 여성적인 것이라고 간주하여 기피하는 경향, 즉 여성혐오(misogyny)로도 치달을 수 있다.

식민주의는 어떻게 젠더화를 수행하는가?

약간의 혼란을 감안하면, 이념적으로는 위와 같은 도식을 도출해 낼 수 있다. 그러나 지금부터는 래밍 자신도 가담하는 이러한 규범이 어떻게 스스로 붕괴 조짐을 내포하는지 그의 『템페스트』 독해를 통해 살펴보고자 한다.

먼저 래밍의 작품에 나타난 모국 혹은 모성적인 것, 그리고 그 탈구축의 가능성에 대해 지적한 응구기 와 티옹오의 논의를 간략히 소개하겠다. 응구기는 1997년의 글 「어머니의 이름으로: 조지 래밍과 '모국'의 문화적 의의(In the Name of the Mother: George Lamming and the Cultural Significance of 'Mother Country')」에서 래밍이 구종주국으로 이주하는 사람들을 추동한 동기를 물으면서도 그 이유가 경제적 필요성 때문이었다는 공식적인 설명에 만족하지 않고, '모국'이라는 관념에 사로잡힌 구식민지 사람들의 위기를 직시한다는 점을 특별하게 평가한다. 그는 오늘날 래밍의 '모국' 개념이 갖는 의의를 "그[래밍]의 혁명적 미학에 필수적인 어머니 이미지의 탈구축"으로 요약한다.

그러나 문제는, 응구기 스스로가 그 위기에 대한 대응책을 제시하면서 모성적인 것의 이미지를 재구축하지 않았는가 하는 데 있다. 응구기는 래밍의 『템페스트』 독해를 언급하면서 "칼리반은 그의 어머니인 시코락스(Sycorax) 및 그녀의 언어와 **진정한 연결고리**를 찾아야 한다" 라고 서술한다(강조는 인용자, Ngũgĩ 2002: 141). 그는 『템페스트』에 등장하지는 않지만 그 존재가 언급되는 칼리반의 어머니에게 식민지화 이전의 순수한 언어, 즉 모어(母語)를 회복하려는 욕망을 떠맡긴다. 여기에서 말하는 바를 실천하여 실제로 다섯 번째 장편소설인 『십자가 위의 악마(Devil on the Cross)』(1984) 이후 영어가 아닌 케냐 키쿠유(Kikuyu)족 언어로 소설을 썼다. 하지만 유럽어가 유일한 언어인 카리브해의 작가들이 언어 자체에서 "진정한 연결고리"를 찾는 것이 과연 가능할까? 아래에서는 래밍의 셰익스피어 독해가 식민자와 피식민자가 함께 어머니의 이미지를 되물으려 시도하지만, 그 이미지를 실체적인 것으로 재구성하기 직전의 상태에 머물러 있다는 점을 지적하고자 한다.

앞서 인용한 『망명의 즐거움』의 초반부에 등장하는 가상의 법정 장면과 달리, 『템페스트』 독해가 전개되는 제7장에서 래밍은 식민주의와 반(反)식민주의를 각각 프로스페로와 칼리반으로 대치한다. 그동안 래밍은 반식민주의자로서 칼리반의 남성성을 지나치게 강조한다는 비판을 받아 왔다. 예컨대 아니아 룸바(Ania Loomba)는 칼리반이 프로스페로의 딸 미란다(Miranda)를 향한 성적 은유를 통해 자신의 반항성을 발동한다고 지적한다. 그러면서 이 경향이 "프로스페로 콤플렉스"(식민자가 자신의 소유물인 아내나 딸 등의 여성이 피식민자에게 성적으로 침범당하는 것에 대해 느끼는 공포)를 뒷받침한다고 본다(Loomba 1989: 156). 물론 누군가에게는 부분적으로나마 그렇게 읽히는 부분이 없지는 않을 것이다.

그러나 과연 정말로 그러할까? 래밍은 세 단계로 추론을 쌓아가는데, 그 모든 단계는 미란다와 칼리반 사이에 놓인 친밀성의 흔적을 주시하는 동시에 두 사람의 어머니 계보를 풀어내는 데에 초점이 맞춰진다. 첫째, 래밍은 "많은 아프리카 노예의 자식들처럼 미란다는 어머니에 대한 기억이 없다"라는 점에 주목한다. 즉 17세기부터 19세기까지 노예선을 타고 중간 항로를 건너 가족과 헤어져 신세계 카리브로 이주한 사람들과 미란다를 겹쳐놓는다.

둘째, 칼리반이 사는 섬에 난파되었을 때 미란다가 세 살이었다는 프로스페로의 말에 주목하면서 "시간이 지날수록, 그리고 프로스페로가 자신의 책에 몰두할수록, 칼리반과 어린 미란다는 노예와 여주인의 필연적인 접촉으로 더욱 가까워졌음에 틀림없다"라고 추측한다(Lamming 1960: 111-112). 이렇게 상상함으로써 식민자 부모와 딸의 관계보다 피식민자와 식민자 자식 사이의 신체적 가까움을 강조한다.

셋째, 미란다와 칼리반의 공통된 성질이 "순진무구함과 쉽게 믿는 것"에 있다는 점이다(Lannimg 1960:.114). 아버지 프로스페로가 약혼자 페르디난도(Ferdinando)에 대해 스파이임에 틀림없다고 비난하자, 미란다는 비난에 대한 페르디난도의 불만을 달래기 위해 아버지가 "좋은 사람"이기 때문에 그를 신뢰할 만하다고 말한다. 이는 래밍이 미란다가 "순진무구함과 쉽게 믿는 것"을 성격으로 가진다는 예로 제시하는 장면이다. 또한 칼리반이 프로스페로에 대해 가지는 가차 없는 분노는 그의 "순수하고 계산적이지 않은 순박함"에서 비롯된 것이라고 래밍은 말한다. 이러한 이유로 칼리반과 미란다 두 사람이 "모종의 창조적 맹목"을 공유하고 있다는 것이다(Lamming 1960: 115).

다음 인용문에서 "아이티식 영혼 의식"은 근대적 지식이 "퇴행적이다" 혹은 "야만적이다"라며 배제해 온 앎을 재조명하기 위해 언급된다. 그리고 어머니의 계보에 유착된 정동을 재배치하면서 이렇게 결론 내린다.

> 우리는 공작[프로스페로]이 이렇게 말할 때 그가 왜 그 스스로를 멸시하는지 묻게 된다. 그의 말투는 순수함과 관심이라는 의미에서의 친밀감을 암시하며, 그 점이 마음껏 상상을 펼치게 한다. 그러나 우리는 미란다의 어머니와 시코락스로부터 소식을 받기 전까지, 결점이 될 이 가능성에 대해 위엄을 갖추어 말할 수 없다. 그녀들은 모두 죽었다. 그러므로 아이티식 영혼 의식에 비견할 만한 어떤 방식으로라도 그녀들이 돌아와서 우리가 알아야 할 것, 반드시 알아야만 하는 것을 알릴 때까지 우리의 앎은 미루어져야 한다.
>
> (Lamming 1960: 116)

여기서 수치심이나 죄책감과 같은 정동은 더 이상 문제가 되지 않는다. 식민주의자 대표인 프로스페로의 이야기가 지닌 비밀은 식민주의자와 피식민자 모두를 연결하는, 시코락스와 미란다 어머니의 모성을 통해 표시된다. 그러나 이 두 사람은 모두 죽었기 때문에 다른 매개 작업이 필요하다. 래밍은 여기서 그것이 무엇인지는 구체적으로 언급하지 않았다.

중요한 것은 '전통'의 재발견이나, 피식민자들의 앎을 대항 담론으로 회수하는 것이 목적이 아니라는 점이다. 이름을 부여받지 않은 식민자(미란다)의 어머니, 그리고 피식민자(칼리반)의 어머니인 시코락스의 존재는 상상할 수 있다고 해도, 애초에 도달할 수 없고 실체화할 수 없는 것임이 명시된다. 그리고 무엇보다 부성적 식민자의 상징인 프로스페로의 용감한 웅변 속에 담긴 자학적이고 피학적인 울림에 귀를 기울이고 "친밀감"을 알아듣는 행위야말로, 모성성을 실체적인 것으로 회복하려는 시도가 애초부터 불가능할 뿐만 아니라 오류라는 인식을 불러일으킨다. 부성이라고 여겨지는 것에 은폐된 자기 붕괴의 순간과 모성성의 불가능성을 연결하는 래밍의 이 듣기 능력이야말로 식민지 담론에서 어머니의 이미지를 전례 없는 형태로 갱신한다.

6. 맺으며

자메이카 출신의 비평가이자 작가 실비아 윈터(Sylvia Wynter)가 지적하였듯 시코락스, 즉 피식민자에게 "침묵하는 부재"는 모성적인 것만이 아니다(Wynter 1990: 365). 『템페스트』에서 미란다의 어머니, 즉 식민자의 어머니도 마찬가지라는 사실에 주목한 래밍은 구종주국이 부성적인 것(프로스페로)이나 모성적인 것(미란다의 어머니)으로, 때에 따라 자의적으로 표상되는 점에 주의를 기울인다.

이것은 무엇을 의미할까? 적어도 여기서 말할 수 있는 것은 구종주국의 형상을 복잡하고 다양한 성적 차이의 중첩으로 사유하는 작업이, 구식민지의 새로운 자기 이미지 그리고 식민지기로부터 이어져 온 상처를 마주하는 일과 불가분의 관계에 있다는 점이다. 작가이자 비평가인 커델라 포브스(Curdella Forbes)는 새로운 국가의 얼굴이 남성적인 것으로 채워짐으로써 여성의 정치 참여라는 역사가 가려졌다고 말한다. 이뿐만이 아니다. 포브스에 따르면 "셀본이나 래밍에 의해 곡절하게 묘사되어 온 놀라운 트라우마 즉 국민 이데올로기에 의해, 남성성은 명백한 것으로 상정되거나 요구되는 것처럼 여겨졌다. 그런데 이 남성다움의 정체성을 획득하는 과정에서 남성들이 겪어 온 트라우마는 은폐되고 만다"(Forbes 2005: 7).

물론 정신분석의 용어로 식민주의와 그 이후의 역사를 이야기하는 데에는 충분한 주의가 필요하다. 이미 언급하였듯이 1990년대 이후,

'화해'나 '용서'라는 기독교에서 유래한 말은 현실 정치무대에서 식민주의에 대한 이해를 촉구하거나 기억의 필요성을 호소하기 위해 쓰였다. 그러나 이 용어는 오히려 식민주의, 그리고 그것이 이루어 온 것을 망각하는 데에도 기여하였다. 이런 사태에 대한 의심으로 수치심이 다시금 문제가 되고 있다는 점을 고려하면, 수치심의 정동과 그 행방은 '트라우마'라는 말이 내포하는 것 이상의 곤란에 어떻게 대처해야 할지 그 방법을 알려주지 않을까? 이러한 맥락에서 래밍의 작업 중 수치심이 차지하는 위치는 헤아릴 수 없을 정도로 중요하다고 할 수 있다.

다음 장에서는 응구기 와 티옹오의 세 번째 소설 『한 톨의 밀알』을 읽으면서 반식민 투쟁의 메시아주의적 측면에 대해 검토한다. 응구기는 래밍의 작품에서 '모국' 개념을 사유하는데, 그 자신의 작품에서도 집단적 저항 서사에서 모성성이 어떻게 구축되는지에 대해 풍부한 뉘앙스를 전달한다. 또한 래밍의 『내 피부의 성에서』에 대한 응구기의 독해, 케냐타(Kenyatta)의 인류학적 연구서 『케냐산을 마주보며(Facing Mount Kenya)』 그리고 프로이트의 『인간 모세와 유일신교(Der Mann Moses und die monotheistische Religion)』를 대조해 읽음으로써 국민 형성이라는 다양한 이해관계가 충돌하는 장을 살펴보고자 한다. 거기서는 모성성의 구축과 탈구축이 또한 중요한 관건이 될 것이다.

제6장. 모세와 저항의 고고학

- 응구기 와 티옹오, 『한 톨의 밀알』에서의 국가와 모성성

1. 첫머리에

응구기 와 티옹오(Ngũgĩ wa Thiong'o)는 최근 논고 「상상력 해방하기: 조지 래밍의 탈식민화 미학(Freeing the Imagination: George Lamming's aesthetics of decoionization)」에서 앞서 검토한 래밍(Lamming)의 『내 피부의 성에서(In the Castle of My Skin)』 중 "내 백성(My People)"이라는 개념에 대하여 논하였다. 이때 탈식민화라는 집단적 사건이 갖는 현재적 의의에 대하여서는, 『내 피부의 성에서』에 그려진 사람들의 "주권은 아직 실현되지 않았다. 그것[내 백성]은 주권을 향하여 투쟁하기 위한 이상이다"라고 말하였다. 래밍의 "내 백성" 개념을 홉스(Hobbes)·로크(Locke)·루소(Rousseau) 같은 유럽 사상가들의 민중 개념과 비교한 응구기는 전자의 특이성을 미개척의 이념으로 제시한다(Ngũgĩ 2009a: 166).

이는 응구기가 래밍의 작품에 주기적으로 회귀한 결과이며, 해방적 이상에 대한 긍정을 기탄없이 표명한 것이다(Ngũgĩ 1972, 2002). 이 장에서는 앞 장에서 논한 해방적 이상의 핵심어인 "Let my people go"라는 구절이 구약성서의 「출애굽기」에서 유래하였다는 사실에 주목한다. 그리고 이집트로부터 이스라엘 백성을 이끄는 모세(Moses)의 형상이, 응구기 와 티옹오의 『한 톨의 밀알(A Grain of Wheat)』에서는

탈식민화 이야기의 모티프로서, 해방적이지만 그늘을 품은 형태로 새롭게 읽히는 점에 대하여 논의한다. 우선 케냐의 식민지 상황과 마우마우(Mau Mau)의 관계에 대하여 서술한 후 이 장의 물음을 제시하겠다. 그에 앞서 응구기가 래밍의 문제의식을 어떻게 이어갔는지에 대하여 언급하고자 한다.

탈식민화의 불안에 직면하다

작가 응구기가 "내 백성"이라는 말의 상징적 의미에 대하여 앞서 살펴본 고찰에 이르기까지, 분명 다른 선택지도 존재하였을 것이다. 래밍이나 C. L. R. 제임스(C. L. R. James) 같은 독학자(獨學者)들은 학계나 문학의 '정전'에 대하여 양의적인 것 이상의 복잡한 태도를 취할 수 있기 때문이다. 응구기가 1960년경 영국의 리즈 대학(University of Leeds)으로 건너간 때는 범아프리카주의 지식이 한편으로는 학문으로서 아직 제도화되지 않은 시기였고, 다른 한편으로는 가나나 케냐 같은 신생 독립국에서 국민적인 것으로 구현되어 가던 시기였다[가나의 초대 대통령 콰메 은크루마(Kwame Nkrumah), 케냐의 초대 대통령 조모 케냐타(Jomo Kenyatta)는 모두 범아프리카주의 운동의 중심적인 존재였다[1]].

---

1 케냐타는 1931년에서 1946년까지 영국에 머무르는 동안 간헐적으로 정치적 활동에 몰두하였다. 그는 할렘 르네상스 시기의 편집자이자 활동가였던 낸시 커나드(Nancy Cunard)와 친해지면서 커나드가 편집한 작품집에 기고하기도 하였고, 조지 패드모어(George Padmore)가 편집하던 잡지 『니그로 워커(The Negro Worker)』에는 케냐의 식민지 상황에 대하여 호소하는 기사를 쓰기도 하였다. 또한 패드모어와 C. L. R. 제임스가 중심이 되었던 국제아프리카사업국(IASB)에서도 활동하였고, 귀국 직전인 1945년에는 맨체스터에서 열린 제5차 범아프리카회의에 발표자로도 참석하였다. 이 시기 케냐타의 활동 대부분은 영국 비밀경찰 MI5의 감시를 받았다. 아래를 참조할 것. Maloba(2017a: 45-107).
은크루마의 범아프리카주의자로서의 배경에 대해서는 砂野(2015)에 상세히 서술되었다.

응구기는 영국에 가기 전부터 이미 소설을 쓰기 시작하였음에도 불구하고, 당시 상황은 학술적 공동체 안에서 주로 그 내부를 향하여 "새로운 문학"을 연구하고 저술하도록 만들었다. 그 공동체가 보수적인가 진보적인가 하는 것과는 무관하게(그렇다고는 해도 대개는 보수적이지만), 공동체의 지배적인 기준 아래에서 우선은 그 외부의 독자층을 잠시 유보한 채 읽고 썼다는 의미이다.

그래서 아프리카 문학이나 카리브 문학과의 해후에 대하여 이야기하는 응구기의 말에서는 단순히 기쁨과 매혹을 표명하는 것뿐만 아니라 말로 형용할 수 없는 미묘한 감정도 확인할 수 있다. 그는 그 만남이 학부 시절을 보낸 우간다 마케레레 대학(Makerere University)과 대학원 시절을 보낸 영국 리즈 대학에서의 결정적인 순간이었다고 말한다. 『내 피부의 성에서』를 만났을 무렵, 그는 이미 마케레레 대학에서 배우던 영문학 정전에 불만을 품고 있었다(Ngũgĩ 1993: 4). 응구기는 교실 밖에서 만난 새로운 문학에 대하여 이렇게 말한다. "마케레레에서는 이 새로운 문학을 위한 공간이 없었다. (…) 혹은 내가 짐작할 수 있는 한에서는, 당시 다른 어디에도 그러한 공간은 없었다. 리즈가 나를 구해준 것이었다"(Ngũgĩ 1993: 7). 그러나 "이 새로운 문학"에 매료되었다는 사실이, 곧 그의 소설이 리즈 학계 안팎에서 안정적인 독자층을 확보할 수 있었다는 것을 의미하지는 않는다. 세 번째 작품이자 이 장에서 주로 다루게 될 『한 톨의 밀알』은 "아놀드 케틀(Arnold Kettle) 교수의 소설 세미나 학생들에게서도, 혹은 형식적인 교실 바깥의 학생들에게서도" 그다지 좋은 반응을 얻지 못하였다. 한편 응구기가 이야기의 주인공으로 서술하였던 사람들이자 독자가 되어주기를 바랐던 사람들 대부분은, 그가 영어로 글을 썼기 때문에 작품을 읽을 수 없었다(Ngũgĩ 1993: 9-10). 응구기는 정전과 새로운 문학의 대표

작가로 콘래드와 래밍을 각각 꼽으면서, 자신의 소설 창작 동기가 둘 사이의 긴장 관계에서 비롯되었음을 밝힌 바 있다(Ngũgĩ 1986b: 75-76; 1993: 4-6).

이 "새로운 문학"에 대한 기대를 양의적 태도와 함께 표명할 수밖에 없었던 점에서, 응구기 특유의 어려움이 발견된다. 그것은 카리브해 지역이 지닌 독립의 어려움과는 다른, 구 영국령 아프리카의 독립이 가진 독자적인 어려움이라고 바꾸어 말할 수도 있다. 그 차이를 단편적으로나마 밝히기 위하여 앞 장에서 다룬 래밍의 『내 피부의 성에서』와 이 장에서 주로 논의할 『한 톨의 밀알』 서두를 비교해보고자 한다. 래밍의 작품은 다음과 같이 새로운 출발을 알리는 "축복의 비"로 시작한다.

> 비, 비, 비 …… 어머니는 창문으로 얼굴을 내밀어 내가 아홉 살이 되었다는 것을 이웃에게 알렸다. 그러자 이웃집 아주머니들은 "아가의 생일이 축복의 소나기를 몰고 왔구나"라고 위로하며 나를 치켜세웠다. 구름이 자욱이 끼었던 아침은 어느새 낮이 되었고, 고요하고 칙칙한 낮은, 물속을 걷는 것처럼 축축하고 지겨운 밤이 되었다. 그날 밤, 나는 너덜너덜한 지붕의 갈라진 틈새를 유심히 바라보았는데, 그곳에는 지붕널의 색깔이 장례식의 검은색으로 변해 있었다.
>
> (Lamming 1953: 9)

앞 장에서 논의하였듯이 래밍의 『내 피부의 성에서』 중 "내 백성"이라는 개념이 등장할 때에는 주인공 G가 느끼는 일말의 불안과 함께 이 개념에 대한 트럼퍼(Trumper)의 강력한 긍정이 드러났다. 이 긍정감은 여기에 인용하였던 작품 서두의 긍정감과도 통한다. 한편 응구기

와 티옹오는 케냐의 독립을 중심으로 그린 세 번째 작품 『한 톨의 밀알』(1967)의 시작을 아래와 같이 서술한다. 이 장면에서는 『내 피부의 성에서』의 첫 장면을 의도적으로 다시 썼다고 해도 좋을 만큼 훌륭한 변주가 보인다.

> 무고(Mugo)는 불안했다. 그는 누워서 지붕을 쳐다보고 있었다. 그을음이 낀 보풀들이 양치식물과 풀로 된 지붕에 걸려 있고, 모든 것이 그의 심장을 겨누고 있었다. 맑은 물방울이 그의 몸 바로 위에 아슬아슬하게 걸려 있었다. 물방울이 점점 비대해지면서 그을음이 스며들어 더러워지더니 막 떨어지려 했다.
>
> 그는 눈을 감으려고 해봤지만 눈이 감기질 않았다. 머리를 움직이려고도 해봤지만 침대에 붙어 꼼짝할 수 없었다. 물방울은 더욱더 커지면서 눈 가까이로 달려들었다. 손바닥으로 눈을 가리고 싶었다. 그러나 손발 등 모든 것이 말을 듣지 않았다. 무고는 절망적으로 마지막 몸부림을 치다가 잠에서 깨어났다.
>
> (Ngũgĩ 1986a: 1)*120

래밍이 물의 모티프에 담았던 것이 축복이자 시작의 이미지였다면, 응구기는 물방울이라는 형상에 탈식민화에 얽힌 불안을 담아냈다고 할 수 있다. 그것은 종주국을 이탈하는 것에 대한 불안이 아니라 새로운 독립의 주인공이 되어야 할 사람들에게 메우기 어려운 골이 패여버린 것에 대한 불안이다. 독립을 축복해야 할 물은 『한 톨의 밀알』에서 "비대해지다"라는 부정적 수식으로 표현될 뿐만 아니라 "그을음"으로 얼룩졌다. 더구나 그 얼룩의 근원이라고 할 수 있는 "보풀"은 주인공 무고의 목숨을 노리고 있는 것처럼 보이기까지 한다. 이 '더러움'은 무엇일까? 왜 작품은 이런 불안한 꿈과 함께 막을 열어야 하였을까? 단적으로 말하자면 배신 행위, 그리고 식민지 당국과 공범 관계를 맺었다는 사실 자체가 '더러움'이라 할 수 있다. 또한 이 '더러움'은 작중에서 무고의 목숨을 빼앗는 것이라는 점에서, 이야기의 전개를 예고하기도 한다.

마우마우란 무엇인가?

『한 톨의 밀알』을 쓰던 시기의 응구기에게 '사람들'이나 '국민'과 같은 집합성은 아직 실체적인 범주로 제시되지 않았다. 그렇기에 그는 주인공 무고를 사람들을 배신하는 존재로 그려냄으로써 그 실체화될 수 없는 범주에 내재하는 모순과 균열 또한 거기에 담을 수 있었던 것이다. 그렇다면 왜 배신이 중요한 모티프가 되는 것일까? 이 물음에 답하려면 마우마우 투쟁에 대한 이해가 필요하다. 이 투쟁을 식민지 시대 그리고 독립 이후의 역사에 어떻게 자리매김할 것인가 하는 것은, 제6장 및 제7장에서 다루는 응구기 작품에서 주요한 문제이다. 우선 케냐의 식민주의 역사에서 마우마우가 등장한 경위를 간략하게 언급하고자 한다.

마우마우란 19세기 후반부터 1962년의 형식적 독립까지 이어진 케냐의 오랜 반식민주의 투쟁 가운데서도 1950년대에 등장하여 혁명 노선의 핵심이 된 사람들을 말한다. 공식적으로 마우마우 투쟁은 1952년 10월부터 1956년까지 지속되었다. 이 투쟁은 케냐 중부주 전역에 비상사태가 선포된 이후 지도자 데단 키마티(Dedan Kimathi)가 체포되면서 끝났다. 최종적으로 비상사태 선포가 해제된 것은 1959년 11월이었으며, 해방 운동 자체는 키마티 체포 후에도 계속되었다(宮本 1992: 271). 마우마우라는 이름의 유래에 대하여, 역사가 마이나 와 키야티(Maina wa Kinyatti)는 다음과 같이 설명한다.

> 1950년 5월 12일, 케냐 나이바샤(Naivasha)에서 39명의 아프리카인 농장 노동자가 체포되었다. 이것은 응지히아 와 키누지아(Njihia wa Kinuthia)라는 농장 감독관(**냐파라, nyapara**)이 자신의 주인인 S. V. 애치슨(S. V. Aitchison)이라는 백인에게 밀고한 결과였다. 그 밀고 내용은 케냐에 사는 **와준구**(wazungu, 유럽인)를 폭력으로 추방하려는 정치 목적을 내세운 비밀 조직에 참여하도록 강요받았다는 것이었다. 남자는 이 비밀 조직이 동료를 모집하고 단결과 헌신을 보장하기 위하여 전통적인 맹세를 강요한다고 고하였다.
>
> 농장 노동자들은 식민지 경찰로부터 잔인한 고문을 받았지만, 운동의 이름과 목적을 밝히지 않았다. 이 중 15명의 남성과 4명의 여성이 비합법 단체의 구성원이라는 선고를 받아 전원 7년간 구금되었다. (…)
>
> 이때 피고석에 선 농장 노동자 가운데 한 명인 마구로기 올레 코도고야(Magurougi ole Kodogoya)는 혹독한 추궁을 받으면서도 완강히 저항하였다. (…) 그는 확신을 갖고 운동에 투신하였기에 밝혀서는 안 되는 마운드 마우(maũndũ mau, 이런저런 일)를 절대로 알려줄 수 없다고 단언하였던 것이다. (…) 이 비밀 조직을 조사한 식민지 영자신문 기자는 그의 진술에서 의미가 불분명한 ('이런저런'의) "마우마우"라는 말이 바로 이 운동의 명칭이라고 굳게 믿었다.
>
> (マイナ 1992: 1-2)

요컨대 잘못된 명명으로 인하여, 이 마우마우라는 명칭이 널리 퍼지게 된 것이었다. 반식민 투쟁에 가하여진 탄압의 역사 중에서도, 영국은 유례를 찾아보기 어려울 정도로 잔혹하게 이 마우마우 투쟁을 탄압하였다.

다음으로 케냐에서의 영국 식민주의 역사, 그리고 반식민 투쟁의 역사를 대략적으로 살펴보고자 한다. 1895년 동아프리카 보호령이 선언되자 영국 백인들은 몸바사(현 케냐 연안의 주요 도시)와 캄팔라(현 우간다의 수도)를 잇는 동아프리카철도 부설을 위하여 아프리카인 노동자들을 징용하였다. 이어서 20세기 초가 되자 영연방 지역에서 정착민을 모집하여 백인의 이주를 촉진함으로써 "백인국(白人國)" 건설을 시도하였다. 이 시기 정착민들은 연안에서 내륙으로 정착 지역을 넓히기 위하여, 내륙의 여러 민족을 제압하는 원정을 거듭하였다. 게다가 서늘하고 비옥한 땅을 "화이트 하이랜드(White Highland)"로 지정하여 비유럽인의 소유를 금지하고, 아프리카인을 민족 집단별로 지정된 거류지에 몰아넣었다. 제1차 세계대전 중에는 인두세와 오두막세가 인상되어 아프리카인의 삶이 더욱 고달파졌다. 1920년에는 키판데 제도(Kipande System, 선주민등록 제도)가 도입되었다. 16세 이상의 아프리카인은 모두 지문 채취를 당하였고, 목에 신분증명서를 걸어야만 하였다. 이 제도로 인하여 아프리카인은 거류지에서 백인의 토지로 이동할 때 통제받았으며, 그들의 강제노동은 더욱 고착화되었다(宮本 1992: 272-275).

아프리카 연구자 미야모토 마사오키(宮本正興)는 이러한 식민주의에 대한 피식민자의 저항을 세 시기로 구분한다. 제1기는 1890년대부터 제1차 세계대전까지 약 20년간이다. 이 시기에는 영국이 아프리카인 중에서 무리하게 괴뢰 수장을 세운 일에 대한 저항, 그리고 과세 및 토지 수탈에 대한 저항이 주를 이루었다. 1910년대부터 1930년대까지는 기독교적 혹은 서구적 가치관에 의거하지 않고 아프리카인 독자의 학교와 교회를 설립하려는 움직임이 활발해졌다. 제2기는 제1

차 세계대전 이후부터 제2차 세계대전 때까지이다. 이 시기에는 운동의 대중적·대규모적 확산을 목표로 정치 조직이 형성되었다. 1919년에는 동아프리카협회(East Africa Association)를 발족하여, 1924년에 키쿠유중앙협회(Kikuyu Central Association)로 명칭을 변경하였다. 이를 이끈 사람이 해리 투쿠(Harry Thuku)로, 그는 키판데 제도 철회, 인두세·오두막세 인하, 토지 반환을 내걸고 시위를 주도하였다(투쿠에 대해서는 나중에 서술하겠지만, 응구기 역시 소설 『한 톨의 밀알』에서 그를 언급하였다). 또한 1930년대에는 몸바사나 나이로비 도시 노동자 사이에서 노동 운동이 활발해졌다. 그 결과 정치적 지위나 복지 측면에서 일정한 정도의 향상을 이루었다. 제3기는 제2차 세계대전 이후의 시기이다. 1944년에 케냐·아프리카인동맹(Kenya African Union, KAU)이 결성되었고 1946년에는 케냐타가 영국에서 귀국하여 KAU 위원장에 취임하였다. 이후 반영(反英) 투쟁의 고조로 KAU는 대중적 기반을 확립할 수 있었다. 같은 시기, 주로 도시 지역에서는 동아프리카노동조합회의(EATUC)가 주도한 노선이 힘을 키워 프레드 쿠바이(Fred Kubai)와 인도계 마칸 신(Makhan Singh) 등이 파업을 성공시켰다. 이러한 상황에서 KAU의 간부 중에는 이탈자가 발생하기 시작하였다. 또한 KAU의 비폭력 노선에 불만을 가진 청년층이나 노동 운동과 반식민투쟁을 연결하여 사고하는 사람들 사이에서 온건파를 축출하려는 움직임도 나타났다(Maina 2008: 98). 이들을 중심으로 결성된 조직이 케냐토지자유군(Kenya Land Freedom Army, KLFA), 통칭 마우마우이다[2].

KAU 간부 대부분은 준법투쟁을 지지하였지만, 무장투쟁 노선을 택

2 케냐에서의 영국 식민주의 역사 및 저항 운동에 대한 서술은 미야모토 마사오키(宮本正興)의 해설 「케냐토지자유군의 투쟁(ケニア土地自由軍のたたかい)」(宮本 1992: 272-277)을 참조하였다.

한 사람들도 있었다. 이들이 모여 KLFA를 조직하였고, 한때 20만 명에 가까운 구성원을 이루기도 하였다. KLFA는 제국주의에 대항하는 투쟁이 무력을 통해서만 수행될 수 있다고 주장하였다. 1952년 식민지 정부가 비상사태를 선포하고 같은 해에 케냐타가 체포되자, KLFA는 지하로 숨어들어 나얀다루아산과 케냐산을 거점으로 게릴라전을 벌였다. 이때 KLFA는 비밀 조직으로서의 엄격한 규율과 비밀 엄수를 절대시하였다. 이는 마우마우의 선서라고 불렸다. 동료를 배신하는 행위나 스파이 행위는 절대적인 반역으로 여겨 엄벌에 처하였다. 이러한 엄격함은 조직의 비밀주의와 "비합법성"에서 비롯된 것만은 아니었다. 거기에는 식민지 정부가 마우마우를 무너뜨리기 위하여 아프리카인을 협력자, 즉 "홈가드(Home Guard)"로 고용하여 다수의 식민주의 공범자를 만들어냈다는 사정이 있었다(マイナ 1992: 261-270). 이 장에서 다루는 『한 톨의 밀알』이 배신을 주된 주제로 삼은 것은 이러한 배경 때문이었다.

작품의 개요

먼저 소설의 서두에는 앞서 언급한 투쿠에서 와이야키(Waiyaki)에 이르는 '마우마우' 투쟁의 계보가 키쿠유(Kikuyu) 사람들의 내력과 함께 제시된다. 다음으로 그 계보와 대비되는 각 등장인물의 행동은 '마우마우'의 기억에 충실한지의 여부와 무관하게, 국민 형성의 기반이자 동시에 국민이라는 범주가 합법적으로 인정되기 이전 근대로의 필연적인 진입으로 그려진다. 마지막으로 우후루(Uhuru), 즉 독립의 증언자로 1인칭 복수의 집단적 목소리가 등장하여 식민주의 아래의 집합적 기억에 대한 서사를 이어간다. 집합성을 따로따로 서사화하는 이 세 개의 상태는, 이음새 없이 접속되기보다는 비연속적으로 배치된다.

두 번째 범주에 속하는 등장인물들은 투쟁에 대한 참여와 환멸을 둘러싸고 각기 다른 상처와 죄의식을 짊어진다. 예를 들어, 카란자(Karanga)는 식민자에게 고용되어 마우마우를 탄압하는 편으로 돌아서게 된다. 또한 투쟁 중에 수감되었다가 풀려난 기코뇨(Gikonyo)는 식민자에게 빌붙어 토지를 손에 넣는다. 기코뇨는 해방 후 아내 뭄비(Mumbi)가 카란자와 아이를 낳았다는 사실을 알고 환멸을 느낀다. 마우마우 투쟁에 참여하는 대표적 인물로는 키히카(Kihika)를 꼽을 수 있다. 키히카가 투쟁에서 지도적 역할을 담당한 반면, 작품의 주인공 무고는 농부이며 앞서 인용한 것처럼 우유부단하고 소극적인 인물이다. 무고는 평온한 삶 속에 갑자기 나타난 투사 키히카를 부담스러워하며 그의 거처를 식민지 당국에 알린다. 그러나 키히카뿐만 아니라 무고 역시도 세 번째 목소리, 즉 '국민'으로부터 존경받는 마우마우의 지도자로 추앙된다. 이 집단적 목소리와 개인적 내면의 불일치가 이야기를 움직인다.

이상 세 가지 차원의 집합성은 주로 모세의 형상과 성서 속 인물을 언급하는 데에서 결합되며, 형식적 독립에 대한 희구에서 환멸에 이르는 다양한 감정을 상징화한다. 예를 들어, 무고나 키히카 같은 인물은 자신을 모세와 동일시하고 지도자를 자처한다. 이 배신의 드라마는 누구나 알고 있는 성서 속 이야기와 유비 관계에 놓임으로써 사람들 기억의 한 부분으로 다시 자리매김한다.

이 장의 물음

아래에서는 응구기의 반식민주의 이야기에서 메시아주의에 대한 비판을 추적하고, 이를 프로이트(Freud)의 『인간 모세와 유일신교(Der Mann Moses und die monotheistische Religio)』(1938)에서 행해진 모세

해석과 접속시켜 본다. 응구기와 프로이트는 언뜻 보기에 의외의 조합처럼 보이지만, 각각 키쿠유와 유대의 역사적 상상력과 민족지적 자원을 활용하여 집합적 저항의 계보를 기억하려 한 점에서 연결된다. 더욱이 그 속에서 두 사람은 가부장적 이야기를 영속화해야 할 필요성에 따라 모성성을 실체적 존재로 설정한다는 측면에서도 공범적이다.

응구기에게서 보이는 이러한 조상숭배적 현상은 그의 선행자이자 민속학자인 조모 케냐타가 인류학적인 관점에서 기술한 키쿠유인에 대한 견해와 매우 유사하다. 앞으로 논하겠지만, 케냐타나 프로이트와의 이러한 공범적 관계에도 불구하고 응구기의 텍스트는 반식민주의와 모성성을 결합하는 연결고리에 대하여 일종의 도전장을 던진다[3].

---

3 다음의 논의는 전반적으로 패트릭 윌리엄스(Patrick Williams)나 사이먼 기칸디(Simon Gikandi)와 같은 비평가들의 의견에 동의하면서 진행된다. 두 사람은 토지 수탈이라는 배경 때문에 응구기의 작품에서 지배적인 지도자에 대한 물음의 중요성 또는 메시아적 담론의 의의를 지적한다. 패트릭 윌리엄스는 응구기가 문제화하는 것은 "영감 받은 듯한 지도자 혹은 지도자성 자체에 대한 전체적인 사고방식"이며, 이는 『한 톨의 밀알』의 중심적인 드라마 중 하나라고 논한다(P. Williams 1999: 62). 사이먼 기칸디는 비교적 이른 1920년대 초반에 키쿠유족이 영국의 식민 체제에 대하여 조직적으로 저항할 수 있었던 이유 중 하나로 메시아적 담론을 꼽는다. 기칸디의 표현을 빌리자면, 그것은 "이 땅의 회복을 키쿠유적인 인격 회복의 전제조건으로 삼는 종말론적 담론"이다. 기칸디는, 정신적 측면에서 토지는 "키쿠유족이 도덕적 권위, 시간관념, 자신의 입장 같은 중요한 문제를 새로운 식민지 질서와-또한 그들 자신 안에서도-협상하는 데 중계 지점이 되었다"라는 점에서 중요하다고 말한다(Gikandi 2000: 18-19). 이에 반하여 데이비드 모한브라운(David Maughan-Brown)은 작가의 기독교 사용은 경제적·사회학적 위상이라는 관점에서의 식민주의 분석을 소홀히 한다고 지적한다. 그리고 폭력에 대하여 소설이 모호한 입장을 취하는 한, 사회 혹은 가족의 분열은 "상징적 위상"을 통한 해결로 귀결된다고 판단한다(Maughan-Brown 1985: 239). 모한브라운의 다소 교조적인 평가가 가지는 맹점은 모세 형상의 양가성을 인식함으로써 보완할 수 있을 것이다.

2. 프로이트, 『인간 모세와 유일신교』의 고고학과 정신분석

인류학과 정신분석의 연관

미셸 푸코(Michel Foucault)는 인류학과 정신분석 사이의 연관성을 파악하면서, 그것들이 과학 지식과 식민지 체제를 뒷받침하는 데 중요한 역할을 하였다고 말한다. 푸코는 『말과 사물(Les mots et les choses)』 마지막 장에서 이 두 학문 분야가 "특권적 장소"에 있다고 간주하였으며, 각 분야의 형성이 구조적으로 상동적이기보다는 연동된다고 본다. 푸코에 따르면 두 분야는 각각 내부와 외부에서, 한편으로는 "역사 없는 사람들"의 발견을 통하여 다른 한편으로는 "무의식의 발견"을 통하여 인문학의 형성에 의문을 제기한다(フーコー 1974: 395-403). 푸코는 서구적 이성이 어떻게 우월한 입장에서 "다른 모든 사회"와 "스스로가 역사적으로 모습을 드러낸 이 사회"에 관여할 수 있었는지를 설명하면서 "역사적으로" 혹은 "역사적인" 등, 역사와 관련된 단어를 특권적으로 사용한다. 그 구절은 다음과 같이 이어진다.

> 명백히 이는 식민지화 상황이 문화인류학에 불가결했으리라는 의미가 아니다. 즉 의사라는 환상적인 인물로 인한 환자의 소외도 최면도 정신분석학을 구성하지 않지만, 의사와 환자 사이의 특이한 관계와 이로 인해 초래되는 전이의 조용한 폭력 속에서만 정신분석학이 펼쳐질 수 있는 것처럼, 문화인류학은 유럽적 사유와 유럽적 사유를 다른 모든 문화 및 유럽식 사유 자체에 맞서게 할 수 있는 이해 방식의 언제나 억제되지만 변함없이 실재하는 역사적 지배력에 의해서만 고유한 차원을 획득한다.
>
> (フーコー 1974: 399)*121

정신분석과 인류학의 결정적인 연동 방식을 기술하는 부분에 이르러, '역사'에서 파생된 용어를 둘러싼 푸코의 관심은 식민주의와 이 두 학문의 연결고리를 가시화하면서도 동시에 느슨해지도록 만든다. 이에 따라 두 학문 분야 모두 "유럽적 사고"라는 미궁적이고 순환적인 공간의 내부에 위치하게 된다.

란자나 칸나(Ranjana Khanna)는 『암흑의 대륙: 정신분석과 식민주의(Dark Continents: Psychoanalysis and Colonialism)』(2003)에서 푸코의 이 정의를 언급하면서, 고고학과 빅토리아 시대 인류학에 대한 프로이트의 관심이 그의 정신분석적 사고에서 벗어나는 순간에 주목한다. 그리고 그 계기를 "서구에 대한 민족지, 더 정확하게는 19세기 유럽의 국민주의와 그 주체 형성에 대한 민족지"에서 찾는다(Khanna 2003: 59). 푸코의 '역사' 사용법은 그 역사의 타자와 갖는 관계성에 대하여 어떤 감각을 일깨운다. 동시에 정신분석 같은 학문 분야는 그 역사의 타자를 자기충족적인 유럽 문화 영역 안에서 나르시시즘적 성찰을 영속화하는 데 기여하는 존재로 변모시키기도 한다.

유럽을 사고하는 프로이트

『인간 모세와 유일신교』에 이르러 역사에 대한 프로이트의 관심은 푸코의 그것으로부터 벗어난다. 왜냐하면 프로이트는 역사의 기저에 타자를 도입하여, 유럽의 자기동일성을 둘러싼 순환적 성찰의 기반이 되는 인식론적 틀 전반에 의문을 제기하는 위험을 무릅쓰기 때문이다. 모세가 이집트인이었다는 그의 일관된 주장은 유대교 전통에 비연속성을 삽입하는 것을 목적으로 한다. 이러한 시도가 유대인이 위기의 한가운데 있던 1938년에 이루어졌다는 점은 기이하기까지 하다. 프로이트가 말하는 종교의 핵심에 존재하는 이질성이라는 논점은 『인간 모세와 유일신교』를 둘러싼 최근의 논의, 그중에서도 요세프 하임 예루살미(Yosef Hayim Yerushalmi), 자크 데리다(Jacques Derrida), 에드워드 사이드(Edward Said)의 논의에 지속적으로 영향을 주었다[4].

프로이트가 제시한 논거는 다음의 세 가지이다. 우선 일신교가 이집트 신 아텐(Aten) 혹은 아케나텐(Akhenaten) 숭배에서 기원하였다는 점, 다음으로 모세가 이집트의 관습인 할례를 고대 이스라엘인에게 가져왔다는 점, 마지막으로 모세가 유대인들에게 살해되었다는 점이다. 이 기억은 훗날 죄의식으로 남게 되는데, 이 죄의식으로 인하여 형제애라는 원칙 아래 남은 자들의 결속이 견고해졌다는 것이 프로이트의 도식이다. 프로이트는 성서를 독해할 때 인류학을 원용하지만, 동시에 인류학에 비판적이기도 하다. 한편으로 그는 연속적인 유대 전통의 구축을 시도한다. 또한 위에서 제시한 첫 번째와 두 번째 논거의 흔적을 지우려는 부류의 고고학에는 반론한다. 프로이트에 따르면 전례 규칙 같은 제도는 사실 모세 시대 이후에 성립된 것이지만, 이것이 모세로부터 유래하였다고 생각한 자들 때문에 성서에는 소급 기록되었다.

> 사제들은 이런 모사를 통해 자기네들이 살던 시대와 모세가 살던 아득한 옛날 사이에 연속성을 부여하려는 듯하다. 말하자면 이로써 우리가 지금까지 묘사해 온 유대 종교사의 충격적인 사건, 다시 말해서 율법의

4 최근 사무엘 베버(Samuel Weber)나 바바라 존슨(Barbara Johnson)도 프로이트의 모세론에 대한 논고를 발표하였다. Weber(2005: 63-89) 및 B. Johnson(2010: 58-76)을 참조할 것. 존슨의 주장은 프로이트의 모세론을 둘러싼 논쟁, 즉 정신분석학과 유대교가 접속하는 논쟁이 어떻게 탄생하게 되었는가를 이해하는 데 유용하다. 프로이트의 모세론을 사상사적으로 위치 지으려는 시도는 얀 아스만(Jan Assmann)에 의하여 이루어졌다(アスマン 2016).

제정자 모세와 후일의 유대교 사이에 간극이 있다는 주장－처음에는 야훼 숭배를 통해서 메워졌다가 뒤에는 미봉책을 통해 서서히 그 흔적이 사라진－을 폐기하기 위함인 듯하다는 것이다.

(フロイト 2007: 82)*122

세 번째 논거와 관련하여 프로이트는, 로버트슨 스미스(Robertson Smith)·앳킨슨(Atkinson)·다윈(Darwin)·프레이저(Frazer)의 빅토리아 시대 인류학에 동의하며 그들의 학설을 자신의 민속학 저술 중 대표작이라고 할 수 있는 『토템과 터부(Totem und Tabu)』(1913)에서도 원용한다. 그러나 프로이트는 자신의 입장과 그들의 입장을 구분하고, "나는 민속학적 자료에서 분석에 필요한 부분만 원용할 권리가 있다"라고 덧붙인다[5](번역문 일부 변경. フロイト 2007: 166)*123. 사이드에 따르면, 인류학과 고고학에 대한 프로이트의 비판적인 자세는 "종교적이든 세속적이든 유대교의 자기동일성을 확고한 창설의 기반에 두기 위하여 이루어지는 모든 교리상의 시도"를 향하게 된다. 사이드는 이어서 그러한 프로이트의 자세는 현대 이스라엘이 학자나 랍비를 동원하여 고고학을 이용하는 방식과는 그야말로 정반대의 자세라고 덧붙인다(Said 2003: 45).

이러한 프로이트의 사변=도전은 그가 "역사적 진리"와 "물질적 진리" 사이에 설정한 구분에 의존한다(フロイト 2007: 163)*124. 확실히 이 구분 자체는 데리다의 말처럼 "수수께끼"이거나 "눈이 부신 정도

---

5 「분석에 있어서 구성의 문제(Konstruktionen in der Analyse)」(1937)에서 프로이트는 고고학과 정신분석학 사이의 유비를 살피면서 다음과 같이 주의를 당부하기도 하였다. "그 두 가지 작업의 비교는 여기서 더 나아갈 수 없다. 왜냐하면 그 둘의 근본적인 차이는, 고고학자에게는 재구성이 작업의 목표이자 끝인 반면, 분석가에게는 재구성이 예비적인 작업에 불과하기 때문이다"(フロイト 2011: 345-346)

의" 것이다(デリダ 2010: 96). 동시에 이 구분은 손쉽게 가부장적 계보로 자기 고유화될 수 있기 때문에 의심스럽고 또한 근거가 희박하다. 예를 들어, 예루살미가 가부장적 계보를 구축하면서 주장하는 것은 다음과 같다. 단적으로 말하면, 프로이트가 "역사적 진리"를 주장하면서 "물질적 진리"를 기각하는 것은 프로이트의 아버지 제이콥(Jacob)이 아들, 즉 젊은 시절의 정신분석의 지그문트에게 물려준 성서에 대한 충실함에서 비롯된다는 사실이다. 그러므로 "『인간 모세와 유일신교』를 집필하면서 그[프로이트]는 뒤늦게나마 아버지의 뜻을 따라 그 명령에 복종하였다"라는 전기적 배경이 중요시된다(Yerushalmi 1991: 78).

그러나 프로이트와 가부장적 계보에 관한 연상은 예루살미와 같은 방식의 독해에서 비롯한 것만은 아니다. 데리다에 따르면 문명에 대한 진보적 사고를 정의할 때, 프로이트가 "세 가지 실수를 범"하였기 때문이다. 그중 하나가 어머니의 자기동일성은 불변하지만 아버지는 그렇지 않다는 주장이다(デリダ 20: 75-76). 모성과 부성의 이 대립은 프로이트가 감각성과 지력(知力), 즉 정신성(Geistigkeit)을 이분화하는 장면에서 도입된다. 프로이트는 이러한 이분화에 의하여 역사의 발전이 전자에서 후자로, 즉 모성과 감각성에서 부성과 정신성으로 이행한다는 주장을 정당화한다(フロイト 2007: 148-149).

따라서 이 대립은 프로이트의 메시아주의 비판을 제한하는 것으로 이해할 수 있다. 프로이트는 메시아주의와 종교적인 사람들의 내부에 있는 환상이라는 심리적 영역 사이의 연결 고리를 생각할 때, 자신의 인류학적 틀에서 벗어나 이렇게 말한다. "모세 살해에 대한 회한이 원동력이 되어, 언젠가는 구세주가 다시 와서 유대 백성을 구원하고 기왕에 약속한 세계 지배를 실현시킨다는 희망적인 공상(wish-phantasy)이 생겨났으리라는 것은 참으로 흥미로운 추측인 듯하다". 프로이트는

이어서 말한다. "그렇다면 그리스도의 부활에도 일말의 **역사적 진실**이 숨겨져 있다. 그 까닭은, 그리스도는 부활한 모세일 터이고, 모세의 배후에서 원시 시대 무리의 원초적인 아버지가 아들의 모습을 빌어 아버지 자리로 나타난 존재일 터이기 때문이다"(강조는 인용자, フロイト 2007: 113)[*125]. 모세에서 그리스도까지라는 직선적 연속성에 기초한 역사 기술이 교란되는 것은 환상의 영역에서이다. 그러므로 억압된 것의 회귀처럼 모세의 망령성 혹은 유령성의 그림자가 그리스도의 뒤에 우뚝 서게 된다.

이 역사 기술도 모성성에 대한 실체화된 개념에 의하여, 나아가 가부장제라는 비연속적인 계보에 의하여 제약되는데, 이 틀을 승인한다는 점에서 응구기와 프로이트는 공통적이다. 즉, 응구기 또한 어떤 민족의 이야기를 서술할 때 성별 차이의 고정이라는 전제를 공유하는 것이다. 『한 톨의 밀알』을 분석하기 전에, 아래에서는 먼저 응구기가 래밍 소설을 독해하면서 모세의 형상을 어떻게 해석하였는지를 검토한다. 그리고 식민지 권력에 대한 저항이 한창일 때 강화되는 모성적인 것·여성적인 것에 대하여, 응구기가 허구적 이미지를 구축하는 데 케냐타의 『케냐산을 마주보며(Facing Mount Kenya)』의 독해가 어떠한 영향을 끼쳤는지 검토한다.

3. 카리브해 지역에서의 모세
—래밍의 신식민주의 형상을 읽는 응구기

신식민주의 형상으로서의 모세

『한 톨의 밀알』에서 모세의 형상이 사용된 것은, 이 작품이 「출애굽기」를 모티프로 한 해방의 이야기임을 보여준다. 여기서 래밍과 응구기는 정치적으로나 문화적으로나 범아프리카주의 사상의 지대한 영향 아래에 있었다는 사실을 상기할 필요가 있다. 우선 짚고 넘어가야 할 것은 이 사상적 계보에서 '모세'가 마커스 가비(Marcus Garvey)의 별명이기도 하다는 점이다. 전기적 사실을 살펴보면 가비의 어머니는 그의 중간 이름에 모세라는 이름을 부여하였는데, 이는 "그가 모세처럼 사람들을 이끌어 주기를" 바라는 마음에서였다고 한다. 후에 가비 자신도 스스로를 "구세주는 아니더라도 모세"로 인식하게 되었다(Cronron 1969: 5, 134). 조지 패드모어 또한 가비를 "흑인 모세"라고 불렀지만, 가비의 "광신적 민족주의"는 "검은 시오니즘"이라고 비판한다(Padmore 1956: 67). 모세의 형상은 가비와 같은 앞세대에게 해방적이고 구세주적인 뉘앙스를 담고 있었다. 그러나 래밍이나 응구기와 같은 뒷세대에게는 양의적이고 부정적인 측면을 내포하게 된다. 형식적인 독립이 눈앞에 다가오면서 「출애굽기」적 해방 이야기의 환멸적인 측면이 더욱 생생해졌던 것이다. 예컨대 일찍이 해방을 약속하였던 지도자가 사람들을 황야에 두고 떠났다는 등, 보다 부정적 측면에서 모세를 해석한 결과들이 나타난다[6].

---

6 흑인 사상가를 유대계 사상가에 비유하는 경향은 여전히 지속된다. 예컨대 폴 길로이(Paul Gilroy)는 『검은 대서양(The Black Atlantic)』 마지막 장에서 그가 검토해 온 듀보이스(Du Bois)와 리처드 라이트(Richard Wright) 같은 흑인 작가나 사상가의 시도를 프로이트, 벤야민(Benjamin), 아도르노(Adorno)와 같은 유대계 사상가와 연동하여 사고할 수 있다고 한다(Gilroy 1993: 187-224). 다음에서 논하듯이 프로이트의 모세론과 응구기를 함께 사고한다는 논점은 길로이가 시도한 방법론의 변주이기는 하지만 맥락은 다르다.
최근 영화, 예컨대 제임스 볼드윈(James Baldwin) 원작 『빌 스트리트가 말할 수 있다면(If Beale Street Could Talk)』[배리 젠킨스(Barry Jenkins) 감독, 2018]이나 KKK단에 잠입한 흑인 형사를 주인공으로 한 『블랙클랜스맨(BlacKkKlansman)』[스파이크 리(Spike Lee) 감독, 2018]에서도 흑인의 인종차별 상황에 모종의 연대를 나타내는

래밍의 『내 피부의 성에서』를 독해할 때, 응구기는 모세의 형상에 주목한다. 그는 이 형상이 식민지적 상황을 극복하기 위한 예언적 가능성을 보여줄 뿐만 아니라 탈식민화의 곤경 속에 대중을 내버려 두고 가는 지도자의 배신도 함의한다는 점에서, 이중적인 측면을 제시한다고 말한다. 응구기는 모세의 이미지를 "도시 노동자가 주도한" 대중파업의 지도자 슬라임 씨(Slime)와 연결시킨다. 파업은 소설의 주요한 무대인 시골 지역으로 점차 확대된다. 슬라임 씨는 분노한 노동자들을 설득하여 더 이상 지주를 뒤쫓지 못하게 함으로써 지주의 목숨을 구한다. 그런 동안에도 슬라임 씨는 장차 사람들에게 토지가 공평하게 분배될 수 있도록 각자 소유한 토지를 매각하도록 권유한다. 결과적으로 사람들은 토지를 얻지 못하고 얼마 안 되는 살던 땅마저 빼앗긴다. 응구기는 슬라임 씨를 다음과 같이 설명한다.

> 마을 사람들에게 (…) 슬라임 씨는 새로운 모세였다. 그는 마을 사람들을 예루살렘으로 이끌어, 그곳에서 더 나은 집과 땅을 영구히 소유할 수 있게 해줄 것이었다. (…) 사람들은 거리와 마을에서 벌어진 파업의 자세한 내용에 대해서는 거의 알지 못했다. 그러나 슬라임 씨가 선박회사의 높으신 양반들과 직접 대화를 나눴고, 상황이 잘 풀린다고 판단될 때까지는 돌아오지 않겠다고 분명히 밝혔기 때문에 충분했다.
>
> (Ngũgĩ 1972: 122)

모세 형상에 대한 응구기의 독해는 대중에게 미래가 잘 풀릴 것이라고 약속한 지도자에 대하여 비판적 시각을 제공한다. 마을 사람들이

존재로서의 유대인이라는 모티프는 계속되고 있다.

토지를 소유할 수 있도록 뒤에서 돕고 도시 노동자들이 주도한 대중파업을 독려했을 때, 슬라임 씨는 확실히 그들을 일시적으로 대표하는 것처럼 보였다. 실제로 위의 인용에서 슬라임 씨는 "선박회사의 높으신 양반들"과의 대화에 노동자 대표로서 참여하였다. 그러나 이어지는 이야기에서는, 슬라임 씨가 페니은행·우애협회와의 은밀한 계약을 사람들에게 숨겼기 때문에 이 위태로운 연결고리가 유지된 것이라는 사실이 밝혀진다(이 책의 제5장 제2절 참조).

위의 인용에서 응구기가 강조한 또 다른 점은, 신식민주의적 지도자의 보나파르티즘(Bonapartisme)을 분석할 필요가 있다는 것이다. 식민권력으로부터 신식민지 체제로의 이행에서 법의 규정은 중요해진다. 그러나 법과 그 규정 과정에 대중은 접근할 수 없다. 『내 피부의 성에서』의 마지막 부분에서 사람들은 자신의 토지가 더 이상 자신의 것이 아니라 저당 잡힌 땅임을 깨닫는다. 자신들의 집에서 나가라고 명령하는 자는, 기만당한 사람들 가운데 한 명인 포스터(Foster) 씨와 대화하는 동안 다음과 같이 생각한다. "요즘, 좋은 교육을 받은 사람은 가난한 사람과 사이좋게 지내야 했다. 가난한 자들의 생각은 동정할 만했고, 그 생각을 언제 어느 때 대변해 달라고 요청받을지 알 수 없었기 때문이다. **이러한 상황에서 법률은 참담한 상황이었다**"(강조는 인용자, Lamming 1953: 241). 이렇게 법의 제정 과정이 농민계급에게 접근 불가능한 상태로 남아 있는 한, 메시아 담론을 둘러싼 조건에도 영향을 미쳐 그들은 계급 형성 능력을 박탈당한다.

『루이 보나파르트의 브뤼메르 18일』과 탈식민지기의 계급

이는 칼 마르크스(Karl Marx)가 『루이 보나파르트의 브뤼메르 18일(Der achtzehnte Brumaire des Louis Bonaparte)』에서 전개하였던 계급의

형성, 가부장적 지도자의 출현, 그리고 법적 규정과의 관계에 대한 비판적 서술을 떠오르게 한다. 마르크스는 이렇게 말한다. "그들[분할지 농민]의 대표자는 동시에 그들의 주인으로서, 그들 위에 군림하는 권위로서, 그들을 다른 계급들로부터 지켜주고 그들 위에서 비와 햇빛을 내려 주는 무제한적 통치 권력으로서 나타나야 한다". 소작농 계급의 정치적 권력이 극단적으로 제한되는 이 상황에서, 과거의 영웅과 동일한 성(姓)을 가진 남자가 등장하여 사람들에게 받아들여진다. "나폴레옹이라는 이름을 가진 사내가 자신들의 모든 영광을 되찾아 줄 것이라는 기적 신앙을 심어주었"기 때문이다. 루이 보나파르트는 "'부자 관계를 알아보는 것을 금한다'라고 명령한 나폴레옹의 법전 덕분에" 마치 전설적인 인물인 것처럼 행동할 수 있었다[7](マルクス 2005a: 124-125)[*126].

물론 슬라임 씨를 모세=보나파르트적 인물로 보는 응구기의 독해가 『한 톨의 밀알』에 그대로 적용되는 것은 아니다. 그러나 아래에서 논의하겠지만, 메시아적 담론에 대한 경고, 그 담론과 법의 관계에 대한 비판적 시각은 공식적인 독립 시기에 농민들이 변혁적 계급을 형성할 수 없다는 작가의 시각 속에 교묘하게 배치된다(케냐의 독립기 토지 문제와 신식민주의 형성의 관계는 다음 제7장 제2절에서 자세히 설명할 것이다).

예컨대 응구기는 기코뇨를 투쟁에 참여하면서도 식민지 권력에 패배하고 협력하는 신식민주의적인 인물로 그려낸다. 그리고 이 인물의 부침을 그리는 가운데 변혁적 계급의 부재도 더불어 보여준다. 기코뇨

7 여기서 『루이 보나파르트의 브뤼메르 18일』 독해는 스피박(Spivak)의 해석을 참조하였다. 스피박은 아버지의 이름을 탐색하는 것을 법적으로 금지함으로써 "계급의 기술적 정의"와 "(변혁적인) 계급의 비형성" 사이에 틈새가 생긴다고 주장한다(Spivak 1999: 258, 260).

는 수용소에서 나온 후 아내 뭄비가 낳은 아이가 자신의 아이가 아니라 그의 옛 친구이자 훗날 홈가드(식민자 편에 서서 피식민자의 투쟁을 탄압하는 병사)가 된 카란자의 아이라는 사실을 알고 환멸을 느낀다. 기코뇨는 해방 후 열심히 일하여, 떠나는 식민자 버턴(Burton)이 한때 경작하였던 땅을 손에 넣게 된다. "기코뇨는 버턴과 접촉해 예비교섭을 해놓은 상태"였던 것이다[8](Ngũgĩ 1986a: 60)[*127]. 래밍의 『내 피부의 성에서』와 비교할 때, 『한 톨의 밀알』 속 신식민적 인물은 슬라임 씨처럼 한 인물로 대표되면서 수수께끼 같은 악역으로 존재하지 않는다. 『한 톨의 밀알』의 경우 이런 인물들은 좀 더 작은 규모로, 일상생활에 밀착된 형태로 존재한다. 기코뇨가 버턴을 만난 후 타려던 버스는 "**근면한 아이**라고 불리고" 있었는데, "독립전쟁 때 (…) 돈"을 번 사람들이 소유하였다. 이어서 서술자는 그들이 "식민 정부에 적극적으로 협조해 사업권을 따고 사업을 확장하려 지원금까지 받았던 사람들"이라고 설명한다(강조는 원문, GW, 60)[*128].

응구기는 『내 피부의 성에서』 속 모세의 형상을 독해하면서 신식민주의적 지도자에 대한 비판을 전개하였다. 아래에서 언급하겠지만, 이는 조모 케냐타의 변절에 대한 비판이기도 하다. 그러나 이것만으로는 이처럼 이른 시기부터 신식민주의에 대한 비판이 필요하지 않았을 것이다. 다음 장에서 논의하겠지만, 이 비판의 도달점이 깊어진 것은 응구기가 식민지 교육의 잔재를 마주하고 대중의 언어를 이해하기 위하여 고군분투하면서부터이다. 이 시기는 특히 작가가 키쿠유어로 쓰인 희곡을 바탕으로 사람들과 함께 연극을 상연하고, 1970년대 후반 이후 키쿠유어로 소설을 쓰기 시작한 때에 해당한다. 그럼에도 불

8 이후 본문에서 이 텍스트의 인용은 정보를 생략하고 쪽수를 표기한다.

구하고 『한 톨의 밀알』이 출간된 1967년 무렵에는, 대중에게 다가가기 위하여 영어라는 언어를 매개로 하면서도 성서의 다양한 일화를 사용하는 것이 필수적이었다. 응구기는 훗날 외부에서 수입된 이 종교의 교리를 작품 속에서 혹독하게 비판하게 된다. 다만 이 시점에서는 그것이 사람들의 공통 언어라는 점이 중요하다. 이에 대하여 응구기는 다음과 같이 설명한다.

> 성서는 그 유산[제국주의의 영향]의 분리할 수 없는 일부로, 그것을 사용하든 이야기하든 공통의 지식 체계를 언급하는 것이다. 그것은 청중과 공유한다는 가정이 가능한 지식 체계이다. 그래서 나는 성서 혹은 성서적 표현을 상당히 많이 사용하긴 하지만, 이는 성서에 대한 믿음이나 성서의 신성함을 공유하기 때문이 아니다.
>
> (Ngũgĩ 2006: 210)

1980년대 초에 이루어진 이 발언은 더 넓은 독자층에 자신의 작품을 접근시키기 위해서는 기독교의 상징적 사용, 그리고 구약성서와 신약성서 삽화의 사용이 필수적이었다는 사실을 뒷받침한다. 다음 절에서는 구약성서와 신약성서 속 다른 두 이야기가 『한 톨의 밀알』에 어떻게 배치되는지 살펴볼 것이다.

4. 『한 톨의 밀알』 속 응구기의 모세

반식민 운동에서의 메시아주의와 그 부인(否認)

프로이트의 『인간 모세와 유일신교』를 통하여 추출한 지금까지의 논의는 응구기의 소설을 읽을 때 다음과 같은 질문으로 재구성할 수 있다. 저항의 서사가 모세의 형상을 둘러싸고 조직될 때, 모성성이 실체적인 것으로 구축됨은 불가피한 사태인가? 이 모성성의 구축에 인류학은 어떤 기여를 하는가?

응구기의 소설들에서 모세는 반식민기, 메시아에 대한 희구를 아래에서 지탱하는 존재에서 스스로 지도자를 자처하는 존재로 그 형상이 점차 변화한다. 두 번째로 집필되었지만 출간으로는 최초 소설이었던 『울지 마, 아이야(Weep Not, Child)』는 1952년 계엄령이 선포된 시기의 상황을 기록한다. 당시 조모 케냐타는 대부분의 케냐인에게 구세주 모세와 같은 존재였다. 서술자는 말한다. "다들 조모가 이기리란 걸 알고 있었다. 하느님이 당신의 자손들을 내버려두실 리 없었기 때문이다. 이스라엘의 자손들이 이겨야 마땅했다. 이 최종적 승리에 모든 희망을 건 사람이 많았다"(Ngũgĩ 1964: 7)*129. 그러나 이미 1952년에 케냐타는 "마우마우와 그 비합법성"을 비난하였다. 케냐타는 그가 위원장으로 있던 케냐·아프리카 동맹(KAU)의 목적을 말하면서 KAU와 마우마우 사이의 연관성을 지속적으로 부인하였다(Kenyatta 1968: 49, 52). 작가가 『한 톨의 밀알』에서 비판의 대상으로 삼은 것은, 이 이중의 부인이다. 즉 반식민 투쟁의 핵심을 담당하였던 마우마우에 대한 케냐타의 부인이며, 그럼에도 불구하고 케냐타에 희망을 걸었던 사람들의 부인이다. 작가에 따르면 이 두 가지 부인은 서로 공범적이며, 메시아주의가 등장하면서 조직된 것이기도 하다. 달리 말하자면 한편으로는 '모세'의 관점에서 이루어진 공식 담론 내부에서의 부인이고, 다른 한편으로는 구세주의 도래를 기다리는 자들에게서 나온 부인이다.

앞서 언급하였듯이 『한 톨의 밀알』에서는 주로 세 가지의 집합성이 형성된다. 그것은 두 가지 신화가 결합된 틀을 기반으로 하는데, 하나는 프로이트가 메시아주의 비판에서 제시한 것과 유사한 유대=기독교적 신화의 계보이다. 다른 하나는 케냐타의 인류학적 저작인 『케냐산을 마주보며』(1938)에 드러나는 키쿠유족에 대한 민족지이자 근대화된 키쿠유 신화이다. 이를 통하여 형성되는 집합성은 먼저 소망하는 입장에서의 메시아주의, 다음으로 그것을 자처하는 입장에서의 메시아주의, 마지막으로 역시 소망하는 입장에서의 또 다른 메시아주의(이것은 독립기념일, 즉 우후루 시기에 등장한다) 각각과 관련된 이야기 속 목소리나 그 변화의 한가운데 배치된다.

첫 번째 집합성은 소설의 첫머리에 등장하여 역사의 증언자 역할을 부여받는다. 구속된 지도자들의 귀환을 기다리며 근대의 위기에 직면한 사람들은, 모세와의 연결을 통하여 식민 권력에 대한 투쟁 과정에서 탄압받았던 와이야키·해리 투쿠 같은 19-20세기 초의 키쿠유 지도자들과 닿게 된다. 특히 서술자는 "사람들은 해리 투쿠를 하느님의 메시지를 갖고 온 사람이라고 생각하게 되었다. '파라오에게 가서 나의 백성을 가게 하라고 전하라' 이것이 그의 메시지였다"라고 말하며 해방의 약속자, 즉 「출애굽기」 속 모세를 투쿠와 겹쳐보는 시각에 대하여 언급한다. 외부의 시선으로 이야기되는 이 모세의 전통은 케냐타에게로 이식된다. 1952년 케냐타의 투옥은 오랜 구연자이자 증언자인 와루이(Warui)에게 "1923년에 있었던 일", 즉 투쿠의 해방을 요구하였던 사람들의 행진을 상기시킨다(GW, 12-13)[*130].

두 번째 집합성은 농민계급 출신인 주인공 무고의 심리를 중심으로, 그리고 스스로 지도자임을 자처하며 숲속에서 식민 권력과 맞서 싸우는 투사 키히카(Kihika)와 무고의 라이벌 관계를 중심으로 구성된다. 그들의 관계는 그리스도에 대한 유다(Judas)의 배신으로 극화된다[9]. 마우마우의 투쟁이 고조됨에 따라, 투쟁에 참여한 자들은 서로 간의 맹세를 배신하지 않도록 강요받는다. 예를 들어 키히카는 그리스도가 유다를 향하여 한 말을 청중 앞에서 말한다. 청중 속에 있던 무고는 그 이야기를 듣는다. 키히카는 배신에 대한 경고를 "위대한 스와힐리어 속담"으로 표현한다(소설 내에서 이것은 스와힐리어로만 쓰여 있다). 글자 그대로의 의미는 "너를 갉아먹는 것은 바로 네 옷 속에 있다"라는 것이었다(GW, 15)*131. 키히카는 스스로를 그리스도에 빗대면서 자신의 규범을 다른 사람들에게도 강요한다. "압박받는 모든 사람들은 저마다 져야 할 십자가가 있어. (…) 나는 너를 위해 죽고, 너는 나를 위해 죽을 수 있어야 서로가 서로를 위해 희생하는 거지"(GM, 95)*132. 무고는 키히카와 만나기로 한 장소를 서장 존 톰슨(John Tompson)에게 밀고하였는데, 이를 떠올리며 스스로를 유다에 비유한다. "왜 그들은 인간이라기보다는 커다란 존재의 손에서 나온 돌멩이나 마찬가지인 유다를 비난했을까? 십자가에 못 박힌…… 키히카……"(GW, 176)*133.

이 그리스도를 둘러싼 일화와 함께 모세에 얽힌 계보가 공존한다. 키히카와 무고는 자기 자신을 모세와 동일화시킨다. 젊은 날의 키히카에게 모세 이야기는 압도적인 매력으로 가득하였다. 그래서 그는 "모세에 관한 부분을 거듭 읽었다"(GW, 85)*134. 무고는 과거 영국군 강제 수용소에서 단식농성을 이끈 적이 있어 우후루(독립) 집회에서 연설자로 선정되었다. 처음에는 내켜 하지 않았지만, 이 요청을 받아들이는

---

9 연구자들은 『한 톨의 밀알』과 관련하여 그리스도의 자기희생과 유다의 배신이라는 플롯에 주의를 기울여 왔다. 예를 들어 무고는 유다에, 키히카는 그리스도에 빗댈 수 있다는 주장이 있다(Mwikisa 2007: 206; Mathuray 2009: 42). 한편, 무고와 키히카 모두 궁극적으로는 자신을 희생하기 때문에 그리스도에 비유할 수 있다고 주장하는 입장도 존재한다(Stotesbury 1985: 18-19). 또 다른 연구자는 응구기의 여섯 번째 작품인 『마티가리(Matigari)』(1987)의 "선택과 진실, 정의와 해방에 대한 호소"를 존 번연(John Bunyan)의 『천로역정(The Pilgrim's Progress)』과 비교하기도 한다(Lovesey 2007).

순간 그는 스스로를 모세와 연결시키는 목소리로 가득 차게 된다. "그리고 하느님이 가느다란 목소리로 '모세야, 모세야!'하고 그를 불렀다. 그러자 무고가 큰소리로 외쳤다. '주여, 제가 여기 있나이다'"(GW, 125)[*135]. 그리고 그는 "하느님에게 선택된 자는 과거를 용서받"을 수 있다는 가능성을 예견한다(GW, 127)[*136].

목격자＝공범자로서의 "우리"

메시아를 기대하는 세 번째 집합성은 불확실한 목소리로 등장하여, 이들의 심리적 드라마와 한 걸음 떨어진 곳에서 작동한다. 무고가 공적인 장소에서 자신의 배신을 고백하기 직전, "우리"를 주어로 하는 집합적 서사의 목소리가 갑자기 나타나 무고와 케냐타를 연결한다. 『한 톨의 밀알』에서 1인칭 복수의 목소리는 공동체의 증언자와 독자 모두가 키히카의 순교적 죽음과 무고의 배신 양쪽에 연관되어 있음을 시사한다. 이 목소리는 무고의 삶에서 두 가지 결정적 순간, 즉 독립 전날 마을 공동체 내에 그의 존재를 증언한 장면과 그가 키히카를 만나고 또한 배신하기에 이르는 장면으로 거슬러 올라가 이야기한다. 말하자면 이 목소리는 기억의 저장고로 기능한다. 케냐타와 겹쳐지는 독립 전날의 무고, 그리고 키히카를 배신하는 1954년의 무고를 전부 기억하는 것이다. 두 경우 모두, 이 공동체의 목소리는 무고가 지도자로서 소극적인 자세를 취할 때 나타난다. 무고는 "고인들을 추모하는" 것을, 그리고 독립일에 대중의 투쟁을 기리는 것을 거부한다(GW, 23)[*137]. 이렇듯 지도자가 되기를 거절하였음에도 불구하고, 무고는 독립 이후 케냐의 상징으로 추대된다. 제12장의 끝자락에서 서술자는 말한다. "앞에 서는 것을 거절함으로써 무고는 전설적인 영웅이 되어 갔다"(GW, 177)[*138]. 이어서 제13장 첫 단락에서는 1인칭 복수 "우리"라는 공동체의 목소리가 갑자기 나타난다. 이 목소리는 무고의 존재를 영국에서 귀국한 케냐타와 나란히 놓는데, 이때 그들의 중첩을 정당화하는 우연의 징후로 비가 등장한다. "우리"의 목소리는 "여러분"이라는 부름의 호칭과 대치된다. 그리고 서술되는 사건으로 독자를 불러들여 기억을 환기하도록 이끈다.

> 타바이 출신의 우리들 대부분은 비가 억수같이 쏟아지던 그 날, 새 룽에 이 시장에서 그[무고]를 처음으로 봤다. 여러분도 독립일 전날인 수요일을 기억할 것이다. 바람이 몹시 불어 비가 빗살무늬로 땅에 꽂히고 있었다. 여자들은 물건을 바깥에 놓아두고 비를 피하러 가게로 허둥지둥 달려갔다. 좁은 베란다는 곧 사람들로 가득 찼다. 마대와 머리에 쓴 수건 밑으로 물이 줄줄 흘러 시멘트 바닥은 마치 작은 웅덩이 같았다. 사람들은 흘러내리는 물이 우리가 어렵게 쟁취한 자유를 축복하고 있다고 말했다. (…) 케냐타가 영국에서 귀국한 날도 비가 왔다. 또한 케냐타가 마랄랄에서 가툰두로 돌아온 날[수용소에서 해방된 날]도 비가 왔다.
>
> (GW, 178)*139

구세주 도래의 전조를 자연스럽게 연출하는 형태로, 이 목소리에 따르면 무고는 "힘 있는 인상을 자아내며 약간 구부정한 모습으로" 걷고 있는 듯하다(GW, 178). 이어서 "우리"의 목소리는 무고가 키히카를 배신하였음을 뭄비에게 고백하는 장면을 이야기한 후 다시 한 번 등장한다. 2인칭 복수의 "여러분"이라는 호칭을 다시 사용함으로써 이 목소리는 사람들이 계엄령 치하에 살던 시대, 즉 키히카가 무고의 인생에 등장한 때를 독자에게 상기시킨다.

> 케라라폰에서 키힝고까지 펼쳐져 있는 타바이나 룽에이 부근의 여덟 마을 중 어느 한 곳을 방문한 적이 있는 사람이라면 토머스 롭슨(Thomas Robson), 즉 '공포의 톰'이라고 불리던 사람에 대해 들었을 것이다. 그는 우리 역사의 어두웠던 시절을 집약해 보여주는 예였다. 비상사태가 질풍노도같이 으르렁거리던 시절, 그 사람이 룽에이에 서장으로 부임했다.
> (GW, 186)*140

목소리는 키히카가 롭슨을 암살한 것, 그가 무고의 고립된 종교적 삶에 갑자기 발을 들인 것, 그리고 키히카와 만나기로 약속한 장소를 무고가 새로 부임한 서장 존 톰슨에게 밀고한 것을 이야기한다. "우리"의 목소리는 그것이 대표하는 공동체적 집합성과 "여러분"으로 호명된 주체 모두가 배신의 장면에 관련되어 있을 뿐만 아니라 공범적이라고 말하는 것이다.

결과적으로, 이 공동체의 목소리가 무고를 우선 케냐타와 중첩시키고 이어서 키히카를 배신한 과거와 중첩시킴에 따라, "우리"의 목소리는 과거와 현재의 케냐 사회를 연결하는 집합적 주체로 확립된다. 그것은 한편으로 무고와 키히카 사이의 만남을 기억하는 "우리" 역사의 윤곽을 그려, 저항의 투사나 구류자로부터 배신자·홈가드 같은 식민체제의 협력자에 이르기까지 키쿠유 사회 내부의 대립을 낳은 계엄령 시대의 공포와 비극을 기억한다. 다른 한편으로 이 포괄적인 시점은 현재형으로 이야기될 때, 반드시 독립을 축하하지만은 않는다. 양의적 증언자로서의 이 목소리는 사건을 비판적으로 기록하는 한편, 무고를 둘러싼 이야기를 일시적이고 변덕스럽게 풀어냄으로써 그 자신이 목소리가 되어 나타나는 과정을 명시한다.

사이먼 기칸디는 독립을 축하하는 장면이 "다큐멘터리적 어조"로

이야기된다고 지적하였다(Gikandi 2000: 124). 기칸디에 따르면, 이 집합적인 목소리는 축제 장소에 모인 사람들을 보여주기 위하여 "그들"과 "우리"를 동시에 사용하며, "독립이라는 드라마의 안과 밖 모두에" 있다. 기칸디는 이어서 서술한다. "그 혹은 그녀는 이 중요한 기회에 동일화되지만, 독립이라는 단어를 비판하는 중립적인 입장을 추구할 수도 있다"(Gikandi 2000: 124). 그럼에도 이 비판적 시선은 무고가 숭배되고, 국민 형성을 위하여 키히카 대신 지도자의 입장에 놓이는 사태와 모순되지 않는다. "누구나 무고의 이름을 입에 올렸다. 우리는 그의 이름에 새로운 전설을 부여했고, 그의 영웅적인 행동을 상상했다"(GW, 204)*141. 그들이 자신들 눈앞에서 무고가 연설하기를 기다리던 중, 집합적 상상력이 경합을 벌이듯 무고를 둘러싼 기발한 서사를 생산한다. 그 결과 무고는 키히카와 동일시되기도 한다.

> 어떤 사람들은 무고가 수용소에서 총에 맞았는데, 총알도 그를 건드리지 못하더라고 했다. 이런 힘을 이용해 무고가 수용소에서 사람들을 탈출시킨 후 숲에서 싸우도록 했다고 했다. 또 무고가 수용소에서 편지를 몰래 빼내 영국 의회 의원들에게 보냈으며, 마헤 전투에서 키히카와 나란히 싸웠다고 얘기하는 사람들도 있었다. 이런 이야기들이 이리저리 돌아다녔다. 우리는 키히카와 무고를 차례차례 칭송하는 노래를 했다. 우리의 가슴은 모두 엄숙하고 경건했다.
>
> (GW, 217)*142

독립이라는 국민적 사건, 집합적 목소리 사이의 조화로운 관계성과 궤를 같이하듯, 무고의 영웅적 행위에 대한 상상력은 점점 더 부풀어 오른다. 그러나 그 목소리는 실제로 어떤 일이 있어났는지보다 그 집합적 상상력을 통하여 "우리"가 보고 싶어 하는 것을 이야기한다. 응구기가 집단적 목소리를 사용하여 밝힌 바는, 역사적이고 집합적인 주체를 형성하는 작업이 기억의 보존은 물론 기억의 선별에 의해서도 이루어진다는 것이다. 그런 의미에서 집합적 목소리가 응집하는 힘은 국민 형성의 양의성과 매우 유사하다[10]. 그러나 주인공 무고가 죄를 고백하며 자신이 유다임을 밝혔을 때, 무고는 메시아적 지도자로 예견되었음에도 살해당하고 만다(GW, 223)[*143]. 이것은 『인간 모세와 유일신교』 속 프로이트의 세 번째 주장, 즉 모세 살해에 대한 기억이 유대 민족의 결속을 굳건하게 만들었다는 점을 상기시킨다. 그리고 그 죄의 기억이 개인적인 것에 그치지 않고 집단적인 것으로 공유되는 한, 그것은 "무언가의 시작"이다[11]. 즉, 이 상징적인 희생은 반식민 투쟁과 국민 형성 시기의 배신이라는 모티프를 바탕으로 한 비극일 뿐만 아니라, 이 살해가 야기한 죄의식을 집단 기억 속에 은닉함으로써 "새로운 국민"의 결속을 보다 강화한다고도 읽을 수 있다.

5. 케냐타의 인류학과 응구기의 모성성 비판

케냐타의 『케냐산을 마주보며』(1938)는 키쿠유 사람들에 관한 인류학적 연구서이다. 『케냐산을 마주보며』와 『한 톨의 밀알』 사이에는

---

10 에르네스트 르낭(Ernest Renan)이 망각을 국민 형성에 필수적인 요소라고 서술한 것을 여기에서 상기해도 좋다(ルナン 1997).

11 사무엘 웨버(Samuel Weber)는 프로이트의 모세론에서 모세 살해가 야기한 죄의식이 집단적으로 공유되는 양상이 어떻게 새로운 "전통의 창설"에 기여하였는지에 대해 논하고 있다(Weber 2005: 75-80).

약 30년이라는 시간 차이가 있지만, 두 텍스트는 마주 놓고 읽을 필요가 있다. 왜냐하면 전자는 단순히 사람들의 생활에 대한 정적인 묘사라기보다는 후자와 더 많은 유사점이 있기 때문이다. 응구기의 초기 소설은 그 내용이나 집필 상황이 『케냐산을 마주보며』의 내러티브와 가까운 위치에 있었는데, 그러한 점들은 『한 톨의 밀알』이 창작된 사정에 영향을 끼쳤다고 할 수 있다. 응구기와 케냐타는 키쿠유 사람들이 토지를 소유할 권리를 충분히 갖지 못한 것에 대한 불만을 공유하며, 그 불만을 대신하듯 키쿠유 사회의 기원 신화를 기록하였다. 동시에 문학과 인류학이라는 각자의 분야에서 두 작가가 토지와 존엄에 관하여 주장한 내용이 그들의 조언자인 아놀드 케틀과 말리노프스키(Malinowski)의 관심에서 멀어져 버린 상황도 비슷하였다(물론 조언자를 위해 쓴 것은 아니더라도). 두 사람이 서로 분기하는 지점이 있다면, 그것은 종교관의 차이였다. 즉 기독교를 거부할 것인가, 아니면 민중에 대한 접근 수단으로 이용할 것인가 하는 차이였다.

말리노프스키, 마리 보나파르트, 케냐타

이 장의 제2절 첫머리에서 인용한 푸코를 다시 떠올려보면, 케냐타의 책이 쓰인 상황은 인류학과 정신분석이 합류하는 지점을 보여준다. 브로니스와프 말리노프스키는 런던 정치경제 대학(London School of Economics and Political Science)의 인류학 교수로 케냐타의 지도교수였다. 말리노프스키는 훗날 파리에서 정신분석을 실천하던 마리 보나파르트(Marie Bonaparte)에게 케냐타를 소개하였다. 보나파르트와 케냐타는 여성할례에 대하여 토론하였는데, 그 내용은 보나파르트의 『여성의 섹슈얼리티(Female Sexuality)』에서 여성의 성을 둘러싼 논의의 일부를 형성하였다(Frederiksen 2008). 이 만남은 『케냐산을 마주보며』

가 유럽적 지식 및 과학과 조화를 이루는 혹은 보완적 관계였음을 시사한다. 이제 영향 관계는 다음의 두 가지로 정리할 수 있다. 첫째는 말리노프스키가 케냐타의 책에 끼친 영향이고, 둘째는 『케냐산을 마주보며』가 응구기의 초기 작품에 끼친 영향이다[12]. 아프리카의 섹슈얼리티는 대도시의 페미니스트뿐만 아니라 선교사, 식민지 관료, 민속학자 등의 관심도 끌었는데, 이러한 복잡다단한 논의는 대부분 식민지적 지식 영역 내에서 이루어졌으며 제국적 담론의 반복에도 이바지하였다[13]. 특히 여성할례 문제는, 1929년 케냐타가 영국에 가서 키판데 제도의 폐지와 토지 문제에 대하여 호소했을 때도 영국의 의원과 종교인들로부터 케냐인이 "야만"적이고 "미개"한 근거로 지목되었다(Maloba 2017a: 23-25). 더욱 중요한 것은 만약 응구기가 선행자인 케냐타의 문제를 부분적으로 인계받았다면, 그들이 공유한 반식민지적 계기는 식민지 내부에서 또한 종주국과 식민지를 왕래하면서 케냐타와 말리노프스키가 함께 형성한 젠더화된 편견과 완전히 무관하다고 볼 수 없다는 사실이다.

실제로 케냐타는 키쿠유적인 친족·통치·성생활·의식·마술 등을 계통적으로 설명함으로써, 영어에 능통한 독자들에게 민족적 신화를 본질주의적으로 제시하였다. 예컨대 "이 문화의 열쇠는 부족 조직이다"라고 키쿠유 문화에 대한 자신의 논지를 요약하였다(Kenyatta 1953: 309). 그러나 동시에 독자의 이국적 취향을 만족시키는 이러한 겉모양 아래에는 키쿠유 사람들의 토지 회복에 대한 희구와 영국의 식민주의

---

12 브루스 버먼(Bruce Berman)은 말리노프스키의 지도에 주목하며 『케냐산을 마주보며』에 관한 기능주의적 접근법의 영향을 밝힌다(Berman 1996: 326-331).

13 이피 아마디움(Ifi Amadiume)은 식민지적 지식이 아프리카 사회에 부여한 젠더화된 시선으로 인한 편견에 대하여 일반적인 논의를 전개한다(Amadiume 1987).

및 간접 통치에 대한 산발적인 비난이 뒤섞여 있다[14](Kenyatta 1953: 41-52 and passim).

말리노프스키의 서문은, 이러한 텍스트상의 불안정성이나 부정합성이 마치 존재하지 않는 것처럼 취급한다. 그리고 파시즘이나 공산주의가 "서구의 영향에, 무엇보다도 대영제국과 미국에 대항하여 전 세계의 유색인종을 통합"할 가능성에 대한 대항축으로 케냐타의 텍스트를 적절하게 재위치시킨다(Malinowski 1953: x).

말리노프스키의 요점은 이렇다. 우선 영어권 독자에 대하여, 케냐타를 "선동자"라는 레테르가 붙었던 여타의 아프리카 지식인과 차별화한다. 그럼으로써 작가의 과학에 대한 편견 없는 태도와 토지에 대한 권리를 소리 높여 주장하지 않고, "정치적 불만"을 대표하는 데 자제하였던 것을 상찬한다(Malinowski 1953: ix). 다음으로 "마술적 의식(儀式)"에 대한 케냐타의 정의를 유럽의 "관념론"과 대치시킨다. 그리고 말리노프스키의 비유에 따르면, "병폐"를 상대화하기 위한 "약(藥)"으로 자기고유화한다. 케냐타는 의식에 대한 자신의 설명을 덧붙이며, 그것을 "단순한 미신"으로 이해하지 말라고 경고한다. 말리노프스키는 이 경고를, 제1차 세계대전과 마찬가지로 파시즘이나 공산주의로 인하여

---

14 브루스 버먼에 따르면, 국제아프리카협회는 "1926년에 식민지 정부와 선교사협회의 기부로 설립되"었는데 "협회의 행정위원회 의장은 강력한 제국주의자 루가드(Lugard) 경이었다". 버먼은 말리노프스키가 루가드에게 보낸 편지를 인용한다. 그런데 말리노프스키는 케냐타를 장학생으로 추천할 때, 인류학이 케냐타의 "결정적인 정치적 편견"을 근절하는 데 공헌하였다고 서술하였다. 또한 이러한 내용으로 루가드를 설득하면서 말리노프스키는 "과학적 인류학의 높은 탈정치화 효과가 놀라운 변화를 가져왔다"라고도 덧붙였다(Berman 1996: 327, 328-329). 케냐타는 자기 학문 분야의 한계 속에서도 적어도 그곳에 살았던 적이 있고, 현재 그곳에 살고 있는 사람들에 대한 식민주의의 해악을 주장할 수 있었다. 이러한 점에서 케냐타는 지도교수의 경고에도 불구하고 그 의도를 부분적으로 배신하였다고 볼 수 있다.

악화된 유럽에 대한 성찰로 재조명한다. 그는 "우리는 유럽이 아프리카만큼이나 신비주의(occultism)에 깊이 빠져 있다는 인식에 이르게 된다. 즉 미신과 맹신 그리고 방향 감각의 완전한 상실은 아프리카만큼이나 우리 서구 문명의 중심에서도 위험한 병폐라는 인식이다(Malinowski 1953: xiii)"라고 말하는 것이다. 말리노프스키의 서문은 "우리"가 편협하게도 아프리카의 의식을 이해할 때 전제로 삼는 유럽적 자민족중심주의를 부분적으로 비판하는 듯이 보인다. 그러나 그 바탕에 깔린 정치적 관심에 관해서는 자민족중심주의로 회기하고 만다.

문화통합 지향과 여성성의 규범화

'마우마우' 저항의 계보는 프로이트적 모세의 전통에 비유할 수 있다. 그러나 그것은 응구기가 케냐타의 민족지를 독해하면서 이상화한 유토피아적 공동체 이미지와도 친화성이 있다. 「민족문화를 향하여(Towards a National Culture)」라는 에세이에서 응구기는 케냐타가 『케냐산을 마주보며』에서 전개한 "문화의 통합적 기능"을 칭찬하며, 이를 제임스 조이스(James Joyce)나 매튜 아놀드(Matthew Arnold)의 개인주의적인 문화 정의와 대치시킨다(Ngũgĩ 1972: 6-7).

이 의견에 동의하듯 『한 톨의 밀알』의 주요 등장인물들은 케냐타가 그려낸 키쿠유 신화와 관련된 이름으로 명명되었다. 소설에서 한때 강제수용소에 있었다가 '마우마우'의 맹세를 공유하였음을 고백하고 일찍 출소한 기코뇨는 키쿠유 신화 창시자의 아버지이다. 참고로 기코뇨는 "'키쿠유'의 파생형"이다(B. Nicholls 2010: 102). 또한 키히카의 여동생이자 기코뇨의 아내인 뭄비는 원모(原母)적 인물이다(Kenyatta 1953: 5). 무고는 유럽인들이 철도를 통하여 키쿠유 땅을 침입할 것을 '철로 된 뱀'의 도래라고 예견한 전설적인 예언자 무고 와 키비루

(Mugo wa Kibiru)에서 따온 이름이다(Kenyatta 1953: 47).

게다가 케냐타와 응구기는 키쿠유 사람들이 토지를 소유할 권리를 충분히 갖지 못한 것에 대한 정당한 불만을 공유하며, 이 불만을 대신하듯 키쿠유 사회의 기원 신화를 승인한다. 그러나 응구기의 이야기가 키쿠유 사람들에 대한 케냐타의 연구에서 벗어나는 장면이 있다. 케냐타가 순수하고 무엇으로도 오염되지 않는 사람들의 과거를 규정하기 위하여 기독교의 영향을 거부한 반면, 응구기는 앞서 인용하였듯이 그것을 "공통의 지식 체계"로 인정할 뿐 아니라 마우마우의 내재 혹은 외재하는 다층적 디테일을 엮어내는 도구로 사용한다(Kenyatta 1953: 269-279).

그럼에도 불구하고 문화 규범을 통합하고 그 과정을 정당화하는 것은 프로이트의 경우처럼 식민지 사회에서 여성성을 지배하고 모성성을 구축하려는 경향과 궤를 함께한다. 케냐타는 여성할례나 일부다처제와 같이 논쟁의 여지가 있는 문화 규범을 옹호하였다. 응구기 작품의 젠더관에 대하여 논한 브렌든 니콜스(Brendon Nicholls)가 지적하였듯이, 응구기 역시 이 규범에 동참하였으며 "키쿠유 남성의 잠재적 능력을 회복시키기 위하여 여성 캐릭터를 침묵시키는 전략"을 사용한다(Nicholls 2010: 86).

예컨대 작중에서는 키히카가 성서를 읽는다는 점, 그리고 그가 모세에 열렬히 동일화하는 점이 여성할례를 옹호하는 한 원인이 된다. 그러한 관습을 비판한 무니우(Muniu) 선생 앞에서 키히카는 성서에 여성할례를 비난하는 어떤 문장도 찾아볼 수 없다고 주장한다(GW, 271). 이러한 변호 방식은 케냐타가 일처다부제를 설명할 때 사용하는 용어와 가깝다(Kenyatta 1953: 271). 키히카는 숲속 투사들의 결속이 중요하다고 강조하면서 인도의 탈식민화 운동을 언급하였다(제5절에서 인용한 부분). 이때 그가 사용하는 수사는 토지와 네이션 그리고 모성성을 연결시킨다(GW, 89).

소설의 결말 장면 중 독립 이후의 케냐에서 약속된 미래는 재생산적 규범에 의하여 형상화되는데, 거기서 기코뇨는 뭄비와 아이를 갖는 것을 상상한다. 기칸디의 표현을 빌리자면 "유토피아적인 몸짓"이라고 할 수 있다(Gikandi 2000: 125). 목수 기코뇨는 남자와 여자, 그리고 아이의 이미지가 새겨진 의자를 만들려고 한다. 식민 당국의 하수인 자치 대장이 되었다는 카란자와의 사이에서 뭄비는 아이를 낳았다. 기코뇨는 그 아이에 대한 이야기를 나누려다 만 후, 뭄비의 이미지를 "얼굴에 깊은 주름이 있는 (…) 여자"에서 "임신을 해서 배가 불룩해진 여인"으로 바꾼다(GW 247)[*144].

민족혁명의 곤경은 욕망과 섹슈얼리티의 중층적 중첩이라는 관점에 의하여(물론 그것이 전부는 아니지만) 가시화되는 것이 분명하다. 왜냐하면 모성성을 둘러싼 이미지와 여성의 섹슈얼리티가 쟁점화되면서 이들을 통제할 수 있다는 온정주의적 태도가 전면화되는데, 이는 탈식민화 과정에서 피하기 어려운 주요 쟁점이 되기 때문이다. 그런 점에서 여성의 섹슈얼리티에 대한 광범위한 논의에도 불구하고, 식민주의와 반식민주의는 서로 손을 잡고 만다[15]. 이 소설은 식민주의에 대항하는 집단성이 떠오르고 그 바탕이 되는 신화가 학술적 지식을 경유하여 집단성을 강화할 때, 일정 정도 여성성이 주변화되고 이상화된 모성이 회복되어야 할 목적론적 도달점으로 규정되는 과정을 기록한다. 이 여성의 위치에 대한 상상적 차원의 조작이야말로 응구기, 프로이트, 케냐타가 공범이 되는 장면이다.

---

15 프레데릭센(Frederiksen)은 1920년대부터 1950년대까지 "케냐에서의 '여성할례'에 대한 논의"의 맥락을 재구성한다(Frederiksen 2008: 32-36).

망각의 기억을 향하여

무고의 배신이라는 해결 불가능한 상황에 더하여, 과거와 현재를 잇는 공동체의 목소리는 기억에 관한 이중적 측면으로 구성된다. 하나는 국민적 기억의 통합이고, 다른 하나는 이 국민적 기억과 양립할 수 없는 기억의 주변화이다. 집합적 목소리가 케냐의 공식 역사에서 중요한 장면을 독자와 공유할 때, 이 목소리에 대한 비판적 의식의 흔적을 발견할 수 있다. 다시 한 번, 1964년 '케냐타의 날(Kenyatta Day)'에 대통령 케냐타 본인이 주장하였던 바를 상기하여 보자. "이런 종류의 투쟁에서 승리는 좌절과 고난의, 실패와 굴욕의 오랜 역사 없이는 도달할 수 없다. 이 모든 것은 가치 있는 것이지만 잊어버릴 수도 있다"(Kenyatta 1968: 241).

그렇다면 이 집합적 목소리가 축하할 수 없었던 것은 무엇일까? 단적으로 말하면 한 노파의 죽음, 즉 "귀머거리이자 벙어리인 외아들" 기토고(Gitogo)와 함께 살던 어머니의 죽음이다(GW, 4)[*145]. 끝에서 두 번째 장은 이 집합적인 기억화 과정에서 기토고의 어머니가 배제되는 모습을 각인한다. 소설의 첫머리에서는 기토고가 총살당하는 장면이 그려진다. 그는 어머니를 구하기 위하여 달려가다가, 멈추라는 병사의 경고를 듣지 못하고 총에 맞고 만다. 서술자는 그의 죽음을 아이러니하게 기록하는데, 여기서 "마우마우"는 잘못된 레테르로 사용된다. "또 한 명의 마우마우 테러리스트가 사살되었을 뿐이었다"라고 서술자는 간결하게 말한다(GW, 5)[*146]. 무고는 이미 의지할 사람이 없는 기토고의 어머니에게 친밀감을 느끼며, 노파의 오두막을 찾는다. "노파가 그를 뚫어지게 쳐다보고 있었다. 그를 알아보는 것 같은 눈빛이었다". 그러나 무고는 말을 걸지 않고 나와 버린다(GW, 5-6)[*147]. "노파와의 만남에 운명적인 것이 있는 것 같았다"라고 그는 생각한다(GW, 6)[*148]. 노파가 무고를 자신의 아들로 착각하여 "기토고가 돌아올 수 있도록 계속 문을 열어놓았다"라고, 와루이는 훗날 무고에게 말하여 준다. 또한 와루이는 "그분의 말로는, 최근에 그가 돌아와 문 앞에 서 있다가 아무 말 없이 가버렸다는 거야. 그분은 계속 그런 얘기만 하고 있다네"라고도 전한다(GW, 175)*149. 노파에게 기토고를 대신한 것은 무고였지만, 이 '대체 상태'를 무고와 와루이는 일찍이 알아차리지 못하였다.

심지어 집합적 목소리는 독립을 함께 축하하는 사람들에 노파를 포함시키지도 못한다. 소설의 결말부 근처에서, 죽은 자의 기억을 둘러싼 서술은 계속해서 무고를 기토고의 위치에 놓음으로써 아이러니컬한 어긋남을 초래하게 된다. 여성 지도자 왐부이(Wambui)와 구연자 와루이가 노파의 죽음에 대하여 이야기할 때조차, 그들은 기토고의 어머니가 무고를 아들의 망령으로 착각한 것이 아니라 실제로 망령을 받아들인 것이라고 생각한다. 와루이는 왐부이에게 묻는다.

> "그러나 왜 하필이면 그날이었냔 말이죠."
>
> 와루이는 여전히 의심을 풀지 않았다. 그도 마음속에서 논쟁을 하는 것 같았다.
>
> "그 노인이 외로워서 그런 것이라고 내가 말했잖아요."
>
> 그녀는 조급하고 초조해하며 말했다.
>
> "그래서 아들이 자기를 데리러 왔다고 했던 거고요. 기토고가 그날 자기를 집으로 데려가려고 왔다고 얘기했던 건 당신도 알잖아요."
>
> "맞소. 노인이 죽은 사람을 봤다고 말하기 시작한 날부터 마을에 변고가 생기기 시작했어요."
>
> (GW, 240)*150

와루이와 왐부이는 축하 자리에 함께하지 못한 여인을 떠올리다가, 뜻밖에도 무고와 기토고를 연결하게 된다. 기토고의 어머니와 그녀가 목격한 망령이 독립일 전후로 등장한 집합적 목소리의 배타성에 사로잡혀 있는 한, 이 소설은 적어도 내부의 망각을 기억한다고 할 수 있다.

6. 맺으며

응구기가 모세를 사용할 때 대중의 힘을 우위로 간주하거나 지도자 자체를 비판하려는 의도는 없었다. 그것은 사람들이 저항의 역사를 인식하기 전에 집합성이 앞서 등장할 수 없다는 비판적 의식에 의하여 조건화되었다. 형식적인 독립이 국가의 주체를 기록하는 것처럼 보일 때에도, 그것은 망각의 영역을 만들어낸다. 기토고의 어머니는 집합적 목소리의 등장과 함께 주변화된다. 이는 텍스트가 자신의 역사를 망각하려는 자뿐만 아니라 공식 역사가 자행하는 기억의 부정도 암묵적으로 비판한다는 점을 보여준다. 응구기의 역사 기술이 케냐의 공식 역사와 뒤얽힐 때, 전자는 기억해야 할 자들이 배제되는 사태를 계속해서 비판하는 기능을 수행한다. 모세의 계보를 이중으로 겹쳐놓음으로써 다가올 집합성을 예언적으로 그려내는 한, 『한 톨의 밀알』은 지금껏 이어진 기억의 정치에 이의를 제기한다.

케냐의 반식민주의는 구세주로서의 케냐타를 중심으로 이야기하기 때문에, 민족지를 통한 메시아주의의 토대를 마련하고 집단적 자기동일성의 강화를 요청하였다. 이 강화된 동일성은 또한 재생산적 이성애주의 규범의 기능을 강화하였다. 말하자면 모성성은 식민주의와 반식민주의 사이의 관계를 모방적 길항으로 긴밀하게 연결하는 '탯줄'로서 기능한다. 그러나 기토고 어머니의 관점에서 본 '아들' 교환의 소설적 순간은, 케냐타의 민족지나 응구기 소설의 주요 담론이 강요하는 모성성의 기능만으로는 포착할 수 없다. 프로이트의 메시아주의 비판 또한 이 모성성의 상상에 참여한다. 그러나 응구기의 텍스트 중 어떤 부분에서는, 이 비-가족적인 혹은 기존 가족상에 해당되지 않는 친밀성의 재구성이라는 사태가 재생산·생식능력·국가와 같은, 탈식민화 과정에서 재구축되는 여러 요소들의 연쇄를 정당화하지 않는다. 오히려 그 부분들은 모성성을 둘러싼 환상의 창출에 의문을 제기한다.

다섯 번째 장편소설 『십자가 위의 악마(Devil on the Cross)』(1982)에서 응구기는 탈식민화의 약속이 갖는 환멸적인 측면에 깊이 몰두한다. 이때 그의 기독교 사용법은 『한 톨의 밀알』과 연속되지만, 또한 보다 가혹하게 기독교를 풍자한다는 점에서 근원적 비연속성을 확인할 수 있다. 게다가 1970년대에 이르면, 반둥 정신의 성과로 새롭게 독립한 국가의 작가들 사이에서 공통의 토대를 발견하려는 시도가 구체적인 형태로 가시화된다. 이 시기에 응구기는 자신의 언어로, 그리고 이전까지는 자신과 다른 관계성을 쌓아왔던 대중의 언어로 글을 쓰기로 결심한다. 그런 그에게 감옥에 갇혀 있던 한국의 시인 김지하는 문학·사상·정치상의 중요한 대화 상대 중 한 명이었다. 다음 장에서는 그들을 연결하는 신식민주의적 상황에 초점을 맞추게 될 것이다.

제4부

민중
(신식민주의)

제7장. '풍자인가, 식인주의인가'

- 응구기 와 티옹오의 『십자가 위의 악마』와 신식민주의 비판

1. 첫머리에

1970년대 후반 응구기 와 티옹오(Ngũgĩ wa Thiong'o)는 신식민주의에 대한 비판을 개시하였다. 그는 나이로비 대학의 교수였던 1977년, 재판에 회부되지 않은 채 구속되었다. 독립 후 케냐의 정책에 비판적이었던 것, 그리고 농민·노동자 등으로 구성된 카미리투(Kamiriithu) 연극집단과의 공동 작업에 참여하였던 것이 그 이유로 거론된다(Maina 2008: 423). 구속되어 있던 중, 그는 이전까지 사용하던 영어가 아니라 키쿠유어로 다섯 번째 소설 『십자가 위의 악마(Devil on the Cross)』(1982)를 집필하였다. 작가는 신식민주의적 정책과 그에 대한 저항을 이야기의 축으로 삼아 주인공 와링가(Wariinga)의 이야기를 전개한다.

작품의 개요

작품의 줄거리는 다음과 같다. 이야기의 초반에 와링가는 자살을 시도한다. 그는 "돈 많은 노인네"의 성적 착취로 임신하였던 일을 괴로워하고, 나이로비 길거리에서 현기증을 느끼며 선로에 몸을 던지려고 한다. 그때 어떤 남자가 와링가를 구해주는 것으로부터 이야기는 시작된다. 그는 마타투(matatu)라고 불리는 택시에 우연히 탑승하고 운전

수인 음와우라(Mwaura) 그리고 다채로운 승객들과 합승하게 된다. 승객들 중에는 '마우마우(Mau Mau)'의 역사적인 의의를 기억하는 무투리 와 왕가리(Muturi wa Wangari), 미국에서 음악을 연구하던 가투이리아(Gaturia), 그리고 '민주적'인 원리를 신봉하는 경제학자 음위레리와 무키라이(Mwireri wa Mukirai)가 있다. 승객들은 각자 자신들의 과거나 독립 이후의 케냐에 대한 생각을 이야기한다. 택시는 나이로비로부터, 동굴에서 도둑과 강도들의 경연이 열리게 될 일모로그로 이동한다. 경연대회 이후에 노동자와 농민이 회의장 밖에서 시위행진을 하기로 하였지만, 그들은 그 전에 경찰에 의하여 해산되고 만다. 여기까지가 제1부의 내용이다. 제2부에서 와링가는 자동차공이 되고 가투이리아와의 결혼을 기다린다. 그러나 그는 나중에 약혼자의 부친이 "돈 많은 노인네"라는 사실을 알아차리게 된다. 제1부와 달리 제2부에서는 기칸디(Gicaandi) 공연자가 이야기꾼 역할을 담당하는데, 그의 이야기에는 키쿠유 구전문학과 성서에 기초한 표현이나 우화가 여기저기에 등장한다.

대표적인 비평집 『정신의 탈식민화(Decolonising the Mind)』(1986)에서 응구기는 『십자가 위의 악마』 집필에 발상의 원천을 이룬 것으로 다음 세 가지를 말한다. 첫째는 서양 문학에서의 파우스트(Faust) 모티프인데, 저자에 의하면 그것은 "보편적이며 (…) 농민의 지혜에 뿌리박고 있다". 두 번째는 "이다코(인간의 모습을 한 바위)의 이미지로서, 키쿠유 구전문학에서 식인귀의 이미지와 함께 하는 것"이다. 세 번째는 그가 김지하의 작품에서 배운 풍자이다. 그는 "한국의 시인 김지하가 쓴 「오적(五賊)」과 「비어(蜚語)」를 읽은 적이 있다. 김지하 시인이 한국의 신식민주의적 현실을 그려내기 위하여 구전의 형식과 이미지를 매우 효과적으로 활용하는 것을 보고 깜짝 놀랐다"라고 하였다(Ngũgĩ

1986b: 81)[*151]. 저자가 '보편적'이라고 생각하는 서양의 문학적 전통과는 다른 지역의 전통이 구전문학이라는 공통의 영역에서 함께 사유될 때, 키쿠유 구전문학의 식인 모티프가 한국에서의 신식민주의적 착취를 겨냥하는 김지하의 풍자와 접속된다.

이 장의 질문

연구자들은 응구기가 구전문학 전통에 의거하였다는 점에서 이 소설의 새로움을 찾는다(Gilkandi 2000: 21; Mwangi 2007: 33; Wise 1997: 134-140). 또 비평가 바바라 할로우(Barbara Harlow)는 응구기가 김지하에게서 배운 풍자에 새로움이 있다고 말한다(Harlow 1987: 126). 그러나 이 두 문제의식이 교차하는 지점에 대해서는 진지한 검토가 이루어지지 않았다.

이 장에서는 우선 응구기의 풍자가 구전문학 전통에 뿌리를 둔 김지하의 풍자를 경유하여 독자적인 신식민주의 비판으로 변용되었음을 논한다. 거기에 더하여 지역의 역사와 상황, 그 특유의 레토릭에 기초한 풍자를 효과적인 것으로 만들기 위해서 응구기가 신식민지적인 케냐 상황에 대한 비판에 적절한 형태로, 특히 기독교와 자본주의의 공범성에 대한 비판으로 풍자를 다시 배치하였음을 살핀다. 앞으로 검토하겠지만 풍자와 식인주의(카니발리즘) 각각의 정체성은 유럽과 그 외 지역의 경계를 바탕으로 정의되어 왔다. 풍자는 유럽 문학의 영역 내부에서만 진정 사회적인 비평으로 인식되었던 반면, 식인주의는 사람을 잡아먹는다는 이미지가 유럽의 외부에 투영되는 식으로 잔존하였다[1].

---

1 피터 흄(Peter Hulme)은 신세계의 발견과 함께 '카니발'이라는 단어가 식인을 의미하

마지막으로 응구기의 『십자가 위의 악마』가 기독교·자본주의·식인주의 사이의 공범성을 중첩시키는 것, 다시 말하자면 풍자와 식인주의의 정의를 기저로부터 지탱하는 이 형식적인 관계성을 전위시키는 것에 대하여 다룬다. 이러한 점들을 모두 논의하기에 앞서, 우선은 신식민주의 일반과 케냐 특유의 신식민주의 상황을 스케치하고자 한다.

2. 케냐의 신식민주의 상황과 '마우마우'의 기억

응구기에 의하면, 케냐에서 신식민주의를 상징하는 대표적인 인물은 조모 케냐타(Jomo Kenyatta)이다. 응구기는 옥중기 『구속되어(Detained)』(1981)에서 이 케냐 초대 대통령의 변화에 대하여 말한다. 케냐타의 죽음에 직면한 응구기는 그의 지도자적 지위가 다양한 계급적 이해관계를 아우르면서 어떻게 위태로운 균형을 이루었는가를 분석한다. 이 추도문에서는 계급 간의 단절이라는 관점에서 본 정치지도자의 문제적인 성격에 대하여 묻는다. 이러한 질문의 형식은, 제6장 제3절에서 인용한 것처럼 마르크스가 『루이 보나파르트의 브뤼메르 18일(Der 18te Brumaire des Louis Bonaparte)』에서 독자적인 형

게 되는 과정을 묘사한다. 특히 Hulme(1986)의 제1장과 제2장을 참조할 것. 여기서 자세히 논할 수는 없지만, 이 장의 논의는 "모든 제3세계 문학은 국민에 관한 은유이다"라는 대담한 논의로 유명한 프레드릭 제임슨(Fredric Jameson)의 문제적인 논고 「다국적자본 시대의 제3세계 문학(Third-World Literature in the Era of Multinational Capitalism)」에서 반면교사적인 의미의 자극을 받는다. 제임슨은 이 논문에서 루쉰(魯迅)과 우스만 셈벤(Ousmane Sembene)의 여러 작품을 '내셔널 알레고리'에 끼워 맞추기 위하여 식인주의와 풍자의 수사에 주목한다. 또 같은 논문에서 제임슨은 풍자에 대하여 논하면서, 이 장의 제2절에서 문제 삼는 로버트 C. 엘리엇(Robert C. Elliott)의 풍자에 관한 연구를 참조한다(Jameson 1986: 80, 84).

식으로 정식화한 분석, 즉 계급의 형성과 그 실패 그리고 의심스러운 지도자의 등장에 관한 분석을 생각나게 한다.

> 케냐타를 바라보면서 모든 계급이 자신의 모습 일부분을 그로부터 발견할 수 있었다. 그러나 동시에 모든 계급이 그라는 존재를 의심하고 그의 정치적 특성에 자신들과는 다른 역사적 자취가 있음을 알아차렸다. 따라서 케냐타를 바라보면서 사람들은 현실보다 자신들이 보고 싶은 것을 찾아내는 경향이 있었다. 이것이야말로 프티 부르주아적인 우유부단함과 기회주의이다.
>
> (Ngũgĩ 1982a: 162)

"프티 부르주아적"인 자기기만에 대한 신랄한 비판과 함께 추가되는 것은 루이 보나파르트적인 인물의 등장 배후에 있는 별도의 '합리성'이다. 그 존재를 성서의 신화적인 인물인 모세와 비교하면서, 응구기는 자신의 투옥이 케냐타의 명령으로 행하여졌음에도 불구하고 자신이나 다른 케냐인들 또한 그에게 메시아주의적인 희망을 투영하였음을 냉정하게 인정한다. 응구기는 "그때 내가 그의 죽음을 받아들이는 방식은 일종의 슬픔이었다"라고 쓴다. "여기에 있었던 자는 착취도 억압도 없는 약속의 땅으로 자기 사람들을 이끌려고 한, 역사의 부름을 받은 검은 모세이다. 그러나 그는 위기에 대처할 수 없었고, 끝내 식민지 장관과 방위군 그리고 배반자들에 포위되고 말았다"(Ngũgĩ 1982a: 162). 실현되지 않은 약속의 전조를 모두가 이 케냐타 안에서 찾아냈던 것이다.

그러나 케냐타의 투옥 이전부터 그가 대통령의 자리를 쟁취할 때까지 그 사이의 공개적인 연설에 분단의 조짐은 있었다. 1952년 그는 "마우마우와 그것의 합법성"을 비난하고 의장으로 있던 케냐·아프리카연맹(KAU)을 "마우마우의 여러 활동"에서 분리하였다(Kenyatta 1968: 49; 52-53; 이 책의 제6장 제3절과 제4절도 참조할 것). 신식민주의적인 케냐의 등장은 저항의 기억과 기억화 프로세스에 대한 이런 수정주의적 입장에 이미 그 조짐이 있었다. 독립 이후 그에 대한 사람들의 기대에도 불구하고, 토지 분배에 대한 약속뿐 아니라 독립에 공헌한 '마우마우'를 승인하는 일까지 모두 환상처럼 끝나버리고 말 듯한 분위기가 지배하였다. 일찍이 응구기를 고무시켰던 동아프리카연방의 통일이라는 꿈 역시 아득한 일이 되고 말았다[2]. 그리고 형식적 독립에 대한, 혹은 계속되는 "기억 투쟁"과 관련된 지도자에 대한 질문은 해결되지 않은 채 남겨졌다(Clough 2003).

신식민주의란 무엇인가?

좀 더 넓은 관점에서 보자면, 신식민주의적인 정치는 일반적으로 독립 이후 구종주국에 대한 구식민지의 정치적·경제적인 의존으로 정의되어 왔다. 그렇지만 독립에 공헌한 '마우마우'나 기타 집단의 시점에서 보았을 때, 케냐에서 그 정치는 변상이나 보상에 걸맞지 않고 기억의 방기라고 할 수밖에 없는 것이었다. 1961년 전아프리카인민회의는 신식민주의를 다음과 같이 정의하였다. "정치적 독립의 형식적 승인에도 불구하고, 신흥국에 식민지적인 시스템이 잔존해 있고, 그

2 응구기는 아루샤 선언("탄자니아만을 대상으로 하고 있었지만, 어떤 의미에서 그것은 동아프리카 전체를 지향했다")과 함께, 마케레레 대학(Makerere University) 학부생이던 1963년 6월 5일 케냐의 나이로비에서 우간다의 아폴로 밀턴 오보테(Apollo Milton Obote), 탄자니아의 줄리어스 니에레레(Julius Nyerere), 케냐의 조모 케냐타가 나이로비 선언을 서명하였을 때의 흥분을 잊을 수 없다고 했다. 후에 이 세 나라는 서로 대립하게 된다(Ngũgĩ 1993: 166-174).

국가들이 정치적·경제적·사회적·군사적 또는 기술적인 수단에 의해 간접적이고 교묘한 지배 형태의 희생물이 되는 것"(Leys 1975: 26).

가나의 초대 대통령이자 초기 범아프리카주의 운동의 주요 인물 가운데 한 사람인 콰메 은크루마(Kwame Nkrumah)도 신식민주의를 정의하였다. 그에게 신식민주의란, 구식민지가 자유와 독립을 이미 쟁취하였음에도 불구하고 과거의 종주국이 그 경제적·정치적인 권리를 유지하고 그 때문에 아프리카대륙의 경우 "발칸화"를 개재하여 착취를 효과적으로 지속하는 상태를 의미한다. 그리고 그는 "신식민주의의 핵심"에 대해 설명을 이어간다. "그것에 종속된 국가는 이론적으로는 독립하였고, 국제적 주권이라는 온갖 표면상의 치장을 다 두르고 있다. 그러나 실제로 그 경제체제와 정치정책은 밖으로부터 지휘를 받는다"(Nkrumah 1965: ix). 경제적으로는, 식민자가 떠날 때 세계시장과 상품의 가격을 지배하면서 원조에 높은 세율을 부과한다. 그러면 식민 상황에 처한 나라들에서 지출은 늘어나고 수입은 줄어든다. 그리고 독립 후의 노동조합은 구종주국 노동조합의 점유적 지배 아래 놓인다. 정치적으로도 식민자의 특권이 유지되는데, 예를 들면 군사기지나 주둔군으로 그들은 여전히 남는다. 반면에 식민자들이 식민지에서 신식민주의적인 현지 엘리트들과 체결한 여러 계약을 공공연하게 드러내고 싶지 않을 경우, 그 내실은 선전이나 정보전에 의하여 사람들의 관심에서 차단된다. 그 정보전에는 매년 대규모의 예산이 투여된다(Nkrumah 1965: 239-246). 국제적인 규모의 이런 신식민적 상황에 대한 은크루마의 응답은 아프리카 국가들의 통일을 호소하는 것이었다. 1960년대 콩고 위기 이후 분리독립으로 분단이 심각해져 갈 때, 그 대응책으로서 통일에 대한 이런 호소는 그에게 매우 중요하였다(Getachew 2019: 102).

케냐의 신식민주의 형성

그러나 케냐에서 통일에 대한 호소 자체는 신식민주의를 와해하기 위한 결정적인 처방전이 되지 못하였다. 어떻게 '마우마우'의 기억에 정당한 위치를 부여하면서 내셔널한 구조를 구축할 수 있는지와 관련된 어려운 문제가 고유하게 존재하였기 때문이다. 즉 독립 직전 케냐에서 국민적 통일의 호소는 독립에 대한 마우마우의 공헌과 아프리카인에 대한 식민정착자의 폭력, 양쪽의 망각을 촉진하는 것과 궤를 같이하였다. 그것을 통해 백인 식민정착자와 영국 정부는 자신들의 이권을 훼손하지 않고 독립을 선물한다는 의미의 공공연한 성공을 연출할 수 있었다. 다만 은크루마가 아프리카대륙 전체를 시야에 넣으면서 일반화한 신식민적 상황에 견줄 때, 그 정식과 합치하는 부분도 있다. 하나는 독립 전후의 노동조합이 어떻게 규제와 지배를 받는가에 대한 이해이고, 다른 하나는 식민자가 현지 엘리트와 체결한 각종의 계약에 대한 분석이다.

우선 노동조합의 문제는 이렇다. 케냐 및 동아프리카 신식민주의를 강화할 때 노동조합에서 친마우마우파를 배제하는 일이 중요하였는데, 그 과정에서 영국 식민지 정부와 미국의 노동조합이 역할을 수행하였다. 제6장의 초반부에 언급한 것처럼 케냐에서 반식민투쟁은 대중적 기반을 가진 케냐·아프리카인동맹(KAU)의 권리 획득 방침을 축으로 진행되었지만, 케냐토지자유군(KLFA)은 좀 더 선도적인 조직으로서 무장투쟁을 떠맡고자 하였다. 1950년 식민 당국은 그 온상으로 여겨진 동아프리카 노동조합회의(EATCU)를 위법 단체로 취급하고, 재판도 없이 간부들을 체포하였다. 그 대신 영국 식민 당국은 1952년에 아그레이 민야(Aggrey Minya), 톰 음보야(Tom Mboya), 음세이 카란자(Msei Karanja) 등 친영국적인 인물들을 새로운 노동조합의 간부로 내세워 새로운 강령의 다른 단체 즉 케냐공인(公認)노동조합연맹(KFRTU)을 만들게 하였다. 특히 톰 음보야는 북미와 서구에서 '교육'을 받은 후, 1956년에 케냐에 돌아와 미국의 이익을 대변하는 인물로 부상하였다. 국제자유노동조합총연합(ICFTU) 같은 국제적인 반공조직과 영국노동조합회의(TUC)뿐 아니라 미국노동연맹 산별조직회의(AFL-CIO)나 CIA도 음보야의 활동에 자금을 제공하였다. AFL-CIO는 CIA의 행위자였던 어윈 브라운(Irwin Brown)을 통하여 동아프리카의 다양한 문화단체나 교육단체에 자금을 원조함으로써 신식민주의적이고 반공주의적인 조직을 수립하여 갔다[3](Mania 2008: 176-178). 이때 음보야는 미국의 자금 원조를 바탕으로 장학제도를 만들고, 케냐의 우수 학생을 미국에서 공부시키는 프로그램을 마련하였다. 이 제도를 이용하여 미국에서 공부한 사람이 제44대 미국 대통령 버락 오바마(Barack Obama)의 부친이자 후에 경제학자가 되는 버락 오바마 시니어(Barack Obama Sr.)이다(Kinzer 2009).

다음으로 사법 문제이다. 여기에는 정국 요인도 얽혀 있기 때문에 우선 이것부터 설명한다. KLFA에 대한 탄압이 일단락되면서 식민 당국이 형식적 독립을 위한 방법을 찾던 1960년, 두 개의 부르주아민족주의 정당이 탄생하였다. 하나가 케냐·아프리카민주동맹(KADU)인데, 백인 토지소유자나 인도인 중산계급, 친영국적 아프리카인의 이익을 대표하였다. 또 하나는 케냐·아프리카민족동맹(KANU)인데, 우파부터 좌파까지 다양한 파벌을 포함하였다. 여기에는 친영미, 반공·반마우마우의 톰 음보야부터 이전 마우마우 투사들까지 있었다(Maina

3 AFL-CIO나 어윈 브라운이 아프리카의 반공주의에서 수행한 역할에 대하여는 Sims(1992: 56-59)를 참조할 것.

2008: 347-348). 1961년 케냐타가 석방되었다. 그때 영국 식민 당국이 작성한 탈식민안을 수용하는 것이 조건이었는데, 그 안에는 마우마우 및 공산주의에 대한 비판이 포함되었다(Maina 2008: 351-352). 그는 다른 KAU 구성원과의 논의 없이 이 조건을 받아들였고, 1962년에는 KANU의 당수가 되었다. 1963년에는 케냐타 및 KANU의 중심인물이 런던의 랭카스터-하우스에 나아가 탈식민화 조건에 관하여 협의하였다(랭카스터-하우스 헌법회의).

1963년, 완강한 반마우마우주의자로 알려진 식민지 총독 패트릭 레니슨(Patrick Renison)을 대신하여 말콤 맥도널드(Malcolm MacDonald)가 케냐의 새로운 총독에 취임한다. 그는 영국 최초의 노동당 당수인 램지 맥도널드(Ramsay MacDonald)의 아들로서, 말레이시아를 시작으로 영국 식민지의 독립을 연착륙시킨 공이 있었다. 말콤 맥도널드의 가장 중요한 공적 중 하나는, 그때까지 식민 당국으로부터 새로운 케냐의 지도자로서 의심의 눈초리를 받던 케냐타를 새로운 지도자로 내세운 것이다. 아직도 마우마우의 지도자가 아닐까 하는 식민자의 의심을 공들여 불식시키고 식민정착자인 백인에게도, 친영국적인 아프리카인에게도 어필하도록 하는 데 성공하였다.

맥도널드의 또 다른 공적은 친영국적인 케냐 정부를 수립한 것이다. 아프리카 여러 나라의 정부는 '일당독재'로 자주 비판받지만, 케냐의 예를 보아 알 수 있듯 실상은 한층 복잡하다. 왜냐하면 맥도널드의 획책으로 케냐 독립 직전에 KADU가 KANU에 흡수 합병되고 새로운 케냐 정부를 지탱하는 당이 KANU로 낙착되었기 때문이다. 그 결과, 신정부의 내각에는 KADU의 중심인물과 KANU의 중도보수파가 남고 오깅가 오딩가(Oginga Odinga)를 위시하여 농민에 대한 토지 분배를 주장하는 좌파가 배제되었다. 이처럼 당초 영국 정부의 의도대로 "서양에 우호적인 보수 정부가 확립"되었던 것이다(Maloba 2017a: 244-268). 오딩가가 최종적으로 실각한 것은 1966년의 일인데, 그의 배제에는 역시 음보야를 지원하였던 CIA가 배경으로 지적된다(Maloba 2017b: 66).

토지와 사람의 수탈, 신식민주의

앞서 언급한 랭카스터 헌법회의에서는 영국 식민지 정부와 KANU 구성원 사이에 '계약'이 체결되었다. 그 가운데 다음의 두 가지가 중요하다. 하나는 토지 문제이다. 식민지기에는 백인에 의한 토지 수탈이 정당한 것으로 간주되었다. 독립을 맞이하여 토지를 소유하기 위해서는 이 토지들을 백인들한테서 되사지 않으면 안 되었고, 경우에 따라서는 융자를 받아 빚을 떠안고 사야 하는 꼴이 되었다. 요컨대 식민지기에 식민자에게 포섭되어 축재한 자들 외에는 토지를 얻는 것이 불가능하였고, 소작인이나 농민에게 토지가 전혀 분배되지 않았다. 식민당국에 의해 마우마우의 지도자 데단 키마티(Dedan Kimathi)가 체포·살해된 후 KLFA의 세력은 약해졌지만, 끝내 사람들의 싸움이 계속된 이유가 여기에 있다. 말하자면 식민자가 빼앗은 토지를 그 당사자들에게 반환하고 토지개혁을 시행하기 위해서였다(Maina 2008: 356-358). 또 하나는 '원조'에 관한 것이다. 저들은 원조를 제공하는 대신, 노동조합의 약화와 파업의 금지, 재판 없는 구금의 허가, 형식뿐인 '자유민주적' 국가 제도의 확립을 독립의 교환 조건으로 내걸었다[4](Leys 1975:

4 리스(Leys)의 설명은 『구속되어』에서 응구기가 하는 설명에 가깝다. 지도자 케냐타의 흥성을 분석할 때 그 방법의 틀이 마르크스의 『루이 보나파르트의 브뤼메르 18일』에 많이 의거하였기 때문일 것이다. 나중에 리스는 이 주장을 수정하고, 케냐타의 지도자성과 보나파르티즘을 더 이상 동일시하지 않는다(Leys 1978: 260). Maughan-Brown

207-253). 제6장 제3절에서 서술하였듯이 『한 톨의 밀알(A Grain of Wheat)』에는 독립 후 사법에 대한 접근법과 계급의 문제가 담겨 있는데, 이런 중요한 사항들이 사람들의 동의도 없이 식민 당국과 토착 엘리트 사이에서 결정되어 버린 것이다.

그 결과, 영국으로부터 케냐타 정권으로 인계된 다음의 두 요소가 독립 이후 케냐에서 '마우마우'에 관한 이데올로기를 구축할 때 중요하였다. 첫 번째는 마우마우 저항의 기억에 대한 수정주의적인 자세인데, 이는 투사들의 의지를 유폐시켰다. 두 번째는 행정조직이 영국으로부터 새로운 케냐로 별 변경 없이 옮겨갔다는 것이다(Maughan-Brown 1985: 195). 이런 요소들 때문에 영국의 식민 당국과 케냐 식민지 정부 사이의 정치적·경제적 의존 관계가 심화되었다. 결국 신식민주의적인 정권이 탄생하고 매판적인 정책이 힘을 떨치게 되었다.

식민지로부터의 형식적 독립 과정에서 독립국의 노동조합이 계속 종주국 노동조합의 지배하에 놓이게 된다는 은크루마의 신식민주의 정의는 케냐의 상황에도 꼭 들어맞는다. 이 종주국의 멍에는 은크루마가 신식민주의의 또 하나의 측면으로 들었던 정보전이나 선전과도 긴밀한 관계가 있다. 더욱이 중요한 것은 이런 신식민주의적인 정책이 영국과 미국의 공범 관계에 의하여 지탱되었다는 사실이다.

신식민주의에 관한 언설이라는 측면에서 『십자가 위의 악마』는 경제적·정치적·문화적 요소를 강조한다고 할 수 있다. 그러나 응구기에게는 소설에서 '마우마우'를 역사의 무대 앞부분에 위치시키고, 나아가 '마우마우'와 관계가 있든 없든 사람들 모두를 향한 포괄적인 시선을 비판적으로 검토하는 것이 중요하였다. 케냐타에 관한 신화에는

(1985: 17-18)도 참조할 것.

이 요소들이 겹겹이 쌓여 있는데, 응구기는 『한 톨의 밀알』에서 무고(Mugo)와 키히카(Kihika)의 대립 관계를 통하여 이를 심리적인 측면에서 분석하였다. 이 점을 고려하자면 로버트 영(Robert Young)의 지적은 초점이 빗나간 것으로 생각된다. 영은 응구기가 비평적인 에세이에서 신식민주의적 상황을 지나치게 강조하는 위험이 있다고 하면서 그 이유를 서술하였다. "독립 운동 그 자체를 포함하여 독립 이후에 성취된 것"을 경시하였으며, "연민을 나타내긴 하지만 그 상태에 대한 고정관념들을 항구화하기" 때문이라는 것이다(Young 2001: 48)[*152]. 그러나 국민국가의 구조에 관한 기존의 지배적인 이야기나 대도시의 시각에 영합하는 집합적 행위자를 이렇게 요청하는 것은 형식적 독립 배후의 환멸적인 사태에 주의를 기울이지 않는 한, 고정관념을 약화시키기보다 차라리 강화하는 일일 수 있다. 다음에서 논의하겠지만 『십자가 위의 악마』는 전통적이고 구전적인 풍자라는 장치를 재차 형식화한다. 그렇게 함으로써, 공적인 언설이 저항을 자기의 것으로 고유화하는 상황에 대항하여 그 저항의 계보를 새로 발굴하고 경종을 울리고자 한다[5].

3. 풍자에 관한 언설과 응구기의 개입

유럽이라는 공간에 틀을 부여하는 풍자

1960년대 이후의 학술적 언설에서 풍자에 관한 이론은 그 배후에

---

5 신식민주의 하의 지도자에 대한 질문이라는 관점에서 응구기가 체제 변화에 관하여 언급한 것은 Ngũgĩ(1983: 17-18)를 참조.

역사의 직선적인 연속성을 상정하였고, 그것을 바탕으로 풍자의 원초적인 형태가 인류학적인 시선 위에 놓이게 되었다. 비평가들은 그 기원의 잔재를 '문명화된' 세계의 주변에서 아직 발견할 수 있다고 주장한다. 로버트 C. 엘리엇은 풍자에 대하여 "마술에 관한 의식적인 신념이 없어지면 풍자가의 역할도 변화한다"라고 하였다. 그에 따르면, "[풍자가의] 예언적인 역할은 성직자에 의하여 대체되고, 그 시적인 발언은 마술적인 잠재력보다 주로 미적 가치에 관심이 쏠린다"(Elliot 1960: 260).

조지 A. 테스트(George A. Test)는 풍자의 역사적 기원과 관련하여 유럽 문화공간의 안쪽으로 그 영역을 끌어들인다는 점에서 엘리엇의 논점과 모순되지 않는다. "[항의로서 기능할 수 있는] 이러한 공동체 특유의 풍자는 중세부터 서구의 초기 근대에 이르기까지, 그리고 동유럽 및 러시아와 마찬가지로 서구 식민지의 전초 지역에서도 사회에 깊이 박혀 있다"(Test 1991: 71).

다른 문맥에서 미하일 바흐친(Mikhail Bakhtin)은 그리스·로마 문학에 기원을 둔 메니페아(menippeae) 풍자의 특징을 나열할 때, "이 장르의 깊은 내적인 통일성"을 "새로운 세계적 종교인 기독교의 형성기이자 준비기"에서 찾는다. 바흐친에 의하면, 메니페아라는 장르는 "유럽 소설 산문의 발전사에서" 번영하였다(バフチン 1995: 242)[*153]. 이런 비평들은, 풍자가 유럽 문학과 기독교 문화를 연원으로 하는 장르이고 그 의례 형태나 마술적 성질은 점차 억압되었지만 '미개한' 여러 문화에서는 여전히 현존한다는 것을 전제한다.

식민 교육으로 응구기가 아직 기독교의 영향 아래 있던 시기에, 그는 풍자에 관해 이러한 학술적 언설과 모순하지 않는 언설을 남겼다. 그는 한때 고등학교에서 식민지 교육을 받으면서 "만족스럽게 (…)

기독교의 진보"를 믿기도 하였다(Sicherman 1995: 11). 또 그와 동시대의 남아프리카 작가들은 아파르트헤이트 체제가 아직 강고하였던 시대에 풍자를 사용함으로써 인종차별 정책을 공적으로 인정하던 악몽 같은 사회를 비판하였다(Brink 1984).

1970년대 초의 응구기에 따르자면, 풍자가라는 사람은 "우리가 당사자의 기준을 받아들이고 그의 도의적인 분노를 공유하는 것이자, 사회의 결점을 비웃는 것"을 당연하다고 생각한다(Ngũgĩ 1972: 55). 이때 응구기의 관점에서 풍자란 개인적인 시도로만 전개되는 것으로서, "비평적인 통찰력을 기르고, 독자로 하여금 의심이라는 기법을 함양할 수 있도록 하는 스위프트(Swift)의 풍자"이다(Suarez, S. J. 2003: 127). 다시 말하면 작가가 초연한 태도를 견지하고 냉소적인 고결함이 그 배후에 있음을 당연하게 여기는, 그런 부류의 풍자인 것이다[6].

민중적인 것으로서의 풍자

반대로 응구기가 김지하에게서 배운 풍자는 유럽이나 기독교가 지배적인 지역을 주요 무대로 전제하지 않는다. 응구기의 풍자가 변화하는 것은 한편으로 그것이 기독교와 제국적 자본주의의 연계에 비판적인 관점을 획득한 후이고, 다른 한편으로는 풍자의 객체가 아닌 주체로서의 집합적 행위자를 발견하고부터이다. 우선 그는 전략적으로 기독교의 도덕적 관습을 자기 것으로 고유화한다(Ezenwa-Ohaeto 2007: 90; Goodwin 1991: 8). 물론 응구기의 풍자는 김지하의 풍자와 다르다. 케냐의 신식민적 상황은 한국의 신식민적 상황과, 특히 기독교의 역할이라는 점에서 크게 다르기 때문이다[7].

---

6 포스트콜로니얼 소설 일반의 풍자에 관해서는 Ball(2003)을 참조할 것.

한국에서는 많은 천주교 사제가 반정부 운동에 관여하였고, 김지하 역시 천주교인 시인이었다(金芝河 1976: 249-252). 그러나 케냐의 목사들은 반체제 측에 고백을 강요하던 적군의 협력자였다. 응구기는 "'신부님, 우리의 죄를 사하소서'라고 하는 '고백'과 그것에 부수하는 것이" 바로, "이러한 신식민 체제의 과거와 현재의 억압적인 처사를 모두 씻어 없애는 의식(儀式)이 된다"라고 썼다(Ngũgĩ 1982a: 14).

응구기에게 키쿠유 구전문학으로의 회귀는 단순히 영어에 대한 반발을 의미하는 것이 아니다. 거기에는 무엇보다 케냐의 높은 문맹률에도 불구하고 청중을 늘리고 싶다는 생각이 있었다. 실제로 그가 언급하였던 것처럼, "독립 전야까지 절대다수의 아프리카 민중들이 글을 깨치지 못하였고", "가난과 문맹이 지식과 정보로의 접근을 차단하는 면도 없지 않다"(Ngũgĩ 1986b: 67, 83)[*154]. 심지어 1990년대에도 케냐 여성의 문맹률은 4할을 넘어서는 정도였다(Kilva-Nduma 2000: 74). 젠더적인 교육의 불균등에도 불구하고 구전문학에 위치를 부여하면서, 응구기는 마우마우 여성들을 기억의 주체로 내세웠다. 예를 들면 『십자가 위의 악마』에 등장하는 왕가리는 "내 이 다리로 수많은 총탄과 수많은 총을 숲속의 우리 전사들에게 날라줬답니다"라고 증언한다[8*155]. 이 소설은 문학과 정치의 참여자로 청중을 끌어들이려 기독교와 키쿠유 구전문학이라는, 그녀들이 공유하는 문화적 규범을 도입한다.

---

7 소설로써 한국전쟁과 한반도 분단의 기원을 비판적으로 사고한다는 점에서 황석영의 『손님』은 유례를 볼 수 없는 소설이다. 작가는 한반도 분단의 외래적인 요인으로 기독교를 지목한다(마르크스주의도 같은 외래적 요인이지만, 이에 대해서는 견해가 나뉠 것이다). 응구기나 김지하의 관점은 이와 다르지만, 근대화 비판을 통한 근대의 재정의라는 점에서 서로 통한다(黃晳暎 2004).

8 Ngũgĩ(1982b: 40). 다음부터 이 책을 인용할 때는 괄호 안에 DC로 약칭하고 쪽수를 함께 적는다.

그러나 작가가 독자에게 친숙한 규범을 아무리 주의 깊게 도입한다고 하더라도, 그것만으로 청중을 넓히기는 쉽지 않다. '대중'에 관한 응구기의 견해가 김지하의 '대중'관에 가까워진 것은 '대중'이 구전적인 전통과 풍자로 스스로를 매개할 필요가 있다고 생각하였을 때라는 점이 중요하다. 김지하는 "민중은 시인의 시를 모른다. 민중은 자기 자신의 시, 민요를 가지고 있는 것이다. 시인이 민중과 만나는 길은 풍자와 민요정신 계승의 길이다"(金芝河 1971: 162)[*156]. 김지하는 또 이렇게 말한다. "억압자는 말한다. 민중은 비천하고, 추악하고, 도덕적으로 타락해 있고, 선천적으로 나태하고, 품성 열등, 무지, 무기력한 일종의 열등 인종이다".

> 민중을 신뢰하므로, 나는 이들이 스스로의 운명의 열쇠를 가질 때 모든 문제가 올바른 해결로 이끌어질 것이라는 확신과 동시에 그러한 위대한 민중의 날이 반드시 오고야 말리라는 움직일 수 없는 신념을 갖게 되었다.
>
> (金芝河 1976: 250)[9*157]

마찬가지로, 응구기는 "지배적인 정치집단에게서 매우 분명하게 나타나는 대중에 대한 좌절은 가장 급진적이고 비판적인 아프리카 소설 대부분에도 존재한다"라고 말한다(Ngũgĩ 1981: 24). 응구기에 따르면, 지식인과 대중 사이의 메우기 어려운 차이는 그가 "우리는 프롤레타리아적인 빈농의 투쟁에 참여하지 않으면 안 된다"라던 1973년에 이미

---

9 김지하의 민중 개념을 좀 더 역사화하기 위해서는, 예를 들면 식민지기에 일본의 조선총독부가 민중끼리의 횡적인 연결을 두려워하며 억압하였던 역사를 따라가 볼 필요가 있을 것이다. 1980년 5·18 광주 민주화 운동 이후의 민주화 운동을 따라가면서 '민중'을 재정의한 것으로는 다음 논의가 상세하다. N. Lee(2007).

존재하였다(Ngũgĩ 1981: 78). 다만, 지식인과 '대중'의 이항대립이 농민 및 노동자와 협력하여 만든 연극 경험을 소개하면서 차츰 변화하여 갔다. 작가는 내부 간극의 초월이라는 경험을 생각하면서 "카미리투 사람들과의 관계를 통해 새로운 존재라는 감각을 얻었는데, 그럼으로써 나는 오랜 기간 식민 교육에 의해 주입되어 온 소외감을 넘어설 수 있었다"라고 기록한다(Ngũgĩ 1982a: 98). '대중'과의 접촉이라는 경험이 식민 교육이 초래한 사람들과의 거리감을 극복하는 데 필요하였던 것이다.

4. 신식민주의에 맞서다 — 김지하 풍자의 응구기식 용법

1976년 8월 12일부터 14일에 걸쳐 도쿄에서 작가인 오다 마코토(小田實) 등이 개최한 한국 관련 긴급 국제회의에 응구기가 초대되었다. 그는 「남한 인민의 투쟁-그것은 모든 피억압 인민의 투쟁이다(The South Korean People's Struggle Is the Struggle of All Opressed Peoples)」라는 제목의 원고를 읽고, 약 1개월 후인 1976년 9월 13일에 논고 「남한에서의 억압(Repression in South Korea)」을 『위클리 리뷰(Weekly Review)』지에 게재하였다. 이 논고들은 신식민주의 하 사람들 사이의 연계를 추구한다는 점에서 시사적이다. 응구기는 "김지하는 감옥에 있지만, 그의 목소리는 남아프리카와 짐바브웨에 있는 우리, 그리고 팔레스타인의 우리, 신식민주의 하 모든 나라에 있는 우리를 고무한다"라고 썼다(Ngũgĩ 1981: 118).

반둥회의 이후의 아시아·아프리카주의와 범아프리카주의

응구기가 여기서 동시대의 아프리카나 팔레스타인 민족 해방 운동을 언급하는 데는 독자적인 역사성이 있다. 그것은 케냐 식민지 해방 운동의 국제주의적인 성격을 보여준다. 그 하나의 예가 범아프리카적인 노선이다. 예를 들면 1920년대 초에 해리 투쿠(Harry Thuku) 등이 이끌던 동아프카협회(EAA)는 W. E. B. 듀보이스(W. E. B. Du Bois)와 마커스 가비(Marcus Garvey)에게 연락을 취하여 각기 발행하였던 기관지 『위기(The Crisis)』와 『니그로 월드(The Negro World)』를 받아 보았다. 그리고 1921년에 런던에서 개최된 제2회 범아프리카회의에 대표를 파견하였다. 또 1922년에 투쿠의 석방을 요구하는 시위 행진에서 영국 측의 발포로 250명 이상의 사망자가 나왔을 때, 가비는 영국 수상 로이드 조지(Lloyd George)에게 항의 서한을 보냈다(Maina 2008: 39-42). 그리고 케냐타도 1945년 맨체스터에서 개최된 제5회 범아프리카회의에 참가하였다. 이 회의에서는 억압받는 대중을 독립으로 이끌기 위한 조직화를 공통의 양해 사항으로 삼았다. 그 후 귀국한 케냐타는 앞에서 말한 대로 민족 해방 운동을 주도하게 된다(Maina 2008: 77). 또 하나는 제3세계주의적인 민족해방노선이다. 이것은 마우마우 투쟁을 이끌던 데단 키마티(Dedan Kimathi)가 1953년에 팔레스타인을 여행하면서 식민지 점령의 현실을 목도하고 영국 정부에 공개서한을 보내는 데서 분명히 나타난다(マイナ 1992: 122). 그리고 이것은 반둥회의 이후 아시아·아프리카 작가 회의로 대표되는 문학가들의 국제적 연대 성과 가운데 하나이기도 하다. 응구기가 김지하에 관한 논고를 발표한 1970년대 후반에는 김지하를 둘러싼 논고와 팔레스타인 해방 운동에 관한 기사가 같은 잡지에 게재되는 것이 그다지 진기한 일이 아니었다[10].

다만 흥미로운 것은 공산주의권의 지원이 없었다는 점이다. 아프리카민족회의(ANC, 남아프리카), 앙골라해방인민운동(MPLA), 모잠비크해방전선(FRELIMO), 짐바브웨·아프리카민족동맹(ZANU)처럼 남부아프리카의 반식민투쟁에는 소련을 포함한 공산권의 지원이 어느 정도 있었음이 알려졌지만, 케냐자유토지군(KLFA)에는 그러한 연계가 없었다. 이것이 국제적 연대를 시도하지 않았다는 것을 의미하지는 않는다. 키마티는 소비에트와 연계가 있던 조지 패드모어(George Padmore)나 영국 정치가로서 KLFA에 관심을 보여준 페너 브록웨이(Fenner Brockway)에게 협력을 요청하였다. 그리고 KLFA 런던지부의 대표를 지낸 음비유 코이낭게(Mbiyu Koinange)와 조셉 무룸비(Joseph Murumbi)에게 국제연합을 위시하여 국제적인 장에서 KLFA에 대한 지원을 확대할 것을 요청하였다. 다만 이것들이 실현되었다는 증거는 존재하지 않는다(Maina 2008: 200-203).

그러한 의미에서 응구기가 말한 '우리'에는 범아프리카적인 노선과 제3세계주의적인 아시아·아프리카 연대를 희구하는 노선 양쪽이 동시대의 다른 아프리카 반식민투쟁과는 다른, 독자적인 형태로 흘러 들어갔다. 이러한 '우리'가 가졌던 가능성을 재검토하기 위하여 여기서는 『십자가 위의 악마』와 「오적」·「비어」 사이에 이야기 구조의 형식적 유사성을 지적하는 데 머물고자 한다[11]. 그 전에 우선 응구기가 한국과

---

10 예를 들면, 잡지 『시오(潮)』에 김지하를 둘러싼 논고와 토론이 특집으로 게재되었다. 집필자는 정경모, 이회성, 하세가와 시로(長谷川四郎), 오다 마코토, 이노우에 히사시(井上ひさし), 홋타 요시에(堀田善衛), 노마 히로시(野間宏)이다(『潮』 196호, 1975년 10월, 224-244). 그리고 같은 호에 무토 이치요(武藤一羊)가 팔레스타인 인민해방전선(PFLP) 간부 압둘아지즈 유세프(Abdulaziz Yousef)를 인터뷰한 기사가 게재되었다(같은 잡지, 213-223).

11 한국어 지식의 제한 때문에 김지하 풍자의 상세한 뉘앙스가 가지는 힘에 대해서 충분히 논하기는 어렵다. 시인 김시종에 의하면 김지하는 점차 결말, 이중의 의미, 동음이의

케냐 사이의 연계를 발견한 그 역사적인 배경에 대하여 개관한다.

김지하, 제국 일본의 식민주의와 신식민주의를 연결하다

응구기는 식민주의의 역사와 현재진행형의 신식민주의를 중첩시키는 관점을 자신과 김지하가 공유하기 때문에 김지하의 풍자가 케냐에서 신식민주의적인 상황을 비판하는 데도 유효하다고 생각하였다. 예를 들면, 대통령 박정희가 선언한 '유신' 체제 아래서는 정부에 대한 모든 비판이 금지되었다. 역사가 브루스 커밍스(Bruce Cumings)에 의하면, 이 '유신'이라는 체제의 이름 자체는 일본의 근대화와 병행한 일련의 사건과 그 정점으로서 천황 통치의 제도화가 진행되던 과정을 암시한다(Cummings 2005: 363)*158. 그리고 대중의 저항 활동은 억압되고, 재판 없는 투옥이 제도화되었다(Ngũgĩ 1981: 109). 일련의 제도는 일본제국주의 하의 통치기구에서 한국의 관료기구, 경찰, 군대로 인계되었는데, 이는 다음 세 가지 사례의 배경이 된다. 첫째, 박정희 자신이 '만주의 관동군'에 참가하였는데, 이것 자체로 이미 한국의 형식적 독립 이후 계속된 일본의 식민주의적 폭력의 일단을 보여주고도 남는다(Cummings 2005: 355)*159. 또 관동군이 일본제국주의에 대한 조선의 저항 세력을 진압할 때 적을 '공산주의자'로 지칭하였다는 점을 기억할 필요가 있다. 그 자체가 미군점령기와 한국전쟁을 거치면서 한국 사회에 극단적인 반공주의가 뿌리내려 온 역사의 일보이기 때문이다(カミングス 2012: 111)*160.

둘째, '유신'에 앞서 대부분의 학생들이 일본과의 국교 정상화에 반대하였는데, 그것은 미국과 일본의 부르주아층이 한국을 재식민화

어를 많이 사용하는데, 그것들은 번역 불가능하다(金時鐘 2001: 173-184).

하는 분기점이었다[12](文 2005: 113). 그러나 박 정권은 "기시 노부스케(岸信介)나 사사카와 료이치(笹川良一) 등 이전의 A급 전범이나 그 외 많은, 반드시 탐탁스럽지만은 않은 인물들을 포함하는 일본의 우익"과 유대를 확장하였다(Cummings 2005: 358). 셋째, 「오적」의 제목은 원래 1905년 통감이던 이토 히로부미(伊藤博文)가 군사력으로 서울 중심권력을 장악하였던 시기 을사조약에 서명한 대신 다섯 명을 의미하였다[13](Cummings 2005: 143-145). 응구기가 보여준 것처럼 김지하는 자신의 시 중에서 이 대신들을 망령으로 소환하여 "재벌, 국회의원, 고급공무원, 장성, 장차관"으로 되살렸다(Ngũgĩ 1981: 114).

응구기, 계엄령 하의 한국과 케냐를 연결하다

응구기는 이와 유사한 케냐의 상황을 묘사한다. 재판 없는 구속에 대하여 그는 이렇게 설명한다. 그것은 "저 식민지 공포 문화의 일부이다. 인종주의자 소수파인 식민정착자에 의하여, 예수가 그대의 구세주라고 말하는 선교사와 그들의 행정관들에 의하여 케냐에 도입되었다"(Ngũgĩ 1982a: 44). 이어서, 독립 이후에 "긴급사태 권력(식민지 방위)의 추밀원령(1939)은 케냐 법률의 일부로서는 무효가 되었지만" 그것은 "치안유지법으로 편입되고, 그 법 아래에서 사람의 구속과 운동에 대한 제한이 가해졌다"라고 말한다(Ngũgĩ 1982a: 50-51). 마찬가지로

12 이 운동에서 쟁점 가운데 하나가 되었던 일한청구권 교섭에 대해서는 吉澤(2015)을 참조할 것.

13 역사학자 이태진은 최근 연구에서 조선 황제의 필적이 을사조약을 중재한 일본의 통역 한 사람에 의하여 위조되었음을 증명하였다(2010년 11월 10일 재일한국 YMCA에서의 강연에서). 김지하의 「오적」, 「비어」 이외의 시를 민족주의 문학의 맥락에서 논한 것으로 崔(1995)가 있다. 최원식의 저작에 관해서는 오세종 선생의 가르침을 받았다. 이에 감사를 표한다.

조모 케냐타의 뒤를 이은 다니엘 모이(Daniel Moi) 대통령은 "1954년에서 1955년에 걸쳐서 마우마우 자유투사와 케냐 사람들에 대한 영국 식민자 측의 공포 정치가 고조되는 가운데, (…) 당시 식민정착자들이 운영하던 케냐 입법의회에서 임명된 인물이었다"(Ngũgĩ 1983: 17).

이야기 구조의 관점에서 응구기는 김지하가 시 「오적」에서 활용한, 약탈과 관련하여 도둑들이 서로 업적을 다투는 무대 장치를 원용하고 새로운 케냐 정부와 식민지 구조의 공범 관계에 대하여 폭로한다. 김지하는 "본시 한 왕초[천황 히로히토]에게 도둑질을 배운" 자들이 서울의 중심에서 벌인 경쟁을 묘사한다(金芝河 1974: 10)*161. 이 도둑들 각자의 "재주는 다양"하다. 다섯 화자들 가운데 마지막 인물은 이 "왕초"의 신격화에 관하여 일장 연설을 하는데, 아이러니컬하게도 일본 식민주의의 상징에 대한 이데올로기적 굴종이 화자 측에게는 자본을 축적하는 행위와 같다는 것이 분명해진다. "굶더라도 수출이닷, 안 팔려도 증산이닷, 아사(餓死)한 놈 뼉다귀로 현해탄에 다리 놓아 가미사마 배알하잣!"(金芝河 1974: 17)*162

「오적」의 경쟁 장면은 『십자가 위의 악마』 제4장에서 식민 지배의 수혜자들이 어떻게 구식민자들의 것을 꼭 닮은 수법으로 축재에 성공하였는지 고백하는 장면에 접목된다. 계엄령 시기에는 스스로 정치적인 인간이 아니었고 또 아버지가 케냐 사람들로 구성된 인민 법정의 일원으로서 마우마우를 추방하는 쪽이었던 기투투 와 가탕구루(Gitutu wa Gatanguru)는 자신의 신념을 이렇게 피력한다. "백인들에게서 배워라. 그러면 절대 잘못되는 일이 없을 거야. (…) 백인은 왼손엔 성서를, 오른손엔 총을 들고 이 땅에 들어왔어. 민중들의 비옥한 땅을 강탈했지. 세금이니 벌금이니 하는 명목으로 소와 염소들을 모두 빼앗았어. 민중들의 손으로 일군 걸 다 빼앗은 거야"(DC, 102)*163. 이후 그는 우후루(독립) 이후 마우마우들이 피 흘려가며 쟁취한 토지를 구입하여 재산을 축적하는 방법을 자랑스럽게 말한다(DC, 103)*164. 기투투의 증언은 새로운 케냐의 지배계급에게 식민 지배 정신이 살아남았음을 웅변으로 전달된다.

식민지 문화의 잔재는 독립 후 언론의 억압 상황에도 나타난다. 이에 대하여는 서술자의 매개적인 역할을 의인화하는 방식의 차이에 따라 응구기와 김지하가 다르게 표상한다. 김지하는 자기 시의 구조와 사람들의 발화 사이, 그 경계에 화자의 존재를 시사하고 억압 시스템을 대행하는 네트워크의 존재를 암시함으로써 자기 작품과 바깥 세계 사이에 다시 선을 긋는다. 「오적」과 「비어」 각각의 장면은 화자 자신이 말하는 풍자적인 이야기가 사람들의 입에서 입으로 전해짐으로써 넓혀진다는 것을 시사한다(金芝河 1974: 158, 180, 191-192)*165. 「오적」에서는 화자 자신이 시인이라는 것을 분명히 하고, 자신의 매개 행위를 주의 깊게 최소한으로 설정한다. "이러한 행적이 백대에 민멸치 아니하고 인구(人口)에 회자하여/ 날 같은 거지시인의 싯귀에까지 올라 길이 길이 전해오겄다"(金芝河 1974: 34)*166.

억압 상황에서의 언론 수탈과 소문의 역할

한편, 응구기는 언론의 억압 상황을 서술자에 내재화시킨다. 기칸디 공연자의 역할은 은폐되었던 것을 널리 전하기 위해 의뢰한 자들의 다양한 목소리에 귀를 기울이는 것이다. 그는 세 가지 목소리를 듣는다. 하나는 주인공 와링가 어머니의 목소리로, 그녀는 "내가 말할 수 없이 사랑했던 내 아이의 이야기를 사람들에게 들려주세요"라고 그에게 간청한다(DC, 7)*167. 다음은 많은 사람들이 간청하는 목소리인데, "어둠에 가려 보이지 않는 진실을 드러내" 달라고 부탁한다. 마지막은 그를 비판적으로 지켜보는 익명의 목소리인데, "예언이 오직 너만의 것이고 너 혼자 간직하는 거라고 누가 그러더냐?"라고 남들에게서 들은 말을 공표하도록 부추긴다(DC, 8)[*168].

이 목소리들에 함축되어 있듯이, 기칸디 공연자는 사람들의 이야기를 가타부타 없이 들어줄 뿐 아니라 자신이 말하는 사건에 스스로 휩쓸려 들어간다는 의미에서 양의적인 증언자이다. 예를 들어 제10장에는 기칸디 공연자의 의식이 동요하는 장면이 있는데, 그는 이제부터 계속되는 이야기를 목격하는 것에 두려움을 느낀다. 그는 "어디서부터 이야기를 시작해야 할까?"라면서 이렇게 덧붙인다. "아니면 다른 사람들의 삶에 끼어드는 것은 이제 그만둬야 할까?"(DC, 215)[*169] 김지하에게는 사람들의 '소문'이 이상한 것이 아니라 오히려 저항의 수단이라는 점이 인식되지만, 응구기는 서술자의 의식 동요를 기입함으로써 그가 대표하는 민중 자체의 동요 또한 현실에 있을 수 있다는 점을 보여준다.

응구기의 작품에서 구전문학에 대한 관점은 소문이나 잡담이라는 존재의 재평가를 통하여 변화하는데, 이것들에 대한 평가 자체는 이미 김지하가 「비어」에서 전개하였다. 「비어」에서 안도(安道)라는 빈궁한 노동자는 "에잇, 개같은 세상!"이라고 욕지거리를 하자마자 체포된다. 안도는 이어서 "건방지게 무허가착족죄(無許可着足罪), 제가 뭔데 육신휴식죄(肉身休息罪), 싹아지 없이 심기안정죄(心氣安定罪), 가난뱅이 주제에 직립인간본질찬탈획책죄(直立人間本質簒奪劃策罪)" 등의 부조리한 이유로 유죄가 된다(金芝河 1974: 151-152)[*170].

여기에서 비어에 대한 극단적인 단속을 과장하는 방식은 1960년대 한국의 군사정권 하에서 민중이 처하였던 불합리한 상황을 웃어넘기기 위한 것이다. 그러나 그것뿐만은 아니다. 애초에 '유언비어'라는 현상 자체가 한국인의 생사에 관한 것이기도 하였기 때문이다. 단적으로, 1923년의 관동대진재 때 경찰이 "조선인이 우물에 독을 넣었다"라는 '소문'을 퍼트림으로써 일본인에 의한 조선인 학살을 보증하여 주었던 사실도 영향을 끼쳤다(加藤 2014; 姜 2003).

역설적으로 식민지 조선에서 '유언비어'는 사람들이 연명하기 위한 방도이기도 하였다. 미야타 세쓰코(宮田節子)는 중일전쟁 하의 조선에서 '유언비어'가 엄밀히 감시되었던 양상을 논한다. 그에 따르면 이것들을 분석할 때, '비어'는 "지배자에 대한 체험적·잠재적인 불신"이고, "총독부의 전쟁 동원 정책에 대한 비협력으로 나타난다"[14](宮田 1985: 42)[*171].

이처럼 김지하가 말하는 '소문'이나 '유언비어'에 흘러든 정치성·역사성과 비교할 때, 응구기의 초기 작품에서 소문의 역할은 오히려 과소평가된다. 예를 들어 『샛강(The River Between)』(1965)에서는 그것이 주인공 와이야키(Waiyaki)의 지도자로서의 입장을 혼란스럽게 하는 것으로 제시된다. 소문에 의해 연인 냠부라(Nyambura)와의 내밀한 관계가 공개적으로 알려지게 되는 것이다. "소문이라니! 마른 땅 위의 들불처럼 번진다. 냠부라와의 결혼이라는 이 말이 그를 괴롭혔다"(Ngũgĩ 1965: 122). 반대로 『십자가 위의 악마』에서 소문이나 잡담은 반체제파를 범죄자로 간주하는 신식민지 정부를 향한 풍자의 터전이 된다. 예를 들면 마우마우의 이야기꾼인 무투리는 이 수단들을 돈벌이 행위와

---

14 소문이 언어화된 것만을 포함한다고 흔히 생각하지만, 보통은 언어의 역치(閾値) 내부에 포함되지 않는 것이나 언어를 문자화한 것만으로 한정하는 사고를 쇄신하고자 하는 언설 또한 소문에 포함할 수 있다. 신지영은 제국 일본의 통치하 지역 문학자들의 만남을 논하면서 좌담회라는 형식을 분석하고 언론 이전의 말참견이나 따돌림, 침묵 등의 효과를 논한다(申 2013).

대비하고, "현재의 지도자와 그 정책에 대한 상찬을 노래하는 (…) 늙은 여인들"인 응야키뉴아 춤꾼들의 공식 노래 대신 자신의 노래를 부른다(Sicherman 1990: 226-227). 원래 "지금 보이는 하람비[스와힐리어로 '협력하자'의 뜻]는/ 지금 보이는 하람비는/ 소문을 지어내고 퍼뜨리는 사람들이 입에 올릴 말이 아니라네"라고 하던 한 절이 "돈의 하람비는/ 돈의 하람비는/ 부자와 그 무리들을 위한 것이라네"라고 고쳐 쓰인다(DC, 39)[*172]. 소문이나 잡담이 권력자에게는 민중을 비난하기 위한 이유였지만, 여기서는 그것들이 풍자의 수단으로 다시 자리 잡는 것이다.

5. "제 살 파먹는 입" — 식인주의, 자본주의, 기독교

다만 응구기의 풍자에 입의 형상이 효과적으로 사용되지 않았다면 그것은 김지하의 단순한 차용에 지나지 않았을 것이다. 이 형상은 풍자를 효과적으로 만드는 것으로, 언론의 억압을 규범으로 간주하는 상황에서 이중적인 의미를 가진다. 연구자인 아이린 줄리앙(Ilyn Julian)은 응구기의 소설에서 반복 사용되는 "제 살 파먹는 입"이라는 표현에 대하여 이렇게 말한다(DC, 8)[*173]. 그것은 "서술자 자신의 것이면서, 응구기 자신에 관한 언급이라고 추측할 수 있다"(Julien 1992: 152). 그 구절은 문맥에 따라 함의가 다양하게 변화하는데, 신식민주의적인 것에 대한 비판을 지시하면서 식인주의(카니발리즘)라는 말의 전형적인 사용법을 혼란스럽게 만들기도 한다. 즉, 그것은 "자기동일성의 해체에 대한 두려움, 거꾸로 말하자면 (…) 차이의 수용에 관한 모델을 체현한다"(Jáuregui 2009: 61). 응구기의 풍자는 특히 입의 형상을 경유함으로써, 독립 이후의 케냐뿐 아니라 신식민주의를 지탱하는 모든 세력을 카니발리즘적 존재로 포착하였음이 확인된다.

대부분의 경우, "제 살 파먹는 입"이라는 구절은 자본의 논리와 식인주의 그리고 신식민주의 하 케냐에서 침묵에의 명령과 결합된다. 예를 들면 이 구절이 음와우라에게는 "걸고" "엄청 떠벌리는" 입을 의미한다. 그와 같은 마타투(택시) 운전수에게서 그 의미는 "번 것을 먹는 입"으로 이행하고 "혀가 낚싯바늘"이기 때문에, 바야흐로 고객이 희생자인 것처럼 표현된다(DC, 48)*174. 다른 문맥에서 무투리 와 왕가리는 음와우라로부터 도둑과 강도들의 경연대회에 대하여 항의하지 말라는 설득을 받는다. 그들이 이 말을 거절하자 음와우라는 그들을 위협하며 "제 꾀에 제가 넘어간다고 했어요. 이봐 무투리 와 왕가리, 한번 시작한 일은 돌이킬 수 없다는 걸 잘 알 테니 저 사람들을 그냥 내버려 둬요"라고 말한다(DC, 159)*175. 여느 표현이 여기서는 발언을 억압하는 것으로 기능한다.

반대로 응구기 자신은 비평에서 자본주의 시스템의 메타포로 식인주의가 "서구 부르주아 문명"과 그에 수반하는 것들에서 특유하다고, 더구나 밖으로부터 강요된 기독교나 민주주의와 중첩된다고 간파한다. "사람을 잡아먹는 상태에서 누군가 식인의 도덕관에 의문을 제기한다고 상상해 보자"라고 응구기는 문제를 제기한다.

> 서구의 부르주아 문명 – 신으로부터 부여받고 아메리카에서 보편적이고 최종적인 형태가 된 – 이 그 숭배자에게 사회적인 식인주의야말로 최고의 선이라고 가르칠 때, 누가 인간의 살을 먹는 것의 윤리에 대해 묻는다고 상상해 보자. (…) 실제의 경우, 사회적인 식인주의의 희생물이 된 자들은 식인자들의 도덕을 결코 지상의 보편적 도덕이라고 받아들이지는 않을 것이다. 설령 그것이 '자유세계', '기독교적 민주주의', '기독교적 문명',

'사회민주주의' 등 온갖 현란한 상표나 상투어로 수놓은 장식을 걸치고 온다 하더라도.

(Ngũgĩ 1982a: 120)

실제로 수사로서의 식인주의는 조지프 콘래드(Joseph Conrad)나 칼 마르크스 등 유럽 저술가들에 의하여 '부의 축적'에 대한 비판으로 사용되었다(Phillips 1998: 183). 그러나 이런 경향에 덧붙여 『십자가 위의 악마』에서 식인주의가 "성체 배수(聖體拜受)의 비적(秘跡) 의식"과 결합되는 곳에 이르면, 응구기의 풍자는 좀 더 철저해진다(Lovesey 2000: 64). 기독교 자체가 아니라, 그 종교와 신자 사이의 계약이 자본주의적인 착취 시스템을 경유하여 식인주의와 오버랩되는 것이다. 동굴에서 도둑들의 이야기를 듣고 기분이 나빠 밖에 나와 잠을 자던 주인공 와링가는 어떤 '목소리'와 대화를 나누게 된다. 이 목소리는 비적 의식에 내재하는 식인주의 전통을 어떤 의미에서 정확히 지적한다.

목소리　사람 피를 마시고 살을 뜯어먹는 것이 이승에서나 천국에서나 축복받은 일이라는 얘기 말이야. (…)
나쿠루의 홀리 로저리 교회에서 했던 성찬식 기억나, 와링가?
신부님이 네게 빵 한 조각을 주면서 이렇게 말했지. (…)
받아먹으라, 이것이 나의 몸이다.
내가 다시 이 땅에 오는 날까지 이리하라.
예수 그리스도의 몸. 아멘. (…)

와링가　그건 그냥 종교의식일 뿐이에요. 서로를 잡아먹는 게 아니라고요.

(DC, 190)*176

와링가의 부정에 반론하듯 계속해서 '목소리'가 추가된다. "키멘데리 계급은 그저 기독교의 주요 상징을 실연할 뿐이야"라고(DC, 191)*177. 비적 의식은 식인에 대한 메타포가 아니라 그것을 문자 그대로 지시한다. 그러나 식민주의를 비판하기 위하여 기독교의 성찬 의식을 문자 그대로 신체의 섭취와 동일시하는 것은 예외적인 사태가 아니다. 어떤 공동체의 외부에 식인주의라는 현상을 투영하는 메커니즘이야말로 식민지 언설의 핵심이라고 피터 흄은 생각한다. 흄에 의하면, "공동체의 경계선"은 "그 공동체의 일체성의 기반이 되는 바로 그 관습[성찬 의식으로서의 식인주의]의 외부에 있는 자들을 비난하는 것에 의하여" 만들어진다(Hulme 1986: 85).

와링가와 '목소리' 사이의 대화는 제국주의적 자본주의가 스스로 해체되는 경향이 성찬 의식에 매몰되어 버릴 가능성을 시사한다. 그러나 이 가능성의 증거 이미지는 끝까지 '덧쓰인 것'(palimpsest)에 의하여 감춰졌다는 점에서, 최종적인 판단은 독자에게 위임되었다고 할 수 있다. 계속되는 이야기에서 와링가는 '목소리'로부터 자신의 혼을 팔라는 제안을 받지만 거절한다. 소설의 이러한 장면은 이론 일반의 한계와 가능성에 관한 양의적인 알레고리로 읽힐 수 있다. '목소리'처럼 현명하고 선견지명이 있는 자는 자신이 기생하는 시스템을 비판적으로 상대화하는 데 능하지만, 순수하게 이론적인 영역을 넘어서지 못하는 비평은 사람이 종속된 상황을 변화시키는 데 충분하지 않은 것이다. 왜냐하면 이야기의 마지막에 약혼자의 부친이 어릴 적 자신을 괴롭힌 "돈 많은 노인네"라는 것을 깨달은 와링가는, 비록 "자신의 인생에서 가장 고된 싸움이 앞길에 놓여 있음을 그녀는 절실히 느낄 수 있었다"라고 하더라도 그 노인네를 공격하고 말기 때문이다(DC, 254)*178.

6. 맺으며

이 장에서는, 우선 신식민주의 일반을 정의하고 케냐에서의 그 독자적인 형성 과정을 설명하였다. 독립 이후 케냐는 정치적·경제적으로 구종주국 영국에 대한 의존을 심화시켰을 뿐 아니라, 서방 여러 나라 속에 재편됨으로써 반공주의적인 정책을 추진하였다. 그런 가운데, 독립에 크게 기여한 마우마우 사람들에 대한 망각이 국가 이데올로기가 된다. 응구기의 『십자가 위의 악마』는 그 망각에 대항하는 사람들을 묘사한 소설이다.

다음으로 이 소설을 분석하면서, 응구기가 참조한 시인 김지하의 한국과 케냐의 신식민지적 상황을 비교하고 그 양쪽을 비판하는 문학 기법으로서 풍자에 작품의 초점이 맞춰졌음을 밝혔다. 그런 의미에서 1970년대 후반 이후 응구기는 반둥 이후의 제3세계주의를 체현하였다고 할 수 있다. 이에 그는 기독교와 자본주의가 손을 잡은 신식민주의적 상황을 식인주의라고 명명하고 비판하려 독자적인 풍자를 다듬기도 하였다. 요컨대 이 두 시인과 작가는 각각 식민지 교육이 초래한 모멸적인 대중관이 대부분의 지식인에게 침투하였음을 받아들이고, 그곳으로부터의 도약을 시도하였다. 그때 두 사람의 만남을 촉발하였던 것은 바로 '민중'의 발견이었다.

물론 1980년대 이후 정신세계를 향한 김지하의 경도와 극단적인 보수화는 이 장의 검토 대상이 아니다. 그 '전향'을 지탄하기 전에 우선 배워야 할 것이 있기 때문이다. 나중에 소설 『화산도(火山島)』로 제주도 4·3사건을 문학화하는 김석범(金石範)은 1976년에 쓴 논고를 통하여 김지하의 「양심선언」에서 '민중'으로의 경도를 다음과 같이 고쳐 읽었다.

> 그러나 김지하가 민중 자신의 인간 회복을 말할 때, 그 계기를 민중에게만 한정하여 보고 있지 않다는 점에 주의하고 싶다. 이미 여기서 '한(恨)'은 인간 회복의 계기라는 성격을 띠게 되었다. 그는, 이웃 형제를 사랑하기 위해 그들을 비인간화하는 지상의 모든 억압과 수탈을 증오하지만, 그것은 피억압자뿐 아니라 억압하는 자 자신을 철저히 비인간화하기 때문이라는 것이다.
>
> (金石範 1976: 113)

무엇보다 '억압하는 자의 비인간화'를 고발하는 것이야말로 김지하의 군사정권 비판, 반공주의 비판에 담긴 의미라고 한다면, 그것은 응구기에게도 마찬가지였다고 할 수 있다.

현재의 비평적인 동향으로 보자면, 신식민주의에 대한 비판이 이미 시대가 지나버린 것처럼 보인다는 점을 부정하기는 어렵다. 2000년대 후반부터 어느 정도 회자되어 온 신자유주의에 대한 비판적 검토는 그 자체로 매우 중요하다. 그러나 신식민주의가, 이제 막 독립한 구식민지에서 행하였던 수탈의 역사를 후경화하고 이런 제3세계 지역들을 북미나 서구 신자유주의의 실험장으로만 위치시켰다는 것도 확실하다(예를 들면, クライン 2011; ハーヴェイ 2007). 식민주의적인 수탈 이후에도 북미 및 유럽의 복지국가적인 기획의 새로운 수탈 대상이 되어 왔기 때문이다. 리사 로우(Lisa Lowe)의 논의처럼, 근래의 신자유주의 비판에서 가장 예리한 지적들조차도 "서양 자유민주주의 전통의 맹점인 식민주의의 긴 역사를 탈락시켰다"(L. Lowe 2015: 198).

결국 형식적인 식민지가 끝난 뒤 자본의 수탈에 대한 저항의 실천은 어떻게 행해져 왔는가, 특히 제3세계끼리의 횡적인 연대가 어떠한 실태와 가능성을 가졌는가에 대한 천착은 아직 부족한 것이 아닐까?

그런 의미에서, 응구기가 다시 만난 '대중'과 김지하가 맹목적이라 하여도 좋을 정도로 신뢰를 보낸 '민중', 이 양자 사이의 교차는 단순한 영향 관계로만 머물지 않는다. 그것은 차라리 서로의 상황이나 역사적 조건의 차이, 어긋난 만남까지도 함축하는 창조적인 '오독'이라고 말할 수 있을 것이다.

맺으며

깨어난 우리들의 꿈 끝에
지친 하늘이 몸을 일으켜
우리를 물끄러미 바라보고 있다

- 고친다 게이텐(東風平惠典)*179

1. 지금까지의 논의

이 책은 1840년대 유럽을 시작으로 1980년대 케냐 및 한국까지를 다루며, 다양한 시공간에서 드러나는 군중, 대중, 민중의 표상을 문제로 삼았다. 여기서는 지금까지의 작업을 정리하고 본론에서 다루지 못한 과제를 논의한 후, 마지막으로 앞으로의 전망을 가늠해 보고자 한다.

19세기 중후반은 비유럽 지역에 대한 식민화가 본격화되는 과정에서, 대도시에서는 비가시적인 존재로 여겨졌던 식민지의 군중이 작가와 사상가들에 의하여 재발견되는 시기였다. 다만 그 발견이 식민지 상황을 변화시키거나 운동의 발판이 되는 새로운 사고를 제시하는 것은 아니었다. 19세기 후반 르 봉(Le Bon)의 등장으로 군중에 대한 주요 담론은 범죄심리학이나 도시위생의 사고방식과 겹쳐져, 군중을 심리학적 지식의 틀에 가두려고 하는 통치이성으로 변모한다. 그 이전인 19세기 중반에는 이러한 심리화 경향이 단일한 것으로 통일되어 있지는 않았다. 이 시기의 전형이자 예외로 에드거 앨런 포(Edgar Allan Poe)의 「군중 속의 사람(The Man of the Crowd)」이 있다. 포는 범죄심리학 등의 학문적 지식이 제도화되기 이전에, 군중이라는 존재가 도시 정치문화의 핵심에 있음을 예견한다. 그리고 군중을 관리하려는 자들이 논거로 삼는 '과학적' 시점이라는 자부심이 부인되는 모습을 서술한다는 점에서 군중을 그린 이후의 다른 작품에서는 보이지 않는 독자성을 갖는다. 한편 보들레르(Baudelaire)는 식민지에는 대도시 주민들이 상상할 수 없는 형태로 군중 경험이 존재할 수 있음을 보여주고, 그것을 근대의 핵심으로 삼았다. 보들레르의 군중 이미지에는 식민지의 군중 이미지가 공존한다. 그런 점에서 도시와 식민지를 잇는 집단성으로서 군중을 위치 짓는 행위에, 시인 보들레르의 특이함이 있다. 그리고 콘래드(Conrad)의 초기 작품, 특히 「청춘(Youth)」 및 『어둠의 심연(Heart of Darkness)』에서 군중은 미개와 문명을 가르는 경계선에 등장하여 그 분할을 어지럽히면서도 결과적으로는 인류학적 시간축 속에 갇혀 있어야 할 존재로 서술된다. 그러한 방어기제를 작동시킴으로써 비인간화된 군중을, 유럽 독자를 위해 그린 것이었다(제1장).

르 봉이 등장한 19세기 후반, 정신분석이라는 학문이 성립되면서 인간의 광대한 미답의 영역이 재발견되었다. 프로이트(Freud)를 비롯한 정신분석가들은 그 영역을 구명하면서 '저항'도 발견하였다. 20세기가 시작되려는 무렵 콘래드가 동남아시아와 가공의 라틴아메리카를 무대로 그린 군중은 무의식처럼 서구 사람들의 상상력을 자극하고, 서구인의 서구인다움을 담보하면서도 때로는 그것에 저항을 드러내는 존재였다. 『로드 짐(Lord Jim)』에서는 대영제국을 지탱해 온 선원들의 유대가 존재하지 않으며, 서술자가 "우리"라는 주어를 집요하게 반복함으로써만 유지할 수 있는 것으로 아이러니컬하게 나타난다. 군중은 "우리"라는 개념의 경계선에서 종종 얼굴을 내민다. 그런 의미에서 역설적으로 이 주어가 자의적이고 무정형적으로 사용되며, "우리"가 아닌 군중과 같은 존재와 대비됨으로써만 그 확실성이 담보됨을 알 수 있다. 또한 19세기 후반부터 20세기 초에 걸쳐 네덜란드령 인도네시아와 영국령 말레이시아 사이 혹은 쌍방에서 식민지 통치에 대한 일련의 반란이 일어났다. 이 점도 고려하면 "우리"의 자의적·협박적 반복과 거기에 바싹 붙은 군중의 그림자는 통치이성의 틈새라고도 볼 수 있다.

반대로 콘래드의 『노스트로모(Nostromo)』에서는 저항하는 군중의 다양한 모습이 나타난다. 프로이트가 정신분석학에서 환자의 무의식적 저항이 단수가 아니라 복수의 형태로 나타난다는 설에 도달한 것처럼 말이다. 작품의 배경이 되는 가상의 남미 공화국 코스타구아나는 이탈리아 이민자들의 후손, 철도 부설을 맡은 영국인, 은광을 경영하는 미국인 경영자들이 자본을 점유하였고, 이에 일부 세력이 반기를 들고 옥시덴탈 공화국으로 분리·독립을 계획한다. 주인공인 노스트로모(Nostromo)는 전자의 입장에서 군중을 진압하는 쪽이었는데, 도중에 자신이 이용당했음을 깨닫고 '군중의 한 사람'이 된다. 그의 이름은 이탈리아어로 '우리의 남자'를 의미한다. 오랫동안 그는 구미의 자본을 보호하는 쪽, 즉 "우리" 편이었지만 결국 반대 측으로 돌아선다는 점에서 그의 이름은 아이러니컬하게 들린다. 다만 코스타구아나에 반발해 분리·독립을 목표로 하는 옥시덴탈 공화국은 자본이라는 동일한 이해타산에 근거한다는 점에서 자본 축적을 내세우는 규범으로부터 벗어날 수 없다는 체념과 함께 묘사된다. 그러한 의미에서 『노스트로모』는 미국이라는 새로운 제국의 등장과 대영제국의 몰락이라는 시대 배경을 바탕으로 서술되었다. 동시에 미국·스페인 전쟁 이후,

쿠바와 필리핀 독립을 후원하는 한편 새로운 지배 방법을 만들어 낸 미국의 제국적 통치 기법의 일단을 여기서 엿볼 수도 있다.

또한 『로드 짐』에서 "우리"가 아님에도 '우리의 일원'으로 꼽히는 짐(Jim), 『노스트로모』에서 저항의 초석이 되는 노스트로모는 각각 남성적 영웅의 전형으로 형상화된다. 이처럼 식민지를 무대로 하는 작품에서 남성성으로부터 저항의 주축을 발견하는 점에서, 콘래드 작품은 프로이트의 군중심리론과 유사하다. 비록 제국의 규범으로부터 벗어날 수 없더라도, 지도자에 저항하는 과정을 거치면서 강화되는 남성성 그리고 남성끼리의 유대가 제국으로부터의 일탈을 시도하는 자들에게 규범으로 간주되는 것이다(제2장).

이와 거의 같은 시기 비유럽 세계에서는 집단적 저항, 지역을 초월한 연대를 모색하는 움직임이 나타나기 시작한다. 그중 하나가 범아프리카주의였고, 중심인물 가운데 한 사람이 C. L. R. 제임스(C. L. R. James)였다. 1930년대 이후 런던이나 파리 등, 제국의 수도를 기점으로 식민지 출신 사람들의 첫 만남이 이루어졌다. 마커스 가비(Marcus Garvey)는 미국에서 이미 독자적으로 활동을 전개하였고, 제임스, 조지 패드모어(George Padmore), 폴 로브슨(Paul Robeson), 콰메 은크루마(Kwame Nkrumah), 조모 케냐타(Jomo Kenyatta) 등은 이 시기에 친분을 쌓았다. 그들은 러시아 혁명을 중요하게 참조하면서 이탈리아의 에티오피아 침공에 반대하는 등 운동의 물결을 일으켜 나갔다. 1930년대 후반에는 제임스의 출신지인 트리니다드를 비롯하여 카리브해 여러 지역에서 노동쟁의가 연쇄적으로 발발하였다. 이들 지역에서는 플랜테이션 농업으로 생산되는 카카오나 설탕 등과 같은 제1차 생산품에 경제를 의존하였다. 그 때문에 대공황 이후 가치 하락의 영향을 직접적으로 받았다. 이처럼 종주국과 식민지 양쪽에서 제국주의의 정치경제를 문제시하는 움직임이 조금씩 생겨났다.

1938년에 출판된 C. L. R. 제임스의 『블랙 자코뱅(The Black Jacobins)』은 그 결절점이었다. 이 작품은 18세기 후반의 생도맹그, 현재의 아이티를 무대로 한다. 거기서는 '대중'이 주역이 된다. '대중'이라는 개념은 우선, 레온 트로츠키(Leon Trotsky)의 『러시아 혁명사(The History of the Russian Revolution)』(1933)에서 혁명을 중심적으로 담당하는 주체성으로 자리 잡았다. 이 책을 읽은 C. L. R. 제임스가 그 무대를 카리브, 아프리카로 확장하여, 제3세계 대두 이후 '대중'에게 예견적인 윤곽을 부여한 것이었다. 여기에는 집합적 존재에 대한 모멸로서 일반화되던 '군중'으로부터의 극적인 변화가 있었다. 즉 이전까지 외부로부터만 명명되었던 군중을 내부로부터 그려 대중으로서 다시 명명하였을 뿐만 아니라, 역사의 작성을 담당하는 중심적 행위체로서 자리매김한 것이다. 제임스는 또한 아이티 혁명으로 거슬러 올라가 계몽주의 사상의 가능성과 한계를 물음으로써 근대를 재정의하였다. 즉 그 핵심에 있는 보편주의적·온정주의적 '박애' 내지 '형제애'로부터 '우애'가 배제되었음을 풍부한 뉘앙스의 언어를 사용하여 보여주었다. 그럼으로써 그는 혁명의 기치가 되었던 자유와 평등의 개념을 도래할 탈식민시대에 보다 현재적·예견적인 것으로 규정하였다(제3장).

그러나 이 비가역적 반식민 운동의 흐름은 탈식민화의 의도적 조정과도 합류한다. 즉 냉전 초기의 반공 정책의 조류 아래 거의 공공연하게 언론에 대한 개입이 이루어졌던 것이다. 동아시아에서의 제국 일본의 판도를 이어가듯이, 미국이 한반도와 중국의 분단을 촉구하는 쐐기를 박았다. 1950년대 중반에는 베트남 혹은 이란의 민주적인 정치과정에 미국의 개입이 공공연하게 이루어졌다. 이러한 시대 배경을 감안할 때, 반둥회의는 제3세계주의의 입장이나 포스트콜로니얼 연구에서 통상적으로 생각되는 것보다 더 복잡한 이해관계가 교착하는 장이었음을 알 수 있다.

그런 의미에서 리처드 라이트(Richard Wright)의 『색의 장막(The Color Curtain)』(1956)은 미국의 이해를 대표함과 동시에 제3세계를 대표하려는 의도가 일그러진 형태로 결실을 맺은 기묘한 텍스트이다. 라이트는 피부색이 유색이라는 공통항을 역이용하여, 인도네시아 엘리트와 유럽에서 지낸 비서구인들을 인터뷰함으로써 반둥에 갈 준비를 한다. 이때 이 책의 제1장 및 제2장에서 검토한 군중에 대한 심리화 과정이 여기서는 오리엔탈리즘과 반공주의가 교차하는 형태로 제3세계의 '대중'을 대상으로 이루어진다. C. L. R. 제임스와 마찬가지로 "대중"이라는 용어로 새로운 사람들의 집합을 기대하면서도, 실제로 라이트는 압도적 다수의 제3세계 사람을 "인종"과 "종교"라는 스테레오 타입에 기초한 심리학적 틀에서 표상한다. 게다가 반둥회의 중 가장 유명한 수카르노(Sukarno) 초대 인도네시아 대통령의 연설을 변경하여 독해함으로써 기독교와는 다른 종교를 광신하는 수만 명의 대중이 서구에 위협이 된다는 왜곡된 상을 제시한다. 라이트의 독해는 냉전기의 지배적인 담론을 충실하게 실천하는 장으로 기능하는 것이다(제4장).

반둥회의와 거의 같은 시기에 이러한 심리적 틀을 문학적 실천으로 설정하려는 시도를 예견하면서, 유효한 비판을 제시한 작품이 카리브해 지역의 작가에 의해 창작되었다. 바베이도스 출신의 작가 조지 래밍(George Lamming)은 첫 소설 『내 피부의 성에서(In The Castle Of My Skin)』를 통해 가비, 로브슨 등 초기 범아프리카주의의 흐름에 근거하여 보다 큰 틀로서 '인종'이 재발견되는 계기를 "내 백성(My people)"으로서 형상화하였다. 국제관계론적인 입장에서 심리학을 원용하는 라이트의 방식이 결국은 통치의 대상 혹은 적(敵)에 대한 연구로서 지역 연구에 기여하는 것이라면, 식민지적 상황의 심성에 접근하여 그것을 풀어낼 수 있는 다른 형태의 방식이 있을 수 있을까? 이 물음에 대해 잠정적으로나마 해결의 실마리가 될 수 있는 것은, 래밍이 소묘한 새로운 사고의 밑바탕이 된 수치심이라는 정동이었다. 여기에는 현상학적 수치심과 실존적 수치심을 구별한 사르트르(Sartre)의 영향이 보인다. 더욱이 래밍은 소설 속에서 이 사상적인 수치심을 식민지와 관련한 물음과 연결시킨다. 예컨대 노예제의 망각이나 민중 혐오가 사람들에게 스며들고 있는 사태가 수치심으로 시사된다. 다만 이 수치심을 극복하려 할 때, 그 시도가 모성성에 대한 기피나 남성성을 지향하는 분노, 폭력의 전조로 직결될 위험성도 있다. 한편 래밍의 비평과 소설 작품에는 이처럼 내향적인 분노나 모성성의 본질화를 지향하지 않는 형태로 도래할 집합성을 예감케 하는 시좌 또한 포함된다(제5장).

그럼에도 불구하고 이와 같은 집합성은 이상적인 것으로 수렴된다. 뿐만 아니라 형식적 독립과 국민국가의 건설에는 '사람들'을 국민화하는 프로세스도 포함된다. 그것은 포섭과 배제를 다시 만들어 내기도 하지만, 이 국민국가 형성의 프로세스에서 공유되는 이야기에는 유럽의 19세기 후반 이후 특권적인 지식으로 유지되어 온 인류학과 정신분석이라는 학문적 지식이 얽혀 있다는 사실이 중요하다. 이 교착과 그것에 대한 비판적 시각은 예컨대 케냐 작가 응구기 와 티옹오(Ngũgĩ wa Thiong'o)의 『한 톨의 밀알(A Grain of Wheat)』과 프로이트의 『인간 모세와 유일신교(Der Mann Moses und die monotheistische Religion)』를 함께 읽고, 『한 톨의 밀알』을 조모 케냐타의 『케냐산을 마주보며(Facing Mount Kenya)』와 비교하는 작업을 통해 드러난다. 응구기와 프로이트 모두 저항의 기저로서 모성성의 신화를 환상적으로 구축하고 그것을 도래할 민족이 의거해야 할 지침으로 삼는다. 케냐타와 응구기도 민족과 모성의 신화를 반식민 운동을 뒷받침하는 집단적 신화의 축으로 삼았다. 남성 지식인끼리의 연결뿐만 아니라 케냐타의 지도교수였던 인류학자 말리노프스키(Malinowski)가 케냐타의 민족지를 보증해 주는 과정, 프로이트의 제자 가운데 한 명인 마리 보나파르트(Marie Bonaparte)가 케냐타와 함께 키쿠유 여성의 성생활에 대한 정보를 공유하는 모습은 인류학과 정신분석학이 반식민 운동을 위한 지식 형성에 연동되어 있음을 보여준다. 또한 응구기가 래밍의 소설을 숙독하는 과정에서, 모세의 형상을 신식민주의의 지도자로서 해석하였던 것도 중요하다. 그것은 응구기 소설에서는 국민국가 형성 시기의 지도자상에 대한 비판으로 배치된다. 이 소설은 지도자에게서 메시아적인 구제 담론을 찾아낸 사람들을 비판하기보다는, 식민지기를 견뎌낸 사람들과 식민지에 대한 저항을 주로 담당하였던 '마우마우' 등 공식적인 국민 이야기에서 배제된 자들에게도 말과 장소를 부여한다(제6장).

그러나 형식적 독립을 이룬 국가에 사는 사람들은 식민 지배의 굴레로부터 완전히 벗어난 것은 아니었다. 주로 구종주국과 구식민지의 엘리트 사이에 이해관계가 유지된 채, 신식민주의라는 형태로 경제적·정치적 지배가 이어졌다. 가나의 은크루마에 의해 이론화된 이 새로운 지배 형태는, 동시에 다른 지역에서 공통의 물음을 품고 있는 사람들 사이에 연대의 회로를 가져왔다. 이것은 제임스가 예견적으로 제시한, "우애"를 수반한 "형제애"의 한 변주로도 파악할 수 있다. 케냐타에 의해 수감되었던 응구기는, 한국에서 박정희 정권을 비판하는 시를 썼다는 이유로 감옥에 갇혀 있던 김지하의 시 작품에서 차기작의 중심축이 되는 풍자 기법을 배우게 된다. 이 두 사람은 모두 풍자라는 수법을 사용하여 군사정권 하에서의 공포정치를 이화(異化)하면서, 그 현실이 식민 통치의 지속과 다름없음을 폭로하였다. 그 과정에서 "민중"과 그 문화를 발견한다. 그것은 반드시 문자 문화에 의거하는 것이 아니라, 곁말·노래·춤 등을 많이 사용하여 권력을 비판하여 온 구전 문화의 발견이기도 하였다.

현재의 시점에서 볼 때 이러한 "민중"은 지식인의 죄책감이 만들어 낸 존재하지 않는 환상이 아니냐는 비판도 있을 것이다. 다만 여기서 일단 민중으로 명명된 존재는 19세기 유럽 지식인 및 작가가 발견한 "군중", 라이트가 반둥에서 발견한 아시아의 "대중"과는 상이한 자율적 존재이다. 또한 래밍이 "내 백성"으로서 구상한 새로운 집합성, 응구기가 『한 톨의 밀알』의 주역으로 도입한 새로운 국민으로서의 "우리"와도 다르다. 그것은 특정한 인종이나 국민의 틀에 포섭된 적이 없다. 이는 동일한 억압 상황에 있는 사람들이 서로 공통항을 찾을 때 필요한 매개항과 같은 것이다. 그러한 의미에서, 이 두 사람의 행위처럼 공통항을 찾으려는 시도가 곧 반둥회의 이후 가능해진 제3세계주의라고 할 수 있다. 또 이 시도는 반둥회의의 결실인 연대의 한 사례일 것이다(제7장).

이상과 같이 군중에서 대중, 그리고 인민과 민중으로의 변천이 식민지 통치를 거쳐 제국적 통치로부터의 이탈 과정에서 어떻게 표상되어 왔는가라는 것이 이 책에서 일관되게 추구해 온 바이다. 또 하나 이 책에서 목표로 삼은 것은, 탈식민화라고 부를 수 있는 그 이탈 과정이 다른 형태의 통치에 어떻게 계승되는가라는 물음과 그 검증이다. 식민주의의 지속이라는 논점에 관해서는 세로축과 가로축 모두 필요할 것이다. 이 책에서는 제3장 일부, 제4장, 그리고 제7장의 일부에서 논하였듯이 세로축을 중심에 두었다. 주로 제7장에서 검증한 바와 같이, 그것은 신식민주의라는 형태로 구종주국과 신독립국 사이의 정치적·경제적 이해관계의 지속으로서 행해져 온 지배이다.

또 하나는 가로축으로서의 제국 간 네트워크에 대한 비판적 시야이다. 미국은 유럽 및 제국 일본을 포함한 제국주의와의 조정 및 협상을 통해, 일견 식민 지배로는 보이지 않는 형태의 제국적 통치를 고안하였다. 이 미국의 제국주의에 대한 연구는 포스트콜로니얼 분야에서 그다지 이루어지지 않았다(Dalleo 2014). 제국 간의 중층적인 공범 관계를 보다 광범위하게 분석하기 위해서는 리사 로우(Lisa Lowe)가 그 저작 『사대륙의 친밀함(The Intimacies of Four Continents)』(2015)에서 보여주듯이, 19세기 전반의 노예제 폐지 이후 세계적인 식민지 제국이 인도 아대륙 및 중국을 중심으로 한 아시아의 노동력에 의거하여 어떻게 자본주의를 규범화해 나갔는지에 대한 역사적 관점이 필요할 것이다. 예컨대 로우는 윌리엄 메이크피스 새커리(William Makepeace Thackeray)의 『허영의 시장(Vanity Fair)』에 대한 C. L. R. 제임스의 분석을 단서로, 새커리 소설이 언급하면서 은폐하는 아편이라는 상품의 존재와 부재를 지적하고 영국의 군사 제국주의 및 미국의 상업자본의 공범 관계에 대하여 논한다(L. Lowe 2015: 73-99). 이러한 분석은 이 책에서도 통주저음으로서 울려 퍼진다. 제2장에서는 19세기 후반의 네덜란드 동인도회사와 영국 제국주의의 경합적 공범 관계에 대하여 조지프 콘래드의 작품 『로드 짐』을 단서로 논의하였다. 이러한 작업은 역사 자료의 독해를 포함하여 더욱 정밀해지고 확장되어야 할 것이다.

그러므로 향후 과제는 이 신구 제국의 중층적 공범 관계에 대하여 역사적 변천과 동시대적인 중층관계 쌍방을 시야에 넣으면서 어떻게 정밀하게 비판적인 분석을 가해 나갈 것인가이다(이 점에 관해서는 아래의 제4절에서 다시 언급한다).

2. 포퓰리즘과 인민에 대한 물음

본론에서 충분히 다루지 못한 부분도 많다. 앞 절과 「첫머리에」에서는 다음 세 가지 물음을 언급하지 않았다. 첫째, 군중 혹은 민중을 자신의 소유물로 말하려는 태도에 관한 물음이다. 즉 본래는 모멸의 대상이며, 김지하의 표현처럼 '억압자'가 결코 신뢰하지 못하였던 민중이라는 범주를 스스로 대표하는 행위가 무엇을 의미하냐는 것이다. 이는 최근 문제가 되는 포퓰리즘과도 연결되는 주제다. 민중이라는 이름으로 정당화되는 배외주의(排外主義)는 무엇일까? 배외주의와 인종주의를 연관 지어 생각할 때, 특히 구종주국 측의 민족주의적 본질주의가 강화되는 이유는 무엇일까?

둘째, 민중이 스스로 민중이 될 때 무슨 일이 일어나는가 하는 물음이다. 중요한 것은 지명의 문제를 어떻게 생각하느냐 하는 데 있다. 군중 혹은 민중을 그 이름으로 지칭하는 것은, 글을 읽거나 쓸 수 있고 담론 형성의 장에 참여할 수 있는 사람이 어디에 있느냐에 따라 달라진다. 우선 이러한 담론 형성의 외부에서 지명이 이루어지는 경우, 민중에게 요구되어 온 틀에 그 스스로가 들어갈 때 이전까지의 민중은 어떻게 변모하는 것일까[1]? 이들은 타율적 민중이라는 점에서 그람시(Gramsci)가 말하는, 동의를 전제로 한 헤게모니 형성에 참여하는 다수라고 할 수 있다. 반면 내부에서 지명이 이루어지는 경우에 민중은

---

1 덧붙여 여기서 언급한 두 가지 질문은 나카타니(中谷)에 의해서도 시도된 바 있다. 첫 번째에 대해서는 中谷(2013: 330) 참조. 여기서 나카타니는 일본유신회 의원들이 스스로를 민중의 대표라고 하는 태도가 무엇을 의미하는지 묻는다. 이는 포퓰리즘의 선동자에 대한 질문이기도 하다. 후자에 대해서는 같은 책 제5장의 철자법 실천에 대한 논의를 참조할 것.

재귀적이며 어느 정도 자율성을 갖췄다고 볼 수 있다. 이는 부분적으로 이 책의 제3장 제3절에서 투생 루베르튀르(Toussaint Louverture)가 독자에서 작가로 변신해 혁명의 주역이 되는 과정에 대해 제임스가 주목하였던 것과 관련이 있다. 이들은 쓰이는 존재에서 쓰는 존재가 됨으로써 스스로를 지칭할 수 있다는 의미에서 자기 통치적 민중이라고 할 수 있다.

셋째, 사회주의 경험에 관한 물음이다. 특히 이 책과 관련된 범위에서 말하자면, 러시아 혁명이 식민지 출신 지식인과 작가들의 연대 행동에 미친 영향에 관한 것이다. 집단이 어떻게 기록되는가에 대해 묻는 이유는 혁명 전후의 예술과 문학이 가장 이론적으로 꽃피운 시기였기 때문이다. 이에 대해서는 범아프리카주의 운동의 역사와 문헌을 좀 더 면밀히 검토한 후 전개할 필요가 있을 것이다.

최근 인민에 대한 몇 가지 대표적인 논의를 바탕으로 첫 번째와 두 번째 논점에 대해 생각해보고자 한다. 이를 위해 포퓰리즘과의 관계 속에서 설명되는 인민 개념에 대한 두 가지 논의와 사회 운동의 장에서 인민이 무엇을 하고 있는가와 관련된 행위 주체에 대한 논의를 살펴보겠다. 그리고 난 뒤, 이 책에서 논의한 군중·대중·민중과의 공통점과 차이점을 지적하고 마지막으로 결론을 내리려고 한다.

예컨대 에르네스토 라클라우(Ernesto Laclau)는 『포퓰리즘의 이성(On Populist Reason)』(원저, 2004)에서 인민을 "대표 공간 자체에 대한 외재성", "사회적 이질성(social heterogeneity)"으로 명명한다. 또한 그는 인민에 대해, 부분이기를 멈추지 않고 스스로가 전체라고 주장하는 부분임을 정의한다(ラクラウ 2018: 191). 라클라우의 기획에는 포퓰리즘이라는 정치 현상 자체에 부여된 부정적인 이미지를 바꿔서 다시 사용하겠다는 의도가 담겨 있다. 따라서 그 정의 자체가 우파 포퓰리즘과

좌파 포퓰리즘 모두에 응용 가능하다는 것을 전제로 한다는 점에서 매우 양의적이다. 다음 라클라우의 서술을 살펴 보자.

> 이제 알 수 있듯이, '인민'의 구축에는 바로 그 '인민'이 전제로 한 경계를 구축하는 것 또한 수반된다. 경계는 불안정하고 부단히 변화하는 과정 속에 있다. (…) 이는 새로운 헤게모니 게임을 함의한다. 새로운 '인민'은 반드시 새로운 경계의 구축을 통해 대표 공간의 재구성을 요청한다. 시스템의 '외부인'에게도 같은 일이 일어난다. 어떠한 정치적 변혁에도 기존 요구들의 재배치뿐 아니라 새로운 요구(즉, 새로운 역사적 등장인물)의 정치 무대 편입, 혹은 그 반대로 기존에 존재하였던 타자의 배제가 수반되는 것이다.
>
> (ラクラウ 2018: 208)

라클라우는 텐(Taine)에서 르 봉, 그리고 프로이트의 군중심리에 대한 논의를 다루며 군중에 대한 모멸을 고착화해 온 계보를 비판적으로 다시 읽으려 하는데, 이러한 시도는 이 책과도 많은 부분을 공유한다. 다만 인민이라는 개념을 그려낼 때 저자가 위치를 부여하는 대표제도는 이 책에서 다룬 것과 다르다. 물론 여기서 대표 공간으로 설명된 것이 의회 민주주의 제도에만 국한된다고 할 수는 없다. 이러한 정의는 누군가가 들어오면 누군가가 나간다는 것을 암묵적으로 전제하므로 민주주의를 숫자의 문제로 축소해버린다. 라클라우는 명확하게 언급하지 않았지만, 배외주의와 인종주의의 제도화까지도 용인될 수 있다.

포퓰리즘과 인종주의의 접점에 대해서는 자크 랑시에르(Jacques Ranciere)가 가장 정확하게 지적한다. 랑시에르는 '민중' 혹은 '인민'(영어로는 people, 프랑스어로는 peuple)이 실제 정치과정에 개입하는 양

상을 논하지 않는다. 대신 이미지라는 논점을 바탕으로 포퓰리즘과 민중이라는 단어의 차이를 논한다(ランシエール 2015: 152). 포퓰리즘에 대해서 라클라우만큼 가능성을 찾지 못하였지만, 그 양의성은 대부분 공유한다. 예를 들어 포퓰리즘이라는 단어는 배외적 우파에서 급진적 좌파까지를 포함하는 모호함이 특징이며, 어떤 정의를 내리는 데 도움이 되지 않는다는 것이다. 또한 포퓰리즘에 대해 사고하려면 텐에서 르 봉에 이르는 계보에 의해 특징지어지는 군중의 이미지를 불러내야 한다고 본다. 랑시에르는 포퓰리즘을 다음과 같이 정의한다.

> 포퓰리즘의 개념은 (다수로 이루어진 무리의 조야한 힘으로서의) 능력과 (이 다수에게 부여된 무지로서의) 무능력의 가공할만한 조합으로 특징지어지는 민중을 구축한다. 세 번째 특징인 인종주의는 이 건축물의 본질적인 부분이다. 그것은 동시에 배신자로 낙인찍힌 통치자들과 공포의 대상인 외국인들을 향한 소박한 배척 충동에 의해 움직여진 무리들이다.
>
> (ランシエール 2015: 152-153)

랑시에르에게 민중은 포퓰리즘의 작동 주체가 아니다. 왜냐하면 프랑스 입국 제한, 노동자 체류허가증 발급 거부, 무슬림 여성의 스카프·부르카 착용 금지법 등 인종차별적 정책이 민중의 요구에 의해 제도화된 것이 아니기 때문이다. 그것은 "국가 고유의 전략에 기인한다"(ランシエール 2015: 154). 민중에게 민주주의의 함의야말로 포퓰리즘에 의해 흐려지는 것이다. 민중에 대한 부정적인 이미지를 이용하는 사람들에게는, 이민이나 이슬람에 대한 논의 참여가 아니라 "민주주의적 민중 개념 자체를 위험한 집단이라는 이미지와 섞어 버리는 것"이 중요하다(ランシエール 2015: 156-157). 그리고 그에 따르면 민중에는 본국으로 송환되는 노동자나 이민자, 프랑스인이라고 인정받지 못하는 프랑스인이 포함된다(ランシエール 2015: 154-155). 이처럼 랑시에르는, 민중이라는 말이 그 자체로 현재 프랑스의 정치적 쟁점이 될 때에도 그 말을 유효한 비판적 용어로 기능할 수 있는 것으로 재설정한다.

라클라우와 랑시에르가 인민 혹은 민중을 정의할 때 누가 거기에 포함되는지, 혹은 그것이 무엇을 배제하는지와 같은 경계 획정을 둘러싼 질문을 던졌다면, 주디스 버틀러(Judith Butler)는 애초에 인민은 그 자체에 의해서도, 혹은 다른 힘에 의해서도 어떤 형태로든 온전하게 나타나지 않는다는 것을 전제로 한다. 여기에는 두 가지 이유가 있다. 하나는 인민주권과 국가주권을 구분해서 생각해야 한다는 것이다. 국가주권이 영토와 경계에 관한 것이라면, 인민주권에 기초한 인민은 의회의 결정에 동의하거나 거부할 수 있다. 의회 민주주의를 채택한 경우, 의회나 정치인이 사람들의 의지를 모두 대표하지는 않기 때문이다. 그리고 이는 인민주권이 스스로를 국가주권과 항상 분리해서 생각하는 한에서 가능하다. 버틀러에 따르면 "비재현적이고 비표상적이라고 부를 만한 무언가가 정치적 자기-결정의 민주적 형태의 토대가 된다"*180. 이러한 점은 이 책에서 다루지 못한 두 번째 논점인 민중의 자기통치와 관계된다[2](Butler 2015: 170). 다른 하나는 버틀러의 인민론 기저에 있는 신체와 관련된다. 공적인 자리에 모일 수 있는 사람들만이 인민인 것은 아니기 때문이다. 즉 어떤 이유로 모일 수 없는 사람들, 멀리 떨어져 있지만 뜻을 같이하는 사람들이 존재한다. 광장에 모인

2 여기서 인용하는 텍스트는 원래 「우리, 인민: 집회의 자유에 대한 생각들(We, the People: Thoughts on Freedom of Assembly)」로 『인민이란 무엇인가?(What is a People?)』에 수록된 것이지만, 단독 저술로 출간하면서 대폭 가필되었기 때문에 Butler(2015)에서 인용한다.

신체들을 찍은 항공사진이나 자의적인 프레임을 통해 편집된 인민을 보는 것은 가능하지만, 인민이 시간적·공간적으로 동시에 표상되는 것은 원칙적으로 불가능하기 때문이다. 그런 의미에서 인민은 "내부적으로 분열되어 있다"(Butler 2015: 166)*181. 이 분열이라는 말에는 인민이 반드시 같은 것을 주장할 필요가 없고 말하든 침묵하든 공통의 동의가 없어도 되는 내부적 복수성 또한 함축된다.

여기까지는 라클라우와 랑시에르의 논의에서 연장해 생각할 수 있는 범위이지만, 폭력의 문제에 대해서는 이들의 포퓰리즘 이론에 있던 인민 혹은 민중으로부터 도약한다. 버틀러는 신체가 가시적인 것조차 인민의 조건은 아니라고 말한다. 예를 들어 정치범 구류나 체포의 지지, 또는 단식투쟁에 연대하는 전선 안팎의 네트워크도 인민이라는 것이다. 왜냐하면 집회나 공공장소에서의 모임은 감옥에 갇히는 것에 버금가기 때문이다(Butler 2015: 171). 이어서 버틀러는 비폭력 불복종의 직접 행동이 필요함을 역설하면서 집회와 폭력의 관계성에 대해 논한다.

> 비폭력 행동은 때로 폭력적인 권력의 장 안에서 일어나고, 바로 이런 이유로 비폭력은 순수하고 초연한 입장, 곧 폭력의 현장에서 동떨어진 어떤 거리를 취하는 입장이 될 수 없는 것이다.
>
> (Butler 2015: 190)*182

여기에서는 신자유주의적 신체의 구속 속에서 생존을 위해 저항하는 사람들이 상정된다. 그리고 장애인의 비가시화, 트랜스포비아 등 신체 구속으로 인해 늘 발생하는 항쟁을 논의해야 한다는 점을 강조한다. 버틀러는 월스트리트 점거 운동, 카이로의 타흐리르 광장, 이스탄

불의 게지 공원과 같은 운동 현장에서의 실천을 지침으로 삼으면서 다양한 신체의 출현이라는 의미에서 인민을 재정의한다.

이처럼 주디스 버틀러가 제시하는 인민의 모습은 군중이라는 형태가 가질 수 있는 잠재적이며 가시적인 양태의 행동 지침으로 부족함이 없다. 특히 인민이 무엇인가라는 질문 이상으로 그들이 무엇을 할 수 있는가에 비중을 두고 논한다는 점에서 매우 실천적이다.

하지만 버틀러의 논의에 의문이 들지 않는 것은 아니다. 이를테면 국가주권과 인민주권의 분리에 대한 부분이 바로 그것이다. 버틀러의 말처럼 후자가 전자를 비판적으로 검토하는 한에서 이 둘 사이의 거리가 유지될 수 있다는 점은 이념적으로는 맞는 말이다. 다만 주권이라는 용어를 사용하는 순간, 인민주권이 국가주권의 경계에 인접한 국민주의로 변질될 가능성을 피할 수 없을 것이다. 주권이라는 말 자체에는, 실제로 그렇지 않은데도 마치 사람들이 정치에 대한 결정권을 가지고 있는 것처럼 보이게 하는 효과가 있기 때문이다(예를 들어 2013년 4월 28일을 '주권 회복의 날'로 기념한 국가를 생각해 보면 이를 알 수 있다). 물론 헌법 등에 의해 국민주권은 보장된다. 따라서 국가주권과 인민주권의 분리에 수긍하면서도 그것이 어디까지 가능한지 의문을 품는 것도 중요하다.

한 가지 더 지적하자면, 주권이라는 말은 의회 민주주의와 거리가 먼 국민주의 형성과 분리될 수 없을 뿐 아니라 환상적 차원의 결여, 더욱이 결코 채울 수 없는 결여를 만들어낸다는 점에서 괴물적인 부분이 있다[3]. 그 이유 중 하나는 주권이라는 단어 자체의 기원이 국제법 형성 과정에 있다는 점과 관련된다. 즉, 유럽 국가들이 스스로 통치할

3 환상적 차원의 국가의식 형성에 대해서는 Rose(1996: 1-15) 참조.

수 있는 지역과 그렇지 않은 지역을 나누고 "문명화된" 지역과 "비문명화된" 지역으로 세계를 양분하는 과정에서, 주권이라는 개념을 정립하였기 때문이다. 국제법 형성 과정에 식민주의의 역사가 깊이 관련되며 "주권 이론은 식민지와의 만남에 의해 등장하였다"라는 것이다[4] (Anghie 2005: 2-3).

이 역사성이 보여주는 것은 일종의 아포리아 같은 상황이다. 한편으로 주권이라는 단어 자체는 매우 신중하게 사용해야 할 수밖에 없다. 이미 말한 것처럼 이 말 자체가 영토 개념을 기정사실화하여 확장주의적 국가 정체성으로 스스로 동일화하는 것을 손쉽게 가능하게 할 위험이 있기 때문이다. 다른 한편으로 이 책에서도 비판적으로 검토한 제국 간 공범적 네트워크에 의해 지배되어 온 지역을 볼 때, 현재 주권이라는 단어로 표현되는 것에 연연할 수밖에 없는 이유를 충분히 이해할 수 있다. 타국에 의한 지배를 비판하고, 식민주의와 그 이후 경제적·정치적 지배의 지속인 신식민주의에서 이탈할 근거로 주권의 필요성이 여러 차례 언급되었기 때문이다.

그렇다면 주권이라는 말을 완전히 포기하고 국가를 초월한 개개인의 만남을 지지하는 것이 좋을까? 이 책은 그런 입장을 취하지 않는다. 제국적 지배에서 벗어나기 위해서는 어떤 집단적 저항이 필요하기 때문이다. 오히려 이러한 주권이라는 단어의 아포리아에 주의하면서 "지배 없는 세계 만들기"에 대한 끊임없는 시도가 필요한 것은 아닐까 (Getachew 2019)?

4 L. Lowe(2015: 195-196) 참조.

3. 폭력과 비폭력, 그리고 지배를 둘러싸고

이제, 세 명의 논자가 말하는 인민 혹은 민중과 이 책에서 논의한 집합성의 접점에 대해 이야기하고자 한다. 「첫머리에」에서도 언급한 튀니지 출신 연구자 사드리 키아리(Sadri Khiari)는 다음과 같이 정의한다.

> '인민이란 무엇인가'라는 물음에 대해서는 당연히 '무엇에 대항하여 그 인민이 형성되는가'라는 또 다른 물음으로 대답하여야 한다. (…) 인민이란 힘의 제 관계이며, 하나의 역사이다. 즉 힘의 제 관계에 대한 역사이다.
> (キアリ 2015: 125-126)

이 간결하고 명쾌한 정의에 따르면, 지금까지 검토하여 온 세 명의 논자가 무엇을 적대적인 것으로 상정하여 인민에 대해 질문해왔는지는 이렇게 정리할 수 있을 것이다. 라클라우의 경우, 그것은 정치적인 대표 제도이다. 그는 그 외부로서 포퓰리즘을 위치시켰다. 이때 주 행위자인 인민은 새로운 경계 획정의 객체이자 주체였다. 다음으로 랑시에르는 민중이라는 범주를 포퓰리즘의 주체(라고 상정되는 "위험한 군중")와 구분하는 데 주력하였다. 랑시에르는 민중에게 노동자의 이미지를 다시 부여하고, 이민자를 비롯한 새로운 사람들이라는 이미지를 창출하는 데에 중점을 두었던 것이다.

라클라우가 vertreten(독일어로 '대표하다', '대리하다')을 의미하는 represent에 대하여 언급하였다면, 랑시에르는 darstellen('상연하다', '그려내다')을 의미하는 represent의 작용에 대하여 언급하였다고 볼 수 있다. 반대로 버틀러는 인민이 비재현적이고 비표상적이라는 점,

즉 represent가 지닌 두 가지 의미의 불가능성을 출발점으로 삼았다. 버틀러가 말하는 인민에 대치되는 것은 압도적인 폭력이다. 또한 그것은 대항 폭력과도 무관하지 않다는 의미에서, 단일화를 강요하는 힘에 대한 거부를 드러낸다. 그렇다면 이 책에서 논한 식민지와 제국의 역사, 그리고 그에 대한 저항 운동에서 중요한 행위자였던 여러 집합체(군중·대중·민중)는 이 폭력과 어떠한 관계일까?

우선 버틀러가 논한 인민과 폭력의 관계를 되짚어보고자 한다. 폭력을 가시화하기 위한 비폭력 직접행동이라는 논점은, 킹(King) 목사나 버틀러가 인용한 간디(Gandhi)의 운동 지침이기도 하였다. 비폭력은 폭력에 대하여 아무 말도 하지 않고 아무것도 하지 않는 무기력 상태를 가리키지 않는다. 비폭력인 동시에 불복종의 직접행동이기 때문이다. 비폭력 직접행동은 폭력이 지배하는 장에 비폭력의 신체를 노출시킴으로써 구조적 힘의 압도적 불균형을 가시화하는 데 효과적이다[5]. 월스트리트 점거 운동과 아랍의 봄 이후, 이러한 지침은 집회 및 가두시위에서 유효하였다. 혹은 근대의 국가란 폭력을 독점하는 정치결사체라는 막스 베버(Max Weber)의 말을 빌리지 않더라도, 현대의 여러 국가는 기술과 무력에 대한 압도적인 집중과 통합을 전제로 한다. 그러한 상황 앞에서 사람들의 창의성과 탐구력, 그리고 서로를 배려하는 마음은 이 같은 비폭력 직접행동을 지속할 수 있게 한다.

이러한 인민의 양상은 맥락과 역사성에서 떼어놓을 수 없다. 예를 들어 1970-1980년대에는 제3세계의 민족해방을 위한 무장투쟁 노선이 여전히 유효하였다. 바로 김지하나 응구기가 글을 쓰던 시기이다.

5 이 비폭력 불복종 직접행동이 지니는 저항 형태에 대해서는 酒井隆史(2016)를 참조할 것.

이 책의 제7장 마지막 부분에서 다룬 응구기의 『십자가 위의 악마(Devil on the Cross)』는 주인공 와링가(Wariinga)가 자신을 괴롭혀 온 돈 많은 노인네를 총살하면서 끝을 맺는다. 그렇다면 응구기가 말하는 민중은, 이러한 폭력성을 내재시키고 폭력에 의존하는 존재일까? 이른바 폭력의 긍정, '문명'에 도전하는 '테러리즘'이라는 반응은 쉽게 예상된다. 그 시대에 폭력이 가졌던 의미를 현재의 기준으로 판단하는 일은 그다지 의미 있지 않다. 왜냐하면 폭력은 압도적인 힘의 집중과 편차 속에서 피억압자들이 매달리는 최후의 수단이기 때문이다. 이런 맥락에서, 죽음으로 전 세계 정상들의 찬사를 받았던 넬슨 만델라(Nelson Mandela)를 영국 총리 마가렛 대처(Margaret Thatcher)가 테러리스트라고 불렀던 사실은 시사적이다. 응구기나 김지하의 시대에도, 식민지기부터 지속된 경찰기구와 군대조직의 압도적인 힘에 사람들은 생존과 존엄을 걸고 대치해야 하였다. 그러한 구조 속에서 거의 유일한 저항 기반이라는 의미로 민중 혹은 인민이라는 명명이 있었음을 잊어서는 안 될 것이다.

19세기 영국·프랑스를 중심으로 한 유럽 제국주의(여기에 19세기 후반 이후의 제국 일본을 포함해도 좋을 것이다)는 아시아나 아프리카 사람들을 군중으로 명명하고 공포의 대상으로 삼았다. 또한 이와 같은 담론 속에서 무력으로 토지를 수탈하고 저항 운동을 탄압하였다. 이때 개인의 삶과 신체를 지탱하면서 동시에 복수의 존재로서 살아가는 사람들을 어떻게 명명하는가, 그리고 그 명명의 회로를 어떻게 획득하는가 하는 것은 그 자체로 투쟁의 장이었다. 이는 제국으로부터의 이탈이 그 가능성을 가시화한 이후에도 초미의 과제로 남아 있었다. 그러한 명명의 예가 제임스의 "대중", 래밍의 "내 백성", 응구기와 김지하의 "민중"이다[6]. 그러나 이들 작가나 지식인이 시사한 바는 정치

공간에서 이루어지는 대표에 대한 논의에 국한되지 않으며, 숫자의 문제로 집합성을 생각한다는 것은 더욱 아니다. 왜냐하면 '정치적 권력을 탈취한다', 혹은 라클라우가 정의한 인민처럼 "대표 시스템 안에서 일정한 자리를 차지한다"라는 의회 민주주의를 전제로 한 전략과는 양립할 수 없기 때문이다.

군중이라는 형상이 식민지와 제국으로부터의 이탈에 기여한 역할을 확인하면서, 거기에 현대 사회 운동의 중요한 행위자로 재평가되는 인민에 대한 물음을 연결하는 것은 이 책이 강조해 온 바이다. 「첫머리에」에서 언급한 것처럼 "영역 침범적"으로 "왜곡"해서 걷고 "이야기의 일관성을 반복해서 중단"하는 코로스(choros), "집요한 개입"을 멈추지 않고 "정위 불가능한 타성 속에서 정위하는" 발화 방식을 지향하는 예견적 집단성이야말로 식민 제국의 잔재를 조금씩이나마 해체하는 데 필요한 지침일 것이다.

4. 앞으로의 전망 — 비교냉전문학사를 향하여

마지막으로 이 책 이후의 전망에 대해 간략하게 언급한다. 이 책의 제7장에서 다룬 응구기와 김지하는 모두 감옥 또는 수용소 수감 중 "민중"에게 말을 걸고 글을 쓰는 것을 의식화하였다. 이 움직일 수

---

6 알랭 바디우(Alain Badiou)는 인민을 이끄는 당의 역할과 마르크스적 국가 소멸이라는 단계론적 목적론에 근거하여 민족해방 노선의 인민[특히 마오쩌둥(毛澤東)의 항일전선과 투생 루베르튀르의 아이티 혁명]에 대해 적극적으로 평가한다. 그리고 인민이 국가를 획득한 시점에서 "정치적 주체가 되는 것을 멈춰라", "수동적인 군중이 되어라"라고 말한다(バディウ 2015: 13). 그러나 이 도식적 분류는 응구기나 김지하가 논한 신식민주의 현실과 맞지 않아 설득력이 떨어진다.

없는 상태, 이동의 자유가 구속된 상태에서 무엇이 가능할까? 어쩌면 움직일 수 없기 때문에 의식할 수 있거나 상상할 수 있는 영역이 있지 않을까? 이러한 물음과 관련하여 감옥에서 본 연대의 가능성과 불가능성, 특히 그러한 폐쇄된 영역에서 '대중'을 보는 방식에 주목한다면 무엇이 보일까? 단적으로 말하면, 탈식민화는 해방 그 자체나 통치로부터의 이탈을 의미하지 않는다. 그것은 구제국과 신제국의 통치 공범 관계가 이루어지는 지대가 등장할 것이라는 섬뜩한 예감을 불러일으킨다.

한 가지 예를 들어 살펴보자. 이 책 제3장에서 다룬 C. L. R. 제임스는 『블랙 자코뱅』 집필 후 미국으로 건너가 트로츠키주의자로서의 활동을 계속한다. 이후 점차 트로츠키주의에서도 벗어나 독자적인 마르크스주의를 추구하였다. 제임스는 1952년 6월에서 12월까지 약 반년 동안 뉴욕 이민국이 있는 엘리스섬에 수감된다. 1950년 한국전쟁 개전 이후 1952년에 매카런 월터법(The McCarran-Walter Act)이 제정된다. 매카런 월터법은 당시 불어닥친 매카시즘을 정당화하는 데 기여하였다. 과거로 소급하여 죄상을 만들어 낼 뿐만 아니라 '공산주의자'를 생산하고 배제하는 악몽 같은 법이다. 제임스는 수감 중에 집필한 허먼 멜빌(Herman Melville)에 관한 논의인 『선원, 배교자, 유착자(Mariners, Renegades and Castaways)』(1953)의 마지막 장에서 엘리스섬에서 겪은 고충을 상세히 서술한다. 그는 몇 번이나 구속집행정지를 신청하였지만 받아들여지지 않았다. 흥미로운 것은 제임스가 자신의 곤경을 기술하면서 자신의 상황을 한국전쟁 하의 포로와 중첩시킨다는 점이다. 그것도 연합국 측의 군인이 아니라 한반도 남쪽에 위치한 거제도의 광대한 포로 수감 시설에 수용된 중국과 북한의 포로이다. 제임스가 포스트트로츠키주의자로 활동하였던 때도 있었기 때문에 공산당에서는 오히려 반발하였다. 반면 반공 정책을 펼치는 미국에서는 제임스 자신도 공산주의자 취급을 받았다.[참고로 제임스의 상황은, 흑인 운동가를 감시하고 킹 목사의 암살이나 블랙팬서당(Black Panther Party)의 교란에 중심적인 역할을 하였던, 훗날 FBI 국장이 되는 에드거 후버(Edgar Hoover)에게 일일이 보고되었다.] 그런 가운데 태평양을 사이에 두고 비슷한 상황에 놓인 사람들에게 자신을 중첩시킨다는 행위는 무엇을 의미하는 것일까?

이는 어디까지나 하나의 사례에 불과하지만, 보다 넓은 시야에서 보면 비교냉전문학사의 틀로 살펴볼 수 있을 것이다. 즉 환대서양 지역 및 환태평양 지역의 제2차 세계대전 이후 냉전기에서의 탈식민화 과정을 비판적인 관점에서 비교하는 것이 가능하다. 특히 카리브해 지역을 중심으로 한 환대서양 지역이 겪은, 영국과 프랑스 식민지로부터의 독립이나 추가적인 종속을 포함한 탈식민화 과정은 미국에 의한 군사 점령 등의 영역 지배로 이어져갔다. 한편 동아시아, 특히 한반도와 오키나와 등 제국 일본의 지배하에 있던 지역이 미국에 인계되어 통치가 계속되었다. 지금까지 이 쌍방의 과정에 대한 부분적인 언급은 있었지만 이들은 거의 별개의 사태로 연구되어 왔다.

이 책에서는 '군중'이나 '대중', '국민'이나 '민중' 등의 단어의 사용법이 식민화에서 탈식민화를 거쳐 어떻게 변화하였는지를 계보적으로 검토하였다. 한편, 이 비교냉전문학사에서는 가로축의 역사성에 역점을 둔다. 그렇게 함으로써, 통치 네트워크가 가진 역사성을 보다 시간을 근간으로 한 것으로 논할 수 있게 된다. 예를 들어 조지 래밍의 『내 피부의 성에서』(1953), 사무엘 셀본(Samuel Selvon)의 『밝은 태양(A Brighter Sun)』(1952)·『외로운 런던 사람들(The Lonely Londoners)』(1956), 폴 마샬(Paule Marshall)의 『갈색의 소녀, 벽돌색의 집(Brown

Girl, Brownstones)』(1959)에는 1950년대의 카리브해 지역의 미군정 상황에 대한 직접적·간접적인 언급이 있다. 이들 작가의 작품에는 분명히 카리브해 지역 출신자가 미군정 네트워크 속에서 이동하여 한국전쟁이나 태평양전쟁에 참전한 흔적이 담겨있지만, 이를 일관되게 살핀 연구물은 없다.

최근 미국을 중심으로 활동하는 작가들이 한국전쟁을 소재로 한 작품을 발표하였다. 토니 모리슨(Toni Morrison)의 『홈(Home)』(2012), 하진(Ha Jin)의 『전쟁 쓰레기(War Trash)』(2004) 등이 그 대표적인 예이다. 토니 모리슨의 작품은 한국전쟁에 참전한 흑인군을 묘사하였으며, 하진은 제임스가 언급한 거제도의 포로를 주인공으로 삼아 그가 연합국 측과 공산권 측을 통역으로 오가는 모습을 그렸다.

앞서 언급한 카리브 문학뿐만 아니라 이들도 비교 대상으로 포함시킬 수 있다면, 환태평양 지역과 환대서양 지역을 연결하는 보다 포괄적이고 중층적인 시점을 제시할 수 있지 않을까? 시간이 걸리겠지만 서두르지 않고 차근차근 해나가고자 한다.

감사의 말

*

이 책이 지금의 모습을 갖추기까지 많은 분의 도움을 받았다. 와세다 대학(早稲田大學)에서 영미문학 전공으로 학부와 석사 과정을 지내는 동안 나를 지도하여 주신 오다시마 고시(小田島恒志) 선생님. 오다시마 선생님께서는 문학 텍스트를 신중하게 읽는 법을 가르쳐 주셨다. 석사논문을 심사하여 주신 그레이엄 로(Graham Law) 선생님, 고(故) 후지모토 요코(藤本陽子) 선생님. 석사논문을 제출한 지 얼마 되지 않았을 무렵, 독서 모임에 초대하여 주신 콘래드 협회의 야스코 시다라(設樂靖子) 씨. 퀸 메리 런던 대학(Queen Mary University of London)에서 유학하던 시절, 두 번째 석사논문을 지도하여 주신 빌 슈워츠(Bill Schwarz) 선생님과 크리스 캠벨(Chris Campbell) 선생님. 특히 유학 생활 동안 슈워츠 선생님께서 여러 가지로 신경을 써주셔서 정말 행복한 배움의 시간을 보낼 수 있었다.

박사논문을 심사하여 주신 나카이 아사코(中井亞佐子) 선생님, 우카이 사토시(鵜飼哲) 선생님, 쓰쿠바 대학(筑波大學)의 사이토 하지메(齋藤一) 선생님께 특별히 감사의 뜻을 전하고 싶다.

지도교수인 나카이 아사코 선생님께는 특히나 많은 도움을 받았다. 나카이 선생님께 학자로서 갖추어야 할 기본 자세를 배울 수 있었다. 진지하게 대상에 집중하는 것, 문헌을 꼼꼼히 읽는 것, 그리고 성실한 자세로 글쓰기에 임하는 것. 박사에 진학한 후 나카이 선생님의 『타인의 자서전(他者の自傳)』을 읽었다. 그때 이 분야에서 더 이상 할 수

있는 일이 있을까 감탄하였던 것이 어제의 일처럼 생생하다. 학생으로서 전혀 우수한 편은 아니었지만, 다양한 일을 맡겨주신 덕분에 나 자신도 몰랐던 힘을 끌어낼 수 있었다. 한마디로 표현할 수 없을 정도로 감사한 마음이다. 박사논문 출판으로 선생님께 작게나마 보답할 수 있게 되었을지도 모르겠다.

우카이 사토시 선생님의 수업에서는 나의 전공이 아닌 철학과 사상을 다루었기에 따라가기가 벅차기도 하였다. 장 주네(Jean Genet)와 자크 데리다(Jacques Derrida)에 대한 섬세하고 깊은 사유뿐 아니라 운동에도 관심을 그치지 않는 자세를 통하여, '이런 분이 대학이라는 곳에 있구나' 하는 경이로움에 가까운 감명을 받았다. 세상이 크게 요동치는 사건이 일어날 때마다, 선생님께서는 처음부터 새롭게 공부하려 하셨다. 선생님께서 보여주신 이러한 자세는 매번 신선한 놀라움을 안겨주었다. 우카이 선생님으로부터 대학에서의 자유란 무엇인가에 대하여 많은 것을 배웠다. 선생님께서 세미나에서 말씀하신 것을 어떻게든 이해하고 싶었다. 당시 유학과 박사논문 집필로 바쁘기도 하였지만, 좀 더 수업에 충실히 참여하였더라면 하는 아쉬움이 지금에야 든다. 그때까지는 영문학 관련 공부만 했었기 때문에 나의 얕은 지식에 부끄러움도 느꼈다. 선생님과 선생님의 세미나에서 만난 사람들에게 받은 자극은 헤아릴 수 없이 컸다.

석사논문 제출 후, 사이토 선생님의 『제국 일본의 영문학(帝國日本の英文學)』을 읽고서 막막함을 느꼈다. 결국 다른 방향으로 가게 되었지만, 여전히 나에게 하나의 중요한 지침으로 남아 있다. 나는 석사논문에서 콘래드(Conrad)의 초기 작품을 바탕으로 군중과 공동체, 그리고 서구 식민주의를 비판적으로 다루었다. 그러나 『제국 일본의 영문학』을 통하여, 서구 식민주의를 비판하는 작업이 오히려 일본의 식민주의

에 대하여 눈을 감는 것처럼 비춰질 수 있다는 사실을 깨달았다. 선생님께서 심사에 참여해 주셔서 기뻤다.

2008년부터 우카이 선생님의 세미나에 참여한 이진경 선생님께 특별히 감사의 말씀을 드리고 싶다. 서울의 연구 활동 단체 '수유+너머'에서 활동하던 선생님께서 함께 스터디를 해보자고 제안해 주신 덕분에 함께하는 공부의 중요성을 알게 되었다. 이후 이진경 선생님과 함께 신지영 씨도 합류하여 '태평양을 헤엄치는 마을(太平洋を泳ぐ村)'이라는 이름으로 공부 모임을 지속 중이다. 지영 씨의 에너지와 친절함에 늘 힘을 얻는다. 이 연구회에서 배운 것들은 말로 표현할 수 없을 정도로 많다. 이마즈 유리(今津有梨), 로빈 바이체트(Robin Weichert), 오다 다케시(小田剛), 가타오카 유스케(片岡佑介), 기미시마 도모유키(君島朋幸), 김이진, 사키마 아야(佐喜眞彩), 사쿠모토 가나(佐久本佳奈), 앨리슨 다비(Alison Darby), 다케모토 니나(嶽本新奈), 도리이 마유미(鳥居萬由實), 니시 료타(西亮太), 반조노 히로야(番園寛也), 마에다 마사히코(前田雅彦), 마쓰다 준(松田潤), 야마우치 아케미(山内明美), 야마구치 유키(山口侑紀), 와다 요시히로(和田圭弘) 씨에게도 감사하다.

그 외 연구회와 독서회, 각종 모임에서 도움을 주신 동학과 선생님들께 감사드린다(존칭 생략). 이안 토마스 아쉬(Ian Thomas Ash), 아베 코스즈(阿部小涼), 이사 유키(伊佐由貴), 이노우에마 마유모(井上間從文), 이와카와 아리사(巖川ありさ), 이와사키 미노루(巖崎稔), 우에하라 고즈에(上原こずえ), 우에마쓰 노조미(植松のぞみ), 우에무라 다카시(上村崇), 마야 보도피벡(Maja Vodopivec), 엔조지 아야(圓城寺あや), 오세종, 오노 미츠아키(大野光明), 오가사와라 히로키(小笠原博毅), 오쿠마 가쓰야(奥間勝也), 오다와라 린(小田原琳), 노부유키 가키기(柿木伸之), 가라카와 에미코(唐川恵美子), 가와구치 다카오(川口隆夫), 구노 료이

치(久野量一), 벤 그랜트(Ben Grant), 고영란, 고노 신타로(河野眞太郎), 고토 미치오(後藤道夫), 고토 유우(後藤悠), 사카이 나오키(酒井直樹), 사카모토 히로코(坂元ひろ子), 사키야마 마사키(崎山政毅), 시부야 노조무(澁谷望), 레베카 제니슨(Rebecca Jennison), 신 구니오(秦邦生), 신조 이쿠오(新城郁夫), 신조 다케카즈(新城兵一), 스즈키 신이치로(鈴木愼一郎), 스나노 유키토시(砂野幸稔), 스노세 준(須納瀬淳), 존 솔로몬(John Solomon), 다사키 마나미(田崎眞奈美), 도이 도모요시(土井智義), 도쿠다 마사시(德田匡), 도쿠나가 리사(德永理彩), 도베 히데아키(戸邊秀明), 나카무라 다카유키(中村隆之), 나카야 이즈미(中谷いずみ), 니시 마사히코(西成彦), 리랜드 버클리(Leland Buckley), 하마 구니히코(浜邦彦), 하마 하루카(濱治佳), 하야카와 아쓰코(早川敦子), 히가시 다쿠마(東琢磨), 히라노 아키히토(平野曉人), 후지모토 슈헤이(藤本秀平), 알렉스 브라운(Alex Brown), 백선기, 크리스찬 혹스버그(Christian Høgsbjerg), 호시노 마사시(星野眞志), 호시노 모리유키(星埜守之), 호시노 미치코(星埜美智子), 마쓰무라 미호(松村美穗), 마쓰모토 마리(松本麻里), 미조구치 아키코(溝口昭子), 무라카미 요코(村上陽子), 모치키 료타(持木良太), 모토하시 데쓰야(本橋哲也), 모리 게이스케(森啓輔), 마누엘 양(Manuel Yang), 다니엘 영(Daniel Young), 이정화, 임유철.

박사논문을 쓰는 동안, 오키나와·다카에의 헬리패드 건설 문제에 대하여 고민하고 행동하는 '윤타쿠 다카에(ゆんたく高江)'라는 모임에 자주 참가하였다. 처음 다카에를 방문한 것은 2009년이었던 것 같다. 다카에에 대하여 처음 알려준 호시노 메구미(星埜惠) 씨께 감사의 말씀을 전한다. '윤타쿠 다카에'에서 만난 사람들과의 교류가 없었다면, 이 책의 기초가 된 논문은 매우 단조로운 작업에 그쳤을 것이다. 다카에 주민들과 주민자치회 분들께도 감사의 말씀을 전하고 싶다. 이후

때때로 함께 활동하였던 One Love 다카에의 여러분께도 마찬가지다.

박사논문 제출 후 와세다 대학 문학부와 국제교양학부에서 비상근 강사로 학생들을 가르쳤다. 이때 수업에 함께하여 준 학생들에게 감사드린다. 학생들을 가르치면서 생각한 것들이 박사논문을 수정할 때, 그리고 박사논문 이후의 연구를 진행하는 데 큰 도움이 되고 있다. 수업을 준비하면서, 학생들의 질문에 어떻게 대답해야 할지 고민하면서 여러 가지가 떠오르거나 연결되는 경우가 많았다. 현재 몸을 담고 있는 도쿄 이과 대학(東京理科大學) 공학부에서도 소설 읽기 수업을 맡게 되어 매번 알찬 시간을 보내고 있다. 여기서도 배우는 점이 많다. 수강생들에게 무척 감사하다.

2014년에 도쿄 이과 대학 공학부에 부임한 이래, 훌륭한 동료들과 함께 좋은 연구 환경에서 공부하는 중이다. 이공계가 주류를 이루는 가운데, 연구회를 비롯한 다양한 교류의 장이 소수자를 위한 기반이 되고 있다. 이러한 점에도 감사함을 느낀다.

그리고 게쓰요샤(月曜社)의 간바야시 유타카(神林豊) 씨와 고바야시 히로시(小林浩) 씨. 특히 이 책의 출판에 힘을 실어준 고바야시 히로시 씨께 감사를 표하지 않을 수 없다. 끝이 보이지 않는 수정 작업에 인내심을 가지고 함께하여 주셨을 뿐만 아니라, 멋진 책을 완성하도록 도와주셨다. 정말 감사하다.

박사논문 제출 후 세이케이 대학(成蹊大學)의 엔도 후히토(遠藤不比人) 선생님께 논문을 드렸는데, 이후 오랜만에 뵈었을 때 박사논문을 책으로 내보라고 권유하여 주셨다. 진지하게 하신 말씀이 아니었을지도 모르지만, 선생님의 조언으로 번역을 시작하여 수차례 수정과 첨삭을 거쳐 드디어 출간을 하게 되었다. 계기를 만들어 주신 엔도 선생님께 감사드린다.

또한 수정의 마지막 단계에서 초고를 읽어주신 마쓰다 준(松田潤), 가타오카 유스케(片岡佑介), 아이하라 아야코(栗飯原文子) 세 분께도 감사드린다. 세 분께서 해주신 지적은 다시없을 정도로 유익하였다. 한 분 한 분의 날카로운 지적에 부끄러울 정도로 스스로의 부족함을 절감하게 되었다. 모든 지적을 다 받아들일 수는 없었지만, 정확하고 엄중한 비판과 조언을 아끼지 않아 주셨다. 무척 감사하다. 세 분 덕분에 이전보다 훨씬 더 읽기 편한 책으로 완성할 수 있었다. 그럼에도 불구하고 읽기 어려운 부분이나 의미 파악이 어려운 부분, 실수 등이 있다면 당연히 모두 나의 책임이다.

*

이 책의 계기가 된 아이디어는 2007년 와세다 대학에 제출한 석사논문에서 시작되었다. 그러나 이후 군중과 문학 그리고 식민주의 비판을 연결하여 박사논문의 주제로 확장하는 데에는, 「첫머리에」에서도 언급하였듯이 2011년 일본 대지진 및 후쿠시마 제1원자력발전소 사고에 따른 사태가 큰 영향을 미쳤다. 현 상황에 대하여 생각을 멈추지 않고 목소리를 높이는 분들이 이토록 많다는 것에 놀라움을 느꼈다. 또한 나 자신도 그 일부가 되어 사회를 변화시키는 데에 일조할 수 있다는 믿음이 생겨나기도 하였다. 이 책의 기초가 된 히토쓰바시 대학(一橋大學)의 박사논문은 데모와 집회에 참가하면서 읽고 쓰기를 반복한 가운데 탄생하였다. 지금 생각해보면 이 책의 집필에 이보다 더 적절한 시기도 없었던 듯하다. 일종의 낙관주의 같은 것이 이 책을 관통하고 있다면, 그것은 사회에 잠재되어 있던 체제순응주의와 배타주의가 뚜렷하게 분출되기 직전에 쓰였기 때문일 것이다.

후에 박사논문을 다시 읽어보니 역시나 아쉬움이 남았다. 그중 가장 큰 부분은 경험을 어떻게 역사화할 것인가 하는 문제에 대한 안이함이었다. 작가와 사상가는 역사 속에 살고 있다는 것, 또한 그들이 19세기 후반 제국주의 전성기 이후의 세계변동 속에 존재한다는 것, 그 현상을 현재의 시점에서 비판적으로 분석하고 읽어내는 것, 이 세 가지를 거시적·미시적으로 설득력 있게 조합하여 독자에게 제시하는 것. 비록 완벽하지는 않더라도 이런 이상에 가까워지도록 원고를 수정하고자 노력하였다. 이 부분이 얼마나 성공적이었는지는 독자의 판단에 맡기고 싶다.

그래도 여전히 아쉬움이 남는다. 중요한 무언가를 빠뜨린 채로 시작과 끝이 있는 아름다운 이야기를 그려버린 것은 아닐까 하는 불만이자 불안 때문이다.

교정쇄를 위한 원고를 마무리하고 외할머니를 만나러 갔다. 할머니께서는 줄곧 기후현에 계시다가 얼마 전에 친척이 있는 아이치현 나고야 시내의 시설로 옮기셨다. 안부를 주고받다가, 방 벽에 붙은 사진으로 이야기가 넘어갔다. 할아버지께서 돌아가신 후 친척들이 정리한 짐에서 나온 것이었다. 할머니의 아버지, 즉 나에게는 증조부에 해당하는 분의 사진을 보았다. 할머니 말씀으로는 증조부께서는 시베리아 출병에 참여한 군인이었다고 한다. 또한 나중에는 기후로 돌아와 철물점을 운영하다가 이웃의 권유로 조선으로 건너가게 되었다고도 말씀해주셨다. 할머니와 증조부는 서울에 있던 용산공업이라는 회사에 다녔다고 한다. 증조부 일가가 조선에 살았고, 패전 후 증조부가 조선인 노동자들에게 쫓겨나 도망쳤다는 사실은 이미 알고 있었다. 그러나 시베리아와 용산공업에 대한 이야기는 처음 듣는 것이었다. 나의 인식 부족에 씁쓸함을 느끼며 역까지 걸어 돌아 왔다. 말로 표현하기 어려운 부끄러움이 너무나도 생생하게 느껴졌다. 아직까지 그때의 충격이 지워지지 않는다. 한동안 고민한 끝에, 할머니가 보았던 것을 재현하면서 그것을 배반하는 형태로 역사를 서술하고 문학을 연구할 필요가 있겠다는 결론에 이르렀다. 그것이 가능할지는 여전히 확신할 수 없지만 말이다.

*

마지막으로 부모님과 가족에게 감사의 말을 전하고 싶다. 아버지와 어머니께서는 여러 면에서 많은 도움을 주셨다. 감사한 마음을 말로 다 표현할 수는 없지만, 한 가지 형태로라도 보여드릴 수 있었기를 바란다. 그리고 아야코(文子) 씨. 항상 옆에 있어 주고, 엉뚱한 이야기를 함께해 주어 고맙다. 당신이 보여주는 아프리카 문학 연구자로서의 자세와 각오를 통하여 배우는 점이 많다. 아야코 씨의 응원 덕분에 책을 완성할 수 있었다. 나는 아직 연구자로서나 한 인간으로서나 미숙한 존재이지만, 앞으로도 계속 함께 걸어가고 싶다.

2021년 초봄

옮긴이 후기

*

“인민은 행방불명이다”라는 파울 클레(Paul Klee)의 말을 인용하면서, 질 들뢰즈(Gilles Deleuze)는 아직 도래하지 않은 인민에게 말을 건네지 않는 예술이란 있을 수 없다고 덧붙였다. 그에 따르면 예술가에게 인민은 어디에서든 무엇으로든 포착되지 않는 존재이며, 예술은 부재하는 존재인 인민을 향해 끊임없이 말을 거는 행위이다. 들뢰즈는 그러한 행위로부터 예술과 인민의 정치적 가능성을 발견하고자 했다. 이렇게 볼 때, 요시다 유타카(吉田裕)의 『갖지 못한 자들의 문학사(持たざる者たちの文学史)』 역시 인민을 행방불명된 존재로 여기는 전제를 공유한다고 할 수 있다. 집합적 인간 범주로 명명되어온 군중·군집·대중·다중·인민·민중 등을 단일한 의미와 이론으로 고정해 이해하는 방식으로부터 탈피하는 방향성을 지니기 때문이다. 그렇기에 저자는 섣불리 이들 용어에 정의(定義)의 낙인을 찍지 않는다. 대신 다음과 같이 느슨한 설명을 부가할 뿐이다.

> “영역 침범적”으로 “삐뚤게” 걸으면서 “서사의 일관성을 반복하여 중단”하는 코로스. “끈질기게 개입하는” 것을 멈추지 않고 “자리매김할 수 없는 타성에 자리매김하는” 어법을 지향하는 예견적인 집단성. 주요 서사에 무례하게 끼어들어 중단시키는 목소리이며, 복수의 존재. 그렇다고 해서 반드시 내적으로 통일될 필요는 없으며 때로는 불완전하거나 미숙하기까지 하다. (48쪽)

통일되지도 않고 불완전하며 미숙하기까지 한 군중은 확실히 파울 클레와 들뢰즈가 말한 "행방불명"의 존재와 닿아 있다. 그러면서도 이 책이 그들의 작업과 변별되는 중요한 지점은, 식민주의적 상황 속에서 예술이 이러한 집합적 존재를 '어떻게' 담아냈는지의 계보를 추적하고 그 '역사적' 의미를 탐색했다는 것이다. 저자 유타카는 19세기 중반부터 20세기 초반에 이르는 제국주의 시기, 1930년대부터 1960년대까지의 반식민·탈식민 시기, 1970년대 이후의 신식민주의 시기 문학 속에서 저마다 달리 나타났던 집합적 존재를 연결해 그동안 보지 못했던 새로운 성좌(星座)를 그려낸다. 책의 제목인 "갖지 못한 자들의 문학사"는 바로 그렇게 그려진 별자리의 이름인 셈이다.

그 과정에서 예술의 행위 주체로 주요하게 거론되는 C. L. R. 제임스(C. L. R. James)·조지 래밍(George Lamming)·응구기 와 티옹오(Ngũgĩ wa Thiong'o) 등은 식민지 지식인이다. 조지프 콘래드(Joseph Conrad)와 리처드 라이트(Richard Wright)는 각각 영국과 미국 국적의 작가로 이들과 다소 결이 다르지만, 제국주의 및 인종주의에 대한 비판적인 시선을 견지했다는 점에서 이들과 다르지 않기도 하다. 이 작가들은 자신의 계급적·민족적·인종적·젠더적 위치에 따른 외인(外因)과 개인성이라는 내인(內因)이 뒤섞여 주조된 문학 세계에서, 때로는 한계로 때로는 가능성으로 '집합적 존재'의 모습을 드러낸다. 제국의 지식인들에게 모멸의 대상이었던 "군중"은, 식민 질서에 균열을 가하는 중요한 주체이면서도 스테레오 타입화되기도 하는 "대중", 인종적 집합성의 긍정적 표상이면서도 이상화되는 데 머무는 "내 백성", 국민국가 내러티브의 빈틈을 보여주는 저항적 존재이면서도 다시금 새로운 국민으로 포섭될 염려를 품은 "우리", 신식민주의 상황에서 모든 억압된 자들을 매개적으로 묶어내는 "민중" 등으로 변모한다.

이렇듯 군중·대중·민중 등의 용어가 편의상 사용되긴 하지만, 그들은 결코 이념적 개념으로 고정되지 않는다. 이 책을 읽을 때 용어의 의미보다 주목해야 할 것은 각각의 집합적 존재들이 저마다의 방식을 통해 제국의 통치로부터 이탈한다는 공통성으로 연결된다는 점이다. 식민주의적 질서에서 이탈하고 제국적 잔재를 청산하는 데 기여한 이 역사적 행위자'들'은 결코 정해진 답에 따라 움직이지 않았다. 이러한 점을 염두에 두어야지만, 알 수 없는 걸음걸이로 서사의 질서에 침입해 들어오는 이 "행방불명"의 존재에 잠재한 정치성을 사유하는 길이 열릴 수 있다. 개념적 용어를 용인하고 반복하는 것은 현상을 재생산하는 역할을 할 뿐 변화를 지향하는 정치성과 거리가 멀기 때문이다. 그렇게 열린 집합적 주체에 대한 사유를 밀어붙이게 될 때 역사는 현재를 향해 대화를 걸어온다. 여전히 지속되는 신식민주의적 상황에서 벗어나게 하는, 그러나 아직 도래하지 않은 행위자에 대한 대화 말이다. 결국 『갖지 못한 자들의 문학사』는 문학을 매개로 기성 질서를 이탈하는 행위자를 다룸으로써 더 궁극적으로는 그들에 의한 사회 변화의 가능성을 이야기하는 책이라고 할 수 있다.

*

이 책은 고려대학교 민족문화연구원의 연구팀 〈호모 아토포스의 인문학: 한국 문학/문화의 '이름 없는 자들'과 비정형 네트워크〉에서 진행하는 공동 연구의 일환으로 번역되었다. 요시다 유타카가 상정하는 '군중'은 대문자 역사에서 배재되는 존재라는 점에서 어떤 장소에도 정착하지 못하고 그 정체를 헤아릴 수 없는 '호모 아토포스'와 닮았다. 이들은 배재됨으로써 그 공백에 대한 질문을 유발하고, 그로부터 폭력적 질서에 균열을 일으키게 하는 잠재성을 가진다. 억압받는 자들에 의해서 변화해 온 호모 사피엔스의 역사를 상기할 때, 이 존재들이 지니는 인류사적 의미는 결코 작지 않다고 할 수 있다. 연구팀의 첫 번역서로 이 의미 깊은 책을 낼 수 있어 기쁘다. 더 많은 사람들에게 이 책의 문제의식이 닿고, 우리 사회를 위한 질문과 토론으로 연결될 수 있길 바란다.

2022년 10월부터 2024년 4월 번역이 마무리되기까지 매주 토요일 저녁에 모여 서로 번역해온 부분을 한 문장씩 함께 읽으며 수정했다. 때로는 마음이 상할 정도로 치열한 토론을 거쳤다. 한국 고전문학, 현대문학, 한국철학 등 전공이 각기 다른 다섯 명의 역자가 세계문학이라는 또 다른 전공의 서적을 번역하는 일이었기 때문에, 시간이 더디 걸리고 힘이 들더라도 더 고심하고 신경 써서 공부할 수밖에 없었다. 하루도 빠짐없이 그 시간은 늘 알찼다. 함께 공부하는 것의 중요성과 보람을 몸소 느낄 수 있게 해준 귀중한 경험이었다. 번역을 통해 알고 느끼게 된 것들을 이후의 연구로도 이어지게 하는 데 힘쓰겠다. 연구팀의 젊은 연구자들이 즐겁게 공부를 할 수 있게 믿고 지지해주시는 연구책임자 이형대 선생님과 공동연구원 선생님들, 늘 다정하게 서로를 챙기는 전임연구인력·연구보조원 선생님께 가장 먼저 감사의 말씀을 전하고 싶다. 번역을 허락해주신 저자 요시다 유타카 선생님과 일본 게쓰요샤(月曜社)의 출판 담당자분들, 번역을 할 수 있도록 연결해주신 보고사 담당자와 편집자분들께도 마음 깊이 감사드린다.

2024.5.2.

옮긴이 일동

미주

1 사카이 나오키, 최정옥 옮김, 『일본, 영상, 미국: 공감의 공동체와 제국적 국민주의』, 그린비, 2008, 319쪽.
2 안토니오 네그리·마이클 하트, 정남영·서창현·조정환 옮김, 『다중: 제국이 지배하는 시대의 전쟁과 민주주의』, 세종, 2008, 18-19쪽.
3 안토니오 네그리·마이클 하트, 정남영·서창현·조정환 옮김, 『다중: 제국이 지배하는 시대의 전쟁과 민주주의』, 세종, 2008, 136쪽.
4 푸코, 오르트망·심세광·전혜리·조성은 옮김, 『안전, 영토, 인구: 콜레주드프랑스 강의 1977~78년)』, 난장, 2011, 108쪽.
5 사드리 키아리, 서용순·임옥희·주형일 옮김, 「인민과 제3의 인민」, 『인민이란 무엇인가』, 현실문화, 2014. 153쪽.
6 제프리 슈나프·매슈 튜스, 양진비 옮김, 『대중들: 프리즘 총서 18』, 그린비, 2015.
7 가야트리 스피박, 태혜숙·박미선 옮김, 『포스트식민 이성 비판』, 갈무리, 2005, 384쪽.
8 가야트리 스피박, 태혜숙·박미선 옮김, 『포스트식민 이성 비판』, 갈무리, 2005, 384쪽.
9 폴 드 만, 이창남 옮김, 『독서의 알레고리』, 문학과지성사, 2017.
10 가야트리 스피박, 태혜숙·박미선 옮김, 『포스트식민 이성 비판』, 갈무리, 2005, 233쪽.
11 클로드 레비스트로스, 박옥줄 옮김, 『슬픈 열대』, 한길사, 1998, 284쪽.
12 미셸 푸코, 이규현 옮김, 『광기의 역사』, 나남, 2003, 562쪽.
13 에드거 앨런 포, 전승희 옮김, 『에드거 앨런 포 단편선』, 민음사, 2013, 118쪽.
14 에드거 앨런 포, 전승희 옮김, 『에드거 앨런 포 단편선』, 민음사, 2013, 120쪽.
15 줄리아 크리스테바, 김옥순 옮김, 「정신분석과 폴리스」, 『페미니즘과 문학』, 문예출판사, 1988, 245-246쪽.
16 에드거 앨런 포, 전승희 옮김, 『에드거 앨런 포 단편선』, 민음사, 2013, 158-159쪽.
17 에드거 앨런 포, 전승희 옮김, 『에드거 앨런 포 단편선』, 민음사, 2013, 121쪽.
18 에드거 앨런 포, 전승희 옮김, 『에드거 앨런 포 단편선』, 민음사, 2013, 122-123쪽.
19 에드거 앨런 포, 전승희 옮김, 『에드거 앨런 포 단편선』, 민음사, 2013, 123-124쪽.
20 줄리아 크리스테바, 김옥순 옮김, 「정신분석과 폴리스」, 『페미니즘과 문학』, 문예출판사, 1988, 246-247쪽.
21 에드거 앨런 포, 전승희 옮김, 『에드거 앨런 포 단편선』, 민음사, 2013, 125쪽.
22 에드거 앨런 포, 전승희 옮김, 『에드거 앨런 포 단편선』, 민음사, 2013, 128쪽.
23 에드거 앨런 포, 전승희 옮김, 『에드거 앨런 포 단편선』, 민음사, 2013, 133쪽.
24 E. P. 톰슨, 나종일·노서경·김인중·유재건·김경옥·한정숙 옮김, 『영국 노동계급의 형성(상)』, 창작과비평사, 2000, 89쪽.
25 프리드리히 엥겔스, 이재만 옮김, 『영국 노동계급의 상황』, 라티오, 2014, 64쪽.

26 에드거 앨런 포, 전승희 옮김, 『에드거 앨런 포 단편선』, 민음사, 2013, 92쪽.
27 샤를 보들레르, 박기현 옮김, 『보들레르의 현대 생활의 화가』, 인문서재, 2013, 27-28쪽; 정혜용 옮김, 『현대의 삶을 그리는 화가』, 은행나무, 2014, 25-26쪽. 여기서는 황현산이 번역한 『파리의 우울』에 수록된 '「군중」의 주해' 대목을 참고하여 옮겼다(『파리의 우울』, 문학동네, 2015, 175쪽).
28 샤를 보들레르, 박기현 옮김, 『보들레르의 현대 생활의 화가』, 인문서재, 2013, 33쪽; 정혜용 옮김, 『현대의 삶을 그리는 화가』, 은행나무, 2014, 30쪽.
29 지그문트 프로이트, 박찬부 옮김, 「쾌락 원칙을 넘어서」, 『정신분석학의 근본 개념-프로이트 전집(개정판)11』, 열린책들, 2020; 발터 벤야민, 김영옥·황현산 옮김, 「보들레르의 몇 가지 모티프에 관하여」, 『발터 벤야민 선집 4』, 길, 2010, 187-188쪽.
30 발터 벤야민, 김영옥·황현산 옮김, 「보들레르의 몇 가지 모티프에 관하여」, 『발터 벤야민 선집 4』, 길, 2010, 196쪽.
31 발터 벤야민, 김영옥·황현산 옮김, 「보들레르의 몇 가지 모티프에 관하여」, 『발터 벤야민 선집 4』, 길, 2010, 250쪽.
32 샤를 피에르 보들레르, 황현산 옮김, 『파리의 우울』, 문학동네, 2015, 34쪽.
33 조지프 콘래드, 윤종혁 옮김, 「청춘」, 『로드 짐·청춘』, 금성출판사, 1990, 417-418쪽.
34 조지프 콘래드, 윤종혁 옮김, 「청춘」, 『로드 짐·청춘』, 금성출판사, 1990, 418-419쪽.
35 조지프 콘래드, 이석구 옮김, 『어둠의 심연』, 을유문화사, 2008, 25쪽.
36 조지프 콘래드, 이석구 옮김, 『어둠의 심연』, 을유문화사, 2008, 79쪽.
37 조지프 콘래드, 이석구 옮김, 『어둠의 심연』, 을유문화사, 2008, 79-80쪽.
38 지그문트 프로이트, 정장진 옮김, 「두려운 낯섦」, 『예술, 문학, 정신분석-프로이트 전집(개정판)14』, 열린책들, 2020, 457쪽.
39 가야트리 차크라보르티 스피박, 문화이론연구회 옮김, 『경계선 넘기-새로운 문학연구의 모색』, 인간사랑, 2008, 150쪽.
40 조지프 콘래드, 최용준 옮김, 『로드 짐』, 열린책들, 2021, 25쪽.
41 조지프 콘래드, 최용준 옮김, 『로드 짐』, 열린책들, 2021, 25-26쪽.
42 조지프 콘래드, 최용준 옮김, 『로드 짐』, 열린책들, 2021, 110쪽.
43 조지프 콘래드, 최용준 옮김, 『로드 짐』, 열린책들, 2021, 113쪽.
44 조지프 콘래드, 최용준 옮김, 『로드 짐』, 열린책들, 2021, 26-29쪽.
45 조지프 콘래드, 최용준 옮김, 『로드 짐』, 열린책들, 2021, 27쪽.
46 조지프 콘래드, 최용준 옮김, 『로드 짐』, 열린책들, 2021, 31쪽.
47 조지프 콘래드, 최용준 옮김, 『로드 짐』, 열린책들, 2021, 96쪽.
48 조지프 콘래드, 최용준 옮김, 『로드 짐』, 열린책들, 2021, 97쪽.
49 조지프 콘래드, 최용준 옮김, 『로드 짐』, 열린책들, 2021, 120-121쪽.
50 조지프 콘래드, 최용준 옮김, 『로드 짐』, 열린책들, 2021, 121쪽.
51 조지프 콘래드, 최용준 옮김, 『로드 짐』, 열린책들, 2021, 124쪽.
52 조지프 콘래드, 최용준 옮김, 『로드 짐』, 열린책들, 2021, 124쪽.
53 조지프 콘래드, 최용준 옮김, 『로드 짐』, 열린책들, 2021, 300쪽.
54 조지프 콘래드, 최용준 옮김, 『로드 짐』, 열린책들, 2021, 383쪽.
55 조지프 콘래드, 최용준 옮김, 『로드 짐』, 열린책들, 2021, 386쪽.

56 조지프 콘래드, 최용준 옮김, 『로드 짐』, 열린책들, 2021, 439쪽.
57 조지프 콘래드, 최용준 옮김, 『로드 짐』, 열린책들, 2021, 461-462쪽.
58 조지프 콘래드, 최용준 옮김, 『로드 짐』, 열린책들, 2021, 499-500쪽.
59 조지프 콘래드, 최용준 옮김, 『로드 짐』, 열린책들, 2021, 568쪽.
60 조지프 콘래드, 최용준 옮김, 『로드 짐』, 열린책들, 2021, 574쪽.
61 조지프 콘래드, 최용준 옮김, 『로드 짐』, 열린책들, 2021, 574쪽.
62 응구기 와 씨옹오, 이석호 옮김, 『정신의 탈식민화』, 아프리카, 2013, 141쪽.
63 귀스타브 르 봉, 강주헌 옮김, 『군중심리』, 현대지성, 2022, 140쪽.
64 지크문트 프로이트, 김석희 옮김, 「집단 심리학과 자아 분석」, 『프로이트 전집 12-문명 속의 불만』, 열린책들, 2020, 127-134쪽.
65 지크문트 프로이트, 김석희 옮김, 「집단 심리학과 자아 분석」, 『프로이트 전집 12-문명 속의 불만』, 열린책들, 2020, 134쪽.
66 지크문트 프로이트, 김석희 옮김, 「집단 심리학과 자아 분석」, 『프로이트 전집 12-문명 속의 불만』, 열린책들, 2020, 148쪽
67 지크문트 프로이트, 김석희 옮김, 「집단 심리학과 자아 분석」, 『프로이트 전집 12-문명 속의 불만』, 열린책들, 2020, 149쪽.
68 조지프 콘래드, 이미애 올김, 『노스트로모』 1, 민음사, 2022, 110쪽.
69 조지프 콘래드, 이미애 올김, 『노스트로모』 1, 민음사, 2022, 110쪽.
70 조지프 콘래드, 이미애 올김, 『노스트로모』 1, 민음사, 2022, 46-47쪽.
71 조지프 콘래드, 이미애 역, 『노스트로모』 1, 민음사, 2022, 88쪽.
72 조지프 콘래드, 이미애 역, 『노스트로모』 2, 민음사, 2022, 76쪽.
73 조지프 콘래드, 이미애 역, 『노스트로모』 2, 민음사, 2022, 101쪽.
74 조지프 콘래드, 이미애 역, 『노스트로모』 2, 민음사, 2022, 101쪽.
75 조지프 콘래드, 이미애 역, 『노스트로모』 2, 민음사, 2022, 146쪽.
76 조지프 콘래드, 이미애 역, 『노스트로모』 2, 민음사, 2022, 146쪽.
77 조지프 콘래드, 이미애 역, 『노스트로모』 2, 민음사, 2022, 146쪽.
78 조지프 콘래드, 이미애 역, 『노스트로모』 1, 민음사, 2022, 124쪽.
79 조지프 콘래드, 이미애 역, 『노스트로모』 1, 민음사, 2022, 125쪽.
80 조지프 콘래드, 이미애 역, 『노스트로모』 2, 민음사, 2022, 322쪽.
81 조지프 콘래드, 이미애 역, 『노스트로모』 2, 민음사, 2022, 313쪽.
82 조지프 콘래드, 이미애 역, 『노스트로모』 2, 민음사, 2022, 271쪽.
83 레온 트로츠키, 볼셰비키그룹 옮김, 『러시아혁명사』, 아고라, 2017, 7·9쪽.
84 시 엘 아르 제임스, 우태정 옮김, 『블랙 자코뱅』, 필맥, 2007, 377쪽.
85 시 엘 아르 제임스, 우태정 옮김, 『블랙 자코뱅』, 필맥, 2007, 75쪽.
86 시 엘 아르 제임스, 우태정 옮김, 『블랙 자코뱅』, 필맥, 2007, 151쪽.
87 시 엘 아르 제임스, 우태정 옮김, 『블랙 자코뱅』, 필맥, 2007, 290쪽.
88 시 엘 아르 제임스, 우태정 옮김, 『블랙 자코뱅』, 필맥, 2007, 135쪽.
89 시 엘 아르 제임스, 우태정 옮김, 『블랙 자코뱅』, 필맥, 2007, 61·67쪽.
90 시 엘 아르 제임스, 우태정 옮김, 『블랙 자코뱅』, 필맥, 2007, 346쪽.
91 시 엘 아르 제임스, 우태정 옮김, 『블랙 자코뱅』, 필맥, 2007, 122쪽.

92 시 엘 아르 제임스, 우태정 옮김, 『블랙 자코뱅』, 필맥, 2007, 124쪽.
93 시 엘 아르 제임스, 우태정 옮김, 『블랙 자코뱅』, 필맥, 2007, 143쪽.
94 시 엘 아르 제임스, 우태정 옮김, 『블랙 자코뱅』, 필맥, 2007, 177-178쪽.
95 시 엘 아르 제임스, 우태정 옮김, 『블랙 자코뱅』, 필맥, 2007, 189쪽.
96 시 엘 아르 제임스, 우태정 옮김, 『블랙 자코뱅』, 필맥, 2007, 201쪽.
97 시 엘 아르 제임스, 우태정 옮김, 『블랙 자코뱅』, 필맥, 2007, 203쪽.
98 시 엘 아르 제임스, 우태정 옮김, 『블랙 자코뱅』, 필맥, 2007, 193-194쪽.
99 시 엘 아르 제임스, 우태정 옮김, 『블랙 자코뱅』, 필맥, 2007, 195쪽.
100 시 엘 아르 제임스, 우태정 옮김, 『블랙 자코뱅』, 필맥, 2007, 196쪽.
101 시 엘 아르 제임스, 우태정 옮김, 『블랙 자코뱅』, 필맥, 2007, 217쪽.
102 시 엘 아르 제임스, 우태정 옮김, 『블랙 자코뱅』, 필맥, 2007, 174쪽.
103 시 엘 아르 제임스, 우태정 옮김, 『블랙 자코뱅』, 필맥, 2007, 335쪽.
104 시 엘 아르 제임스, 우태정 옮김, 『블랙 자코뱅』, 필맥, 2007, 227쪽.
105 시 엘 아르 제임스, 우태정 옮김, 『블랙 자코뱅』, 필맥, 2007, 221-222쪽.
106 시 엘 아르 제임스, 우태정 옮김, 『블랙 자코뱅』, 필맥, 2007, 222쪽.
107 시 엘 아르 제임스, 우태정 옮김, 『블랙 자코뱅』, 필맥, 2007, 235쪽.
108 시 엘 아르 제임스, 우태정 옮김, 『블랙 자코뱅』, 필맥, 2007, 354쪽.
109 가야트리 스피박, 태혜숙 옮김, 『다른 여러 아시아』, 울력, 2011, 27쪽.
110 E. J. 시에예스, 박인수 옮김, 『제3신분이란 무엇인가』, 책세상, 2003, 44쪽.
111 한나 아렌트, 윤철희 옮김, 『한나 아렌트의 말-정치적인 것에 대한 마지막 인터뷰』, 마음산책, 2016, 125쪽.
112 에드워드 사이드, 박홍규 옮김, 『오리엔탈리즘(증보판)』, 교보문고, 2000, 198쪽.
113 가야트리 스피박, 태혜숙·박미선 옮김, 『포스트식민 이성 비판』, 도서출판 갈무리, 2006, 40쪽.
114 사르트르, 『존재와 무』, 정소성 옮김, 동서문화사, 2016, 385쪽.
115 사르트르, 『존재와 무』, 정소성 옮김, 동서문화사, 2016, 386쪽.
116 프란츠 파농, 『검은 피부, 하얀 가면』, 노서경 옮김, 문학동네, 2022, 104쪽.
117 프란츠 파농, 『검은 피부, 하얀 가면』, 노서경 옮김, 문학동네, 2022, 234쪽.
118 프란츠 파농, 『대지의 저주받은 사람들』, 남경태 옮김, 그린비, 2010, 65-66쪽.
119 응구기 와 티옹오, 『한 톨의 밀알』, 왕은철 옮김, 은행나무, 2021, 142쪽.
120 응구기 와 티옹오, 왕은철 옮김, 『한 톨의 밀알』, 은행나무, 2016, 11쪽.
121 미셸 푸코, 이규현 옮김, 『말과 사물』, 민음사, 2012, 513쪽.
122 지크문트 프로이트, 이윤기 옮김, 「인간 모세와 유일신교」, 『종교의 기원』, 열린책들, 2003, 336-337쪽.
123 지크문트 프로이트, 이윤기 옮김, 「인간 모세와 유일신교」, 『종교의 기원』, 열린책들, 2003, 421쪽.
124 지크문트 프로이트, 이윤기 옮김, 「인간 모세와 유일신교」, 『종교의 기원』, 열린책들, 2003, 418쪽.
125 지크문트 프로이트, 이윤기 옮김, 「인간 모세와 유일신교」, 『종교의 기원』, 열린책들, 2003, 368쪽.

126 칼 맑스, 최인호 외 옮김, 「루이 보나빠르뜨의 브뤼메르 18일」, 『맑스 엥겔스 저작 선집 제Ⅱ권』, 박종철출판사, 2001, 383쪽.
127 응구기 와 티옹오, 왕은철 옮김, 『한 톨의 밀알』, 은행나무, 2016, 98쪽.
128 응구기 와 티옹오, 왕은철 옮김, 『한 톨의 밀알』, 은행나무, 2016, 98쪽.
129 응구기 와 티옹오, 황가한 옮김, 『울지 마, 아이야』, 은행나무, 2016, 106쪽.
130 응구기 와 티옹오, 왕은철 옮김, 『한 톨의 밀알』, 은행나무, 2016, 247-29쪽.
131 응구기 와 티옹오, 왕은철 옮김, 『한 톨의 밀알』, 은행나무, 2016, 32쪽에 따르면 '당신들의 적은 당신들 가운데 있으며, 배반은 가까운 사람에 의해 저질러진다'는 의미를 가진 속담이다.
132 응구기 와 티옹오, 왕은철 옮김, 『한 톨의 밀알』, 은행나무, 2016, 151-152쪽.
133 응구기 와 티옹오, 왕은철 옮김, 『한 톨의 밀알』, 은행나무, 2016, 269쪽.
134 응구기 와 티옹오, 왕은철 옮김, 『한 톨의 밀알』, 은행나무, 2016, 137쪽.
135 응구기 와 티옹오, 왕은철 옮김, 『한 톨의 밀알』, 은행나무, 2016, 196쪽.
136 응구기 와 티옹오, 왕은철 옮김, 『한 톨의 밀알』, 은행나무, 2016, 199쪽.
137 응구기 와 티옹오, 왕은철 옮김, 『한 톨의 밀알』, 은행나무, 2021, 44쪽.
138 응구기 와 티옹오, 왕은철 옮김, 『한 톨의 밀알』, 은행나무, 2021, 271쪽.
139 응구기 와 티옹오, 왕은철 옮김, 『한 톨의 밀알』, 은행나무, 2021, 273-274쪽.
140 응구기 와 티옹오, 왕은철 옮김, 『한 톨의 밀알』, 은행나무, 2021, 286쪽.
141 응구기 와 티옹오, 왕은철 옮김, 『한 톨의 밀알』, 은행나무, 2021, 310쪽.
142 응구기 와 티옹오, 왕은철 옮김, 『한 톨의 밀알』, 은행나무, 2021, 329쪽.
143 응구기 와 티옹오, 왕은철 옮김, 『한 톨의 밀알』, 은행나무, 2021, 339쪽.
144 응구기 와 티옹오, 왕은철 옮김, 『한 톨의 밀알』, 은행나무, 2016, 174·176쪽.
145 응구기 와 티옹오, 왕은철 옮김, 『한 톨의 밀알』, 은행나무, 2016, 15쪽.
146 응구기 와 티옹오, 왕은철 옮김, 『한 톨의 밀알』, 은행나무, 2016, 17쪽.
147 응구기 와 티옹오, 왕은철 옮김, 『한 톨의 밀알』, 은행나무, 2016, 18쪽.
148 응구기 와 티옹오, 왕은철 옮김, 『한 톨의 밀알』, 은행나무, 2016, 18쪽.
149 응구기 와 티옹오, 왕은철 옮김, 『한 톨의 밀알』, 은행나무, 2016, 268쪽.
150 응구기 와 티옹오, 왕은철 옮김, 『한 톨의 밀알』, 은행나무, 2016, 365쪽.
151 응구기 와 티옹오, 이석호 옮김, 『정신의 탈식민화』, 아프리카, 2013, 150쪽.
152 로버트 J. C. 영, 김택현 옮김, 『포스트식민주의 또는 트리컨티넨탈리즘』, 박종철출판사, 2005, 97쪽.
153 미하일 바흐찐, 김근식 옮김, 『도스또예프스끼 시학의 제문제』, 중앙대출판부, 2011, 156-157쪽.
154 응구기 와 씨옹오, 이석호 옮김, 『정신의 탈식민화』, 아프리카, 2013, 128·154쪽.
155 응구기 와 티옹오, 정소영 옮김, 『십자가 위의 악마』, 창비, 2016, 64쪽.
156 김지하, 「풍자냐 자살이냐」, 『김지하 전집 3-미학사상』, 실천문학사, 2002, 45쪽.
157 김지하, 「양심선언」, 『남조선 뱃노래』, 자음과모음, 2012, 63쪽.
158 브루스 커밍스, 김동노 외 옮김, 『한국현대사』, 창비, 2001, 513쪽.
159 브루스 커밍스, 김동노 외 옮김, 『한국현대사』, 창비, 2001, 502쪽.
160 브루스 커밍스, 김주환 옮김, 『한국전쟁의 기원(상)』, 청사, 1986, 159쪽.

161 김지하, 『김지하 담시 모음집-오적』, 동광출판사, 1990, 21쪽.
162 김지하, 『김지하 담시 모음집-오적』, 동광출판사, 1990, 28쪽.
163 응구기 와 티옹오, 정소영 옮김, 『십자가 위의 악마』, 창비, 2016, 169쪽.
164 응구기 와 티옹오, 정소영 옮김, 『십자가 위의 악마』, 창비, 2016, 170쪽.
165 김지하, 『김지하 담시 모음집-오적』, 동광출판사, 1990, 64·84·94쪽.
166 김지하, 『김지하 담시 모음집-오적』, 동광출판사, 1990, 45쪽.
167 응구기 와 티옹오, 정소영 옮김, 『십자가 위의 악마』, 창비, 2016, 10쪽.
168 응구기 와 티옹오, 정소영 옮김, 『십자가 위의 악마』, 창비, 2016, 11쪽.
169 응구기 와 티옹오, 정소영 옮김, 『십자가 위의 악마』, 창비, 2016, 359쪽.
170 김지하, 『김지하 담시 모음집-오적』, 동광출판사, 1990, 59쪽.
171 미야다 세즈코, 『조선민중과 황민화정책』, 일조각, 1997, 27쪽.
172 응구기 와 티옹오, 정소영 옮김, 『십자가 위의 악마』, 창비, 2016, 62쪽.
173 응구기 와 티옹오, 정소영 옮김, 『십자가 위의 악마』, 창비, 2016, 10쪽.
174 응구기 와 티옹오, 정소영 옮김, 『십자가 위의 악마』, 창비, 2016, 77쪽.
175 응구기 와 티옹오, 정소영 옮김, 『십자가 위의 악마』, 창비, 2016, 264쪽.
176 응구기 와 티옹오, 정소영 옮김, 『십자가 위의 악마』, 창비, 2016, 317-319쪽.
177 응구기 와 티옹오, 정소영 옮김, 『십자가 위의 악마』, 창비, 2016, 319쪽.
178 응구기 와 티옹오, 정소영 옮김, 『십자가 위의 악마』, 창비, 2016, 425쪽.
179 「맺으며」 제사의 출처는 다음과 같다. 東風平惠典, 「にがい歌」(『琉大文学』. 第三巻 第六号[通巻二六号], 一九六年二月七日 発行), 32.
180 주디스 버틀러, 김응산·양효실 옮김, 『연대하는 신체들과 거리의 정치: 집회의 수행성 이론을 위한 노트』, 창비, 2020, 244-245쪽.
181 주디스 버틀러, 김응산·양효실 옮김, 『연대하는 신체들과 거리의 정치: 집회의 수행성 이론을 위한 노트』, 창비, 2020, 241쪽.
182 주디스 버틀러, 김응산·양효실 옮김, 『연대하는 신체들과 거리의 정치: 집회의 수행성 이론을 위한 노트』, 창비, 2020, 270쪽.

참고문헌

- 서적의 경우 저자명(성, 이름), 출판연도, 서명, 출판도시, 출판사 순서로 표기한다.
- 초판을 사용하지 않는 경우 초판 출판연도는 출판연도 뒤에 둥근 괄호로 표기한다. 본문 중에는 양쪽을 병기하는 것을 원칙으로 한다.
- 논문의 경우 저자명(성, 이름), 출판연도, 논문명, 저널명, 호수, 쪽수 순서로 표기한다.
- 참고문헌은 저자의 이름 순서로 기재한다. 해외 문헌의 경우 알파벳 순서로, 일본 문헌의 경우 아이우에오 순서로 기재하였다.
- 같은 저자의 동일한 연도의 출판물이 있는 경우, 출판연도 뒤에 알파벳 소문자를 붙여 표기한다.

❙로마자 문헌

Abelove, Henry, et al, eds., 1983, *Visions of History: Interviews with E.P. Thompson, et al.* Manchester: Manchester University Press.(『歴史家たち』近藤和彦/野村達朗編訳, 名古屋大学出版会, 一九九〇年)

Adorno, Theodore, 2001, "Freudian Theory and the Pattern of Fascist Propaganda.", *The Culture Industry*, London: Routledge, 132-157.

______, 2006, *Minina Moralia: Reflections on a Damaged Life*, Translated by E.F.N. Jephcott, London: Verso.(『ミニマ·モラリア-傷ついた生活裡の省察〈新装版〉』, 三光長治訳, 法政大学出版局, 二〇〇九年)

Ahmad, Aijaz, 2008(1992), *In Theory*, London: Verso.

Ahmed, Sara, 2004, *The Cultural Politics of Emotion*, Edinburgh: Edinburgh University Press.

Alatas, Syed Hussein, 2010(1977), *The Myth of the Lazy Native*, London: Routledge.

Al-Kassim, Dina, 2010, *On Pain of Speech: Fantasies of the First Order and the Literary Rant*, Berkeley: University of California Press.

Amadiume, Ifi, 1987, *Male Daughters, Female Husbands: Gender and Sex in African Society*, London: Zed.

Andaiye, 2011, "The Historic Centrality of Mr Slime: Lamming's Pursuit of Class Betrayal in Novels and Speeches.", *Caribbean Reasonings, The George Lamming Reader: The Aesthetics of Decolonization*, edited by Anthony Bogus, Kingston: Ian Randle, 320-339.

Anghie, Antony, 2005, *Imperialism, Sovereignty and the Making of International Law*, Cambridge: Cambridge University Press.

Arendt, Hannah, 1972, *Crises of the Republic: Lying in Politics; Civil Disobediences*

On Violence: Thoughts on Politics and Revolution, New York: Mariner.(『暴力について－共和国の危機』山田正行訳, みすず書房, 二〇〇〇年)

Auerbach, Jonathan, 1989, *The Romance of Failure: First-Person Fictions of Poe, Hawthorn, and James*, Oxford: Oxford University Press.

Baldwin, James, 1961, "Princes and Powers.", *Nobody Knows My Name: More Notes of a Native Son*, New York: Penguin, 24-55.(「黒い王者たちとその勢力」『次は火だ－ボールドウィン評論集』黒川欣映訳, 弘文堂, 一九六八年, 一一〇~一五〇頁)

Ball, John Clement, 2003, *Satire & the Postcolonial Novel: V.S. Naipaul, Chinua Achebe, Salman Rushdie*, New York: Routledge.

Barrows, Susanna, 1981, *Distorting Mirrors: Visions of the Crowd in Late Nineteenth-Century France*, New Haven, CT: Yale University Press.

Bendersky, Joseph W., 2007, ""Panic": The Impact of Le Bon's Crowd Psychology on U.S. Military Thought.", *Journal of the History of Behavioral Sciences*, 43(3): 257-283.

Benjamin, Walter, 2003, "On Some Motifs in Baudelaire.", Translated by Edmund Jepcott et al., *Walter Benjamin: Selected Writings, VoL.4*, edited by Howard Eiland and Michael Jennings, Cambridge, MA: Harvard University Press, 313-353.

Berman, Bruce, 1996, "Ethnography as Politics, Politics as Ethnography: Kenyatta, Malinowski, and the Making of *Facing Mount Kenya.*", *Canadian Journal of African Studies / Revue Canadienne des Études Africaines*, 30(3): 313-344.

Bhabha, Homi, 1992, "Postcolonial Authority and Postmodern Guilt.", *Cultural Studies*, edited by Lawrence Grossberg, Cary Nelson & Paula Treichler, New York: Routledge, 56-68.

______, 1994, *The Location of Culture*, London: Routledge.(『文化の場所－ポストコロニアリズムの位相』本橋哲也/正木恒夫/外岡尚美/阪元留美訳, 法政大学出版局, 二〇〇五年)

______, 2004, "Forward: Framing Fanon.", Frantz Fanon, *The Wretched of the Earth*, Translated by Richard Philcox, New York: Grove Press, vii-xli.

Blackburn, Robin, 1988, *The Overthrow of Colonial Slavery, 1776-1848*, London: Verso.

Bonakdarian, Mansour, 2005, "Negotiating universal values and cultural and national parameters at the First Universal Races Congress.", *Radical History Review*, 92: 118-132.

Bolland, O. Nigel, 1995, *On the March: Labour rebellions in the British Caribbean, 1934-39*, Kingston: Ian Randle.

Borch, Christian, 2009, "Body to Body: On the Political Anatomy of Crowds.", *Sociological Theory*, 27(3): 271-290.

Borch, Christian, 2012, *The Politics of Crowd: An Alternative History of Sociology*, Cambridge: Cambridge University Press.

Brand, Dana, 1991, *The Spectator and the City in Nineteenth-Century American Literature*, Cambridge: Cambridge University Press.

Brereton, Bridget, 1999, "Family strategies, gender, and the shift to wage labour in the British Caribbean.", *The Colonial Caribbean in Transition: Essays on Postemancipation Social and Cultural History*, edited by Bridget Brereton and Kevin A., Yelvington, Gainesville: University Press of Florida, 77-107.

______, 2014, "Introduction.", C.L.R. James, *The Life of Captain Cipriani: An Account of British Government in the West Indies*. Durham, NC: Duke University Press, 1-29.

Brighenti, Andrea Mubi, 2010, "Tarde, Canetti, and Deleuze on Growds and Packs.", *Journal of Classical Sociology*, 10(4): 291-314.

Brink, André, 1984, "Writing against Big Brother: Notes on Apocalyptic Fiction in South Africa.", *World Literature Today*, 58(2): 189-194.

Buck-Morss, Susan, 2009, *Hegel, Haiti, and Universal History*, Pittsburgh: University of Pittsburgh Press.(『ヘーゲルとハイチ－普遍史の可能性へむけて』 岩崎稔/高橋明史訳, 法政大学出版局, 二〇一七年)

Buhle, Paul, 1988, *C.L.R. James: The Artist as Revolutionary*, London: Verso.(『革命の芸術家－C·L·R·ジェームズの肖像』中井亜佐子/星野真志/吉田裕訳, こぶし書房, 二〇一四年)

Burton, Antoinette, 2010, "Epilogue.", *Making the World After Empire: The Bandung Moment and Its Political Afterlives*, edited by Christopher Lee, Athens, Ohio: Ohio University Press, 351-361.

Butler, Judith, 2007(1990), *Gender Trouble*, New York: Routledge.(『ジェンダー・トラブル－フェミニズムとアイデンティティの攪乱』 竹村和子訳, 青土社, 一九九九年)

______, 2015, *Notes Toward a Performative Theory of Assembly*, Cambridge, MA: Havard University Press.(『アセンブリ－行為遂行性·複数性·政治』佐藤嘉幸/清水知子訳, 青土社, 二〇一八年)

Caminero-Santangelo, Byron, 1998, "Neocolonialism and the Betrayal Plot in *A Grain of Wheat*: Ngugi wa Thiong'o's Re-Vision of Under Western Eyes.", *Research in African Literatures*, 29(1): 139-152.

Campbell, James, 1995, *Exiled in Paris: Richard Wright, James Baldwin, Samuel Beckett and Others on the Left Bank*, New York: Scribner.

Carby, Hazel, 1998, *Race Men*, Cambridge, MA: Harvard University Press.

Carey, John, 1992, *The Intellectuals and the Masses: Pride and Prejudice among the Literary Intelligentsia, 1880-1939*, Faber and Faber.

Chakrabarty, Dipesh, 2010, "The Legacies of Bandung: Decolonization and the

Politics of Culture.", *Making the World after Empire: The Bandung Moment and Its Political Afterlives,* edited by Christopher Lee, Athens, Ohio: Ohio University Press, 45-68.

Chaochuti, Thosaeng, 2008, *What Evil Look Like: The Practice of Reading the Criminal Body in the 19th and 20th Century Europe*, PhD thesis, Los Angeles: University of California.

Chen, Kuan-Hsing, 2010, *Asia as Method: Toward Deimperialization*, Durham, DC: Duke University Press.(脱帝国－方法としてのアジア」丸川哲史訳, 以文社, 二〇一一年)

Chetty, Raj G, 2014, "The Tragicomedy of Anticolonial Overcoming: *Toussaint Louverture* and *The Black Jacobins* on Stage.", Callaloo, 37(1): 69-88.

Cho, Hee-Yeon, and Kuan-Hsing Chen, 2005, "Editorial introduction: Bandung/Third Worldism.", *Inter-Asia Cultural Studies*, 6(4): 473-475.

Clarke, Richard, 2008, "Lamming, Marx and Hegel.", *Journal of West Indian Literature*, 17(1): 42-53.

Clough, Marshall S, 2003, "Mau Mau & Contest for Memory.", *Mau Mau & Nationhood: Arms, Authority and Narration*, edited by E. S. Atieno Odhiambo and John Lonsdale, Nairobi: East African Educational Publishers, 251-267.

Collits, Terry, 2005, *Postcolonial Conrad: Paradoxes of Empire*, London: Routledge.

Conrad, Joseph, 1926, *Last Essays*, New York: Doubleday.

______, 1946a, *Youth, Heart of Darkiness, The End of the Tether*, London Dent.(『台風, 青春』田中西二郎訳, 新潮文庫, 一九六七年/『闇の奥』中野好夫訳, 岩波文庫, 一九五八年)

______, 1946b, *Lord Jim*, London: Dent.(『ロード・ジム』柴田元幸訳, 河出書房新社, 二〇一一年)

______, 1946c, *A Personal Record*, London: Dent.(『コンラッド自伝－個人的記録』木宮直仁訳, 鳥影社, 一九九四年)

______, 1946d, *The Mirror of the Sea*, London: Dent.(『海の想い出』木宮直仁訳, 平凡社ライブラリー, 一九九五年)

______, 1947, *Nostomo*, London: Dent.(「ノストローモ」上田勤/日高八郎/鈴木建三訳, 『筑摩世界文学大系(50)－コンラッド」筑摩書房, 一九七五年, 五~二八八頁)

______, 1949, *Notes on Life and Letters*, London: Dent.

______, 1979, *The Nigger of the 'Narcissus': An Authoritative Text, Backgrounds and Sources, Reviews and Criticism*, edited by Robert Kimbrough, New York: Norton.(「ナーシサス号の黒人」高見幸郎訳, 『筑摩世界文学大系(50)－コンラッド』筑摩書房, 一九七五年, 二八九~三八三頁)

______, 1986, *The Collected Letters of Joseph Conrad Vol.2*, edited by Frederick Karl and Lawrence Davis, Cambridge: Cambridge University Press.

Conrad, Joseph, 1988, *The Collected Letters of Joseph Conrad Vol.3*, edited by Frederick Karl and Lawrence Davis, Cambridge: Cambridge University Press.

Cronon, David, 1969, *Black Moses: The Story of Marcus Garvey and the Universal Negro Improvement Association*, Madison, Wisconsin: The University of Wisconsin Press.

Cudjoe, Selwyn R, 1992, "C.L.R. James Misbound.", *Transition*, 58: 124-136.

Cumings, Bruce, 2005, *Korea's Place in the Sun: A Modern History*, Updated Edition, New York: Norton.(『現代朝鮮の歴史－世界のなかの朝鮮』横田安司/小林知子訳, 明石書店, 二〇〇三年)

Dabashi, Hamid, 2012, *The Arab Spring: The End of Postcolonialism*, London: Zed.

Dalleo, Raphael, 2014, "The Independence So Hardly Won Has Been Maintained: C.L.R. James and the U.S. Occupation of Haiti.", *Cultural Critique*, 87: 38-59.

Dawahare, Anthony, 1999, "From No Man's Land to Mother-land: Emasculation and Nationalism in Richard Wright.", *African American Review*, 33(3): 451-466.

Dayan, Joan, 1995, *Haiti, History and the Gods*, Berkeley: University of California Press.

Dean, Mitchell, 2009(1999), *Governmentality: Power and Rule in Modern Society*, Second Edition, London: Sage.

de Man, Paul, 1979, *Allegories of Reading: Figural Language in Rousseau, Nietzsche, Rilke, and Proust*, New Haven, CT: Yale University Press.(『読むことのアレゴリー－ルソー, ニーチェ, リルケ, プルーストにおける比喩的言語』土田知則訳, 岩波書店, 二〇一二年)

Deren, Maya, 1983(1953), *Divine Horsemen: The Living Gods of Haiti*, New York: McPherson & Co.

Derrida, Jacques, 1998, *Resistance of Psychoanalysis*, Translated by Peggy Kamuf, Pascale-Anne Brault, and Michael Naas, Stanford, CA: Stanford University Press.

Dirlik, Arif, 1994, "The Postcolonial Aura: Third World Criticism in the Age of Global Capitalism.", Critical Inquiry, 20(2): 328-356.

Douglas, Rachel, 2017, "Making Drama out of the Haitian Revolution from Below: C.L.R., James's *The Black Jacobins* Play.", *The Black Jacobins Reader*, edited by Charles Forsdick and Christian Høgsbjerg, Durham, NC: Duke University Press, 278-296.

Drayton, Richard, 2011, "The Problem of the Hero(ine) in Caribbean History.", *Small Axe*, 34: 26-45.

Dubois, Laurent, 2004, *Avengers of the New World: The Story of the Haitian Revolution*, Cambridge, MA: Harvard University Press.

______, 2017, "Reading *The Black Jacobins*: Historical Perspective.", *The Black Jacobins Reader*, edited by Charles Forsdick and Christian Høgsbjerg, Durham,

NC: Duke University Press, 87-92.

Dunbar, Eve, 2008, "Black is a Region: Segregation and American Literary Regionalism in Richard Wright's *The Color Curtain.*", *African American Review*, 42(1): 109-119.

Edmondson, Belinda, 1999, *Making Men: Gender, Literary Authority and Women's Writing in Caribbean Narrative*, Durham, NC: Duke University Press.

Edwards, Brent Hayes, 2003, *The Practice of Diaspora: Literature, Translation, and the Rise of Black Internationalism*, Cambridge, MA: Harvard University Press.

Edwards, Steve, 2009, "Commons and Crowds: Figuring Photography from Above and Below.", Third Text, 23(4): 447-464.

Elliott, Robert C, 1960, *The Power of Satire: Magic, Ritual, Art*, Princeton, NJ: Princeton University Press.

Ellis, Nadia, 2015, *Territories of the Soul: Queered Belonging in the Black Diaspora*, Durham, NC: Duke University Press.

Esteve, Mary, 2003, *The Aesthetics and Politics of Crowd in American Literature*, Cambridge: Cambridge University Press.

Ezenwa-Ohaeto, 2007, "A Drama of Songs: The Ironic and Satiric Implications in Ngugi wa Thing'o and Ngugi wa Mirii's *I Will Marry When I Want.*", *Theatre, Performance and New Media in Africa*, edited by Susan Arndt et al, Bayreuth: Bayreuth University, 79-91.

Fabian, Johannes, 2000(1983), *Time and the Other: How Anthropology Makes Ils Object*, New York: Columbia University Press.

Fabre, Michael, 1993, *The Unfinished Quest of Richard Wright*, Second Edition, Urbana: University of Illinois Press.

______, 1985, *The World of Richard Wright*, Jackson: University Press of Mississippi.

______, 1990, *Richard Wright: Books and Writers*, Jackson: University Press of Mississippi.

Fick, Carolyn E, 1990, *The Making of Haiti: The Saint Domingue Revolution from Below*, Knoxville: University of Tennessee Press.

______, 2017, "C.L.R. James, *The Black Jacobins* and *The Making of Haiti.*", *The Black Jacobins Reader*, edited by Charles Forsdick and Christian Høgsbjerg, Durham, NC: Duke University Press, 60-69.

"Final communiqué of the Asian-African Conference.", 2009, *Interventions*, 11(1): 94-102.

Flatley, Jonathan, 2008, *Affective Mapping: Melancholia and the Politics of Modernism*, Cambridge, MA: Harvard University Press.

Fleischman, Avrom, 1967, *Conrad's Politics*, Baltimore: Johns Hopkins University Press.

Foner, Philip S, 1977, "Introduction.", José Martí, *Our America: Writings on Latin America and the Struggle for Cuban Independence*, edited, with an introduction and notes, by Philip S. Foner, New York: Monthly Review Press, 11-68.

Forbes, Curdella, 2005, *From Nation to Diaspora: Samuel Selvon, George Lamming and the Cultural Performance of Gender*, Kingston: University of West Indies Press.

Forsdick, Charles, and Christian Høgsbjerg, eds, 2017, *The Black Jacobins Reader*, Durham, NC: Duke University Press.

Francis, Wigmoore, 2003, "Nineteenth-and Early-Twentieth-Century Perspectives on Women in the Discourses of Radical Black Caribbean Men.", *Small Axe*, 13: 116-139.

Fraser, Cary, 1994, *Ambivalent Anti-Colonialism: The United States and the Genesis of West Indian Independence*, 1940-1964, Westport, Connecticut: Greenwood Press.

Frederiksen, Bodil Folke, 2008, "Jomo Kenyatta, Marie Bonaparte and Bronislaw Malinowski on clitoridectomy and Female Sexuality.", *History Workshop Journal*, 65: 23-48.

Freud, Sigmund, 2004, *Mass Psychology and Other Writings*, Translated by Jim Underwood, London: Penguin.

Fujitani, Takashi, 1998, *Splendid Monarchy: Power and Pageantry in Modern Japan*, Berkeley: University of California Press.(『天皇のページェント－近代日本の歴史民族誌から』米山リサ訳, NHKブックス, 一九九四年)

Geggus, David Patrick, 2002, *Haitian Revolutionary Studies*, Bloomington: Indiana University Press.

Getachew, Adom, 2019, *Worldmaking After Empire: The Rise and Fall of Self-Determination*, Princeton, NJ: Princeton University Press.

Gikandi, Simon, 1992, *Writing in Limbo: Modernism and Caribbean Literature*, Ithaca: Cornell University Press.

______, 2000, *Ngui wa Thiong'o*, Cambridge: Cambridge University Press.

Gilroy, Paul, 1993, *The Black Atantic: Modernity and Double-Consciousness*, London Verso.(『ブラック・アトランティック－近代性と二重意識』上野俊哉/毛利嘉孝/鈴木慎一郎訳, 月曜社, 二〇〇六年)

______, 2000, *Against Race: Imagining Political Culture beyond the Color Line*, Cambridge, MA: Harvard University Press.

GoGwilt, Christopher, 1995, *The Invention of the West: Joseph Conrad and the Double Mapping of Europe and Empire*, Stanford, CA: Stanford University Press.

Goldberg, Jonathan, 2003, *Tempest in the Caribbean*, Minneapolis: The University of Minnesota Press.

Goodwin, K. L., 1991, ""Nationality-Chauvinism Must Burn!": Utopian Visions in *Petals of Blood and Matigari.*", *Literary Criterion*, 26(3): 1-14.

Goswami, Manu, 2004, *Producing India: From Colonial Economy to National Space*, Chicago: The University of Chicago Press.

Guha, Ranajit, 1988, "The Prose of Counter-Insurgency.", *Selected Subaltern Studies*, editd by Ranajit Guha and Gayatri Chakravorty Spivak, Delhi: Oxford University Press, 45-86.(「反乱鎮圧の文章」『サバルタンの歴史－インド史の脱構築』竹中千春訳, 岩波書店, 一九九八年, 二五~九九頁)

______, 1999(1983), *Elementary Aspects of Peasant Insurgency in Colonial India*, Durham, NC: Duke University Press.

Hakutani, Yoshinobu, 2001, "T*he Color Curtain*: Richard Wright's Journey into Asia.", *Richard Wright's Travel Writings: New Reflections*, edited by Virginia Whatley Smith, Jackson, MI: University Press of Mississippi, 63-77.

Hall, Catherine, 2002, *Civilizing Subject: Metropole and Colony in the English Imagination, 1830-1867*, London: Polity.

Hall, Stuart, 1998, "Breaking Bread with History: C.R.L. James and *The Black Jacobins*, Interviewed by Bill Schwarz.", *History Workshop Journal*, 46: 17-31.

Hampson, Robert, 2000, *Cross-Cultural Encounters in Joseph Conrad's Malay Fiction*, London: Palgrave.

Hardt, Michael and Antonio Negri, 2005, *Multitude: War and Democracy in the Age of Empire*, New York: Penguin.(『マルチチュード－〈帝国〉時代の戦争と民主主義(上・下)』幾島幸子訳, NHK出版, 二〇〇五年)

Harlow, Barbara, 1987, *Resistance Literature*, London: Methuen.

Hart, Richard, 1995, "Introduction.", O. Nigel Bolland, *On the March: Labour rebellions in the British Caribbean*, 1934-39, Kingston: Ian Randle, vii-viii.

Heiner, Brady Thomas, 2007, "Foucault and the Black Panthers.", *City: Analysis of Urban Change, Theory, Action*, 11(3): 313-356.

Herrera, Rémy, 2005, "Fifty Years after the Bandung Conference: Towards a Revival of the Solidarity Between the Peoples of the South? Interview with Samir Amin.", *Inter-Asia Cultural Studies*, 6(4): 546-556.

Hill, Christopher, 1991, *Change and Continuity in Seventeenth-Century England*, New Haven, CT: Yale University Press.

Hodge, Merle, 1970, *Crick Crack, Monkey*, London: Heinemann.

Hoggett, James and Clifford Stott, 2010, "The Role of Crowd Theory in Determining the Use of Force in Public Order Policing.", *Policing and Society*, 20(2): 223-236.

Hook, Sidney, 1949, "Report on the International Day of Resistance to Dictatorship and War.", *Partisan Review*, 16(7): 722-732.

Hulme, Peter, 1986, *Colonial Encounters: Europe and the Native Caribbean, 1492-1797*, London: Methuen.(『征服の修辞学－ヨーロッパとカリブ海先住民, 1492-1797年』岩尾竜太郎/本橋哲也/正木恒夫訳, 法政大学出版局, 一九九五年)

______, 1993, "The Profit of Language: George Lamming and The Postcolonial Novel.", *Recasting the World: Writing after Colonialism*, edited by Jonathan White, Baltimore: Johns Hopkins University Press, 120-136.

______, 2000, "Reading From Elsewhere: George Lamming and The Paradox Of Exile.", *The Tempest and Its Travels*, edited by Peter Hulme and William Howard Sherman, Philadelphia, PA: University of Pennsylvania Press, 220-235.

Hurston, Zora Neale, 2004(1938), *Tel My Horse: Voodoo And Life In Haiti And Jamaica*, New York: Harper&Row.(『ヴードウーの神々－ジャマイカ, ハイチ紀行』常田景子訳, 新宿書房, 一九九九年)

Høgsbjerg, Christian, 2011, "'A Thorn in the Side of Great Britain': C.L.R. James and the Caribbean Labour Rebellions of the 1930s.", *Small Axe*, 35: 24-42.

______, 2013, "Introduction.", C.L.R. James, *Toussaint Louverture: The Story of the Only Successful Slave Revolt in History; A Play in Three Acts*, edited and introduced by Christian Høgsbjerg, Durham, NC: Duke University Press, 1-40.

______, 2014, *C.L.R. James in Imperial Britain*, Durham, NC: Duke University Press.

______, 2017, "Introduction.", C.L.R. James, *World Revolution, 1917-1935: The Rise and Fall of the Communist International*, Durham, NC: Duke University Press, 1-57.

Jahn, Janheinz, 1957, "World Congress of Black Writers.", *Black Orpheus*, 1: 39-46.

James, C.L.R., 1975(1936), *Minty Alley*, London: New Beacon Books.

______, 1977(1929), "Triumph.", *The Future in the Present: Selected Writings*, London: Allison & Busby, 11-24.(「勝利」中井亜佐子訳, 多様体』第1号, 二〇一八年, 九五~一一四頁)

______, 1982(1977), *Nkrumah and the Ghana Revolution*, London: Alison&Busby.

______, 1984, "Discussions with Trotsky.", *At the Rendezvous of Victory: Selected Writings*, London: Allison & Busby, 33-64.

______, 1989a(1963), "Preface to Vintage Edition.", *The Black Jacobins: Toussaint L'Ouverture and the San Domingo Revolution*, New York: Vintage, n.p.

______, 1989b(1963), *The Black Jacobins: Toussaint L'Ouverture and the San Domingo Revolution*, New York: Vintage.(ブラック・ジャコバン－トゥサン＝ルヴェルチュールとハイチ革命〈増補新版〉』青木芳夫監訳, 大村書店, 二〇〇二年)

______, 1989c(1963), "From Toussaint L'Overture to Fidel Castro.", *The Black Jacobins: Toussaint L'Ouverture and the San Domingo Revolution*, New York: Vintage, 391-418.(「トゥサン＝ルヴェルチュールからカストロへ」『ブラック・ジャコバン－トウサン＝ルヴェルチュールとハイチ革命〈増補新版〉』青木芳夫監訳, 大村書店,

二〇〇二年, 三八三~四一二頁)
James, C.L.R., 1992a, "The Black Jacobins", *The C.L.R. James Reader*, edited by Anna Grimshaw, Oxford: Blackwell, 67-111.
______, 1992b, "The Rise and Fall of Nkrumah.", *The C.L.R. James Reader*, 354-361.
______, 1992c, "Three Black Women Writers: Toni Morrison, Alice Walker, and Ntozake Shange.", *The C.L.R. James Reader*, 411-417.
______, 1994(1963), *Beyond a Boundary*, London: Serpent's Tail.(『境界を越えて』本橋哲也訳, 月曜社, 二〇一五年)
______, 2000, "Lectures on The Black Jacobins.", *Small Axe*, 8: 65-112.
______, 2001(1953), *Mariners, Renegades & Castaways: The Story of Herman Melville and the World We Live In*, Hanover, NH: University Press of New England.
______, 2003, *Letters from London*, Oxford: Signal Books.
______, 2013(1936), *Toussaint Louverture: The Story of the Only Successful Slave Revolt in History; A Play in Three Acts*, Edited and introduced by Christian Høgsbjerg, Durham, NG: Duke University Press.
Jameson, Fredric, 1981, *The Political Unconscious: Narrative as a Socially Symbolic Act*, Ithaca: Cornell University Press.(『政治的無意識－社会的象徴行為としての物語』大橋洋一/木村茂雄/太田耕人訳, 平凡社ライブラリー, 二〇一〇年)
______, 1986, "Third World Literature in the Era of Multinational Capitalism.", *Social Text*, 15: 65-88.
JanMohamed, Abdul R, 2005, *The Death-Bound-Subject: Richard Wright's Archaeology of Death*, Durham, NG: Duke University Press.
Johnson, Barbara, 2010, *Moses and Multiculturalism*, Berkeley: University of California Press.
Johnson, Erica L, 2013, "Colonial Shame in Michelle Cliff's *Abeng*.", *The Female Face of Shame*, edited by Erica L, Johnson and Patricia Moran, Bloomington: Indiana University Press, 89-99.
Johnson, W. Chris, 2011, "Sex and the Subversive Alien: The Moral Life of C.L.R. James.", *International Journal of Francophone Studies*, 14(1/2): 185-203.
Jones, Bridget, 1999, "'We Were Going to Found a Nation...': Dramatic Representations of Haitian History by Three Martinician Writers.", *The Colonial Caribbean in Transition: Essays on Postemancipation Social and Cultural History*, edited by Bridget Brereton and Kevin A. Yelvington, Gainesville: University Press of Florida, 247-260.
Jonsson, Stefan, 2006, "The Invention of the Masses: The Crowd in French Culture from the Revolution to the Commune.", *Crowds*, edited by Jeffrey T. Schnapp and Matthew Tiews, Stanford, CA: Stanford University Press, 47-75.
Joyce, Joyce Ann, 2009, "'What We Do and Why We Do What We Do': A Diasporic

Commingling of Richard Wright and George Lamming.", *Callaloo*, 32(2): 593-603.

Julien, Eileen, 1992, *African Novels and the Question of Orality*, Bloomington: Indiana University Press.

Jáuregui, Carlos, 2009, "Cannibalism, the Eucharist, and Criollo Subjects.", *Creole Subjects in the Colonial Americas: Empires, Texts, Identities*, edited by Ralph Bauer and Jose Antonio Mazzotti, Chapel Hill: University of North Carolina Press, 61-100.

Kahin, George McTurnan, 1956, *The Asian-African Conference: Bandung, Indonesia, April 1955*, Ithaca: Cornell University Press.

Kalliney, Peter, 2013, *Commonwealth of Letters: British Literary Culture and the Emergence of Postcolonial Aesthetics*, Oxford: Oxford University Press.

Kamugisha, Aaron, 2011, ""The Hearts of Men?", Gender in the Late C.L.R. James.", *Small Axe*, 34: 76-94.

Kenyatta, Jomo, I953, *Facing Mount Kenya: The Tribal Life of the Gikuyu*, London: Secker and Warburg.(『ケニヤ山のふもと』野間寛二郎訳, 理論社, 一九六二年)

_____, 1968, *Suffering Without Bitterness*, Nairobi: East African Publishing House.

Kerr, Douglas, 2008, *Eastern Figures: Orient and Empire in British Writing*, Hong Kong: Hong Kong University Press.

Khanna, Ranjana, 2003, *Dark Continents: Psychoanalysis and Colonialism*, Durham, NC: Duke University Press.

Kiluva-Ndunda, Mutindi Mumbua, 2000, *Women's Agency and Educational Policy: The Experiences of the Women of Kilome, Kenya*, Albany: State University of New York Press.

Kincaid, Jamaica, 1996, "From Antigua to America.", *Frontiers of Caribbean Literature in English*, edited by Frank Birbalsingh, London: St. Martins, 138-151.

Kinzer, Stephen, 2009, "The Man Who Made Obama.", *The Guardian*, 8 February.

Klineberg, Otto, 1935, *Negro Intelligence and Selective Migration*, New York: Columbia University Press.

_____, 1954(1940), *Social Psychology*, Revised Edition, New York: Henry Holt.

_____, 1983, "Avant-Propos.", Gustave Le Bon, *Psychologie des foules*, Paris: Presses Universitaires de France.

Krishnan, Sanjay, 2007, *Reading the Global: Troubling Perspectives on Britain's Empire in Asia*, New York: Columbia University Press.

Lamming, George, 1953, *In the Castle of My Skin*, London: Michael Joseph.(『私の肌の砦のなかで』吉田裕訳, 月曜社, 二〇一九年)

_____, 1958, "The Negro Writer and His World.", *Caribbean Quarterly*, 5(2): 109-115.(「黒人作家とその世界」吉田裕訳, 『多様体』第1号, 二〇一八年, 一二九~

一四三頁)
Lamming, George, 1960, *The Pleasures of Exile*, London: Michael Joseph.
______, 1992, *Conversations, George Lamming: Essays, Addresses and Interviews 1953-1990*, edited by Richard Drayton and Andaiye, Karia Press.
Lazarus, Neil, 2011, "What Postcolonial Theory Doesn't Say.", *Race and Class*, 53(1): 3-27.
Lee, Christopher, 2009, "At the Rendezvous of Decolonization: The Final Communiqué of the Asian-African Conference, Bandung, Indonesia, 18-24 April 1955.", *Interventions*, 11(1): 81-93.
Lee, Namhee, 2007, *The Making of Minjung: Democracy and the Politics of Representation in South Korea*, Ithaca: Cornell University Press.
Lewis, Linden, 2003, "Caribbean Masculinity: Unpacking the Narrative.", *The Culture of Gender and Sexuality in the Caribbean*, edited by Linden Lewis, Gainesville: University Press of Florida, 94-125.
Leys, Colin, 1975, *Underdevelopment in Kenya: The Political Economy of Neocolonialism*, Nairobi: East African Educational Publishers.
______, 1978, "Capital Accumulation, Class Formation and Dependency: The Significance of the Kenyan Gase.", *The Socialist Register*, 15: 241-266.
Lionnet, Françoise, 1998, "Reframing Baudelaire: Literary History, Biography, Postcolonial Theory, and Vernacular Languages.", *Diacritics*, 28(3): 63-85.
Long, Maebh, 2014, ""The Powerful Marvel of Irony": Derrida and the Structures of Irony.", *Parallax*, 20(1): 82-97.
Loomba, Ania, 1989, *Gender, Race, Renaissance Drama*, Manchester: Manchester University Press.
Lovesey, Oliver, 2000, *Ngũgĩ wa Thiong'o*, New York: Twayne.
______, 2007, ""The Sound of the Horn and Justice": in Ngũgĩ wa Thiong'o's narrative.", *Postcolonial Literature and the Biblical Call for Justice*, edited by Susan VanZanten Gallagher, Jackson: University Press of Mississippi, 152-168.
Lowe, John, 2008, "Palette of Fire: The Aesthetics of Propaganda in *Black Boy* and *In The Castle Of My Skin*", *Mississippi Quarterly*, 61(4): 553-580.
______, 2011, "Richard Wright and The CircumCaribbean.", *Richard Wright: New Readings in the 21st Century*, edited by Alice Mikal Craven and William E. Dow, New York, NY: Palgrave Macmillan, 249-266.
Lowe, Lisa, 2015, *The Intimacies of Four Continents*, Durham, NC: Duke University Press.
Lyon, Janet, 1999, *Manifestoes: Provocations of the Modern*, Ithaca: Cornell University Press.
Macey, David, 2002, "Fanon, Phenomenology, Race.", *Philosophies of Race and

Ethnicity, edited by Peter Osborne and Stella Stanford, London: Continuum, 29-39.

Maina, wa Kiniyatti, 2008, *History of Resistance in Kenya*: 1884-2002, Nairobi: Mau Mau Research Center.

Malinowski, Bronislaw, 1953, "Introduction.", Jomo Kenyatta, *Facing Mount Kenya*, London: Secker and Warburg, vii-xiv.

Maloba, W.O, 2017a, *Kenyatta and Britain: An Account of Political Transformation*, 1929-1963, New York: Palgrave.

______, 2017b, *The Anatomy of Neo-Colonialism in Kenya: British Imperialism and Kenyatta*, 1963-1978, New York: Palgrave.

Mamdani, Mahmood, 2012, *Define and Rule: Native as Political Identity*, Cambridge, MA: Harvard University Press.

Manela, Erez, 2007, *The Wilsonian Moment: Self-Determination and the International Origins of Anticolonial Nationalism*, New York: Oxford University Press.

Mannoni, Octave, 1990(1950), *Prospero and Caliban: The Psychology of Colonization*, Translated by Pamela Powesland, Ann Arbor, MI: The University of Michigan Press.

Mantena, Karuna, 2010, *Alibis of Empire: Henry Maine and the Ends of Liberalism*, Princeton, NJ: Princeton University Press.

Marshall, Paule, 2010(1959), *Brown Girl, Brownstone*, New York: Dover.

Mathuray, Mark, 2009, "Resuming a Broken Dialogue: Prophesy, Nationalist Strategies, and Religious Discourses in Ngũgĩ's Early Work.", *Research in African Literatures*, 40(2): 40-62.

Maughan-Brown, David, 1985, *Land, Freedom and Fiction: History and Ideology in Kenya*, London: Zed.

Mazzarella, William, 2010, "The Myth of the Multitude, or, Who's Afraid of the Crowd?", *Critical Inquiry*, 36(4): 697-727.

McClelland, J. S, 1989, *The Crowd and the Mob: From Plato to Canetti*, London: Unwin Hyman.

McClintock, Anne, 1995, *Imperial Leather: Race, Gender and Sexuality in the Colonial Contest*, New York: Routledge.

______, 1992, "The Angel of Progress: Pitfalls of the Term "Post-Colonialism."", *Social Text*, 31/32: 84-98.

McKean, Mattew K, 2011, "Rethinking Late-Victorian Slum Fiction: the Crowd and Imperialism at Home.", *English Literature in Transition*, 1880-1920, 54(1): 28-55.

Mclemee, Scott, and Paul Le Blanc, eds., 1994, *C.L.R. James and Revolutionary Marxism: Selected Writings of C.L.R. James 1939-1949*, Atlantic Highlands, NJ:

Humanities Press.

Melzer, Françoise, 2011, *Seeing Double: Baudelaire's Modernity*, Chicago: The University of Chicago Press.

Memmi, Albert, 1967, *The Colonizer and the Colonized*, Translated by Howard Greenfeld, Boston, MA: Beacon Press.(『植民地－その心理的風土』渡辺淳訳, 三一書房, 一九五九年)

Meyerowitz, Joanne, 2010, ""How Common Culture Shapes the Separate Lives": Sexuality, Race, and Mid-Twentieth-Century Social Constructionist Thought.", *The Journal of American History*, 96(4): 1057-1084.

Miller, Christopher, 1985, *Blank Darkness: Africanist Discourse in French*, Chicago: The University of Chicago Press.

Miller, Paul, 2001, "Enlightened Hesitations: Black Masses and Tragic Heroes in C.L.R. James's "The Black Jacobins.", *MLN*, 116(5): 1069-1090.

Miyoshi, Masao, 2010, "A Borderless World?: From Colonialism to Transnationalism and the Decline of the Nation State.", *Trespasses: Selected Writings*, Durham, NC: Duke University Press, 127-150.

Mohammed, Patricia, 2000, "The Future of Feminism in the Caribbean.", *Feminist Review*, 64: 116-119.

Mohanty, S. P, 1989, "Us and Them: On the Philosophical Bases of Political Criticism.", *The Yale Journal of Critcism*, 2(2): 1-31.

Mongia, Padmini, 1992, "Narrative Strategy and Imperialism in Conrad's *Lord Jim*.", *Studies in the Novel*, 24(2): 173-186.

______, 1993, "Empire, Narrative and the Feminine in *Lord Jim* and *Heart of Darkness*.", *Contexts for Conrad*, edited by Keith Carabine et al, Boulder, CO: East European Monographs, 135-150.

Monson, Jamie, 2010, "Working Ahead of Time: Labor and Modernization during the Construction of the TAZARA Railway, 1968-1986.", *Making the World After Empire: The Bandung Moment and its Political Afterlives*, edited by Christpher Lee, Athens OH: Ohio University Press, 235-265.

Mullen, Bill V., 2004, *Afro-Orientalism*, Minneapolis: The University of Minnesota Press.

Munro, Ian, and Reinhard Sander, 1972, *Kas Kas: Interviews with Three Caribbean Writers*, Austin, TX: African and Afro-American Research Institute, University of Texas.

Munro, Ian, 1976, "The Early Work of George Lamming: Poetry and Short Prose, 1946-1951.", *Neo-African Literature and Culture: Essays in Memory of Janheinz Jahn*, edited by Bernth Lindfors and Ulla Schild, Wiesbaden: Heymann, 327-345.

Mwangi, Evan, 2007, "Gender, Unreliable Oral Narration, and the Untranslated Preface in Ngũgĩ wa Thiong'o's *Devil on the Cross.*", *Research in African Literatures*, 38(4): 28-46.

Mwikisa, Peter, 2007, "Postcoloniality, Feminism and the Bible in *A Grain of Wheat.*", *From Around the Globe: Secular Authors and Biblical Perspectives*, edited by Seodial Frank F.H. Deena and Karoline Szatek, Lanham, MD: University Press of America, 199-218.

M'Baye, Babacar, 2009, "Richard Wright and the 1955 Bandung Conference: A Re-Evaluation of *The Color Curtain.*", *Journeys: The International Journal of Travel and Travel Writing*, 10(2): 31-44.

Nair, Supriya, 1996, *Caliban's Curse: George Lamming and the Revisioning of History*, Ann Arbor, MI: University of Michigan Press.

Najder, Zdzislaw, 2007, *Joseph Conrad: A Life*, Translated by Halina Carroll-Najder, Camden: Camden House.

Nakai, Asako, 2000, *The English Book and Its Marginalia: Colonial / Postcolonial Literatures After Heart of Darkness*, Amsterdam: Rodopi.

______, 2005, "Europe as Autobiography? A Personal Record.", *Conrad's Europe: Conference Proceedings*, edited by Andrzej Ciuk & Marcin Piechota, Opole: Opole University Publishing House, 21-33.

Nanton, Philip, 2007, "On Knowing and Not Knowing George Lamming: Personal Styles and Metropolitan Influences.", *The Locations of George Lamming*, edited by Bill Schwarz, London: Macmillan, 49-66.

Nesbitt, Nick, 2008, *Universal Emancipation: The Haitian Revolution and the Radical Enlightenment*, Charlottesville: University of Virginia Press.

Ngai, Sianne, 2005, *Ugly Feeling*, Cambridge, MA: Harvard University Press.

Ngũgĩ, wa Thiong'o, 1964, Weep not Child, London: Heinemann.(『泣くな, わが子よ』宮本正興訳, 第三書館, 二〇一二年)

______, 1965, The River Between, London: Heinemann.(『川をはさみて』北島義信訳, 門土社, 二〇〇二年)

______, 1972, *Homecoming: Essays on African and Caribbean Culture and Politics*, London: Heinemann.

______, 1981, *Writers in Politics*, London: Heinemann.

______, 1982a, *Detained: A Writer's Prison Diary*, London: Heinemann.

______, 1982b, *Devil on the Cross*, London: Heinemann.

______, 1983, *Barrel of a Pen: Resistance and Repression in Neo-Colonial Kenya*, London: Africa World Press.

______, 1986a, *A Grain of Wheat*, Revised Edition, London: Heinemann.(『一粒の麦－独立の陰に埋もれた無名の戦士たち』小林信次郎, 門土社, 一九八一年)

Ngũgĩ, wa Thiong'o, 1986b, *Declonizing the Mind: The Politics of Language in African Literature*, Oxford: Heinemann.(『精神の非植民地化－アフリカ文学における言語の政治学〈増補新版〉』宮本正興/楠瀬佳子訳, 第三書館, 二〇一〇年)

______, 1993, *Moving the Center: The Struggle for Cultural Freedom*, London: Heinemann.

______, 2002(1997), "In the Name of the Mother: George Lamming and the Cultural Significance of 'Mother Country' in the Decolonization Process.", *Annals of Scholarship*, 12(1-2): 141-151, Reprinted in *Sisyphus and Eldorado: Magical and Other Realisms in Caribbean Literature*, edited by Timothy J, Reiss, Trenton, NJ: Africa World Press, 127-142.

______, 2006, *Speaks: Interviews*, Edited by Reinhard Sander and Bernth Lindfors, Oxford: James Currey.

______, 2008, "Freeing the Imagination: George Lamming's Aesthetics of Decolonization.", *Transition*, 100: 164-169.

______, 2009, *Something Torn and New: An African Renaissance*, New York: BasicCivitas.

Nicholls, Brendon, 2010, *Ngugi wa Thiong'o, Gender, and the Ethics of Postcolonial Reading*, Surrey: Ashgate.

Nicholls, David, 1996, *From Dessalines to Duvalier: Race, Colour and National Independence in Haiti*, Revised Edition, New Brunswick, NJ: Rutgers University Press.

Nixon, Rob, 1987, "Caribbean and African Appropriations of *The Tempest.*", *Critical Inquiry*, 13(3): 557-578.(「カリブ海世界およびアフリカにおける『テンペスト』の領有」小沢自然訳,『テンペスト』本橋哲也編訳, インスクリプト, 二〇〇七年, 八九~一二〇頁)

Nkrumah, Kwame, 1965, *Neo-Colonialism: The Last Stage of Imperialism*, London: Thomas Nelson & Sons.(『新植民地主義－帝国主義の最終段階』家正治/松井芳郎訳, 理論社, 一九七一年)

Nye, Robert A, 1975, *The Origins of Crowd Psychology: Gustave Le Bon and the Crisis of Mass Democracy in the Third Republic*, London: Sage.

Padmore, George, 1956, *Pan-Africanism or Communism*, New York: Doubleday.

Palmer, Colin A, 2006, *Eric Williams & the Making of the Modern Caribbean*, Chapel Hill: The University of North Carolina Press.

Paquet, Sandra Pouchet, 1993, "George Lamming.", *Twentieth-Century Caribbean and Black African Writers*, Second Series, Farmington Hills, MI: Gale, 54-67.

______, 2002, *Caribbean Autobiography: Cultural Identity and Self-Representation*, Madison, WI: University of Wisconsin Press.

Parry, Benita, 1983, *Conrad and Imperialism*, London: Macmillan.

Pennybacker, Susan D, 2005, "The Universal Races Congress, London political culture, and imperial dissent, 1900-1939.", *Radical History Review*, 92: 103-117.

Petersson, Fredrik, 2014, "Hub of the Anti-Imperialist Movement: The League against Imperialism and Berlin, 1927-1933.", *Interventions: International Journal of Postcolonial Studies*, 16(1): 49-71.

Phillips, Jerry, 1998, "Cannibalism Qua Capitalism: the Metaphorics of Accumulation in Marx, Conrad, Shakespeare, and Marlowe.", *Cannibalism and the Colonial World*, edited by Peter Hulme et al, Cambridge: Cambridge University Press, 183-203.

Plotz, John, 2000, *The Crowd: British Literature and the Public Politics*, Berkeley: University of California Press.

Poe, Edgar Allan, 2006, *The Portable Edgar Allan Poe*, Edited by J. Gerald Kennedy, New York: Penguin.(『ポオ小説全集2』 大西尹明訳, 創元推理文庫, 一九七四年)

Prashad, Vijay, 2007, *The Darker Nations: A People's History of the Third World*, New York: New Press.(『褐色の世界史－第三世界とはなにか』 栗飯原文子訳, 水声社, 二〇一三年)

Reilly, John M, 1986, "Richard Wright and The Art of Non-Fiction: Stepping Out on The Stage of The World.", *Callaloo*, 28: 507-520.

Retamar, Roberto Fernandez, 1989, *Caliban and Other Essays*, Translated by Edward Baker, forward by Fredric Jameson, Minneapolis: The University of Minnesota Press.

Richards, Graham, 2012, *'Race', Racism and Psychology: Towards a Reflexive History*, Second Edition, London: Routledge.

Roberts, Andrew Michael, 2000, *Conrad and Masculinity*, London: Palgrave.

Roberts, Brian Russell, and Keith Foulcher, eds, 2016, *Indonesian Notebook: A Source Book on Richard Wright and the Bandung Conference*, Durham, NC: Duke University Press.

Robeson, Paul, 1978, *Paul Robeson Speaks: Writings, Speeches, and Interviews 1918-1974*, Edited by Philip S. Foner, New York: Citadel Press.

Robin, Ron, 2003, *The Making of the Cold War Enemy: Culture and Politics in the Military-Intellectual Complex*, Princeton, NJ: Princeton University Press.

Robinson, Tracy, 2007, "A Loving Freedom: A Caribbean Feminist Ethic.", *Small Exe*, 24: 118-129.

Ros, Martin, 1994, *Night of Fire: The Black Napoleon and the Battle for Haiti*, New York: Sarpedon.

Rose, Jacqueline, 1996, *States of Fantasy*, Oxford: Oxford University Press.

______, 2004, *On Not Being Able to Sleep: Psychoanalysis and the Modern World*,

London: Vintage.
Rose, Jacqueline, 2007, *The Last Resistance*, Verso: London.
Rosengarten, Frank, 2008, *Urbane Revolutionary: C.L.R. James and the Struggle for a New Society*, Mississippi: University Press of Mississippi.
Rowley, Hazel, 2001, *Richard Wright: Life and Times*, New York: Henry Holt.
Rubin, Gayle, 1975, "The Traffic in Women: Notes Toward a Political Economy of Sex.", *Toward an Anthropology of Women*, edited by Rayna Reiter, New York: Monthly Review Press, 157-210.(「女たちによる交通-性の「政治経済学」についてのノート」長原豊訳, 『現代思想』二〇〇〇年二月号, 一一八~一五九頁)
Rudé, George, 2005(1964), *The Crowd in History: A Study of Popular Disturbances in France and England, 1730-1848*, Serif: London.(『歴史における群衆-英仏民運動史 1730-1848』古賀秀男/志賀嘉夫/西崎幸右訳, 法律文化社, 一九八二年)
Said, Edward W, 1966, *Joseph Conrad and the Fiction of Autobiography*, New York: Columbia University Press.
______, 1978, *Orientalism*, New York: Vintage.(『オリエンタリズム(上·下)』板垣雄三 / 杉田英明監修, 今沢紀子訳, 平凡社ライブラリー, 一九九三年)
______, 1985, *Beginning: Intention and Method*, New York: Columbia University Press.(『始まりの現象-意図と方法〈新装版〉』山形和美 / 小林昌夫訳, 法政大学出版局, 二〇一五年)
______, 1993, *Culture and Imperialism*, New York: Knopf.(『文化と帝国主義(1·2)』大橋洋一訳, みすず書房, 一九九八年, 二〇〇一年)
______, 2000, "Through Gringo Eyes: With Conrad in Latin America.", *Reflections on Exile and Other Essays*, Cambridge, MA: Harvard University Press, 276-281.
______, 2003, *Freud and the Non-European*, London: Verso.(『フロイト非-ヨーロッパ人』長原豊訳, 平凡社, 二〇〇三年)
Sala-Molins, Louis, 2006, *Dark Side of the Light: Slavery and the French Enlightenment*, Translated by John Conteh-Morgan, Minneapolis: The University of Minnesota Press.
San Juan Jr., E, 1996, "Beyond Postcolonial Theory: The Mass Line in C.L.R., James's Imagination.", *Journal of Commonwealth Literature*, 31: 25-44
Sanders, Mark, 2006, *Gayatri Chakravorty Spivak: Live Theory*, New York: Continuum.
Saunders, Frances Stoner, 2000, *Who Paid the Piper?: The CIA and the Cultural Cold War*, London: Granta.
Sauvy, Alfred, 1952, "Trois Mondes, Une Planète.", *L'Observateur*, 118, August 14.
Schnapp, Jeffrey T., and Matthew Tiews, eds, 2006, *Crowds*, Stanford, CA: Stanford University Press.
Schwarz, Bill, 2003, "C.L.R. James and George Lamming: The Measure of Historical Time.", *Small Axe*, 14: 39-70.

Schwarz, Bill, 2011, *Memories of Empire, Volume 1: The White Man's World*, Oxford: Oxford University Press.

______, 2016, "Black America and the Overthrow of European Colonial Order: The Tragic Voice of Richard Wright.", *Cultures of Decolonization: Transnational Productions and Practices, 1945-1970*, edited by Ruth Craggs and Claire Wintle, Manchester: Manchester University Press, 29-51.

Scott, David, 1995, "Colonial Governmentality.", *Social Text*, 43: 199-220.

______, 1999, *Refashioning Futures: Criticism after Postcoloniality*, Princeton: Princeton University Press.

______, 2002, "The Sovereignty of the Imagination. Interview with George Lamming.", *Small Axe*, 6(2): 72-200.

______, 2004, *Conscripts of Modernity: The Tragedy of Colonial Enlightenment*, Durham, NC: Duke University Press.

Scott, Joan W, 1996, *Only Paradoxes to Offer: French Feminism and the Rights of Man*, Cambridge, MA: Harvard University Press.

Scott-Smith, Giles, and Charlotte A. Lerg, eds, 2017, *Campaigning Culture and the Global Cold War: The Journals of the Congress for Cultural Freedom*, London: Palgrave.

Sedgwick, Eve Kosofsky, 1985, *Between Men: English Literature and Male Homosocial Desire*, New York: Columbia University Press.(『男同士の絆 - イギリス文学とホモソーシャルな欲望』上原早苗 / 亀沢美由紀訳, 名古屋大学出版会, 二〇〇一年)

Selected documents of the Bandung Conference, 1955, New York: Institute of Pacific Relations.

Selvon, Samuel, 1985(1952), *A Brighter Sun*. London: Longman.

Sewall Jr., William H, 1994, *A Rhetoric of Bourgeois Revolution: the Abbé Sieyes and What is the Third Estate?* Durham, NC: Duke University Press.

Shepperson, George, and St. Clair Drake, 1987, "The Fifth Pan-African Conference, 1945 and the All African People's Congress, 1958.", *Contribution in Black Studies*, 8: 35-66.

Shohat, Ella, 1992, "Notes on the "Post-Colonial."", *Social Text*, 31-32: 99-113.

Sicherman, Carol, 1990, *Ngugi wa Thing'o: The Making of a Rebel, A Source Book in Kenyan Literature and Resistance*, London: Hans Zell.

______, 1995, "Ngugi's Colonial Education: "The Subversion…of the African Mind."", *African Studies Review*, 38(3): 11-41.

Simoes da Silva, AJ, 2000, *The Luxury of Nationalist Despair: George Lamming's Fiction as Decolonizing Project*, Amsterdam: Rodopi.

Simon, John K, 1991, "Michel Foucault on Attica: An Interview.", *Social Justice*, 18(3):

26-34.

Sims, Beth, 1992, *Workers of the World Undermined: American Labor's Role in U.S. Foreign Policy*, Boston, MA: South End Press.

Singh, Amritjit, 2008(1994), "Afterword.", Richard Wright, *The Color Curtain* In *Black Power - Three Books From Exile: Black Power; The Color Curtains; and White Man, Listen!* New York: Harper Collins, 611-629.

Sinha, Mrinalini, 2000, "Introduction.", Katherine Mayo, *Mother India: Selections from the Controversial 1927 Text*, edited by Mrinalini Sinha, Ann Arbor, MI: University of Michigan Press, 1-62.

Smith, Virginia Whatley, 2001, "Richard Wright's Passage to Indonesia: Travel Writer/Narrator as Participant/Observer of Anti-Colonial Imperatives in *The Color Curtain.*", *Richard Wright's Travel Writings: New Reflections*, edited by Virginia Whatley Smith, Jackson, MI: University Press of Mississippi, 78-115.

Spivak, Gayatri Chakravorty, 1988, "Subaltern Studies: Deconstructing Historiography.", *Selected Subaltern Studies*, edited by Ranajit Guha and Gayatri Chakravorty Spivak, Delhi: Oxford University Press, 4-32.(「サバルタン研究-歴史記述を脱構築する」『サバルタンの歴史-インド史の脱構築』竹中千春訳, 岩波書店, 一九九八年, 二八九~三四八頁)

______, 1999, *A Critique of Postcolonial Reason: Toward the Vanishing Present*, Cambridge, MA: Harvard University Press.(『ポストコロニアル理性批判-消え去りゆく現在の歴史のために』本橋哲也/上村忠男訳, 月曜社, 二〇〇三年)

______, 2003, *Death of A Discipline*, New York: Columbia University Press.(『ある学問の死』上村忠男/鈴木聡訳, みすず書房, 二〇〇四年)

______, 2008, *Other Asias*, Oxford: Blackwell.

Stephens, Michelle Ann, 2005, *Black Empire: The Masculine Global Imaginary of Caribbean Intellectuals in the United States*, 1914-1962, Durham, NC: Duke University Press.

Stewart, Catherine A., 2013, ""Crazy for This Democracy": Postwar Psychoanalysis, African American Blues Narratives, and the Lafargue Clinic.", *American Quarterly*, 65(2): 371-395.

Stoler, Ann Laura, 2009, *Along the Archival Grain: Epistemic Anxieties and Colonial Common Sense*, Princeton: Princeton University Press.

Stotesbury, John, 1985, *The Logic of Ngũgĩ's Use of Biblical and Christian Reference in 'A Grain of Wheat'*, Joensuun yliopisto: Humanistinen tiedekunta.

Suarez S.J., Michael F, 2003, "Swift's Satire and Parody.", *The Cambridge Companion to Jonathan Swift*, edited by Christopher Fox, Cambridge: Cambridge University Press, 112-127.

Tagliacozzo, Eric, 2009, *Secret Trades, Porous Borders: Smuggling and States Along a Southeast Asian Frontier, 1865-1915*, New Haven: Yale University Press.

Tarrieu, Yannick, 1988, "Caribbean Politics and Psyche: A Conversation with George Lamming.", *Commonwealth*, 10(2): 14-25.

Test, George A, 1991, *Satire: Spirit and Art*, Tampa: University of Florida Press.

Thompson, Edward P, 1966, *The Making of the English Working Class*, Vintage: London.(『イングランド労働者階級の形成』市橋秀夫/芳賀健一訳, 青弓社, 二〇〇三年)

Tratner, Michael, 1995, *Masses and Modernism: Joyce, Woolf, Eliot, and Yeats*, Stanford, CA: Stanford University Press.

______, 2008, *Crowd Scenes: Movies and Mass Politics*, New York: Fordham University Press.

Tregonning, K. G, 1956, "The Mat Salleh Revolt(1894-1905).", *Journal of the Malayan Branch of the Royal Asiatic Society*, 29(1): 20-36.

Trouillot, Michel-Rolph, 1995, *Silencing the Past: Power and Production of History*, Boston: Beacon.

"Tuition Fees Protest - Lessons for Crowd.", 2011, *The Psychologist*, 24(2): 86-87.

Twain, Mark, 1992, *Mark Twain's Weapons of Satire: Anti-Imperialist Writings on the Philippine-American War*, Edited by Jim Zwick, Syracuse, NY: Syracuse University Press.(『地球紀行－マーク・トウェインコレクション(18)』 野川浩美訳, 彩流社, 二〇〇一年)

van Ginneken, Jaap, 1992, *Crowds, Psychology & Politics, 1871-1899*, Cambridge: Cambridge University Press.

Visser, Nicholas, 1990, "Crowds and Politics in *Nostromo*.", *Mosaic*, 23(2): 1-15.

Ward, Jerry W., and Robert J. Butler, eds, 2008, *The Richard Wright Encyclopedia*, Westport, Connecticut: Greenwood.

Weber, Samuel, 2005, *Targets of Opportunity: On the Militarization of Thinking*, New York: Fordham University Press.

Weinstock, Jeffery Andrew, 2006, "The Crowd Within: Poe's Impossible Aloneness.", *The Edgar Allan Poe Review*, 7(2): 50-64.

Westad, Odd Arne, 2005, *The Global Cold War: Third World Interventions and the Making of Our Times*, Cambridge: Cambridge University Press.(『グローバル冷戦史－第三世界への介入と現代世界の形成』佐々木雄太監訳, 名古屋大学出版会, 二〇一〇年)

Whelan, Frederick, 2012, "Burke on India.", *The Cambridge Companion to Edmund Burke*, edited by David Dawn and Christopher J. Insole, Cambridge: Cambridge University Press, 168-180.

White, Allon, 1981, *The Uses of Obscurity: Fiction of Early Modernism*, London: Routledge.

White, Andrea, 2005, "Writing from Within: Autobiography and Immigrant Subjectivity in *The Mirror of the Sea.*", *Conrad in the Twenty-First Century: Contemporary Approaches and Perspectives*, edited by Carola M. Caplan, Peter Lancelot Mallios, and Andrea White, New York: Routledge, 241-250.

Wicomb, Zoë, 1998, "Shame and Identity: the Case of the Coloured in South Africa.", *Writing South Africa: Literature, Apartheid, and Democracy*, edited by Derek Attridge and Rosemary Jolly, Cambridge: Cambridge University Press, 91-107.

Williams, Patrick, 1999, *Ngugi wa Thing'o*. Manchester: Manchester University Press.

Wiliams, Raymond, 1973, *The Country and the City*, Oxford: Oxford University Press. (『田舎と都会』山本和平ほか訳, 晶文社, 一九八五年)

Wise, Christopher, 1997, "Resurrecting the Devil: Notes on Ngugi's Theory of the Oral-Aural African Novel.", *Research in African Literatures*, 28(1): 134-140.

Worcester, Kent, 1996, *C.L.R. James: A Political Biography*, Albany: State University of New York Press.

Wright, Richard, 1945, "Introduction.", St. Clair Drake and Horace R., Crayton, *Black Metropolis: A Study of Negro Life in a Northern City*, New York: Harcourt, xvi-xxxiv.

______, 1949, "I Tried to be a Communist.", *The God That Failed*, edited by Richard Crossman, New York: Harper, 115-162.

______, 1956, "Foreword.", George Padmore, *Pan-Africanism or Communism*, New York: Doubleday, xxi-xxiv.

______, 1978, "Blueprint for Negro Writing.", *Richard Wright Reader*, edited by Ellen Wright and Michel Fabre, New York: Harper Collins, 36-49.

______, 1990, "White Faces: Agents Provocateurs of Mankind.", *Richard Wright: Books and Writers*, edited by Michel Fabre, Jackson: University Press of Mississippi, 223-225.

______, 1991, "How "Bigger", Was Born.", *Lawd Today! Uncle Tom's Children, Native Son*, New York: Library of America, 853-881.

______, 2006(1945), *Black Boy*, New York: HarperCollins.(『ブラック·ボーイ－ある幼少期の記録(上·下)』野崎孝訳, 岩波文庫, 一九六二年)

______, 2008a(1956), *The Color Curtain In Black Power - Three Books From Exile: Black Power; The Color Curtain; and White Man, Listen!* New York: Harper Collins, 429-629.

______, 2008b(1957), *White Man, Listen!* In *Black Power Three Books from Exile: Black Power; The Color Curtain; and White Man, Listen!* New York: HarperCollins, 631-812.(『白人よ聞け』海保真夫/鈴木主税訳, 小川出版, 一九六九年)

______, 2008c(1953), *The Outsider*, New York: HarperCollins.(『アウトサイダー(1·2)』

橋本福夫訳, 新潮社, 一九七二年)
Wynter, Sylvia, 1990, "Beyond Miranda's Meanings: Un/silencing of the 'Demonic Ground' of Caliban's 'Woman'.", *Out of the Kumbla: Caribbean Women and Literature*, edited by Carole Boyce Davies, Elaine Savory Fido, Trenton, NJ: Africa World Press, 355-372.
Yerushami, Yosef Hayim, 1991, *Freud's Moses: Judaism Terminable and Interminable*, New Haven: Yale University Press.(『フロイトのモーセ-終わりのあるユダヤ教と終わりのないユダヤ教』小森謙一郎訳, 岩波書店, 二〇一四年)
Young, Robert J.C., 1995, *Colonial Desire: Hybridity in Theory, Culture, and Race*, London: Routledge.
______, 2001, *Postcolonialism: An Historical Introduction*, Oxford: Blackwell.
Zinn, Howard, 1980, A People's History of the United States, New York: HarperCollins.(『民衆のアメリカ史(上·下)』猿谷要監修/富田虎男/平野孝/油井大三郎訳, 明石書店, 二〇〇五年)

❙일본어 문헌

アガンベン, ジョルジョ, 2001,『アウシュヴィッツの残りのもの-アルシ1ヴと証人』, 上村忠男/広石正和訳, 月曜社.
アスマン, ヤン, 2016,『エジプト人モーセ-ある記憶痕跡の解読』, 安川晴基駅 藤原書店.
今村仁司, 1996,『群衆-モンスターの誕生』, ちくま新書.
色川大吉, 1991,『民衆史-その一〇〇年』, 講談社学術文庫.
植田和文, 2001,『群衆の風景-英米都市文学論』, 南雲堂.
上野俊哉, 1997,「戯曲版『ブラック·ジャコバン』をめぐって」,『シアターアーツ』, 第8号(1997-Ⅱ), 三八~四九頁.
ウォルターズ, ウィリアム, 2016,『統治性-フーコーをめぐる批判的な出会い』, 阿部潔/清水知子/成実弘至/小笠原博毅訳, 月曜社.
鵜飼哲, 1999,『抵抗への招待』, みすず書房.
_____, 2002,「ある情動の未来-〈恥〉の歴史性をめぐって」,『トレイシーズ』1号, 三八~七〇頁.
臼杵陽, 2013,『世界史の中のパレスチナ問題』, 講談社現代新書.
エンゲルス, フリードリヒ, 1990,『イギリスにおける労働者階級の状態-19世紀のロンドンとマンチェスター(上·下)』, 一条和生/杉山忠平訳, 岩波文庫.
加藤直樹, 2014,『九月, 東京の路上で-一九二三年関東大震災ジェノサイドの残響』, ころから.
カネッティ, エリアス, 1917,『群衆と権力(上·下)』, 岩田行一訳, 法政大学出版局.
カミングス, ブルース, 2012,『朝鮮戦争の起源(1)一九四五年~一九四七年解放と南北分断体制の出現』, 鄭敬謨/林哲/加地永都子訳, 明石書店.

姜徳相, 2003,『関東大震災·虐殺の記憶』, 青丘文化社.
キアリ, サドリ, 2015,「人民と第三の人民」, アラン·バディウほか,『人民とはなにか?』, 市川崇訳, 以文社, 一二三~一四七頁.
金時鐘, 2001,『「在日」のはざまで』, 平凡社ライブラリー.
金芝河, 1971,『長い暗闇の彼方に』, 渋谷仙太郎訳, 中央公論社.
_____, 1974,『金芝河詩集』, 姜舜訳, 青木書店.
_____, 1976,「良心宣言」, 室謙一編,『金芝河－私たちにとっての意味』, 三一書房, 二四一~二七二頁.
金石範, 1976,「「恨」と「良心宣言」」, 室謙二編,『金芝河－私たちにとっての意味』, 三一書房, 二四一~二八七二頁.
クライン, ナオミ, 2011,『ショック·ドクトリン－惨事便乗型資本主義の正体を暴く(上·下)』, 幾島幸子/村上由見子訳, 岩波書店.
クラインバーグ, オットー, 1967,『国際関係の心理－人間の次元において』, 田中良久訳, 東京大学出版会.
クリステヴァ, ジュリア, 1994,「精神分析とポリス」, 木村信子訳,『彼方をめざして－ネーションとは何か』, 支倉寿子/木村信子編訳, せりか書房, 六九~一〇三頁.
小林英夫, 2015,『満鉄調査部』, 講談社学芸文庫.
サイード, エドワード, 2005,『ペンと剣』, 中野真紀子訳, ちくま学芸文庫.
酒井隆史, 2016,『暴力の哲学』, 河出文庫.
酒井直樹, 2007,『日本/映像/米国－共感の共同体と帝国的国民主義』, 青土社.
_____, 2011,「国民的なものに先行する国民横断的なもの－翻訳と境界化」, 吉田裕訳,『las barcas』, 1号, 三〇~三九頁.
_____, 2015,「パックス·アメリカーナの終焉とひきこもりの国民主義」,『思想』, 一〇九五号, 二一~五七頁.
サルトル, ジャン＝ポール, 2007,『存在と無－現象学的存在論の試み(2)』, 松浪信三郎訳, ちくま学芸文庫.
シィエス, エマニュエル, 2011,『第三身分とは何か』, 稲本洋之助/伊藤洋一/川出良枝/松本英実訳, 岩波文庫.
申知瑛, 2013,「他者は, 他者と出会えるのか－「大東亜文学者大会」の植民地人たち, その発話·変形·残余」,『思想』, 一〇六七号, 一一九~一四五頁.
砂野幸稔, 2015,『ンクルマ－アフリカ統一の夢』, 山川出版社.
スピヴァク, ガヤトリ·C, 1998,『サバルタンは語ることができるか?』, 上村忠男訳, みすず書房.
セゼール, エメ, 2011(1956),「文化と植民地支配」,『ニグロとして生きる』, 立花英裕/中村隆之訳, 法政大学出版局, 一三五~一七二頁.
崔元植, 1995,『韓国の民族文学論－東アジアの連帯を求めて』, 青柳優子訳, 御茶の水書房.
デリダ, ジャック, 2003,『友愛のポリティックス(2)』, 鵜飼哲/大西雅一郎/松葉祥一訳, みすず書房.
_____, 2000,「世紀と赦し」, 鵜飼哲訳,『現代思想』一一月号, 八九~一〇九頁.

デリダ, ジャック, 2007,『精神分析の抵抗－フロイト, ラカン, フーコー』, 鵜飼哲/守中高明/石田英敬訳, 青土社.
_____, 2010,『アーカイヴの病－フロイトの印象』, 福本修訳, 法政大学出版局.
土井智義, 2017,『米国統治期「琉球列島」における「非琉球人」管理体制成立過程の研究－奄美返還直後までの「本土籍者」に対する強制送還を主軸として』, 大阪大学博士論文.
ドゥルーズ, ジル, 2010,『批評と臨床』, 守中高明/谷昌親訳, 河出文庫.
都丸潤子, 2011,「東アジアの国際関係の転機としてのバンドン会議」,『岩波講座 東アジア近現代通史(7)アジア諸戦争の時代』, 岩波書店, 二七四~二九六頁.
トロツキーレオン, 2000,『ロシア革命史(一)』, 藤井一行訳, 岩波文庫.
中井亜佐子, 2007,『他者の自伝－ポストコロニアル文学を読む』, 研究社.
_____, 2018,「革命と日常－C.L.R.ジェームズにおける「ヴードゥー的」大衆」,『多様体』第1号, 一一五~一二七頁.
中谷いずみ, 2013,『その「民衆」とは誰なのか－ジエンダー・階級・アイデンティティ』, 青弓社.
ハーヴェイ, デヴィッド, 2007,『新自由主義－その歴史的展開と現在』, 渡辺治監訳, 森田成也/木下ちがや/大屋定晴/中村好孝訳, 作品社.
バスケス, フアン・ガブリエル, 2016,『コスタグアナ秘史』, 久野量一訳, 水声社.
バディウ, アラン, 2015,「『人民』という語の使用に関する二四の覚え書き」, アラン・バディウほか,『人民とはなにか?』, 市川崇訳, 以文社, 五~二一頁.
バディウ, アランほか, 2015,『人民とはなにか?』, 市川崇訳, 以文社.
バフチン, ミハイル, 1995,『ドストエフスキーの詩学』, 望月哲男/鈴木淳一訳, ちくま学芸文庫.
浜忠雄, 2003,『カリブからの問い－ハイチ革命と近代世界』, 岩波書店.
玄基栄, 2001,『順伊おばさん』, 金石範訳, 新幹社.
フーコー, ミシェル, 1974,『言葉と物－人文科学の考古学』, 渡辺一民/佐々木明訳, 新潮社.
_____, 1975,『狂気の歴史－古典主義時代における』, 田村俶訳, 新潮社.
_____, 2007,『安全・領土・人口－コレージュ・ド・フランス講義1977-1978』, 高桑和巳訳, 筑摩書房.
_____, 2011(1969),『臨床医学の誕生』, 神谷美恵子訳, みすず書房.
ファノン, フランツ, 1996(1961),『地に呪われたる者』, 鈴木道彦/浦野衣子訳, みすず書房.
_____, 1998(1951),『黒い皮膚, 白い仮面』, 海老坂武/加藤晴久訳, みすず書房.
_____, 2008(1956),「人種主義と文化」,『アフリカ革命に向けて〈新装版〉』, 北山晴一訳, みすず書房, 三三~四六頁.
黄晳暎, 2004,『客人(ソンニム)』, 鄭敬謨訳, 岩波書店.
フュレ, フランソワ/モナ・オズーフ編, 2000,『フランス革命事典(6)』, 河野健二/阪上孝/富永茂樹監訳, みすず書房.
プラトン, 1979,『国家(上)』, 藤沢令夫訳, 岩波文庫.
フロイト, ジグムント, 2006a,「不気味なもの」, 藤野寛訳,『フロイト全集(17)1919-22年』,

岩波書店, 一~五三頁.
フロイト, ジグムント, 2006b,「快原理の彼岸」, 須藤訓任訳,『フロイト全集(17)1919-22年』, 岩波書店, 五三~一二五頁.
_____, 2007c,「モーセという男と一神教」, 渡辺哲夫訳,『フロイト全集(22)1938年』, 岩波書店, 一~一七三頁.
_____, 2010,「制止, 症状, 不安」, 大宮勘一郎/加藤敏訳,『フロイト全集(19)1925-28年』, 岩波書店, 九~一〇一頁.
_____, 2011,「分析における構築」, 渡邉俊之訳,『フロイト全集(21)1932-37年』, 岩波書店, 三四一~三五七頁.
風呂本惇子, 2009,「Water with BerriesにおけるGeorge Lammingのキャリバンたち」,『関西英文学研究』第三号, 一三九~一五七頁.
ヘーゲル, ゲオルク·ヴィルヘルム·フリードリヒ, 1998,『精神現象学』, 長谷川宏訳, 作品社.
ベンヤミン, ヴァルター, 1995,「ボードレールにおけるいくつかのモティーフについて」, 久保哲司訳,『近代の意味-ベンヤミン·コレクション1』, 浅井健二郎編訳, ちくま学芸文庫, 四一七~四八八頁.
ボードレール, シャルル, 1957,『パリの憂愁』, 福永武彦訳, 岩波文庫.
_____, 1999,『ボードレール批評(2)美術批評·音楽批評』, 阿部良雄訳, ちくま学芸文庫.
星乃治彦, 1998,『社会主義と民衆-初期社会主義の歴史的経験』, 大月書店.
ホブズボーム, エリック, 2011(1969),『匪賊の社会史』, 船山栄一訳, ちくま学芸文庫.
マイナ, ワ·キニャティ, 1992,『マウマウ戦争の真実-埋もれたケニア独立前史』, 宮本正興監訳, 楠瀬佳子/砂野幸稔/峯陽一訳, 第三書館.
マルクス, カール, 2005a,「ルイ·ボナパルトのブリュメール一八日」, 横張誠訳,『マルクス·コレクション(Ⅲ)』, 筑摩書房 一~一三八頁.
_____, 2005b,『資本論第一巻(下)マルクス·コレクション(V)』, 今村仁司ほか訳, 筑摩書房.
マルティ, ホセ, 2005,『ホセ·マルティ選集(2)飛翔する思想』, 青木康征/柳沼考一朗訳, 日本経済評論社.
道場親信, 2005,『占領と平和-〈戦後〉という経験』, 青土社.
港千尋, 1991,『群衆論-二十世紀ピクチャー·セオリー』, リブロポート.
宮城大蔵, 2001,『バンドン会議と日本のアジア復帰』, 草思社.
宮田節子, 1985,『朝鮮民衆と「皇民化」政策』, 未来社.
宮本正興, 1992,「ケニア土地自由軍のたたかい-解説にかえて」, マイナ·ワ·キニャティ,『マウマウ戦争の真実-埋もれたケニア独立前史』, 宮本正興監訳, 楠瀬佳子/砂野幸稔/峯陽一訳, 第三書館, 二七一~二八六頁.
文京洙, 2005,『韓国現代史』, 岩波新書.
モッセ, ジョージ·ラツハマン, 1994,『大衆の国民化-ナチズムに至る政治シンボルと大衆文化』, 佐藤卓己/佐藤八寿子訳, 柏書房.
安丸良夫, 1999,『日本の近代化と民衆思想』, 平凡社ライブラリー.
吉沢文寿, 2015,『日韓会談1965-戦後日韓関係の原点を検証する』, 高文研.

吉田裕, 2018a, 「人種と文化をめぐる冷戦−第一回黒人作家芸術家会議のリチャード・ライトとジョージ・ラミングを中心に」, 『年報カルチュラル・スタディーズ』第六号, 一二五~一四四頁.

_____, 2018d, 「群衆, あるいは脱植民地化の不確かな形象−ジョージ・ラミング『成熟と無垢について』論」, 『多様体』 第1号, 一五七~一七七頁.

_____, 2019, 「訳者解題−近代の裏側を生きて」, ジョージ・ラミング, 『私の肌の砦のなかで』, 吉田裕訳, 月曜社, 四五五~四七五頁.

ラクラウ, エルネスト, 2018, 『ポピュリズムの理性』, 沢里岳史/河村一郎訳, 明石書店.

ラプランシュ, ジャン/ジャン・ベルトラン・ポンタリス, 1997, 『精神分析用語辞典』, 村上仁監訳, みすず書房.

藍博洲, 2006, 『幌馬車の歌』, 間ふさ子/塩森由岐子/妹尾加代訳, 草風館.

ランシエール, ジャック, 2015, 「不在のポピュリズム」, アラン・バディウほか, 『人民とはなにか?』, 市川崇訳, 以文社, 一四九七~一五七頁.

ルフェーブル, ジョルジュ, 2007(1934), 『革命的群衆』, 二宮宏之訳, 岩波文庫.

ル・ボン, ギュスターヴ, 1993, 『群衆心理』, 桜井成夫訳, 講談社学術文庫.

ルナン, エルネスト, 1997, 「国民とは何か」, 鵜飼哲訳, 『国民とは何か』, インスクリプト, 一四一~一六四頁.

レーニン, V. I, 2006, 『帝国主義論』, 角田安正訳, 光文社古典新訳文庫.

レヴィ=ストロース, クロード, 2001, 『悲しき熱帯(I)』, 川田順造訳, 中公クラシックス.

찾아보기

〈 ㅊ 〉

〈 ㅋ 〉

〈 ㅌ 〉

〈 ㅍ 〉

〈 ㅎ 〉

〈 A/Z 〉

| 저자 | **요시다 유타카(吉田裕)**

1980년생. 도쿄 이과 대학(東京理科大學) 준교수.

히토쓰바시 대학(一橋大學) 언어사회연구과에서 박사 학위를 취득. 카리브 문학과 사상, 문화 연구를 전공했다. 주요 논문으로는 「트리니다드·오키나와 번역의 냉전체제: 사무엘 셀본(Samuel Selvon)의 『더 밝은 태양』과 신조 사도(新城貞夫)의 단가시」, 『아시아문화연구』 21(1), 2020("The Cold War regime of translation in Trinidad and Okinawa: Samuel Selvon's A Brighter Sun and' Sadao Shinjo's tanka poems." Inter-Asia Cultural Studies, Volume 21, Issue 1, 2020); 「나카노 요시오(中野好夫)와 오키나와—「도의적 책임(道義的責任)」과 주체화의 논리」, 『연보 컬처스터디』 3, 2016(「中野好夫と沖縄—「道義的責任」と主体化の論理」, 『年報カルチュラル·スタディーズ』 3, 2016) 등. 공저로는 『국민국가와 문학: 식민주의에서 세계화까지』, 사쿠힌샤, 2019(『国民国家と文学: 植民地主義からグローバリゼーションまで』, 作品社, 2019) 등. 역서로는 조지 래밍(George Lamming) 『내 피부의 성에서』, 게츠요샤, 2019(ジョージ·ラミング, 『私の肌の砦のなかで』, 月曜社, 2019); 노엄 촘스키(Noam Chomsky), 『복잡해지는 세계, 단순해지는 욕망: 핵전쟁과 파멸을 향한 환경세계』, 가덴샤, 2014(ノーム·チョムスキー, 『複雑化する世界、単純化する欲望: 核戦争と破滅に向かう環境世界』(花伝社, 2014) 등. 공역서로는 니콜라스 로일(Nicholas Royle), 『데리다와 문학』, 게쓰요샤, 2014(ニコラス· ロイル, 『デリダと文学』, 月曜社, 2014); 폴 불(Paul Buhle), 『혁명의 예술가: C. L. R. 제임스의 초상』, 고부시책방, 2014(ポール·ビュール, 『革命の芸術家: C. L. R. ジェームズの肖像』, こぶし書房, 2014) 등이 있다.

| 역자 | **김문용** 고려대학교 민족문화연구원 교수
이은우 고려대학교 민족문화연구원 연구교수
이종호 고려대학교 민족문화연구원 연구교수
최빛나라 고려대학교 민족문화연구원 연구교수
최은혜 고려대학교 민족문화연구원 연구교수

| 감수 | **최정옥** 문탁네트워크 연구원

호모 아토포스 라이브러리 02
갖지 못한 자들의 문학사

2024년 6월 17일 초판 1쇄 펴냄

지은이 요시다 유타카
옮긴이 김문용 · 이은우 · 이종호 · 최빛나라 · 최은혜
감수 최정옥
펴낸이 김흥국
펴낸곳 보고사
등록 1990년 12월 13일 제6-0429호
주소 경기도 파주시 회동길 337-15 보고사
전화 031-955-9797
팩스 02-922-6990
메일 bogosabooks@naver.com
http://www.bogosabooks.co.kr

ISBN 979-11-6587-698-2 94800
979-11-6587-696-8 94080 (세트)

정가 30,000원